LE SECRET DE CLARA

suivi de

L'HÉRITAGE DE CLARA

Françoise Bourdin

LE SECRET DE CLARA

suivi de

L'HÉRITAGE DE CLARA

Vous pouvez consulter le site de l'auteur à l'adresse suivante :
www.francoise-bourdin.com

Éditions de Noyelles,
avec l'autorisation des Éditions Belfond

31, rue du Val de Marne, Paris

© Belfond, un département place des éditeurs 2017.

ISBN : 978-2-298-16191-5

LE SECRET DE CLARA

À ma mère, Geori Boué, dont la force de caractère et le tempérament hors du commun m'ont inspiré le personnage de Clara.
Avec ma plus profonde admiration, et surtout toute ma tendresse.

1

Vallongue, 1945

Clara sursauta quand le bruit de la détonation, pourtant très étouffé par l'épaisseur des murs, parvint jusqu'à elle. À tâtons, elle chercha la poire qui pendait à la tête du lit et la pressa fébrilement. La lumière du lustre inonda aussitôt sa chambre, tirant de l'obscurité un décor familier : ses deux bergères de soie ivoire et sa table juponnée, les lourds rideaux damassés, le bonheur-du-jour sur lequel elle écrivait tout son courrier.

À moitié assise, Clara resta un instant aux aguets, mais le silence était retombé sur la maison. Certaine de n'avoir pas rêvé, elle enfila son négligé en hâte, se précipita vers la porte. C'était bien davantage qu'un pressentiment, presque une certitude quant au drame qui l'attendait, à l'horreur qu'elle allait découvrir, cette chose qu'elle redoutait tant et depuis si longtemps qu'elle avait pris l'habitude de vivre taraudée par l'angoisse. Un jour, une nuit, elle le savait, elle se trouverait devant le pire, et le moment fatidique était arrivé.

En haut de l'escalier, elle faillit renoncer, proche du malaise, pourtant elle commença à descendre, une marche après l'autre, les doigts crispés sur la rampe de fer forgé. Elle ne pouvait pas se permettre une défaillance maintenant. Son cœur tiendrait, il le fallait, elle n'avait plus le temps de remonter chercher son médicament. Des pilules inutiles, au demeurant, elle n'était pas malade, elle se soignait uniquement pour rassurer sa famille. Les années de guerre avaient été dures, et pas seulement en ce qui concernait les privations. Pour de bonnes ou de mauvaises raisons, ils avaient tous beaucoup souffert.

Le grand hall était plongé dans la pénombre des veilleuses qu'elle avait allumées elle-même avant de monter se coucher, ainsi qu'elle le faisait chaque soir. Sous ses pieds nus, le carrelage semblait glacé. Elle dut prendre une profonde inspiration avant de trouver le courage d'avancer jusqu'au bureau d'Édouard, où elle entra sans frapper.

D'abord, elle vit la silhouette de Charles, debout au milieu de la pièce, rigoureusement immobile. Et presque en même temps, elle découvrit Édouard affalé sur le sous-main, le visage en sang et le regard vitreux, déjà méconnaissable. À côté de l'encrier, il y avait un revolver.

— Seigneur, souffla-t-elle d'une voix à peine audible, il l'a fait !

Son soupir fut comme un sanglot rauque tandis qu'elle luttait désespérément pour conserver la maîtrise de ses mots, de ses gestes. Le choc était presque trop dur, même pour elle. Pourtant, dès que Charles bougea, elle leva la main, bien décidée à l'arrêter.

— Est-ce qu'il y a une lettre ? balbutia-t-elle. Quelque chose qui explique...

Elle avait franchi l'espace qui la séparait de son fils cadet et elle s'affala contre lui, dans l'espoir absurde d'un réconfort.

— Maman, chuchota-t-il, écoute-moi.

Il croisa ses bras sur la nuque de sa mère pour l'empêcher de regarder dans la direction d'Édouard, mais elle se débattit avec une force surprenante.

— Non, il n'y a rien à dire, tais-toi, Charles, je t'en supplie, tais-toi !

Son autorité était intacte, elle le comprit tandis qu'il la dévisageait, impuissant.

— Ton frère était tellement triste ces derniers temps, à toujours rester enfermé ici…, martela-t-elle. Madeleine en devenait folle, et leurs enfants aussi. Seulement je ne pouvais pas l'aider, ni moi ni personne, tu t'en doutes, alors peut-être que c'est mieux comme ça ?

— Écoute-moi, redemanda-t-il d'un ton grave.

Sans lui prêter attention, elle poursuivait son idée et évoquait les enfants d'Édouard avec angoisse. Pourtant, aucune larme n'exprimait son chagrin. Elle avait toujours réagi en chef de clan, c'était une femme exceptionnelle, il aurait dû s'en souvenir. Quelle que soit sa douleur, elle était capable de parer au plus urgent. Et là, elle n'avait pas le choix.

Elle repoussa Charles fermement puis fit face au bureau. Le plus atroce, c'était peut-être la présence de ce revolver d'ordonnance qui avait appartenu à son propre mari. Un souvenir de l'autre guerre, la Grande, où il avait été appelé malgré son âge – on finissait même par envoyer les enfants et les vétérans au front –, où il s'était comporté de manière héroïque pour finalement mourir au champ d'honneur comme tant d'autres, en la laissant veuve. Ce revolver-là, oui, remis à titre posthume par son aide de camp, avec les décorations. Médaille militaire, croix de guerre avec palmes et la patrie reconnaissante. Pauvre Henri ! Que ce soit son arme qui ait tué Édouard était odieux. D'autant plus que, durant tout le temps de l'occupation allemande, le revolver avait été soigneusement caché, avec les fusils de chasse, derrière des tonneaux et des sacs de charbon, tout au fond de la dernière cave. À la Libération, Édouard lui-même était allé les chercher.

Le regard de Clara ne fit qu'effleurer le corps affaissé de son fils aîné, car elle ne voulait pas graver dans sa mémoire une image aussi insupportable. Et cependant, c'était dans l'ordre des choses, elle l'avait toujours su, elle aurait pu le prédire. Mais sûrement pas l'éviter.

— Maman…, soupira Charles derrière elle.

Elle tendit la main, saisit le revolver, et le considéra avec dégoût avant de le rejeter sur le coin du bureau.

— Tu vas appeler la gendarmerie, dit-elle sans se retourner. Ton frère était très croyant, j'espère que le curé acceptera de…

Bien sûr, le prêtre serait facile à convaincre, elle n'en doutait pas, même si un suicide n'ouvrait pas les portes du paradis. Édouard avait assez souffert comme ça, elle en était témoin, ses fautes étaient payées à présent, l'Église allait devoir l'absoudre et il ne serait pas question d'opprobre, elle y veillerait personnellement.

Elle guettait la réaction de Charles, qu'elle ne regardait toujours pas, certaine qu'il finirait par bouger puisque le téléphone se trouvait dans le hall. Elle attendit encore un peu, tendue au point que ses muscles se tétanisaient, et enfin elle l'entendit se diriger vers la porte. C'était bien lui le plus à plaindre, elle en était consciente, toutefois elle n'avait pas le droit d'en tenir compte, pas maintenant en tout cas.

Dès qu'il fut sorti, elle ne chercha plus à retenir les larmes qui brûlaient ses yeux. Elle eut l'impression de se tasser sur elle-même, de rapetisser, d'être aspirée vers le sol.

— Mon chéri, mon pauvre chéri, souffla-t-elle.

Maladroitement, ses doigts se posèrent sur les cheveux d'Édouard, pour une dernière caresse. Il n'avait jamais été son préféré, ce qu'elle regrettait soudain avec violence. En l'aimant davantage, aurait-elle pu le sauver de ses démons ? Non, probablement pas, ce n'était d'ailleurs pas d'affection qu'il avait manqué, Henri l'ayant littéralement adoré dès sa naissance.

La voix sourde de Charles, qui devait parler à l'opératrice, la ramena au présent. Qui donc allait se dévouer pour monter réveiller Madeleine et lui annoncer que son mari venait de se tirer une balle dans la tête ? Qu'elle se retrouvait veuve, comme sa belle-mère, mais de façon moins honorable, qu'elle était condamnée à s'habiller en noir et à élever seule ses trois enfants ? Enfin, seule, pas tout à fait. La famille se resserrerait forcément autour de celle qui allait devenir la *pauvre* Madeleine. Car il n'était pas question que ce soit Édouard qui hérite de l'adjectif.

— Les gendarmes sont en route, il faut vraiment que je te parle, maman.

Charles était revenu dans la pièce sans qu'elle l'entende, et elle se retourna d'un bloc, s'arrachant à la contemplation morbide dans laquelle elle avait fini par sombrer malgré elle.

— Moi, c'est à Madeleine que je dois parler ! répliqua-t-elle brutalement.

Peut-être serait-elle obligée d'attendre l'aube et la solitude de sa chambre pour se laisser enfin aller à sa douleur. Ou peut-être n'en aurait-elle jamais la possibilité. Elle se raidit pour rejoindre son fils sur le seuil.

— Ferme cette porte, lui intima-t-elle, ce n'est pas un spectacle.

Elle le devinait désorienté par son sang-froid, par la façon dont elle prenait la situation en main. Après tout, il avait l'habitude de commander, il avait été officier, même s'il avait vite fini prisonnier d'un camp de travail, puis d'une sombre forteresse dont il n'était revenu que depuis deux mois.

— J'ai besoin d'un cognac, décida-t-elle.

D'un geste autoritaire, elle le saisit par le poignet pour l'entraîner vers la bibliothèque. Là, il ne restait plus que quelques braises dans la cheminée et la nuit était fraîche. Quand Charles lui tendit un petit verre à moitié rempli du liquide ambré dont l'odeur lui souleva le cœur, elle se força à croiser son regard. Malgré son extrême maigreur, il était encore très beau, aussi élégant et racé qu'avant guerre. Édouard lui avait toujours tout envié. Son physique, son courage, son intelligence, entre autres choses.

— Le plus important, Charles, c'est la famille. Nous sommes d'accord ?

Les yeux gris de son fils restaient posés sur elle, avec cette expression distante qu'elle connaissait trop bien désormais. Malheureusement, c'était lui qui avait payé le plus lourd tribut à la guerre, à la démence nazie.

— Pense aux enfants, insista-t-elle. Les tiens, et ceux d'Édouard à présent. Nous allons tous nous en occuper, n'est-ce pas ? Tant que je serai là, je ferai ce qu'il faut. Et toi aussi. Tu le feras de gré ou de force, Charles !

Des phares balayèrent les vitres un instant. Depuis la Libération, on ne tirait plus les rideaux, comme pour se venger des années de couvre-feu. La voix de Clara se faisait pressante :

— Je croyais que nous en avions fini avec les drames, mais non !

Un moteur à gazogène s'arrêta au-dehors, puis il y eut un bruit de portières. Ensuite le silence, à peine troublé par le balancier de la vieille horloge. Charles regardait toujours sa mère.

— Tu sais, lui dit-elle lentement, c'est une vraie malédiction…

Elle avait osé prononcer le mot et elle reprit son souffle à grand-peine, secoua la tête avec fureur. À présent, elle devait affronter les gendarmes, le médecin, le prêtre, la veuve, contrôler Charles qui pouvait craquer à tout instant, essayer de sauver ce qui restait de la dynastie des Morvan. Elle pleurerait Édouard après. Une nouvelle fois, elle ravala les sanglots qui menaçaient de l'étouffer et releva bravement la tête quand la sonnette retentit.

Le suicide d'Édouard pouvait s'expliquer sans mal. Il avait vécu la guerre en paria, jugé inapte à y prendre une quelconque part. Son problème de santé remontait à l'enfance, lorsqu'une chute dans l'escalier l'avait laissé handicapé d'un genou mal opéré. Sa jambe était restée raide et, parce qu'il avait toujours refusé de s'aider d'une canne, sa claudication s'était accentuée avec les années. Il ne s'agissait pas d'une véritable infirmité, néanmoins on l'avait refusé au service militaire puis définitivement réformé.

Longtemps, Clara s'était reproché cet accident. Son défaut de surveillance, peut-être même son manque d'*intérêt*. Hélas, durant toute la jeunesse de ses fils, elle avait dû lutter contre sa préférence pour le cadet. Vis-à-vis d'Édouard, elle ne faisait que s'empêtrer dans un sentiment de culpabilité qui remplaçait mal l'amour. Mais voilà, il était arrivé trop tôt, elle avait tout juste vingt et un ans et ne ressentait nulle envie de maternité. Au contraire, elle adorait les bals, la danse, toutes les folies mondaines du siècle naissant, et elle s'était d'abord sentie enlaidie par sa grossesse, puis enchaînée à ce bébé qu'elle n'avait pas eu le temps de désirer. Beau joueur, Henri l'avait compris et s'était montré prudent par la suite. Ce qui avait fait de la naissance de Charles, six ans plus tard, une fête librement consentie. Cet enfant-là avait comblé Clara au bon moment. Et puisque Henri s'était approprié Édouard depuis longtemps, Clara avait pu se consacrer à Charles en toute innocence.

Dès le début, il se révéla un petit garçon facile, vraiment adorable. Tandis que Henri conduisait Édouard dans les musées ou lui faisait réciter ses leçons, elle emmenait Charles au cirque et riait de le voir battre des mains. Le père faisait l'éducation de l'aîné et la mère jouait avec le petit dernier, bref ils étaient heureux tous les quatre – du moins Clara se plaisait à le croire. Puis la Première Guerre mondiale avait éclaté, mettant un terme à leur bonheur. Lors du décès de Henri au front, Édouard venait d'avoir quatorze ans, c'était un adolescent, alors que Charles n'était qu'un gamin de huit ans. Leur réaction au deuil de leur père avait été radicalement différente. Pour Édouard, un gouffre s'était ouvert, que Clara n'était plus en mesure de combler.

À dix-huit ans, Édouard opta pour des études de médecine, puis se spécialisa en chirurgie. Il prétendit que la raison de ce choix était une sorte de revanche sur le médiocre praticien qui avait massacré l'articulation de son genou. En fait, il se contentait de suivre l'exemple de son père, Henri ayant été un grand chirurgien en son temps, jusqu'à ce qu'il soit fauché à Verdun. La médecine était d'ailleurs le domaine des Morvan depuis plusieurs générations et, même sans descendre d'Ambroise Paré, ils possédaient quelques ancêtres dont ils pouvaient se glorifier – ce dont Édouard ne s'était jamais privé au cours de sa carrière.

Pour ne pas avoir l'air d'imiter son grand frère, Charles décida qu'il serait avocat, ce qui n'était pas beaucoup plus original à l'époque, mais lui convenait davantage. Brillant, disert, doué pour les études, il fut d'abord retardé par une année de service militaire effectuée dans la toute jeune aviation, puis par une seconde année comme volontaire afin de passer son brevet de pilote et d'obtenir ses galons de lieutenant. Il adorait voler, il avait toutes les audaces, la vie lui souriait là comme ailleurs.

Charles était drôle et faisait rire Clara, il était câlin et savait l'émouvoir ; enfin, même si elle refusait de se l'avouer, il la flattait avec son allure de fils modèle, puis plus tard d'homme accompli. Édouard, lui, restait taciturne, ne cherchait à enjôler personne, barricadé dans sa disgrâce physique et son abandon affectif. Il voulait seulement qu'on le respecte, ou alors qu'on le plaigne. Les deux frères n'avaient aucune complicité et ne s'intéressaient jamais aux mêmes choses. Édouard se gardait bien d'entrer en compétition avec Charles, aussi lui abandonnait-il tous les domaines sportifs – où son cadet excellait – et préférait-il briller dans les cocktails, coupe de champagne en main, racontant avec force détails ses interventions au bloc opératoire de l'hôpital du Val-de-Grâce.

Clara recevait beaucoup. L'hôtel particulier de l'avenue de Malakoff était illuminé presque chaque soir, dans cette atmosphère folle de l'entre-deux-guerres où chacun se dépêchait de vivre. Elle avait respecté cinq ans de deuil, après la mort de Henri, mais dès 1922 elle avait recommencé à paraître dans le monde et à rendre les invitations. Elle ne voulait pas continuer d'imposer à ses fils des existences de reclus et, pour sa part, à quarante ans, elle n'avait pas abandonné tout désir de séduction. Pourtant, si elle se laissait courtiser, elle se gardait bien de prendre des amants. Ou du moins on ne lui en connaissait pas. Elle se sentait trop responsable de la dynastie Morvan pour s'afficher avec n'importe qui, et elle tenait à se comporter en vrai chef de famille. Or, même si les mœurs s'étaient libérées, même si la mode garçonne rendait les femmes plus entreprenantes, Clara savait quelles limites ne pas dépasser. Lire Aragon et écouter Ravel, oui, mais pas question de passer pour une veuve joyeuse.

Très vite, l'une de ses priorités consista à dénicher une épouse pour Édouard. Une femme qui saurait lui offrir toute la compassion dont il rêvait, qui admirerait en lui le chirurgien et devrait faire preuve d'une certaine docilité. Cette dernière qualité semblait indispensable à Clara, qui avait remarqué, au fil des ans, les accès d'autoritarisme d'Édouard. Elle s'efforçait de croire qu'il palliait ainsi son manque d'assurance, que c'était pour lui une manière de dissimuler ses complexes. En fait, elle se refusait à admettre qu'il y avait tout simplement quelque chose de méchant chez son fils aîné, voire de pervers, et qu'elle en était peut-être en partie responsable.

Madeleine lui parut la candidate idéale. D'abord parce qu'elle était l'héritière unique d'un industriel prospère, ensuite parce qu'elle répondait en tout point aux exigences de Clara. Douce, effacée, béate dès qu'Édouard évoquait l'hôpital où il faisait ses débuts de chirurgien en titre, Madeleine était une catholique pratiquante qui avait reçu une excellente éducation. Pas vraiment jolie, mais parée de la fraîcheur de ses vingt ans. Avec le concours d'une habile couturière, Clara se faisait fort de la rendre attrayante. Lors de plusieurs dîners, Madeleine fut donc placée à côté d'Édouard, qui finit par la remarquer. La jeune fille buvait ses paroles et lui souriait en baissant les yeux : il fut conquis.

Le mariage eut lieu en grande pompe, six mois plus tard, à l'église Saint-Honoré-d'Eylau. La robe de Madeleine lui donnait beaucoup d'allure, et Clara pouvait triompher tandis qu'Édouard, du haut de ses vingt-six ans, arborait une expression enfin satisfaite. Sa jeune femme, visiblement à sa dévotion, lui conférait un statut inattendu de séducteur. Et il en avait grand besoin car il n'avait jamais su plaire. Ses expériences, d'ailleurs assez rares, s'étaient presque toutes soldées par des échecs. Au contraire de son frère, qui collectionnait les cœurs et les succès, Édouard ne savait pas se faire aimer, trop empêtré dans ses complexes. Quant à l'air sérieux qu'il se donnait volontiers pour se rassurer, il avait toujours fait bâiller d'ennui ses partenaires occasionnelles.

Grâce à Clara, qui avait vu juste, Madeleine trouva le moyen d'être heureuse, au moins durant les premiers temps. Son admiration pour Édouard la rendait aveugle et elle était passée avec soumission de l'autorité paternelle à celle de son mari. Comme elle recherchait la compagnie et les conseils de sa belle-mère pour devenir une parfaite épouse, elle trouva agréable de s'installer dans l'hôtel particulier de l'avenue de Malakoff. Ce fut là qu'elle accoucha de ses trois enfants, Marie en 1930, Alain deux ans plus tard, et Gauthier l'année suivante.

Pendant que son frère se livrait aux joies du mariage et de la paternité, Charles était tombé éperdument amoureux. De toutes les jeunes filles papillonnant autour de lui, il n'en voyait soudain plus qu'une, qui l'obsédait jusqu'au vertige. Elle s'appelait Judith Meyer, elle était juive et merveilleusement belle, il lui faisait envoyer des fleurs, des poèmes qu'il écrivait pour elle la nuit. Il faillit même rater ses examens de droit, lui qui n'avait jamais eu une seule mauvaise note de tout son cursus universitaire. Clara s'inquiéta et exigea de faire la connaissance de Judith, qu'elle trouva à son goût. Mais comment ne pas s'émouvoir devant une beauté si rayonnante ? Comment résister à tant de charme, d'intelligence, de gaieté ? D'emblée, Clara fut séduite.

— Je te présente Judith Meyer, annonce Charles.
S'il paraît anxieux du jugement de sa mère, la jeune fille ne l'est pas. Spontanément, elle commence par sourire avant de serrer la main de Clara, dont elle soutient le regard. Ce qui surprend chez elle, c'est son naturel. Une aisance innée. Elle sait qu'elle est jolie, mais elle n'en joue pas, elle profite juste de sa chance. À toutes les questions elle répond avec franchise, sans insolence ni humilité. Quand elle lève la tête vers Charles, qui est resté debout à côté de son fauteuil, ce n'est pas pour guetter son approbation, c'est pour le plaisir de le contempler.
Clara connaît trop bien son fils cadet pour ne pas remarquer à quel point il est subjugué. Les deux jeunes gens ne sont même pas fiancés que, déjà, ils forment un couple authentique. L'évidence est telle que Clara ne sait que dire. Sans conviction, elle évoque l'âge de Charles, ses études qui sont loin d'être achevées, mais déjà elle a compris que cette Judith Meyer sera la femme idéale et qu'il ne sert à rien d'attendre. Conquise, elle propose du champagne. Judith accepte aussitôt, ajoute que c'est sa boisson favorite parce que c'est celle des fêtes. Dans son émotion, Charles fait déborder une coupe et la jeune fille lui adresse un sourire lumineux. Pour elle, tout est joie.

Avec une pointe de regret, car Judith appartenait à une modeste famille de commerçants sans le sou, Clara accepta donc de voir son second fils convoler bien qu'encore étudiant et, à vingt-deux ans, Charles épousa Judith. Un mariage émouvant où le bonheur éclatait de façon manifeste, mais qui fit un aigri : Édouard. Celui-ci remarquait la différence entre ses propres noces avec une oie blanche un peu falote, qui depuis avait pris quinze kilos à sa première maternité, et l'irrésistible femme de Charles. À côté d'une éblouissante Judith, Madeleine ressemblait à une matrone. Et à côté de son frère, Édouard se sentait décidément terne, déjà vieux alors qu'il abordait juste la trentaine. De plus, les nombreux amis de Charles, de ses camarades pilotes venus en grand uniforme à ses partenaires de tennis, de polo ou de ski – bref, toute une pléiade de jeunes gens gais –, transformèrent la cérémonie, plutôt guindée, en une fête inoubliable qui ne s'acheva qu'à l'aube.

Dès ce jour, le malheureux Édouard recommença à souffrir de jalousie. À nouveau il enviait Charles, s'apitoyait sur son propre sort, et de surcroît il était soumis à la tentation des sentiments inavouables que lui inspirait sa belle-sœur. Bien entendu, Judith ne le regardait pas. Il n'avait vraiment rien pour attirer l'attention d'une femme comme elle, ni le pli amer qui ridait le coin de ses lèvres en permanence, ni les airs sérieux qu'il continuait d'afficher. De toute façon, elle ne voyait que Charles, dont elle était folle, et le spectacle même de leur passion réciproque exaspérait Édouard. Par chance, les jeunes mariés avaient décidé de s'installer loin de l'avenue de Malakoff, dans un appartement offert par Clara en cadeau de mariage et situé près du Panthéon. Des fréquentes visites qu'elle leur rendait, Clara revenait toujours les yeux brillants, enchantée du bonheur des tourtereaux. Charles s'était remis à travailler son droit d'arrache-pied, pressé d'obtenir un diplôme d'avocat malgré la rente que lui servait sa mère, et Judith le rendait parfaitement heureux. Six mois après la noce naquit Vincent – qui n'avait pourtant rien d'un prématuré –, puis Daniel deux ans plus tard, et enfin Bethsabée en 1937.

Clara se retrouvait enfin à la tête d'une grande famille, avec six petits-enfants à gâter, ce qui la comblait. Grâce à sa gestion exemplaire, elle avait fait prospérer la fortune des Morvan car elle aimait les chiffres, les opérations d'envergure, la spéculation et les cours de la Bourse. Une moitié de ses capitaux avait été transférée à l'étranger après la dévaluation du franc, et son conseiller financier, dont elle avait conservé les services depuis le décès de Henri, se bornait à approuver ses investissements en simple témoin.

À Paris, on n'évoquait pas encore la guerre, mais déjà Hitler avait dévoilé ses buts en parlant de conquérir un nouvel espace vital « au moyen de la force ». La conférence de Munich eut lieu alors que Bethsabée commençait juste à marcher. L'année suivante, le 3 septembre, la France et la Grande-Bretagne déclaraient la guerre au Reich, et Charles dut rejoindre l'aviation comme tous les officiers de réserve. En quelques mois, la Luftwaffe de Göring s'assura le succès grâce aux attaques en piqué de ses sinistres bombardiers, les stukas. L'appareil de Charles fut abattu durant la bataille de la Somme et, s'il fut sauvé par son parachute, il se retrouva prisonnier des Allemands.

Pour Clara, l'enfer venait de commencer. Jamais elle n'aurait pu imaginer revivre, vingt ans plus tard, les atrocités d'une nouvelle guerre. La première lui avait pris Henri, elle devenait folle à l'idée que la seconde pourrait lui ravir son fils préféré. Quant à Édouard, qui n'était pas mobilisable, il restait le seul homme de la famille. Il se crut obligé de mettre à l'abri les femmes et les enfants dont il était désormais responsable, aussi exigea-t-il un repli vers le sud, dans la propriété des Morvan à Vallongue. Cette grande villégiature des Alpilles, entre Saint-Rémy et Les Baux-de-Provence, possédait assez de chambres pour loger tout le monde, et on pouvait compter sur le potager, le poulailler ou encore les trois hectares de parc, sur lesquels des moutons et des veaux furent aussitôt mis à l'engrais. Comme pour tous les Français à cette époque-là, la principale préoccupation concernait le ravitaillement, et la vie s'organisa sans trop de difficultés à Vallongue. Par chance, une quinzaine d'années plus tôt, Clara avait fait installer à grands frais l'électricité, puis l'eau courante et deux vastes salles de bains, enfin une merveilleuse nouveauté : l'unique téléphone du village.

C'était la première fois que l'ensemble de la famille se trouvait réunie sous le même toit ; aussi, malgré les circonstances, les plus heureux furent évidemment les six cousins. Marie, Alain, Gauthier, Vincent, Daniel et la petite Bethsabée jouaient aux apprentis fermiers et passaient leurs journées dehors, aux anges. Madeleine et Judith appréciaient la compagnie de Clara, qui les rassurait par son calme, et Édouard alla proposer ses services de chirurgien à l'hôpital d'Avignon. Une existence presque confortable, en somme, hormis l'absence totale de nouvelles de Charles. Où était-il, quel sort avait-il connu ? Judith se rongeait en vain avec ces questions sans réponse qui lui mettaient les larmes aux yeux. Édouard aurait bien voulu la consoler mais, coincé entre sa femme et sa mère, il ne pouvait rien entreprendre auprès de la jolie maman, qu'il ne pouvait s'empêcher de désirer secrètement.

Une année entière s'écoula sans que les nombreuses lettres de Clara à différents ministères obtiennent la moindre réponse. Les services de Vichy suggéraient de s'adresser au Comité international de la Croix-Rouge, à Genève, ou au Centre d'informations des prisonniers de guerre, à Paris. En tant qu'officier, et s'il était toujours vivant, Charles devait être détenu dans un oflag, en Allemagne ou en Pologne. Restait juste à retrouver sa trace parmi le million de prisonniers ! Clara s'y employait, ne perdant pas espoir, mais tout le temps consacré à rédiger ses courriers, enfermée dans sa chambre, l'empêcha de comprendre qu'il était en train de se passer des choses sous son toit.

Édouard se rendait à l'hôpital chaque matin pour des opérations de routine. Il vivait l'Occupation de manière passive, sans songer à résister ni à collaborer. Il allait même jusqu'à s'abstenir de parler politique, ne faisait que peu de commentaires, ne se risquait pas à de vaines prédictions, n'écoutait pas les radios interdites. Il s'était replié sur lui-même et semblait indifférent à tout, hormis à sa si jolie belle-sœur, qu'il couvait d'un regard impuissant.

Il ne sortit de son apathie que lorsqu'un courrier officiel avertit enfin la famille que Charles se trouvait en Forêt-Noire, où il venait d'être transféré après une tentative d'évasion d'un camp de Westphalie. Considéré comme dangereux, le lieutenant Morvan n'avait droit à aucune correspondance, encore moins à des colis. Édouard parut effaré de ces nouvelles. Ni heureux, ni rassuré, mais plutôt assommé.

D'abord très soulagée de savoir son cadet en vie, Clara fut vite obnubilée par un nouveau danger, infiniment grave. Judith était juive et la campagne d'antisémitisme s'intensifiait, alimentée par la propagande allemande. La période devenait glauque, pleine des pièges tendus par les collaborateurs, les pro-nazis, les lâches et les aigris, qui multipliaient les dénonciations. Au sud de la Loire, Judith n'avait d'abord pas été tenue de porter l'abominable étoile jaune, mais en 1942, après le débarquement en Afrique du Nord, la zone libre venait d'être occupée à son tour, et tous les Juifs se retrouvaient pourchassés n'importe où en France. Clara n'avait confiance en personne et recommandait à Judith de ne plus mettre les pieds au village, de se faire oublier. Même Madeleine lui jetait parfois de drôles de regards, semblant évaluer le péril que sa belle-sœur faisait peser sur les Morvan. Clara n'en dormait plus, elle se prenait à regretter le choix de Charles, à maudire la terre entière et pas seulement les Allemands. Quant à Judith, elle devenait sombre, dépérissait de façon incompréhensible, fuyait toute la famille à l'exception de la petite Bethsabée. Une carte de Charles, à moitié illisible en raison de la censure, n'avait pas suffi à la rassurer, car elle le savait capable de tout pour rentrer chez lui. Elle avait confié à Clara que, chaque nuit, elle rêvait qu'on était en train de le fusiller, ou alors elle l'imaginait enfermé dans un cachot, affamé, torturé. Elle étouffait ses sanglots sur son oreiller, puis s'obligeait à réciter sans y croire des douzaines de prières. Mais la foi ne lui était d'aucun secours dans son malheur et les mois passaient, augmentant son désespoir. Charles lui manquait de façon aiguë, elle aurait donné dix ans de sa vie pour pouvoir le tenir dans ses bras cinq minutes, sa passion pour lui ne faisait que s'intensifier avec l'absence.

Clara tenait bon, dans une ambiance de jour en jour plus lourde. L'attitude timorée d'Édouard la scandalisait, toutefois elle dissimulait ses sentiments et continuait de lui sourire avec bienveillance, essayant d'oublier sa lâcheté. Elle aidait Madeleine les jours de lessive, s'entendait avec les fermiers des environs pour se procurer de la viande ou du lait, avait fait descendre du grenier une antique machine à coudre sur laquelle elle retaillait ses robes comme celles de ses brus. Son caractère était assez fort pour résister à toutes les tempêtes, et elle trouvait même le temps d'improviser des jeux pour ses petits-enfants.

Avec plus d'un mois de retard, Judith apprit que ses parents avaient été arrêtés à Paris, puis déportés après confiscation de leurs biens. Peu de choses, en fait : le magasin et les meubles du petit logement qu'ils louaient au-dessus, dans le quartier de la Bastille. Cette sinistre nouvelle acheva de l'accabler, et rien ne put la détourner de sa décision de regagner la capitale. Clara eut beau s'y opposer, la jeune femme prit le train le surlendemain, Bethsabée dans les bras. Elle voulait savoir ce qui était arrivé à ses parents, elle ne pouvait pas supporter cette monstrueuse incertitude. Pour Charles, elle avait dû attendre près d'un an avant d'être fixée, elle n'avait pas le courage de recommencer à se ronger. Elle déclara qu'elle voulait aussi se rendre utile, lutter contre l'ennemi d'une façon ou d'une autre, ne plus être une morte vivante derrière les murs épais de Vallongue.

Sur le quai de la gare, tandis qu'elle agitait son mouchoir, Clara ignorait qu'elle voyait sa bru et sa petite-fille pour la dernière fois. Car Judith fut cueillie par la police française le surlendemain, à l'aube, dans son appartement du Panthéon. Remise à la Gestapo puis envoyée à Ravensbrück avec sa fillette de cinq ans. Décédées l'une et l'autre peu après, ce que la famille ne sut que beaucoup plus tard. Son arrestation était la conséquence d'une dénonciation anonyme, comme pour tant d'autres Juifs.

La fin de la guerre fut un véritable calvaire pour Clara. Elle se retrouvait entièrement responsable de Vincent et de Daniel, sans même savoir s'ils étaient orphelins ou pas. En tout cas, ils lui semblaient en danger à chaque minute, le moindre coup de sonnette la faisait pâlir, bref, elle avait peur de tout. Et Édouard ne la rassurait en rien. Bien que seul homme de la famille, il aurait pu ne pas exister, ça n'aurait fait aucune différence. Après le départ de Judith, il s'était littéralement muré dans le silence. Quand on le pressait de questions, il répondait qu'il ne se sentait bon à rien. Son père s'était battu pour sa patrie en son temps, puis son frère, qui était toujours aux mains des Allemands, et lui avait passé les années de guerre comme un rentier, un planqué, puisqu'il n'avait servi à rien ni à personne. Ce genre de propos dissimulait peut-être un appel au secours, mais Clara ne l'entendait pas. Elle était trop affairée à protéger ses petits-fils, à se démener pour retrouver la trace de Charles, à prier pour Judith et Bethsabée, à gérer la propriété de façon que la famille continuât de manger à sa faim. Le débarquement des Alliés sur les lointaines côtes normandes, puis la capitulation de l'Allemagne, l'année suivante, comptèrent parmi les plus beaux jours de sa vie. Elle pleura de joie durant des heures – elle à qui rien ne pouvait tirer une larme – avant de se décider à descendre à la cave, dont elle rapporta trois bouteilles de champagne spécialement conservées pour l'occasion. Même les enfants eurent droit à une coupe, qu'ils durent briser ensuite à la manière russe. La vie pouvait reprendre, la guerre était finie, et Charles allait rentrer.

Pourtant, il fallut l'attendre encore. Après sa troisième tentative d'évasion, il avait été envoyé au château de Colditz, dans la région de Leipzig, une forteresse avec régime *spécial* pour officiers irréductibles. Au bout d'un an de ce traitement, on l'avait transféré dans un autre camp, à l'ouest de Dresde, où enfin le 11 mai, la soixante-seizième division de la onzième armée américaine avait délivré tous les prisonniers. Son retour jusqu'à Paris, effectué en partie à pied, lui avait demandé trois semaines. De là, il téléphona à Clara, qui fut obligée de lui annoncer l'affreuse disparition de Judith et de Bethsabée.

En juin 1945, le monde entier commençait à découvrir l'abomination de l'Holocauste. Les actualités cinématographiques et les journaux étalaient des visions d'horreur. Depuis la fin du mois d'avril, l'hôtel *Lutétia* accueillait les déportés, qui racontaient les exterminations, les sévices, la descente aux enfers. Hébété, Charles s'y rendit. Il n'avait aucun espoir de revoir sa femme et sa fille, dont les décès semblaient certains, mais il voulait en savoir davantage sur ce qui s'était passé à Ravensbrück. Comment et pourquoi Judith et Beth étaient mortes là-bas, avec sept mille autres Françaises.

Finalement, il n'arriva à Vallongue qu'au début du mois de juillet. Et dès qu'elle le vit, sur le quai de la gare d'Avignon, Clara comprit : pour la famille Morvan, la guerre n'était pas finie.

De part et d'autre de leur père, Vincent et Daniel gardaient les yeux baissés, chantonnant les répons en latin. L'enterrement de leur oncle Édouard les émouvait, cependant ils avaient subi assez d'épreuves pour savoir se tenir désormais en toutes circonstances. À treize et douze ans, ils n'avaient plus le droit de pleurer comme des bébés, et Charles leur donnait l'exemple de la dignité, même si la présence de cet homme maigre et triste à leurs côtés les mettait un peu mal à l'aise. Presque autant que les larmes de leurs cousins, qui se laissaient aller à leur chagrin, cramponnés à Madeleine.

Pour se réconforter, Vincent et Daniel jetaient des regards furtifs vers Clara. Elle, au moins, n'avait rien de changé, et malgré la mort de son fils aîné elle restait cette grand-mère forte comme un roc qu'ils adoraient.

Charles se taisait, fixant le prêtre sans le voir. Il se sentait las, étranger à sa propre famille et à ses deux fils. Comme au reste du monde, d'ailleurs, puisqu'il ne pouvait penser qu'à Judith et à Beth, rongé jusqu'à l'obsession.

— Papa…, chuchota Vincent.

Arraché un instant à ses pensées morbides, Charles constata que les gens quittaient leurs bancs afin d'aller bénir le cercueil. Il esquissa un pâle sourire pour remercier son fils avant de gagner la travée centrale. Son pardessus bleu nuit flottait sur ses épaules, car il n'avait presque pas repris de poids. Pourtant, Clara déployait des trésors d'imagination et courait les fermes avoisinantes depuis son retour, rapportant des œufs frais, des poulets, des légumes. Elle lui confectionnait ses gâteaux préférés, restait devant ses fourneaux durant des heures, et tout le rez-de-chaussée de la maison embaumait. Madeleine en profitait pour se goinfrer tandis que Charles chipotait.

« Maman, songea-t-il avec désespoir, pourquoi n'as-tu pas voulu m'écouter ? »

À présent, il ne pourrait plus jamais parler, l'instant de vérité était passé. Il prit le goupillon des mains de sa nièce, Marie, et traça un vague signe de croix en conservant un air distrait, presque distant. Clara, qui soutenait Madeleine, le suivit des yeux jusqu'à ce qu'il ait regagné sa place. Puis elle se tourna vers le prêtre, qui attendait la fin du défilé des parents et amis du défunt, et qui n'avait pas fait la moindre difficulté pour dire une messe, ainsi qu'elle l'avait prévu. Suicide ou pas, Édouard avait droit à un enterrement chrétien, c'était la moindre des choses.

Les employés des pompes funèbres commencèrent à ramasser les couronnes et les gerbes. Beaucoup de gens avaient envoyé des fleurs, avec un mot de condoléances adressé à Clara, mais les voyages étaient encore difficiles et l'église était loin d'être pleine. La vie reprenait son cours cahin-caha après ces six années de guerre, chacun pleurant ses morts. Mettre fin à ses jours était franchement de mauvais goût face aux millions d'innocentes victimes qu'on ne parvenait même pas à dénombrer.

Clara sortit en tête du cortège, Madeleine toujours appuyée à son bras, et les trois enfants autour d'elles. Charles marchait derrière, ses fils à ses côtés.

— Occupez-vous un peu de vos cousins, qu'ils laissent souffler leur mère, suggéra-t-il à voix basse.

Vincent en profita pour se précipiter vers Alain, dont il entoura affectueusement les épaules. Ils avaient presque le même âge, s'entendaient comme larrons en foire et faisaient volontiers bande à part pour se confier leurs secrets d'adolescents. Plus lentement, Daniel alla se placer entre Marie et Gauthier sans trop savoir quel comportement adopter. À onze ans, il était le plus jeune des enfants Morvan puisque sa petite sœur Beth ne reviendrait pas, et il ne s'imaginait pas du tout dans le rôle de celui qui console. Mais s'il y avait bien une chose dont il n'avait pas envie, c'était contrarier son père. On lui avait répété cent fois que celui-ci avait beaucoup souffert durant ses années de captivité, que la disparition de sa femme et de sa fille à Ravensbrück avait été une tragédie pour lui, qu'il aurait besoin de beaucoup de temps avant de redevenir lui-même et qu'en conséquence tout le monde devait être très gentil avec lui.

Gentils, Daniel et Vincent voulaient bien l'être, mais comment s'y prendre ? Charles ne prononçait pas trois phrases par jour, enfermé dans un silence hautain, et son regard gris pâle, halluciné, était carrément insoutenable pour ses fils. Qui n'avaient que de vagues souvenirs de ce qu'avait été leur père avant guerre, quelqu'un de gai d'après le reste de la famille. C'était très difficile à croire en le voyant aujourd'hui. Un bel homme, on pouvait encore le juger comme tel à ses traits réguliers, ses cheveux châtain clair souples et brillants, son nez droit, ses yeux superbes ; cependant l'ensemble était gâché par une expression dure, un sourire cynique qui creusait deux rides verticales sur ses joues hâves.

Ils venaient de pénétrer dans le petit cimetière d'Eygalières quand l'averse éclata. Prévoyante, Clara avait pris un parapluie, qu'elle ouvrit aussitôt afin de protéger Madeleine et ses longs voiles noirs de veuve. Les enfants se serrèrent davantage les uns contre les autres tandis que le prêtre grimaçait sous l'ondée, penché au bord du caveau ouvert. Un tombeau érigé par les Morvan au siècle précédent, imposant par ses dimensions mais plutôt sobre pour l'époque. Le corps de Henri y avait été rapatrié en 1918, selon ses volontés testamentaires, puisqu'il avait souhaité reposer avec ses parents. À présent son fils le rejoignait, perpétuant la tradition, et Clara songea qu'en toute logique elle serait la prochaine à entrer dans le mausolée familial.

Derrière les Morvan, l'assemblée restait stoïque malgré la pluie battante, les hommes comme les femmes protégés par leurs chapeaux. Tête nue, immobile, Charles conservait son air lointain, aussi indifférent au brusque déluge qu'aux fossoyeurs qui descendaient le cercueil de son frère, arc-boutés sur leurs sangles. Clara continuait de l'observer discrètement, au-dessus du mouchoir qu'elle tenait pressé contre sa bouche. Combien de mois ou d'années allait-il falloir à son cadet pour retrouver un aspect normal ? Pour être à nouveau le bel homme rieur et plein de charme qui avait tellement fait rêver les femmes

31

avant la guerre ? Après tout, il n'avait que trente-six ans, il pouvait s'en remettre, le plus tôt serait le mieux vis-à-vis de ses enfants. Clara avait souffert aussi, elle avait d'abord perdu son mari, aujourd'hui elle enterrait son fils aîné, et au bout du compte l'appétit de vivre reprenait forcément le dessus, il allait falloir qu'elle trouve le courage de l'expliquer à Charles.

L'averse s'arrêta aussi brusquement qu'elle avait commencé, et un arc-en-ciel annonça le retour du soleil tandis que les gens se dispersaient.

— Les enfants ont décidé de rentrer à pied, tu nous ramènes ? demanda Clara, qui s'était approchée de Charles.

Il acquiesça d'un signe de tête, toujours silencieux. La 15 Citroën d'Édouard fonctionnait encore et Clara se débrouillait très bien avec le marché noir pour l'essence. Là comme ailleurs, elle se montrait d'une rare efficacité.

— Vincent ? appela-t-il à mi-voix.

Son fils, sur le point de s'éloigner avec son cousin Alain, se tourna vers lui un instant.

— Quand tu auras quelque chose à demander, adresse-toi à moi.

Le ton était neutre, presque courtois, mais l'adolescent ne s'y trompa pas. Le message de son père lui parut limpide : désormais, il n'y aurait plus qu'une seule autorité dans la famille. Clara s'était substituée à Charles durant son absence, elle avait même dû remplacer Judith par la force des choses, mais c'était fini, il reprenait son rôle. Vincent hocha la tête, avala sa salive et attendit quelques secondes supplémentaires avant de s'éloigner sans courir.

— Il n'est pas très marrant, chuchota Alain dès qu'ils eurent franchi la grille du cimetière.

— Mets-toi à sa place.

— Peut-être, seulement…

Alain jeta un regard par-dessus son épaule pour vérifier que son oncle ne pouvait pas l'entendre, puis il acheva :

— Tu sais qu'il parle de nous faire tous rentrer à Paris ?

— Et alors ?

— Je ne veux pas bouger d'ici !

Surpris, Vincent dévisagea son cousin. Alain avait beaucoup grandi depuis qu'ils étaient à Vallongue. C'était d'ailleurs lui qui passait le plus de temps dehors, jamais rassasié de soleil et de grand air, lui qui savait le mieux pêcher dans les torrents ou construire des cabanes. Son teint hâlé mettait en valeur ses yeux dorés, couleur d'ambre, et ses cheveux très bruns lui donnaient un peu l'allure d'un gitan. En fait, Alain ne ressemblait à personne de la famille, ni à ses parents ni même à Clara.

— Maman fera ce que ton père décidera, reprit Alain d'un air dégoûté. Grand-mère aussi.

Il disait « ton père » car il ne savait pas comment appeler son oncle, qui était pour lui un parfait étranger. Avant guerre, il ne l'avait vu qu'aux fêtes de famille. Ensuite, Charles était devenu cet officier-prisonnier-des-Allemands pour lequel il fallait prier chaque soir, quelqu'un qu'il n'arrivait pas à se représenter concrètement. Enfin, l'homme qui était revenu tel un fantôme décharné lui semblait bien plus effrayant que sympathique.

Vincent hésitait à répondre parce que l'idée de regagner la capitale lui plaisait beaucoup. Là-bas il y avait des Américains, des filles, il pourrait aller au lycée, au cinéma, et il en avait par-dessus la tête de vivre dans un village où il ne se passait jamais rien. Où les seuls Allemands croisés pendant la guerre étaient de braves gens réfugiés là clandestinement parce que en complet désaccord avec le régime hitlérien. À treize ans, Vincent rêvait d'autre chose que du chant des cigales, et Paris l'attirait comme un aimant. Il ouvrit la bouche pour faire partager son enthousiasme à Alain mais se souvint juste à temps que celui-ci venait d'enterrer son père et que le moment était mal choisi pour le contrarier.

Clara reposa sa tasse d'un geste si sec que la soucoupe se fendit. Les lèvres pincées de rage, elle se contenta de passer son ongle sur la fêlure. À soixante-trois ans, elle avait conservé son teint clair, son admirable port de tête, l'éclat métallique de son regard bleu. On pouvait encore dire d'elle que c'était une belle femme, en tout cas une maîtresse femme.

— Je ne mettrai plus jamais les pieds dans cet appartement, poursuivait Charles, le mieux est de le vendre.

— Pas tout de suite ! riposta Clara. Dans quelque temps, le marché immobilier reprendra, on s'arrachera les logements… Tu comptes t'installer avenue de Malakoff ?

Que pouvait-il faire d'autre ? Il avait besoin de sa mère, et même de Madeleine, pour élever ses garçons. En contrepartie, il devrait veiller sur ses neveux et sur sa nièce, redevenir avocat, tenir son rang. Ou bien monter directement se pendre au grenier s'il n'avait pas le courage d'affronter la vie qui l'attendait.

— Il y a de la place pour tout le monde, reprit Clara. Je vais réaménager les étages, tu seras indépendant. Mais il te faudra aussi des bureaux ailleurs… pour ouvrir un cabinet… Quand envisages-tu de te remettre au travail ?

— Très vite, dit-il entre ses dents.

L'inaction allait finir par le rendre fou, il en était tout à fait conscient. C'était d'ailleurs l'une des pires choses qu'il ait eu à supporter durant sa captivité. Trois tentatives d'évasion lui avaient fait passer des mois isolé dans une cellule de deux mètres sur trois, où il n'avait survécu qu'en se raccrochant à l'idée que Judith l'attendait. La retrouver, la tenir dans ses bras, il y avait pensé à chaque minute. C'est sur son prénom qu'il avait serré les dents quand les Allemands l'avaient puni de ses velléités de liberté. Leur brutalité n'avait fait que le révolter davantage, et s'il n'avait pas récidivé c'était uniquement pour préserver ses compagnons de détention d'éventuelles représailles, car aucun châtiment n'aurait pu l'empêcher de chercher à s'enfuir.

Judith… À force de penser à elle, du fond de sa forteresse, il en avait fait l'idée fixe d'une terre promise. Ce qui avait transformé son retour en un cauchemar bien pire que la captivité. Désormais, il ne pouvait même plus prononcer son prénom, encore moins celui de la petite Bethsabée.

— Charles ? appela Clara d'une voix agacée.

Les silences de son fils l'exaspéraient. Comme toujours, elle se tournait résolument vers l'avenir, réorganisait sa vie et celle de son clan. Édouard était enterré, plus rien ne les retenait à Vallongue, et soudain elle se sentait pressée de regagner Paris pour s'y occuper de ses affaires, contacter son conseiller, établir le bilan. Elle savait que l'hôtel particulier – qui par chance n'avait pas été réquisitionné – ne semblait pas avoir trop souffert. C'était en tout cas ce que lui avait affirmé l'une de ses anciennes femmes de chambre, avec qui elle entretenait une correspondance suivie. La capitale manquait encore de tout et il y aurait sans doute des problèmes de rationnement pendant longtemps, mais peu lui importait. La guerre avait été une trop longue parenthèse, qu'il fallait refermer au plus tôt.

Charles se tourna vers elle, et elle en profita pour s'efforcer de le voir tel qu'il était. Le soleil de Provence lui avait donné un vague hâle qui ne parvenait pas à faire oublier ses joues creuses, ses cernes. Il était décharné et se tenait un peu voûté, comme si le poids du monde pesait sur ses épaules. Il paraissait dix ans de plus, et son merveilleux regard gris pâle s'était voilé d'un reflet sinistre.

— Tu vas te mettre à manger, martela-t-elle soudain, à parler et à te redresser. Tu vas…

— Maman !

— Oh, je ne te demande pas de rire ! Mais redeviens toi-même, bon sang !

La colère l'avait fait lever et elle marcha droit sur lui.

— Mon petit Charles, tu n'as pas le choix. Avec cette tête de vaincu, tu feras fuir les clients, personne n'imaginera que tu peux gagner un procès. Et puis pense aux enfants, tu ne peux décemment pas leur imposer ça. Ils n'ont vu que des visages tristes ou inquiets depuis des années ! Pense à moi, aussi. Jusque-là j'ai tenu bon, mais maintenant je voudrais bien un peu d'aide. C'est possible ?

Elle savait qu'il ne parlerait pas de Judith et de Beth, que les mots ne franchiraient pas ses lèvres. Pour se défendre, il n'avait rien à lui opposer et elle en profitait, elle le devait.

— Tu m'entends, Charles ? Je veux pouvoir compter sur toi !

— Bien sûr, maman, admit-il doucement.

L'espace d'un instant, ses yeux se plissèrent dans l'ébauche d'un sourire devant tant d'obstination, puis le masque triste reprit sa place.

— Il faut organiser le voyage, enchaîna-t-elle. Penser à mille choses, et je ne peux pas compter sur Madeleine.

Elle ne se faisait aucune illusion au sujet de sa bru, celle-ci se laisserait conduire où l'on voudrait, opinerait à toutes les propositions mais ne prendrait aucune initiative. Quant à Charles, s'il continuait à se comporter avec une telle indifférence, il ne serait qu'un boulet supplémentaire dans la famille.

— Je ne peux pas tout faire seule, Charles !

Ces derniers mots finirent par le tirer de son mutisme, comme s'il venait juste de réaliser dans quelles difficultés sa mère se débattait. Elle avait raison, Madeleine n'était même pas capable de consoler ses propres enfants, et Judith ne serait plus jamais là, avec son inépuisable énergie, sa folle gaieté.

— Bon nombre de femmes doivent chercher du travail, déclara-t-il, tu engageras facilement du personnel. Je vais m'occuper d'inscrire les cinq enfants au lycée, c'est le plus urgent. Les garçons à Janson-de-Sailly et Marie à Victor-Duruy. Dès demain, je me mettrai en quête de quelqu'un, au village, qui soit capable de garder la maison. On ne peut pas se contenter de fermer les volets et de partir, d'ailleurs j'ignore dans quel genre de train nous arriverons à trouver de la place...

Clara s'appliqua à ne pas marquer la moindre surprise, mais c'était la première fois qu'il prononçait un aussi long discours depuis son retour d'Allemagne. Réconfortée, elle l'approuva d'un hochement de tête. Il avait parlé des *cinq* adolescents, c'était bien la preuve qu'il acceptait de prendre en charge les enfants de son frère en plus des siens.

— Alain sera le plus dur à convaincre, estima-t-elle. Il est terriblement attaché à Vallongue...

— Et alors ? Il ne va pas rester seul ici, j'imagine ?

Cette fois, il n'y avait plus trace de tendresse dans sa voix. Mais peut-être ne fallait-il pas trop lui en demander dans un premier temps. L'essentiel était de ne pas séparer les cousins, Clara avait la certitude qu'ils étaient devenus indispensables les uns aux autres. Ils avaient fini par former un bloc compact, et cette solidarité leur avait permis de surmonter leurs malheurs jusqu'à présent.

— Pour le train, reprit-il, je te préviens, ce sera une véritable expédition ! Les cheminots et les GI ont beau reconstruire à tour de bras...

Les convois militaires avaient toujours la priorité absolue et les civils s'entassaient dans des trains bondés qui échouaient durant de longues heures sur des voies de garage. La France était encore complètement désorganisée, ce qui rendait les voyages hasardeux, mais les gens mouraient d'envie de bouger après ces années de guerre, d'immobilisme forcé.

— Je vous dérange ? demanda Madeleine en entrant.

Elle portait une pile de courrier qu'elle déposa sur le guéridon, devant Clara. Jamais il ne lui serait venu à l'idée qu'elle pouvait le trier elle-même, et elle attendit avec sa docilité coutumière que sa belle-mère lui remette les lettres qui lui étaient destinées. En fait, la plupart étaient adressées à Clara, qui murmura :

— Des condoléances, encore…

Madeleine ne possédait pas de relations personnelles. Quant à Édouard, il n'avait jamais compté beaucoup d'amis. Ses confrères de l'hôpital avaient préféré écrire à Clara parce qu'elle représentait pour eux le chef du clan Morvan.

— Voulez-vous que je refasse du thé ? proposa aimablement la jeune femme.

Il s'agissait d'un infâme ersatz auquel elles avaient fini par s'habituer malgré tout. Madeleine saisit la tasse et la soucoupe fendue puis, avant de sortir, elle jeta un bref regard interrogateur vers Charles, qui secoua la tête.

— Sylvie me charge de t'embrasser, annonça Clara en reposant l'une des missives. Elle est navrée pour toi, pour nous tous à vrai dire…

— La petite Sylvie ?

Une lointaine cousine qui avait été demoiselle d'honneur à son mariage et dont il se souvenait mal. En revanche, l'image de Judith en robe blanche lui revint aussitôt en mémoire avec une insupportable acuité.

— C'est si loin…, murmura-t-il d'une voix atone.

Il ne voulait pas se rappeler les mains fines de Judith tenant le bouquet, ni la courbe de sa nuque quand elle s'était agenouillée sur le prie-Dieu. Ni ce jour où il était entré dans sa chambre tandis qu'elle allaitait Beth nichée dans son bras. Des instants d'un bonheur absolu qui n'existerait plus jamais, balayé par les atrocités qu'on commençait à découvrir sur les camps de concentration.

— Je vais me promener, déclara-t-il de façon abrupte.

Avant que sa mère ait pu proférer un mot, il avait quitté la bibliothèque. Dehors, l'air était tiède, parfumé, sans doute délicieux mais il s'en moquait. Il traversa le parc, longea la route un moment puis escalada la colline. À mi-pente, la vue devenait somptueuse sur les Alpilles et la plaine de

Mollégès, au loin. Son regard s'égara vers les ravins, les gorges, les falaises qui se découpaient dans la lumière crue. Lorsqu'ils étaient enfants, Édouard et lui, ils venaient pique-niquer là avec Clara. Elle était déjà veuve mais faisait bonne figure devant ses fils. Serait-il moins courageux qu'elle ?

Il s'assit sur une souche, posa les coudes sur ses genoux et le menton dans ses paumes. Comment Judith était-elle morte ? Lui avait-on arraché Beth des bras avant de la pousser dans une chambre à gaz ? À quoi ressemblaient donc ces *fours* ? Le mot n'était même pas concevable… Et avant, qu'avait-elle subi ? Quelles souffrances, quelles angoisses ? Il n'en saurait jamais rien et il pourrait se torturer durablement, à imaginer le pire. Qui était peut-être très en deçà de la vérité. Avait-elle pensé à lui en suffoquant, l'avait-elle appelé ? Était-elle seule ou alors sa fille cramponnée à son cou ? Les cris, l'odeur, les autres, tout aussi terrorisés qu'elle. À quel saint se vouer dans cette horreur ?

— Papa…

La voix de son fils le fit sursauter et il releva les yeux sur les deux silhouettes plantées devant lui. Vincent et Daniel l'observaient, un peu inquiets mais surtout très intimidés. Il eut la certitude que c'était Clara qui les avait envoyés à sa recherche.

— Excusez-moi, les garçons, dit-il en se levant.

Pouvait-il vraiment – devait-il – leur expliquer de quelle façon leur mère était morte ? D'abord il n'en savait rien, ensuite c'était inavouable. Du moins les survivants l'affirmaient-ils. Trop abominable pour être raconté. Nul ne parviendrait jamais à les croire, finissaient-ils par reconnaître avec un sentiment de honte. De *honte*… Mais quelles atrocités avaient-ils donc vécues pour avoir un tel dégoût d'eux-mêmes, au point de ne plus pouvoir dénoncer leurs bourreaux ?

— On va jusqu'au sommet ? proposa Charles d'un ton hésitant.

Les garçons hochèrent la tête ensemble sans répondre. Leur père semblait hagard et ils n'avaient aucune envie de l'accompagner dans sa promenade, mais ils lui emboîtèrent sagement le pas. La fin de la pente, abrupte, les obligeait à se courber en avant et à s'accrocher aux genévriers pour ne pas déraper. Une odeur de romarin flottait autour d'eux, mélangée à des effluves de lavande, et Charles s'aperçut qu'il n'avait pas perdu le goût des parfums. Cette constatation l'étonna prodigieusement. Bien sûr, les senteurs de la Provence lui rappelaient sa jeunesse, ses vacances insouciantes de collégien, ses premières émotions… il aurait donné n'importe quoi pour retrouver ce passé. Mais Vallongue était devenu l'endroit où Judith l'avait attendu en vain. Ici, elle avait eu peur, et au bout du compte son sort s'était joué. Jamais plus Charles ne pourrait se sentir bien dans cette maison qu'il avait adorée.

Cependant, le retour à Paris allait lui rappeler quotidiennement une foule de souvenirs qui risquaient de devenir aussi une torture de chaque instant. Pourquoi donc voulait-il s'y confronter ?

« Je vais tout vendre, les meubles, les objets que nous avions achetés ensemble, les cadeaux de mariage, ses vêtements et même ses bijoux… Je ne garderai que ses agendas et ses carnets, avec les albums de photos, et tout ça au coffre de la banque… Inutile de faire vivre les garçons dans le souvenir. La mémoire de leur mère, c'est moi qui leur en parlerai en temps voulu. »

À moins qu'il n'en trouve jamais la force. Les deux adolescents s'essoufflaient derrière lui en se demandant comment leur père pouvait être encore aussi athlétique. Mais il n'avait raconté à personne que, même dans la plus étroite des cellules, il s'était épuisé chaque matin et chaque nuit en exercices physiques. Des pompes, des abdominaux, des mouvements recommencés jusqu'à la nausée. Échafauder des projets d'évasion lui avait permis de combattre l'engourdissement de la captivité, de ne pas sombrer dans la dépression. Il aurait fallu l'enchaîner pour l'empêcher de se maintenir en condition, tant il était persuadé que sa survie en dépendait. Et finalement il ne s'était pas trompé puisqu'il se sortait sans trop de dommages de cinq années très dures. Du moins les avait-il crues dures, ne sachant pas qu'il affronterait bien pire à sa libération.

— Regarde les fauvettes ! s'exclama Daniel, le bras tendu vers un groupe d'oiseaux qui passait au-dessus d'eux en poussant des cris rauques.

— Oui, ce sont des fauvettes pitchous, celles des garrigues, approuva distraitement Charles. Qui t'a appris ça ?

— Alain.

— Il se sent une vocation d'ornithologue ?

Avant que son frère ait pu répondre, Vincent saisit l'occasion.

— Une âme de terrien, plutôt. Il adore Vallongue, il rêverait d'y rester.

Charles esquissa un sourire puis posa sa main sur l'épaule de son fils aîné.

— Tu t'entends bien avec lui, n'est-ce pas ? Alors fais-lui comprendre que ce n'est pas possible. Plus tard, quand il aura atteint l'âge adulte, il fera ce qu'il voudra. Pour le moment, nous regagnons tous Paris, vous avez des études à faire.

Ils restèrent un moment immobiles côte à côte, contemplant le paysage qui dévalait dans le lointain jusqu'à la Durance. Quand ils se décidèrent à rebrousser chemin, ils aperçurent les toits de la propriété, en bas sur la plaine aride. Charles comprenait très bien ce que son neveu pouvait éprouver pour cet endroit. Lui-même y avait bâti de nombreux châteaux en Espagne, presque chaque été de son enfance. Plus la rentrée scolaire approchait, plus les jours raccourcissaient, plus forte était l'envie de rester pour toujours en Provence et de ne jamais revoir la grille de son lycée parisien. Vallongue était un paradis avec ses volets bleus sur ses hauts murs de pierre blanche. La maison principale, flanquée d'un pigeonnier, s'organisait en U autour d'une cour pavée, ombragée de micocouliers. Ni bastide ni hôtel particulier, c'était une grande bâtisse typiquement provençale, dont la construction datait de deux siècles. Orientée nord-sud, avec une légère inclinaison vers l'est pour se protéger du mistral, ses toitures presque plates étaient faites de tuiles romaines. Au milieu du corps principal, un patio à l'italienne abritait un extravagant palmier. Chaque fenêtre, à petits carreaux, possédait son propre balcon de fer forgé, et l'on accédait à la double porte cintrée par un large perron de sept marches. À l'intérieur, les pièces étaient vastes, équipées pour la plupart de cheminées de pierre. Dès sa première visite, au lendemain de son mariage avec Henri, Clara s'était entichée de Vallongue. Elle l'avait débarrassé du mobilier Louis-Philippe campagnard entassé par sa belle-famille depuis deux générations, mais n'avait pas cédé pour autant aux modes modern style et Arts déco alors en vogue. Au contraire, elle était revenue à une tradition régionale, privilégiant les meubles de noyer, les chaises paillées, les coffres et les grandes armoires arlésiennes. Sa passion pour la propriété n'avait jamais faibli, et elle en avait soigné la décoration à chacun de ses séjours. Déjà elle s'était réfugiée là durant la première guerre, avec ses fils, puis s'y était consolée du décès de Henri. Par la suite, elle n'avait cessé d'apporter des améliorations, clamant que Vallongue serait toujours le refuge des Morvan, et l'avenir lui avait donné raison.

Comme les garçons gambadaient devant lui avec insouciance, Charles sourit pour la seconde fois de l'après-midi. C'étaient deux petits sauvages qu'il allait devoir civiliser au plus tôt, leur vie champêtre avait trop duré. Tandis qu'il descendait d'un pas tranquille, sur le point de se sentir presque bien, il songea soudain à sa toute petite fille, qu'il avait à peine eu le temps de voir marcher avant d'être mobilisé, mais qui avait dû courir ici avec sa mère, en cueillant des fleurs. *Bat-sheba*, en hébreu « la fille de la promesse ». Quand Judith chuchotait « Bethsabée », c'était doux, soyeux, presque magique. Beth, son bébé aux grands yeux noirs, ne grandirait pas entre ses deux frères parce qu'on l'avait affamée, martyrisée, puis assassinée quelque part à l'est de l'Allemagne. Bethsabée…

Les bras croisés, sa femme le regarde avec une expression malicieuse.

— Charles, j'ai bien l'impression que nos garçons s'ennuient ! affirme-t-elle de sa voix chaude, aux accents rauques.

Elle incline un peu la tête de côté pour l'observer, en attendant qu'il comprenne, puis elle esquisse un sourire émouvant comme une caresse, avant d'ajouter :

— J'aimerais beaucoup que ce soit une fille, pas toi ? La joie qui submerge Charles est aussi forte qu'une onde de choc. Le temps de réaliser, il franchit le pas qui les sépare et l'entoure de ses bras. Il doit se pencher pour l'embrasser dans le cou, sur la nuque, la joue, puis enfin poser ses lèvres sur les siennes. L'odeur de Judith l'a toujours subjugué ; c'est un mélange subtil d'une eau de toilette spéciale, qu'elle fait fabriquer par le pharmacien, du parfum acide de sa peau et de l'encens qu'elle brûle à longueur de journée. Il la serre contre lui, pas trop fort, pas autant qu'il le voudrait, et elle se met à rire parce qu'elle vient de sentir son désir. Il pourrait lui faire l'amour du matin au soir, vivre en elle sans cesse pour autant de la vouloir encore.

— D'accord, une fille, dit-il en cherchant sa respiration.

À condition qu'elle ait le regard noir de sa mère, dessiné en amande et étiré vers les tempes. Mais il serait tout aussi d'accord pour un troisième garçon.

— Mon amour, murmure-t-elle, la bouche contre l'oreille de Charles.

Maintenant, c'est elle qui a envie de lui, il le devine et il la soulève pour la porter jusqu'à leur chambre. Entre ses mains, elle est légère et flexible, pourtant elle n'est pas fragile. Il l'allonge sur le lit, s'assied près d'elle.

— Qu'est-ce que je vais t'offrir pour te remercier de ce cadeau ? demande-t-il très sérieusement.

De nouveau, elle a ce rire qu'il adore, d'une folle gaieté. Elle pourrait exiger un bijou des ateliers Cartier ou une robe de Schiaparelli, ou même la lune, il irait volontiers la lui décrocher, mais elle chuchote :

— Un petit chat tigré.

Elle l'a annoncé d'un air si gourmand qu'il ressent un coup au cœur. Depuis combien de temps rêve-t-elle d'un animal, et pourquoi n'en a-t-elle pas parlé plus tôt ? Il caresse ses cheveux noirs, lisse la frange du bout des doigts. Elle aura tous les chats qu'elle veut, bien sûr.

Le gros matou détala entre ses pieds, furieux d'avoir été dérangé dans sa chasse, alors qu'il était à l'affût sous un genévrier. Charles enfouit ses mains dans ses poches, prit une profonde inspiration. La luminosité baissait dans un crépuscule bleuté qu'il aurait pu trouver sublime s'il l'avait seulement regardé. Les garçons étaient hors de vue, à présent.

« C'est sans issue, songea-t-il, submergé par un élan de haine. Il ne me reste plus qu'à continuer ce que j'ai commencé ! »

Il éprouvait encore un tel besoin de vengeance qu'il pouvait en faire sa raison de vivre. Clara avait vraiment raison, la priorité, c'était toujours la famille, mais l'un n'empêchait pas l'autre. Avec un peu de chance, il mènerait tout de front, et puis il n'avait rien d'autre à faire, son destin était désormais tracé.

2

Paris, 1948

La tête un peu penchée de côté, Sylvie arborait son irrésistible petit sourire en coin. Celui qui lui donnait l'air espiègle et la mettait à son avantage, elle le savait. Jolie blonde bouclée aux yeux bleus, elle n'hésitait jamais à utiliser toutes ses armes. De l'autre côté de la table basse, Clara appréciait les efforts de la jeune femme à leur juste valeur, mais restait perplexe quant à la réaction de Charles. Bien sûr, il ne pouvait pas être tout à fait indifférent devant un tel déploiement de féminité, comme n'importe quel homme aux abords de la quarantaine, pourtant il conservait ses distances avec Sylvie. Du moins en apparence.

— Les modèles de ce Christian Dior sont à mon avis les plus réussis de la saison, dit Clara pour relancer la conversation.

— Un peu trop excentriques à mon goût, riposta Sylvie sans cesser de sourire. En ce qui nous concerne, nous sommes très contents de notre collection parce que nos vêtements s'adressent à *toutes* les femmes. C'est ce qui fait leur succès !

Depuis qu'elle travaillait pour Jacques Fath, elle défendait passionnément sa maison de couture, et elle le faisait avec intelligence. Elle avait d'abord été l'un de ses mannequins favoris, mais très vite elle s'était lassée des défilés, préférant les coulisses aux estrades. En quelques années elle avait su se rendre indispensable, et à présent elle occupait une place à part chez lui, un peu conseillère, dessinatrice à l'occasion, mais surtout chargée des relations délicates avec les clientes.

— Charles, poursuivit-elle du même ton gai, soyez notre arbitre, quel style préférez-vous ?

— Je ne sais pas, je n'y connais rien. Ce que tu portes est toujours ravissant.

Il avait l'air de s'ennuyer, comme chaque fois qu'il consacrait une heure de son temps à des futilités. Il devait être pressé de regagner son cabinet ou le palais de justice, d'y retrouver ses dossiers en cours, mais la présence de Sylvie l'attirait malgré lui.

— Vous aimez vraiment ? demanda-t-elle en se levant.

De sa démarche élégante, elle fit trois pas vers lui, puis un brusque demi-tour qui souleva les basques de sa veste.

— C'est un tissu confortable, fluide, et qui ne se froisse pas ! Vous devriez passer nous voir, Clara, nous avons des merveilles en ce moment...

Charles n'avait jeté qu'un regard distrait sur le tailleur bleu nuit qui soulignait la taille fine de la jeune femme, mais il fut sensible au parfum qu'elle laissait dans son sillage. Il identifia le N° 5 de Chanel et sourit. C'était le dernier cadeau qu'il lui avait offert, quelques jours plus tôt, lors d'un de ces dîners aux chandelles dont elle avait le secret.

— Je me sauve, je suis en retard. Vous partez aussi, Charles ?

— Oui, je te raccompagne.

Elle se pencha pour embrasser Clara puis rajusta la voilette de son adorable petit chapeau. En d'autres circonstances, il aurait pu être amoureux d'elle, malheureusement il se sentait incapable de lui accorder l'attention qu'elle méritait. Ils quittèrent ensemble le boudoir du premier étage, où Clara recevait l'après-midi, et s'engagèrent dans l'escalier à double révolution qui était l'un des plus beaux ornements de l'hôtel particulier. Sur le trottoir de l'avenue de Malakoff, elle laissa échapper un bref éclat de rire.

— Je ne crois pas que votre mère soit dupe, c'est une femme beaucoup trop observatrice pour ça !

Son ironie contenait une pointe d'amertume, il le devina, et il espéra qu'elle n'allait pas insister. Ils en avaient déjà parlé souvent, s'étaient même disputés à ce sujet sans que Charles acceptât de rien changer à sa position. Officialiser sa liaison avec Sylvie lui semblait inopportun, presque indécent, d'ailleurs il ne souhaitait rien d'autre que les quelques heures passées avec elle chaque semaine, et il ne lui avait jamais caché ses intentions.

Arrivé à la hauteur de sa voiture, il la prit par la taille d'un geste affectueux mais banal, qu'il aurait pu avoir pour n'importe qui.

— Je te dépose ?

— Volontiers !

Dix minutes supplémentaires, qu'elle n'aurait mendiées pour rien au monde mais acceptait avec reconnaissance. Une fois installée à côté de lui, elle murmura :

— Quand venez-vous dîner chez moi, Charles ?

Elle s'en voulait d'être toujours celle qui demande, qui reproche, qui se plaint, pourtant elle ne parvenait pas à accepter l'incertitude dans laquelle il la faisait vivre. Comme il démarrait sans répondre, elle étouffa un soupir excédé, qu'il entendit.

— Mardi ? proposa-t-il d'un ton neutre.

— Parfait. Je vous ferai une gigue de chevreuil.

Partagée entre le soulagement d'avoir obtenu un rendez-vous et l'humiliation d'avoir dû le réclamer, elle ne savait plus que dire pour rompre le silence qu'il laissait s'installer. Jusqu'où devait-elle s'entêter ? Il ne l'aimerait jamais, elle perdait son temps et sa jeunesse près de lui, toutes ses amies le lui répétaient depuis des mois. Elle avait vingt-neuf ans, c'était une folie de rester avec lui. Leur relation épisodique n'avait pas avancé d'un pas depuis le premier soir où il était monté chez elle, un peu réticent mais trop poli pour décliner son invitation à boire du champagne. Elle avait été obligée d'aller très loin avant qu'il consente à rester, puis à l'embrasser et à la suivre jusqu'à sa chambre. Pour lui, elle n'était qu'une gamine, une lointaine cousine perdue de vue, même s'il avait été plutôt surpris de voir ce qu'elle était devenue. Cette nuit-là, elle aurait mieux fait de lui avouer qu'elle l'aimait depuis longtemps, quand elle avait été la demoiselle d'honneur de Judith, ou encore avant, peut-être depuis toujours. Charles était une vraie légende dans la famille, et se lover dans ses bras avait représenté un bonheur si intense que son amour d'enfant s'était trans-formé en passion. Ravageuse, destructrice.

— Tu es arrivée, dit-il soudain, la faisant sursauter.

Il la vit ramasser son petit sac pour ajuster la bandoulière sur son épaule, et brusquement il eut la vision de Judith accomplissant le même geste avant de partir à l'assaut des magasins, lorsqu'il la déposait devant le *Bon Marché*. Pour chasser cette image insupportable, il retint Sylvie.

— Tu ne m'embrasses pas ?

D'un geste nerveux, il l'attira vers lui d'une main, souleva la voilette de l'autre. Il chercha ses lèvres, les prit avec une fougue inhabituelle, puis il la lâcha tout de suite.

— À mardi, murmura-t-il.

Désemparée par son attitude, elle quitta la voiture et s'engouffra chez Jacques Fath sans se retourner.

Bien après que la Delage de son oncle eut disparu au bout de l'avenue, Marie était restée longtemps embusquée près de la fenêtre.

« Je déteste cette femme ! Elle se prend pour qui, avec ses grands airs ? C'est juste une petite intrigante, et si elle croit qu'elle va mettre la main sur Charles, c'est qu'elle le connaît bien mal ! »

Contrariée, elle finit par abandonner son poste de surveillance, laissant retomber le rideau. L'attitude de Sylvie la rendait ivre de rage, elle ne parvenait plus à se contrôler dès qu'elle l'apercevait, et même lors des fêtes de famille elle la boudait ostensiblement.

Sur le bureau Empire qu'elle avait demandé pour ses dix-huit ans, des livres de droit s'étalaient en désordre au milieu d'innombrables feuilles recouvertes d'une écriture nerveuse. Le droit, comme Charles, *pas* la médecine. Elle l'avait annoncé de façon péremptoire à la famille, deux ans auparavant, après avoir brillamment obtenu son baccalauréat. Non, elle ne serait pas médecin comme son père ou son grand-père paternel, et pas davantage chirurgien, ce n'était pas aux misères physiques qu'elle voulait s'attaquer mais aux grandes causes morales, à l'honneur bafoué, à la liberté perdue. Exactement ce que défendait Charles à longueur de temps. Oh, bien sûr, elle aurait pu se contenter de ne rien faire du tout ! Les Morvan étaient riches, non seulement Clara mais aussi Madeleine, et personne ne demandait à Marie d'être autre chose qu'une jeune fille à marier. Une dot sur pied. Ce qu'avait été sa mère, à n'en pas douter.

Elle se rassit derrière le bureau, essaya de se concentrer sur son cours de droit civil. Jamais elle n'avait pu pénétrer dans une salle d'audience pour y écouter les plaidoiries de Charles, car les grands procès dans lesquels il intervenait avaient souvent lieu à huis clos et, de toute façon, elle était mineure. Elle devait donc se contenter d'imaginer son oncle lancé dans une de ses éblouissantes tirades que les journaux relataient avec complaisance. À en croire les signataires de ces articles élogieux, Charles Morvan était un avocat particulièrement efficace dans sa croisade pour la cause juive. Il avait participé à de nombreuses actions judiciaires contre les criminels de guerre, mais, au-delà du châtiment des coupables, il réclamait maintenant le dédommagement des victimes spoliées par un gouvernement français trop complaisant. Un lourd programme, qui risquait de l'occuper durant les trente prochaines années de sa vie.

Avant de s'engager dans ses longues études, Marie s'était bien renseignée. Depuis 1900, les femmes pouvaient s'inscrire au barreau, et en 1908 une avocate du nom de Maria Vérone avait même plaidé en cour d'assises pour la première fois. La voie était tracée, rien n'empêchait Marie de se lancer dans la carrière. Une décision contestée par Madeleine mais vigoureusement défendue par Clara, qui possédait un esprit d'indépendance très affirmé et soutenait tous les combats féministes. Quant à Charles, il s'était contenté d'approuver sans émettre le moindre commentaire. Que sa nièce veuille suivre ses traces ne l'ennuyait pas et ne le flattait pas, il restait égal à lui-même, c'est-à-dire indifférent.

La réputation de Charles, dont elle portait le nom, attirait à Marie la considération des professeurs et l'antipathie des élèves. Elle n'en tenait aucun compte, appliquée à obtenir les meilleures notes de sa promotion tout en se ménageant des loisirs. Car, sous ses allures de jeune fille sage, elle aimait se distraire. Sportive, délurée, elle avait de nombreux amis dont elle s'était servie pour apprendre ce qu'elle voulait savoir, ce qu'elle ne pouvait pas demander à ses frères ou à ses cousins, plus jeunes, et qu'elle considérait comme des gamins.

— Tu travailles encore, ma chérie ? s'exclama Clara en entrant.

Jamais sa grand-mère ne frappait à aucune porte, et Marie réprima un geste d'agacement.

— Je te dérange ? Tu devrais faire une pause et m'accompagner, j'ai une folle envie de dépenser de l'argent.

Une façon d'annoncer qu'elle voulait courir les boutiques en compagnie de sa petite-fille, distraction qu'elle s'offrait environ une fois par mois pour le plaisir de gâter Marie et de l'habiller à la dernière mode. Ainsi, elle se vengeait des années où la vieille machine à coudre de Vallongue transformait cinq fois de suite la même robe.

— Tu recevais cette pimbêche de Sylvie ? lui lança Marie au lieu de répondre.

— Je sais que tu ne l'aimes pas, mais ce n'est pas le cas de tout le monde dans cette maison !

Clara s'était mise à rire tandis que sa petite-fille levait les yeux au ciel.

— Tu veux vraiment le recaser, grand-mère ? Tu veux qu'une femme te l'enlève ?

La réflexion aurait pu être cruelle, mais il était difficile d'atteindre Clara, qui répliqua :

— C'est son bonheur que je veux. Il a été tellement…

Elle chercha le mot adéquat un instant puis renonça. Charles avait été beaucoup plus que malheureux ou mal dans sa peau. D'ailleurs, il n'était pas encore remis, ne s'en remettrait sans doute jamais, alors si la petite Sylvie pouvait contribuer à lui apporter quelques heures de soulagement, Clara l'accueillerait toujours à bras ouverts.

— Allez, je t'emmène, mon ange ?

« Ange » n'allait pas davantage à Marie que son virginal prénom, aussi finit-elle par sourire.

— On ne peut pas te dire non, grand-mère, tu sais bien !

Lorsqu'elle se leva, le regard de Clara glissa sur sa mince et haute silhouette. Tout le contraire de Madeleine. Joli visage un peu froid, déjà une certaine assurance, et surtout une élégance innée. Elle devait faire des ravages, dont elle ne se vantait évidemment pas. La dernière fois qu'elle avait demandé la permission de sortir, elle était revenue à l'aube. Or Clara avait l'oreille fine et ne dormait jamais avant que tout le monde soit rentré. Les excentricités de sa petite-fille l'inquiétaient, mais pour rien au monde elle n'en aurait parlé à Charles. S'il était très intransigeant avec ses fils et avec ses neveux, il avait montré jusque-là une certaine indulgence pour la seule fille de la maison. Peut-être en souvenir de Bethsabée, ou tout simplement parce qu'il ne savait pas s'y prendre.

« Ou parce que ça ne l'intéresse pas plus que le reste ! » ne put s'empêcher de songer Clara.

Elles gagnèrent ensemble le rez-de-chaussée et firent halte dans une petite pièce contiguë au grand hall, qui servait de vestiaire. Clara avait fait tendre les murs de chintz gris pâle, et deux coiffeuses Louis XV, agrémentées de poufs capitonnés, permettaient de s'attarder là voluptueusement pour arranger un chignon, raviver un maquillage ou bien rajuster son chapeau.

— Le bulletin scolaire de ton frère est une catastrophe, soupira Clara.

Marie s'était emparée d'un des flacons de Guerlain pour mettre une goutte de parfum sur ses poignets. Alain était un éternel sujet de dispute chez les Morvan, et Clara elle-même s'avouait dépassée. Ce petit-fils était une forte tête, un marginal, il se montrait tantôt agressif, tantôt entêté jusqu'à l'absurde, mauvais élève et volontiers querelleur. Mais c'était aussi un jeune homme intelligent et bourré de charme, à qui on ne pouvait pas garder rancune longtemps.

— Le proviseur a envoyé un courrier à ta mère... qui compte le montrer à ton oncle...

— Ce qui gâchera le dîner, bien entendu ! persifla Marie. Pourquoi ne pas le laisser tranquille ? Il n'aura jamais de bonnes notes, ne fera jamais d'études supérieures, et alors ?

— Alors de quoi vivra-t-il ? s'indigna Clara.

Elles échangèrent un long regard, et celui de Marie n'était pas tendre.

— Ah non ! lui assena sa grand-mère d'un ton sans réplique. Pas d'enfants gâtés ou de fruits secs sous mon toit. Vous vous appelez Morvan, il faut vous montrer à la hauteur !

C'était sa façon d'être, rarement nuancée mais toujours positive, et elle rappelait ainsi à sa petite-fille qu'on ne pouvait plus vivre comme au siècle dernier, en dormant sur ses lauriers, alors que le monde était en plein bouleversement. Marie l'avait bien compris, puisqu'elle s'était jetée à corps perdu dans les études, mais qu'allait-il advenir d'Alain ? Madeleine était incapable de lui faire la morale, d'ailleurs elle n'avait aucune influence sur lui, et elle comptait sur Charles pour sévir. Un mauvais calcul, qui allait immanquablement provoquer l'affrontement.

Sylvie mordit l'oreiller pour ne pas hurler – Charles détestait ça –, mais le plaisir venait de la submerger avec une violence inouïe. Elle se laissa dériver, les dents serrées, son corps arc-bouté, souffle coupé, puis elle se détendit d'un coup avant de s'affaisser au milieu des draps froissés. Une fois encore, elle avait perdu le contrôle des opérations.

— Je t'aime, murmura-t-elle d'une voix rauque.

Dans ces moments d'intimité, elle pouvait se permettre ce genre de déclaration. Elle se tortilla pour lui échapper, se retourner et le regarder. Ses grands yeux gris étaient posés sur elle avec une lueur amusée qu'elle détesta. Elle faillit lui demander ce qui le faisait rire mais il s'écarta d'elle, redevenu sérieux. Avant qu'il esquissât le moindre geste, elle nicha sa tête dans le creux de son épaule, éperdue à l'idée de le voir déjà partir.

— Reste encore, demanda-t-elle à contrecœur.

Elle s'était juré de garder la tête froide mais, comme d'habitude, elle avait craqué en cours de route. Il la connaissait bien à présent, et il était un merveilleux amant. En fait, il la rendait folle dès qu'il la touchait, il aurait même pu se dispenser de tous ces raffinements sur lesquels il s'attardait à plaisir.

— Veux-tu un peu de champagne ? proposa-t-elle. On m'en a donné deux bouteilles et je serais contente de le goûter avec toi.

N'importe quoi pour le garder encore, fût-ce un quart d'heure. Après, il allait se rhabiller, retrouver ses distances, et elle se remettrait à le vouvoyer malgré elle. Parce qu'elle ne parvenait pas à se débarrasser du respect qu'il lui avait inspiré quand elle était une petite fille, puis une adolescente, et qu'il représentait alors un idéal inaccessible, Charles Morvan, le jeune avocat, le jeune pilote, le jeune époux de la trop belle Judith.

Profitant de son silence, elle jaillit hors du lit, ramassa son déshabillé et se précipita dans le couloir. Son appartement était minuscule mais ravissant, décoré avec goût de tons pastel et de mobilier Majorelle. Elle déposa en hâte le champagne, deux coupes et une assiette de biscuits secs sur un plateau. Lorsqu'elle revint, Charles était assis, fumant une cigarette américaine. Malgré la lumière douce de la lampe de chevet, son visage paraissait creusé de fatigue, émacié, et ses rides s'en trouvaient accentuées. Il était encore un peu maigre, mais son corps était toujours celui d'un jeune homme, avec une musculature parfaite. Et aussi deux étranges cicatrices sur lesquelles il n'avait donné qu'une explication succincte lorsqu'elle s'en était inquiétée. « À Colditz, je suis tombé sur un type décidé à me faire passer le goût de l'évasion. J'étais là pour ça, et lui aussi. » Elle n'en avait pas tiré un mot de plus car il refusait obstinément de parler de ses années de détention, *a fortiori* de celle passée en forteresse.

— Juste ce soir, osa-t-elle, tu ne voudrais pas dormir avec moi ?

Elle regretta sa phrase à peine prononcée, car il avait été très clair sur ce point dès la première nuit.

« Ne t'attache pas à moi, sens-toi libre et débarrasse-toi de moi dès que tu en auras assez ! » avait-il dit avec un rire triste. Depuis, il n'avait pas prononcé un seul mot d'amour. Des compliments, oui, presque de la tendresse à certains moments, et parfois un élan vite réprimé, mais aucune promesse. Pas la plus petite allusion à un possible avenir. Pire, le secret absolu sur leur liaison.

— Non, répondit-il doucement, il faut que je rentre.

La mousse déborda de la coupe, mouillant le plateau, et elle dut reposer la bouteille tant sa main tremblait. Comment parvenait-il à la mettre dans un état pareil ? Elle l'observa tandis qu'il soufflait la fumée de sa cigarette d'un air distrait. Pourquoi devait-il donc repartir avenue de Malakoff ? Sans aucun doute possible, il pensait à Judith. Elle était certaine qu'il y pensait chaque fois qu'il la tenait dans ses bras. Elle ou n'importe quelle autre femme, avant, pendant, après l'amour. Bien sûr, elle ne lui avait pas posé la question, mais son instinct le lui criait, et elle se sentait malade de jalousie. Jalouse d'une morte, d'une martyre, d'un fantôme ! Ce sentiment était méprisable et provoquait chez elle de véritables crises de conscience, pourtant elle ne parvenait pas à le chasser.

Il se leva pour venir trinquer avec elle, sans prendre la peine d'enfiler un vêtement. Il vida sa coupe d'un trait, tendit la main vers elle mais n'acheva pas son geste.

— Ce champagne est délicieux, dit-il d'un ton de regret.

À une certaine époque, Judith buvait toujours une gorgée dans son verre, pour connaître ses pensées, prétendait-elle. Elle aimait les vins blancs secs et les rouges charpentés, pourtant sa préférence allait au champagne, à cause des bulles qu'elle trouvait gaies. Ils en avaient vidé de pleines caisses avant guerre.

Charles serra les dents et s'aperçut que Sylvie le dévisageait avec curiosité, ce qui l'obligea à sourire.

— Je vais m'habiller, décida-t-il.

— Attends !

Elle s'était jetée contre lui, telle une petite fille apeurée, alors qu'elle était une jeune femme solide et sûre d'elle.

— Sylvie, reprocha-t-il à mi-voix, qu'est-ce que tu as ?

Collée à lui, elle respirait l'odeur de sa peau en essayant de refouler ses larmes.

— Finissons au moins la bouteille, parvint-elle à proposer.

— Non. Vraiment, je n'y tiens pas.

Un refus tout simple, proféré sans aucune méchanceté, qui cependant transforma la détresse de Sylvie en fureur.

— Très bien, va-t'en, dépêche-toi, disparais ! cria-t-elle.

Il se contenta de se détacher d'elle, puis il enfila sa chemise, son caleçon, son pantalon. Quand il fut prêt, il retourna vers le lit pour prendre sa montre, qu'il avait posée sur la table de nuit. Il l'enlevait toujours avant de faire l'amour, et le claquement sec du fermoir fit tressaillir Sylvie. Elle se demanda s'il allait partir comme ça, en silence, mais il vint se planter devant elle.

— Si tu préfères que je ne vienne plus ici, je comprendrai très bien. Je suis désolé si j'ai dit quelque chose de blessant pour toi. Tu ferais mieux de me quitter, Sylvie. Il te suffirait d'un mot, je n'insisterais pas.

— Vous seriez soulagé, peut-être ? lança-t-elle d'une voix mal assurée.

— Oh, non, pas du tout ! Au contraire, je...

Il était presque tendre soudain, et désemparé, ce qui la submergea d'une joie inattendue. Elle se dressa sur la pointe des pieds pour l'embrasser légèrement au coin des lèvres.

— Je me suis énervée, pardon, s'excusa-t-elle. Je ne cherche pas à vous changer, Charles.

— Tu ne peux pas conserver le tutoiement, même quand je suis en costume ? plaisanta-t-il.

L'atmosphère s'était sensiblement détendue entre eux, ce qui les soulageait autant l'un que l'autre.

— Personne ne comprendrait, fit-elle remarquer. Et puis vous m'impressionnez beaucoup, vous savez bien.

— Vraiment ?

Il fit glisser la ceinture du déshabillé de soie, qui s'entrouvrit, puis il se pencha pour l'embrasser entre les seins, jusqu'à ce qu'elle frissonne.

— Je t'appellerai en début de semaine, dit-il enfin.

À présent, il était pressé de partir, et elle ne tenta rien d'autre pour le retenir. Sitôt dehors, dans la nuit fraîche, il se surprit à respirer à fond, à plusieurs reprises. Est-ce qu'il avait eu peur ? Peur qu'elle ne lui apprenne qu'elle en avait assez, qu'elle ne voulait plus de lui ? Ce serait pourtant la meilleure décision pour elle, si toutefois elle parvenait un jour à la prendre. Il n'était pas naïf au point d'ignorer l'ascendant qu'il avait sur elle, ni qu'elle était éperdument amoureuse de lui, et il se le reprochait. Il n'aurait jamais dû en faire sa maîtresse parce qu'il n'avait rien à offrir à une maîtresse. Rien du tout.

Devant sa voiture il soupira, contrarié de ne pas pouvoir rentrer à pied, mais il n'était bien sûr pas question de laisser la Delage avenue Victor-Hugo, juste au pied de l'immeuble de Sylvie. Les automobiles étaient encore rares dans Paris, et la sienne très voyante. Installé au volant, perdu dans ses pensées, il ne démarra pas tout de suite. La Delage était comme le champagne de Sylvie ou l'hôtel particulier de l'avenue de Malakoff, comme cette Ford Vedette de huit cylindres achetée cinq cent quarante-cinq mille francs par Clara au premier Salon de l'automobile de l'après-guerre, ou comme cette robe de Balenciaga offerte à Marie pour Noël. Les signes d'une richesse devenue désagréable à Charles. Toute cette débauche d'argent pour des futilités finissait par l'écœurer. Il voyait trop de faillites et de ruines, il côtoyait trop de drames et de détresse, trop de gens avaient été spoliés. Et il avait frôlé la mort de près, il avait trop souffert pour pouvoir conserver le goût du luxe. Les tickets de rationnement n'avaient pas encore disparu, des tas de choses indispensables se négociaient toujours au marché noir. Un négoce parallèle dans lequel Clara excellait. Clara décidément irremplaçable, qui continuait de gérer la fortune des Morvan avec un sens inné des affaires, qui faisait également prospérer l'héritage de Madeleine, bref qui veillait à tout, en bon chef de clan.

Charles jeta un dernier coup d'œil vers les fenêtres de Sylvie, où la lumière continuait de briller, puis il démarra. Pauvre et adorable Sylvie, prisonnière d'une aventure impossible. Elle aurait bientôt trente ans – et lui quarante –, elle ne tarderait plus à vouloir fonder une famille, à désirer des enfants… Or c'était exactement ce qu'il ne voulait pas, ce qu'il n'accepterait pour rien au monde. Même s'il l'aimait un peu plus qu'il ne se l'avouait, il ne l'aimait pas assez pour ça. De toute façon, c'était impossible. Personne ne remplacerait jamais Judith, personne ne prendrait la place de Beth.

Chaque fois qu'il pensait à elles deux, il avait l'impression d'étouffer de rage, d'impuissance, de douleur, aussi il s'efforça de les chasser de son esprit. Un combat inutile, qu'il menait vingt fois par jour. Ce n'était que devant ses dossiers de justice qu'il parvenait à oublier. Ou, plus rarement, lors d'un dîner réussi avec Sylvie. Elle ne riait pas comme Judith, n'avait d'ailleurs rien de comparable avec ses yeux clairs et ses cheveux blonds, et tant qu'il ne la touchait pas il pouvait presque se croire heureux près d'elle. En revanche, il veillait à ne pas s'abandonner dans l'amour, à ne pas éteindre la lumière, à ne pas somnoler. Il l'avait fait, un soir, et dans un demi-sommeil il s'était cru près de Judith. Une sensation atroce quand il avait repris conscience. Un vide intolérable dans lequel Sylvie n'était qu'une intruse. Il ne l'avait pas revue pendant un mois, trouvant des prétextes, mais finalement il l'avait rappelée et s'était excusé de son comportement incohérent.

« Je n'aurais pas dû céder, la première fois. Elle finira par me haïr et elle aura raison. »

D'avance, il acceptait qu'elle le rejette, il le souhaitait presque. Entretenir une relation suivie avec une femme ne pouvait se solder pour lui que par un échec. Pour cette raison, entre autres, il ne voulait pas s'afficher avec elle, ou alors elle serait définitivement cataloguée comme la-maîtresse-de-Charles-Morvan, celle qui n'avait pas su le consoler, qui n'avait pas pu le garder.

Il descendit ouvrir le portail de l'hôtel particulier, rangea sa voiture au garage. L'aube n'était plus très loin, il lui restait à peine deux heures de sommeil mais il s'en moquait. Dormir signifiait presque toujours faire des cauchemars ou, bien pire, rêver d'une Judith riant aux éclats.

Vincent, Daniel, Alain et Gauthier revenaient ensemble du lycée, comme chaque jour, et ils en profitaient pour chahuter tout au long de la rue de la Pompe. Ils ne redevenaient sérieux qu'en abordant l'avenue de Malakoff, au cas où Clara les apercevrait d'une fenêtre. Pour Madeleine, ils n'étaient pas inquiets : elle pouvait rester des après-midi entiers à broder, enfermée dans le petit salon qui donnait sur le jardin. Quant à Charles, il ne rentrait jamais avant le dîner.

— Si tu veux, je te fais ton devoir de maths, proposa Vincent à Alain. Je glisserai quelques erreurs par-ci par-là et tu n'auras qu'à recopier.

Son cousin haussa les épaules avec insouciance. Une bonne note ne changerait rien à son dégoût des études, et pas grand-chose au prochain bulletin scolaire.

— Merci de ton offre mais, franchement, je m'en fous.

Au contraire d'Alain, Vincent était un élève brillant, qui, grâce à sa prodigieuse mémoire et à sa capacité de travail, se retrouvait toujours dans les premiers. Comme ils étaient dans la même classe, la différence entre les deux cousins semblait d'autant plus remarquable. Quant à Gauthier et Daniel, dans leurs sections respectives, ils obtenaient des résultats moyens avec des efforts irréguliers.

— Tu sais, je crois que ça finira mal, les profs t'ont vraiment pris en grippe !

Vincent lui souriait gentiment, navré d'énoncer l'évidence, et Alain lui envoya une bourrade affectueuse.

— Ne t'en fais donc pas, ce serait formidable si j'étais renvoyé, à moi la liberté !

Certain qu'il ne parviendrait pas à le convaincre, Vincent préféra ne pas insister. Pourtant, ils savaient tous les deux que les choses étaient en train de se gâter. Et l'idée que son père puisse s'en prendre à Alain rendait Vincent malade.

— Qu'est-ce que vous avez à traîner ? protesta Daniel en se retournant vers eux.

C'était le benjamin de la famille, celui sur qui les trois autres veillaient machinalement.

— Tu veux faire la course ? lui lança Alain. Allez, je te laisse vingt mètres d'avance...

Ils venaient de traverser l'avenue Foch et Gauthier tenta de s'interposer.

— Vous êtes fous ! On est trop près de la maison, arrêtez !

Mais son cousin démarra en trombe, poursuivi par Alain qui riait. Quelques secondes plus tard, se sentant rattrapé, Daniel commit l'erreur de regarder par-dessus son épaule et il heurta brutalement une dame âgée qui promenait son chien. Dans la confusion qui s'ensuivit, Gauthier parvint à récupérer la laisse du teckel tandis que Vincent se confondait en excuses au nom de son petit frère, mais c'était trop tard : alerté par le bruit, Charles venait d'ouvrir la grille de l'hôtel particulier. Il s'avança sur le trottoir, s'inclina devant la vieille dame sans accorder un regard aux quatre garçons pétrifiés.

— Je suis confus, madame, dit-il de la voix grave qu'il utilisait dans les tribunaux. Voulez-vous que je vous raccompagne ?

Elle se calma aussitôt, ébaucha un sourire assorti d'un signe de tête et déclina son offre. Il attendit poliment qu'elle se fût éloignée avant de s'intéresser aux adolescents, qui attendaient, la mine contrite et les mains serrées sur les poignées de leurs cartables.

— Qui a eu cette brillante idée ? demanda-t-il enfin.

— Moi.

Alain ne mentait jamais, c'était l'une de ses qualités.

— Toi, bien sûr… Eh bien, ça ne peut pas mieux tomber, je suis revenu tôt exprès pour avoir une conversation avec toi !

Les yeux gris de Charles contenaient une menace, et son neveu se raidit, prêt à affronter l'orage. Les trois autres filèrent vers la porte de service par laquelle ils avaient l'habitude d'entrer. Dans l'office, ils se lavèrent les mains en hâte, ainsi que Clara l'exigeait, avant de se précipiter dans la cuisine où les attendait leur goûter.

— Viens avec moi, intima Charles en prenant Alain par l'épaule.

Il le précéda jusqu'au salon, une pièce immense ne servant que pour les réceptions, au décor glacial et pompeux, qu'il traversa de bout en bout comme s'il voulait s'isoler du reste de la maison. Parvenu devant la haute cheminée de marbre blanc, il se retourna pour faire face à son neveu.

— Ma patience n'est pas sans limites, Alain. Ta mère a reçu un courrier du proviseur plutôt… alarmant.

— Ce serait à elle de m'en parler ! riposta le jeune homme.

Son attitude indiquait clairement qu'il cherchait la querelle, que l'occasion d'avoir une explication avec son oncle ne l'effrayait pas.

— Pas sur ce ton, dit doucement Charles.

D'un geste lent, il sortit son étui à cigarettes, en alluma une avec le briquet en or qui portait ses initiales et ne quittait pas sa poche.

— J'ai trop l'habitude et tu n'es pas de taille, déclara-t-il enfin. Si je veux garder mon calme, tu ne me mettras pas en colère, et si je décide de te flanquer une correction, rien ne m'arrêtera. Comme tu vois, en ce qui me concerne, c'est simple. Ta mère est trop douce pour que ses remontrances puissent jamais t'atteindre, alors je dois m'en charger, mais je te prie de croire que ça ne m'amuse pas.

— Je sais, lui jeta Alain, tu fais juste ton devoir !

— Tu ne sais pas grand-chose, répondit Charles à mi-voix.

Une pause leur permit d'échanger un regard et, malgré lui, Alain baissa les yeux le premier. Il avait beau détester son oncle, il était impressionné par son sang-froid.

— Que comptes-tu faire de ta vie ? Est-ce que le mot « avenir » représente quoi que ce soit, pour toi ? Tu imagines que ta mère ou ta grand-mère vont te verser une rente ? Le jour où ta sœur sera devenue avocate, qu'est-ce que tu seras, toi ? Concierge dans son immeuble ? Ou alors ce genre de parasite oisif qui est la fatalité des familles riches ? Tu vas regarder les autres travailler en te félicitant de ne rien faire ?

Le mépris de Charles était encore plus humiliant que ses questions.

— Non ! cria Alain. Pas du tout ! J'ai des projets, mais qui ne correspondent sûrement pas à ce que tu as décidé, toi ! À ta vision du monde, de la société ! Je ne veux pas de ta voie toute tracée, je ne suis pas fait pour ça. Je suis nul en classe, encore plus que tu ne crois, et ça ne changera jamais.

— Vraiment ?

— Non, répéta le jeune homme d'un air buté.

— Donc, d'ici la fin de l'année, tu seras renvoyé de Janson.

— Tant mieux !

— Il reste la filière privée, les pensions de jésuites... ou les établissements spécialisés dans la discipline, qui ont su régler des cas autrement plus difficiles que le tien. Tu ne seras majeur que dans cinq ans, ça nous laisse de la marge.

Stupéfait, Alain dévisagea Charles pour s'assurer qu'il était sérieux. Qu'un homme comme lui, qui avait connu les camps de prisonniers et les pires traitements, puisse envisager d'expédier un garçon de son âge dans ce genre d'écoles où l'on dressait les insoumis lui parut odieux.

— Si c'est ce que tu me réserves, je n'ai aucun moyen de t'en empêcher, dit-il enfin d'une voix moins assurée qu'au début de leur conversation.

Ils étaient toujours debout à moins d'un mètre l'un de l'autre, et Alain fut parcouru d'un frisson de haine quand Charles ironisa :

— Tu pourrais fuguer ? Comme ça, je t'enverrai les gendarmes et ce sera carrément la maison de redressement.

Le silence tomba entre eux et s'éternisa.

— Assieds-toi, fit Charles au bout d'un moment.

D'un geste impérieux, il le poussa vers un fauteuil Régence puis s'installa face à lui.

— On risque d'en avoir pour un certain temps, tous les deux, et tu te fatigueras le premier, crois-moi sur parole.

Alain gardait les mâchoires crispées parce qu'il avait senti son menton trembler. Affronter Charles était finalement beaucoup plus dur que prévu.

— Si mon père était encore là…, commença-t-il.

— Peut-être, mais ton père est mort.

Ce qui ne semblait pas l'émouvoir outre mesure, à en croire la froideur du ton employé. Cette fois, Alain perdit pied et ne trouva rien à ajouter. Son aplomb se diluait soudain dans une sensation de malaise qu'il ne comprenait pas. Quelque chose de vague, comme une lointaine réminiscence, cherchait à se frayer un chemin dans sa mémoire, mais la voix de son oncle le rappela à l'ordre.

— Alors, insistait-il, si je t'ai bien entendu, tu as des projets ? Vas-y, raconte !

— Je voudrais descendre à Vallongue.

— À Vallongue ? Admirable ! C'est l'emploi du gardien que tu guignes ? Tu priverais sans scrupule un brave homme de son travail ? Pauvre Ferréol, il va te bénir !

— Charles, je ne plaisante pas, j'ai étudié la question et…

— Ah, ce sera bien la seule étude que tu auras faite !

— S'il te plaît, Charles…

De nouveau, il y eut un long regard entre eux. Les yeux dorés d'Alain suppliaient, ce qui était très inattendu.

— Les oliviers, lâcha-t-il timidement.

— Oui ?

— Ceux que grand-mère avait fait planter…

Sourcils froncés, Charles attendait sans comprendre. Il se souvenait seulement que sa mère racontait parfois comment elle avait convaincu Henri, au début du siècle, d'acheter des terres proches de la propriété pour y planter des oliviers et des amandiers. Une fantaisie de jeune mariée qui se voulait prévoyante. Par la suite, la gestion et l'exploitation des arbres avaient été confiées à un métayer. Depuis, Charles ignorait ce qu'était devenue cette parcelle.

— Je me suis renseigné, mon prof de géo m'a aidé, poursuivait Alain. C'est une culture très rentable. Bien sûr, il faudrait nettoyer et replanter un peu. Tu sais qu'un olivier est productif dès l'âge de quatre ans ? Les nôtres sont surtout de variété Aglandau, pour l'huile, et un peu de Salonenque, pour la table…

— Mais qu'est-ce que tu me racontes ? interrompit Charles. D'abord, qui s'en occupe, en ce moment ?

— Personne. C'est à l'abandon, la récolte n'est pas faite. Pendant la guerre, c'était régulièrement pillé. J'y allais souvent…

Éberlué, Charles se recula un peu dans son fauteuil, croisa les jambes.

— Et que comptes-tu improviser, à seize ans, avec des oliviers ?

Parce qu'il n'y avait pas d'ironie dans la question, mais seulement une immense curiosité, Alain se troubla.

— De l'agriculture... Il doit y avoir moyen de s'agrandir, en ce moment beaucoup de gens ont besoin d'argent et les terres ne sont pas chères là-bas, alors j'avais pensé que...

— Parce que tu penses à quelque chose ? Tu appelles ça penser ? Enfin, Alain, c'est ton ambition ? Paysan ?

— Pourquoi pas ? Si le mot te gêne, tu peux aussi bien dire exploitant. Pour que tu m'autorises à vivre un jour à Vallongue, il faut bien que je t'explique comment je veux rentabiliser la propriété ! Elle pourrait très bien ne rien coûter, et même rapporter.

— Mais tu rêves ! explosa Charles. Je n'ai jamais rien entendu d'aussi stupide !

Il s'était levé brusquement, estimant que leur discussion devenait grotesque. Il fit les cent pas quelques instants, puis s'immobilisa devant Alain, qu'il dominait de toute sa taille.

— Qu'est-ce qu'on va faire de toi, grands dieux ?

— Rien au lycée, et rien à l'université, je te le jure ! répliqua Alain. Et d'ailleurs, Vallongue ne t'appartient pas, c'est à grand-mère de décider.

Clara était capable de trouver l'idée intéressante, car aucune fantaisie ne la prenait jamais au dépourvu. Pour les membres de sa famille, elle était prête à tout, y compris à faire fi des conventions. De toute façon, Alain n'allait plus tarder à être un jeune homme incontrôlable, Charles le pressentait.

— Tu as vraiment la passion de la terre ? demanda-t-il lentement.

— Oui ! Et de l'espace, du soleil... Je m'ennuie à mourir ici, je déteste Paris, laisse-moi partir.

— Pas maintenant, c'est impossible et tu le sais très bien. Tu es beaucoup trop jeune.

— Mais quand, alors ? Tu vas me tyranniser jusqu'à quel âge ?

— N'utilise pas des expressions dont tu ne connais pas le sens, répondit Charles sans se départir de son calme. Tu es un enfant gâté depuis toujours. Un privilégié. Est-ce que tu as remarqué que les gens font encore la queue devant les boulangeries ? qu'il y a des grèves partout, une instabilité gouvernementale chronique et une hausse des prix quotidienne ? qu'on va d'une crise à l'autre, que le franc a été dévalué ? et, accessoirement, que nous faisons toujours la guerre en Indochine ? Alors, tu sais, les olives attendront que tu prennes un peu de plomb dans la tête !

En prononçant sa dernière phrase, il s'aperçut de sa maladresse. Il n'y avait que trois ans qu'Édouard était enterré, et peut-être Alain en souffrait-il encore.

— Fais-moi une proposition raisonnable, enchaîna-t-il. Quelque chose que je puisse accepter, dont ta mère et ta grand-mère n'aient pas honte.

— Tu veux que je m'invente un destin *convenable* ? C'est ça ? Je ne peux pas, Charles. Je ne serai jamais un Morvan bon teint, à votre manière, fais-toi une raison. Tu me parles de crise économique mais ça ne concerne pas la famille, ici on ne manque de rien, et ce n'est pas le genre de privilège que je convoite.

Sa force de caractère était assez stupéfiante pour un garçon de son âge, d'autant qu'il avait réussi à ne pas crier, ni pleurer, ni même menacer. Il énonçait comme une évidence son droit d'être différent, et il réclamait sa liberté avec une certaine maturité.

— Laisse-moi partir, redemanda-t-il, plus bas.

Charles stoppa net ses allées et venues à travers le salon. Que pouvait-il faire ou dire de plus ? L'expédier en pension ne résoudrait pas le problème, il en était désormais persuadé, d'ailleurs l'avenir de son neveu ne l'intéressait pas assez pour qu'il continue à se battre contre lui. Il y avait des causes plus passionnantes à défendre, des gens qui avaient réellement besoin de lui. Tandis que l'adolescent, toujours assis au bord du fauteuil Régence, ne faisait que lui rappeler Édouard de façon insupportable. Non pas à cause d'une ressemblance physique, mais plutôt par son obstination agaçante, son antipathie affichée. « Si mon père était encore là... » Dieu les en préserve !

— Peut-être, laissa-t-il tomber du bout des lèvres. Peut-être que c'est tout ce que tu mérites.

Soudain fatigué, il fit volte-face et considéra Alain d'un air songeur. Le garçon attendait, un peu pâle soudain, sidéré par ce qu'il venait d'entendre et n'osait pas croire.

Sylvie recula d'un pas pour juger de l'effet. Jamais ce modèle ne retrouverait son chic d'origine sur une femme d'une telle corpulence, mais la cliente était reine chez Jacques Fath, comme dans toutes les maisons de haute couture, et elle afficha un sourire extasié.

— Elle vous va à ravir !

— Il n'y aura plus d'essayage ?

— Non, c'était le dernier, la robe sera prête vendredi comme prévu. Pouvons-nous envisager la livraison vers dix-sept heures ?

— Ce sera parfait.

Deux ouvrières commencèrent à défaire les épingles avec précaution tandis que Sylvie quittait le salon, par discrétion. Elle rejoignit son bureau, une pièce de petites dimensions mais bien à elle, ce qui constituait un privilège rarement consenti. Devant la fenêtre, sur une planche à dessin, des croquis du patron s'empilaient en vrac parmi des flots d'échantillons de tissus.

Jacques Fath s'était installé trois ans plus tôt dans cet hôtel particulier de l'avenue Pierre-Ier-de-Serbie, que sa femme, Geneviève, avait entièrement décoré. Sylvie s'entendait bien avec cette dernière depuis l'époque où elles avaient été mannequins ensemble, mais jamais rivales.

Plantée devant un ravissant miroir vénitien qui ornait l'un des murs, elle s'examina un instant sans complaisance. Son travail l'obligeait à être toujours impeccablement habillée, coiffée, maquillée. Et elle surveillait sa ligne pour pouvoir enfiler un modèle et le présenter si besoin était. Comme elle était un peu myope, elle s'approcha encore de la glace afin de chercher des traces de fatigue sur son visage. Des cernes imperceptibles, quelques petites rides au coin des yeux, encore insignifiantes, mais pour combien de temps ? La trentaine était désormais toute proche, une échéance inquiétante pour une jeune femme célibataire.

— Oh, Charles…, murmura-t-elle.

Il l'avait appelée en fin de matinée, laconique et expéditif à son habitude, pour lui fixer rendez-vous le soir même. Bien entendu, elle avait accepté avec empressement, alors qu'elle avait une autre obligation prévue de longue date. Tant pis, elle allait se décommander, Stuart serait triste et risquait de lui faire la tête toute la semaine, mais peu importait.

Elle revint à pas lents vers son bureau. La cliente devait être rhabillée et prête à partir, il fallait qu'elle aille la saluer, lui assurer encore une fois que son choix était parfait et qu'aucune autre femme ne porterait cette robe dans une soirée parisienne. C'était l'un des engagements de la maison : les modèles de la collection *Haute Couture* étaient uniques.

Où Charles allait-il l'emmener, ce soir ? Chez *Prunier* manger des huîtres ? Au concert ? Elle savait bien qu'il se forçait pour ce genre de distraction, alors que Stuart était toujours prêt à filer au cinéma voir le dernier film de Gérard Philipe avant d'aller danser dans les caves de Saint-Germain. Mais malgré sa fantaisie, Stuart n'était pour elle qu'un dérivatif, un ami de cœur, un chevalier servant. Rôle dont il n'allait plus s'accommoder très longtemps. Elle finirait par le lasser comme elle avait découragé les autres.

Elle gagna le grand hall, que sa cliente était en train de traverser, et la raccompagna jusqu'au perron avec un sourire très professionnel tandis que ses pensées continuaient d'aller vers Charles. Quand elle restait plusieurs jours d'affilée sans nouvelles de lui, elle était d'abord dévorée d'inquiétude, puis elle se révoltait immanquablement. Dans ces cas-là, Stuart était le bienvenu, elle acceptait n'importe quelle sortie pour se distraire. Pour redécouvrir, le temps d'une soirée, qu'elle aimait aussi les fous rires et le be-bop.

— À quelle heure avons-nous rendez-vous, ma princesse ? interrogea la voix désinvolte de Stuart, juste derrière elle.

Avant de lui faire face, elle réussit à se composer une expression navrée.

— Justement, c'est toi que je cherchais, j'ai un contretemps et je ne pourrai pas…

— Oh, je vois ! coupa-t-il. Le grand homme a téléphoné ?

Le sempiternel sourire du jeune homme s'était effacé et il haussa les épaules.

— Tu es complètement folle de te laisser traiter comme ça. Il claque des doigts et tu te précipites… Toi !

Sa déception le rendait amer, mais il n'avait pas tout à fait tort.

— Bon, je retourne travailler, quand tu auras un coup de spleen, fais-moi signe !

Il s'éloigna à grandes enjambées, de très mauvaise humeur, la laissant seule au milieu du hall désert. Bien sûr qu'elle était folle de préférer Charles à Stuart. Ce dernier avait tout pour plaire, un bel avenir devant lui, du charme à revendre, un accent délicieux. Seulement elle n'en était pas amoureuse, au contraire de toutes les employées de la maison car, depuis qu'il était entré chez Jacques Fath, quelques mois plus tôt, il avait fait des ravages parmi le personnel féminin. Son travail consistait à organiser la manufacture que voulait monter Fath, selon la méthode américaine, pour alimenter ses séries *Boutique*, *Prêt-à-porter* et *Confection*. Pierre Balmain avait donné l'exemple en début d'année, présentant une « petite » collection à des prix moins élevés que la grande, et ouvrant un magasin à New York. Or Fath était un trop bon homme d'affaires – en plus de son génie de coupeur – pour ne pas s'engouffrer dans la brèche. Il avait rencontré un confectionneur américain, Joseph Halpert, et venait de s'associer avec lui pour des modèles destinés aux États-Unis et distribués dans les grands magasins. Un jour ou l'autre, la France y viendrait, mais il était encore trop tôt pour bouleverser les mentalités. En attendant, Fath avait engagé Stuart pour lui servir de trait d'union entre Paris et le Nouveau Monde. Le jeune homme, d'origine anglaise, avait une excellente formation d'économiste et ne concevait de réussite que mondiale. Il prétendait même qu'on pouvait concurrencer Christian Dior, qui, pour l'instant, éclipsait tous ses rivaux. Efficace, habile, il avait toute la confiance du patron parce qu'il savait mettre à la fois de la rigueur dans les colonnes de chiffres et de la gaieté dans les couloirs de la maison de couture.

Sylvie baissa les yeux vers sa montre-bracelet, un ravissant bijou de chez Cartier. Une folie achetée sur un coup de tête parce qu'elle s'était retrouvée seule le soir de son anniversaire. Charles ne lui avait même pas téléphoné ce jour-là, et dès le lendemain elle avait décidé de s'offrir elle-même un cadeau. En revenant chez elle, encore effarée d'avoir dépensé une telle somme par caprice, son concierge lui avait remis un bouquet de roses accompagné d'une simple carte de visite. Elle avait jeté les fleurs dans un vase et déchiré la carte en petits morceaux.

Quatre heures. Elle avait largement le temps de rentrer et de se préparer, ce qu'elle faisait toujours avec un soin extrême quand elle espérait garder Charles au-delà du dîner. Espoir parfois déçu lorsqu'il s'arrêtait devant l'immeuble de l'avenue Victor-Hugo sans couper le moteur de la Delage, et qu'il promettait d'appeler d'un ton distrait. Au contraire, s'il descendait lui ouvrir la portière…

Sourire aux lèvres, elle repartit vers son bureau de sa démarche énergique et souple d'ancien mannequin.

Dans le bureau du magistrat, Charles venait d'accepter un cigare. La conversation avait roulé un moment sur la naissance d'Israël, nouvel État juif en Palestine, ainsi que sur les difficultés multiples auxquelles David Ben Gourion avait dû faire face.

Mais ce n'était pas pour bavarder à bâtons rompus que le juge avait convoqué Charles, c'était pour lui apprendre que sa requête venait d'être acceptée et qu'il allait donc pouvoir ajouter le nom de Meyer à celui de Morvan sur son état civil.

— Une manière de ne pas oublier, pour moi et mes fils, pour toute ma famille…, avait murmuré Charles.

Son émotion n'était pas feinte, même s'il n'avait jamais douté qu'il obtiendrait gain de cause. Accoler le patronyme de Judith au sien lui avait semblé l'unique moyen de la faire exister encore un peu. Chaque fois qu'un de leurs descendants se poserait la question de ce double nom, il trouverait la réponse dans l'histoire de Judith et de Bethsabée. Quant à Vincent et Daniel, il leur serait dorénavant impossible d'oublier le destin de leur mère.

Tandis que Charles repliait soigneusement les documents officiels, le magistrat l'observa quelques instants. C'était l'un des plus brillants orateurs qu'il lui ait été donné d'entendre dans un prétoire, le genre de plaideur qui aurait pu faire une grande carrière d'avocat d'assises, et voilà qu'il se consacrait presque exclusivement à la cause juive en souvenir de son épouse. Sa démarche pour modifier son nom allait d'ailleurs le rendre encore plus crédible auprès de ses clients, mais ce n'était sans doute pas à ce genre de motivation qu'il avait obéi. Non, il n'en avait aucun besoin : avant guerre, il était déjà un remarquable juriste, très apprécié du barreau et saturé de dossiers.

— Faut-il vous appeler maître Morvan-Meyer désormais ? demanda le juge avec un sourire paternel.

Charles releva la tête, le regarda bien en face.

— Oui. J'en serai très fier.

C'était l'évidence même, le ton n'avait rien d'arrogant, au contraire. Impossible de soupçonner Charles d'un calcul mercantile, seule la détresse se lisait dans ses yeux gris. Meyer était un nom qui devait le déchirer mais qu'il voulait sans doute entendre prononcer avec le sien.

— Félicitations, alors…

Ils se levèrent ensemble, se tendirent la main par-dessus le bureau.

La tête renversée en arrière, Clara éclata de rire.

— Ne soyez donc pas rétrograde, ma petite Madeleine ! lâcha-t-elle dès qu'elle eut repris son souffle. Que voulez-vous, autant d'enfants, autant de caractères. Pour ne citer qu'eux, Édouard et Charles étaient si dissemblables…

Sa belle-fille l'écoutait, éperdue, sans parvenir à accepter l'énormité de la proposition de Charles.

— Alain ne peut pas arrêter ses études à seize ans, ni vivre seul là-bas, s'obstina-t-elle.

— À mon avis, si nous ne lui donnons pas notre accord, il s'en passera purement et simplement. Pour ma part, je préfère lui offrir quelques hectares que le voir mal tourner.

— C'est très généreux à vous, Clara, mais je ne peux pas m'empêcher de… D'abord, vous ne devriez pas favoriser Alain, vous avez cinq petits-enfants. Et puis il me semble que c'est un peu le… l'encourager dans la voie de la paresse.

De tout temps, Madeleine avait préféré Gauthier, effrayée par la personnalité de Marie, trop volontaire à son goût, et par l'indépendance affichée d'Alain. Depuis cette nuit de 1945 où Édouard s'était donné la mort, elle se sentait dépassée par ses responsabilités de mère, aussi avait-elle trouvé logique de remettre son sort et celui de ses trois enfants entre les mains de Clara. C'était si simple de faire confiance à cette femme forte comme un roc ! En tout cas plus facile qu'avec Charles, dont la décourageante froideur la paralysait. Lorsqu'elle lui avait donné le courrier du proviseur, elle avait à la fois espéré qu'il saurait sévir et tremblé pour le pauvre Alain. Mais, comme celui-ci avait besoin de l'autorité d'un homme, une fois de plus elle s'était résignée à passer le relais. Tant pis si la leçon était dure, de toute façon elle n'arrivait plus à rien avec lui. Or tout ce que Charles – si sévère pour ses propres fils – avait trouvé à faire était de céder au caprice d'un adolescent !

— Il ne sera pas seul à Vallongue, dit Clara en utilisant délibérément la certitude du futur au lieu du conditionnel. Ferréol veillera sur lui, vous savez que c'est un très brave homme. Et pour commencer, nous passerons tous l'été là-bas, ce qui permettra à Charles de se faire une opinion sur le sérieux d'Alain. Peut-être sera-t-il incapable de supporter ce mode de vie ? Si ce n'est qu'une toquade, il aura perdu un an, ce ne sera pas un drame. Si au contraire il se découvre une vocation, je serai heureuse de l'avoir aidé.

Madeleine ne se sentait pas de taille à discuter. Voir un de ses enfants se transformer en paysan la hérissait, mais elle n'avait pas le courage de continuer à chercher des arguments que Clara balaierait aussitôt.

— En ce moment, la France a besoin de tout, poursuivait sa belle-mère. D'huile aussi, c'est certain.

Comment une femme comme elle – parisienne, mondaine, et de surcroît née au siècle précédent – pouvait-elle avoir des idées aussi libérales ? Un mystère pour Madeleine, qui restait une adepte convaincue de l'ordre établi.

— Il va y avoir une formidable expansion de l'agriculture, ajouta Clara, et le choix d'Alain est moins farfelu qu'il n'y paraît, croyez-en mon expérience des affaires.

Dans ce domaine, son instinct était infaillible, elle avait raison de s'en vanter.

— Et puis, rassurez-vous, Charles le surveillera, même de loin !

Très satisfaite d'avoir remporté la partie, Clara adressa un sourire éblouissant à Madeleine, qui ne trouva rien à ajouter, puis elle sonna pour le thé.

Derrière la porte du boudoir, Marie et Alain reculèrent aussitôt, sur la pointe des pieds. Ils s'étaient tenus par la main tout au long de la conversation, espionnée sans scrupule, et ils ne se lâchèrent que pour filer le long du corridor. Une fois réfugiés dans la chambre de Marie, ils se congratulèrent bruyamment.

— Tu as entendu ça ? exulta Alain. Je n'aurais jamais cru qu'il accepterait, jamais !

— Il est plus gentil que tu ne l'imagines, répliqua sa sœur.

— Gentil, Charles ? s'esclaffa-t-il. Non, il est froid comme un serpent, rigide comme un officier, bref détestable ! En plus, il a un comportement conventionnel de bourgeois qui me révolte.

— C'est faux…

— Oh, toi, il t'épate parce que tu fais ton droit, et parce que ça te pose d'avoir un oncle célèbre à l'université, mais ne me dis pas que tu l'aimes !

— Si, beaucoup.

En l'énonçant, elle eut soudain conscience de l'importance des sentiments ambigus qu'elle portait à Charles. C'était une idée si désagréable qu'elle s'empressa d'ajouter :

— Tu pourrais quand même avoir un minimum de reconnaissance, il a réglé ton problème.

Alain saisit la jeune fille par la taille, la souleva sans effort et l'embrassa dans le cou avant de l'expédier sur son lit.

— Je vais partir, Marie ! Tu te rends compte ? À moi la liberté, la Provence et le soleil. Tu m'écriras ?

— Je te téléphonerai, plutôt. Tu es certain de ne pas t'ennuyer là-bas ?

Elle s'était redressée et considérait son frère avec une réelle tendresse. Contrairement aux autres membres de la famille, elle préférait Alain à Gauthier, le trouvant beaucoup plus intéressant et intelligent.

— Et toi, ma belle ? Comment fais-tu pour ne pas devenir neurasthénique ici ? Cet hôtel particulier est sinistre, comme Charles et maman.

— Oh, maman ! répondit Marie d'un ton indifférent.

Ils échangèrent un regard rapide, un peu gênés de constater qu'ils avaient la même opinion négative sur leur mère. À force de ne jamais prendre parti, elle avait renié toutes ses responsabilités, et personne ne lui demandait plus son avis, sinon par politesse. Bien sûr, elle aimait ses trois enfants, mais hélas ! ils savaient pertinemment qu'ils ne pouvaient pas compter sur elle. Et parce que son affection n'était pas démonstrative, au contraire de Clara, et qu'elle riait seulement dans de très rares occasions, ils avaient fini par la juger triste.

— Avoue-le, on ne s'amuse pas tous les jours dans la maison des veufs ! ajouta Alain avec un certain cynisme.

Cette expression-là, ils l'avaient inventée à eux cinq et utilisée en secret quand ils étaient fâchés contre les adultes pour une raison ou une autre. Mais Marie n'était plus une enfant à présent, et elle mesurait la cruauté des paroles de son frère.

— Qu'est-ce que tu fais à traîner là ? lui demanda-t-elle. Tu devrais aller attendre Charles pour le remercier dès qu'il arrivera. Moi, j'ai du boulot, j'ai encore des examens à passer.

Elle le prit par les épaules pour le pousser dehors, sans ménagement, et il se laissa faire car il avait appris à respecter les sautes d'humeur de sa grande sœur.

À la lumière des bougies, Sylvie était encore plus ravissante que de coutume. Le décolleté de sa robe vert émeraude mettait en valeur ses épaules, son cou, son visage aux traits fins, et tous les hommes attablés dans la salle de la brasserie *Rech* avaient essayé de croiser son regard. Mais elle ne s'intéressait qu'à Charles, qu'elle ne quittait pas des yeux. Il lui avait annoncé, au début du dîner, qu'il s'appellerait dorénavant Morvan-Meyer et en était très heureux. Pourtant, il n'en avait pas l'air, tant s'en fallait.

Éperdument amoureuse, Sylvie pouvait tout comprendre, tout supporter, sauf l'ombre de Judith entre eux, plus présente ce soir que jamais. Encore s'il en avait parlé, s'ils avaient pu exorciser ensemble son souvenir, une complicité aurait peut-être fini par s'installer entre eux, mais le sujet restait tabou, jamais Charles n'évoquait le moindre souvenir à voix haute, et s'il y avait bien une chose à laquelle il ne fallait pas se risquer, c'était lui manifester de la compassion. La mémoire de sa femme et de sa fille n'appartenait qu'à lui, il n'était pas en mesure de partager son enfer avec qui que ce fût.

Pour l'instant, il évoquait le monde politique, critiquant l'attitude des communistes et déplorant l'incapacité des gouvernements successifs. Ce qu'il disait avait pour seul intérêt de meubler la conversation, elle le devinait, et elle l'interrompit pour le ramener sur un terrain plus intime.

— Quand partez-vous pour Vallongue ? s'enquit-elle avec une désinvolture très artificielle.

Surpris d'être interrompu aussi abruptement, il lui adressa un sourire mitigé.

— Toute la famille descend la semaine prochaine, mais je ne les rejoindrai qu'à la mi-juillet, j'ai trop de dossiers en retard.

Elle se sentit soulagée à l'idée de ne pas être séparée de lui dans l'immédiat. Paris en été permettait de dîner à la terrasse des restaurants, de flâner en sortant du théâtre ou de se promener en bateau sur la Seine. Mais, une fois que Charles serait dans le Midi, la capitale perdrait pour elle tout son charme. Si elle faisait preuve de doigté, Clara l'inviterait peut-être à séjourner là-bas une semaine, malheureusement Charles garderait ses distances et ne la rejoindrait sûrement pas dans sa chambre sous le toit maternel.

— Oui, j'ai vraiment un travail fou, enchaîna-t-il, d'ailleurs je retournerai à mon cabinet tout à l'heure, après t'avoir raccompagnée.

La déception l'atteignit comme une gifle. Non seulement il ne resterait pas avec elle ce soir, mais il l'annonçait par avance pour couper court à une tentative de séduction. Elle se demanda un instant si elle n'allait pas se lever, jeter sa serviette sur la table et s'en aller.

— Veux-tu du fromage ? proposa-t-il d'un air innocent.

Le camembert au lait cru servi chez *Rech* était célèbre dans tout Paris ; elle l'accepta d'un signe de tête sans regarder le maître d'hôtel.

— Vous n'avez jamais beaucoup de temps à m'accorder, murmura-t-elle malgré elle. C'est très décevant à la longue…

— À la longue ? répéta-t-il.

Elle reçut l'éclat froid de ses yeux gris, posés sur elle sans aucune indulgence. Une eau trop pâle qu'elle trouva effrayante, mais il était presque toujours impossible de savoir ce que pensait Charles et s'il n'était pas en train de vous juger.

— Je suis navré de te décevoir.

— Charles !

— Non, laisse-moi parler, je crois que le moment est bien choisi. Tu as raison, je ne suis pas très disponible, pas drôle du tout, et je n'ai aucun avenir à t'offrir. Toutes les promesses que je pourrais te faire seraient des mensonges de circonstance. Tu comprends ? Je suis heureux quand je te vois, Sylvie, c'est indéniable ; seulement, quand tu n'es pas là, tu ne me manques pas. Ce que je dis n'est pas cruel, en réalité tu ne me manques pas parce que je n'y pense pas, je pense à mes dossiers, aux affaires en cours, à la plaidoirie du lendemain. Si mes sentiments pour toi étaient… honorables, j'aurais envie de te retrouver chaque soir. J'ai connu ça, je peux faire la différence.

Il continuait de la fixer, la tenant prisonnière de son regard.

— Ce que nous vivons ensemble, poursuivit-il impitoyablement, c'est une aventure en pointillé, tout à fait indigne de toi. Tu mérites autre chose.

Décidée à l'arrêter avant qu'il ne prononce les mots qu'elle redoutait par-dessus tout, Sylvie répliqua :

— Je suis seule à en juger ! C'est vous que j'aime, ça ne sert à rien de me parler un langage de raison.

Son cœur battait trop vite, elle avait un peu bafouillé et elle dut faire un effort pour se reprendre, pour surmonter la peur que cette discussion lui inspirait.

— Je sais que vous me trouvez exigeante, je me promets chaque fois de ne plus vous ennuyer, mais c'est plus fort que moi.

Elle parvint à esquisser un petit sourire qu'elle aurait voulu léger et qui fut pathétique. Fallait-il vraiment qu'elle s'humilie à ce point ? Elle n'avait rien à attendre de Charles, il ne changerait jamais. Et le souvenir de Judith ne s'effacerait pas, inutile de se leurrer. Celle-là, il l'avait aimée pour de bon, il venait de l'avouer clairement, d'ailleurs tout le monde le savait dans la famille, impossible d'oublier le couple radieux qu'ils avaient formé avant guerre. Contre ce fantôme, Sylvie n'avait aucune chance.

— Tu ne m'ennuies pas. Tes désirs devraient me… me flatter, au moins.

D'un geste vif, il posa sa main sur la sienne, juste une seconde. Il s'en voulait de lui faire de la peine, mais ce sentiment n'avait rien à voir avec l'amour. Et malgré l'attirance physique qu'il éprouvait pour elle – comme n'importe quel homme à sa place, car elle était vraiment séduisante –, il n'espérait rien d'elle sinon quelques moments de plaisir.

— Si vous avez du travail, nous pouvons partir, je n'ai plus faim, déclara-t-elle posément.

Une soirée écourtée, gâchée, et la perspective d'une insomnie. Malgré le cynisme de Charles, elle ne pourrait pas s'empêcher d'attendre son appel dans les jours à venir. Elle l'avait dans la peau, c'était bien la pire des choses pour une femme de trente ans. Tandis qu'il sortait son portefeuille afin de régler discrètement l'addition, elle se demanda comment elle allait trouver le courage de mettre un terme à leur histoire. D'ailleurs, peut-être n'y avait-il aucune histoire entre eux, contrairement à tout ce qu'elle voulait croire. Elle s'était bercée d'un conte à dormir debout, il faudrait bien qu'elle finisse par l'admettre.

Vincent referma l'album avec un soupir. Il y avait beaucoup de disparus parmi les photos sépia. Son grand-père Henri, qu'il n'avait évidemment pas connu, son oncle Édouard, sa mère et sa petite sœur.

— Tu as trouvé ce que tu cherchais, mon chéri ? lui lança Clara, de l'autre bout du boudoir.

— Oh, je ne faisais que regarder…

Combien de fois avait-il feuilleté le gros volume de maroquin vert en scrutant les visages familiers ? Clara avait eu l'occasion de l'observer à plusieurs reprises, et c'était toujours aux mêmes endroits qu'il s'arrêtait : son père en uniforme de lieutenant, son père à cheval sur la pelouse de

Bagatelle, son père en blouson devant la carlingue d'un avion.

— Il était beau, n'est-ce pas ? dit Clara sans bouger de sa place.

— Très...

Beau et rieur car, sur la plupart des photographies, il affichait un sourire que Vincent ne lui avait jamais connu.

— Grand-mère, crois-tu qu'un jour il puisse redevenir comme ça ?

La franchise de la question faillit désarçonner Clara, mais elle se reprit tout de suite. Vincent était un garçon beaucoup trop intelligent pour qu'on lui mente, ce qui l'incita à choisir la vérité.

— Non, mon chéri. D'abord, ton père a quarante ans, ce n'est plus un jeune homme. Je crois que le sport ne l'intéresse plus, ni les avions ou les voyages, les night-clubs ou le bridge, mais c'est légitime, n'est-ce pas ? Quant à la gaieté, tu peux concevoir que c'est hors de sa portée.

— J'aurais aimé le connaître à ce moment-là.

— Oui, je te comprends, seulement tu es très illogique, on ne rencontre jamais ses parents lorsqu'ils ont vingt ans !

— Alors, je voudrais bien lui ressembler.

— Rien ne t'en empêche.

Abandonnant le livre de comptes qu'elle avait fait semblant d'étudier jusque-là pour ne pas déranger son petit-fils dans sa contemplation, elle se leva et le rejoignit. Penchée au-dessus de son épaule, elle rouvrit l'album.

— Il avait beaucoup d'esprit, il plaisantait à tout bout de champ, dit-elle d'une voix mélancolique. On l'invitait partout, il était la coqueluche des jeunes filles. Et, comme tu vois, il portait bien l'uniforme, ou l'habit, ou n'importe quoi à vrai dire... J'ai été vraiment très fière d'avoir un fils aussi merveilleux ! Trop fière, peut-être ? Mais je n'avais jamais rien à lui reprocher, il réussissait systématiquement ce qu'il entreprenait. En plus, il était modeste, gentil, bref, les fées s'étaient penchées sur son berceau. Il aurait dû avoir une vie magnifique, et puis la guerre est arrivée...

Elle referma l'album d'un coup sec, se redressa.

— Alors, au risque de te décevoir, ton père n'a plus rien à voir avec le jeune homme enfermé là-dedans !

Vincent attendit un peu avant de lever les yeux sur sa grand-mère, qu'il devinait très émue.

— Je suis désolé, murmura-t-il.

— Non, pourquoi ? Tu as le droit de savoir ! Pour Daniel et toi, je suppose que ce n'est pas toujours facile. Au début, on vous a recommandé la patience, et puis rien ne change, n'est-ce pas ?

Il hocha la tête en silence, tandis qu'elle posait affectueusement sa main sur lui.

— Il faut l'accepter, mon grand. D'autant plus volontiers que, même s'il est triste, ton père est un homme... admirable.

Le dernier mot avait été prononcé à contrecœur et Vincent fronça les sourcils, intrigué par cette réticence.

— C'est un excellent avocat, enchaîna Clara avec assurance. Il fait une brillante carrière dans un métier qu'il aime, et...

— Il n'a jamais de temps pour nous, l'interrompit Vincent à mi-voix.

Clara le dévisagea, stupéfaite, puis referma ses bras sur lui.

— Mon chéri, le berça-t-elle, mon grand garçon... Je suis là, moi, je peux te donner tout l'amour que tu veux ! D'ailleurs, Charles vous aime, ton frère et toi, comment peux-tu en douter ?

Tandis qu'elle le tenait serré contre elle, elle compta mentalement le nombre d'années écoulées depuis la disparition tragique de Judith. Daniel et Vincent avaient grandi sans l'affection d'une mère, et ce n'était pas leur stupide tante

Madeleine qui l'avait remplacée ! Quant à Charles, il était glacial, hautain, absent. Pour les démonstrations de tendresse, Clara était seule en première ligne.

— Moi, ça me fait plaisir, ajouta-t-elle gaiement, mais je sais bien que vous ne voulez plus être traités en petits garçons, alors je me retiens. Si je m'écoutais, je vous prendrais encore sur mes genoux, crois-moi !

Elle fut récompensée en sentant qu'il se mettait à rire, sans chercher à se dégager. Il faudrait qu'elle soit vigilante, à l'avenir, pour lui et pour son petit frère. Lui surtout, parce qu'il était d'une grande sensibilité. Et aussi parce que, malgré tout ce qu'elle avait pu se promettre à ce sujet, il était son préféré. Pourtant, elle s'était juré qu'elle ne ferait plus jamais de différence, qu'avec ses petits-fils elle ne commettrait pas la même erreur qu'avec ses fils, mais Vincent était le portrait craché de Charles, du Charles d'avant les drames, et lui au moins n'était pas inaccessible, elle pouvait l'aider, elle pouvait l'aimer.

Seule la lampe Arts déco éclairait le bureau. Une pièce feutrée, propice aux confidences avec ses sièges confortables et ses épais tapis orientaux. Sur le mur du fond, une imposante bibliothèque anglaise renfermait dans ses vitrines d'innombrables livres de droit. Deux hautes fenêtres cintrées étaient masquées par des rideaux de velours tête-de-nègre, assorti au cuir du fauteuil dans lequel Charles était assis.

La pendulette indiquait minuit passé, et depuis un moment il s'était désintéressé du dossier ouvert devant lui. Sa plaidoirie du lendemain était prête, il n'aurait même pas besoin de ses notes. En fait, il n'était pas revenu à son cabinet pour travailler, il avait utilisé ce prétexte pour ne pas vexer Sylvie davantage.

Il se leva sans hâte, s'étira. Personne ne pourrait le déranger à cette heure, il était rigoureusement seul dans ce gigantesque appartement en rez-de-chaussée, boulevard Malesherbes, où il avait installé son étude deux ans plus tôt. Un bon investissement immobilier – du moins c'est ce que Clara affirmait, et on pouvait lui faire confiance. Chaque matin, ponctuellement, la femme de ménage arrivait la première, ensuite les secrétaires, suivies des stagiaires, enfin l'avoué avec lequel Charles était associé.

Dans la poche de sa veste, il prit les documents qui réunissaient à jamais le nom de Judith au sien. Puis il alla ouvrir un placard dissimulé derrière une boiserie, qui contenait un impressionnant coffre-fort. Il composa les quatre chiffres de la combinaison avant de tirer vers lui la porte blindée. Sur les étagères métalliques, il n'y avait ni argent ni valeurs, seulement une pile de petits carnets à spirale qu'il considéra un instant avant de détourner les yeux. Peut-être aurait-il dû les détruire, hélas ! il en était incapable. Il s'était résigné à jeter les albums de photos et les agendas, mais les carnets restaient son bien le plus précieux. Les dernières années de liberté de Judith étaient consignées là, au fil de dizaines de pages qu'il s'était forcé à lire. Et à relire.

Il posa les feuillets officiels qu'il tenait toujours à la main sur l'étagère du dessous. Les carnets devaient rester seuls, bien rangés par ordre chronologique, couverts de l'élégante écriture de la jeune femme qui les avait rédigés. Assez méticuleuse pour ne rien omettre, assez prudente pour les avoir rapportés de Vallongue à Paris, la veille de son arrestation.

Presque malgré lui, il effleura du bout des doigts les spirales métalliques luisant dans la pénombre. Il connaissait par cœur, jusqu'à la nausée, le contenu de ces carnets, qu'il aurait pu réciter.

Où es-tu, Charles ? Dans quelle prison t'ont-ils enfermé, à quel endroit ? Et qu'est-ce qu'ils te font ? Tu dois leur tenir tête, je te connais, et ils vont s'acharner sur toi. Ils sont capables de tout, c'est abominable, je ne veux même pas écouter ce qu'on raconte sur eux. Je sais que tu es courageux, que tu peux supporter beaucoup de choses, sauf de marcher sur ton orgueil, mais ça ils vont t'y obliger.

Tant que la guerre durera, tu ne reviendras pas. Et sans toi je ne sais pas comment me défendre. Ni même à qui en parler. Je serre Beth contre moi, pour la protéger et aussi pour qu'elle me serve de rempart. Je ne mets plus les pieds au village, c'est mieux pour tout le monde, paraît-il, pourtant mon état civil n'est pas inscrit sur mon front ! Est-ce que j'ai l'air d'une Juive ? Est-ce que c'est un crime ? Le sang Meyer coule dans les veines de nos enfants, va-t-on les en accuser ? Mais ce sont des petits Morvan aussi, comme leurs cousins !

Je ne veux mettre personne en danger. C'est ma faute, d'accord, seulement il est trop tard pour y changer quelque chose. D'ailleurs, ce n'est pas ce qui m'effraie le plus. Oh non, Charles, il y a bien pire.

Avec violence, il referma le coffre, dont le métal claqua sourdement. D'une main, il brouilla la combinaison, de l'autre il dut s'appuyer au mur, le souffle court. Il ne parviendrait jamais à accepter, jamais à pardonner. Sa haine, intacte, il la devait à ces carnets, à toute l'horreur qu'ils contenaient. D'insignifiants carnets noirs, retrouvés dans l'appartement du Panthéon. Rédigés comme un journal intime, ils n'avaient sans doute pas été jugés intéressants par ceux qui avaient emmené sa femme. Trois ans après son arrestation, ils étaient encore ouverts sur la table de la cuisine, couverts de poussière, mais aucune ligne de l'odieux récit n'était effacée. Le concierge de l'immeuble avait veillé à ce que personne n'entre chez les Morvan en leur absence, il avait bien fait son travail, il en était très fier. Grâce à lui, la vérité avait pu rattraper Charles et le détruire.

3

Vallongue, 1952

Clara poussa les persiennes pour laisser entrer le soleil matinal. Elle éprouvait un léger mal de tête, dû aux excès de champagne. La veille, toute la famille réunie avait fêté ses soixante-dix ans avec un enthousiasme touchant, et elle avait porté gaillardement un nombre incalculable de toasts.

Soixante-dix ans ! Un chiffre qui la stupéfiait tant il était peu compatible avec ce qu'elle ressentait. Elle se trouvait beaucoup plus en forme que bien des femmes plus jeunes, et son dynamisme n'était pas une pose pour épater la galerie, non, elle avait réellement de l'énergie à revendre. Et la tête toujours aussi solide sur les épaules, à en croire les résultats de son portefeuille boursier. Bien sûr, il y avait les rides, le cou qui se marquait, quelques taches brunes ici ou là, et les rhumatismes qui la rappelaient à l'ordre certains matins, mais son médecin était vraiment content d'elle. Aucun problème cardiaque, malgré cette tachycardie décelée avant guerre et tenue en échec par les petites pilules qu'elle ingurgitait depuis plus d'une décennie. Et toujours beaucoup d'allure, d'élégance, de maintien. Après tout, elle appartenait à une génération qui ne concevait pas le laisser-aller et pour qui l'effort était synonyme de bonne santé.

Elle laissa errer son regard sur le parc, admirablement entretenu depuis qu'Alain vivait là. Le long des platanes et des micocouliers, une large allée conduisait jusqu'à la maison. Plus loin, une haie de cyprès avait été plantée serrée pour couper le mistral. Alain avait travaillé d'arrache-pied, guidé en partie par Ferréol et en partie par un instinct infaillible, comme s'il était l'héritier de vingt générations de paysans, alors que pas un seul Morvan parmi ses ancêtres ne s'était penché sur la terre. Les hectares d'oliviers avec lesquels Clara l'avait laissé « s'amuser » étaient devenus très rentables. Pour les olives de table, il avait replanté petit à petit de la Grossanne, comme dans la vallée des Baux toute proche, délaissant la Salonenque, moins prisée et moins pulpeuse. Mais il consacrait l'essentiel de ses efforts à la production d'huile, ainsi qu'il l'avait expliqué à sa grand-mère dès le début de leur aventure commune. Car elle s'était impliquée dans cette drôle d'histoire sans hésiter, lui offrant son premier broyeur et sa première presse hydraulique, malgré la réprobation du reste de la famille. Madeleine s'était tordu les mains, Charles avait levé les yeux au ciel : des attitudes que Clara avait superbement ignorées, certaine qu'Alain réussirait.

Dès le début de l'exil de son neveu à Vallongue, Charles avait exigé une lettre par semaine, avec tous les détails concernant ses activités ou ses initiatives. Alain s'était incliné, bien obligé, mais il téléphonait en secret à Clara et s'entendait avec elle pour n'en faire qu'à sa tête. À vingt ans, il avait déjà tout d'un chef d'entreprise, même si personne ne voulait l'admettre, hormis sa grand-mère, pourtant la plus avisée.

« Dans un an, il sera majeur, et il entrera en possession de ces terres... »

Un sourire amusé éclaira son visage, qu'elle offrait toujours à la chaleur du soleil. Les actes notariés étaient prêts, tout s'accomplirait comme elle l'avait décidé, Alain serait libéré du joug que Charles continuait de faire peser sur lui.

« Il est doué, il a de l'or dans les mains, et aussi le caractère bien trempé... Si je ne l'avais pas aidé, il serait devenu un cancre en révolte, nous aurions été bien avancés ! »

Le bruit lancinant des cigales avait déjà commencé, mais le mistral qui soufflait depuis l'aube tempérait la chaleur et donnait au ciel son bleu profond si particulier à la Provence. À cette heure-ci, Alain était sûrement près de ses arbres. D'ailleurs, il y passait un temps fou, à croire qu'il les aimait au point de les regarder pousser. Il s'était vite débarrassé des amandiers, avantageusement remplacés par de jeunes plants d'oliviers qu'il avait protégés avec soin des attaques de lapins. Il avait expliqué tout cela et bien d'autres choses à sa grand-mère, avec un enthousiasme croissant, et, chaque fois qu'il en avait eu besoin, elle lui avait fait parvenir les fonds nécessaires. Après tout, elle n'avait pas de comptes à rendre, elle gérait la fortune des Morvan comme elle l'entendait, fantaisies comprises. Et les plaisanteries du reste de la famille sur « Alain-et-ses-olives » la laissaient de marbre. À chacun son destin, ses cinq petits-enfants étaient différents, inutile de vouloir les fondre dans le même moule.

Elle s'arracha enfin à la vue du parc, vraiment magnifique à cette heure, soudain pressée de prendre son petit déjeuner. Vêtue de son seul pyjama de satin blanc et de mules assorties, elle descendit jusqu'à la cuisine. Son amour pour Vallongue n'avait jamais faibli, et elle savourait chaque jour de l'été avec un plaisir intact. Même la mort d'Édouard, sept ans plus tôt, n'avait pas réussi à la détourner de la propriété. Bien sûr, les premiers temps, elle avait évité d'entrer dans le bureau du rez-de-chaussée. Sans états d'âme, Charles s'était donc approprié cette pièce pour y travailler lorsqu'il séjournait là, et au bout d'un moment Clara avait accepté d'en franchir le seuil. Le souvenir d'une certaine nuit de 1945 était relégué au fond de sa mémoire, presque à la limite de sa conscience.

— Bonjour, ma petite Madeleine ! lança-t-elle à sa belle-fille en la découvrant attablée, seule, devant une tasse de chocolat.

À quarante-quatre ans, la pauvre femme continuait à grossir en se gavant de pâtisseries ou de confiseries. Par conformisme – et pour dissimuler son embonpoint –, elle ne s'habillait qu'en noir, sans parvenir pour autant à être élégante. Tous les efforts de Clara, qui avait essayé de la traîner dans différentes maisons de couture, s'étaient soldés par des échecs, et même Sylvie, consultée à ce sujet, n'avait pu être d'un grand secours. Madeleine n'avait pas de chic, aucun modèle ne semblait fait pour elle. Si l'on exceptait le jour lointain de son mariage, elle avait toujours eu l'air mal fagotée.

Clara versa des grains de café dans le vieux moulin et commença à tourner la manivelle avec énergie. Depuis les privations de la guerre, et l'horrible ersatz qui l'avait dégoûtée du thé à jamais, son petit déjeuner était systématiquement constitué d'une grande tasse d'arabica accompagnée de pain grillé à peine beurré. Grâce à quoi elle était restée svelte, comme le constata Madeleine une fois encore en levant les yeux vers sa belle-mère, qui demandait :

— Est-ce qu'ils sont déjà tous partis en promenade ?

— Oui. Sauf Alain, qui est à son… travail.

Sa réticence à utiliser le mot était manifeste. Jamais elle ne pourrait se résoudre à admettre que son fils gérait pour de bon une exploitation agricole.

— Je me demande ce qu'Édouard aurait pensé de tout cela, soupira-t-elle.

Elle se plaisait à le répéter sur tous les tons, depuis des années, sans que personne se donne la peine de lui répondre. D'ailleurs, cette manie de faire référence à Édouard semblait exaspérer Clara, qui répliqua aussitôt :

— Mais rien ! À chacun sa vocation !

C'était faux, Édouard n'aurait jamais accepté le compromis proposé par Charles à l'époque où il avait libéré Alain de ses études. Non, Édouard aurait sûrement poussé des hauts cris avant d'expédier son fils en pension.

— Chaque fois que je suis ici, poursuivit Madeleine, je ne peux pas m'empêcher de penser à lui. Cette maison me rappelle le drame et…

Elle s'interrompit, le souffle court, pour ravaler ses larmes. Plus elle se plaignait et moins Clara compatissait, elle le savait pertinemment, inutile de compter sur sa belle-mère pour s'attendrir. À ses enfants elle pouvait dire « votre pauvre père » ou « votre malheureux père », mais ni Charles ni Clara ne supportaient ce genre d'expression. Il était même arrivé à Charles, un soir, de se lever et de quitter la salle à manger en claquant la porte.

Tandis que l'eau passait goutte à goutte sur le café moulu, Clara s'était mise à fredonner une chanson de Juliette Gréco. Elle aurait préféré, de loin, profiter seule de son petit déjeuner, mais à Vallongue il était rare que Madeleine ne traînât pas toute la matinée dans la cuisine. Comme un fait exprès, celle-ci interrogea :

— Avez-vous songé aux menus d'aujourd'hui ?

La nourriture tenait décidément une place importante dans sa vie. Et son manque d'imagination, ajouté à sa docilité, la poussait à toujours s'en remettre à Clara.

— Un repas léger pour ce midi, personne n'a d'appétit avec la chaleur. Mais ce soir, bien sûr, quelque chose de plus conséquent ! Vous vous souvenez que Sylvie doit arriver en fin de journée ?

Cette perspective enchantait Clara, qui appréciait beaucoup la jeune femme, même si Charles ne se décidait toujours pas à officialiser leur liaison. Alors que c'était devenu un secret de polichinelle au fil du temps.

— Nous pouvons faire un poisson au four, des tomates provençales et des beignets de courgettes, avec une terrine de lièvre pour commencer et un fondant au chocolat pour finir, décida Clara.

D'une pichenette, elle chassa une miette du revers de son pyjama puis se leva.

— En ce qui concerne le déjeuner, si vous n'avez pas d'idée, laissez faire la cuisinière ! conseilla-t-elle en riant.

Ravie d'avoir su rappeler qu'Odette, elle, savait toujours se débrouiller, elle quitta la cuisine et partit à la recherche de Charles. Aucun problème d'intendance ne l'empêcherait de savourer chaque heure passée à Vallongue. Une matinée d'été ici, avec un ciel aussi radieux, était une vraie bénédiction. Comme toujours, elle ne se donna pas la peine de frapper à la porte du bureau où son fils travaillait devant la fenêtre grande ouverte.

— Tu ne comptes pas rester enfermé là par ce temps ? s'écria-t-elle dans un éclat de rire.

Elle traversa la pièce pour venir l'embrasser, puis désigna l'énorme dossier qu'il étudiait.

— Je te croyais en vacances, Charles ! Est-ce que tu vas enfin prendre le temps de te reposer ?

Les intrusions intempestives de sa mère l'agaçaient en général, pourtant il ne put s'empêcher de lui sourire tant sa vitalité et sa gaieté avaient quelque chose de réjouissant.

— Tu es en pleine forme, maman, marmonna-t-il.

— C'est la moindre des choses à soixante-dix ans, mon chéri ! Dis-moi, si je me souviens bien, Sylvie raffole du poisson ?

— Oui.

— À quelle heure doit-elle arriver ?

— En fin d'après-midi. Mais ça dépendra de la façon de conduire de son ami Stuart.

Il l'avait dit d'un ton assez rageur pour que Clara soit obligée de réprimer un sourire. Était-il possible qu'il devienne jaloux ? Lui ? Si c'était le cas, ça signifiait que son attachement pour Sylvie prenait de l'importance.

— Restera-t-il quelques jours avec nous ? s'enquit Clara d'une voix désinvolte.

— Non ! Il dîne, il dort, et il s'en va demain à Monte-Carlo.

Soudain exaspéré, il referma le dossier puis se leva.

— Tu as raison, je crois qu'une promenade s'impose...

À Paris, il se rendait trois fois par semaine dans une salle de sport d'où il sortait exténué, et à Vallongue il pouvait marcher durant des heures à travers les collines. C'était l'une des seules choses qu'il n'avait pas pu abolir de son passé, il avait un réel besoin d'exercice physique. Grâce à quoi il était mince au lieu d'être maigre, conservant une carrure d'athlète et une démarche de jeune homme. À quarante-trois ans, malgré les rides creusées et le regard durci, il restait très beau. Séduisant, mais froid, inaccessible, sans plus aucune trace de l'enthousiasme charmeur que Clara avait tant aimé chez son fils autrefois.

Lorsqu'il quitta la pièce et qu'elle se retrouva seule, elle fut parcourue d'un frisson. Décidément, elle se sentait mal à l'aise dans ce bureau. Un jour ou l'autre, elle allait devoir se décider à en refaire la décoration. Peut-être en septembre, quand ils seraient tous repartis à Paris, et à condition qu'Alain accepte de surveiller les travaux.

Luttant contre son envie de fuir, elle s'obligea à s'asseoir dans le fauteuil à haut dossier. Bien des années auparavant, c'était à cette place que Henri faisait ses comptes ou lisait son journal. À l'époque, elle était une jeune femme heureuse et insouciante. Elle avait vingt ans, c'était le tout début du siècle, sa confiance en l'avenir était inébranlable. Comment aurait-elle pu prévoir les deux guerres, les deuils et les tragédies qui allaient ravager sa famille ? Dès le début de son mariage, elle s'était fondue avec bonheur dans sa nouvelle identité, elle était devenue une vraie Morvan. Parfois même elle disait « nos ancêtres » en parlant des aïeux de Henri. Elle avait perdu ses parents alors qu'elle était encore adolescente, et son éducation avait été achevée dans une institution religieuse où elle s'était ennuyée à mourir. Sa rencontre avec Henri lui avait rendu sa gaieté, lui permettant enfin de satisfaire son appétit de la vie.

Avec un petit soupir, elle posa ses mains sur le bureau. Le cuir qui le recouvrait avait été refait, bien entendu, mais quelque part en dessous, peut-être l'acajou avait-il conservé la trace du sang d'Édouard. Au prix d'un effort de volonté, elle croisa ses doigts, se contraignit à ne pas bouger. S'appesantir sur le passé ne servait à rien. Toute sa vie, elle avait regardé droit devant elle, sans se perdre en vains regrets. Avoir des projets l'avait toujours préservée de la nostalgie, et avec ses cinq petits-enfants elle ne manquait ni de buts ni d'occupations. Marie n'allait plus tarder à passer le concours d'avocate et Vincent était déjà en licence de droit. Gauthier venait d'achever sa première année de médecine, seul à reprendre ainsi le flambeau des Morvan, tandis que Daniel, le plus jeune des cinq, était admis à Polytechnique pour la rentrée.

« De quoi être fière, très fière, au moins autant que je le suis de cette tête de mule d'Alain ! »

Cette pensée lui arracha un sourire et la fit se renverser en arrière dans le fauteuil, ôtant enfin ses mains de ce maudit bureau. En ce qui la concernait, elle avait toujours rédigé son courrier ou fait ses comptes sur le bonheur-du-jour de sa chambre. Ce petit meuble délicat en avait vu, des colonnes de chiffres, des ordres bancaires, des rapports de placements ! Cette année, par exemple, Clara y avait effectué une souscription judicieuse de l'emprunt Pinay, indexé sur l'or et bénéficiant d'une exonération des droits de succession. Il suffisait d'être malin pour bien investir, c'était le plus divertissant des jeux ! Et elle qui s'ennuyait à mourir dès qu'il était question d'une partie de bridge pouvait au contraire passer des après-midi entiers à jubiler sur les cours de la Bourse ou à réfléchir quant à l'opportunité d'un rapatriement de capitaux. Grâce à elle, la fortune Morvan continuait de croître, tout comme celle que Madeleine lui avait confiée et qui restait bien distincte dans les comptes. Sa belle-fille lui faisait une confiance aveugle, à juste titre, mais cette double gestion offrait à Clara la possibilité de savoir exactement où en étaient *tous* les Morvan, ce qui lui permettait d'influer sur ses dispositions testamentaires. Dont l'indivision de Vallongue entre tous ses héritiers, Charles compris. Alain aurait les terres, soit, il les méritait, mais la maison devait absolument rester le refuge de la famille entière. Une façon comme une autre de les contraindre à se réunir, même quand elle ne serait plus là pour tenir tout le clan à bout de bras.

Elle se leva enfin, alla fermer à demi les persiennes. Décidément, la journée s'annonçait belle, le temps des drames était passé, et se croire poursuivi par le sort relevait d'une stupide superstition.

— Grand-mère ?

Marie venait de se dresser devant elle à contre-jour, l'empêchant de rabattre le dernier volet.

— Tu es toute seule ?

La question était de pure forme, car la jeune fille avait vu partir son oncle sur le chemin. En un instant, elle escalada la rambarde de fer forgé et atterrit dans le bureau, juste à côté de Clara.

— Je voulais te parler, c'est important...

Elle était décoiffée, essoufflée, les joues rougies par le soleil matinal.

— D'où viens-tu, ma chérie ?

— D'Eygalières. J'ai pédalé trop vite au retour...

Quelque chose d'un peu exalté dans son attitude éveilla la curiosité de Clara.

— J'ai vu le docteur Sérac, poursuivit Marie, j'avais pris rendez-vous.

— Tu es malade ? s'écria Clara, soudain inquiète.

— Oh non, pas du tout ! Au contraire, je me sens très bien, mais tu ne vas pas apprécier, grand-mère...

Avec un sourire angélique, Marie se laissa tomber dans l'un des fauteuils faisant face au bureau.

— Tu devrais t'asseoir aussi, je t'assure. Je suis contente de t'avoir trouvée ici parce que c'est à toi que je voulais parler en premier. Alors voilà, j'attends un enfant, tu seras bientôt arrière-grand-mère !

Interloquée, Clara dévisagea la jeune fille pour s'assurer qu'il ne s'agissait pas d'une mauvaise plaisanterie.

— Je suppose que maman va en faire une jaunisse, enchaîna Marie sans cesser de sourire. Et que, avant ce soir, je serai devenue la honte de la famille ! Pour ma part, je suis ravie.

Il y eut un petit silence, puis Clara répéta :

— Ravie ? Vraiment ? Et… qui est le père ?

— Aucune importance. J'ai déjà rompu, ça ne comptait pas.

Cette fois, Clara s'assit.

Depuis Avignon, Sylvie ne tenait plus en place. Après s'être recoiffée une nouvelle fois, elle sortit un petit vaporisateur de son sac et s'aspergea d'eau de toilette en prenant bien garde à ne pas tacher la soie de sa robe légère. Stuart l'observait du coin de l'œil, exaspéré, tout en faisant mine de s'absorber dans la conduite de sa Ford Comète, un imposant coupé dont il était très fier.

— Nous n'allons pas tarder à quitter la nationale, nous sommes presque arrivés, déclara-t-il d'un ton de regret.

Il aurait aimé que le voyage n'ait pas de fin, c'était évident. Peu après Lyon, ils s'étaient arrêtés à Vienne pour déjeuner à *La Pyramide*, le très célèbre restaurant de Fernand Point, où ils avaient pris un repas mémorable. La gastronomie et le champagne avaient rendu Stuart si romantique qu'il s'était lancé dans une de ses inutiles déclarations d'amour. Sylvie avait souri, comme toujours, puis franchement ri devant tant d'obstination. Stuart ne travaillait plus chez Jacques Fath depuis un an, ses talents d'homme d'affaires étant désormais employés par Givenchy, mais il était resté le grand ami de Sylvie – à défaut d'être son amant.

— Tu es très jolie comme ça, ce n'est pas en rajoutant de la poudre que tu arriveras à t'enlaidir ! ironisa-t-il.

— Où sommes-nous ?

— Sur la route de Saint-Rémy-de-Provence. Nous serons à Vallongue dans dix minutes, et tu pourras enfin te prosterner devant ton dieu, le grand maître Morvan-Meyer en personne, effets de manches compris !

Elle haussa les épaules avec insouciance, ignorant le sarcasme. Même si Stuart ne lui était pas tout à fait indifférent, l'idée de retrouver Charles l'excitait bien davantage. Comme chaque été, lorsqu'il avait quitté Paris au début de juillet, elle s'était d'abord sentie en colère, puis abandonnée et amère, mais au bout du compte prête à n'importe quoi pour le revoir. Sur l'épaule de Stuart, il lui était arrivé de pleurer de rage, d'impuissance, de prendre des résolutions qu'elle n'arrivait jamais à tenir, de se laisser aller à flirter par dépit. Heureusement, jusque-là, elle s'était toujours reprise à temps. C'était Charles qu'elle aimait – dont elle était enragée, en fait –, et elle ne voulait pas donner à Stuart la moindre illusion.

— Tu prendras la première à gauche, annonça-t-elle soudain.

Ils n'étaient plus qu'à cinq kilomètres, par une petite route départementale très pittoresque. Les crêtes des Alpilles se découpaient dans des reflets dorés, avec leurs versants ombragés de chênes kermès ou plantés d'oliviers.

— C'est beau…, constata Stuart à regret.

Sylvie lui avait décrit Vallongue avec lyrisme, sans vraiment parvenir à le convaincre : tout ce qui se rapportait à Charles lui semblait excessif. Pourtant, elle n'avait pas exagéré, non, le paysage autour d'eux était somptueux sous la lumière écrasante de l'après-midi. Il suivit ses indications jusqu'à l'entrée de la propriété, contrarié à l'idée de la soirée qui l'attendait mais néanmoins curieux d'observer le comportement de Sylvie. Il n'avait rencontré Charles que deux fois et l'avait jugé d'emblée antipathique, arrogant, détestable. En se proposant pour conduire Sylvie chez lui, il l'avait contraint à lui offrir l'hospitalité, au moins pour la nuit, ce qui représentait à la fois une épreuve et un moyen de faire plus ample connaissance. Après tout, s'il voulait convaincre la jeune femme de quitter Charles un jour, il avait besoin d'en savoir davantage sur son rival.

Dans la cour pavée, il arrêta sa Ford près d'un cabriolet Bugatti rutilant.

— C'est à lui, ça ? marmonna-t-il. Je le croyais trop absorbé par son travail pour goûter les plaisirs de ce bas monde…

Sylvie ouvrit sa portière sans répondre tandis que Clara se précipitait à leur rencontre. Il y eut des exclamations, des échanges de politesses, puis ils gagnèrent ensemble la fraîcheur de la maison. Une fois installés dans le salon, au creux de confortables fauteuils couverts de tissu provençal, une orangeade glacée leur fut servie par la cuisinière.

— Je suis ravie d'être des vôtres, déclara Sylvie en reposant son verre, j'adore Vallongue, c'est toujours un privilège d'y séjourner !

— Et un plaisir de t'y recevoir, dit Charles en entrant.

Mais ce n'était pas elle qu'il regardait, c'était Stuart, avec une hostilité qu'il ne cherchait même pas à dissimuler. Il ne lui adressa d'ailleurs qu'un vague signe de tête avant d'aller s'asseoir à côté de Sylvie.

— Pas trop éprouvant, ce voyage ? demanda-t-il d'un air presque tendre.

— Du tout. Nous avons déjeuné chez Point, c'était divin.

— Forcément, approuva Charles avec une pointe d'ironie. Vous appréciez la cuisine française, Stuart ? Oh, vous permettez que je vous appelle Stuart ?

— Je vous en prie...

Ils échangèrent un nouveau coup d'œil, comme s'ils cherchaient à prendre la mesure l'un de l'autre. De dix ans plus jeune, l'Anglais avait un visage franc, ouvert, des cheveux blonds coupés court, un sourire charmeur. Le milieu de la mode dans lequel il évoluait lui avait donné l'habitude de l'élégance, et il devait être à l'aise en toutes circonstances. Hormis devant Charles, malheureusement. Car celui-ci, il était bien obligé de le constater, avait quelque chose d'impressionnant. Sa froideur, bien sûr, la distance qu'il semblait mettre entre lui et le reste du monde, ses yeux gris trop pâles, mais surtout l'assurance d'un homme à qui rien ne résistait. Qui avait l'habitude de plaire aux femmes, à ses clients, aux juges des tribunaux, l'habitude d'être écouté et respecté. Un adversaire de taille, même pour Stuart.

— Voulez-vous vous reposer un peu avant le dîner, ou bien vous promener ? proposa Clara avec un sourire affable. Et si je vous montrais le parc ? À cette heure-ci, il est plein d'odeurs extraordinaires !

Déjà debout, elle fit signe à Stuart de la suivre tandis que, comme prévu, Sylvie décidait de ne pas sortir pour pouvoir rester en tête à tête avec Charles. À Vallongue, les occasions de se retrouver seule étaient rares, elle n'allait pas laisser passer celle que venait de lui offrir Clara.

— Comment allez-vous ? demanda-t-elle à Charles en se levant. Vous avez une mine superbe...

Elle n'eut pas le temps de finir sa phrase car il l'avait prise dans ses bras pour l'embrasser avec une fougue inattendue. Il la tint un long moment serrée contre lui en prenant possession de sa bouche, ce qui provoqua chez elle un désir si violent qu'elle se sentit rougir.

— Vous m'avez manqué, murmura-t-elle enfin, à bout de souffle.

Jamais elle ne parviendrait à se passer de lui, encore moins à l'oublier un jour. Il fallait toute la naïveté de Stuart pour imaginer qu'elle pourrait rompre de son plein gré.

— Tu es de plus en plus jolie, dit-il avant de se détacher d'elle.

Il laissa glisser ses mains le long des épaules, frôla délibérément ses seins à travers la soie de la robe.

— Si je viens te rejoindre, cette nuit…, ajouta-t-il d'une voix un peu altérée.

— Oh, oui ! souffla-t-elle, les yeux mi-clos.

L'attitude de Charles était inespérée, pour une fois il ressemblait à un homme amoureux, et, plus surprenant encore, son visage venait de s'illuminer d'un vrai sourire.

Le dîner fut particulièrement gai. Marie, Alain, Vincent et Daniel mettaient à eux quatre une véritable ambiance de fête dans les repas, tandis que Gauthier, moins bavard, se contentait la plupart du temps de les écouter en riant aux éclats. Clara participait à la conversation de ses petits-enfants avec une aisance stupéfiante pour son âge, proche d'eux comme une sœur. À son habitude, Charles était plutôt silencieux au milieu du chahut, beaucoup moins détendu à Vallongue qu'à Paris, Sylvie le remarqua.

Quand la dernière part du fondant au chocolat fut engloutie, Clara se leva et gagna le patio, où un plateau d'infusions avait été préparé par Odette. La nuit était tiède et les insectes s'agglutinaient autour des deux réverbères installés l'année précédente, répliques exactes de ceux de la place Saint-Marc à Venise. Des sièges de fonte laqués blanc avaient été disposés près du palmier, incongru dans ce décor, et une petite fontaine de pierre gargouillait dans l'ombre.

Durant un bon moment Clara tint avec brio son rôle de maîtresse de maison, puis, quand elle jugea l'heure assez tardive, elle suggéra qu'il était temps de se coucher. Au pied de l'escalier du grand hall, tandis qu'elle disait bonsoir à chacun, Marie lui glissa à l'oreille :

— Je reste avec toi, grand-mère.

Clara hocha la tête, résignée. Sa petite-fille était assez courageuse et têtue pour faire face elle-même sans laisser à quelqu'un d'autre le soin de régler ses problèmes. Elle agissait ainsi depuis sa plus tendre enfance, ce n'était pas maintenant qu'elle allait changer. Clara posa sa main sur la rampe et demanda, d'une voix ferme :

— Puis-je te voir un instant, Charles ?

Il était déjà à mi-étage mais, avant qu'il ait pu répondre ou poser une question, elle partit vers la bibliothèque, suivie de Marie, et il fut obligé de les rejoindre.

— Ferme cette porte, mon chéri, il s'agit d'une conversation très… privée.

Elles se tenaient debout toutes les deux, devant la cheminée éteinte. D'où il était, Charles constata l'évidente ressemblance entre sa mère et sa nièce, un peu surpris de ne pas l'avoir remarquée plus tôt. Aussi droites l'une que l'autre, grandes et minces, la tête rejetée en arrière avec le même air de défi, elles auraient pu poser pour une photo de famille.

— Une catastrophe se prépare ? interrogea-t-il ironiquement.

— Non, répondit Marie. Plutôt ce qu'on appelle en général un heureux événement.

Charles était trop avisé pour ne pas saisir la signification de la phrase sur-le-champ. Il dévisagea Marie une seconde, fronça les sourcils, puis l'encouragea d'un geste de la main à poursuivre.

— J'attends un enfant, mais il n'aura pas de père. Comme j'ai vingt-deux ans, c'est moi qui décide.

Navrée par la brutalité de l'entrée en matière, Clara se mordit les lèvres. Marie tenait beaucoup de choses d'elle, en effet, y compris le manque de diplomatie. Et Charles allait se mettre en colère, c'était certain. Il était devenu tellement rigide, depuis la guerre, qu'elle pouvait prévoir presque toutes ses réactions.

— Toi qui décides, bien sûr, se contenta-t-il de répéter.

La jeune fille crut qu'il se contenait juste avant d'exploser, et elle se dépêcha d'ajouter :

— Je voulais un enfant, considère que ce n'est ni un mauvais hasard, ni une faute.

— Oui, mais tu ne l'as pas fait toute seule ! Et j'aimerais bien avoir en face de moi le garçon qui...

— Pourquoi ? Il s'est fait manipuler, c'est tout. Je ne le reverrai pas, il ne comptait pas, je veux cet enfant pour moi seule.

— Ton égoïsme est indigne ! riposta Charles d'une voix mordante. On ne conçoit pas un enfant pour se faire plaisir, et surtout pas sans amour. Je trouve ça très triste. Il va démarrer dans la vie avec un parent unique, ce sera un handicap pour lui. Tu y as pensé ?

La logique de l'argument toucha Marie, qui baissa les yeux, un peu désemparée. Discuter avec Charles était toujours difficile, elle aurait dû se souvenir qu'il mettait systématiquement le doigt sur les failles de l'adversaire.

— Bon, reprit Charles, de toute façon, puisqu'il est en route... Quand doit-il arriver ?

— En mars, avec le printemps.

— Ce qui te laisse le temps de passer ton concours. Quels sont tes projets, ensuite ?

Elle se troubla, soudain moins sûre d'elle parce que jusque-là il n'avait pas hurlé de rage.

— Eh bien... ça dépend un peu de toi, Charles.

— De lui et aussi de moi, intervint Clara avec douceur. J'ai mon mot à dire. Je ne laisserai pas ma petite-fille manquer de quoi que...

— Maman ! protesta-t-il. Tu te crois dans une scène d'un film de Pagnol ? Tu imagines vraiment que je vais m'en prendre à Marie et lui montrer la porte ?

Interloquée, Clara recula d'un pas pour s'adosser au manteau de la cheminée. Elle s'était bien trompée en supposant que Charles était devenu prévisible. D'autant plus qu'il proposait, presque aimable :

— Si on s'asseyait ?

Il s'installa le premier, croisa les jambes, puis sortit son étui à cigarettes et son sempiternel briquet en or. En raison de la chaleur, il ne portait qu'une légère veste de lin sur une chemise blanche dont le col était ouvert. Bronzé, mince, séduisant comme aucun homme ne pourrait jamais l'être aux yeux de Marie. Toute sa vie, elle allait chercher cette image sans la trouver, elle en eut le pressentiment. N'était-ce pas un reflet de Charles qu'elle avait traqué jusque-là, à travers des partenaires occasionnels qui la désappointaient toujours ? Personne ne possédait la même assurance, les mêmes yeux transparents comme de la glace, ni cette tristesse diffuse qui le rendait tellement émouvant. Depuis qu'il était revenu d'Allemagne, sept ans plus tôt, elle luttait contre une affection dont elle avait compris l'ambiguïté.

— Tu pourrais faire ta première année d'avocat stagiaire chez moi, lui dit-il enfin en pesant ses mots. Ce serait plus simple pour toi, et pas forcément un mauvais début pour ta carrière.

Jamais elle n'aurait osé le lui demander. Elle ne voulait pas de privilège, encore moins de passe-droit, pourtant elle avait rêvé d'apprendre son métier à ses côtés, et l'offre était inespérée dans ces circonstances.

— Charles…, balbutia-t-elle.

Il leva son regard pâle sur elle et se méprit devant son expression de désarroi.

— Oh, je suis désolé, la fumée te donne mal au cœur ?

Elle secoua la tête puis éclata de rire pour se donner une contenance tandis qu'il écrasait son mégot.

Un peu incommodée par la chaleur, Sylvie se retourna pour la centième fois de la nuit. Comme la lampe de chevet était restée allumée, elle ne voulait pas ouvrir la fenêtre, par peur des moustiques, mais elle était en nage. Sa pendulette de voyage indiquait deux heures trente-cinq. Charles ne viendrait plus, elle en était certaine à présent, et elle se sentait horriblement frustrée. Dépitée, humiliée, et toujours assoiffée de lui. Pourtant elle avait bien cru, en arrivant l'après-midi même, que Charles éprouvait un désir aussi impérieux que le sien, que pour une fois ils étaient à l'unisson. Son sourire – si rare ! – avait été une vraie promesse. Pourquoi fallait-il toujours qu'il la déçoive, qu'il se dérobe ?

N'y tenant plus, elle se leva, alla fouiller dans sa valise et en sortit un flacon de lotion à la citronnelle dont elle enduisit son visage, son cou, ses bras. Puis elle ouvrit la fenêtre en grand, heureuse de respirer enfin un peu de fraîcheur. Les nuits de Vallongue étaient pleines d'odeurs merveilleuses, comment avait-elle pu l'oublier ? Alain avait planté quelques pieds de lavande et des herbes aromatiques juste sous les fenêtres, pour faire plaisir à sa grand-mère, il l'avait dit en riant durant le dîner. D'ailleurs, cette maison était un véritable paradis, où Clara avait pensé chaque détail avec son goût de la perfection. Un endroit fait pour le bonheur.

« Oui, mais Charles ne m'épousera jamais, ne m'aimera jamais, je n'aurai jamais la moindre importance dans sa vie ! Je suis condamnée à n'être que de passage, à satisfaire chez lui non pas des désirs mais des besoins ! Ceux d'un homme seul, rien de plus… »

Trop souvent, elle pleurait en pensant à lui, et les années passaient sans apporter le moindre changement à leur relation. Sauf que Sylvie avait trente-trois ans à présent, et que par chance Stuart, qui l'avait attendue jusqu'ici, ne s'était pas découragé, et n'avait pas encore rencontré d'autre femme.

« C'est ce que tu attends, ma pauvre ? De n'avoir plus aucune solution, aucun avenir possible ? »

Elle devait s'obliger à regarder Stuart autrement. Ils avaient le même âge, fréquentaient le même monde, s'entendaient à merveille, que voulait-elle de plus ? Bien sûr, tout à l'heure à table, elle les avait observés tour à tour et la comparaison s'était révélée avantageuse pour Charles.

« Parce que tu le vois avec les yeux de l'amour, c'est tout. Il ne sait pas rire, il n'a ni compassion ni indulgence, il ne tient même pas ses promesses ! »

Peut-être ferait-elle mieux de repartir, dès le lendemain matin, d'accompagner Stuart jusqu'à Monte-Carlo, comme il le lui avait proposé. Là-bas, elle pourrait se baigner, jouer au casino, profiter du luxe inouï de l'*Hôtel de Paris*, où Stuart allait occuper la suite réservée par la maison Givenchy. Et finir dans ses bras, il n'attendait que ça. Tenir pour une fois le rôle de la femme aimée ouvertement.

« J'en ai marre des rencontres furtives et des heures volées, marre que Clara me jette des coups d'œil apitoyés ! »

Stuart lui avait prédit qu'un jour elle se réveillerait vieille fille. Non plus cachée comme une maladie honteuse par un mufle, mais carrément seule.

À pas lents, elle s'éloigna de la fenêtre pour retourner vers le lit défait. Sa vaporeuse nuisette de satin pêche ne séduirait personne cette nuit. Il était presque trois heures, et il valait mieux qu'elle dorme si elle ne voulait pas avoir une tête affreuse en se réveillant.

Dans la bibliothèque, où il était resté après le départ de Clara et de Marie, Charles réfléchissait. Hormis Gauthier, les enfants d'Édouard posaient décidément beaucoup de problèmes. Avait-il été à la hauteur de son rôle d'oncle ? Seul homme de la famille, il représentait pour ses neveux l'autorité paternelle, et Madeleine avait toujours compté sur lui pour leur éducation. Or Alain avait lâché ses études à seize ans, au profit de la culture des oliviers, et voilà que Marie se retrouvait fille-mère et fière de l'être ! Si ses propres fils lui avaient fait des coups pareils, il aurait réagi avec bien plus d'intransigeance, que Clara soit d'accord ou pas. Quand Vincent avait obtenu une note lamentable en procédure pénale, lors de sa deuxième année de droit, Charles ne s'était pas contenté de le sermonner, il l'avait privé de sorties durant plus d'un mois.

Madeleine allait se répandre en lamentations dès qu'elle serait mise au courant, ce que Marie comptait faire le lendemain matin. On n'avait pas fini de l'entendre soupirer et multiplier les références à ce « pauvre » Édouard ! En conséquence, Charles avait préféré planifier l'essentiel des problèmes à venir. Il avait bavardé plutôt gentiment avec Marie, proposant des solutions, abolissant les obstacles. Pour lui, elle était encore une jeune fille sans défense, même s'il la soupçonnait d'avoir une certaine force de caractère – et déjà une vie de femme. Mais justement, n'importe quelle femme en difficulté le ramenait à Judith de façon obsessionnelle, et dans ces cas-là il ne pouvait pas adopter une autre attitude que celle du sauveur. Clara avait suggéré d'acheter un appartement afin que Marie se sente aussi indépendante que possible, puisque c'était ce qu'elle souhaitait, mais à proximité de l'avenue de Malakoff. Cet arrangement permettrait à la future maman de conserver à la fois sa liberté et le soutien de sa famille. Soit Madeleine accepterait de financer l'installation de sa fille, soit Clara s'en chargerait elle-même. En travaillant avec Charles, Marie pourrait obtenir tous les congés nécessaires à sa maternité, et surtout elle ne serait pas exposée aux commérages. Dans le cabinet de maître Morvan-Meyer, il était peu probable que quiconque ose une réflexion déplacée sur la nièce du patron.

La discussion s'était prolongée bien après que Clara fut montée se coucher, satisfaite et rassurée. Marie était restée, d'abord pour remercier son oncle, mais surtout pour répondre aux questions qu'il n'avait pas formulées. Cet enfant à venir, elle le voulait de toutes ses forces, elle le lui avait expliqué avec une certaine brusquerie, et il n'avait pas compris grand-chose au discours incohérent qu'elle lui avait tenu. Pragmatique, il avait essayé de savoir si un homme l'avait déçue, si ce n'était pas une revanche qu'elle cherchait. « Non, tu n'y es pas du tout ! C'est le bonheur que je cherche, rien d'autre. Et je ne veux pas attendre. » Sur ce point précis, il n'aurait rien gagné à la contredire, aussi avait-il préféré se taire.

Fatigué d'être resté si longtemps sans bouger, il se leva et se mit à faire les cent pas. Jamais il n'aurait cru pouvoir s'attacher aux enfants d'Édouard, pourtant, malgré tous ses efforts, c'était arrivé quand même, au moins en ce qui concernait Marie. Il le déplorait mais ne pouvait plus rien y changer. À l'époque, il s'était juré de laisser Madeleine et Clara s'occuper d'eux, de ne pas s'en mêler. Hélas ! au premier souci elles étaient venues le chercher pour qu'il tranche à leur place. À tous les stades de leur adolescence, il avait dû intervenir et prendre des décisions, ce qu'il avait fait de la manière la plus impartiale possible. Aujourd'hui, Marie attendait un enfant, un nouveau Morvan, un descendant d'Édouard. Et il allait falloir que ce soit Charles qui le protège avant même sa naissance : un comble !

Le balancier de l'horloge résonnait avec sa régularité mécanique dans le silence de la nuit. Sylvie avait dû s'endormir, lasse de l'attendre, et il se prenait à regretter de n'avoir pas pu la rejoindre. Elle aussi avait pris trop d'importance avec le temps. Est-ce qu'il envisageait donc de renier tous ses serments l'un après l'autre ? S'il se laissait aller à aimer, il oublierait Judith peu à peu, inéluctablement. Or il ne le voulait à aucun prix, car l'oubli signifierait qu'elle avait souffert et était morte pour rien. Judith *et* Beth. Des images qui s'estomperaient jusqu'à devenir insignifiantes ? Impossible.

Il essaya de ne plus penser au corps chaud et souple de Sylvie, à la douceur de sa peau, à ses seins qu'il avait envie de sentir sous ses doigts. Elle s'abandonnait entièrement dans l'amour, les yeux noyés, la voix cassée, et ensuite elle se serrait contre lui comme un petit animal. Elle ne posait pas de questions, n'exigeait pas ce qu'il se refusait à donner.

Exaspéré par le désir qui était en train de le submerger, il jeta un coup d'œil vers la porte. Il pouvait encore aller la retrouver, à n'importe quelle heure elle serait ravie de l'accueillir, il le savait. Ce qu'il ignorait, en revanche, c'était le moment où il finirait par avoir vraiment besoin d'elle. Quand elle était arrivée, dans l'après-midi, il s'était senti soulagé par sa présence, presque heureux, et aussi très jaloux de Stuart, un sentiment nouveau. C'était elle qui avait dit : « Tu m'as manqué. » Mais il l'avait pensé avant elle.

Il s'éloigna de la porte pour se réfugier près des bibliothèques. Trahir Judith n'était pas concevable, et faire la moindre promesse à Sylvie serait malhonnête. Peut-être, en effet, était-il amoureux d'elle, toutefois il ne l'épouserait jamais, pour des raisons qu'il ne pourrait jamais lui révéler. Un cercle vicieux dans lequel il ne devait pas se laisser enfermer. Même s'il n'avait plus rien à voir avec le jeune lieutenant passionné qu'il avait été, il en avait conservé la droiture. Il était un avocat intègre, il ne voulait pas devenir un homme déloyal.

L'aube approchait, d'ici deux heures Odette commencerait à s'affairer dans la cuisine. Ensuite, il y aurait tous les bruits de la grande maison s'éveillant. Des portes qui claquent, des exclamations, l'odeur du café, et les garçons faisant la course dans l'escalier comme s'ils avaient encore douze ans. Il régnait à Vallongue, l'été, une continuelle atmosphère de fête. La mort d'Édouard n'y avait pas changé grand-chose, les jeunes semblaient toujours ravis de se retrouver là et de se rappeler les années de guerre, dont ils ne gardaient finalement qu'un souvenir de vacances prolongées. Bienheureux gamins !

Charles frissonna, surpris par la fraîcheur qui précédait le lever du jour. Il se concentra sur la pensée de Judith et sur ce qu'elle avait vécu ici, entre ces murs, durant les derniers mois de sa vie. La douleur arriva presque tout de suite et il ferma les yeux, laissa échapper un soupir. Personne, pas même Clara, ne se doutait du genre de bombe qu'il détenait, enfermée avec soin dans le coffre-fort de son cabinet, à Paris. Une bombe d'apparence anodine, sous la forme de petits carnets à spirale, mais qui pouvait détruire tous les Morvan. Non, décidément, mieux valait que Sylvie ne soit jamais mêlée à leur histoire.

Je parle beaucoup de toi à Beth. Je veux qu'elle sache quel homme merveilleux est son papa. Et tu l'es, je ne lui raconte pas d'histoires ! Mais comment réagiras-tu, quand tu reviendras ? Oh, Charles, ton retour, je ne pense qu'à ça. Vincent et Daniel sont heureux avec leurs cousins, alors j'essaie de ne pas pleurer devant eux. C'est difficile, parce que Vincent a tes yeux, et Daniel ton sourire. Pour eux, c'est simple, ils sont comme toi, comme tout le reste de ta famille, ils aiment Vallongue, et moi je l'ai pris en horreur. Comment pourronsnous y vivre après ce qui s'est passé ? Tu ne supporteras jamais ce que j'ai à t'apprendre.

Jamais, non, c'était évidemment impossible. Ni accepter, ni oublier. Charles quitta la bibliothèque, monta au premier, longea la galerie qui desservait les chambres et dont les fenêtres donnaient sur le patio. À l'est, le ciel commençait à pâlir. Lorsqu'il passa devant la porte de Sylvie, il n'hésita qu'une seconde puis poursuivit son chemin.

Comme elle ne dormait toujours pas, elle reconnut son pas sur les tommettes, faillit l'appeler, mais elle l'entendit s'éloigner, entrer chez lui. D'abord incrédule, puis brusquement folle de rage, elle se mit à bourrer ses oreillers de coups de poing et, quand elle eut trop mal aux épaules, elle se leva d'un bond pour aller faire sa valise. Sa décision était prise, elle partirait avec Stuart ce matin.

4

Alain se réveilla à l'aube, en sueur. Depuis qu'il habitait Vallongue, c'était la troisième fois qu'il faisait ce rêve. De tous les autres, ou même de ses rares cauchemars, il ne gardait généralement que peu de souvenirs, mais pour celui-là c'était différent.

Il rejeta le drap, s'assit au bord du lit, la tête entre les mains, et resta sans bouger quelques instants, pour essayer de se rappeler. Les images ne signifiaient pas grand-chose, c'était plutôt l'impression d'avoir réellement vécu cette situation qui le mettait mal à l'aise.

Agacé de ne pas comprendre, il finit par se lever pour gagner la salle de bains. La maisonnée dormait encore, personne n'étant aussi matinal que lui. Il fit une rapide toilette avant de s'habiller puis descendit ouvrir les volets de la cuisine et préparer le café. Dans son rêve, il avait quelques années de moins, environ douze ou treize ans, et il remontait l'escalier en courant, pieds nus, parfaitement silencieux. Charles était là quelque part, bien qu'il ne puisse pas le voir. Impossible à situer dans la maison, la présence de son oncle était inquiétante, dangereuse. Pourquoi ? Avait-il peur de lui au point de le projeter dans ses songes ? Non, consciemment il ne craignait pas Charles, mais peut-être celui-ci avait-il été très impressionnant pour des enfants, avec son auréole de héros et sa silhouette de fantôme.

Un bol de café à la main, il traversa le hall, passa devant le bureau et ouvrit la porte de la bibliothèque. Il s'immobilisa un moment, perplexe, tandis que les dernières bribes du rêve s'estompaient. La pièce était plongée dans la pénombre à cause des lourds rideaux qu'il alla tirer, puis il s'assit dans son fauteuil favori, une profonde bergère dont les orillons étaient censés protéger des courants d'air et des indiscrétions. De tout temps il avait aimé y passer de longues heures, à dévorer un livre après l'autre. Pendant les années de la guerre, puis les étés suivants, il s'était employé à épuiser les réserves des rayonnages. À présent, il commandait directement au libraire de Saint-Rémy les dernières parutions de Sartre, Giono ou Camus. Plusieurs fois par an, Clara lui envoyait des romans, et Vincent lui rapportait toujours les livres qu'il avait appréciés durant l'hiver. Désormais, les volumes étaient vraiment tassés sur les étagères, où certains n'avaient même pas pu trouver place. Charles s'était énervé devant ce désordre, rappelant à son neveu qu'il n'était pas chez lui. « Vallongue est la propriété de ta grand-mère, ne t'y comporte pas en pays conquis ! » Pourtant, dès qu'il se retrouvait seul, au début de l'automne, Alain redevenait avec bonheur le vrai maître des lieux.

Il vida son bol, qu'il posa en équilibre sur ses genoux. La porte de la bibliothèque était restée ouverte et il pouvait voir, au-delà du vestibule, le seuil du bureau. Durant les derniers mois de la guerre, Édouard y avait passé l'essentiel de ses journées, enfermé à clef. Quand il rentrait de l'hôpital d'Avignon, il s'arrangeait pour écourter le dîner, pressé de regagner son antre. Les enfants se gardaient bien d'aller le déranger, au contraire ils en profitaient pour se glisser dans la bibliothèque, où ils improvisaient des jeux de société. Mais Alain préférait lire et, quand les autres montaient se coucher, il s'attardait pour finir son chapitre. Il lui était même arrivé de s'endormir dans le grand fauteuil et de se réveiller en sursaut à l'aube, complètement gelé.

La nuit où son père s'était suicidé, il était là. Il avait lu, puis somnolé, et à un certain moment des éclats de voix l'avaient fait sursauter. Celle de son père, basse et plaintive, se mêlait à celle de son oncle, beaucoup plus métallique, dans une violente querelle d'adultes. Édouard n'était déjà pas drôle, mais avec le retour de Charles – qui était lui-même un vrai zombie –, l'ambiance était devenue irrespirable. Alain s'était enfui furtivement pour aller se rendormir dans sa chambre. Le lendemain matin, quand Clara leur avait annoncé la tragique nouvelle, il s'était demandé si cette dispute n'avait pas contribué au désespoir de son père, si elle n'avait pas joué un rôle déterminant dans sa décision d'en finir. Il se le demandait toujours. Était-il possible que Charles ait poussé Édouard au suicide ? Et ce doute lancinant expliquait-il l'antipathie d'Alain pour son oncle ?

Un petit rayon de soleil commençait à briller, au-dehors, et il décida qu'il avait assez flâné. Il ne songeait que très rarement à son père ou au passé, trop préoccupé par l'avenir, et désormais les oliviers comptaient plus pour lui que ses souvenirs d'enfance. Néanmoins, il aurait aimé savoir ce que les deux hommes avaient bien pu se dire, cette nuit-là. Peut-être existait-il un lien entre leur dispute et le rêve qui l'avait tiré si tôt de son lit.

En quittant la maison, il n'y pensait déjà plus, obnubilé par ses arbres comme chaque matin. C'était le moment qu'il préférait entre tous, avant que la chaleur ne devienne accablante, quand il pouvait se promener à sa guise et supputer l'importance de la récolte à venir ou réfléchir à de nouvelles idées. Et cette année il s'interrogeait sur l'opportunité de replanter quelques amandiers, en raison de la vogue que connaissaient de nouveau les calissons. Tout en haut de la colline, il restait une bande de terrain disponible, qu'il avait commencé à défricher.

— Alain ! A-lain !

Les mains en porte-voix, Vincent le hélait, debout sur la route en contrebas.

— Grimpe ! La vue est splendide ! lui cria Alain.

Il alla s'asseoir sous un arbre en attendant que son cousin le rejoigne, amusé de le voir trébucher dans la pente.

— Tu manques d'exercice, non ? ironisa-t-il tandis que l'autre se laissait tomber à côté de lui, hors d'haleine.

— Pas du tout, je passe plusieurs heures chaque jour sur ton vélo !

L'allusion fit sourire Alain. Effectivement, Vincent se lançait dans une grande balade, tous les après-midi, mais ce n'était pas pour entretenir sa forme, c'était pour retrouver l'élue de son cœur. Il s'arrangeait pour la croiser innocemment, échanger quelques mots avec elle ou l'accompagner un bout de chemin. Il était totalement subjugué, pris au piège, mais d'une façon si délicieuse qu'il ne faisait rien pour s'en dégager. La fille était trop jolie, et lui trop innocent.

Du coin de l'œil, Alain mesurait les ravages jour après jour et se prenait à regretter d'avoir présenté son cousin à Magali. Dans moins d'une semaine, Vincent devrait quitter Vallongue puisque la rentrée universitaire approchait, et la séparation menaçait d'être douloureuse.

— Donne-moi une cigarette, demanda Alain en s'allongeant carrément.

Malgré l'ombre de l'olivier, il faisait déjà chaud. Vincent lui tendit un paquet de Craven et une pochette d'allumettes, puis soupira :

— Je n'aurai pas de vacances avant Noël, et rien ne dit que papa me laissera venir ici à ce moment-là, tu sais comment il est…

— Oui, de mauvaise humeur, c'est chronique chez lui !

Il l'avait dit sans aigreur, ayant fini par réviser son jugement sur Charles. Certes, l'obligation du courrier hebdomadaire lui pesait toujours, mais, en dehors de cette exigence et de quelques réflexions brutales, son oncle l'avait quand même laissé tranquille depuis trois ans. Sa vie s'était organisée avec une facilité déconcertante à Vallongue, grâce au soutien de Clara, et il y était de plus en plus heureux.

— Comment se fait-il que tu n'aies pas succombé, toi ? s'enquit Vincent en s'appuyant sur un coude pour dévisager Alain.

— À quoi ? Au charme de Magali ? Tous les goûts sont dans la nature... Ou alors j'ai constaté, dès la première minute, qu'elle était faite pour toi !

Son rire en cascade était très communicatif, et Vincent finit par sourire sans se vexer.

— Tu as de la chance d'habiter ici toute l'année, dit-il d'un ton de regret.

— Oui, beaucoup, mais toi tu ne l'aurais jamais supporté. Je ne parle qu'à Ferréol, qui n'est pas d'une gaieté forcenée, je me lève tous les matins à cinq heures, je me fais la cuisine tout seul.

Vincent se souvint qu'effectivement Odette n'était employée que durant les séjours de la famille. Charles avait été catégorique dès le début : puisque Alain prétendait se comporter en adulte, il se débrouillerait comme tel. Pas de femme de ménage, encore moins de cuisinière, et pas question de trouver la maison en désordre. À titre d'exemple, il avait rendu une visite surprise à son neveu, le premier hiver. Pour quelques tasses qui traînaient dans l'évier, des miettes semées sur la table et une ampoule électrique grillée, il s'était mis en colère, menaçant de ramener Alain à Paris sur-le-champ. Une leçon efficace, dont le jeune homme gardait un souvenir désagréable.

— Depuis que Sylvie s'est volatilisée avec son Anglais, ton père est carrément odieux...

Tout le monde l'avait remarqué, mais personne ne se serait risqué à le dire. Vincent esquissa un sourire contraint et répliqua :

— Ta mère ne vaut pas mieux en ce moment !

C'était devenu un jeu entre eux. Quand Alain, au lieu d'appeler Charles par son prénom, préférait utiliser l'expression « ton père », dans laquelle il mettait une intonation plutôt acerbe, Vincent glissait en retour une allusion à Madeleine sur le même ton.

— Maman, c'est l'histoire de Marie qui lui reste en travers de la gorge, tu imagines bien. Mais ton père avec Sylvie, c'est du masochisme.

Marie n'avait laissé ni ses frères ni ses cousins dans l'ignorance de sa future maternité, d'abord ravie de les voir médusés par l'énormité de la nouvelle, puis attendrie parce qu'ils avaient tous les quatre proposé leur aide avec un bel ensemble.

— Au fond, tu es comme ta sœur, soupira Vincent. Vous avez besoin de bousculer l'ordre établi. C'est sûrement pour prendre le contre-pied de Madeleine, et même d'Édouard... Excuse-moi.

Alain médita ce jugement quelques instants mais finit par hausser les épaules. Il ne se sentait plus en révolte, au contraire il avait trouvé une sorte de sérénité à Vallongue. Ce que Vincent disait de ses parents ne le choquait pas, d'ailleurs ils en avaient souvent parlé et ils étaient d'accord à ce sujet. Leur amitié, qui ne faisait que s'étoffer avec le temps, leur permettait de ne pas se ménager l'un et l'autre, or ils n'avaient pas oublié à quel point Édouard s'était montré pesant durant les années de guerre. Conventionnel et timoré, bien loin de l'image d'un héros malgré son ton moralisateur. Quant à Madeleine, ses démissions successives au profit de son mari, de sa belle-mère, puis de son beau-frère, ses sempiternelles jérémiades, son manque d'humour et de tendresse n'échappaient à personne, surtout pas à ses propres enfants. En fait, seule Clara trouvait grâce à leurs yeux, véritable référence familiale unanimement appréciée.

— Et si je lui écrivais une lettre ?

— À Magali ? Tu ne préfères pas lui parler ?

— J'ai bien trop peur, mon vieux ! C'est aussi bête que ça...

Alain se remit à rire et, cette fois, Vincent faillit se vexer.

— Si tu lui avoues franchement qu'elle te plaît, elle va s'en évanouir de joie ! affirma Alain de façon catégorique. Est-ce que tu t'es déjà regardé dans une glace autrement que pour te raser ?

Il détaillait le profil parfait de son cousin, le nez droit, les pommettes hautes, les yeux gris qu'il tenait de son père, à peine plus sombres.

— C'est drôle, constata-t-il avec une pointe de regret, tu lui ressembles.

— À qui ?

— À Charles ! Enfin, la sinistrose en moins. Va voir Magali et invite-la à se promener. Ou emmène-la boire un verre à Saint-Rémy, si tu veux je te prête la voiture.

— Tu ferais ça ? demanda Vincent, qui était déjà debout.

— Les clefs sont sur le contact, et je n'en ai pas besoin aujourd'hui. Mais ne la bousille pas, sinon on en entendra parler jusqu'à la fin de nos jours !

C'était encore une initiative de Clara que cette increvable 203 Peugeot achetée dès les dix-huit ans d'Alain. « Puisque tu as ton permis, un chef d'entreprise comme toi ne peut pas tout faire à vélo ! » lui avait dit sa grand-mère au téléphone, l'année précédente. Ensuite, elle avait contacté un garagiste, à Cavaillon, qui lui avait déniché une bonne occasion. Charles et Madeleine n'avaient découvert la voiture qu'en arrivant à Vallongue, au début de l'été, et bien sûr il était trop tard pour protester.

Comme Vincent avait détalé sans demander son reste, Alain se releva lentement puis épousseta son pantalon de toile. La pause avait assez duré, le travail l'attendait. Ferréol devait déjà se tenir au pied du premier coteau, prêt pour l'inspection quotidienne et minutieuse de tous les arbres.

Jusqu'ici, la récolte s'annonçait bien, mais il faudrait rester vigilant jusqu'en octobre ou novembre. Ensuite viendrait la cueillette, puis toutes les étapes de l'extraction de l'huile. Cette année encore, Alain comptait vendre la totalité de sa production à une coopérative, mais ce serait la dernière fois. Il avait déjà en tête les bouteilles, d'une forme bien particulière, et surtout les étiquettes sur lesquelles s'étalerait un jour le nom de Morvan. « Huile d'olive vierge A. Morvan, première pression à froid, domaine de Vallongue. » Mais d'ici là, il avait intérêt à garder son projet secret parce que, à la minute où Charles le découvrirait, il allait en faire une maladie. Pourtant, associer le nom d'un grand ténor du barreau de Paris à un produit alimentaire aussi prosaïque que de l'huile était une idée qui amusait beaucoup Alain.

Clara tourna et retourna la carte postale entre ses doigts. Les quelques banalités sur Monaco ou la Méditerranée ne semblaient avoir été écrites par Sylvie que dans le but de se faire pardonner son départ précipité, mais Clara était trop avisée pour ne pas comprendre que ces quelques lignes étaient aussi un défi adressé à Charles.

Perplexe, elle reposa la carte sur le bonheur-du-jour, avec le reste du courrier. L'été finissait, les bagages étaient déjà commencés, à la fin de la semaine ils seraient tous de retour avenue de Malakoff. Charles aurait-il le courage de courtiser une autre femme, de se lancer dans une nouvelle liaison ? Sûrement pas. Or il ne pouvait pas rester seul à son âge, sinon il allait s'aigrir, devenir invivable. Pourquoi n'avait-il pas fait un petit effort pour garder Sylvie ? Elle était exactement la femme qui lui convenait, d'ailleurs leur rupture le rendait malheureux, Clara le voyait bien. Certes, ce n'était pas comparable avec ce qu'il avait dû ressentir au sujet de Judith et de Beth, néanmoins il souffrait, il en était donc redevenu capable.

Elle jeta un rapide regard par la fenêtre et aperçut Alain, qui traversait la cour d'un pas pressé. Depuis qu'il habitait Vallongue, il n'était plus nécessaire de fermer la maison en partant, c'était agréable. Elle le suivit des yeux jusqu'à ce qu'il disparaisse. Il était toujours affairé, toujours en mouvement, peut-être même avait-il hâte de voir disparaître la famille pour reprendre possession des lieux en solitaire. Quand tout le monde était là l'été, il était obligé de consacrer du temps aux repas, de sacrifier à un minimum de convivialité, or il avait sûrement mieux à faire que traîner à table. On ne pouvait plus vivre de façon oisive, comme à l'époque de la jeunesse de Clara, le monde devenait plus dur.

Elle reprit son stylo à plume et son livre de comptes pour établir le montant des gages d'Odette et de la femme de charge, qu'elle devait payer avant son départ. Ensuite elle réglerait la facture de cette machine à laver qu'elle s'était décidée à commander après en avoir vu la démonstration au Salon des arts ménagers, au Grand Palais. Une invention merveilleuse dont aucune maîtresse de maison ne pourrait plus se passer, c'était certain. Si l'engin tenait ses promesses, à Paris, elle en achèterait une deuxième pour Vallongue. Rien ne l'amusait davantage que le progrès, et elle se réjouissait d'être née dans un siècle qui offrait tant de changements.

Alain luttait contre un sentiment croissant d'exaspération qu'il savait pourtant injuste. Son oncle aurait été inconséquent s'il n'avait pas pris la peine de vérifier le fonctionnement de l'exploitation, ses contrôles systématiques n'avaient donc rien d'humiliant.

— C'est quoi, ça ? demanda Charles en posant le doigt sur un chiffre.

— Des disques de nylon pour la presse. Ils s'usent vite.

— Et ça ?

— Le remplacement d'un des bacs en pierre dans lequel tournent les meules. Il était fendu, j'ai dû le changer.

Charles hocha la tête et continua à lire, sourcils froncés. Au bout d'un moment, il constata, avec une pointe de condescendance :

— Tu es encore bénéficiaire cette année, c'est parfait ! Bon, j'emporte ces documents à Paris, j'en aurai besoin pour la déclaration fiscale.

Il referma le dossier, qu'il rangea dans un porte-documents de cuir.

— Je ne m'attendais pas à des félicitations, dit Alain à mi-voix, mais il me semble que tu peux être content de ma gestion.

— Oui… Sauf que ta grand-mère t'a beaucoup aidé, ce qui change un peu la balance des comptes.

— Tout ce qu'elle a investi ici est plutôt un bon placement !

L'agressivité du ton mit aussitôt Charles de mauvaise humeur.

— Tu crois ça ? Après déduction des impôts, j'estime qu'il s'agit d'un rapport médiocre. La même somme ailleurs aurait été plus productive. Tu vis un peu trop renfermé sur toi-même pour savoir ce qui se passe dans le reste du monde.

— Je pourrais obtenir un bien meilleur rendement à condition de…

— Oh, ne change rien pour l'instant, et ne me casse pas les oreilles avec tes châteaux en Espagne ! Tu seras majeur d'ici peu, à ce moment-là nous rediscuterons de certaines modalités. En attendant, tu restes sous mon autorité, que ça te plaise ou non.

Alain faillit s'emporter à son tour, mais il se contint à la dernière seconde. Affronter son oncle ne lui servirait à rien pour l'instant.

— Est-ce que tu peux m'expliquer pourquoi tu me détestes ? questionna-t-il seulement.

Charles le considéra d'un air pensif, sans la moindre colère.

— Non… Non, désolé, je ne peux pas te l'expliquer.

La réponse était si déroutante qu'Alain né trouva rien à ajouter. Ils échangèrent un long regard jusqu'à ce que Charles demande :

— Te rends-tu compte que si tu étais né dans un autre milieu, tu serais tout au plus ouvrier agricole ?

— Et toi, tu serais quoi ? riposta le jeune homme.

— Avocat. Les diplômes, tu sais, avec ou sans fortune…

— Oui, mais, tes études, tu les aurais payées comment ?

Charles recula son fauteuil, se leva et fit le tour du bureau pour venir se planter devant son neveu.

— Je ne t'autorise pas à me parler sur ce ton.

Ses yeux avaient la couleur de l'acier, toute son attitude exprimait une soudaine menace que le jeune homme prit assez au sérieux pour se mettre debout à son tour. Il n'était pas tout à fait aussi grand que Charles, mais peu s'en fallait à présent.

— J'ai été très patient avec toi depuis des années, mon petit Alain. Trop libéral, et il m'arrive de le regretter. Seulement il faut que tu comprennes bien quelque chose, te révolter contre moi n'est pas une preuve de courage, parce que tu ne risques rien. Ou si peu !

Inconsciemment, Alain recula d'un pas. Il ne voyait pas où son oncle voulait en venir.

— Quand j'étais en forteresse, je me suis rebellé contre des officiers allemands trop zélés, et, crois-moi, ça coûtait très cher de leur tenir tête. Au mieux, tu te retrouvais à l'infirmerie, au pire tu étais fusillé séance tenante. Mais c'était presque impossible de tout accepter sans broncher. Toi, en me provoquant, tu ne cours aucun danger, alors tu fanfaronnes, c'est si facile !

Jamais Charles ne parlait de l'époque où il avait été prisonnier, et personne n'en connaissait le moindre détail. D'ailleurs, cette évocation devait lui être pénible, car son expression s'était encore durcie jusqu'à devenir vraiment inquiétante. Il ajouta, un peu plus bas :

— Si j'avais voulu te soumettre, crois-moi, je l'aurais fait. Sors d'ici.

Ils restèrent quelques instants à s'observer, puis Alain choisit de quitter la pièce en silence.

Le cœur battant à tout rompre, Vincent remonta encore un peu sa main le long de la cuisse douce et chaude.

— Arrête, chuchota Magali d'une voix défaillante.

Elle ne comprenait pas ce qui lui arrivait ni comment elle avait pu se retrouver si vite dans les bras de Vincent. Et depuis qu'il s'était mis à la caresser, elle n'avait plus aucune volonté. Au lieu de chercher à s'échapper, elle se cramponnait à lui, au bord d'un plaisir inconnu qui la faisait trembler. Malgré les vitres baissées, il faisait une température étouffante dans la 203, et elle protesta à peine quand il commença à déboutonner sa robe. Ses doigts étaient légers sur elle, habiles comme s'il avait une grande expérience, alors qu'il n'avait connu que deux filles avant elle.

— Vincent, il ne faut pas, souffla-t-elle.

À sa grande surprise, il se détacha d'elle et elle sentit un peu d'air tiède sur ses épaules nues.

— Tu es tellement belle, murmura-t-il en guise d'excuse.

C'était le mot, elle était d'une rare beauté. Longue chevelure rousse à peine bouclée, grands yeux verts et teint pâle, adorable petit nez. Menue mais ronde, toute en courbes, appétissante et consentante, il le voyait bien, de quoi lui faire perdre la tête s'il ne s'arrêtait pas tout de suite. Pour trouver la force de ne pas aller plus loin, il s'obligea à penser à Marie qui attendait un bébé.

— Je suis désolé, dit-il en la repoussant à regret. Ne restons pas là… On va le boire, ce verre ?

Il tendit la main vers la clef de contact mais dut s'y reprendre à plusieurs fois pour démarrer tandis que la jeune fille rajustait les bretelles de la robe chiffonnée. Elle ne savait pas si elle était déçue ou soulagée, mais elle se sentait très embarrassée à présent.

— Je meurs de soif, déclara-t-il, et je mangerais bien une glace. Pas toi ?

La tête tournée vers elle, il souriait si gentiment qu'elle en fut réconfortée.

— Tu crois que c'est bien si on nous voit ensemble ? protesta-t-elle quand même, dans un élan d'honnêteté.

Il ne prêta aucune attention à la question, trop charmé par son accent chantant et par le timbre de sa voix. Il était en train de tomber amoureux d'elle et c'était une sensation merveilleuse.

— Seigneur Dieu ! Ne criez pas comme ça, Odette, vous êtes devenue folle ? Si mon fils vous entend, ça va faire un drame…

Maussade, la brave femme haussa les épaules.

— Mais, madame, je n'ai pas peur de monsieur !

— La question n'est pas là. C'est à Vincent que vous allez attirer des ennuis. Vous êtes certaine que c'était bien lui ?

— Vincent ? Ah, quand même, je l'ai connu haut comme ça, je ne risque pas de le confondre avec un autre ! Et non seulement lui, mais la voiture de la maison, madame, la 203. Alors bien sûr, les jeunes, il faut qu'ils s'amusent, seulement, la petite Magali, c'est un peu spécial.

Excédée, Clara tourna le dos à Odette. Il y avait des valises ouvertes partout, des piles de vêtements sur le lit, et l'heure du départ approchait. Ses petits-enfants ne pouvaient donc jamais se tenir tranquilles ? Vincent était pourtant raisonnable, il évitait les bêtises quand son père était dans les parages. Oui mais, à vingt ans, il avait le droit de tomber amoureux. Si c'était le cas, la jeune fille en question avait de la chance, Vincent ne se comporterait sûrement pas comme un mufle ou une brute, il était beaucoup trop sensible pour ça.

— Comment avez-vous dit qu'elle s'appelle ?

— Magali.

— Et pourquoi est-ce « spécial » ?

Odette, qui s'était remise à plier les robes de Clara, interrompit ses gestes.

— C'est ma filleule, madame.

Après un petit silence, Clara bredouilla :

— Ah oui, je vois.

Elle ne voyait rien du tout et tentait de se rappeler ce qu'Odette avait bien pu raconter à ce sujet. Quoi qu'il en soit, il s'agissait bel et bien d'une catastrophe. Daniel la soulagea beaucoup en faisant irruption dans la chambre, à bout de souffle.

— On te demande au téléphone, grand-mère !

— Continuez sans moi, Odette, je reviens.

Une fois dans la galerie, elle saisit le bras de Daniel, qui allait s'éloigner.

— Où est ton frère ?

— Je ne sais pas, je...

— Trouve-le, je veux le voir tout de suite.

Elle s'engagea dans l'escalier en se répétant pour la dixième fois de l'été qu'il fallait penser à installer un autre poste au premier étage. Non seulement c'était fatigant de se déplacer à chaque fois, mais en plus les conversations téléphoniques manquaient de discrétion en plein milieu du vestibule. Elle saisit le combiné et fut très étonnée d'entendre la voix de son notaire.

— Ma chère Clara, je suis absolument navré de vous déranger, mais j'ai pensé que les circonstances...

— Oui ? l'encouragea-t-elle, maîtrisant son impatience.

— J'ai reçu aujourd'hui de votre belle-fille, Madeleine, un courrier plutôt... insolite. Elle me demande un rendez-vous d'urgence, dès son retour, en vue de modifier son testament. Vous êtes au courant ?

— Plus ou moins, répondit Clara de la manière la plus neutre possible, alors qu'elle tombait des nues.

— D'après ce qui m'est notifié, elle souhaite faire de Gauthier son légataire universel.

Clara tourna la tête pour s'assurer que le petit cabriolet de velours bleu était bien derrière elle, ce qui lui permit de s'asseoir.

— Les querelles de famille sont parfois sans suite, affirma-t-elle avec désinvolture, mais vous faites bien de me prévenir.

— Je suis tenu au secret professionnel, toutefois nous sommes suffisamment... proches pour que tout cela reste confidentiel.

— C'est évident ! claironna-t-elle.

Prise de vertige, elle s'appuya au dossier du fauteuil. Le rôle de chef de clan, qu'elle assumait volontiers la plupart du temps, lui semblait soudain bien lourd. Madeleine avait été révulsée par l'aveu de Marie, qui, s'ajoutant à l'excentricité de la situation d'Alain, avait dû faire déborder la coupe. Gauthier, étudiant en médecine, lui paraissait sans doute le seul rejeton digne du cher Édouard. D'autant plus qu'il avait annoncé récemment qu'il se spécialiserait en chirurgie, comme son père et son grand-père.

« C'est curieux, songea Clara, à mes yeux c'est le moins intéressant des cinq ! Alors, bien sûr, c'est le chouchou de Madeleine... »

— Rappelez-moi à Paris, une fois que vous l'aurez rencontrée, décida-t-elle. Je vous verrai à ce moment-là et nous aviserons ensemble.

Elle ajouta quelques banalités d'usage avant de raccrocher puis resta songeuse un moment. Rares étaient les démarches personnelles entreprises par Madeleine. Quelle mouche l'avait donc piquée ? En principe, elle s'en remettait à sa belle-mère avec une totale confiance, presque avec soumission. L'état de Marie la scandalisait-elle au point de provoquer ce mouvement de révolte ? Elle avait déjà annoncé clairement qu'elle ne débourserait pas un franc pour installer sa fille, ajoutant qu'il ne fallait pas encourager le vice. Le vice ! Un mot révélateur, qui aurait dû alerter Clara. Heureusement pour elle, Michel Castex ne se cantonnait pas à son strict rôle de notaire. Vingt-cinq ans plus tôt, ils avaient été davantage que des amis, et il devait en conserver un assez bon souvenir pour continuer à privilégier Clara et à la soutenir avec autant de constance. Cette idée lui arracha un sourire contraint. Elle avait fait preuve d'une grande discrétion, à l'époque, tout en s'accordant quelques fantaisies sans conséquence, et elle ne regrettait rien d'autre que d'avoir vieilli.

— Tu voulais me parler, grand-mère ?

Vincent se tenait devant elle, à contre-jour, sans qu'elle l'ait vu approcher. Grand et mince, sa silhouette évoquait irrésistiblement celle de Charles au même âge. Émue, Clara essaya d'oublier qu'elle aussi avait ses préférences. Elle se leva, posa sa main sur le bras de son petit-fils et fit quelques pas avec lui vers la bibliothèque. Lorsqu'ils se retrouvèrent en pleine lumière, elle lui demanda doucement :

— Qui est Magali ?

Ainsi qu'elle s'y attendait, elle le vit rougir d'un coup, baisser les yeux et se troubler.

Assis à son bureau, la tête entre les mains, Charles relisait ses notes et parcourait inlassablement les documents épars devant lui. Il avait accepté cette affaire sur un coup de tête, peut-être pour faire taire les mauvaises langues qui prétendaient qu'il s'enrichissait à défendre des Juifs pour des histoires d'argent et, d'ici deux semaines, il allait se retrouver à plaider aux assises, ce qui ne lui était pas arrivé depuis un certain temps. La femme qu'il défendait risquait sa tête, pourtant elle était probablement innocente du meurtre dont on l'accusait. Un cas compliqué, qui secouait l'opinion publique depuis des mois, et dont il allait assumer seul la responsabilité.

Il soupira, écarta le dossier d'un geste las. Il en connaissait toutes les pièces par cœur, inutile de les relire indéfiniment. Le plus important, au-delà des arguments, serait d'atteindre au lyrisme nécessaire pour convaincre le jury. Avant la guerre, il avait adoré ces longues plaidoiries qu'il fallait déclamer comme un morceau de bravoure. C'était le début de sa carrière d'avocat, il était déjà très brillant et avait gagné bon nombre de procès avec une facilité déconcertante pour ses adversaires. Mais, depuis son retour d'Allemagne, il ne s'était consacré qu'à des poursuites contre les criminels de guerre, des réhabilitations, puis des restitutions de biens. Dans plusieurs cas, il avait obtenu réparation au-delà de ses espérances tant il était facile de culpabiliser les autorités sur cette période glauque. À croire que l'administration française lui donnait raison pour le faire taire. Bien sûr, c'était en souvenir de Judith qu'il s'était attaché à la cause juive, en souvenir de ses pauvres parents spoliés de manière honteuse, dénoncés par un voisin pour les trois sous de leur petit commerce, déportés et disparus. À ce titre, il aurait volontiers accepté de défendre les plus modestes, mais l'ironie du sort avait voulu que ce soient les grandes familles qui s'adressent à lui. Ses premières victoires lui avaient attaché une clientèle fidèle de banquiers, d'industriels ou d'hommes politiques ne jurant plus que par lui. Et en raison de ses origines françaises, solidement établies depuis bien des générations, aucun tribunal ne pouvait le soupçonner de partialité, même si, au fond, il en faisait une affaire personnelle.

Indéniablement, ses honoraires, calculés en rapport des biens restitués, l'avaient enrichi depuis quelque temps. Six mois plus tôt, un grand collectionneur d'œuvres d'art, ayant obtenu gain de cause grâce à lui, avait adressé en remerciement un chèque d'un montant vertigineux. C'était ce dernier cas qui avait commencé à provoquer des sourires entendus chez ses confrères. Or Charles ne voulait pas être taxé de mercantilisme, ç'aurait été très injuste, ni se retrouver enfermé dans la catégorie des avocats affairistes. Il avait suffisamment fait ses preuves en droit civil, désormais il désirait rencontrer le succès en pénal.

« J'ai intérêt à obtenir l'acquittement de cette malheureuse, ou je vais me discréditer pour le compte… »

Il s'en voulut aussitôt d'avoir pensé une chose pareille. Sa réputation avait beaucoup moins d'importance que le sort de la femme qu'il allait défendre. Lui serait peut-être jugé incompétent, mais elle risquait la guillotine.

D'un geste machinal, il fouilla sa poche et sortit son briquet en or, qu'il considéra pensivement durant quelques instants. C'était un cadeau de Judith, pour ses trente ans, quelques jours avant la déclaration de guerre. Elle avait fait la folie de pousser la porte d'un joaillier de la place Vendôme, avait choisi sans regarder le prix puis demandé qu'on fasse graver les initiales de son mari. Elle n'était pas coutumière de ce genre de dépense et trouvait toujours excessives les sommes que Charles lui donnait pour gérer ses besoins, mais elle avait payé sans sourciller le prix exorbitant du briquet, se promettant d'économiser sur autre chose. Charles avait beaucoup ri – pour cacher son émotion – quand elle le lui avait raconté.

Ce briquet, il s'était bien gardé de l'emporter avec lui lorsqu'il avait été mobilisé. Et il l'avait retrouvé dans l'appartement du Panthéon quelques années plus tard, posé sur sa table de chevet. Une relique dérisoire. Malgré l'arrestation de Judith, rien n'avait été fouillé, volé ou confisqué, parce que tout était au nom de Charles Morvan, avocat à la cour, prisonnier de guerre.

Pour ne pas se laisser submerger par les souvenirs, il repoussa violemment son fauteuil et alla se planter devant la fenêtre. Au milieu de l'allée, Odette et Ferréol s'activaient à charger des bagages dans le coffre de la Bugatti. Alain avait déjà dû conduire ses cousins à la gare d'Avignon. L'été était fini, tant mieux, parfois Vallongue devenait insupportable à Charles. Mais là ou ailleurs, le fantôme de Judith continuait de lui coller à la peau, et il n'était même pas certain de vouloir s'en débarrasser. Toutefois, c'était bien ici, entre ces murs, qu'elle avait écrit :

J'ai peur de lui, un peu plus chaque jour, je sais très bien ce qu'il veut, je le vois dans ses yeux. Une catastrophe se prépare et je ne sais toujours pas quoi faire pour y échapper. Beth ne peut pas me protéger, ce serait la mettre en danger.

La peur est un sentiment honteux, avilissant. Quand je songe aux dangers que tu dois affronter en ce moment, je me sens misérable. Un jour, Charles, nous nous raconterons nos frayeurs respectives et nous en rirons peut-être. Oh, je voudrais tant que tu sois là !

Mais il était revenu trop tard, bien des années trop tard pour sauver sa femme et sa fille de cet engrenage infernal.

Après le coucher du soleil, le ciel était devenu rose, puis mauve, et à présent l'obscurité n'allait plus tarder. Bientôt les insectes se tairaient, vite relayés par les oiseaux nocturnes.

Alain referma la porte de la maison et s'attarda un peu sur le perron. Toute la famille était enfin partie, il allait pouvoir se remettre à vivre normalement. Hormis Clara, Vincent, pour qui il éprouvait une réelle affection depuis toujours, et Marie, parce qu'elle le faisait rire avec ses révoltes, il ne regretterait personne. Ignorant la 203 garée dans l'allée, il alla chercher son vieux vélo, appuyé à un micocoulier, abandonné là par Daniel ou Gauthier après une promenade. Des élèves modèles, ces deux-là, de bons fils de famille, de vrais Morvan !

Le raccourci permettant de couper à travers le massif des Alpilles lui était familier, même de nuit. C'était un chemin qu'il avait si souvent emprunté, depuis trois ans, qu'il aurait pu le suivre les yeux fermés. Du val d'Entreconque, on pouvait apercevoir les ruines des Baux-de-Provence, plantées sur leur éperon rocheux, et demain matin, à l'aube, il aurait enfin le loisir de jouir du spectacle.

Il acheva le parcours en roue libre lorsqu'il fut arrivé à proximité du moulin. La lumière qui brillait aux fenêtres le fit sourire malgré lui, augmentant son impatience. Sans faire le moindre bruit, il coucha son vélo dans l'herbe puis gagna la porte d'entrée, qui n'était jamais fermée à clef et s'ouvrait directement sur une grande pièce circulaire. Rien n'avait changé depuis le mois de juin, hormis quelques nouveaux tableaux sur leurs chevalets. Même odeur d'encens et de térébenthine, même gentil désordre d'artiste avec un plaid de cachemire écossais jeté sur un divan bas, un gros bouquet de fleurs fanées dans un vase d'albâtre.

D'emblée, Alain alla jeter un coup d'œil aux toiles, dont certaines n'étaient pas achevées. L'une d'elles retint un moment son attention, et il était sur le point de tendre la main pour toucher la peinture quand une voix amicale s'éleva derrière lui.

— Alors ça y est, ils sont tous partis ?

Il fit volte-face, nerveux, comme s'il avait été pris en flagrant délit de curiosité.

— J'aime beaucoup, dit-il avec un geste vague en direction du tableau.

— Vraiment ? Pourtant je n'ai pas encore réussi à finir ce ciel d'orage…, répondit son interlocuteur avant de descendre les dernières marches de l'escalier à vis.

C'était un homme de trente-cinq ans, grand et mince, avec des cheveux blond cendré trop longs qui adoucissaient un intense regard bleu.

— Tu seras prêt pour ton exposition ? s'enquit Alain, qui n'avait pas bougé.

— Oui… Et ensuite, quand les toiles reviendront de Paris, tu pourras considérer que celle-ci est à toi puisqu'elle te plaît.

— Je ne saurais pas où la mettre.

La réponse ne parut pas surprendre Jean-Rémi, ni le vexer. Il se contenta de demander, avec courtoisie :

— Je te sers quelque chose à boire ?

— Si tu veux.

Il s'éloigna vers le bar, à l'autre bout de la grande salle. Dans un réfrigérateur américain flambant neuf, il attrapa une bouteille de vin rosé qu'il déboucha en prenant son temps.

— J'ai énormément travaillé cet été, ça m'a permis de ne pas trop voir passer les semaines.

— Tu es resté là ?

— À part quinze jours en Italie, oui. Mais finalement la lumière de Toscane n'est pas plus belle que la nôtre.

Il revenait, un verre dans chaque main, et il en tendit un à Alain.

— Tu dors ici cette nuit ? demanda-t-il doucement.

Au lieu de répondre, le jeune homme but quelques gorgées, qu'il savoura. Le vin était glacé, un peu âpre mais très parfumé, tout à fait comme il l'aimait. Quand il releva la tête, il croisa le regard de Jean-Rémi, toujours fixé sur lui.

— C'était…, commença-t-il.

Incapable de préciser sa pensée, il esquissa un sourire d'excuse et se tut.

— C'était quoi ? insista Jean-Rémi. Long ? Difficile ? Ennuyeux ? Ta famille est toujours aussi pesante ?

— Charles surtout, mais ce n'est pas grave. Ma sœur attend un enfant, l'ambiance était au drame domestique, même si ma mère a essayé de nous jouer l'acte IV de la tragédie !

Cette fois, il se mit à rire puis acheva son verre, dont il se débarrassa sur un guéridon.

— Je vais adorer ce bébé, je lui ai demandé d'être le parrain si elle n'a personne d'autre en vue. J'aime beaucoup Marie, c'est quelqu'un d'intelligent, je voudrais que tu la connaisses un jour.

Il sentit la main de Jean-Rémi qui se posait sur son épaule et il s'interrompit de nouveau. Le silence tomba entre eux, de façon abrupte, jusqu'à ce qu'Alain cède et franchisse le pas qui les séparait encore.

— Je te fais peur ? murmura Jean-Rémi en le retenant contre lui.

Il connaissait toutes les contradictions d'Alain, ses révoltes et ses élans, cette dualité qu'il avait eu tant de mal à assumer. Et il savait aussi que le jeune homme n'avait peur de personne, en fait, sauf de lui-même. Il referma son bras autour de lui parce qu'il le devinait tendu, prêt à fuir. Trois ans plus tôt, il avait essayé d'éviter ce mineur de dix-sept ans qui s'arrangeait pour croiser son chemin. Jusqu'au jour où il l'avait trouvé chez lui, perdu dans la contemplation de ses tableaux, à peine embarrassé d'être entré là sans autorisation. Lors de leurs rencontres suivantes, il s'était contenté de parler d'art, d'un ton léger, ensuite il s'était renseigné sur le compte d'Alain, sur sa famille, sur cette étrange situation : un adolescent vivant seul. Pour des gens comme les Morvan, laisser l'un de leurs héritiers abandonné à lui-même dans cette grande propriété semblait une aberration, et pourtant c'était ainsi : non seulement le gamin jouissait d'une incroyable liberté, mais en plus il prétendait gérer une exploitation agricole qui prospérait bel et bien. Durant un certain temps, Jean-Rémi avait espéré pouvoir limiter leur relation à une simple amitié car, bien que se sentant irrésistiblement attiré, il voulait rester prudent. Mais Alain était trop têtu et trop passionné pour accepter d'être ainsi tenu à l'écart. Il manifestait un immense besoin d'amour, de tendresse, et il avait envie de parler, d'écouter, d'apprendre. C'était le garçon le plus bizarre que Jean-Rémi ait jamais rencontré, et c'était aussi le premier qui ait réussi à prendre une telle importance dans sa vie. Au point de transformer les séparations en calvaire, même si la décision de ne jamais se rencontrer lors des séjours effectués par la famille Morvan était inévitable. Dans quelques mois, Alain serait enfin adulte, et sans doute continuerait-il à ne venir qu'en secret, imprévisible et exigeant, parfois agressif, parfois intimidé.

— Rentre à Vallongue si tu préfères, suggéra Jean-Rémi, à contrecœur.

Il sentit que le jeune homme se détendait un peu, secouait la tête.

— Non… J'ai attendu ce moment longtemps, je veux rester avec toi. Au moins jusqu'au lever du soleil.

Depuis trois ans, Jean-Rémi avait appris à ne plus penser au risque qu'il courait en le recevant chez lui. De toute façon, certains instants méritaient n'importe quel danger et il n'éprouvait aucune crainte. Il aurait volontiers sacrifié ses succès, sa carrière de peintre, sa position sociale et même sa liberté pour réentendre ce « je veux rester avec toi » qui venait de le faire tressaillir.

5

Paris, 1954

Marie attendait, penchée au-dessus de Charles, tandis qu'il signait différents actes qu'elle lui passait l'un après l'autre. D'où elle était, elle pouvait voir quelques cheveux blancs sur ses tempes, ce qui n'enlevait rien à sa séduction, bien au contraire.

— Il est tard, tu devrais partir, suggéra-t-il en rebouchant son stylo.

Depuis dix-huit mois qu'elle travaillait avec lui, il se montrait toujours aussi attentif. Dès qu'il la voyait fatiguée ou la devinait inquiète pour telle ou telle maladie infantile du petit Cyril, il la dégageait aussitôt de ses obligations professionnelles. Sans en avoir vraiment conscience, il la protégeait, elle et son enfant, pour se racheter de ne pas avoir sauvé Judith et Beth.

— Aujourd'hui est un beau jour, Charles, dit-elle en souriant.

Le matin même, il avait obtenu un acquittement inespéré dans un procès retentissant. Une victoire supplémentaire pour lui, qui s'ajoutait à un palmarès impressionnant, et qui lui avait valu de sortir du palais entouré d'une nuée de journalistes.

— J'étais certaine que ta plaidoirie avait bluffé les jurés, hier… Et tu as vu, leurs délibérations n'ont duré que quelques heures !

— Bluffé ? répéta-t-il. Je n'ai trompé personne, Marie, à aucun moment je n'ai prétendu qu'il était innocent, toutefois il ne méritait pas la peine de mort, j'en suis convaincu. N'oublie jamais que le doute doit profiter à l'accusé.

Elle haussa les épaules, amusée par son excès de modestie. Il s'était montré époustouflant, la veille, au point de faire régner un silence absolu dans le tribunal tout le temps de son intervention.

— La presse parle de ta prestation en disant, je cite, que c'était « magistral, épique » !

— Ce n'est pas un avis unanime, fit-il remarquer avec une moue dubitative.

Il se pencha pour récupérer un quotidien dans la corbeille à papiers et le lui mit sous le nez.

— Tu as lu ça ? « Si Charles Morvan-Meyer continue à convaincre les jurys, grâce à son indiscutable talent de tragédien, la proportion d'acquittements, déjà trop conséquente, risque de grimper en flèche. Prenant décidément les tribunaux pour la scène d'un théâtre, l'éloquent avocat de la défense a fait pencher la balance de la justice du mauvais côté, hier, aux assises. »

Marie éclata de rire tant l'éditorial lui semblait de mauvaise foi. Comme tout le monde, elle avait écouté Charles bouche bée, la veille. Écouté pour apprendre son métier, bien sûr, mais aussi regardé parce qu'il s'animait passionnément en parlant. Il savait enchaîner les arguments de manière implacable, monter en épingle un détail, insinuer le doute. Chacune de ses plaidoiries était une démonstration d'aisance et de logique. Il y mettait le ton juste, sans grandiloquence, pour jouer de toute la gamme des émotions. Quand il reprenait l'accusation pour la défaire point par point, on avait enfin l'impression d'entendre une vérité simple, lumineuse, de comprendre ce qui s'était passé. Même ses adversaires les plus acharnés lui reconnaissaient un talent d'orateur peu commun. Et chaque fois qu'elle assistait à un procès où

Charles devait se battre, Marie ressentait la même admiration. Jamais elle n'arriverait à se mesurer à lui, malgré toute l'énergie qu'elle déployait pour devenir une bonne avocate.

Elle hésita un peu, toujours debout derrière son fauteuil, partagée entre l'envie de rester avec lui et celle de filer rejoindre son petit garçon. Un bébé sage, dont elle était fière, qui marchait déjà avec assurance en zézayant ses premiers mots.

— Je suis sûr que Cyril t'attend, Marie, va vite !

La tête tournée vers elle, il lui souriait gentiment. Le chauffage de l'immeuble rendait l'atmosphère du bureau si étouffante, l'hiver, qu'il avait enlevé sa veste puis sa cravate pour travailler plus à l'aise. Aucune victoire ne l'empêchait jamais de se remettre à ses dossiers le jour même, comme s'il ne pouvait pas imaginer prendre deux heures de liberté. Marie se pencha pour lui déposer un baiser léger sur la joue.

— À demain, Charles...

Un jour ou l'autre, il allait bien falloir qu'elle s'installe à son compte, qu'elle abandonne la protection rassurante de son oncle et l'atmosphère de ruche du célèbre cabinet Morvan-Meyer. Son esprit indépendant l'y poussait, mais elle n'avait aucune envie de quitter Charles, même si elle était parvenue à refouler les sentiments ambigus qu'il lui inspirait toujours. Pour ne pas y penser, elle sortait souvent le soir, s'étourdissait avec des jeunes gens de son âge, pourtant insipides à son goût.

Elle referma la porte capitonnée, alla ranger les documents qui partiraient au courrier du lendemain matin, puis enfila la pelisse de renard que Clara lui avait offerte pour Noël. Merveilleuse Clara ! Toujours aussi solide, heureuse de gâter son arrière-petit-fils, elle avait su imposer silence à ceux qui s'étonnaient du célibat de Marie. C'était elle qui avait choisi avec soin la nurse de Cyril, elle qui réglait ses gages. Tout comme elle s'était donné beaucoup de mal pour décorer l'appartement de Marie, rue Pergolèse. En revanche, Madeleine n'avait fait aucun effort, elle n'embrassait Cyril que du bout des lèvres et se désintéressait de son sort, incapable de pardonner à Marie ce qu'elle vivait comme une honte.

En refermant la porte cochère de l'immeuble, elle faillit heurter une femme élégante qui attendait là, hésitante. Reconnaissant Sylvie, elle éprouva une bouffée d'antipathie qu'elle parvint à contrôler de justesse.

— Quelle surprise ! s'exclama-t-elle poliment. Depuis le temps… Comment vas-tu ?

— Très bien, et toi ? Tu as une mine superbe ! Et ton petit garçon ? Il paraît qu'il est magnifique, Clara ne tarit pas d'éloges.

— Tu es restée en contact avec grand-mère ? s'étonna Marie.

— Oh, de temps à autre un petit coup de téléphone…

Elles s'observaient avec curiosité, sur la défensive. Le froid avait rosi les joues de Sylvie, qui était toujours aussi jolie, coiffée d'un délicieux petit chapeau et vêtue d'un long manteau de tweed au col de vison.

— Si c'est Charles que tu voulais voir, il est déjà parti, débita Marie d'une traite.

Le mensonge était venu si spontanément qu'elle se mordit les lèvres. Impossible de revenir en arrière à présent, d'ailleurs elle ne le souhaitait pas. L'air déconfit de Sylvie la rendit plus indulgente et elle ajouta :

— Appelle-le à l'occasion, mais, je te préviens, il est littéralement débordé de travail !

Elle agita la main dans un petit signe d'adieu et se hâta le long du trottoir, sans se retourner. Sylvie la regarda s'éloigner puis elle traversa lentement le boulevard Malesherbes pour rejoindre sa voiture. Au lieu d'ouvrir la portière, elle s'appuya contre la carrosserie, perplexe. Elle pouvait écrire un mot à Charles, qu'elle confierait au concierge, pourquoi pas ? Ce serait moins pénible que de se retrouver face à lui. En tout cas, elle devait l'avertir, elle se l'était promis. Machinalement, elle regarda en direction des fenêtres du cabinet. Deux d'entre elles étaient encore éclairées, sans doute une secrétaire en retard ou une femme de ménage zélée. Que Charles soit débordé n'avait rien d'étonnant, d'abord parce qu'il s'était toujours consolé dans le travail, ensuite parce qu'il obtenait de tels succès qu'il devait être sollicité du matin au soir. Elle commença à fouiller dans son sac et sortit son stylo, puis une carte de visite, indifférente au vent qui soufflait sur le boulevard et rendait le froid encore plus mordant.

— Sylvie ! Sylvie !

Elle releva la tête et découvrit avec stupeur Charles, debout sur le trottoir opposé, lui adressant de grands signes. Sidérée, elle eut juste le temps de constater qu'il ne portait qu'une chemise, dont le col était ouvert, avant qu'il ne traverse pour la rejoindre.

— J'étais sûr que c'était toi, aucune autre femme n'a ton élégance ! déclara-t-il d'un ton péremptoire.

— Charles, vous n'auriez pas dû sortir comme ça, vous allez attraper la mort…

Sans la consulter, il l'avait prise par le bras, bien décidé à regagner son cabinet avec elle.

— Marie m'a dit que vous n'étiez pas là, et…

Incapable d'achever, elle se laissa entraîner. Le simple fait de le sentir contre elle la troublait bien davantage qu'elle ne l'avait prévu. À peine la porte de l'appartement refermée, il frissonna, la lâcha enfin et avoua, avec un petit sourire d'excuse :

— J'ai trouvé merveilleux de t'apercevoir sous ce réverbère… Irréel ! Si je n'avais pas regardé dehors, tu serais repartie ?

Très mal à l'aise, elle chercha en vain une réponse puis secoua la tête, impuissante.

— Eh bien, je m'apprêtais à vous laisser un mot…

— J'aurais été déçu. Tu restes un peu ? Il fait une chaleur accablante ici, mais avec un peu de chance je vais bien nous dénicher quelque chose à boire.

Sa gaieté n'avait rien d'artificiel, il était réellement heureux qu'elle soit là et il ne pouvait pas le cacher. En l'aidant à ôter son manteau, il frôla sa nuque, respira son parfum.

— Viens dans le salon, installe-toi, proposa-t-il d'une voix troublée.

Il ouvrit une double porte, alluma des lumières et alla tirer les rideaux de velours.

— J'en ai pour une seconde, fais comme chez toi.

Désemparée, elle regarda autour d'elle en cherchant où s'asseoir. La grande pièce, meublée de profonds canapés et d'une série de fauteuils confortables disposés autour de tables volantes, devait servir de salle d'attente. La décoration était volontairement luxueuse mais d'un goût parfait, idéale pour mettre en confiance une certaine clientèle.

— Nous avons toujours du champagne en réserve, ici, pour fêter les verdicts favorables, annonça-t-il joyeusement. Tu l'aimes encore ?

Il déposa la bouteille et deux coupes sur une console de marbre avant de se tourner vers elle. Soudain aussi gênés l'un que l'autre, ils se dévisagèrent en silence. Depuis dix-huit mois, pas un seul jour ne s'était écoulé sans qu'elle pense à lui, et de son côté il avait failli décrocher son téléphone des dizaines de fois. Elle lui avait manqué d'une manière étonnante, presque aiguë, alors qu'il l'avait tenue sans mal à distance tout le temps de leur liaison. Malgré sa volonté, il n'était pas parvenu à se remettre de leur rupture, et la savoir dans les bras d'un autre l'avait empêché de s'endormir, certains soirs.

— Comment va Stuart ? demanda-t-il carrément.

Cette question, à laquelle elle s'attendait, lui fut pourtant désagréable.

— C'est la raison de ma visite, réussit-elle à articuler.

Toutes ses résolutions venaient de s'effondrer, elle en fut douloureusement consciente. Charles était l'homme qu'elle aimait, leur séparation n'avait rien changé à cette fatalité. À contrecœur, elle poursuivit :

— Je ne voulais pas que vous l'appreniez par le faire-part que j'ai adressé à Clara.

Il était en train de déboucher le champagne et elle eut le courage de lever les yeux sur lui. Elle le vit accuser le coup, mâchoires crispées, tandis qu'il suspendait son geste. En d'autres temps, cette réaction l'aurait comblée, là elle n'éprouva qu'une insupportable frustration, un sentiment de gâchis.

— Félicitations, dit-il d'une voix sans timbre.

À présent il la toisait, le regard dur, et elle voulut se justifier.

— Vous ne m'avez jamais donné signe de vie, Charles…

Au lieu de répondre, il vint vers elle, la prit par le cou et l'attira brutalement contre lui.

— Tu ne peux vraiment pas me tutoyer ? Je t'impressionne encore ?

Il resserra son étreinte jusqu'à ce qu'elle se retrouve collée à lui, souffle coupé.

— C'est toi qui es partie, rappela-t-il, je n'avais pas à te poursuivre. Et rassure-toi, tu as pris la bonne décision.

— C'est ce que vous vouliez, n'est-ce pas ?

— Oh non, si tu savais ! Mais c'est mieux pour toi.

Il l'immobilisait toujours, une main sur sa nuque, une au creux de ses reins.

— C'est pour quand, ce mariage ?

— Dans un mois.

— Je m'arrangerai pour partir en voyage à ce moment-là, je ne pourrai jamais le supporter. Quelle drôle d'idée, une noce en plein hiver… Très chic, très anglais ! Qu'est-ce que tu veux comme cadeau ? Avez-vous déposé une liste quelque part ?

— Charles, ça suffit, murmura-t-elle.

Elle ne comprenait pas son ironie, cependant elle le connaissait assez pour deviner qu'il était vraiment en colère.

— Puisque tu n'es pas encore sa femme, tu m'embrasses ?

Il baissa la tête et prit possession de ses lèvres avec une violence à laquelle elle n'essaya même pas de résister. Mais, dès qu'il s'arrêta, elle en profita pour chuchoter :

— Dites un seul mot et j'annule tout.

— Pourquoi ? Tu n'es pas amoureuse de lui ?

— Dites-le, Charles…

— Non, je regrette…

Du bout des doigts, il fit lentement glisser la fermeture Éclair de sa robe, d'un geste si sensuel qu'elle fut parcourue d'un long frisson.

— C'est pour avoir des enfants que tu l'épouses ?

— Oui, répondit-elle d'une voix mal assurée.

— Alors, tu as raison !

La robe de lainage tomba sans bruit sur l'épais tapis. Elle ne faisait pas le moindre geste pour l'arrêter et il dégrafa son soutien-gorge. Quand elle sentit ses mains se poser sur ses seins, elle ne parvint pas à réprimer un gémissement sourd. Il n'avait plus besoin de la tenir, elle ne songeait pas à s'écarter de lui. La tête rejetée en arrière, elle se livrait à ses caresses avec une telle volupté qu'elle en avait le vertige. Jamais Stuart ne lui avait procuré le même plaisir, et bien sûr Charles était en train de le comprendre. Si elle avait été comblée ailleurs, elle se serait enfuie depuis longtemps. Il s'agenouilla devant elle pour achever de la déshabiller, prit tout son temps pour lui enlever ses chaussures, ses bas. Quand elle fut entièrement nue, il lui ôta la bague de fiançailles qu'elle portait à la main gauche et la jeta négligemment dans l'un des escarpins.

— Il va te donner ce que je ne peux pas t'offrir, ma chérie. Avec lui, tu vas fonder une famille et m'oublier…

Comme il la tenait par les hanches, elle se laissa aller, les yeux fermés, prise au piège. Il avait si souvent pensé à elle qu'il avait conservé un souvenir précis de son corps, de ses désirs ou de ses pudeurs. Il posa sa bouche sur son ventre, la sentit frémir et insista. Lorsqu'elle s'agrippa à ses épaules, ce fut pour le griffer sauvagement à travers sa chemise, perdant tout contrôle d'elle-même. Alors seulement il s'interrompit et releva la tête vers elle pour demander :

— Est-ce qu'au moins il est un bon amant ? Moins niais qu'il n'en a l'air ? Il te rend heureuse ? Il te fait mieux l'amour que moi ?

Elle eut un mouvement de surprise, de recul, puis elle le gifla à toute volée.

— Tu es un salaud, Charles ! hurla-t-elle, hystérique.

Tout de suite après, elle s'effondra à côté de lui, en larmes, et il la prit dans ses bras.

— Excuse-moi, dit-il à voix basse. Je suis horriblement jaloux, ça ne m'est jamais arrivé et ça me rend très malheureux.

Avec une infinie tendresse, il lui caressa les cheveux, la nuque, le dos, jusqu'à ce qu'elle se détende un peu. Étonné d'avoir fait preuve d'un tel cynisme, il se sentait mal. Il savait qu'il allait la perdre pour de bon et refusait d'accepter l'évidence alors qu'il n'avait plus le choix. Mais l'avait-il jamais eu ?

— Tu as bien dû être jaloux avec Judith ? s'enquit-elle au bout d'un long moment.

La question lui avait brûlé les lèvres durant des années, sans qu'elle osât la poser, mais maintenant elle voulait comprendre.

— Elle ne m'en a pas donné l'occasion, répondit-il à contrecœur. Je n'ai pas envie de parler d'elle.

— Je sais. Seulement tu l'as mise entre nous, depuis toujours, sans qu'on puisse jamais l'évoquer ou…

— Sylvie, non !

C'était un avertissement, néanmoins elle passa outre.

— C'est à cause d'elle que tu ne veux pas aimer, que tu…

— Pourtant, je t'aime !

Humilié de l'avoir avoué, il voulut se redresser mais elle l'en empêcha, s'accrochant à lui, et il finit par céder. Le silence s'installa entre eux sans qu'ils cherchent à le rompre ni l'un ni l'autre. Elle se contentait de rester lovée dans ses bras, de respirer son odeur, de se répéter ses dernières paroles. Une phrase magique qu'elle avait cessé d'espérer. Pouvait-elle s'être trompée à ce point ? Des voitures passaient de temps à autre sur le boulevard, mais le bruit des moteurs ou des klaxons était très étouffé par les lourds rideaux.

— Charles, souffla-t-elle enfin, tu es l'homme de ma vie. Celui qu'on ne croise qu'une fois, qui vous marque de façon indélébile. Vivre sans toi est une asphyxie, une mort lente. Alors, si tu m'aimes…

— Tais-toi, chuchota-t-il.

— Cinq cents matins, Charles, je me suis réveillée au moins *cinq cents fois* sans nouvelles de toi ! Je me suis rongé les ongles au sang, j'ai lu tous les quotidiens jusqu'à la dernière ligne, au cas où on y parlerait de toi, de tes sublimes plaidoiries, de tes coups de génie ! Maître Morvan-*Meyer* ! Tu as accroché Judith en bandoulière pour mieux te rendre inaccessible mais tu es là, Charles, là !

Elle se frappait la poitrine, inconsciente de sa nudité, et il regarda ses seins. Il tendit la main, recommença à la caresser tandis qu'elle poursuivait, d'une voix saccadée :

— Je me damnerais pour toi, je pourrais faire n'importe quoi, seulement ça ne sert à rien ! Tu sais, je ne voulais pas venir, ce soir, j'espérais que Clara te mettrait ce faire-part sous le nez, et que peut-être tu ressentirais un petit pincement au cœur… Une vengeance dérisoire m'aurait suffi ! Te faire souffrir, rien qu'un peu… Et puis non, j'avais trop envie de te voir… Quand Marie m'a annoncé que tu étais déjà parti, je…

Elle s'arrêta parce qu'il était en train de lui écarter doucement les cuisses.

— S'il te plaît, Charles, gémit-elle.

Il s'allongea sur elle, la pénétra sans la quitter des yeux.

— Pourquoi ne veux-tu pas de moi ? dit-elle tout bas, en soutenant son regard.

Ils avaient été des amants passionnés mais courtois, à une époque désormais révolue. À cet instant précis, il ne restait plus entre eux que la sauvagerie du désir, la douleur aiguë de tout ce qui était devenu impossible. Elle constata qu'il était encore habillé et qu'elle s'en moquait.

— Un enfant, un seul, supplia-t-elle, je l'élèverai sans qu'il te dérange, il ne gênera pas Vincent ni Daniel...

Il la saisit par les cheveux, mordit son épaule jusqu'à ce qu'elle crie. Quand elle voulut parler de nouveau, il l'embrassa pour la faire taire puis glissa ses mains sous ses fesses pour l'obliger à venir à sa rencontre, à se plaquer davantage contre lui. Ils jouirent ensemble avec violence, à bout de souffle, et elle mit un certain temps à s'apaiser, réalisant qu'il n'avait répondu à rien.

— Charles ? interrogea-t-elle d'un ton inquiet, la bouche contre son oreille.

Très lentement, il se détacha d'elle, s'appuya sur un coude, puis il lui adressa un sourire étrange, triste et résigné.

— Non, Sylvie, tu ne pourrais pas épouser un...

Il retint le mot *in extremis* tandis qu'elle attendait, éperdue, mais il avait commis suffisamment d'erreurs pour la soirée et il parvint à se taire.

— Vraiment, je suis désolé, dit-il en y mettant trop de désinvolture.

Déjà, il était debout, occupé à ramasser la robe, les sous-vêtements et les chaussures. Il pensa à récupérer la bague, qu'il lui mit de force dans la main.

— Je te montre la salle de bains, viens...

Pour ne pas avoir à la regarder, il la prit par le bras avant de l'entraîner hors de la pièce. Au bout du couloir, il lui désigna une porte, lui rendit ses affaires puis se détourna. Quand il avait installé son cabinet dans cet appartement, il avait conservé l'une des salles de bains en pensant qu'il aurait peut-être l'occasion de s'en servir, de s'y rafraîchir en rentrant du palais, mais jamais il n'avait imaginé qu'il y conduirait un jour une femme, après lui avoir fait l'amour sur le tapis de la salle d'attente ! Il venait de se comporter comme un hussard, emporté par la jalousie, le désir, le désespoir.

À pas lents, il gagna son bureau, où il remit sa cravate, sa veste. Il y avait bien longtemps qu'il n'avait pas éprouvé un tel malaise. Devait-il laisser à Sylvie le temps de s'éclipser sans adieu si elle le souhaitait ? Ou était-ce une insupportable lâcheté de rester là à attendre qu'elle parte ? Il éteignit les lampes et se dirigea vers le hall d'entrée, toujours indécis. Le manteau de la jeune femme était encore accroché à côté de son propre pardessus, qu'il enfila. Pour se donner une contenance, il alluma une cigarette, dont il tira de profondes bouffées. Il se sentait écœuré, vidé, furieux contre lui-même, mais, pire que tout, complètement impuissant à changer le cours des choses. Si fort qu'il le veuille, il ne le pouvait pas. Et il ne pouvait pas non plus se justifier auprès d'elle.

Le couloir débouchait à l'autre bout du grand hall, et il la regarda approcher tout le temps qu'elle mit à traverser la pièce. Mais elle gardait la tête baissée, elle ne voulait pas le voir. Elle s'arrêta un instant près de lui, se glissa dans le manteau qu'il lui présentait, puis ajusta son chapeau, qui acheva de dissimuler ses yeux. Sans avoir prononcé un mot, elle fit face à la porte et il fut obligé de lui ouvrir. Immobile sur le seuil, il resta silencieux tandis qu'elle s'éloignait sous le porche.

Pour Vincent, c'était bien pire que pour Marie quelques années plus tôt. Le nom de Morvan-Meyer, à la faculté de droit d'Assas, se révélait difficile à porter. Ses professeurs attendaient de lui des copies irréprochables et les étudiants le regardaient d'un mauvais œil. Quoi qu'il en soit, il était décidé à ne pas suivre les traces de son père, persuadé qu'il ne pourrait jamais l'égaler. En conséquence, il ne visait pas le concours d'avocat mais celui de magistrat. Comme toujours, Clara avait approuvé avec enthousiasme : un juge dans la famille, ce serait merveilleux !

Elle seule était capable de mesurer les difficultés dans lesquelles Vincent se débattait. D'abord contre l'image de son père, qui menaçait de l'écraser. Son admiration pour lui ne s'était jamais démentie, car même si Charles n'était effectivement pas redevenu le jeune homme des photos d'avant guerre, ses continuels succès en faisaient un personnage très envié. Jalousé par ses confrères et toujours observé avec tendresse par les femmes. Beau ténébreux inconsolable dont l'arrogance était parfois exaspérante, il restait à quarante-cinq ans un modèle pour ses fils. Pourtant il les élevait sans concession, en particulier Vincent, sur qui il fondait de grands espoirs, et son affection pour eux s'exprimait rarement en paroles ou en gestes. Peut-être afin de ne pas les privilégier par rapport à leurs cousins. Vis-à-vis d'Alain, tout était simplifié par l'éloignement, mais Gauthier vivait avenue de Malakoff et Charles ne voulait pas qu'il s'y sente exclu.

Si Vincent avait avoué à Clara, dès le début, l'extraordinaire attirance qu'il éprouvait pour Magali, il s'était bien gardé de se confier à son père. Le jugement de ce dernier ne faisait aucun doute : il refuserait d'entendre parler d'un quelconque attachement tant que son fils aîné n'aurait pas achevé ses études.

— Il l'a bien fait, lui, il a épousé maman avant d'être avocat, il avait tout juste vingt-deux ans !

Vincent tourna la tête vers sa grand-mère, qui le rappela aussitôt à l'ordre :

— Regarde devant toi quand tu conduis !

Mais il était un excellent conducteur, elle le constatait chaque fois qu'il lui servait de chauffeur.

— S'il ne s'était pas marié à ce moment-là, mon chéri, tu serais arrivé avant la noce ! ajouta-t-elle en riant. C'est pour cette raison que je l'ai laissé faire, et aussi vis-à-vis de tes grands-parents Meyer, qui étaient des gens simples mais très stricts, à cheval sur les principes, tout ça… De toute façon, ton père et ta mère vivaient alors une telle passion que leur mariage allait de soi.

Sa voix venait de trembler, sur la dernière phrase, parce qu'il lui était toujours aussi pénible d'évoquer Judith. Sa lumineuse belle-fille au bras de son fils, plus de vingt ans auparavant ; le bonheur de Charles à l'époque, sa joie de vivre, son avenir prometteur ; et puis, si vite, l'horreur de la guerre.

— Mais, grand-mère, peut-être que moi aussi j'éprouve une passion pour Magali ?

Elle lui jeta un bref regard et constata qu'il était sérieux.

— Quoi qu'il en soit, mon chéri, tu as ton service militaire à finir.

Sur une intervention de son père, Vincent avait obtenu de l'armée des conditions exceptionnelles. Il avait choisi l'aviation, bien entendu, mais s'était vu affecté à un poste tranquille, au ministère, qui ne l'empêchait nullement de poursuivre ses études de droit. « Pas question que tu t'interrompes pendant dix-huit mois ! » avait décidé Charles. À regret, Vincent avait dû s'incliner. Il aurait préféré apprendre à piloter, gagner ses galons à son tour, cependant un service effectif l'aurait séparé encore davantage de Magali, et l'idée lui avait été insupportable.

— J'envie Alain, soupira-t-il. D'abord, il a fini, ensuite il a fait ce qu'il a voulu.

— Comme toujours ! s'esclaffa Clara.

Pour son neveu, Charles avait également proposé – sans grand enthousiasme – de faire jouer ses relations, mais Alain avait refusé tout net. Incorporé comme simple soldat, à Avignon, il n'avait bénéficié d'aucun privilège et ne s'en était pas plaint, passant toutes ses permissions à Vallongue, où Ferréol continuait à faire tourner l'exploitation.

Ils étaient arrivés rue de Castiglione et Vincent se gara à deux pas de la galerie.

— Tu es un amour de m'accompagner à ce vernissage, lui dit Clara en lui tapotant le genou.

— Ce n'est pas un pensum, tu sais !

Son sourire était presque aussi charmeur que celui qu'avait eu Charles au même âge et Clara se sentit émue. Avec son petit-fils préféré, elle pouvait parler durant des heures de musique ou de peinture, il avait des goûts éclectiques et s'intéressait à tout. Comme elle recevait de nombreuses invitations à des concerts, des pièces de théâtre, des opéras ou de grands dîners de gala, il acceptait souvent de l'escorter.

— J'aurais préféré Braque ou Chagall, ironisa-t-il, mais je veux bien découvrir ton peintre.

Il fit le tour de la voiture pour venir lui ouvrir la portière puis tendit la main vers elle.

— Je ne suis pas gâteuse, Vincent, je peux descendre seule ! Et ce n'est pas « mon » peintre, c'est celui dont tout le monde parle en ce moment. Quand je pense qu'il habite à deux pas de Vallongue et que nous n'en savions rien ! On vit comme des sauvages, dès qu'on est là-bas, mais c'est bien fini, à partir de cette année je compte recevoir, je vais lancer des tas d'invitations pour les vacances.

— Oh, non !

— Si. C'est comme ça que j'ai marié ta tante à ton oncle : en organisant des dîners ! Je suis sûre que je devrais pouvoir dénicher des jeunes filles pour ton frère et pour ton cousin…

Elle ne plaisantait qu'à moitié, il le comprit et se mit à rire tandis qu'ils pénétraient dans la galerie, bras dessus, bras dessous. Malgré l'affluence, l'atmosphère était feutrée, avec des groupes de gens qui bavardaient à voix basse devant les tableaux pendus sur leurs cimaises, et des maîtres d'hôtel qui se frayaient un passage pour présenter des plateaux. À peine arrivée, Clara fut saluée par un couple qu'elle connaissait, puis par un vieux monsieur, enfin happée par l'organisatrice de l'exposition, qui l'entraîna aussitôt vers le buffet.

— Vous allez voir, assura-t-elle, c'est magnifique ! Je crois qu'il s'est surpassé, il y a une force incroyable dans son œuvre. Les critiques qui étaient là tout à l'heure en sont restés pantois ! À mon avis, ce sera un triomphe. On est loin du Salon des réalités nouvelles, qui ne tient que sur le snobisme, comme chacun sait… Un peu de champagne, chère amie ? Ah, Jean-Rémi, viens par ici, il faut que je te présente à Clara Morvan !

À quelques pas, le peintre s'était brusquement retourné vers elles en entendant ce nom de Morvan. Il esquissa un sourire contraint avant de s'approcher et de s'incliner sur la main que lui tendait Clara. Ensuite, il jeta un rapide coup d'œil en direction de Vincent, qu'il salua d'un petit signe de tête.

— Je bois d'abord à votre succès, lui lança Clara avec assurance, après j'irai regarder ce que vous faites. Mais j'ai déjà eu l'occasion d'apprécier vos toiles l'année dernière, ici même, et je suis une de vos ferventes admiratrices.

— C'est très flatteur, madame, répondit-il poliment.

Elle le détaillait avec intérêt, étonnée de le découvrir si jeune. Il commençait à être célèbre et elle l'avait bêtement imaginé sous les traits d'un Matisse ou d'un Vlaminck, or il n'avait pas atteint la quarantaine. Elle jugea les cheveux blonds trop longs, mais le regard bleu superbe. Il n'avait rien d'un artiste maudit ; en tout cas, son costume, admirablement coupé, et sa cravate anglaise lui allaient bien.

— Tu vas reconnaître des paysages familiers, dit Vincent à sa grand-mère.

D'un geste, il lui désignait la toile la plus proche, où il venait d'identifier les ruines des Baux-de-Provence.

— C'est vrai que nous sommes presque voisins, dans le Midi ! enchaîna-t-elle d'un ton enthousiaste. Nous avons une maison de famille, proche d'Eygalières, où nous passons toutes nos vacances. Il faudra absolument que vous nous rendiez visite, cet été. Quand je pense que nous n'avons jamais eu l'occasion de nous rencontrer là-bas ! Vous y habitez toute l'année ?

— Presque.

— À quel endroit ?

— Un moulin perdu, en direction de Maussane…

La réticence qu'il mettait à répondre frôlait l'impolitesse, et il se sentit obligé d'ajouter :

— Je vous le montrerai avec plaisir.

Il espéra qu'elle ne prendrait pas son invitation au sérieux, ou bien qu'elle ne s'en souviendrait plus d'ici l'été. Recevoir Clara Morvan chez lui était une perspective qui avait de quoi le glacer. De nouveau, il risqua un regard en direction de Vincent, dont Alain lui avait si souvent parlé. Il n'y avait pas de ressemblance flagrante entre les cousins, néanmoins ils avaient tous deux quelque chose de leur grand-mère.

— Me feriez-vous la faveur de me conduire vous-même jusqu'à vos tableaux et de me les raconter ? demanda-t-elle gaiement.

Comme il ne pouvait pas refuser, il accepta en se forçant à sourire.

— Il y a une gravité nouvelle dans votre peinture, constata Clara, qui était tombée en arrêt devant un des rares portraits de l'exposition.

Il frémit en pensant à tous les croquis du visage d'Alain, fusains ou sanguines, réalisés de mémoire, car le jeune homme n'aurait jamais accepté de poser pour lui, et soigneusement enfermés dans ses cartons à dessin. Si jamais il avait eu l'idée saugrenue de les présenter, il se serait retrouvé dans une situation inextricable.

— Je vous aurais cru d'inspiration moins sombre, poursuivit-elle, mais, pour tout vous avouer, j'aime énormément...

Le compliment était sincère, il l'accepta sans commentaire. C'était si étrange de se retrouver en présence de la famille d'Alain qu'il dut se forcer à trouver quelques phrases banales afin d'alimenter la conversation. La personnalité de Clara et ce qu'il savait d'elle le mettaient mal à l'aise, mais après tout c'était grâce à elle, au libéralisme dont elle avait fait preuve, qu'Alain avait pu choisir de vivre à Vallongue.

— Il me reste à vous remercier, dit-elle soudain. J'ai abusé de votre gentillesse et je crois qu'on vous attend.

Deux critiques d'art cherchaient à attirer l'attention de Jean-Rémi, à l'autre bout de la galerie, tandis qu'un groupe d'admirateurs s'impatientait près du buffet.

— Madame Morvan, j'ai été ravi de passer ce moment avec vous...

— Moi aussi. N'oubliez pas mon invitation, cet été !

Elle le regarda s'éloigner, puis se tourna vers Vincent, qui était resté un peu en retrait jusque-là.

— Comment le trouves-tu, mon chéri ?

— Lui ou sa peinture ?

— Lui ! Il a des yeux magnifiques, non ? Et il est charmant. Pas très bavard mais quelque chose de racé, de mystérieux... Tu sais à quoi je pensais ?

Amusé, Vincent secoua la tête.

— Grand-mère, je te vois venir...

— Ta cousine n'aime pas les jeunes gens, et elle a toujours apprécié les originaux. C'est l'idéal ! Je sais qu'il est célibataire, c'est marqué sur la notice biographique du catalogue. Qu'est-ce que je risque à essayer ?

Malgré tout son libéralisme, elle n'avait jamais abandonné l'espoir de caser Marie, avec le petit Cyril en prime. Vincent

réprima le fou rire qu'il sentait arriver et il prit affectueusement sa grand-mère par le bras pour la guider vers le vestiaire.

Madeleine avait essayé de ne pas y penser, mais le coffret
était resté posé en évidence dans le petit salon, et chaque
fois qu'elle levait les yeux de sa broderie elle l'apercevait.
Comment Charles allait-il prendre la chose ? Sûrement
très mal, et on ne pourrait pas lui donner tort. D'ailleurs,
Charles était d'une humeur si épouvantable, ces temps-ci,
qu'il était capable de toutes les colères. Tant pis pour Alain,
il l'aurait bien cherché.

L'aiguille ressortit trop vite du napperon, piquant son
doigt qui se mit à saigner. Elle soupira et saisit un petit
mouchoir de dentelle pour l'enrouler délicatement autour
de son index. Hormis Gauthier, qu'elle appréciait de plus
en plus, ses enfants l'avaient beaucoup déçue. Que Marie
soit devenue avocate, que Charles ait commencé à lui confier
quelques affaires, et que Cyril soit le plus adorable des petits
garçons, tout cela n'avait pas modifié son jugement sévère sur
sa fille. Quant à Alain, il semblait l'ignorer depuis des années
et limitait ses effusions à une carte de vœux pour la nouvelle
année. Chaque été, lorsqu'elle le retrouvait à Vallongue, elle
avait la sensation d'être devant un parfait étranger.

Une fois encore, elle lança un regard navré vers le coffret de velours noir. Pourquoi cet emballage luxueux ? Par
provocation ? Charles allait s'étrangler de fureur, il fallait
absolument que Clara soit présente à ce moment-là, jamais
Madeleine n'aurait le courage d'affronter seule son beau-frère.

Elle n'éprouvait aucune affection pour Charles, mais en
fait elle ne se posait pas la question car, en tant que seul
homme de la maison, elle lui vouait un respect sans limite.
C'était d'autant plus difficile pour elle que, d'après ses souvenirs, il était arrivé à Édouard de critiquer violemment·

son frère. Seulement Édouard n'était plus là, il avait fui ses responsabilités de mari et de père en se tirant une balle dans la tête, il était naturel qu'elle s'en remette à Charles.

— Pauvre Édouard, soupira-t-elle à mi-voix.

Une expression utilisée si souvent qu'elle en avait perdu toute signification. Édouard n'avait pas été un époux très agréable, mais elle l'avait oublié depuis longtemps, précisément au moment où elle s'était installée dans son rôle de veuve inconsolable. Sa belle-famille l'avait soutenue, l'avait déchargée de ses soucis, elle lui en était reconnaissante. Son seul mouvement de révolte, elle le devait à Marie et à ce petit-fils bâtard qu'elle rejetait. Cyril n'était rien et *n'aurait* rien. À l'étude de Michel Castex, elle avait insisté sur ce point, et le pauvre notaire n'avait pas pu l'en faire démordre. Que Clara continue à gérer sa fortune, elle ne voulait pas s'en mêler et s'avouait très satisfaite des résultats, mais cet argent ne tomberait pas dans le berceau d'un enfant naturel dont on ignorait les origines ! La seule chose qu'elle exigeait, elle qui ne connaissait rien aux affaires, c'était de rédiger un testament explicite où Gauthier, son chouchou, serait aussi favorisé que l'autorisait la loi. Castex s'était récrié, arguant qu'elle ne pouvait pas déshériter deux de ses enfants au profit du troisième. Têtue, pour une fois, elle avait alors évoqué la possibilité d'une donation de son vivant. À ses yeux, certains destins méritaient d'être privilégiés, or Gauthier en était l'illustration parfaite puisqu'il avait choisi la médecine, comme son père et son grand-père. Castex avait alors habilement suggéré d'investir dans une clinique et il avait promis d'en parler à Clara. Depuis, il n'avait pas donné de nouvelles, ce qui commençait à inquiéter Madeleine. Assurer l'avenir de Gauthier, tout en punissant Marie et Alain, restait sa priorité. Sa seule volonté, en fait, mais elle s'y tiendrait.

Le soir tombait et elle se leva pour allumer deux lampes. Le petit salon était toujours son refuge, personne ne venait l'y déranger l'après-midi, elle pouvait coudre à loisir, écouter la radio ou regarder les fleurs des plates-bandes que le jardinier entretenait avec soin.

— Vous vouliez me parler ? demanda Charles, qui venait de pousser la porte.

— Oh, vous m'avez fait peur ! s'exclama-t-elle, une main sur le cœur.

— Excusez-moi, Madeleine, dit-il d'un ton railleur, comme s'il trouvait amusant de l'avoir effrayée.

— Clara n'est pas avec vous ?

— Maman ? Non... J'arrive à l'instant, je viens de croiser Gauthier, qui m'a transmis votre requête.

— Ah, oui. Bien sûr...

Gagnée par la panique, elle comprit qu'elle allait devoir affronter seule la situation. Elle prit une profonde inspiration avant de se lancer.

— Alors, voilà... J'ai reçu un paquet, ce matin.

Il attendait la suite, impatient, pianotant du bout des doigts sur une commode.

— Un paquet de qui ?

— De Vallongue. Enfin, d'Alain.

— C'est votre anniversaire ? plaisanta-t-il.

— Non. D'ailleurs, il ne me le souhaite jamais.

Elle hésitait à poursuivre, intimidée par la nervosité de Charles et ne sachant toujours pas comment présenter la chose.

— Regardez vous-même, finit-elle par suggérer. Je suppose que vous serez mécontent, mais je n'y suis pour rien, je n'étais pas au courant.

L'absence de Clara l'inquiétait vraiment, toutefois elle se résigna à aller chercher le coffret de velours, qu'elle remit à Charles sans ajouter un mot. Il souleva le couvercle, examina la bouteille d'huile d'olive qui y était présentée, faillit ne pas remarquer la mention, sur l'étiquette, et la repéra enfin.

— Édouard doit se retourner dans sa tombe, marmonna-t-elle pour rompre le silence. Voir associé le nom de Morvan à... je ne sais pas, il aurait pu trouver autre chose...

Il oublie un peu vite que son père était chirurgien, et son grand-père, des gens bien, des scientifiques…

— Il n'oublie rien du tout, mais cette provocation-là il n'allait pas la rater !

D'un geste brusque, il sortit la bouteille du coffret, qui tomba sur le tapis.

— Vos fils sont odieux ! lui jeta-t-il avec une totale mauvaise foi.

— Pas Gauthier, non, c'est faux ! Mais je reconnais que Marie n'a…

— Laissez-la tranquille, voulez-vous ? Et ne vous inquiétez pas, je prends ma part de responsabilité dans cet échec cuisant que représente Alain ! Celui-là, c'est vraiment le bouquet, nous le savons depuis longtemps.

— Peut-être l'avez-vous laissé trop libre ? Il aurait mérité d'être corrigé de…

— Vous me voyez lever la main sur vos enfants ?

— Mais, Charles, Édouard l'aurait fait…

— Je ne suis pas leur père, Dieu m'en préserve ! hurla-t-il. De toute façon, je n'ai jamais frappé un enfant, je hais la brutalité, vous n'avez aucune idée de ce que c'est. En revanche, je peux m'expliquer avec Alain aujourd'hui, parce que c'est un homme !

La bouteille toujours à la main, il fit volte-face et quitta le salon en claquant la porte. Quatre à quatre, il grimpa l'escalier jusqu'au boudoir du premier étage, où il trouva Clara en grande discussion avec Vincent.

— Tu savais ? lança-t-il à sa mère d'un ton rageur.

Il lui mit l'étiquette sous le nez puis gagna la fenêtre, qu'il ouvrit en grand pour lancer la bouteille sur les pavés de la cour, où elle explosa.

Clara s'était levée et se tenait très droite à côté de son fauteuil.

— Où te crois-tu ? demanda-t-elle posément. Ferme cette fenêtre, j'ai froid. Oui, je connaissais son idée.

Pâle de colère, il essaya de se dominer pour ne pas se donner en spectacle devant son fils.

— Et tu l'as aidé ? articula-t-il.

— Pas cette fois, non. Il a pris une hypothèque sur ses propres terres pour obtenir un prêt. Avec cet argent, il a fait fabriquer les flacons, les bouchons, les étiquettes, et il a acheté une machine à embouteiller.

— *Ses* terres ? Ah, c'est vrai, si tu n'existais pas, il ne pourrait pas s'en donner autant à cœur joie ! Tu lui as tout servi sur un plateau, il aurait tort de se gêner.

— Il travaille, Charles. Il travaille pour de bon.

— Ne me fais pas rire !

— Ce ne sera pas facile ce soir, j'en ai peur.

Pris de court, il la dévisagea quelques instants.

— Pour toi, c'est normal de voir ton nom sur une bouteille d'huile ? De te retrouver dans les placards de toutes les arrière-cuisines ?

— Les temps changent, il faut savoir évoluer.

— Et l'alimentation te paraît une reconversion souhaitable pour la famille ? Tu veux que tous tes petits-enfants se lancent dans l'épicerie ou un seul te suffit pour assurer l'avenir ?

— Charles, tu n'es pas au tribunal, c'est à ta mère que tu es en train de parler !

Le calme dont elle faisait preuve l'obligea à se taire, puis il s'excusa. Vincent regardait obstinément ses pieds, ne sachant s'il devait rester ou sortir. Alain lui avait parlé d'un « projet qui n'allait pas plaire à tout le monde », mais sans lui donner de détails, et il commençait à comprendre. Son cousin n'avait pas voulu le mettre dans la confidence pour ne pas l'obliger à mentir, c'était assez délicat de sa part.

— Je vais descendre à Vallongue, décida Charles.

— De toute façon, tu avais envie de prendre quelques jours de repos, lui répondit sa mère.

Elle savait qu'il voulait fuir le mariage de Sylvie avec Stuart, et que rien ne l'empêcherait d'aller dire à Alain de vive voix ce qu'il pensait de son initiative. Elle savait aussi qu'il n'aimait pas et n'aimerait jamais les fils d'Édouard ; que Marie échappait à cette aversion uniquement parce qu'elle était une femme. Que Vallongue était un paradis perdu qui, au lieu d'un refuge, risquait de se transformer en champ de bataille. Elle savait trop de choses, en fait, sur lui et sur l'ensemble de la famille. C'était dur d'être l'aïeule, chez les Morvan, mais personne n'assumerait ce rôle à sa place, elle avait encore du pain sur la planche.

Comme elle continuait à soutenir le regard de Charles, elle eut soudain le cœur serré en se demandant s'il parviendrait un jour à être un peu moins malheureux.

Marie dévala les marches du palais, la vue brouillée par les larmes. Sa première plaidoirie, dans une banale affaire civile, avait été lamentable. À tel point que son oncle avait quitté le tribunal avant la fin de l'audience, sans lui adresser un regard. Elle se sentait plus humiliée que jamais. Si seulement elle n'avait pas eu l'idée absurde de parler sans ses notes, pour imiter Charles ! Pourquoi s'était-elle imaginé que c'était si simple ? À le voir, lui, éviter tous les pièges dans les dossiers les plus complexes, avait-elle cru qu'il suffisait de se lever pour que les mots viennent tout seuls ?

— Marie, attends !

Derrière elle, Vincent courait pour la rattraper, son pardessus flottant au vent.

— Arrête-toi, bon sang !

Il la saisit par le bras, l'obligeant à lui faire face.

— Viens avec moi, proposa-t-il, je t'offre une tasse de thé.

Malgré sa réticence, il l'entraîna vers un bar qu'elle connaissait bien et qui était essentiellement fréquenté par de jeunes avocats.

— Je me suis ridiculisée, dit-elle en jetant ses gants sur la table à laquelle ils venaient de prendre place.

Le regard de Vincent sur elle n'exprimait aucune compassion et elle lui en fut reconnaissante.

— Et tu étais là aussi, ajouta-t-elle avec une grimace.

— Papa m'avait prévenu que tu plaidais, je ne voulais pas rater ça.

— Eh bien, tu as été servi ! Quant à lui, il est parti épouvanté. Je n'imagine même pas ce qu'il va me raconter demain…

— Non, tu sais très bien qu'il t'adore.

Un haussement d'épaules fut la seule réponse de Marie, qui commençait pourtant à s'apaiser. Elle ne craignait pas le sermon de Charles, mais elle ne pouvait supporter l'idée qu'il la juge incompétente. Sa principale ambition était justement qu'un jour il l'admire, qu'elle arrive à lui démontrer qu'une femme pouvait s'en sortir aussi bien qu'un homme devant les magistrats.

— Ce sera pour une autre fois, murmura-t-elle d'un ton amer.

La gentillesse de Vincent la touchait beaucoup. Lui aussi aurait à faire ses preuves, d'ici peu, et son père serait là pour l'observer, sans la moindre complaisance. À son fils, il ne pardonnerait rien.

— N'en parlons plus, décida-t-elle. Comment t'en sors-tu de ton côté ?

— Mes notes sont bonnes et je me sens vraiment mordu.

— Oui, je sais, Clara le crie sur tous les toits.

Ils échangèrent un sourire complice, toujours d'accord dès qu'il s'agissait de leur merveilleuse grand-mère.

— Mais tes amours ? insista-t-elle.

À vingt et un ans, Vincent était vraiment un jeune homme séduisant. Ses yeux gris, frangés de longs cils noirs, adoucissaient un visage très viril avec des pommettes hautes et une mâchoire volontaire. Il avait déjà toute l'élégance de son père, la même facilité pour briller, mais de surcroît il était gai, comme l'attestait son sourire de gamin malicieux.

— Le pluriel est inutile, il n'y a qu'une seule fille dans mon cœur, répondit-il spontanément.

— Encore cette Magali ? C'est une passion platonique, alors ! Vous vous aimez par correspondance, tu lui écris des lettres enflammées ?

Elle persiflait, mais il secoua la tête, amusé.

— Pas que ça, non. Elle est venue une fois à Paris.

— C'est vrai ?

— Une idée d'Alain, il lui a offert le billet de train.

Marie éclata de rire, toujours ravie par les initiatives de son frère.

— Et pourquoi cette générosité ?

— Si tu veux mon avis, c'était une sorte de revanche de sa part. Il a très mal vécu la visite de papa à Vallongue, le mois dernier. Je n'ai pas tous les détails, mais je crois que la scène a été homérique.

— Maman n'aurait jamais dû lui mettre cette bouteille sous le nez ! Elle est d'une telle sottise, la pauvre...

Plus les années passaient et plus Marie semblait mépriser sa mère.

— Oh, Alain savait très bien qu'elle le ferait ! C'était le bon moyen de mettre toute la famille au courant.

L'affection de Vincent pour son cousin restait intacte, c'était manifeste, Charles lui-même ne parviendrait jamais à entamer ce sentiment-là.

— Bref, reprit-il, il m'a appelé pour m'annoncer qu'il offrait à Magali son premier voyage dans la capitale, à charge pour moi de l'attendre à la gare et de lui montrer la tour Eiffel !

— Et alors ?

— Deux jours de rêve. Un copain de la fac m'avait prêté sa chambre.

— Tu as couché avec elle ?

— Oui...

Y repenser devait l'émouvoir car il se troubla, tourna la tête, et son regard se perdit, au-delà de la vitre du bar, vers le palais de justice.

— C'est très mignon, un homme amoureux, dit Marie en posant sa main sur celle de Vincent.

— Mignon ? Tout le monde ne partagera pas ton opinion, j'en ai peur !

Peur était le mot juste. Si pour lui Magali avait toutes les qualités, il n'était pas stupide au point d'imaginer que sa famille pourrait jamais accepter une jeune fille comme elle. Or il songeait très sérieusement à l'avenir.

— Tu connais papa, il commencera par prendre ses renseignements sur elle, alors quand il apprendra qu'elle fait des ménages pour gagner sa vie…

Cette simple idée lui semblait redoutable. Issue d'un milieu très modeste, Magali n'était que la filleule de la cuisinière, et elle avait quitté l'école à quinze ans pour travailler. Courageuse, gaie, l'esprit vif, elle savait s'émerveiller de tout, sans aucune aigreur, mais ce ne serait pas suffisant pour convaincre les Morvan de l'accepter parmi eux.

— C'est toi que ça regarde, tu es majeur, rappela Marie.

Elle hésitait pourtant à le pousser vers la révolte. Vincent n'était pas comme elle ou comme Alain : un rebelle dans l'âme. Et ce n'était pas contre la bêtise de Madeleine qu'il aurait à lutter, mais contre l'agressivité de Charles. Peut-être même contre Clara, qui, si libérale qu'elle fût, risquait de voir d'un mauvais œil ce qu'elle prendrait inévitablement pour une mésalliance. Femme de ménage ou bonne à tout faire, non, ça ne passerait jamais.

— Tu n'es pas obligé de mettre la famille à feu et à sang tout de suite, reprit-elle posément. Attends d'être sûr de toi, de vous deux. Un coup de cœur, c'est parfois éphémère, crois-moi sur parole.

Reportant son attention sur elle, il la dévisagea avec insistance.

— Tu n'es pas heureuse, Marie ?

— Si, bien sûr. D'abord, j'ai Cyril. Et, un jour ou l'autre, j'arriverai bien à m'en sortir dans un prétoire !

Toujours très secrète, elle n'évoquait pas sa vie privée, ses liaisons brèves et tumultueuses, ses déceptions. Chaque fois qu'un homme la courtisait, elle ne voyait en lui qu'un coureur de dot, pas un amoureux. Elle savait qu'elle n'était pas très jolie, mais que sa jeunesse et son élégance lui tiendraient lieu de beauté pour quelques années encore. De toute façon, elle effrayait la plupart des garçons qu'elle côtoyait, avec son esprit d'indépendance affiché. Trop libre, trop ambitieuse, trop intelligente : le contraire d'une certaine image de la femme que le cinéma était en train d'imposer.

— Je ne voudrais pas que Cyril reste fils unique, déclara-t-elle brusquement. Ça fait des enfants gâtés égoïstes…

Leurs regards se croisèrent aussitôt, complices et amusés. Les longues années passées à Vallongue pendant la guerre les avaient soudés pour toujours. À l'origine, il s'agissait juste de six cousins insouciants. Jusqu'à la disparition de Beth. Là, ils étaient devenus cinq adolescents inquiets, liés par une succession de drames. Rendus inséparables dans leur volonté de se préserver du monde des adultes, sur lequel s'abattaient les deuils. Une période qui leur avait appris à s'épauler, à s'estimer, et surtout à se taire.

— Marie, tu sais que je suis là ? Daniel aussi, sans parler d'Alain ! Et même Gauthier, ce n'est vraiment pas sa faute s'il se retrouve dans le rôle du chouchou, il n'a rien fait pour ça. Enfin, ce que je veux dire, c'est qu'il existe quatre types sur lesquels tu peux compter sans réserve, d'accord ?

Jusque-là, elle avait été l'aînée, celle dont ils prenaient l'avis tour à tour, qui arbitrait leurs conflits de garçons, qui imposait sa volonté. Aujourd'hui, elle savait que chacun d'eux, du haut de son récent statut de jeune homme, était prêt à la défendre. Une idée assez émouvante pour qu'elle se sente bouleversée. Un peu penché au-dessus de la table, protecteur et sûr de lui, Vincent l'enveloppait de son regard gris et elle fut frappée par son étonnante ressemblance avec Charles. Même son amour pour Magali évoquait irrésistiblement la passion de Charles pour Judith. Avec une parfaite innocence, il mettait ses pas dans les traces de son père, il relevait le défi comme si c'était le seul destin possible pour lui.

— Vous êtes mes quatre mousquetaires, c'est formidable ! dit-elle en souriant.

Elle essayait d'ironiser, mais il devina que, d'une certaine manière, il était parvenu à la réconforter.

— Si tu décides de donner un petit frère ou une petite sœur à Cyril, ce sera mon tour d'être le parrain, pas toujours Alain ! ajouta-t-il d'un ton péremptoire, pour faire bonne mesure.

— Eh bien, je te prends au mot, parce que c'est déjà décidé.

Troublé, il l'observa un instant afin de s'assurer qu'elle était sérieuse.

— Tu es la championne de l'imprévu, mais je te présente toutes mes félicitations et je renouvelle ma demande.

— Accordé, Votre Honneur.

Un jour ou l'autre, il porterait pour de bon ce titre ronflant qui lui arracha un sourire. Il se demanda si c'était pour s'entendre appeler « maître » qu'elle avait choisi d'être avocate. Elle en était bien capable, capable de tout à vrai dire, comme l'attestait cette nouvelle grossesse où, une fois encore, il ne serait sans doute pas question de père. Madeleine allait en faire une jaunisse, et Clara elle-même risquait de ne pas comprendre l'obstination de Marie à se vouloir différente des autres. En tout cas, personne ne chercherait plus à la marier, c'était certain désormais.

6

Vallongue, 1954

Sur la table de la cuisine, l'enveloppe destinée à Magali était posée bien en évidence. À la fin de chaque mois, Jean-Rémi, toujours ponctuel, lui préparait ses gages sans qu'elle ait à les lui réclamer. Elle passait deux après-midi par semaine au moulin, ravie de travailler pour un patron aussi agréable, ce qu'ils n'étaient pas tous, loin de là !

Dès le début, elle avait appris à ne pas déranger les chevalets ou les toiles, à nettoyer les taches de peinture sur le sol avec de l'essence de térébenthine, à ne rien toucher du désordre des dessins étalés un peu partout.

Quand Jean-Rémi était là, elle s'éclipsait sur la pointe des pieds au premier étage pour faire le ménage de la chambre, du petit bureau, de l'immense salle de bains, dans laquelle elle repassait. Ensuite, elle redescendait en silence jusqu'à la cuisine, qu'elle briquait à fond. La plupart du temps, il finissait par passer la tête à la porte pour lui réclamer du thé, dont il lui offrait une tasse. Elle était sensible à sa courtoisie, à sa manière de la traiter en amie plutôt qu'en domestique. Quand elle le lui faisait remarquer avec reconnaissance, il levait les yeux au ciel.

Il l'avait un peu interrogée sur sa vie et elle n'avait pas pu s'empêcher de livrer quelques confidences. Depuis, il ne manquait jamais de lui demander des nouvelles de Vincent.

160

Alors qu'elle était en train de ranger le balai et la serpillière dans l'arrière-cuisine, elle l'entendit annoncer qu'il mettait de l'eau à bouillir.

— Rien ne désaltère autant que le thé par cette chaleur ! Les gens sont fous de boire des orangeades glacées. Voulez-vous goûter à mon gâteau, Magali ? C'est une nouvelle recette de cake que j'ai dénichée en Angleterre…

Avec un sourire désarmant, il lui présenta une assiette de porcelaine fine sur laquelle il avait disposé quelques tranches.

— Asseyez-vous donc, suggéra-t-il. Vous avez fait de ma cuisine un palais !

Mais il savait qu'elle aimait s'affairer dans cette pièce, séduite par les cuivres, les cristaux et les faïences rares qui s'étalaient dans les grands vaisseliers. Tout le moulin était d'ailleurs décoré avec un goût exquis, jusqu'au moindre objet. De chacun de ses voyages il rapportait des tissus, des lampes ou des bibelots, attribuant à chacune de ses trouvailles la place qui lui convenait exactement. Durant l'été, il s'était beaucoup absenté pour parcourir l'Europe, et Magali en avait profité pour nettoyer la maison de fond en comble.

— Cette soirée s'annonce comme une horrible corvée, dit-il avec un petit soupir.

Il poussa vers elle, à travers la table, un carton d'invitation. Trois fois de suite, il avait réussi à échapper aux dîners de Clara, prétextant ses absences ou son travail, mais il ne pouvait décemment pas lui opposer un quatrième refus.

— Une réception chez Mme Morvan ? Vous avez de la chance !

La réflexion lui avait échappé, et elle se mordit les lèvres tandis qu'il riait.

— Quand vous ferez partie de la famille, j'irai beaucoup plus volontiers. En attendant, si vous voulez que je transmette un message à Vincent…

Il plaisantait avec trop de gentillesse pour qu'elle puisse s'en offusquer, mais elle secoua la tête en signe de refus. Vincent venait la retrouver presque chaque jour, parfois pour un pique-nique à l'heure du déjeuner, parfois pour une promenade romantique dans la soirée. Il avait juré de parler à son père avant la fin des vacances, et elle attendait le résultat de cette démarche avec angoisse. Pour ce qu'elle en savait, Charles Morvan-Meyer semblait un personnage redoutable. Tout ce que sa tante Odette avait pu lui dire à son sujet augmentait ses craintes. « Jamais quelqu'un comme lui ne laissera son fils épouser quelqu'un comme toi. Si tu t'imagines le contraire, tu rêves ! Et le jour où il va découvrir le pot aux roses, vous allez passer un sale quart d'heure, crois-moi. Il mettra son garçon au pas, et de toi il ne fera qu'une bouchée ! »

Magali la croyait, mais ne pouvait s'empêcher d'espérer. Vincent avait juré qu'il trouverait une solution, en tout cas il ne voulait pas passer une nouvelle année loin d'elle, ni qu'elle continue à travailler comme domestique. Jusque-là, elle avait tenu bon, en fille avisée qui savait qu'il vaut mieux tenir que courir.

— Je vais me préparer, merci pour le thé, dit Jean-Rémi en se levant.

C'était bien dans sa manière, il la remerciait alors qu'il avait tout fait lui-même. Comme d'habitude, ils échangèrent une poignée de main avant qu'il ne quitte la cuisine. Il appréciait beaucoup la jeune fille et n'avait pas à se forcer pour lui montrer sa sympathie. D'abord il la trouvait ravissante, discrète mais pétillante de malice, ensuite il la plaignait à l'idée de tous les ennuis qui l'attendaient. Car il fallait vraiment sa fraîcheur naïve pour supposer que les Morvan puissent l'accueillir un jour à bras ouverts. En attendant, chaque fois qu'elle lui parlait de Vincent, il pouvait y associer l'idée d'Alain.

Debout devant la psyché de sa salle de bains, il se demanda quelle allait être la réaction du jeune homme tout à l'heure. Il ne l'avait pas vu depuis plusieurs semaines, n'avait pas reçu le moindre signe, ni coup de téléphone ni lettre, et il se sentait à bout de patience. Qu'Alain ne veuille pas mettre les pieds au moulin quand sa famille séjournait à Vallongue ne semblait plus très justifié maintenant qu'il était majeur. Bien sûr, il était hors de question que quiconque découvre leur véritable relation mais, après tout, ils pouvaient très bien s'être rencontrés et simplement liés d'amitié.

— Qu'est-ce que je vais mettre ? marmonna-t-il en se détournant.

De vastes penderies occupaient tout un mur de la longue pièce, et il fit coulisser les portes pour examiner sa garde-robe d'un œil critique. Il adorait les vêtements, qu'il choisissait toujours avec un soin extrême, étoffes, coupe et couleurs.

— Pas trop de fantaisie chez ces gens-là...

Il aurait dû refuser, inventer un nouveau prétexte, mais l'envie de se retrouver en face d'Alain avait été la plus forte. Sans compter la curiosité de découvrir Vallongue.

— Comme ça, je pourrai enfin l'imaginer chez lui !

L'imaginer, ce serait la seule chose à laquelle il aurait droit d'ici à la fin de l'été. Tous ses voyages ne l'avaient qu'à peine distrait, il n'était même pas parvenu à peindre convenablement, trop obnubilé par l'absence et le silence d'Alain. Aller chez lui tenait peut-être de la provocation, mais il pourrait toujours invoquer l'impossibilité de résister à Clara. Ou n'importe quelle baliverne sur les rapports de bon voisinage.

— La vérité, c'est que tu as la trouille...

Peur qu'Alain le prenne mal, ou se fâche, ou ne donne plus jamais de nouvelles, il en était capable. Indécis, Jean-Rémi se demanda s'il ne ferait pas mieux de faire livrer une immense gerbe de roses à Clara, avec un mot d'excuse.

Alanguie sur un transat, Marie avait fermé les yeux. Elle portait une robe fluide, en crêpe de Chine, censée dissimuler sa prochaine maternité. À six mois de grossesse, elle commençait à se sentir fatiguée. D'autant qu'elle avait travaillé d'arrache-pied, avant la fermeture du cabinet, pour se racheter de ses débuts lamentables au tribunal.

Un peu plus loin, sous les platanes, Vincent et Alain avaient improvisé une partie de pétanque, avec des boules en plastique, pour initier le petit Cyril aux joies du cochonnet. Du matin au soir, Alain s'occupait de son neveu et filleul avec une tendresse qui bouleversait Marie. Elle n'aurait jamais cru que son frère, qui s'était montré tellement asocial jusque-là, puisse aimer les enfants à ce point.

— Alors, c'est décidé, ce sera Vincent le parrain ?

Elle rouvrit les yeux et considéra Gauthier qui se tenait debout à côté d'elle, un verre de menthe à la main.

— Tu as soif ?

— Oui, merci. Désolée, mais il l'a demandé le premier.

Avec gourmandise, elle but à longues gorgées la boisson glacée, tandis que Gauthier se laissait tomber dans l'herbe.

— Encore des invités, ce soir, il va falloir s'habiller, soupira-t-il.

— Laisse donc grand-mère s'amuser, elle adore recevoir. Qui sont les élus du jour ?

— Castex, en vacances à Avignon, et un peintre qui vit dans le coin, assez célèbre paraît-il.

— Je peux lui donner son bain et son dîner ? demanda Alain qui s'était approché.

Il tenait Cyril dans ses bras, et la tête de l'enfant reposait avec confiance sur son épaule.

— Je t'accompagne, décida Vincent.

— De quel peintre parliez-vous ? interrogea Alain tout en caressant les boucles blondes du petit garçon.

— Un certain Jean-Rémi Berger, que Clara a essayé d'inviter tout l'été et qui nous fait enfin la grâce de venir ce soir.

— J'ai vu une expo à Paris cet hiver, précisa Vincent, il a du talent et il est sympathique. Je me demande même si grand-mère ne te le destinait pas, Marie…

Il se mit à rire, imité par Marie et Gauthier, tandis qu'Alain s'éloignait en silence vers la maison. Une fenêtre s'ouvrit, au premier étage, et Madeleine appela Gauthier d'une voix plaintive. Avec une petite grimace exaspérée, il lui répondit qu'il arrivait tout de suite.

— Elle a coincé la serrure de son coffret à bijoux et elle pense que j'ai un vrai talent de serrurier ! expliqua-t-il aux autres.

— Normal, railla Marie, tu as des mains magiques, des mains de futur chirurgien...

La plaisanterie ne fit pas rire Gauthier, qui fronça les sourcils.

— Daniel est beaucoup plus bricoleur que moi, je le lui enverrais volontiers. Où est-il passé ?

— Dans le bureau de papa, répondit Vincent, ils y sont enfermés depuis le déjeuner.

Charles avait en effet décidé de parler d'avenir à son fils cadet, et Daniel avait dû le suivre, la mort dans l'âme, sachant qu'il avait peu de chances d'imposer ses propres idées.

— S'il ne sort pas major de Polytechnique, papa le tuera, prophétisa Vincent avec un sourire mitigé.

Discuter avec leur père était toujours aussi difficile, bien qu'ils aient atteint l'âge adulte, et l'idée d'avoir une conversation au sujet de Magali le rendait malade. Si Charles se mettait vraiment en colère, s'il opposait un refus catégorique, Vincent serait contraint de se fâcher avec lui, perspective impensable. Mais renoncer à Magali était bien pire.

— Tu as l'air soucieux, fit remarquer Marie, qui l'observait.

— C'est un euphémisme, murmura-t-il.

Toutefois, il ne voulait pas se plaindre devant elle, qui avait toujours eu le courage d'affronter tout le monde. Madeleine, Charles, Clara, elle n'avait pas craint de les heurter les uns après les autres pour vivre comme elle l'entendait.

— On devrait aller se changer, déclara-t-elle en se redressant.

Il lui tendit la main et elle se laissa aider, amusée par sa sollicitude.

Jean-Rémi descendit de sa Hotchkiss noire, claqua la portière puis s'absorba dans la contemplation de la façade. Ainsi c'était ça, Vallongue, une grande bâtisse – plus imposante que ce qu'il avait supposé – aux volets bleus, aux toitures plates et roses, aux murs très blancs sur lesquels se détachaient les balcons de fer forgé. Un bel ensemble au charme cossu, qui offrait une impression à la fois de prospérité et de sérénité.

Des voix s'élevèrent, sur le perron, et Clara apparut, rayonnante dans une robe de shantung ivoire. Sourire aux lèvres, elle vint à sa rencontre pour lui exprimer sa joie de l'accueillir enfin chez elle. Après quelques échanges de politesses, elle lui présenta Madeleine, qu'il jugea comme une grosse dame sans intérêt, puis Charles, dont il serra la main avec curiosité. Il avait assez souvent entendu Alain parler de son oncle pour ressentir d'emblée une certaine antipathie, mais il n'avait pas du tout imaginé un homme comme lui. Alain avait dit : « Arrogant, glacial, odieux. » Mais il avait omis l'élégance indiscutable, le surprenant regard gris pâle, la voix chaude.

Clara les entraîna à l'intérieur de la maison, jusqu'au patio où tout le monde s'était réuni pour l'apéritif. Michel Castex, Vincent, Daniel, Gauthier puis Marie vinrent le saluer, tandis qu'Alain s'arrangeait pour rester le dernier, un peu en retrait. Quand ce fut son tour, il se contenta d'un signe de tête en murmurant, de façon parfaitement neutre :

— Enchanté…

Parce qu'il passait toutes ses journées dehors, en plein soleil, il avait acquis un hâle cuivré qui le rendait plus séduisant encore, et Jean-Rémi dut faire un effort pour se détourner de lui, afin de répondre à Clara qui proposait des boissons. Il accepta un Martini, soudain très gêné de se trouver là. Que faisait-il au milieu de la famille d'Alain ? Au nom de quelle curiosité déplacée était-il venu jouer les voyeurs ? Et si le jeune homme ne lui pardonnait jamais cette provocation ?

— Ma mère apprécie beaucoup ce que vous faites, lui dit Charles en s'asseyant près de lui. Si vous aviez la gentillesse de me montrer quelques-uns de vos tableaux, je pense que ce serait un beau cadeau d'anniversaire pour elle...

Leurs regards se croisèrent, et Jean-Rémi estima que Charles, malgré toute sa froideur, ne pouvait s'empêcher de charmer ses interlocuteurs. Un travers d'avocat, sans doute.

— Avec grand plaisir, répondit-il.

Mais il était bien décidé à ne jamais le recevoir au moulin. Pas question d'établir une quelconque relation avec un homme qu'Alain haïssait. Du moins c'est ce qu'il avait cru comprendre à travers des bribes de confidences. Il s'était forgé une opinion sur cette aversion, qui s'expliquait peut-être par l'attitude rigide de Charles, mais surtout par l'immense besoin d'amour d'Alain. Privé de son père à treize ans, totalement incompris par sa mère, il avait sans doute eu envie de se rapprocher de son oncle, de le prendre pour modèle, et il s'était heurté à un mur. Pire, il avait été tourné en dérision à cause de ses prétentions agricoles, puis écarté comme un bon à rien. Sans le soutien inconditionnel de Clara, il se serait retrouvé à la dérive au sein de sa propre famille. De quoi se sentir déstabilisé et prendre en horreur celui qui l'avait ainsi rejeté.

Discrètement, Jean-Rémi parcourut le patio du regard. Les cinq cousins étaient groupés près d'une balancelle, bavardant à mi-voix avec une complicité établie de longue date. Alain lui tournait le dos, l'épaule appuyée au tronc d'un palmier incongru, et il devait être en train de raconter quelque chose de drôle aux autres, qui souriaient. L'image qu'il offrait ainsi était très différente de celle que Jean-Rémi connaissait, plus juvénile et plus insouciante. Mais laquelle était la vraie ?

Vincent lui-même semblait très gai, alors qu'il se torturait quotidiennement à propos de la petite Magali. Tous ces jeunes jouaient-ils la comédie dès qu'ils étaient en famille ?

— Nous allons passer à table, annonça Clara. Je vous préviens, c'est un menu très simple !

Sa mine réjouie indiquait que, bien au contraire, elle avait passé l'après-midi à concocter avec Odette des plats sophistiqués. Elle indiqua leurs places aux convives, et Jean-Rémi se retrouva à sa gauche, assez loin d'Alain pour pouvoir l'observer tranquillement.

— … alors il faut absolument que vous goûtiez cette huile, une pure merveille, je ne le dis pas parce que c'est mon petit-fils, mais il a accompli un travail remarquable.

Clara paraissait attendre de lui un commentaire et il se dépêcha de répondre, après s'être raclé la gorge :

— Vraiment ? Eh bien, la vallée des Baux a toujours été une terre de prédilection pour l'olivier… Cependant vous avez raison, ce ne sont généralement pas les jeunes Parisiens qui dirigent les exploitations ! On parle toujours de l'expérience des anciens mais, après tout, il arrive que la jeunesse ait du génie.

Ravie d'être comprise, elle lui adressa un sourire éblouissant. Décidément, les Morvan avaient tous le goût de la séduction et, malgré son âge, Clara avait quelque chose d'irrésistible. Jean-Rémi supposa qu'elle avait dû être une maîtresse femme, suffisamment forte pour imposer ses volontés à tout un clan.

— Nous avons été très surpris par sa détermination, poursuivait-elle avec enthousiasme, je dirais presque sa… vocation. À quinze ans, il savait déjà ce qu'il voulait faire, c'était épatant ! D'autant qu'il était vraiment le premier dans la famille à se découvrir une âme de terrien.

Ayant une bonne raison de s'intéresser à Alain, il tourna la tête vers lui et croisa son regard pour la première fois de la soirée. Il faillit sourire, brusquement ému par ce visage qu'il connaissait par cœur, et par l'expression affectueuse que le jeune homme venait d'adresser à sa grand-mère.

— J'avoue que j'avais rêvé d'un autre avenir pour lui, déclara Madeleine entre deux bouchées.

— Chacun a son seuil de compétence, lui répondit Charles d'un ton ironique. Votre fils a décidé qu'il avait atteint le sien en classe de seconde.

Sa réflexion était assez désagréable pour entraîner un petit silence embarrassé. Alain se mit à jouer avec son couteau, ignorant Charles, tandis que Madeleine ajoutait :

— Heureusement, mon fils cadet termine sa médecine…

De façon inattendue, ce fut Gauthier lui-même qui rappela :

— Et ta fille est avocate ! Tu l'as oubliée ?

Madeleine le fixa d'un air stupide, ahurie par son intervention, jusqu'à ce que Clara se mette à tousser pour faire diversion. Alain n'avait jeté qu'un coup d'œil méprisant à sa mère, avant de se remettre à parler avec Vincent. En hôte attentif, Charles vint au secours de Clara et engagea une discussion sur Utrillo, dont il venait d'acquérir une toile. Il n'avait pas grand-chose à dire sur la peinture en général, d'ailleurs il s'ennuyait, c'était visible, mais son excellente éducation lui permettait de continuer à parler sans même penser à ce qu'il racontait. Jean-Rémi avait une folle envie de le contredire, pour lui faire regretter sa phrase détestable au sujet d'Alain, pourtant il parvint à s'abstenir. Il s'obligea même à lui donner la réplique au sujet des impressionnistes et de leur influence, se conformant au rôle d'artiste qu'on attendait de lui, avec suffisamment de brio pour charmer au moins Clara. À deux ou trois reprises, Marie, qui était son autre voisine, intervint pour émettre quelques idées intéressantes, même si elles étaient proférées d'un ton trop catégorique. La jeune femme était exactement telle que Jean-Rémi se l'était représentée, cette grande sœur indépendante qu'Alain appréciait sans réserve, pas vraiment jolie mais originale, avec une personnalité qui rappelait beaucoup celle de Clara. De l'autre bout de la table, Vincent finit par se mêler à la conversation, qui devint générale. Il fut question de certaines collections, que Charles avait fait restituer à leurs propriétaires légitimes après guerre, lors de procès acharnés où il n'avait pas craint d'attaquer les gouvernements de l'époque. Ces démêlés avec l'État l'avaient obligé à acquérir une certaine connaissance des œuvres d'art et de leur valeur. Il en parlait pourtant avec réticence, comme si tout ce qui touchait à cette période ou à la cause juive lui était encore insupportable. Clara aiguilla alors la discussion vers les prix exorbitants qu'atteignaient les toiles des cubistes, et Michel Castex en profita pour raconter quelques anecdotes relatives à des successions houleuses, où les tableaux faisaient parfois l'objet d'estimations aberrantes.

— Spéculer sur la peinture est plus hasardeux que de jouer en Bourse, déclara-t-il de façon péremptoire.

Clara, qui l'avait écouté distraitement jusque-là, éclata d'un rire très communicatif.

— Il n'y a pas de hasard en affaires ! affirma-t-elle. Avec un peu de bon sens, on arrive toujours à se débrouiller.

Le vieux notaire lui adressa un regard amusé mais admiratif. Clara jonglait comme personne avec les actions et les valeurs, il était bien placé pour le savoir.

Après le dessert, ils retournèrent dans le patio, où Odette avait apporté le café et les digestifs. La nuit était tiède, il flottait une agréable odeur de lavande, mais une nuée d'insectes s'agglutinait près des réverbères.

— J'adore Vallongue, soupira Clara, en extase.

C'était une simple constatation, pourtant elle sembla la regretter aussitôt, glissant un regard inquiet vers Charles.

— Nous y avons aussi connu des drames, hélas ! ajouta-t-elle à l'intention de Jean-Rémi.

Alain lui avait raconté la déportation de sa tante, le suicide de son père, toutefois le peintre n'était pas censé connaître ces événements, et il s'abstint de prendre un air entendu.

— C'est une propriété magnifique, se borna-t-il à constater, je comprends que vous l'aimiez.

Il but une gorgée d'armagnac, observa quelques instants Michel Castex, qui bavardait sans enthousiasme avec Madeleine, puis reporta son attention sur les jeunes, à nouveau regroupés. Marie trônait avec assurance au milieu de ses frères et de ses cousins, sans chercher à dissimuler sa prochaine maternité, indifférente aux convenances ou à l'opinion des invités, ce qui la rendait vraiment sympathique. Charles s'était un peu éloigné et paraissait perdu dans ses pensées, le visage grave. De toute la soirée il n'avait pas adressé la parole à Alain, faisant comme s'il n'existait pas, sans doute incapable d'accepter le scandale de cette huile d'olive qui portait son nom, malgré tous les efforts de Clara pour dédramatiser la situation.

« Comment a-t-il fait pour vivre dans une ambiance pareille depuis le début de l'été ? Rien ne l'oblige à subir son oncle à tous les repas ! À moins que ce ne soit le plaisir d'être avec ses cousins qui le retienne… »

Oui mais, la nuit ? Qu'est-ce qui l'avait retenu, chaque nuit, pourquoi donc était-il resté obstinément enfermé à Vallongue tandis que Jean-Rémi devenait fou, seul dans son moulin ? Une brusque angoisse le saisit et il se demanda si, au-delà de cette soirée, il reverrait jamais Alain. Jusqu'ici, c'était toujours le jeune homme qui avait décidé de leurs rencontres, à ses heures, selon ses désirs, aussi imprévisible qu'insaisissable, et il pouvait très bien mettre un terme à cette relation épisodique qu'il avait tant de mal à accepter. Car s'il éprouvait le besoin d'un homme, c'était davantage dans sa tête que dans son lit, il n'y avait qu'à le regarder pour le comprendre. On ne pouvait rien trouver d'efféminé chez lui, au contraire, il s'agissait plutôt d'un jeune mâle qui essayait ses griffes au hasard.

« Il n'a que vingt-deux ans, il ne sait pas encore qui il est ni ce qu'il aime vraiment. »

La constatation était assez douloureuse pour qu'il se sente de nouveau très mal à l'aise. Il estima qu'il était temps de prendre congé, et il remercia chaleureusement Clara puis Charles. Ensuite, il serra la main de chacun en prenant soin de ne pas regarder Alain. À sa grande surprise, il l'entendit pourtant déclarer, devançant sa grand-mère :

— Je vous raccompagne.

Ils traversèrent ensemble le salon et le grand hall avant de se retrouver dans la pénombre du parc. Jusqu'à sa voiture, Jean-Rémi ne prononça pas un mot, attendant qu'Alain se décide à l'engueuler s'il en avait envie. Mais il n'eut droit qu'à une petite question, posée à voix basse :

— Pourquoi es-tu venu ?

— Si la montagne ne va pas à Mahomet...

Arrêtés près de la voiture, ils étaient aussi indécis l'un que l'autre. Finalement, Alain s'éloigna de quelques pas, sous le couvert des arbres, là où l'obscurité était plus dense. Jean-Rémi le suivit, faillit buter contre lui et le prit par l'épaule avec une certaine brusquerie.

— Ne me laisse pas des semaines sans nouvelles, c'est insupportable, dit-il entre ses dents. Tu aurais pu...

— Je fais ce que je veux, coupa Alain d'un ton sec. Tu as bien parcouru l'Europe, toi !

— J'avais des obligations. Je cherchais l'inspiration, et surtout j'espérais que le temps passerait plus vite comme ça.

— Et alors ?

Le ton de défi exaspéra Jean-Rémi, qui trouva pourtant le courage de répondre :

— Tu m'as beaucoup manqué. Viens avec moi la prochaine fois, je vais bientôt descendre à Séville...

— Tu veux rire ? riposta Alain de façon agressive.

Ils étaient trop sur la défensive, l'un comme l'autre, pour entendre le pas léger de Daniel, qui venait de s'arrêter à quelques mètres d'eux. Le jeune homme tenait à la main l'étui à cigarettes oublié par Jean-Rémi dans le patio. Du haut du perron, il avait vu que la Hotchkiss était toujours là et s'était dépêché de les rejoindre, mais à présent il hésitait, perplexe. Il distinguait leurs deux silhouettes, percevait les intonations rageuses de ce qui ressemblait à une querelle. La chemise blanche d'Alain et la veste claire de Jean-Rémi étaient visibles, malgré l'obscurité, tandis que Daniel lui-même se trouvait masqué par la voiture.

— … déteste le mensonge ! Si tu as honte de ce que tu fais, c'est simple, arrête.

— D'accord, je te prends au mot !

Toujours immobile, Daniel essayait de comprendre à quoi rimait cette surprenante dispute. Malgré sa curiosité, il ne voulait pas se montrer indiscret, et il était sur le point de faire demi-tour lorsqu'il vit Jean-Rémi secouer Alain, l'obligeant à reculer contre un arbre. Il se demanda s'ils allaient se battre et s'il allait devoir intervenir, mais il n'y eut qu'un silence, suffisamment long pour qu'il se sente soudain ridicule. Avec précaution, il s'éloigna vers la pelouse. Quand il devina l'herbe sous ses chaussures de toile, il accéléra le pas, puis contourna la maison afin d'entrer sans bruit dans la cuisine, où Odette terminait la vaisselle. Il lui adressa un sourire machinal avant de filer vers le hall, grimpa l'escalier quatre à quatre et fonça jusqu'à la chambre de Vincent. Ce n'était pas le genre de secret qu'il pouvait garder pour lui, c'était trop énorme, trop fou, il fallait qu'il en parle à son frère sans attendre.

— Si, je suis ravi de t'entendre, affirma-t-il en coinçant le combiné entre sa joue et son épaule.

Il alluma une cigarette et se mit à jouer avec son briquet tandis que Sylvie poursuivait, à l'autre bout du fil :

— Nous devions nous reposer une semaine ici, mais finalement Stuart est reparti pour New York et je suis seule à profiter de la piscine, de la cuisine…

— Tu aurais pu choisir pire que l'Oustau ! Baumanière est un paradis.

— Le Val d'Enfer ne *peut pas* être un paradis, réfléchis, dit-elle avec un petit rire.

— Alors comme ça, tu t'ennuies ?

— Non, mais si tu venais partager un déjeuner ou un dîner avec moi, eh bien...

Elle s'interrompit et il laissa le silence se prolonger sans chercher à l'aider. Par la fenêtre ouverte, il aperçut Alain qui s'éloignait dans l'allée, le petit Cyril juché sur ses épaules.

— Oh, je crois que je serais ravie de passer deux heures avec toi, Charles, finit-elle par avouer.

Le tutoiement avait été spontané, dès qu'il avait répondu au téléphone, comme si le fait d'être mariée donnait à la jeune femme une assurance nouvelle.

— Moi aussi, fit-il doucement.

Il se mordit les lèvres, surpris de sa propre faiblesse. L'appel de Sylvie lui procurait un plaisir inattendu, pourtant il se sentait déjà coupable. De la désirer encore, d'être sensible à sa voix, de ne pas avoir le courage de refuser ce rendez-vous qu'elle proposait avec une fausse innocence. La dernière fois qu'il l'avait tenue dans ses bras, elle n'était pas encore la femme de Stuart et il s'était comporté comme le dernier des mufles. Il avait supposé que dès lors elle l'éviterait avec soin, qu'elle cesserait de l'aimer, et donc de le tenter, mais il s'était trompé.

— Eh bien, veux-tu ce soir ? demain ? suggéra-t-elle d'un ton hésitant.

Elle était aussi troublée que lui, un peu étonnée de ne pas avoir essuyé un refus catégorique, déjà affolée à l'idée de le revoir.

— Ce soir, murmura-t-il.

Le silence, de nouveau, s'installa sur la ligne. Charles tira une dernière bouffée de sa cigarette puis l'écrasa soigneusement. Quand elle reprit la parole, elle avait retrouvé assez de sang-froid pour déclarer, presque désinvolte :

— Rejoins-moi en fin d'après-midi si tu veux en profiter pour te baigner, c'est très agréable...

Il lui fixa rendez-vous à dix-huit heures, puis raccrocha et considéra le téléphone un long moment, les yeux dans le vague. Nager avec elle, parler, manger en face d'elle, était-ce vraiment tout ce qu'il voulait ? Ou en faire une femme adultère, la déchirer davantage ? Il avait été assez honnête pour ne pas l'épouser, pourquoi voulait-il tout gâcher maintenant ?

Un coup discret frappé à la porte lui fit relever la tête. Vincent entra, ou plutôt se glissa dans la pièce avec un petit sourire d'excuse.

— Est-ce que je te dérange, papa ?

— Non, jamais, assura Charles le plus gentiment possible.

La veille, Daniel avait passé plus d'une heure dans cette même pièce, à écouter son père lui parler d'avenir. Mais Vincent arrivait presque au bout de ses études, menées de main de maître, et il semblait définitivement établi qu'il serait magistrat.

— Euh, voilà..., attaqua le jeune homme. J'ai un... enfin, il y a un sujet qui me tient à cœur et dont je voulais discuter avec toi...

Très embarrassé, il était encore debout, les mains crispées sur le dossier d'un fauteuil, et son père lui fit signe de s'asseoir.

— Comme tu le sais peut-être, papa, j'ai rencontré une jeune fille, il y a un certain temps.

— Ah oui ? Heureusement pour toi ! plaisanta Charles. À ton âge, j'en avais déjà rencontré un certain nombre.

Vincent voulut sourire mais ne réussit qu'une piètre grimace, empêtré dans un aveu qu'il ne parvenait pas à formuler clairement.

— Elle s'appelle Magali, précisa-t-il.

— Joli prénom. C'est quelqu'un de la région ?

— Oui.

— Je connais sa famille ?

— Non... Ou plutôt, si. Mais laisse-moi d'abord t'expliquer.

Les yeux gris de son fils, remplis de détresse, restaient posés sur lui avec une telle insistance que Charles fronça les sourcils, sentant venir une nouvelle catastrophe.

— Je suis très... très attaché à elle. Très amoureux.

— Depuis longtemps ?

— Oh, au moins deux ans !

Intrigué, Charles le dévisagea.

— Tant que ça ? Mais, comment dire... Tu avais connu d'autres filles, avant celle-ci ?

— Rien d'important.

— Je vois. Continue.

Vincent baissa la tête, prit une profonde inspiration puis lâcha, d'une traite :

— Je voudrais demander sa main.

— Tu plaisantes ?

La réponse avait fusé trop vite, d'un ton trop dur, et Charles rectifia aussitôt :

— Tu es beaucoup trop jeune, Vincent.

— Non, papa, je suis sûr de moi, je...

— C'est hors de question !

Charles se leva, alla fermer la fenêtre, puis revint se planter près du fauteuil de son fils.

— Regarde-moi, s'il te plaît. J'ai été obligé d'expliquer certaines choses à ton frère, hier, et je vais devoir recommencer avec toi. Jamais je ne vous laisserai faire toutes les bêtises que vos cousins ont accumulées, Alain en tête ! Même Marie, sincèrement, je pense qu'elle a gâché ses chances de bonheur au nom d'une prétendue indépendance qui l'enchaîne bien davantage que les convenances, au bout du compte. Tu as des études à finir, une carrière à entreprendre, tu...

— Quand tu as épousé maman, tu avais quel âge ?

Interloqué, Charles resta immobile un instant, puis se détourna. Aucun de ses deux fils ne parlait jamais de Judith. Peut-être par respect pour lui, peut-être parce que le souvenir de leur mère était trop douloureux. Mais entendre ce « maman » dans la bouche de Vincent avait quelque chose de poignant.

— Vingt-deux ans, dit-il à mi-voix.

Comment expliquer à son fils cadet que rien ne serait jamais comparable ? que la passion flamboyante qu'il avait connue avec Judith était un état de grâce rarissime, improbable ?

— Explique-moi qui est Magali, reprit-il. Quand la vois-tu ?

— Tous les jours.

— Et c'est seulement aujourd'hui que tu m'en parles ?

— Je n'ai pas osé jusque-là.

— Pourquoi ? Tu as peur de moi ?

La question parut si drôle à Vincent qu'il faillit se mettre à rire.

— Bien sûr, papa.

Charles se sentit consterné par la réponse de son fils. Il effrayait ses enfants ? Lui ?

— Mais enfin, je ne vous ai jamais, ton frère ou toi...

— C'est ton jugement que je crains, papa.

Dubitatif, Charles finit par aller s'asseoir, avec un petit soupir. Il croisa les mains sur le bureau, attendant la suite.

— Magali est une jeune fille formidable, mais elle n'appartient pas à notre... euh, milieu. Elle est issue d'une famille vraiment modeste.

— Sincèrement, ça commence très mal, railla son père.

— Pourquoi ? Toi aussi, tu...

— Ne fais plus de comparaisons, tu veux ? Les différences sociales sont difficiles à combler, au quotidien. L'éducation est beaucoup plus importante que tu ne l'imagines. Et arrête de tourner autour du pot. Que font ses parents ?

— Elle est orpheline.

— Désolé. Mais elle a bien une famille ?

— C'est la nièce, et aussi la filleule, de... d'Odette.

Vincent trouva le courage de continuer à regarder son père, et il vit son visage se fermer.

— Tu veux rire ?

— Non.

— Quel âge a-t-elle ?

— Vingt ans.

— De quoi vit-elle ?

Le moment le plus pénible était arrivé, mais Vincent déclara, sans la moindre hésitation :

— Elle fait des ménages pour subsister.

Charles se leva avec une telle brusquerie que son fauteuil bascula et heurta le sol à grand fracas.

— On croit rêver ! Seigneur, tu es pire que les autres, mais qu'est-ce que vous me réservez encore ? Tu me parles d'épouser une bonne !

— Elle n'a pas une vocation de domestique, seulement il faut bien qu'elle vive !

Vincent avait élevé la voix et il s'excusa aussitôt tandis que son père le toisait d'un regard glacial.

— Tu me déçois beaucoup, je ne te pensais pas si stupide, ni si mal élevé.

Au moment où il tendait la main vers son paquet de cigarettes, Charles surprit le mouvement instinctif de recul qu'eut son fils.

— Ne t'inquiète pas, dit-il d'un ton cinglant, nous n'allons pas nous battre ! D'ailleurs, ton histoire ne m'intéresse pas, je ne veux plus en entendre parler.

Il s'éloigna vers la fenêtre, qu'il rouvrit brutalement, comme pour mettre fin à leur discussion. Il entendit Vincent se lever mais, contrairement à ce qu'il attendait, le jeune homme s'approcha de lui.

— Je t'en prie, papa, accepte au moins de la rencontrer une fois.

C'était donc plus grave qu'il ne l'avait cru. Il fit volte-face et plongea son regard dans celui de son fils.

— Ce n'est même pas concevable, Vincent.

— S'il te plaît. Je ne peux pas faire autrement.

— Pourquoi ? Elle attend un enfant, elle aussi ? Et tu penses qu'il est de toi, pauvre innocent ?

Incrédule, Vincent recula d'un pas, secoua la tête. Il était incapable de répondre quelque chose à ce que son père venait de lui assener, avec un cynisme odieux.

— C'est très injuste, bredouilla-t-il.

Il aurait voulu expliquer qu'il avait été le premier garçon, pour Magali, qu'il l'aimait à la folie et avait une absolue confiance en elle, qu'elle était une fille merveilleuse et qu'il la voulait par-dessus tout. Mais à quoi bon ? Charles pouvait se montrer d'une telle dureté, à certains moments, qu'il ne serait accessible à aucun argument.

Judith prend Vincent dans ses bras, le soulève et l'embrasse sur la joue avec une douceur maternelle qui fait fondre Charles.

— C'est très injuste, chuchote-t-elle à l'oreille de son petit garçon.

Il se calme aussitôt, cache sa tête dans le cou de sa mère, qui en profite pour le chatouiller jusqu'à ce qu'il se mette à rire.

— Papa a cru que c'était toi, mais nous savons que c'est le chat, n'est-ce pas ?

Vincent a cinq ans, Daniel trois, et Bethsabée vient de naître. Il règne un gentil désordre dans l'appartement du Panthéon où Judith s'amuse avec ses fils, avec son bébé, ou avec le chat persan, qui a beaucoup grossi. Quand Charles rentre le soir, il est toujours aussi ébloui par sa femme. Il la trouve tellement belle qu'il invente chaque nuit une nouvelle manière de le lui dire. Pour l'instant, il prend une éponge et nettoie le carrelage sur lequel a été renversé le bol de lait. Judith rassied Vincent sur sa chaise puis s'agenouille près de Charles.

— J'ignorais que tu te mettrais un jour à mes pieds pour faire le ménage ! dit-elle en riant.

Elle veut l'aider mais il l'en empêche. Il lui passe un bras autour de la taille, la serre contre lui, jusqu'à ce que des cris éclatent au-dessus de leurs têtes parce que Daniel vient de s'approprier la cuillère de Vincent. Ce prénom-là, celui de leur fils aîné, c'est Charles qui l'a choisi. « Vaincre », c'est un beau présage, mais c'est un mot latin. Pour le second, c'était au tour de Judith, qui a voulu un nom hébreu. Daniel, c'est-à-dire « Dieu est seul juge ». Pour Beth…

Charles esquissa un geste vague en direction de son fils puis laissa retomber sa main. Il y avait très longtemps qu'il n'avait pas pensé à Judith avec une telle acuité. C'était presque comme si, un instant, elle avait été dans la pièce avec eux. Entre eux. Cette sensation physique intolérable le plongeait dans un véritable malaise.

— Bon, très bien, grommela-t-il d'une voix sourde, on va trouver une solution.

Après avoir vu son père se décomposer sous ses yeux, Vincent se sentait soudain très inquiet.

— Papa, est-ce que ça va ?

— Oui, oui… Tu disais quoi ? Que tu me trouvais injuste ? Peut-être.

— Magali n'est pas enceinte, ce n'est pas pour cette raison que je veux me marier, c'est seulement parce que je l'aime.

— Je suppose que ça justifie tout, répondit Charles avec une sorte de tendresse inhabituelle dans la voix. Je vais la rencontrer et nous allons parler tous les trois. Mais, puisqu'il n'y a pas d'urgence, j'aimerais que tu ne te précipites pas. D'accord ?

C'était une proposition tellement inattendue, inespérée, que Vincent se demanda ce qui arrivait à son père. Il hésitait encore à sourire quand celui-ci ajouta :

— Ne te fais pas d'illusions, ce ne sera pas simple. Amène-la ici demain.

Trop soulagé pour discuter, le jeune homme acquiesça en vitesse et se dépêcha de gagner la porte. Dans le hall, il adressa un clin d'œil à Daniel, qui traînait là comme par hasard mais en fait l'attendait.

— Viens, chuchota-t-il en prenant son frère par l'épaule, allons dehors.

Quand ils se furent suffisamment éloignés de la maison, Vincent s'arrêta et se laissa tomber dans l'herbe, au pied d'un tilleul.

— Je n'arrive pas à croire qu'il ait cédé ! lança-t-il joyeusement. Il accepte de faire sa connaissance, tu te rends compte ?

— Comment t'es-tu débrouillé ?

— Aucune idée. Il a commencé par le prendre de haut et puis… eh bien, je ne sais pas. Il a dû penser à quelque chose qui l'a fait changer d'avis.

Quelque chose ou quelqu'un. Vincent aimait trop son père pour ne pas deviner que, à certains moments, des souvenirs précis devaient le torturer. Sa femme, sa fille, sa captivité en Allemagne, tout ce qui l'avait empêché de vivre normalement jusqu'ici et dont il refusait obstinément de parler.

— Tu as de la chance, déclara Daniel, parce que je t'assure qu'il n'était pas dans un bon moment, hier, quand il m'a expliqué de quelle manière il voyait mon avenir !

Comme son frère, Daniel éprouvait une grande admiration pour leur père, mais il se sentait rarement à l'aise avec lui. Les silences de Charles, son intransigeance ou son détachement établissaient des barrières que seul Vincent semblait disposé à surmonter.

— Il faut que j'aille annoncer la bonne nouvelle à Magali ! s'écria celui-ci en se relevant. Je vais emprunter la voiture d'Alain pour aller plus vite.

Sur le point de s'élancer dans l'allée, il se ravisa, dévisagea son frère.

— Daniel... Ce que tu m'as dit au sujet d'Alain...

Ils échangèrent un long regard, puis Vincent se racla la gorge, un peu embarrassé, avant d'achever :

— À mon avis, ne parle de ça à personne. Ni à Clara, ni à Marie. Et surtout pas à papa !

— Tu me prends pour un imbécile ?

— Non, mais... D'abord, tu n'as pas vu grand-chose, ensuite j'ai du mal à y croire, mais même si c'est vrai ce ne sont pas nos affaires, n'est-ce pas ?

La veille, ils en avaient déjà discuté pendant plus d'une heure, Vincent défendant leur cousin avec véhémence. Alain était son meilleur ami et il ne voulait pas le juger, encore moins le condamner.

— Et ne le regarde pas comme une bête curieuse quand il va se pointer pour le déjeuner, ajouta-t-il.

Il donna une bourrade affectueuse à son frère puis s'éloigna en hâte.

Si Charles avait parfois redouté de ne plus être capable d'aimer, il était en train de découvrir avec amertume qu'il s'était trompé. Même si aucune femme ne pouvait prendre la place de Judith, une au moins se trouvait en mesure de le faire souffrir.

Ponctuel, il avait rejoint Sylvie près de la piscine de l'Oustau en fin d'après-midi. Elle l'y attendait, nonchalamment étendue sur une chaise longue, un livre à portée de main, ravissante dans un maillot de bain blanc. Ses boucles blondes, ses grands yeux clairs et son adorable sourire avaient eu sur Charles un effet immédiat : il s'était senti furieux contre lui-même. À la voir aussi superbe dans l'épanouissement de la trentaine, il ne pouvait que la désirer en se demandant pourquoi il l'avait rejetée. Bien entendu, il connaissait la réponse, mais elle lui semblait soudain moins évidente.

Pour éviter la gêne des premiers instants, elle avait appelé un serveur et commandé de l'eau Perrier, puis elle lui avait proposé de se baigner. Durant quelques minutes, ils s'étaient contentés de nager côte à côte, sans se parler ni se frôler, uniquement occupés à profiter de l'eau fraîche et du décor de rêve autour d'eux.

— Tu es un vrai poisson, où t'entraînes-tu donc ? demanda-t-il au bout d'un moment.

Ils reprenaient leur souffle sous le lion de pierre qui dominait la piscine.

— Au Racing. C'est là que toute la haute couture se retrouve depuis des années, tu sais bien !

Elle se força à rire, mais il venait soudain de lui rappeler à quel point il pouvait se montrer indifférent. À l'époque de leur liaison, jamais il ne l'avait emmenée au polo de Bagatelle, dont il était membre et où il allait nager régulièrement. Avec elle, il s'était borné à être poli, à l'inviter au restaurant, à la raccompagner, et parfois à lui faire l'amour quand il en avait le temps, l'envie. Ils n'avaient rien partagé d'autre.

— Tu veux faire la course avec moi ? proposa-t-il.

Une lueur amusée dansait dans ses yeux gris, et elle devina qu'il ne la laisserait pas gagner.

— Non, je suis fatiguée, je vais me sécher, dit-elle en se détournant.

Ruisselante dans la lumière du soleil couchant, elle reprit pied sur les mosaïques bleues tandis qu'il la suivait du regard. Puis il se remit sur le dos pour repartir vers l'autre bout du bassin. Tout à l'heure, ils allaient dîner en tête à tête aux chandelles, dans la somptueuse salle à manger voûtée, alors il pourrait l'interroger à loisir sur sa vie de femme mariée, sur Stuart, sur ce qu'il voulait savoir d'elle. Il n'aurait jamais dû venir, il s'était cru plus fort qu'il ne l'était en réalité. Quoi qu'il ait pu se raconter par la suite, elle avait compté pour lui, et il n'en était pas vraiment guéri.

Méthodiquement, il enchaîna les longueurs, d'un bord à l'autre, dans un crawl parfait. Quand il se décida enfin à sortir de l'eau, il la découvrit assise à une table ronde, un peu à l'écart, vêtue d'une longue robe de soie sauvage vert pâle.

— Va te changer dans ma chambre, suggéra-t-elle en lui tendant une clef. Je te commande une coupe de champagne ?

Le sourire qu'il lui adressa était d'une tendresse si inattendue qu'elle se sentit aussitôt bouleversée. Il prit l'un des peignoirs-éponges de l'hôtel, qui avait été déposé à son intention sur le dossier de la chaise. Dans le mouvement qu'il fit pour l'enfiler, elle remarqua qu'il était toujours aussi mince et musclé. Pour ne pas avoir à le regarder davantage, elle baissa les yeux sur son paquet de cigarettes, en sortit une, qu'elle alluma avec des gestes lents. Quand elle releva la tête, il avait disparu et elle laissa échapper un bref soupir. Charles était-il devenu un homme souriant, ou bien cette expression lui avait-elle échappé malgré lui ? L'espace d'une seconde, il lui avait rappelé le jeune et beau lieutenant Morvan, son grand amour secret d'adolescente. Vingt ans plus tôt, avec ce sourire-là, Charles pouvait séduire n'importe qui, obtenir n'importe quoi. Les filles se pâmaient, se battaient pour danser avec lui. La nouvelle de son mariage en avait désespéré plus d'une, mais à l'époque personne ne pouvait rivaliser avec Judith et elles s'étaient toutes inclinées, vertes de jalousie.

« Pourtant là, à l'instant, c'est à moi seule qu'il vient de sourire, et s'il recommence une seule fois ce soir, je me jette sur lui. »

Elle ne s'était pas détachée de lui, n'avait pas progressé d'un pas. Et pas un jour ne pouvait s'écouler sans qu'elle pense à lui, d'une façon ou d'une autre. La gentillesse de Stuart n'y changeait rien, Charles restait l'homme de sa vie.

« Si c'est ce que je voulais savoir en le faisant venir ici, maintenant je suis fixée… »

Il revenait vers elle, habillé avec son élégance coutumière, les cheveux encore humides. Tandis qu'il se frayait un chemin au milieu des tables où l'on commençait à servir les apéritifs, quelqu'un le héla.

— Maître Morvan-Meyer ! Quel plaisir de vous rencontrer ici…

Un homme s'était levé pour le saluer et il s'attarda un peu, retrouvant l'expression de courtoisie hautaine que Sylvie connaissait trop bien. Quand il la rejoignit, un maître d'hôtel s'empressa de déposer deux coupes de champagne devant eux, puis une assiette de petits fours chauds.

— Tu es sublime, c'est à toi que je bois, dit-il d'une voix douce.

— Merci du compliment, tu es très en forme aussi, Charles. Ce sont les vacances ?

La question avait si peu d'importance qu'il ne se donna pas la peine d'y répondre, préférant détailler Sylvie avec insistance.

— Comment vas-tu ? demanda-t-il enfin.

— Ni mal, ni bien. Nous avons beaucoup voyagé, Stuart et moi, ces derniers temps. Il vient d'être engagé chez Balenciaga et j'ai dû quitter Jacques Fath.

— Pourquoi donc ?

— Oh… disons que…

— Que quoi ? Tu adorais ton travail !

— Oui, mais je ne peux pas tout faire à la fois. Nous avons acheté un appartement, et j'ai pris le temps de le décorer à mon goût. Tout cet espace me change de mon petit deux-pièces ! Tu t'en souviens ? Bref, je m'en donne à cœur joie.

Stuart a fait venir de très beaux meubles d'Angleterre. Des choses de famille. Et puis nous recevons beaucoup, alors...

Elle s'interrompit, navrée de ne pas trouver d'explication plus convaincante. Au début de son mariage, elle avait tellement espéré un enfant qu'elle avait fait comme s'il allait venir tout de suite. Malheureusement, elle n'était toujours pas enceinte.

— Ne me dis pas que cet abruti t'a conseillé de rester à la maison ?

— Charles !

— Excuse-moi, je retire le mot. Je crois que tu vas devoir te montrer très indulgente, ce soir, mais, après tout, c'est toi qui m'as prié de venir. Ne me parle pas de Stuart, raconte-moi plutôt ta vie à toi.

Embarrassée, elle secoua la tête, ce qui modifia la place de ses boucles, sur son front, et il eut une brusque envie de lui caresser les cheveux.

— Commence par la tienne, suggéra-t-elle. Des femmes ?

— Tout au plus des aventures sans intérêt.

— Des succès ?

— Au tribunal, oui. Pour le reste...

D'un geste décidé, il posa sa main sur celle de Sylvie, qui tressaillit.

— Te perdre a été difficile, avoua-t-il spontanément. Oh, je sais, c'est ma faute mais, en ce qui concerne ton mari, je le ferais volontiers cocu, alors ne me tente surtout pas.

Il baissa les yeux vers le décolleté drapé de la robe verte, très suggestif, puis la regarda de nouveau et constata qu'il arrivait encore à la faire rougir. Une piètre consolation.

— Donne-moi des nouvelles de Clara, demanda-t-elle pour faire diversion.

— Égale à elle-même. Je remercie le ciel chaque matin d'avoir pour mère un bloc de granit. S'il devait y avoir une troisième guerre mondiale, nous pourrions tous compter sur elle.

Sylvie n'avait pas retiré sa main, et il finit par ôter la sienne, s'attardant une seconde pour effleurer le poignet du bout des doigts.

— J'ai hâte de rentrer à Paris, soupira-t-il. Les vacances judiciaires m'exaspèrent, Vallongue me pèse...

— Un peu de patience, c'est bientôt la fin de l'été !

Mais le temps était révolu où elle attendait la rentrée avec impatience, où elle passait des heures entières près d'un téléphone muet, où elle changeait dix fois de tenue avant leurs rares rendez-vous.

— Tu parais un peu désabusé, Charles.

— Oui, sûrement. En tout cas, c'est ce que je ressens.

Même s'il avait vieilli, il la subjuguait toujours autant. Elle avait beau remarquer les cheveux blancs sur les tempes, le ton cynique qu'il employait, le pli amer au coin des lèvres, elle mourait d'envie de se retrouver dans ses bras.

— Pourquoi as-tu accepté de venir, ce soir ? dit-elle soudain.

— Pourquoi me l'as-tu proposé ? Je ne t'aurais jamais appelée, Sylvie, mais au moins c'est l'occasion de me faire pardonner. À notre dernière rencontre, j'ai été en dessous de tout. Mufle, lâche...

— Oui !

Les yeux de Sylvie brillaient d'un éclat étrange dans la pénombre, comme si elle était sur le point de pleurer. Ce jour-là, à son cabinet, il lui avait dit qu'il l'aimait, une phrase qu'elle s'était répétée des milliers de fois depuis. Qu'il l'aimait, mais ne voulait pas d'elle. Qu'il l'aimait, mais n'allait rien faire pour l'empêcher d'en épouser un autre. Il lui avait enlevé ses vêtements et jusqu'à sa bague de fiançailles, elle se souvenait du moindre détail, de la façon dont il l'avait prise par terre dans ce grand salon qui servait de salle d'attente, de sa jalousie impuissante envers Stuart, de son silence quand il lui avait ouvert la porte. Elle se souvenait surtout de son propre désespoir, qui l'avait fait sangloter sans fin, jusqu'à en perdre le souffle.

— Sylvie ?

Elle releva la tête vers lui, prit le mouchoir qu'il lui tendait.

— Je suis désolé, murmura-t-il. Tu veux que je m'en aille ?

— Non ! Au contraire, passons à table.

Son regard restait posé sur elle, à la fois inquiet et ému, sentiments qu'il n'aurait jamais laissé voir deux ans plus tôt. Elle tamponna discrètement ses joues avant de se lever, s'obligeant à sourire. Des torches avaient été allumées un peu partout dans le jardin, aux pieds des cyprès et des arbres de Judée. Un peu plus loin, des projecteurs éclairaient le chaos des rochers du Val d'Enfer, surplombé par le village des Baux-de-Provence. Un spectacle à couper le souffle, que Charles prit le temps d'admirer en retenant Sylvie. Quand il se pencha vers elle, l'odeur du romarin disparut dans une bouffée de Chanel.

— Tu n'as pas changé de parfum, tant mieux, fit-il à voix basse.

Il éprouvait soudain le besoin impérieux de la serrer contre lui, de s'assurer qu'elle n'était pas devenue indifférente. Mais quelques clients de l'hôtel avaient tourné la tête dans leur direction, pour jeter un regard admiratif à leur couple, et Charles s'écarta brusquement. Sylvie n'était pas sa femme, elle était l'épouse de Stuart. Et la seule femme avec laquelle il avait aimé se montrer en public, la seule dont il avait voulu revendiquer l'appartenance, la seule pour laquelle il s'était damné, au sens propre du terme, c'était toujours Judith.

— Quelque chose ne va pas ?

Agacée par tous les changements d'attitude qu'il lui opposait depuis son arrivée, elle le regardait avec curiosité. Le mur d'indifférence derrière lequel il avait pris l'habitude de se protéger du reste du monde était en train de se lézarder, elle en eut la certitude. Le temps travaillait contre lui, il allait finir par redevenir vulnérable.

— J'ai faim, Charles, lui dit-elle gentiment. Viens.

Manger était le cadet de ses soucis, tout ce qu'elle souhaitait était le convaincre de rester près d'elle au-delà du dîner.

— Voilà, c'est signé ! exulta Alain en mettant le contrat sous le nez de Vincent.

Sa fierté faisait plaisir à voir. Il ouvrit une chemise cartonnée, sortit avec précaution d'autres feuilles.

— Il m'a fallu du temps pour obtenir toutes ces commandes, mais là, c'est la consécration, non ?

Penché sur le papier à en-tête de l'épicerie Fauchon, Vincent étudiait les termes de l'accord.

— Tu t'es bien débrouillé, jugea-t-il, admiratif.

— La totalité de ma production est casée dans les bonnes maisons, en principe ma prochaine récolte est vendue d'avance. Je me demande la tête que fera ton père quand il s'arrêtera place de la Madeleine pour acheter quelques produits d'exception ! Fauchon, Hédiard, c'était mon rêve…

Installés dans la chambre d'Alain, de part et d'autre de son petit bureau, les deux cousins échangèrent un regard.

— Je suis content que tu réussisses, déclara Vincent, mais tu as sûrement d'autres motivations que faire enrager papa ?

— Évidemment ! Il y a cinq ans que j'affine mes méthodes, que je prépare des changements qui faisaient frémir Ferréol. Tu le connais, la nouveauté…

Il laissa échapper un bref éclat de rire avant de redevenir sérieux.

— Je vais mettre ce papier dans l'assiette de grand-mère pour le petit déjeuner. C'est elle qui m'a permis d'y arriver, sans elle je serais juste devenu un cancre de plus, au lieu de quoi je suis un producteur heureux.

Qu'il le soit ne faisait aucun doute, et Vincent l'observa avec attention. La révélation de Daniel restait pour lui quelque chose d'abstrait et d'absurde. Alain lui paraissait le même, sans rien de changé, rien de différent du garçon avec qui il avait partagé tant de confidences ou de secrets.

— Qu'est-ce que tu as à me regarder comme ça ? Tu t'angoisses pour Magali ? Pour ce que l'intraitable Charles Morvan-Meyer va penser d'elle et à quelle sauce il va vous manger tous les deux ?

Sa question était plus ironique qu'agressive, il avait assez souvent affronté Charles pour compatir avec Vincent.

— Ne t'en fais pas, ajouta-t-il, elle est très belle et il n'est pas aveugle, il comprendra.

— Tu crois ?

— Oui. Elle a vraiment tout ce qu'il faut pour le convaincre.

Ces derniers mots mirent aussitôt Vincent mal à l'aise. Alain se croyait-il obligé de faire semblant ? Si Daniel ne s'était pas trompé, les jolies filles n'intéressaient pas leur cousin.

— Elle te plairait, à toi ? s'enquit-il d'un air innocent.

— Non. D'abord parce que c'est ta fiancée, ensuite parce que je n'aime pas les rousses.

— Qu'est-ce que tu aimes ?

— Les brunes. Je leur trouve plus de caractère. Chaque fois que je remarque une fille, comme par hasard elle est brune !

— Tu ne m'en as jamais présenté une seule.

Insister était assez maladroit, mais Vincent n'avait pas pu s'en empêcher. Un peu surpris, Alain le regarda en silence. Au bout d'un moment, il demanda posément :

— Tu cherches à me dire quelque chose de précis ?

— Non, mais…

La gêne venait de se glisser entre eux, ce qui obligea Vincent à être franc.

— Je ne te connais pas de coup de cœur, ni d'aventure, ni… Moi je t'ai toujours tout raconté, c'est important pour moi, et j'aurais voulu que tu puisses en faire autant.

— Très bien, la dernière en date s'appelle Aude, elle n'a pas inventé l'eau tiède et je n'infligerais sa conversation à personne, surtout pas à quelqu'un d'aussi intelligent que toi, mais j'ai quand même couché avec elle trois fois. Histoire sans paroles.

Éberlué, Vincent se contenta de hocher la tête. La sincérité d'Alain ne faisait aucun doute et il n'y comprenait plus rien.

— Toutefois, ce n'est pas ce que tu voulais savoir, n'est-ce pas ?

Il y eut un nouveau silence, qui mit Vincent à la torture. Finalement, il n'avait plus très envie d'en apprendre davantage, mais c'était trop tard, son cousin achevait :

— Alors en ce qui concerne ce que tu n'oses même pas nommer, c'est vrai aussi.

Alain se redressa, contourna le bureau et vint délibérément poser ses mains sur les épaules de Vincent, guettant sa réaction.

— Je peux te toucher, ça va ? Tu ne te sens pas dégoûté, voire en danger ?

Sa voix était devenue rageuse, sans plus aucune trace d'humour. Vincent eut l'intuition que les liens qui les avaient unis jusque-là pouvaient soudain se briser comme du verre. Il leva la tête, croisa le regard d'Alain, qui le fixait avec insistance.

— En danger, non, articula-t-il d'une voix nette. En colère, si tu continues à dire des âneries. Tu es mon meilleur ami, qu'est-ce que ça change ?

— Pour moi, rien.

Vincent sentit la main d'Alain remonter le long de sa nuque, se perdre dans ses cheveux. Un geste affectueux, banal, qu'il pouvait mal interpréter désormais, aussi se garda-t-il bien de bouger. Ils avaient passé des années à chahuter ensemble, à se bagarrer pour rire, à rouler dans l'herbe ou à s'endormir côte à côte. Le contact physique n'avait rien d'inhabituel entre eux, rien d'ambigu. Et pourtant, Vincent se rappelait soudain certains détails précis. Aurait-il pu jurer que jamais Alain ne l'avait troublé, durant leur enfance ou leur adolescence ? Même s'il ne s'agissait que de jeux innocents auxquels la plupart des garçons se livrent, arrivés à la puberté.

Ils se regardaient toujours en silence. L'expression d'Alain était grave, indéchiffrable. Vincent ne voulait pas se dégager de lui-même mais, brusquement, son cousin le lâcha et s'écarta en murmurant :

— Et pour toi non plus, effectivement, ça ne change rien. Merci.

Vincent se leva à son tour et ils se retrouvèrent face à face, aussi grands l'un que l'autre, pas vraiment embarrassés, plutôt soulagés de constater que leur affection sortait intacte de la confrontation.

— J'aurais dû te le dire plus tôt ? s'enquit Alain.

— Tu n'as jamais été très bavard.

— De toute façon, je n'aurais pas eu grand-chose à t'expliquer, même en cherchant bien. Je ne sais pas où j'en suis et… et pour le moment, ma raison de vivre, c'est ça.

Il désignait les feuilles éparses sur le bureau, avec la commande de Fauchon en évidence. Vincent remarqua alors les classeurs empilés par terre, l'encombrante machine à écrire Underwood, les livres de comptes tassés sur une petite étagère.

— Pourquoi travailles-tu ici ? s'étonna-t-il.

— Ton père n'aimerait pas que j'envahisse « son » bureau du rez-de-chaussée.

— Va dans la bibliothèque, ou la chambre d'amis, ou…

— Je te rappelle que c'était la condition quand je me suis installé à Vallongue : ne pas coloniser la maison. J'en ai pris mon parti.

Il le disait sans colère, comme une chose inévitable à laquelle il s'était résigné depuis des années.

— Je vais retaper la petite bergerie, cet hiver. Clara m'a donné son autorisation et ça fera un beau local pour l'exploitation.

— Mais c'est ridicule ! Dix mois sur douze cette baraque est déserte. Tu es chez toi, Alain, bien davantage que nous tous ! Vallongue, c'est toi.

— Tu crois ça ? Demande à ton père ce qu'il en pense, car c'est à lui que la propriété reviendra un jour.

Sourcils froncés, Vincent réfléchit quelques instants puis esquissa une moue dubitative. L'avenir d'Alain était difficile à imaginer. Madeleine le méprisait, Charles l'ignorait, et Clara ne serait pas éternelle.

— Tu t'inquiètes pour moi ? C'est gentil ! En attendant, tu ferais mieux d'aller chercher Magali, l'heure tourne.

Le regard doré d'Alain était redevenu amical, chaleureux, et Vincent le bouscula par jeu, sans la moindre arrière-pensée, en s'exclamant :

— J'ai l'impression d'être un premier communiant !

— Tu en as tout l'air.

— Et j'ai aussi la trouille...

— Je sais.

Ils échangèrent un sourire complice, puis Alain ouvrit la porte d'une main pendant que, de l'autre, il adressait à son cousin le V de la victoire.

Une heure plus tard, Vincent introduisit Magali dans le salon où Charles les attendait. Il avait été la chercher en voiture et, tout le long du chemin, avait plaisanté pour la rassurer. Il avait préféré l'humour car aucune mise en garde ne pourrait atténuer le choc de la rencontre avec la famille Morvan, il le savait. Déjà, elle avait semblé stupéfaite en découvrant Vallongue, qu'elle ne connaissait pas.

Odette avait eu beau lui expliquer qu'il s'agissait d'une grande maison, elle ne l'avait manifestement pas imaginée si imposante. En haut des marches du perron, il avait dû lui prendre la main pour l'encourager à entrer.

Charles venait de se lever et, de l'autre bout de la pièce, il regardait approcher la jeune fille. Ses yeux pâles ne glissèrent qu'un instant sur la petite robe imprimée et les sandales de toile.

— Je te présente mon père, articula Vincent, et voici Magali, papa…

Très impressionnée, Magali serra la main de Charles sans savoir que dire.

— Enchanté, mademoiselle, déclara-t-il d'un ton froid.

Après quelques secondes de silence, il ajouta :

— Asseyez-vous, je vous en prie.

Mal à l'aise, elle s'installa tout au bord d'un fauteuil crapaud tandis que Vincent essayait de dégeler un peu l'atmosphère.

— Je suis content que vous vous rencontriez enfin ! Magali avait hâte de te connaître…

Charles n'était pas décidé à l'aider car il ne se donna même pas la peine de répondre, attendant la suite.

— Comme je te l'ai annoncé, papa, nous aimerions beaucoup nous marier…

Un simple hochement de tête fut le seul acquiescement de Charles, qui reporta son attention sur Magali.

— Quel âge avez-vous, mademoiselle ?

— Vingt ans.

— Un très bel âge, apprécia Charles avec un petit sourire, mais je ne vois pas l'urgence… On peut au moins attendre votre majorité…

Incapable de trouver une repartie, Magali resta muette et Vincent dut voler à son secours.

— Nous ne voulons plus être séparés. Or je fais mes études à Paris et…

— Oui, coupa Charles, tu fais des études.

Une nouvelle fois, il détailla Magali, mais avec plus d'insistance. Ses jambes nues, bronzées, ses mains aux ongles abîmés par le travail, sa splendide chevelure rousse qu'elle n'avait pas su discipliner.

— Bien, soupira-t-il. En conséquence, si vous souhaitez vraiment vous marier, je vais devoir m'occuper du reste.

Pour rester courtois, il était obligé de lutter contre un sentiment de rage devant ce qu'il considérait comme un irrémédiable gâchis. Il trouvait Magali très jolie, mais aussi très empotée et très marquée par le milieu dont elle était issue. Comment son fils pouvait-il croire qu'elle ferait une bonne épouse ? Il allait devoir tout lui apprendre, jusqu'à la transformer complètement, et peut-être alors ne même plus la reconnaître.

— Le reste ? s'enquit Vincent d'une voix timide.

L'attitude de son père ne le surprenait pas, mais le contrariait. Il fallait avoir l'habitude de Charles pour pouvoir faire face sans désirer rentrer sous terre, et Magali devait se sentir terrorisée.

— Établir où vous vivrez et surtout de quoi vous vivrez tant que tu n'auras pas une situation. Je ne veux pas que ce mariage écourte tes études. Je suppose que vous êtes d'accord, Magali ?

Elle ouvrit la bouche, mais il ne lui laissa pas le temps de prononcer un mot et enchaîna aussitôt :

— Tu iras donc jusqu'au bout de ton cursus universitaire, et pendant ce temps-là j'assumerai votre… couple.

— Mais je peux travailler ! protesta Magali, que le ton de Charles commençait à exaspérer.

Vincent se mordit les lèvres, navré qu'elle soit tombée dans le piège, pendant que son père répliquait :

— Je préférerais que vous vous absteniez.

L'allusion était assez humiliante pour la réduire au silence. Charles ne concevait pas que sa future belle-fille puisse continuer à faire des ménages, c'était logique, elle aurait pu y penser toute seule. Désemparée, elle tourna la tête vers Vincent, qui se rapprocha d'elle et s'assit sur l'accoudoir du fauteuil, comme s'il voulait la protéger. De façon inattendue, Charles apprécia le geste et se mit à sourire, amusé de constater que son fils était désormais assez mûr pour imposer ses choix.

— Odette est votre unique parente ? interrogea-t-il.

— Oui. À la fois ma tante et ma marraine, bredouilla-t-elle.

Elle ne parvenait pas à rester naturelle devant lui. Depuis son arrivée, elle l'observait le plus discrètement possible et le jugeait odieux. Glacial, arrogant, pire que ce qu'elle avait pu craindre. Or il allait devenir son beau-père, et à l'évidence il ne ferait rien pour l'aider à trouver sa place.

— Bien, alors je vais rencontrer Odette, laissa-t-il tomber du bout des lèvres.

Magali faillit répliquer que, pour rencontrer Odette, rien de plus simple, elle était à Vallongue tous les jours, derrière les fourneaux, il n'avait qu'à pousser la porte de la cuisine. Mais elle n'osa évidemment pas. Alors qu'elle cherchait en vain quelque chose d'aimable à dire, la porte du salon s'ouvrit et Clara entra d'un pas décidé.

— Ah, vous êtes là ! On aurait pu me convier pour la bonne nouvelle… Tu m'as fait des cachotteries, mon petit Vincent !

Elle traversa la pièce sans cesser de sourire et s'arrêta devant Magali, les mains tendues.

— Alors c'est vous, Magali ? Je m'appelle Clara. Je suis ravie…

Tout comme Charles quelques minutes plus tôt, elle remarqua la robe de trois sous, les sandales usées, et aussi que Vincent la poussait dans le dos pour la faire lever.

— Ne bougez pas ! s'écria-t-elle. Restez comme ça, vous êtes trop mignons tous les deux…

Jetant un rapide coup d'œil à Charles, elle comprit qu'il avait dû se montrer désagréable depuis le début. Alain avait été bien inspiré de lui suggérer d'intervenir.

— Bon, j'arrive un peu tard, je suppose que tout est déjà arrangé ?

— Vincent tient à se marier rapidement, expliqua Charles sans enthousiasme.

Clara se tourna vers lui pour répliquer :

— C'est merveilleux, ça me ramène vingt ans en arrière !

Elle le vit accuser le coup, mais elle n'avait pas d'autre moyen de lui rappeler qu'il avait agi avec la même précipitation lorsqu'il avait voulu épouser Judith.

— Qu'avez-vous décidé ? demanda-t-elle d'une voix douce.

— Papa veut bien nous aider d'ici la fin de mes études, murmura Vincent.

Il était toujours assis sur l'accoudoir, la main de Magali dans la sienne, apparemment très mal à l'aise. L'accord de son père, même délivré avec réticence, l'obligeait à se montrer reconnaissant, toutefois il avait espéré autre chose de cette entrevue.

— Vous restez dîner avec nous, Magali ? proposa Clara. Vous permettez que je vous appelle Magali ? Puisque vous ferez bientôt partie de la famille...

Elle rachetait ainsi l'attitude trop distante de Charles, et Vincent se sentit un peu soulagé.

— Merci, madame..., souffla la jeune fille.

Cette invitation la consternait. L'idée de se retrouver à table avec les Morvan avait de quoi la faire frémir. Est-ce que le dîner serait servi par Odette ? C'était une situation ridicule, impensable. D'ailleurs, elle n'avait pensé à rien avant de venir à Vallongue, elle s'en apercevait trop tard. Elle aurait dû s'habiller autrement, préparer quelques phrases de circonstance, se faire tout expliquer par Vincent. Comment avait-elle pu croire qu'ils l'accueilleraient à bras ouverts, avec gentillesse ou familiarité ? Odette racontait toujours que Clara était une femme exceptionnelle, une maîtresse femme, et Charles un homme admirable. Son respect excessif, quand elle parlait des Morvan, faisait sourire Magali. Mais ici, dans ce salon gigantesque, sous le regard incisif de Charles, la jeune fille n'avait plus du tout envie de rire. Elle se sentait effrayée, rabaissée, à peine tolérée. Et la bonne humeur de Clara n'y changeait rien.

— Tu vas te mettre en quête d'un appartement, à proximité de la faculté de droit, reprit Charles d'un air résigné.

— C'est ça, intervint Clara, et vous l'arrangerez à votre goût, je vous offre la décoration !

Au moins, elle essayait d'inclure Magali dans la discussion, tandis que Charles continuait de l'ignorer, ne s'adressant qu'à son fils.

— Pour la date, je te laisse juge, conclut Charles, mais j'aimerais mieux que tu profites d'une période de vacances au lieu de bâcler tes examens.

— Si vous voulez, proposa Clara, je m'occuperai de tout, j'adore organiser les réceptions !

Dans un sursaut d'orgueil, Magali trouva enfin le courage de déclarer :

— Je crois que la cérémonie peut être très simple, très… intime.

Elle n'en pouvait plus de les entendre prendre des décisions tour à tour en la laissant délibérément à l'écart.

— Vous ne souhaitez pas un mariage à la sauvette, je suppose ? s'enquit Charles.

— Non, je…

— Alors, c'est parfait ! Nous avons beaucoup d'amis, ils deviendront les vôtres.

Il se leva, adressa un petit signe de tête à Magali, assorti d'un sourire contraint.

— Excusez-moi, j'ai du travail. Puisque tout est réglé…
Je vous verrai pour le dîner.

Évitant de croiser le regard de son fils, il se détourna pour
quitter la pièce, dont il referma la porte sans bruit. Tandis
que Magali restait figée, Vincent laissa échapper un soupir.

— Bien, mes enfants, dit posément Clara. L'épreuve est
finie, vous vous en êtes bien tirés.

Elle remarqua que la jeune fille avait les yeux brillants,
comme si elle était sur le point de pleurer, et elle se pencha
un peu pour lui tapoter le genou.

— Ne vous inquiétez pas, il n'est pas toujours… chaleureux, mais vous apprendrez à le connaître.

— Je crois que je ne lui ai pas fait très bonne impression,
répondit Magali à contrecœur.

La phrase laissa Clara perplexe. Faire bonne impression ? C'était une aspiration d'employée cherchant à se faire
engager, mais sûrement pas le bon moyen de conquérir
Charles. Clara n'avait d'ailleurs aucune illusion, il devait
être en train de fulminer dans son bureau, de regretter
amèrement d'avoir cédé à Vincent. Il allait falloir un certain
temps avant qu'il accepte Magali. Et davantage encore pour
transformer celle-ci en jeune femme accomplie.

— Je vous laisse, je vais… m'occuper du dîner.

Elle avait failli dire « donner des ordres à Odette ». Mais
effectivement, elle allait lui demander de préparer un repas
froid, ensuite elle lui donnerait congé pour la soirée. Au
contraire de Charles, elle ne déplorait pas le choix de son
petit-fils, considérant qu'il était trop tard pour chercher à
l'en dissuader et qu'il valait mieux tout faire afin d'aplanir
les difficultés. Or celles-ci n'allaient pas manquer, c'était
malheureusement évident.

7

Paris, 1958

Marie luttait farouchement pour conserver au moins sa dignité. Quelques minutes plus tôt, une tempête de rires avait secoué la salle, à tel point que le président du tribunal, réprimant lui-même un sourire, avait été contraint d'agiter sa sonnette pour réclamer le silence. Non seulement Charles effectuait une démonstration magistrale, mais de surcroît il y avait glissé une note d'humour noir destinée à ridiculiser l'avocat général et celui de la partie civile. Ce dernier rôle était tenu par sa nièce aujourd'hui, ce qui ne changeait rien pour lui, et il n'avait pas modifié une seule phrase de sa plaidoirie, n'avait jamais cherché à atténuer la virulence de ses propos. Ses diatribes, qui auraient pu déstabiliser des adversaires bien plus coriaces que Marie, avaient vite fait perdre pied à la jeune femme. Par deux fois elle avait quand même tenté de riposter, et il s'était déchaîné sans pitié. Elle savait très bien qu'elle aurait dû se mettre en colère, exiger un rappel à l'ordre du président, accuser la défense de tourner la victime en dérision, mais elle était restée figée. Le ministère public avait pris le relais, sans rencontrer davantage de succès.

Contre Charles, Marie n'était pas de taille. Partagée entre la rage et l'admiration, elle avait autant envie de l'insulter que de l'applaudir. Combien de fois s'était-elle délectée de le voir mettre en pièces ses adversaires ? Et comment avait-elle cru pouvoir y échapper ? À présent, c'était son tour d'être laminée, interpellée, ridiculisée.

La veille, elle avait pourtant répété son réquisitoire avec soin, essayant d'imaginer les arguments qu'utiliserait Charles, qui avait l'avantage de parler le dernier. Sur un plan professionnel, elle connaissait très bien ses stratégies, elle savait qu'il était volontiers lyrique, aimait jouer sur la corde sensible, pouvait émouvoir son auditoire à volonté. Mais elle n'avait pas envisagé que, bien au contraire, il allait lui opposer une ironie cinglante. Or il possédait assez d'esprit pour manier brillamment la satire, s'attirant ainsi la sympathie des magistrats et semant le doute dans la tête des jurés. Quel genre d'affaire jugeait-on pour que l'avocat se permette un tel cynisme, un tel détachement ? Tout juste s'il n'avait pas l'air de considérer que l'accusation, en la personne de Marie, n'était pas digne d'être prise au sérieux. Habile jusqu'au bout, il n'avait retrouvé un ton dramatique que lors des toutes dernières minutes de sa plaidoirie, pour fustiger ceux qui avaient traîné un innocent dans le box des accusés, et il avait conclu en réclamant carrément l'acquittement.

Avant de quitter la salle d'audience, Marie eut l'ultime déplaisir de voir les chroniqueurs judiciaires se précipiter vers lui. Charles Morvan-Meyer allait encore faire la une des journaux du lendemain, sauf que cette fois ce serait aux dépens de sa propre nièce, qu'il venait de ravaler au rang de petite fille devant la cour, la presse, les confrères.

Dans le vestiaire, elle ôta sa robe, ce déguisement ridicule qu'elle avait revêtu quelques heures plus tôt avec exaltation. Elle remit la veste de son strict tailleur gris, se donna un coup de peigne. Jamais plus elle n'affronterait Charles, dorénavant elle n'aurait qu'à se désister de tous les procès auxquels il serait mêlé. Ou alors elle cesserait de croire en elle, peut-être même prendrait-elle son métier en horreur ! Mais d'abord, elle devait trouver le courage de quitter la quiétude du vestiaire, sachant que, le long des couloirs du palais, elle allait sans doute rencontrer des sourires condescendants, des mines apitoyées. Elle soupira, décida qu'elle se moquait de l'opinion de ses confrères, puis ouvrit la porte.

— Marie ? Je craignais que tu ne sois déjà partie…

Charles était appuyé au mur, et il affichait un air plus embarrassé que triomphant.

— Tu auras affaire à pire que moi, Marie ! dit-il d'une voix conciliante. Il fallait essayer de me casser. Je ne m'en suis pas privé avec toi, c'est la règle du jeu.

Avec un petit haussement d'épaules dédaigneux, elle voulut passer devant lui, mais il la saisit fermement par le poignet.

— Attends un peu ! Je veux te parler, c'est important. Tu as été mon élève et…

— Et tu n'as pas hésité à me hacher menu ! répliqua-t-elle. Je n'ai jamais croisé ton regard, tu t'es comporté en étranger, en ennemi, en…

— Adversaire. C'est ce que nous étions, non ?

— Devais-tu vraiment aller si loin, Charles ? Pour tout ce qui concerne le dossier, c'était ton devoir, mais tes allusions à mon âge, à mon inexpérience et au fait que je suis une femme, j'appelle ça des coups bas inutiles.

— Rien n'est inutile dans un prétoire. La preuve ! Quoi qu'il en soit, j'ai fait mon métier, rien de plus. J'aurais aimé que tu me résistes davantage.

— Eh bien, tu es trop fort pour moi ! C'est ce que tu voulais entendre ?

Elle avait élevé le ton et essaya de lui échapper, mais il tenait son poignet serré, l'empêchant de se dégager.

— Tu vas venir dîner avec moi, décida-t-il.

— Sûrement pas ! J'ai promis aux enfants de…

Exaspérée, elle se souvint que Cyril ct Léa se trouvaient avenue de Malakoff, où ils passeraient la nuit comme chaque fois qu'elle plaidait au palais. Dans ces occasions, Clara engageait une nurse, ravie d'avoir ses arrière-petits-enfants sous son toit.

— Écoute, Charles, j'ai envie de rentrer chez moi, de me déshabiller, d'oublier ce procès.

— Oh, non ! Il faut qu'on en discute, au contraire. Allez, viens, j'ai faim.

Il tira d'un coup sec sur son bras et elle faillit perdre l'équilibre.

— Lâche-moi, tu me fais mal ! Je te suis, mais lâche-moi…

C'était toujours la même chose avec lui, il finissait par obtenir ce qu'il voulait de gré ou de force. Et toute la volonté d'indépendance de Marie n'y pouvait rien.

— Je t'emmène au *Pré Catelan* ? proposa-t-il en souriant.

Son poignet était rouge, elle avait des fourmis dans les doigts et elle le fusilla du regard, ce qui le fit rire.

— Si seulement tu t'étais mise en colère, tout à l'heure…

— Eh bien quoi ? J'aurais fini par bafouiller, on ne va pas régler nos comptes en plein tribunal, quand même !

— Pourquoi, Marie ? Nous sommes en compte, toi et moi ?

Elle céda d'un seul coup, incapable de lui résister davantage. De toute façon, elle l'admirait trop pour lui en vouloir longtemps, et le peu de talent qu'elle avait, elle le lui devait.

Quand ils quittèrent le palais, bras dessus, bras dessous, elle se sentait déjà rassérénée. Il lui laissa prendre le volant de sa Jaguar flambant neuve et passa tout le trajet à décortiquer les fautes qu'elle avait commises durant les débats.

— Tu t'es dit : « Je connais Charles, je vais lui couper l'herbe sous le pied » ? En fait, dès que tu as commencé à t'énerver, tu m'as ouvert une voie royale. Je n'en demandais pas tant ! Ne perds jamais ton calme, je donnerais ce conseil à n'importe qui mais, dans ton cas, c'est essentiel.

— Mon cas ? s'indigna-t-elle. C'est quoi ?

— Tu es une femme. Et une femme en colère se met presque toujours à crier. Sa voix grimpe dans les aigus et le président du tribunal se bouche les oreilles, excédé ! Tiens, gare-toi là...

Il avait toujours été de très bon conseil avec elle, n'avait jamais cherché à la décourager, et ce qu'il disait était vrai. En choisissant la carrière d'avocate, Marie avait pris un chemin difficile, et elle n'avait pas le droit de s'écrouler au premier échec.

Lorsqu'ils pénétrèrent dans la salle du restaurant, elle remarqua avec amusement que Charles attirait toujours autant les regards. D'abord parce qu'il était célèbre, ensuite parce qu'il restait séduisant malgré ses presque cinquante ans. Les cheveux blancs qui se mêlaient aux châtains adoucissaient plutôt son visage, il s'habillait avec une rare élégance, et il lui arrivait même de sourire, en tout cas plus fréquemment qu'avant.

— Je fais des envieuses, on dirait..., constata-t-elle joyeusement.

Jamais elle n'aurait pu croire, durant cette journée de cauchemar, qu'elle allait finir la soirée avec lui et en éprouver du plaisir.

— Aucun de tes soupirants ne t'a invitée ici ?

— Oh, mes soupirants...

Sa vie privée demeurait un mystère pour tout le reste de la famille, Charles compris. Sa fille Léa était née de père inconnu, exactement comme Cyril, et elle n'avait pas fourni la moindre précision à quiconque. Vincent tenait son rôle de parrain avec autant de sérieux qu'Alain, conscients l'un comme l'autre qu'il s'agissait d'une vraie responsabilité.

— Oui, ces types dont tu ne parles pas mais qui doivent bien exister, n'est-ce pas ? ironisa-t-il.

— C'est mon affaire !

— Ce sera celle de tes enfants un jour. Il faudra que tu répondes à leurs questions. Que comptes-tu leur dire ?

— J'aviserai.

Il la regardait avec insistance, et elle se mordit les lèvres pour ne pas se laisser aller aux confidences. S'il s'acharnait sur elle comme il savait le faire avec les témoins qui venaient prêter serment à la barre, elle finirait par tout lui raconter. Mieux valait détourner son attention en prenant l'offensive.

— Est-ce qu'il t'a manqué, à toi ? demanda-t-elle posément.

— Qui ça ?

— Ton père. Henri.

— Pas vraiment.

— Alors, tu vois !

— Enfin, Marie, ce n'est pas comparable ! D'abord ma mère était entièrement disponible, ce qui n'est pas ton cas. Mon père était mort à la guerre, ce n'était pas un inconnu, j'ai toujours pu me référer à une image positive.

Elle remarqua qu'il parlait comme s'il avait été fils unique, sans la moindre allusion à son frère. D'ailleurs, elle ne se souvenait pas de l'avoir entendu prononcer le prénom d'Édouard une seule fois depuis son décès.

— Nous sommes une drôle de famille, marmonna-t-elle.

— Tu contribues beaucoup à sa bizarrerie, répliqua-t-il. Tes mystères, ton côté suffragette…

— Tu m'as invitée pour me faire la morale ? Je croyais que tu voulais me consoler de ce que tu m'as fait vivre aujourd'hui.

Levant les yeux au ciel, il fit signe au maître d'hôtel et passa la commande. Quand ils furent de nouveau seuls, il déclara :

— Pas consoler, engueuler. Tu portes le nom de Morvan. Tu es maître Marie Morvan. Chaque fois que tu ne seras pas à la hauteur, je te le ferai remarquer. Je refuse que tu te ridiculises dans le monde judiciaire.

— Trop aimable…

Elle voulait plaisanter, mais il tapa brusquement sur la table et elle sursauta.

— Je suis sérieux, Marie ! Si tu ne te sens pas sûre de toi, ne te donne pas en spectacle dans un tribunal. Reste enfermée dans ton cabinet, planche sur tes dossiers et associe-toi avec quelqu'un capable de prendre la parole en public.

Humiliée par ce ton cinglant, elle riposta immédiatement.

— Toi, tu t'appelles Morvan-*Meyer*, tout le monde te connaît, on ne risque pas de nous confondre, surtout si je suis nulle ! Et explique-moi pourquoi tu t'occupes tellement de moi ! Mes frères auraient pu finir dans un cirque, tu n'aurais pas levé le petit doigt ! Tu as rayé mon père de ta mémoire, tu méprises ma mère ouvertement, mais sur moi, tu t'acharnes…

Le visage fermé, Charles la toisait sans répondre. Son hostilité dissuada Marie d'aller plus loin car, même si elle n'avait pas peur de lui, elle connaissait les limites à ne pas dépasser. Un plateau de fruits de mer fut disposé entre eux, puis le sommelier vint servir le chablis.

— Parfait…, murmura Charles après l'avoir goûté.

Il releva la tête et considéra sa nièce d'un air perplexe. S'engager plus loin dans cette discussion délicate ne le tentait pas. Indéniablement, il n'avait pas manifesté une grande affection pour les fils d'Édouard, encore moins pour Madeleine. Si Marie avait su l'émouvoir, c'était parce que quelque chose en elle rappelait Clara. Parce qu'elle était une jeune femme seule, avait besoin d'être protégée, et parce que, lorsqu'elle tenait ses enfants dans ses bras, Charles pensait à Judith.

Judith… Oui, il y songeait quand Marie câlinait sa petite Léa. Ou quand une femme brune, dans la rue, lui ressemblait vaguement. Pourtant, il était moins obsédé, moins rongé que quelques années plus tôt, et cette constatation l'attristait. Le souvenir de Judith et de Beth n'avait pas le droit de s'affadir ; qu'il puisse les oublier durant des journées entières constituait déjà une trahison.

— Je t'ai contrarié, Charles ? Je suis désolée...

Sincère, elle l'observait avec anxiété, persuadée qu'il n'allait pas tarder à se mettre en colère, mais il lui répondit gentiment.

— Je m'acharnerai sur toi jusqu'à ce que tu deviennes un ténor. Je ne crois pas qu'on dise « une soprano » du barreau ? Sers-toi.

Elle prit une huître, y ajouta un peu de vinaigre à l'échalote, puis jeta un coup d'œil circulaire. La salle était pleine, les serveurs allaient et venaient discrètement entre les tables. Elle croisa le regard d'une femme qui se détourna aussitôt et elle faillit éclater de rire.

— Tu crois qu'on me prend pour ta maîtresse ? demanda-t-elle à mi-voix.

Comme il ne lui répondait que d'un sourire distrait, elle ajouta, beaucoup plus sérieusement :

— J'aurais aimé rencontrer un homme qui te ressemble.

Elle fut surprise d'avoir pu l'avouer si facilement, tandis qu'il fronçait les sourcils.

— À moi ? Curieuse idée. Vous m'avez toujours trouvé sinistre, tes frères, toi, et même mes fils ! Il m'est arrivé de surprendre certains de vos commentaires, ils n'avaient rien de flatteur...

Cette révélation la fit rougir d'un coup et elle s'empressa d'avaler une gorgée de vin pour cacher son embarras. Qu'avait-il pu entendre parmi toutes les horreurs proférées par cinq adolescents insouciants ? Des tas de réflexions lui revinrent en mémoire, plus cruelles les unes que les autres.

— Tu n'étais pas la plus méchante, ajouta-t-il comme s'il avait deviné ses pensées.

Il lui avait toujours inspiré des sentiments confus, et c'était encore vrai aujourd'hui. À cause de lui, elle avait choisi le droit. À cause de lui, aucun homme n'avait trouvé grâce à ses yeux. Depuis longtemps, elle poursuivait une chimère en cherchant quelqu'un qui aurait été à la fois Charles et un autre.

— À la fac, tous les types me paraissaient trop jeunes, trop bêtes, soupira-t-elle. J'ai toujours eu l'impression d'avoir vingt ans de plus que mes copains de promotion. Les rares fois où un garçon me plaisait, je me demandais si ce n'était pas à l'argent de la famille qu'il en voulait ! Je ne suis pas très jolie et je n'ai pas spécialement bon caractère, je ne sais pas minauder comme certaines filles, ni prendre l'air extasié, et mon ambition n'était pas de rester enfermée entre quatre murs à « tenir » une maison. Bref, je n'ai pas intéressé grand monde…

— Marie ! Tu veux rire ? Tu es intelligente, bourrée de charme, et tu n'as pas encore trente ans ! Pourquoi un tel constat d'échec ?

— Échec ? Non ! Ma vie, je peux très bien la réussir entre mes enfants et mon métier.

— Et l'amour, ça ne compte pas ?

— Pour toi, ça compte ?

Elle vit son regard se voiler, son expression devenir hostile.

— Charles, il y aura bientôt vingt ans que… que tu as été séparé de Judith. À part cette pimbêche de Sylvie, je ne t'ai jamais vu deux fois de suite avec la même femme. Ne me dis pas qu'il n'y en a pas une seule avec laquelle tu aurais pu passer davantage qu'une nuit !

— Tu es bien indiscrète.

— Non, je m'inquiète pour toi. Vincent et Gauthier sont partis, un jour ou l'autre ce sera le tour de Daniel, tu nous as tous élevés et maintenant tu vas avoir cinquante ans. La perspective de rester coincé entre maman et grand-mère ne t'effraie pas ?

Penché au-dessus de la table, il répliqua d'une voix contenue :

— On n'est pas forcément fini à cinquante ans, tu sais !

— Mais enfin, tu n'es jamais tombé amoureux ?

— Non, jamais. Et je ne le souhaite pas. D'ailleurs, je pourrais te retourner toutes tes questions idiotes. Tu risques de finir seule, alors épargne-moi tes leçons, ma jolie.

Cette fois, il était en colère. L'idée que Marie puisse éprouver une quelconque compassion pour lui le rendait furieux. Sans compter qu'elle avait mentionné Judith, additionnant les années de guerre à celles de deuil, or il ne supportait pas qu'on y fasse allusion. Il la regarda soudain comme une ennemie, comme la fille aînée d'Édouard et de Madeleine.

— Je n'ai besoin des conseils de personne, que ce soit bien clair, articula-t-il.

Désemparée, elle baissa les yeux sur son assiette, considérant les restes du crabe dont elle venait de se régaler. La bienveillance que son oncle lui avait toujours manifestée avait une limite, et celle-ci s'appelait Judith. Jamais elle n'aurait dû s'y référer. Une erreur tactique supplémentaire, décidément elle les avait multipliées aujourd'hui. Lorsqu'elle releva la tête, elle croisa le regard glacial de Charles.

— Excuse-moi, dit-elle doucement.

Les commentaires narquois de certains confrères lui revenaient en mémoire. Entre autres ce vers de Nerval, cité d'un ton railleur par un procureur : « "Le ténébreux, le veuf, l'inconsolable"… Charles Morvan-Meyer a compris ce qui plaît aux dames… et aux clients ! Ah, en voilà un qui a su exploiter la situation. » Insinuer qu'il s'était servi de son drame personnel pour sa carrière était ignoble, mais bien sûr il provoquait des jalousies, on enviait sa réussite, le montant de ses honoraires, ses succès auprès des femmes.

— Tu vas prendre un dessert et nous allons parler d'autre chose, décida-t-il.

Il aurait tout aussi bien pu réclamer l'addition et ne plus lui adresser la parole jusqu'à la fin de la soirée. Elle comprit qu'il faisait un effort pour ne pas gâcher leur dîner, ce qui était rare de sa part. Peut-être voulait-il vraiment la consoler de son échec au tribunal, peut-être avait-il seulement envie de prolonger leur conversation, en tout cas elle se sentit émue par sa gentillesse.

— D'accord, acquiesça-t-elle, un dessert. Et maintenant, dis-moi comment se portent tes petits-enfants et quel effet ça te fait d'être grand-père ?

Avec un rire spontané, très inattendu, il recula un peu sa chaise pour allumer une cigarette.

Sous l'œil vigilant de son chef de service, Gauthier recousait l'incision d'une main sûre. Le silence régnait dans le bloc opératoire, à peine troublé par le bruit des instruments retombant sur les plateaux.

— Ciseaux, demanda Gauthier derrière son masque.

Il coupa le dernier fil, se débarrassa du porte-aiguille et leva les yeux vers le grand patron, qui s'était déplacé en personne pour assister à l'opération. En souvenir de son ami Édouard, avait-il précisé à Gauthier.

— Pas mal du tout, jeune homme ! lâcha-t-il d'une voix bourrue.

Puis il se tourna vers ses confrères et leur adressa un clin d'œil.

— Un interne prometteur… Nous avons fait le bon choix !

La candidature de Gauthier, dans le service de chirurgie orthopédique où avait exercé son père, n'était pas due au hasard. Ni à l'influence de Madeleine. S'il avait postulé à l'hôpital du Val-de-Grâce, c'était uniquement parce que Chantal y travaillait comme infirmière et qu'ils auraient ainsi l'occasion de se voir plus souvent. En espérant que personne ne ferait le rapprochement entre lui et Chantal Mazoyer, lui et le professeur Raymond Mazoyer. Il passait déjà pour un affreux chouchou au sein de sa famille, il ne voulait pas qu'en plus, dans son métier, on le soupçonne d'avoir usé de ses relations pour obtenir un poste. Pour cette raison, il avait choisi l'orthopédie au lieu de la chirurgie vasculaire, ainsi ne pourrait-on pas l'accuser d'avoir extorqué un passe-droit à celui qui allait devenir son beau-père.

Après s'être déshabillé, il grimpa jusqu'à la salle de garde pour y boire une tasse de café. Cette première intervention, pleinement réussie, le laissait dans un état proche de l'allégresse. Les commentaires du grand patron auguraient bien de l'avenir, désormais certaines opérations lui seraient confiées d'office, il allait être inscrit sur le tableau des chirurgiens. Un but qui était le sien depuis le début de ses études, sept ans plus tôt. Sept années à subir les commentaires extasiés de sa mère et ses airs alanguis pour évoquer la mémoire du « cher » Édouard, qui aurait été tellement fier de voir son fils cadet marcher dans ses traces. Or Gauthier ne conservait pas un souvenir très vif de son père et n'avait jamais eu l'ambition de lui ressembler. Un malentendu supplémentaire entre Madeleine et lui. Exactement comme lorsqu'elle lui avait expliqué, avec des airs de conspiratrice, qu'elle allait s'arranger pour le « privilégier ». Le mot l'avait fait bondir. Depuis, il cherchait le moyen de provoquer une confrontation entre Marie, Alain, lui-même et leur mère, mais elle se dérobait sans cesse, ne comprenant pas dans quelle situation intenable elle le mettait.

En compagnie d'autres internes, il avala un café brûlant. La grande horloge murale indiquait presque midi et il se demanda s'il ne pourrait pas déjeuner avec Chantal. Elle finissait son service dans une demi-heure, il avait le temps de la rejoindre au pavillon de la maternité. Une fois de plus, il se félicita d'exercer dans le même hôpital qu'elle, tant pis pour les mauvaises langues. Elle aussi avait dû subir les sarcasmes de ses collègues, qui, au début, l'avaient mise en quarantaine. Difficile d'admettre que la fille du professeur Mazoyer avait besoin de travailler. Cependant, à défaut du besoin, elle en éprouvait l'envie et adorait son métier. Quand elle avait commencé à sortir avec Gauthier, ils avaient beaucoup ri ensemble de cette suspicion qui les entourait l'un comme l'autre. Et que leur relation amoureuse n'arrangeait pas, au contraire. « Maintenant, on va t'accuser de me courtiser pour te faire pistonner par papa ! » avait-elle prophétisé.

Ils s'étaient pourtant rencontrés loin du monde médical, dans un cinéma de quartier où ils avaient pleuré ensemble sur un mélo magistralement interprété par Gabin. Il n'avait appris la profession de son père qu'au deuxième rendez-vous, alors qu'il était déjà tombé sous le charme. Elle était petite, menue, très gaie, et n'avait connu qu'un seul gar-çon avant lui. En quelques jours, elle comprit qu'elle était amoureuse de ce grand jeune homme un peu timide, mais elle attendit longtemps avant de le lui avouer. Quand elle le présenta enfin à son père, elle était sûre d'elle.

Remontant les couloirs de la maternité au pas de charge, Gauthier jetait un coup d'œil dans toutes les salles. Il décou-vrit Chantal penchée sur un berceau, occupée à réconfor-ter un nourrisson prématuré. Elle flottait dans une blouse blanche un peu grande pour elle, et sa coiffe laissait échap-per quelques mèches brunes.

— J'arrive, chuchota-t-elle pour ne pas réveiller les autres bébés.

Il patienta à la porte, sans la quitter des yeux, heureux à l'idée de la serrer bientôt contre lui et de pouvoir lui raconter sa prouesse au bloc. Cette fois, elle n'aurait qu'à choisir une date pour leur mariage, il se sentait prêt à fonder un foyer. Cette nouvelle allait encore ravir Madeleine, lui donnant une raison supplémentaire d'adorer son fils cadet. Comme toujours, elle supposerait qu'il avait pris sa décision pour lui faire plaisir, alors qu'il n'avait jamais rien entrepris dans ce but. Au contraire, il s'estimait heureux de ne pas être fâché avec Marie ou Alain. Ces deux-là avaient pris leur parti du favoritisme éhonté de leur mère, conscients que Gauthier n'y était pour rien. La médecine, il en avait eu envie dès l'adolescence, il s'agissait d'une authentique vocation, ce n'était pas aux vœux de Madeleine qu'il s'était conformé, même si elle avait voulu le croire. Et maintenant, elle allait se sentir comblée par ce mariage, bourgeois à souhait, avec la fille du professeur Mazoyer ! Le comble de la dérision. Décidément, il était temps de crever l'abcès.

La main de Chantal se posa légèrement sur son épaule, le faisant tressaillir.

— Tu m'emmènes déjeuner ?

D'un coup d'œil, elle s'assura que le couloir était désert, puis elle se mit sur la pointe des pieds et lui déposa un baiser léger au coin des lèvres. Il oublia aussitôt sa mère et ses problèmes de famille, heureux de la tenir dans ses bras.

— Mme Wilson, maître...

La secrétaire introduisit Sylvie dans le bureau de Charles et referma sur elle la double porte capitonnée.

— Je suis content de te voir, dit-il en se levant.

Ce n'était pas une simple formule de politesse, il y avait une réelle chaleur dans sa voix. Il lui prit les mains, la détailla d'un long regard approbateur.

— Tu es ravissante... toujours fidèle à Fath ?

— Non, après la mort de Jacques, je n'ai pas pu me résigner à y retourner, et d'ailleurs maintenant sa femme s'oriente vers la confection de luxe pour hommes... C'est un modèle Givenchy. Tu aimes ? Figure-toi que je viens d'entrer chez lui comme dessinatrice !

— Ah, tu t'es enfin décidée !

Elle haussa les épaules, d'un geste qui se voulait insouciant mais trahissait une certaine lassitude. Depuis trois ans qu'elle attendait en vain une maternité de plus en plus improbable, elle avait consulté un grand nombre de médecins, en France comme aux États-Unis, et elle se sentait découragée. Réintégrer une maison de haute couture lui avait semblé le seul dérivatif à sa déception.

— Et Stuart ? interrogea-t-il à contrecœur.

— Souvent absent. Il parcourt le monde à la recherche de tissus.

— Drôle d'occupation pour un homme, persifla-t-il avec un sourire méprisant.

— Oh, je t'en prie ! Il travaille énormément, on le réclame partout. Toute la profession cherche à lutter contre le tailleur Chanel, et il n'y a pas que le tweed ou le shantung pour faire des vêtements ! La concurrence est devenue très rude, les clientes sont moins nombreuses et moins fortunées, bref, il faut innover... De toute façon, Stuart adore voyager !

— Vraiment ? Tant mieux pour lui, mais toi, dans tout ça ? Toujours pas d'enfant en vue ? Tu ne peux pourtant pas les fabriquer avec un courant d'air...

Outrée par son cynisme, elle reprit le sac qu'elle venait d'abandonner sur un fauteuil et voulut sortir, mais il l'intercepta en la prenant par les épaules.

— Désolé, Sylvie, c'était une plaisanterie de très mauvais goût, tu as raison, mais ne te fâche pas. Viens là...

Il la fit asseoir, s'installa près d'elle au lieu de retourner derrière son bureau.

— Veux-tu boire quelque chose ? Je peux demander à ma secrétaire de préparer du thé.

— Oui, s'il te plaît.

Durant les quelques instants où il s'absenta de la pièce, elle s'obligea à respirer lentement pour retrouver son calme. Il avait l'art de la mettre en colère, de l'émouvoir, de la faire réagir au moindre mot. Près du téléphone, l'agenda de Charles était ouvert, les pages couvertes de son écriture. Il ne lui avait jamais écrit, elle ne possédait aucune lettre de lui.

— Voilà, dit-il en revenant, madame est servie !

Il portait lui-même un lourd plateau chargé d'une théière en argent et de fines tasses en porcelaine de Chine. Il déposa le tout sur le bureau, retourna fermer la porte. Quand elle entendit la clef tourner dans la serrure, elle lui jeta un regard surpris.

— Tu as peur d'être dérangé ?

— Non, personne n'entrerait ici sans m'en avertir d'abord par l'interphone. C'est plutôt pour t'empêcher de te sauver.

Immobile près du dossier du fauteuil, il avait posé ses mains sur les épaules de la jeune femme. Il lui massa doucement la nuque, du bout des doigts, jusqu'à ce qu'elle baisse un peu la tête.

— Toujours le N° 5 ? murmura-t-il en se penchant pour embrasser ses cheveux.

— Je ne le mets que pour toi.

— Alors tu ne viendras jamais à bout du flacon ! Tu te fais tellement rare…

Ils n'avaient pas besoin de se regarder pour savoir qu'ils éprouvaient le même désir. Chaque fois qu'elle lui avait rendu visite, Charles avait su s'arrêter à temps, mais un jour viendrait où elle ne pourrait plus accepter la frustration de leurs rencontres. Elle sentit ses mains abandonner son cou, descendre lentement vers l'échancrure de la veste du tailleur, effleurer sa peau délicatement.

— Tu es toujours aussi belle, chuchota-t-il, la bouche contre son oreille.

Avec une sensualité délibérée, il vérifiait qu'elle ne savait toujours pas lui résister. De façon paradoxale, il avait besoin de cette victoire, comme pour se venger d'elle, alors qu'il était seul responsable de leur séparation. Quand il la vit fermer les yeux, renverser la tête en arrière, il soupira et s'écarta d'elle à regret.

— Stuart a tort de te laisser seule, marmonna-t-il.

Il versa le thé dans les tasses, ajouta du sucre et un nuage de lait pour elle.

— Pourquoi me parles-tu de lui ? s'étonna-t-elle. C'est toi qui l'obsèdes, pas le contraire !

— Moi ?

— Bien sûr. Il n'est pas stupide au point de croire que je t'ai oublié, Charles ! Tu es resté sa bête noire. C'est quelqu'un de gentil, de drôle, d'attentionné, mais on ne peut pas prononcer ton nom devant lui sans qu'il se mette en colère. Si tu savais combien de fois j'ai pleuré sur son épaule, tu comprendrais mieux qu'il te haïsse.

— Pleuré à cause de moi ? Merci du compliment.

Malgré son ironie affichée, il était sincère. Ses succès éphémères auprès des femmes le laissaient indifférent, mais la constance des sentiments de Sylvie le flattait, lui donnait l'impression d'exister. La dernière de ses conquêtes était une jeune fille de vingt-cinq ans, qu'il n'avait aucune intention de revoir et dont il ne voulait pas se souvenir. Aventure d'un soir où il avait joué pour une gamine éblouie le rôle du séducteur, du père et de l'amant. Avec Sylvie, il partageait quelque chose de plus fort, qu'il le veuille ou non.

— Pourquoi n'adoptez-vous pas un enfant ? demanda-t-il brusquement.

Elle aurait bientôt quarante ans, il s'en souvenait. Elle avait désespérément besoin d'être mère, elle avait changé toute sa vie pour ça, s'était liée dans ce but à un homme qu'elle n'aimait pas.

— Je voudrais que tu sois heureuse, dit-il d'une voix grave. Même sans moi.

— Alors nous voulons la même chose ! répliqua-t-elle avec hargne.

Elle leva les yeux vers lui, le dévisagea avec insistance. Les rides et les mèches blanches n'y changeaient rien, elle était envoûtée par ce regard gris pour lequel elle était toujours prête à se damner. Personne ne possédait les mains de

Charles, ni ses intonations. Aucun homme n'aurait jamais autant d'importance, et pourtant il ne lui avait fait que du mal, elle continuait de l'aimer pour rien, chaque rencontre se soldant par le même échec lamentable.

— Épouse-moi, articula-t-elle avec peine.

— Tu es déjà mariée, non ?

— Je divorce demain si tu m'acceptes.

— Sylvie !

— Tu as des petits-enfants, enchaîna-t-elle très vite. Et des petits-neveux ! Crois-moi, je ferais une belle-mère ou une tante très acceptable, je m'occuperais de tout le monde ! Je n'ai plus l'âge d'être une jeune maman mais je peux pouponner par procuration, non ?

Son amertume était si flagrante qu'il se sentit ému. Peut-être auraient-ils pu trouver ensemble une forme de bonheur. Peut-être n'était-il pas trop tard ? Spontanément, il s'age-nouilla devant elle, lui prit la tasse des mains.

— Arrête, implora-t-il tout bas.

Elle parvenait à le bouleverser, au moins en surface, mais il savait très bien que, s'il prenait la peine d'y réflé-chir, il allait se heurter au même problème insoluble. Il ne *voulait* pas vivre avec elle, il ne lui ferait pas courir ce risque. Des larmes coulaient sur ses joues, délayaient le maquillage de ses yeux et la faisaient paraître soudain si misérable qu'il eut honte de lui. Bien sûr, c'était elle qui l'appelait, qui le relançait, mais il aurait dû avoir le courage de ne plus la voir. Au lieu de quoi il acceptait avec joie, chaque fois, pressé de constater que son pouvoir sur elle était intact.

— Je suis ton ami, commença-t-il en hésitant. Quelqu'un sur qui tu peux compter, à qui tu peux te confier ou deman-der n'importe quoi.

— Je préfère que tu sois mon amant, répliqua-t-elle durement. Ne cherche pas à t'abriter derrière une pseudo-morale. Nous n'allons plus tarder à vieillir, Charles, et nous aurons tout raté ! Je ne sais toujours pas pourquoi tu n'as pas voulu de moi...

Comme il restait silencieux, elle le repoussa pour se lever. Elle devait aller attendre Stuart à l'aéroport du Bourget, et elle était déjà en retard. Il se redressa, un peu embarrassé de n'avoir rien à lui répondre.

— Tu veux te remaquiller ? proposa-t-il.

Elle s'arrêta un instant près du miroir qui surmontait la cheminée de marbre blanc. Tandis qu'elle sortait un poudrier de son sac, il en profita pour l'observer et se traita mentalement de sinistre imbécile.

Clara redressa avec délicatesse une des roses jaunes du gros bouquet. Madeleine la regardait faire en silence, lèvres pincées.

— Alain a toujours des attentions merveilleuses ! s'exclama Clara.

Sa réflexion n'était pas innocente et elle agita la carte qui accompagnait les fleurs.

— « À mon amour de grand-mère. » Je l'adore ! Et tout ça parce qu'il a décroché un contrat avec les Anglais, je n'y ai vraiment aucun mérite...

— Vous l'avez beaucoup aidé, rappela Madeleine d'un ton aigre, le moins qu'il puisse faire est de s'en souvenir.

Clara s'assit sur la banquette du piano, dos au clavier, et toisa sa belle-fille.

— Sans Alain, Vallongue ne serait qu'une bâtisse aux volets fermés. Une coquille vide.

Les voilages bouillonnés filtraient le soleil printanier et noyaient le boudoir d'une lumière douce. C'était toujours la pièce favorite de Clara, celle où chacun montait la voir au moindre problème. Pour que Madeleine ait abandonné momentanément son petit salon du rez-de-chaussée, c'est qu'elle aussi devait avoir des soucis à confier. En effet, elle finit par déclarer, en frottant ses mains l'une contre l'autre :

— Je voulais vous parler du mariage de Gauthier.

Elle avait arrondi la bouche pour prononcer le prénom de son fils bien-aimé et Clara faillit rire.

— Nous avons tout l'été pour en discuter puisque la date est fixée à fin septembre !

— Bien sûr, mais j'ai déjà pensé à quelques détails...

Frustrée par le célibat d'Alain et de Marie, elle avait assisté aux noces de Vincent avec Magali, trois ans plus tôt, en rêvant du jour où Gauthier lui offrirait la même joie. Pour Vincent, Clara n'avait pas lésiné. Après la messe à Saint-Honoré-d'Eylau, une réception grandiose avait réuni plus de deux cents personnes dans l'hôtel particulier, puis la journée s'était achevée à *La Tour d'Argent* pour un dîner intime de vingt-cinq couverts. Magnanime, non seulement Clara avait accordé à Odette une place d'honneur en tant qu'unique représentante de la famille de Magali, mais de surcroît elle l'avait habillée elle-même d'un tailleur Dior. La brave cuisinière avait fait bonne figure dans ce monde qui n'était pas le sien, s'efforçant de se taire et de sourire à chacun, éberluée par le luxe qui l'entourait. Pour sa part, Magali avait produit beaucoup d'effet, vêtue d'une robe de satin blanc choisie chez Balenciaga, ses longs cheveux roux coiffés par Carita en un savant chignon. Bien en évidence sur le piano du boudoir, la photo des jeunes mariés posant sur les marches de l'église montrait un couple radieux. Vincent avait l'élégance et la silhouette de son père au même âge, Magali possédait un charme éblouissant.

— Ce ne sera pas comme pour Vincent, expliqua Madeleine en désignant le cadre, là nous devrons compter avec les désirs de la belle-famille ! Les Mazoyer auront leur mot à dire.

— Quand c'est moi qui reçois, personne ne s'en mêle, répliqua Clara. Cela dit, s'ils préfèrent que la réception ait lieu chez eux, je ne m'occuperai de rien, c'est promis.

Une manière de river son clou à Madeleine, qui commençait à l'agacer et n'allait pas manquer de se gargariser durant des mois avec l'éminent professeur Mazoyer. Vraiment, Gauthier avait eu la main heureuse, sa mère défaillait de joie et d'orgueil à l'idée de cette union. Elle multipliait sans cesse les allusions à ce « cher Édouard, qui aurait été si heureux, pauvre Édouard, qui aurait été si fier », sans comprendre l'exaspération croissante de Charles.

— Croyez-vous qu'il serait souhaitable de les convier à dîner ? s'inquiéta Madeleine.

— Les Mazoyer ? Quand vous voudrez, ma petite Madeleine, je vous laisse juge.

C'était la charger d'une trop lourde responsabilité, Clara le savait et s'en amusait d'avance. Malgré ses soixante-seize ans, elle avait conservé intacts son humour, son autorité et son allure. Le matin même, devant la glace en pied de sa salle de bains, elle s'était observée d'un œil critique, regrettant de vieillir mais remerciant le ciel d'être toujours en forme. Ses rhumatismes n'empiraient pas, elle parvenait à rester mince à force de discipline diététique, son cœur ne lui donnait aucune alarme. Et surtout, elle en avait fait le compte mentalement, les drames épargnaient la famille depuis treize ans, un record dont elle pouvait s'attribuer en partie le mérite. Treize ans sans tragédie et sans deuil, le clan Morvan se remettait de ses anciennes blessures et s'agrandissait par d'heureuses naissances. Vincent et Magali avaient eu presque tout de suite un petit garçon, Virgile, puis une petite fille, Tiphaine, et ne semblaient pas vouloir s'arrêter en si bon chemin. Avec Cyril et Léa, ils étaient quatre nouveaux descendants. L'avenir semblait assuré.

— ... pourrait porter au dîner le même genre de smoking que Vincent ?

Brusquement ramenée à la réalité, Clara s'obligea à regarder Madeleine.

— Gauthier ? Bien sûr... Je vous donnerai l'adresse.

Mais Gauthier, si charmant fût-il, n'aurait jamais la prestance de Vincent. Une fois de plus, Clara se reprocha sa préférence marquée pour Vincent, mais un rapide coup d'œil à la photo, sur le piano, la fit sourire malgré elle. L'idée qu'on puisse l'appeler un jour « Monsieur le Président » la faisait même rire aux éclats, pourtant elle l'imaginait très bien dans sa robe rouge. En début d'année, il avait été nommé juge au tribunal d'Avignon, et il s'était provisoirement installé à Vallongue avec sa petite famille. Un retour aux sources pour Magali – et une véritable aubaine pour Odette ! –, mais surtout l'occasion formidable de cohabiter pour Alain et Vincent, ravis de ce rapprochement.

— Il y a encore autre chose, Clara, et je vais avoir besoin de vos conseils...

— À quel sujet ?

Madeleine s'éloigna un peu du piano et vint se planter devant Clara en frottant nerveusement ses mains l'une contre l'autre.

— Je n'arrive pas à me faire comprendre de votre notaire...

— Pourquoi donc ? Vous êtes en relation avec lui ?

Elle le savait parfaitement, mais n'était pas censée être au courant des démarches de sa belle-fille.

— Je l'ai rencontré à trois reprises, au sujet de Gauthier.

— Toujours lui ! Décidément... Eh bien, Madeleine, je vous écoute.

— J'avais pensé acquérir des parts ou des actions dans une clinique.

— Quelle drôle d'idée ! Vous vous sentez malade ?

Clara se mit à rire tandis que Madeleine la considérait avec réprobation en protestant :

— C'est très sérieux. Michel Castex avait promis de vous en parler. Il faudrait débloquer du capital… Et comme vous gérez tout…

La voix restait geignarde, presque apeurée, cependant Clara savait que, dès qu'il était question de son fils cadet, Madeleine pouvait se montrer très obstinée. Il ne servait plus à rien d'atermoyer, l'heure des explications était venue.

— Préférez-vous reprendre le contrôle de vos biens ? s'enquit Clara d'un ton neutre. Je n'y verrais pour ma part aucun inconvénient.

— Mais pas du tout ! Je ne comprends rien aux histoires d'argent, je m'en remets entièrement à vous. Je veux seulement…

— Oui, oui, j'ai bien compris. Donnez-moi un chiffre.

La somme annoncée stupéfia Clara, qui se pencha en avant.

— C'est tout un centre hospitalier que vous comptez acheter, ma parole !

— Vous trouvez que c'est trop ?

— Je ne sais pas… Qu'avez-vous l'intention d'en faire, par la suite ?

— Une donation à Gauthier. Ce sera mon cadeau de mariage.

— Voilà une excellente idée ! Toutefois, nous allons revenir à des choses plus raisonnables. Disons, plus… acceptables pour vos deux autres enfants. D'ailleurs, il y a des lois, une quotité disponible à respecter…

Madeleine hochait la tête avec conviction, heureuse d'avoir persuadé sa belle-mère de prendre les choses en main.

— Je vais faire pour le mieux, affirma Clara.

La phrase ne l'engageait à rien, dorénavant elle aurait les coudées franches. Elle allait donner satisfaction à Madeleine, dans une certaine mesure, tout en limitant les dégâts de son favoritisme éhonté. Se reculant un peu dans son fauteuil, elle continuait d'afficher un sourire serein lorsque la voix de Daniel lui apporta une heureuse diversion.

— Est-ce que tu m'accepterais dans ton boudoir, grand-mère ?

Il hésitait à franchir le seuil malgré la porte ouverte, et elle lui adressa un signe impérieux.

— Avec joie, mon chéri !

Le jeune homme salua Madeleine d'un petit sourire poli avant d'aller s'installer sur un gros pouf, aux pieds de Clara. Pour lui, sa grand-mère était la personne la plus fréquentable de la maison depuis le départ de Vincent. De temps à autre, les visites de Marie avec ses enfants, ou encore les apparitions de Gauthier, entre deux gardes de nuit à l'hôpital, amenaient un peu d'animation. Mais le plus souvent il se retrouvait coincé entre sa tante, à laquelle il n'avait rien à dire, et son père, qui lui parlait de son avenir et de rien d'autre. Seule Clara savait bavarder à bâtons rompus, or Daniel s'était mis à apprécier les discussions. Le succès rencontré dans ses études l'avait transformé. Disert, curieux de tout, doué d'une prodigieuse mémoire, il aurait pu paraître futile sans les diplômes qu'il accumulait avec une facilité déconcertante depuis des années. Sorti major de Polytechnique, ainsi que Charles l'avait espéré, il avait intégré l'ENA, où il semblait « s'amuser ».

— Ton père n'est pas rentré ?

— Pas encore. Mais quand il sera là, prépare-toi à l'entendre chanter les louanges du général de Gaulle, comme tous les soirs !

— Oh, cette histoire d'Algérie…, soupira Madeleine avec ennui.

Clara et Daniel se tournèrent ensemble vers elle, aussi agacés l'un que l'autre.

— L'Assemblée nationale a tout de même voté l'état d'urgence, lui rappela Daniel.

— Peut-être, seulement la politique me donne le tournis, répondit-elle en se levant.

Déçue qu'il ne soit plus question de Gauthier, elle prétexta un ouvrage à finir pour s'éclipser.

— Vraiment, tu as bien fait de venir, murmura Clara, tu m'as délivrée !

Elle tendit la main vers les cheveux de Daniel, qu'elle ébouriffa gentiment.

— Tu n'as pas d'examen à préparer, aujourd'hui ? plaisanta-t-elle.

D'un concours à l'autre, il lui semblait toujours en période de révision.

— Je m'accorde une pause… Dis-moi, grand-mère, qui t'envoie des roses ?

— Ton cousin. C'est très gentil de sa part, très délicat.

Le dernier mot gêna un peu Daniel, qui se garda de tout commentaire. Depuis un certain soir, quatre ans plus tôt, où il avait observé Alain et Jean-Rémi dans le parc de Vallongue, il ressentait toujours un peu d'embarras. Même avec son frère, il n'abordait plus le sujet, Vincent refusant que quiconque puisse juger Alain.

— Vivement l'été, qu'on se retrouve ensemble là-bas, soupira-t-il.

Clara lui déposa un petit baiser sur la tempe, ainsi qu'elle le faisait lorsqu'ils étaient tous des enfants. Sans le vouloir, il venait de lui faire très plaisir, car elle continuait d'espérer, chaque matin de sa vie, que Vallongue resterait pour eux tous un refuge, un trait d'union. Après elle, de quelle façon les Morvan allaient-ils se comporter ? Charles refuserait le rôle de chef de famille, elle le savait. En élevant les enfants d'Édouard, il avait accompli un devoir, mais à contrecœur et uniquement parce qu'elle l'y avait contraint. Donnant donnant, elle avait eu la force de caractère de lui mettre le marché en main. Oh, pas avec des phrases, rien d'aussi précis, mais le pacte s'était conclu de lui-même,

224

comme quelque chose d'inéluctable. Entre Clara et Charles, le silence avait été un meilleur ciment que n'importe quel serment.

Elle fut parcourue d'un frisson et remonta son châle sur ses épaules, tout en s'efforçant de sourire à Daniel. Jamais elle n'aurait la certitude que Charles parviendrait à se taire jusqu'au bout. Si la haine prenait un jour le pas sur la raison, la famille serait condamnée, or elle s'était battue trop longtemps et trop durement pour envisager cette perspective. Non, tant qu'elle aurait un souffle de vie, elle continuerait à préserver son clan.

— Tu es partie bien loin, grand-mère, dit doucement Daniel, qui l'observait. À quoi penses-tu ?

Le regard bleu de Clara croisa celui du jeune homme avec une parfaite innocence.

— À vous, mon chéri, à vous tous.

C'était une partie de la vérité, de loin la meilleure.

Charles faisait les cent pas en marmonnant, occupé à construire le début de sa prochaine plaidoirie. Depuis le départ de Sylvie, quelques heures plus tôt, il s'était acharné à travailler et avait presque réussi à oublier sa visite. Il ne restait que ce « Mme Wilson » noté à seize heures sur son agenda.

— … or la justice a besoin de preuves et ne saurait se contenter de présomptions arbitraires… qui… non !

Déconcentré, il s'interrompit, constata qu'il était fatigué. La pendulette de son bureau indiquait huit heures, les secrétaires étaient parties, il n'y avait plus aucun bruit dans l'appartement. Le dîner ne tarderait plus à être servi avenue de Malakoff. Il faillit téléphoner à sa mère pour la prévenir qu'il ne rentrerait pas, mais finalement il y renonça. Se retrouver seul dans une brasserie, tard dans la soirée, ne le tentait pas. Et le dossier en cours n'avait rien d'urgent.

Il jeta un coup d'œil machinal au-dehors. Les réverbères venaient de s'allumer, des gens pressés marchaient sur les trottoirs. Quelque part dans Paris, Stuart devait être en train de raconter son voyage à Sylvie. Cherchait-il à la faire rire ? À la reconquérir ? Se doutait-il que, dès qu'il partait en voyage, sa femme succombait à la tentation ?

Réprimant un soupir, Charles s'éloigna de la fenêtre. Il alla ranger les papiers épars sur son bureau, rédigea une note rapide pour son avoué. Penser à Sylvie le contrariait, mais il avait du mal à la chasser de son esprit.

« Je vais vieillir seul, finir seul… S'il y a un paradis quelque part, c'est Judith que je veux y retrouver. »

Sauf qu'il n'avait plus la foi.

« Inutile d'y croire, ce serait pire… Parce que, en ce qui me concerne, l'enfer est garanti ! »

Le catéchisme rabâché par Clara dans son enfance incluait les dix commandements, qu'il n'avait pas respectés. Il s'était montré incapable de tendre l'autre joue, il avait cédé à la soif de vengeance. Alors, en cas de justice divine, il allait être puni, et là comme ailleurs il ne pourrait pas rejoindre celle qu'il avait aimée par-dessus tout. D'une manière rare, peut-être unique. Le grand amour, l'amour fou, seule Judith lui en avait fait découvrir le sens, l'initiant d'emblée à la démesure. Ce qu'il éprouvait aujourd'hui pour Sylvie n'avait qu'un lointain rapport avec les sentiments passionnés que sa femme lui avait inspirés vingt ans plus tôt. Et ce n'était pas la tragédie de sa mort qui leur avait donné cette dimension, non, chaque fois qu'il avait tenu Judith dans ses bras, alors qu'elle était bien vivante et qu'aucun danger ne la menaçait, il avait vibré d'une adoration absolue. La renier, la remplacer, ce serait abandonner sa mémoire, or il constituait le dernier rempart contre l'oubli. Ses fils n'avaient que des souvenirs imprécis de leur mère, rien de comparable à ce qui le secouait encore lorsqu'il y pensait. À condition, doré-navant, de fermer les yeux et d'invoquer son image assez longtemps, il pouvait encore retrouver avec exactitude ses traits, son odeur, ses gestes. Son regard, aussi, dans lequel il s'était si souvent perdu, noyé avec délice. Un amour parfois vertigineux comme un gouffre, y compris dans le quotidien. Que les souffrances, le temps et l'absence n'avaient pas amenuisé, juste assoupi. Il pouvait rouvrir la blessure à volonté, c'était tout simple.

— Pas sans toi, dit-il à mi-voix.

Être heureux avec une autre ? Jamais. Ni un peu ni à moitié, il ne voulait rien. Et surtout pas imaginer que Judith avait trente ans pour toujours alors qu'il allait franchir la cinquantaine.

Il fit quelques pas vers la boiserie dissimulant le coffre-fort, l'ouvrit d'un geste familier. S'il le fallait, il allait s'infliger l'épreuve de relire certaines lignes, c'était le meilleur moyen pour ne pas faillir. Au hasard, il prit un carnet dans la pile, l'ouvrit n'importe où.

Un jour, il n'aura plus le choix, il a déjà été trop loin. Le dégoût que j'éprouve me donne la nausée. Ton retour sera sa pire punition, il le sait mais c'est plus fort que lui. Il y aura un matin où tu apparaîtras au bout du chemin, comme dans ce film, tu t'en souviens, et comme tous ceux qui reviennent de la guerre. Je ne peux pas m'empêcher de te guetter, de t'espérer à chaque instant, j'arrive à me convaincre que tu es en route et que tu arriveras à temps pour me sauver. Mais ce que les gens racontent à propos des évasions est si terrifiant que je ne dois pas souhaiter te revoir pour l'instant.

Charles, tu me manques autant que l'air et l'eau, mais reste tranquille, n'arme pas leurs fusils. Je ne veux pas t'imaginer en train de souffrir.

Le carnet à la main, il s'appuya au mur derrière lui, le temps de reprendre sa respiration. Souffrir ? Il se souvenait encore du visage de l'officier allemand qui s'était acharné sur lui avec une cruauté inutile durant des semaines dans cette forteresse. Croyant Judith en sécurité à Vallongue, avec leurs enfants, il avait trouvé la force de tout supporter. Enfin, presque tout. « Je ne veux pas t'imaginer en train de souffrir. » D'instinct, parce qu'ils étaient en osmose, elle avait senti le danger qui planait sur lui à ce moment-là, les dates concordaient. Elle avait deviné qu'il était en train de devenir fou dans sa cellule, à bout de résistance. Mais lui n'avait eu aucune intuition en retour, rien ne l'avait troublé, trop occupé qu'il était à essayer de survivre. Pourtant, Judith était alors elle-même au bord du gouffre.

Il baissa les yeux vers le carnet, tourna la page. Les lignes serrées se brouillaient un peu.

C'est la nuit que tu me manques le plus, je n'ai pas honte de l'écrire. Tu m'as tout révélé, tout offert, et maintenant il n'y a plus que le vide ou la peur. Je voudrais te respirer, mettre mes doigts dans tes cheveux, t'entendre souffler, et puis me coller contre toi à la place exacte où je peux te toucher de l'épaule jusqu'à la plante du pied. On referait des projets, tu parlerais tout bas parce que j'adore ta voix, et j'aurais la certitude qu'à l'abri de ton corps il ne peut rien m'arriver. Mets ton bras autour de moi, protège-moi, Charles, tu l'as juré.

Le carnet tomba sans bruit sur la moquette. Qu'est-ce qu'il avait voulu se prouver en s'infligeant cette lecture ? Que la douleur existait encore ? Mais elle n'avait jamais cessé de le ronger ! Même si Judith était morte depuis longtemps, même s'il n'existait nulle part une tombe où aller se recueillir, s'effondrer, il l'aimait toujours. Alors, inutile de continuer à se punir, après tout il avait accompli la seule chose qui était à sa portée, il l'avait vengée de son mieux.

« Non, pas tout à fait, il faudra bien que nos fils apprennent le reste de l'histoire… »

Les confidences enfermées dans le coffre-fort étaient là pour ça, pour cette ultime reconnaissance.

— Ordure...

La haine demeurait aussi intacte que le chagrin, il se demanda comment il avait fait pour vivre jusque-là en les portant tous les deux. Il se pencha et ramassa le carnet d'un geste rageur, luttant pour refouler ses larmes. Ce que cet Allemand n'avait pas obtenu de lui, l'écriture de Judith y parvenait à chaque fois. Au lieu de se redresser, il s'agenouilla et se laissa aller, la tête dans les mains.

Quand la sonnerie du téléphone retentit, quelques minutes plus tard, il eut l'impression de se réveiller d'un cauchemar où le désespoir menaçait de l'asphyxier. Jamais il n'avait été si près d'abdiquer, de partir rejoindre le fantôme de sa femme où qu'il soit. Il se releva, alla décrocher d'une main hésitante tandis que, de l'autre, il desserrait son nœud de cravate.

— C'est toi, Charles ? Tu as une drôle de voix... J'avais peu d'espoir de te trouver, il est tard ! Stuart n'a pas pris l'avion, un télégramme m'attendait à la maison, il doit prolonger son séjour d'une semaine. Et je me disais que... Enfin, si tu n'as pas d'autre projet, nous aurions pu dîner ensemble ?

Il n'hésita qu'un instant, l'esprit vide, les doigts crispés sur le combiné.

— Je serai en bas de chez toi dans dix minutes, murmura-t-il.

À tout prendre, la compagnie de Sylvie était préférable au silence, aux démons du passé. Il pouvait s'accorder cette faiblesse dérisoire, il avait terriblement besoin d'un répit.

8

Vallongue, 1959

— Gérard Philipe est prodigieux dans le rôle de Modigliani, il colle au personnage ! Je regrette que tu n'aies pas vu ce film, vraiment...

Reculant d'un pas, Jean-Rémi jugea sa toile d'un œil critique, puis il se tourna vers Alain.

— Je vais m'arrêter là, je n'ai plus assez de lumière. Tu nous sers quelque chose ?

De toute façon, il ne parvenait à peindre que lorsqu'il était seul. Ou à la rigueur en compagnie de Magali, qui passait le voir presque chaque jour. Avec elle, il avait établi un véritable rapport d'amitié, qui les comblait autant l'un que l'autre, sans les étonner. Tout naturellement, quand elle était revenue en Provence après la nomination de Vincent au tribunal d'Avignon, c'était auprès de lui qu'elle avait cherché de l'aide. Elle était passée du statut de femme de ménage à celui de femme du monde un peu difficilement, malgré le soutien de Clara, et elle avait encore des progrès à faire.

Alain revint de la cuisine avec une bouteille de rosé glacé, qu'il déboucha en silence.

— Tu n'es pas très bavard aujourd'hui, constata Jean-Rémi.

En réponse, il eut droit à un regard sombre, indéchiffrable. Depuis qu'il était arrivé, une demi-heure plus tôt,

Alain semblait de mauvaise humeur et rien ne l'avait tiré de son mutisme.

— Est-ce que tu dînes avec moi ? risqua Jean-Rémi, qui commençait à perdre patience.

— Si tu veux.

— Ici ou ailleurs ?

Chaque fois qu'Alain lui faisait la joie de rester pour la soirée, il lui laissait le choix. Excellent cuisinier, il possédait aussi toute une liste d'adresses de bons restaurants plus ou moins éloignés des Baux. Il y avait maintenant dix ans qu'il connaissait Alain et respectait sa volonté de discrétion. Sur ce sujet, ils s'étaient affrontés avec assez de violence pour que Jean-Rémi ne souhaite plus en reparler.

— Ici, décida Alain d'un ton morne.

Il s'assit par terre, à même les tommettes. Sa chemise blanche faisait ressortir un bronzage intense qui lui donnait une allure de gitan, encore accentuée par ses cheveux noirs, un peu longs, et par sa silhouette mince. Le mois de juin avait été très ensoleillé, très chaud, et c'était la première journée de pluie depuis des semaines.

— Pas de problèmes avec tes oliviers ? s'enquit Jean-Rémi.

— Non... Un peu d'eau leur fera du bien.

Le jeune homme but quelques gorgées puis s'absorba dans la contemplation de son verre. Au bout d'un moment, Jean-Rémi s'éloigna vers la cuisine en lançant, désinvolte :

— Bon, je te laisse à ta méditation, je vais préparer le dîner !

Il ne voulait pas de dispute, en tout cas pas ce soir, car ils allaient bientôt être séparés pour l'été. Ces abominables étés où Alain s'enfermait à Vallongue avec le clan Morvan, oubliant le chemin du moulin. Fort heureusement, la présence de Vincent ne semblait pas le gêner, mais ce serait différent avec l'arrivée de Clara et de Charles. Pourtant, à vingt-sept ans, Alain n'avait plus à redouter sa grand-mère ni son oncle, d'ailleurs ce n'était pas dans son caractère d'avoir peur de qui que ce soit.

Agacé, Jean-Rémi ouvrit la porte du réfrigérateur. Il avait acheté un loup le matin même, au cas où. En prévision. Si jamais… À cause de tous les conditionnels imposés par l'attitude d'Alain.

— Tu es en colère ?

La voix douce du jeune homme dilua instantanément la fureur de Jean-Rémi, mais il ne se retourna pas. Il y avait des melons confits, qui feraient une excellente entrée, et du fenouil pour accompagner le poisson.

— Je peux t'aider ? insista Alain.

— Oui, mets donc le couvert et donne-moi encore un peu de rosé, répondit-il d'un ton mesuré.

Toujours de dos, il sortit d'un placard une large poêle, une casserole, des aromates. Il entendit un bruit de couverts jetés sur la table, puis le silence retomba et il continua à s'affairer devant ses fourneaux jusqu'à ce qu'il devine la présence d'Alain juste derrière lui.

— Tu trinques avec moi ?

Un bras le frôla, il prit le verre tendu.

— À la tienne, dit-il gentiment. Et si tu te décidais à m'expliquer ce qui ne va pas ?

Les sautes d'humeur d'Alain, il en avait l'habitude, mais ce soir le jeune homme était différent. Pas vraiment morose, plutôt nerveux, inquiet, comme s'il n'arrivait pas à avouer quelque chose. Pour le pousser dans ses retranchements, Jean-Rémi le toisa avec une ironie délibérée.

— En général, tu es franc, alors qu'est-ce qui te retient ? Tu sais bien que je peux tout entendre !

Il avait accepté ce risque-là une fois pour toutes. Même quand la vérité ne lui plaisait pas, il préférait savoir. Alain était libre, il avait d'ailleurs connu un certain nombre d'aventures, y compris avec des filles, mais finalement il revenait toujours, et c'était, de loin, le plus important.

— Quand pars-tu ? s'enquit le jeune homme d'un air buté.

La question étonna Jean-Rémi, qui se mit à rire.

— La semaine prochaine, au moment où ta tribu débarquera !

Il avait effectué ses réservations pour Venise à contre-cœur, mais au moins là-bas il avait des amis, ce serait moins dur pour lui que rester seul au moulin avec la certitude qu'Alain n'y mettrait pas les pieds. Sans compter les invitations réitérées de Clara, auxquelles il avait toujours beaucoup de mal à échapper. Après l'Italie, il irait à Genève pour le vernissage d'une exposition qui lui avait demandé un gros travail cette année. Ensuite, il n'avait pas de projets, il verrait bien, il improviserait selon l'inspiration du moment. Il se décida à ajouter, avec réticence :

— Que je parte vendredi ou pas, si tu as des choses à faire d'ici là, je comprendrai.

La meilleure façon d'agir, face à un garçon ombrageux comme Alain, c'était de lui reconnaître une totale indépendance d'action, Jean-Rémi en était persuadé. Il esquissa un sourire contraint tout en jetant un coup d'œil à la casserole où l'eau frémissait. Jusqu'ici, il avait conservé le contrôle de la situation, au prix d'efforts parfois douloureux, et il tenait à rester bienveillant, complice, à ne pas se donner en spectacle.

— Tu es vraiment obligé d'y aller ? questionna Alain.

— À Venise ? Mais ce n'est pas une obligation, j'y vais par plaisir !

— Ah oui, c'est vrai, tu as beaucoup d'amis en Italie…

— Des amis, et aussi une fascination pour la ville. Si tu m'accompagnes, un jour, toi aussi tu auras le coup de foudre.

Jean-Rémi répondait prudemment, incapable de deviner où Alain voulait en venir, mais toujours décidé à éviter une querelle. L'odeur du poisson grillé commençait à envahir la cuisine, il alla ouvrir la porte pour établir un courant d'air. Dehors, la pluie avait cessé, le jour baissait.

— J'ai reçu des livres, cette semaine. Ils sont sur la petite table, près du chevalet. Va voir si quelque chose t'intéresse, il y a le dernier recueil d'Aragon, il devrait te plaire…

Immobile sur le seuil, il laissait errer son regard vers les collines couvertes d'oliviers, au loin, qui semblaient argentées. La lumière de fin de journée était tellement fascinante qu'il se demanda s'il ne devrait pas prendre quelques photos pour tenter de retrouver ensuite les mêmes couleurs sur sa palette. Toute une gamme de gris-rose inimitable.

La main d'Alain, qui se posait légèrement sur son épaule, le fit sursauter.

— Ce sont les oliveraies qui t'intéressent à ce point ? Est-ce que tu te souviens des gelées de février, il y a trois ans ? Je crois n'avoir jamais été aussi triste de ma vie qu'en découvrant les dégâts…

Jean-Rémi se rappelait parfaitement cet hiver glacial, où Alain avait d'abord été comme un lion en cage, puis sa fureur homérique quand il avait arraché les fruits couverts de givre, les branches cassées net par le froid polaire. Quelques arbres étaient morts, il avait fallu replanter.

— Jean, murmura Alain, qui ne prononçait jamais que la moitié du prénom, tu vas me manquer.

Dans le silence qui suivit, ils entendirent un groupe de martinets qui lançaient des trilles pour accompagner leur vol acrobatique. Jean-Rémi savoura la phrase d'Alain comme un cadeau, avant de la rejeter instinctivement.

— Personne ne peut te manquer, Alain, tu te suffis à toi-même.

Il se reprocha aussitôt d'avoir dit cela, mais ce n'était pas faux. Dans un mois ou deux, après le départ de tous les Morvan, Alain réapparaîtrait un soir et se bornerait à déclarer : « Content de te voir. » Il dormirait là ou pas, selon son envie, puis disparaîtrait comme il était venu, laissant Jean-Rémi dans la même incertitude.

— S'il te plaît, ne pars pas aussi longtemps cette année.

Alain l'avait chuchoté de manière presque inaudible, mais c'était bien la première fois qu'il demandait quelque chose. Surpris par sa requête, Jean-Rémi lui fit face.

— Pourquoi ? Tu préfères savoir que je m'ennuie ici ? Tu veux que je t'attende sans bouger ?

Le regard doré d'Alain le scrutait et il perdit un peu contenance, eut un geste d'impatience.

— De toute façon, j'ai déjà organisé mon séjour, et maintenant j'ai plein de rendez-vous à…

— Avec qui ?

Ce ton tranchant était facile à reconnaître, c'était celui de la jalousie. D'abord interloqué, Jean-Rémi faillit sourire et se reprit juste à temps.

— Avec des musées, avec la place Saint-Marc, avec de vieux amis, et aussi avec le directeur d'une galerie. Je suis très… flatté que tu t'en préoccupes.

Alain ne posait pas davantage de questions qu'il ne livrait de confidences. Jusque-là, il ne s'était pas inquiété de ce que Jean-Rémi pouvait faire de son temps lorsqu'il était en voyage, et il n'avait pas pris ombrage de ses déplacements à Paris ou en Europe, de plus en plus fréquents à mesure que la célébrité du peintre grandissait.

— Je peux regrouper toutes mes obligations et revenir ici vers le 14 juillet si tu le souhaites.

C'était une proposition spontanée, il y avait à peine réfléchi, pourtant il était prêt à bouleverser son programme. Sans attendre la réponse, il rejoignit en hâte les fourneaux. Tandis qu'il égouttait les légumes puis dressait le loup grillé sur un plat, il sentit que le regard d'Alain ne le quittait pas.

— C'est prêt… Tu viens manger ?

Ils s'assirent de part et d'autre de la grande table, échangèrent un sourire vite embarrassé, et au moment où Jean-Rémi s'apprêtait à découper le poisson, Alain lui lança :

— Merci, Jean. La mi-juillet, ça me va très bien. Fin août, c'était un peu loin, non ? Mais je ne te fais pas rentrer pour rien. Je viendrai souvent…

Dans les yeux du jeune homme, il y avait une drôle de lueur, quelque chose comme de la gaieté, et surtout de la tendresse. Est-ce qu'il devenait soudain sentimental ? Ou l'arrivée de sa famille le paniquait-il ? En tout cas, Jean-Rémi ne voulait pas s'attribuer le mérite de cette gentillesse inattendue, ni se bercer d'une quelconque illusion. À force de le tenir à distance, Alain l'avait rendu modeste et il finissait par oublier qu'il était lui-même très séduisant, bourré de charme et de talent, à l'apogée d'une carrière artistique exemplaire. Il pouvait vivre comme il l'entendait, profiter de sa célébrité pour conquérir le monde au lieu d'attendre le bon vouloir d'un garçon qui le tenait en échec depuis des années.

Sauf que, pour ce garçon-là, il était prêt à sacrifier n'importe quoi.

— C'est sûrement parce que je m'appelle Morvan-Meyer ! protesta Vincent.

Sa grand-mère secoua la tête énergiquement tout en levant la main pour le faire taire.

— Tu te dévalorises en disant ça, tu le sais très bien. Ton père pourrait bien être l'avocat le plus illustre de la planète, il se trouve que tu as *aussi* ta valeur propre. Les gens ne t'apprécient pas pour ton nom mais pour tes compétences.

Elle ouvrit les volets de la dernière fenêtre, respira avec plaisir l'odeur de romarin et de lavande.

— Quelle joie de se réveiller ici…, soupira-t-elle d'un ton extasié.

Arrivée la veille, elle était déjà remise de la fatigue du voyage et pressée de se précipiter au marché d'Eygalières. Vincent lui servit une tasse de café, ajouta un morceau de sucre.

— Tu as une mine superbe, mon chéri, constata-t-elle en le dévisageant.

La ressemblance de Vincent avec Charles s'accentuait d'année en année et devenait bouleversante pour elle.

— Comment s'est organisée la cohabitation avec ton cousin ?

— Il passe ses journées dehors, tu le connais, ou alors dans sa bergerie s'il a de la comptabilité à faire. À la maison, il n'occupe que sa chambre et la bibliothèque, c'est facile. Et puis je m'entends bien avec lui, j'étais certain qu'il n'y aurait pas le moindre problème, d'autant plus qu'il adore les enfants. Pour Virgile et Tiphaine, il a une patience d'ange…

Il jeta un coup d'œil à l'horloge, décida qu'il pouvait s'attarder encore un quart d'heure avant de partir pour Avignon, et reprit un toast.

— Parle-moi de la nouvelle cuisinière, est-ce que je peux lui faire confiance ? demanda Clara.

Une gêne fugitive assombrit le visage de Vincent, qui mit un moment à répondre.

— Oui, un vrai cordon bleu, elle va te plaire.

Engagée trois mois plus tôt sur les conseils d'Odette, la brave femme s'appelait Isabelle et ne ménageait pas sa peine. Vincent trouvait naturel d'avoir une employée afin que Magali n'ait pas toute la charge de la maison, mais il avait vite constaté que sa jeune femme était incapable de la diriger. Même pour parler des menus, Isabelle s'adressait plus volontiers à Vincent ou à Alain. Comme si elle avait deviné ses pensées, Clara enchaîna :

— Magali s'en sort mieux, maintenant ? Elle a pris de l'assurance ?

— Pas vraiment… Je crois que tu vas devoir l'aider encore un peu !

Elle connaissait trop son petit-fils pour ne pas s'apercevoir que cette conversation le mettait mal à l'aise. Il devait y avoir quelque chose de plus grave, et elle se sentit inquiète.

— Ne t'en fais pas, je suis là, je m'occupe de tout, affirma-t-elle posément.

Vincent leva la tête, lui adressa un de ces sourires dont il avait le secret. Sa confiance en Clara était sans limite parce que, malgré ses soixante-dix-sept ans, elle occupait toujours aussi sereinement son rôle de chef de clan et restait le pilier inébranlable sur lequel ils s'appuyaient tous.

— Il faut que je file au tribunal, dit-il en se levant. À ce soir, grand-mère.

Tandis qu'il quittait la cuisine, elle le suivit du regard, sourcils froncés. Il était décidément superbe dans son costume d'alpaga gris clair, avec sa chemise bleu pâle et sa cravate à fines rayures. Il savait s'habiller, il avait l'élégance innée de Charles.

« Qu'est-ce qui l'ennuie ? Il devrait être le plus heureux des hommes… Sa femme est d'une beauté renversante, ses enfants sont en bonne santé, son métier le comble… »

À une époque, elle avait craint qu'il ne soit écrasé par l'image de son père, mais finalement il s'en était démarqué, il l'avait même affronté pour obtenir Magali, bref il avait pris son envol et aujourd'hui tout lui souriait.

« Non, pas tout. Il faut que je découvre ce qui ne va pas. »

Cette idée l'amusa, car elle ne doutait pas de l'apprendre très vite. Rien ne lui échappait, son sens de l'observation restait aigu et elle connaissait tous ses petits-enfants par cœur.

« Celui-là, c'est quand même le meilleur des cinq… »

Depuis belle lurette, elle avait cessé de lutter contre sa préférence, qu'elle se contentait de dissimuler de son mieux. Après une hésitation, elle se resservit une demi-tasse. Au diable les âneries de son médecin traitant, elle aimait trop le café pour s'en priver.

De la fenêtre de sa chambre, Magali avait vu Vincent monter dans sa DS noire et démarrer. Elle avait failli ouvrir la croisée pour l'appeler, mais elle y avait renoncé. Avec lassitude, elle laissa retomber le rideau et alla s'asseoir à sa coiffeuse, une petite merveille de style Napoléon III que Clara leur avait offerte à Noël. Ce meuble, comme toute la maison d'ailleurs, l'intimidait encore. Vallongue était bien pire que Paris, et elle se prenait à regretter l'appartement qu'ils avaient loué durant deux ans dans l'île Saint-Louis. Pourtant, quand Vincent le lui avait fait visiter, elle l'avait trouvé trop grand ! C'était un adorable trois-pièces, avec une vue superbe sur la Seine et les quais, où ils avaient été heureux. Bien sûr, ils allaient dîner tous les vendredis avenue de Malakoff, un endroit que Magali détestait carrément, mais ensuite ils rentraient chez eux et elle oubliait le sinistre hôtel particulier jusqu'à la fois suivante.

Lorsque Vincent avait annoncé sa nomination, elle s'était sentie folle de joie. La perspective de retrouver la Provence et de la faire découvrir à leurs enfants l'avait comblée. C'était avant de comprendre qu'ils allaient habiter Vallongue.

Penchée vers son miroir ovale, elle s'examina avec attention. Une myriade de petites taches de rousseur couvrait son nez fin, ses joues rondes. Pour plaire à Vincent, elle n'avait pas coupé ses cheveux très longs, à peine bouclés, d'un roux vénitien tirant sur l'acajou. Elle aurait voulu adopter la coiffure de Marilyn Monroe, peut-être même oser une teinture blonde pour essayer de lui ressembler tant elle était fascinée par les stars de cinéma. En fait, elle se trouvait trop ronde alors qu'elle était délicieusement proportionnée, et elle jugeait ses yeux trop écartés sans savoir que son regard vert avait de quoi damner un saint. Malgré ses deux maternités, elle avait encore l'air d'une toute jeune fille, et les hommes étaient nombreux à se retourner sur son passage.

— Trois semaines de retard, je suis enceinte, c'est certain, marmonna-t-elle en saisissant sa brosse à cheveux.

Pour le moment, Vincent l'ignorait encore. Et elle-même ne savait pas si elle devait se réjouir ou non de l'arrivée d'un troisième enfant. De toute façon, depuis qu'elle était à Vallongue, rien ne lui faisait plaisir. En dehors des moments qu'elle passait avec Jean-Rémi, dans son moulin, ou avec Alain dans les oliveraies, elle se sentait tout le temps mal à l'aise. Déplacée. Enfermée dans une grande prison dorée. Et l'arrivée de la famille ne faisait qu'accroître cette impression. Clara aurait beau se montrer gentille, Magali allait se sentir observée à chaque pas. Quant à Charles, elle ne parvenait même pas à croiser son regard. Depuis le premier jour, il la terrifiait. Jamais elle ne lui avait pardonné la condescendance avec laquelle il s'était résigné à leur mariage, lors de cette première entrevue, ici même, quelques années plus tôt. Ni la manière dont il l'avait toisée, son sourire apitoyé, son insupportable arrogance. Par la suite, Vincent s'était acharné à lui expliquer des tas de choses à propos de Charles, mais elle ne voulait plus rien entendre. Cet homme la méprisait, il aurait fallu être aveugle pour ne pas s'en apercevoir. Passer l'été avec lui allait être un calvaire. Jamais il ne verrait en elle autre chose que la nièce de la cuisinière, une petite opportuniste dont la famille Morvan se serait bien passée.

La veille, en s'endormant, elle avait confié ses angoisses à Vincent, avec pour seul résultat de le faire rire. Pour lui, son père était un homme extraordinaire, au-dessus de toute critique. Elle avait insisté, sur le ton de la plaisanterie, affirmant qu'elle n'était peut-être pas très intelligente mais qu'elle savait reconnaître l'antipathie quand elle la rencontrait. Alors Vincent avait rallumé, l'avait prise dans ses bras pour la rassurer, la consoler, et ils avaient fini par faire l'amour, comme presque chaque soir.

Elle se détourna du miroir, se leva pour gagner le dressing qui jouxtait leur chambre et était l'une des rares choses amusantes de Vallongue. Elle alluma avant d'entrer dans la penderie, grande comme un boudoir, où Clara avait fait aménager une multitude de tiroirs, d'étagères, de crochets et de portemanteaux. Là s'alignaient les robes et les tailleurs que Vincent l'avait aidée à choisir. Lorsqu'il l'accompagnait dans une maison de couture ou une boutique de prêt-à-porter, elle se sentait toujours un peu embarrassée, mais c'était mieux qu'y aller seule car alors elle ne parvenait jamais à se décider. Elle trouvait tout trop cher, trop lourd, trop guindé, et elle regrettait amèrement les petites robes légères qu'elle affectionnait quelques années plus tôt.

« Je n'y arriverai jamais… »

Au début, elle avait vraiment essayé de changer. Ne plus s'habiller de la même manière, ne plus parler, marcher ou rire comme avant. Réfléchir avant d'ouvrir la bouche. Ne pas sortir sans chapeau. Porter des gants. Sourire à des importuns. Clara lui avait prodigué une foule de conseils, ceux que Vincent ne voulait pas lui donner puisqu'il l'aimait telle qu'elle était. Mais voilà, elle s'était aperçue elle-même de la façon dont les gens la regardaient, avec indulgence ou dédain, et elle ne voulait pas infliger d'humiliation à son mari ni à sa belle-famille en restant le vilain canard. Pour ne pas dire ou faire de bêtises, elle préférait donc se taire. Rester immobile dans son coin, figée dans une attitude artificielle, même quand elle s'ennuyait à mourir.

— Tu es Mme Vincent Morvan-Meyer, sois sage, ne leur fais pas honte…, marmonna-t-elle entre ses dents.

Elle choisit une robe de piqué blanc, avec une fine ceinture dorée. Puis elle enfila des escarpins dans lesquels elle aurait mal aux pieds toute la journée.

— Et voilà…, soupira-t-elle en bouclant le fermoir de son collier de perles.

Pressée d'aller rejoindre ses enfants, qui devaient déjà jouer dehors sous la surveillance de la jeune fille au pair engagée pour l'été par Clara, elle commença à dévaler l'escalier et faillit heurter Charles qui descendait tranquillement.

— Comment allez-vous, ce matin ? lui demanda-t-elle avec son accent chantant.

— Et vous-même ? Bien dormi ?

Il n'avait pas même tourné la tête vers elle pour répondre. Est-ce qu'il allait vraiment l'ignorer pendant des semaines entières ? Juste après son mariage, quand elle avait voulu savoir comment l'appeler, il lui avait rétorqué, à peine aimable, que son prénom était Charles et qu'il n'imaginait rien d'autre. Une façon de lui faire comprendre qu'il ne tenait pas à l'entendre dire « père ». Elle aurait bien aimé, pourtant, elle qui n'avait pas connu le sien. Dans ce mot-là, elle aurait peut-être réussi à mettre un peu d'affection, mais bien sûr il n'en voulait pas. L'année suivante, Vincent l'avait emmenée au palais de justice pour la dernière journée d'un procès retentissant. Charles y avait prononcé une plaidoirie éblouissante, à laquelle elle n'avait strictement rien compris. Mais elle avait vu l'émotion de Vincent, des jurés, de toute la salle, et le lendemain elle avait lu les journaux. Son beau-père était un avocat célèbre, encensé partout, un homme exceptionnellement brillant, qu'elle était pourtant incapable d'apprécier. Au mieux, elle le tenait pour un individu froid et calculateur, ne comprenant pas comment Vincent pouvait autant l'aimer. Et elle n'était pas seule de cet avis, pour une fois, puisque Alain lui-même levait les yeux au ciel dès qu'il était question de son oncle.

Devant la porte de la cuisine, il s'effaça pour la laisser entrer, avec sa politesse coutumière, et elle passa devant lui la tête haute. Clara était déjà attablée, en compagnie de Madeleine, et Magali s'obligea à sourire avant d'aller les embrasser. Elle aurait donné n'importe quoi pour être ailleurs, pour n'avoir pas un rôle à tenir. Toutefois, elle proposa, sans enthousiasme :

— Voulez-vous du thé, Charles ?

— Non merci, je préférerais du café.

Évidemment, elle ne connaissait ni ses goûts ni ses habitudes, et de toute façon elle s'en moquait.

— Je l'ai moulu tout à l'heure, vous en trouverez dans le tiroir du moulin, lui dit Clara gentiment.

Cette habitude de se vouvoyer en famille était le meilleur moyen de maintenir des distances infranchissables. Mais peut-être que personne ici n'avait envie d'être familier avec elle. Peut-être même ne parviendraient-ils jamais à oublier qu'elle avait fait des ménages avant d'épouser Vincent. Elle avait passé la serpillière chez des gens qui étaient leurs amis, qu'ils invitaient à dîner, des gens qui aujourd'hui s'inclinaient devant elle et lui baisaient la main. À elle, une femme qu'ils avaient payé six francs de l'heure pour balayer leurs ordures ou gratter leurs casseroles !

Elle faillit s'ébouillanter en versant l'eau sur le café tant sa main s'était mise à trembler. Depuis le temps qu'elle essayait de s'habituer à cette gigantesque bâtisse, elle croyait avoir fait quelques progrès, mais la présence des Morvan la ramenait à la case départ. Maladroite et malheureuse. Elle ne savait même plus qui était censé diriger la maison. Clara ? Elle-même ? Cette Isabelle, dont elle détestait le regard narquois ? Qui donc allait s'occuper des menus ? Avec l'arrivée de Marie, prévue pour le lendemain, puis celles de Gauthier et de Chantal, de Daniel, combien seraient-ils à table ?

Une vague nausée lui donnait le vertige, et elle dut s'accrocher au rebord de l'évier, les jambes coupées. La voix de Madeleine, derrière elle, lui parvint très assourdie. Au moment précis où elle allait s'évanouir, elle sentit que quelqu'un la prenait fermement par la taille, l'aidait à s'allonger à même le carrelage frais. Le malaise se dissipa aussitôt et elle rouvrit les yeux, découvrant le visage inquiet de Charles, penché au-dessus d'elle.

— Voulez-vous que j'appelle un médecin ?

Elle tenta de se relever, mais il posa sa main sur elle avec douceur.

— Ne bougez pas tout de suite.

Agenouillé près d'elle, il lui sembla soudain différent, moins impressionnant que d'habitude, presque chaleureux.

— Ce n'est rien, expliqua-t-elle très vite. Je crois que je suis enceinte.

Elle ne souhaitait pas rester le point de mire, elle avait seulement envie d'aller respirer dans le jardin, de serrer ses enfants contre elle.

— C'est merveilleux ! répliqua Charles avec un sourire qu'elle ne lui connaissait pas. Vincent ne nous l'avait pas annoncé.

— Il ne le sait pas encore, vous êtes le premier.

Avant qu'elle eût le temps de protester, il la souleva et la porta jusqu'au salon, où il l'étendit avec précaution sur un canapé.

— Reposez-vous un peu.

Il l'observait d'un drôle d'air, attendri mais attristé, et pour la première fois elle fut frappée par la clarté de son regard gris pâle. Le même que Vincent, exactement. Comme le soleil inondait la pièce et qu'elle clignait des yeux, éblouie, il alla tirer les rideaux. Puis il sortit sans rien ajouter.

Dans le vestibule, il resta un moment immobile, la main sur la poignée de la porte, perdu dans ses pensées. Ainsi, il allait être grand-père pour la troisième fois. Il n'en finirait donc jamais de toutes ces responsabilités successives ? Et de quelle façon Magali comptait-elle l'apprendre à Vincent, ce soir ?

« Charles, j'ai bien l'impression que nos garçons s'ennuient. » C'était cette phrase-là que Judith avait employée pour lui annoncer qu'elle attendait un troisième bébé. Leur merveilleuse petite fille aux yeux noirs. Celle qui allait être Bethsabée, mais qui n'était jamais devenue grande.

Malgré lui, il tourna la tête vers la porte du bureau, à l'autre bout du grand hall, face à la bibliothèque. Bethsabée et Judith…

— Charles ! Alors, elle va mieux ? J'appelle le docteur Sérac ou pas ?

Clara le rejoignait, souriante, efficace, prête à prendre la situation en main, comme toujours.

— Non, inutile, marmonna-t-il en s'écartant d'elle.

Il adorait sa mère et la respectait, mais il regrettait de l'avoir écoutée, à certains moments, de lui avoir cédé. D'un pas résolu, il se dirigea vers son bureau tandis qu'elle le suivait des yeux, contrariée. En le voyant manifester sa sollicitude quelques instants plus tôt, dans la cuisine, elle avait eu comme une bouffée d'espoir. Elle s'était imaginé que, peut-être, cet été serait différent des autres. Que Charles allait redevenir gai, attentif, proche de sa famille… Mais non, bien sûr, il était beaucoup trop tard.

Vincent avait fait l'effort d'acheter un gros bouquet de fleurs avant de monter à Eygalières. Il n'avait pas prévenu Odette de sa visite puisque la brave femme n'avait pas le téléphone, mais elle était chez elle et elle lui ouvrit au premier coup de sonnette, étonnée de le découvrir sur le seuil, ses glaïeuls à la main.

— C'est toi ? Euh, vous… Oh, je m'y perds, entre donc !

Tant pis pour les convenances, elle l'avait connu trop jeune pour le vouvoyer. Elle le précéda dans le couloir sombre et étroit, jusqu'à la cuisine, qui était la pièce principale du rez-de-chaussée.

— Tu es bien gentil de venir me voir, déclara-t-elle en lui désignant une chaise de paille. Veux-tu une anisette ?

La question était de pure forme, car elle avait déjà posé deux verres sur la table. Elle y versa quelques gouttes d'alcool, qu'elle noya sous l'eau de la cruche.

— Comment allez-vous, Odette ? s'enquit-il gentiment.

D'un placard, elle sortit un gros vase de terre cuite, où elle commença d'arranger les fleurs.

— Bien. Sauf que je m'ennuie un peu, forcément !

Elle l'énonçait comme une évidence, frustrée de ne plus pouvoir travailler. Elle s'y était résignée parce que Clara avait beaucoup insisté, mais elle regrettait son emploi de cuisinière. À la rigueur, elle comprenait bien qu'elle ne pouvait plus tenir les fourneaux de Vallongue, mais elle aurait aimé s'employer ailleurs, voir du monde, continuer à mitonner des plats pour des familles nombreuses.

— Il faut venir nous voir plus souvent, vos petits-enfants vous réclament, ajouta-t-il.

Sa gentillesse était si spontanée qu'elle en fut émue. Ce garçon-là avait toujours été un amour, même quand il était haut comme trois pommes. Bien élevé, jamais méprisant, le sourire facile. Elle lui jeta un coup d'œil attendri, s'étonnant une fois encore qu'il ait pu devenir son neveu par alliance. Elle était maintenant la tante de Vincent Morvan-Meyer, juge au tribunal d'Avignon ! Jamais elle n'avait cru qu'il épouserait Magali. À l'époque, elle avait mis la petite en garde, croyant bien faire, et s'était même offert le culot d'engueuler Vincent comme un vaurien. Il avait subi l'algarade sans broncher, attendant la fin pour expliquer posément qu'il voulait se marier. Ce jour-là, il ne l'avait pas convaincue, pourtant il y était arrivé, il avait fini par conduire la gamine à l'église !

— Alors, Vincent, pourquoi ces fleurs ?

— Juste le plaisir, dit-il en baissant les yeux.

— Non, répliqua-t-elle, catégorique. Tu es un homme trop occupé pour ça !

Elle jeta une pincée de bicarbonate dans l'eau du vase, puis vint s'asseoir en face de lui.

— Allez, petit, je t'écoute.

Avec un sourire soulagé, il se lança :

— Est-ce que Magali vous parle, Odette ? Est-ce qu'elle se confie à vous ?

— À quel propos ?

— Je crois qu'elle n'est pas très heureuse à Vallongue, pas à son aise... Et je ne sais pas quoi faire pour qu'elle s'y sente bien.

Odette prit le temps de réfléchir avant de répondre, et le silence s'éternisa entre eux. Que la jeune femme ne parvienne pas à s'habituer à cette trop grande propriété était assez compréhensible. Toute sa jeunesse s'était déroulée dans de modestes maisons de village. Chez Odette, elle n'avait eu droit qu'à une minuscule chambre – presque un réduit, en fait – et elle s'en était contentée sans souci. Jamais elle n'avait manifesté d'ambition particulière, elle n'attendait pas le Prince charmant comme tant d'autres filles de son âge ; au moment où Vincent était arrivé dans sa vie, elle ne rêvait pas de carrosses et de palais. C'était quelqu'un de tout simple, Magali. Pas très intelligente, du point de vue d'Odette, mais *dégourdie*. Honnête, gaie, ne rechignant pas au travail, parfois un peu naïve, seulement, tout ça mis bout à bout ne lui avait pas permis de changer aisément de statut social.

— C'était à prévoir, laissa tomber Odette. Si fort que tu l'aimes, vous ne serez jamais du même monde.

— Oh, non ! Pas ce discours-là, pas vous ! C'est fini, tout ça...

— Mais non, tu le sais très bien, ne te raconte pas d'histoires. Tu vois, ta grand-mère, qui entre nous est une femme formidable, et puis ton père, qui Dieu sait n'est pas commode, et tous les autres de ta famille, eh bien ils ont beau faire des efforts, ils nous prennent un peu avec des pincettes, c'est obligé. Je ne suis pas à l'aise quand je vais chez vous, maintenant que je suis forcée de passer par la grande porte, en invitée ! Magali, quand elle voit Isabelle astiquer, même si elle la trouve empotée, elle n'ose pas le faire remarquer. Quand tu as passé ta vie à genoux pour laver le carrelage chez les autres, crois-moi, tu as du mal à

247

te redresser et à juger le monde d'en haut ! Ta femme, elle est le cul entre deux chaises, tu comprends ?

Il s'y refusait farouchement, elle le vit tout de suite.

— Je vous jure que chez moi, dit-il lentement, personne ne regarde Magali de cette manière. C'est la mère de mes enfants, et c'est surtout la femme que j'aime. Le reste ne compte pas, ça ne m'intéresse pas.

Son regard gris pâle s'était rivé à celui d'Odette, étincelant de rage. Mais ce n'était pas contre elle qu'il était en colère, elle le savait.

— Tu ne pourras pas balayer les préjugés à toi tout seul. Je ne prétends pas qu'elle te fasse honte, elle est beaucoup trop belle pour ça, et toi trop amoureux, mais il coulera de l'eau sous les ponts avant qu'elle soit des vôtres. Remarque, si elle s'accroche, ça viendra bien un jour, plus tard, seulement il va te falloir de la patience, et à elle aussi !

Surtout à elle, ce qu'elle s'abstint de préciser. Elle le vit se lever et se demanda si elle lui avait donné le genre de conseils qu'il attendait.

— Je ne vais pas lui parler de cette visite, décida-t-il.

Il venait d'enfouir ses mains dans les poches de son pantalon, un geste de timidité dont Clara avait eu bien du mal à le débarrasser et qui trahissait sa nervosité.

Alain ouvrit les yeux dans la pénombre, le cœur battant. Le même rêve obsédant et incompréhensible était encore venu le hanter. Il devait être à peine cinq heures, une vague lueur indiquait que le jour n'allait plus tarder à se lever.

À côté de lui, Jean-Rémi dormait profondément, la tête appuyée sur ses bras repliés. Sans faire le moindre bruit, Alain se redressa pour se glisser hors du lit. Il récupéra ses vêtements à tâtons, s'habilla en silence puis quitta la chambre. Dans la cuisine, il fit réchauffer du café de la veille, qu'il but debout. Il avait le temps de rentrer à

Vallongue et de prendre une douche avant d'attaquer sa matinée de travail.

Il traversa la vaste pièce ronde où se dressaient les chevalets, s'arrêta près du petit bureau. D'ici quelques heures, Jean-Rémi aurait bouclé ses valises et serait prêt à partir pour l'Italie. Comme il l'avait promis, il avait modifié tout son programme, son absence n'allait durer qu'une dizaine de jours. À côté des billets d'avion et de train, il avisa l'agenda ouvert et prit un stylo pour écrire, en travers de la page : « Bon voyage. » Puis il parcourut avec curiosité la liste des rendez-vous inscrits mais ne lut que des noms inconnus. Un prénom revenait deux fois, Raphaël. Il hésita une seconde avant d'inscrire, juste à côté : « Qui est-ce ? »

Alors qu'il s'apprêtait à partir, il s'arrêta pour choisir un livre, dans la pile qui lui était destinée. Jean-Rémi lisait peu mais commandait beaucoup à l'intention d'Alain et selon ses goûts. Avec un sourire, le jeune homme prit le recueil d'Aragon et le glissa dans sa poche.

Dehors, l'aube était froide, un léger mistral soulevait la poussière du chemin. Ce ne fut qu'une fois sur son vélo, en train de pédaler dans la vallée, que le jeune homme repensa au rêve étrange qui le poursuivait. Toujours cette impression de menace, ce drame imminent auquel Charles, même s'il n'apparaissait pas, était étroitement associé. S'agissait-il d'un songe prémonitoire ? Non, impossible, il y avait trop longtemps que ces images floues le poursuivaient, elles ne pouvaient rien annoncer. Quoi qu'il en soit, rêver de Charles était pénible. C'était bien la dernière personne qu'Alain souhaitait voir dans son sommeil ! La veille encore, à table, son oncle avait demandé d'un ton exaspéré, sans regarder personne en particulier mais avec cet air de mépris qui le caractérisait : « Sommes-nous vraiment obligés de tout faire cuire dans l'huile d'olive ? » Prenant la réflexion pour elle, la pauvre Magali s'était mise à rougir. Clara avait parlé d'autre chose, comme si elle n'avait pas entendu la question de Charles, ni vu la manière dont il avait repoussé son assiette.

Pour remonter l'autre versant, une fois la vallée franchie, Alain dut fournir un effort, penché sur le guidon. Du sommet, il pourrait voir la colline suivante, dont les pentes orientées au sud étaient chargées de ses oliviers. Plantés sur un bon sol filtrant, avec une proportion idéale de graviers et de cailloux, ses arbres lui avaient offert de prodigieuses récoltes depuis quelques années. Parfois il n'en revenait pas de sa chance, de la réussite de son entreprise. Ferréol, qui commençait à se faire vieux, mêlait désormais une sorte de respect à sa familiarité quand il s'adressait à lui, étonné de ce que le « petit Parisien » avait obtenu de la terre. Le brave homme, lorsqu'il passait le seuil de la bergerie aménagée en bureaux de la société, enlevait ostensiblement sa casquette.

Arrivé à Vallongue, Alain choisit de rouler dans l'herbe, sur le bas-côté de l'allée. Tous les volets étaient encore fermés, tant mieux. Il pénétra discrètement dans la maison, grimpa jusqu'à sa chambre pour y prendre des vêtements propres, puis gagna la salle de bains. En s'ébrouant sous le jet d'eau tiède de la douche, il se demanda une nouvelle fois qui était ce Raphaël, et ressentit un petit pincement de jalousie qui l'exaspéra.

— Jamais, papa ! protesta Vincent en riant. Je ne suis pas aussi téméraire que Marie, je refuse d'avoir affaire à toi…

Sa cousine leva les yeux au ciel et répliqua :

— Une fois m'a suffi, mais c'était différent, je représentais la partie adverse. Toi, tu es juge, tu peux très bien siéger dans une affaire où Charles plaide.

— Il n'en est pas question. Si le cas se présente, je me mets en congé de maladie !

Charles les toisa l'un après l'autre, l'air amusé.

— Est-ce que je vous ferais peur, par hasard ? C'est très flatteur, venant de jeunes loups comme vous. À propos, puisque nous sommes entre juristes, j'espère que vous avez bien suivi les réformes du Code pénal de l'année dernière et qu'elles vous plaisent ?

— En ce qui te concerne, tu dois déjà savoir comment en tirer parti ! lui répondit Marie.

— Naturellement.

Ils prenaient leur petit déjeuner dans le patio et, depuis un bon quart d'heure, ne parlaient que de magistrats, de lois, d'ordonnances de justice. Heureux de ces instants d'intimité avec son père et sa cousine, Vincent retardait le moment de partir pour Avignon. Encore deux jours de travail et il serait en vacances, il pourrait enfin profiter de la présence de son frère, de ses cousins. Gauthier et Chantal étaient arrivés depuis une semaine, gais et insouciants comme des jeunes mariés ; puis Daniel les avait rejoints la veille, avec un nouveau diplôme en poche. Onze chambres sur douze étaient désormais occupées, la maison avait rarement connu une telle agitation. Pour gérer tout son monde, Clara avait engagé une femme de charge, en plus d'Isabelle et de la jeune fille au pair, ce qui n'empêchait pas Madeleine et Magali de mettre la main à la pâte.

L'été était particulièrement chaud, il fallait attendre la nuit pour que la température redevienne supportable, et les persiennes restaient closes toute la journée. Seul Alain trouvait le courage de s'amuser dehors avec les enfants, à l'ombre fraîche des tilleuls, et il inventait pour eux toutes sortes de jeux. Dans son bureau, au tribunal, Vincent suffoquait du matin au soir.

— Tu es un transfuge, dit-il à Marie. En principe, tu aurais dû faire partie de la branche médicale de la famille !

Sa plaisanterie arracha un sourire à la jeune femme, qui répliqua :

— Le droit était réservé aux Morvan-Meyer ? Avec l'interdiction formelle de panacher ?

— Pour toi, nous faisons volontiers une exception, assura Charles, tu es une bonne recrue.

Elle lui fut reconnaissante de ce mot, un des rares compliments qu'il lui eût jamais adressés. Mais c'était bien à cause de lui qu'elle avait choisi le droit, pour lui prouver qu'elle existait, pour l'épater, pour qu'un jour il prononce ce genre de phrase.

— Tu ne peux pas imaginer, lança Vincent à son père, le nombre de gens qui me demandent si je suis ton fils !

— Tu avais déjà pris l'habitude à la fac, non ? persifla Marie.

— Arrêtez un peu, tous les deux, soupira Charles, je ne vous fais pas d'ombre.

Il obtint un double éclat de rire en réponse et haussa les épaules.

— Vous vous employez à me pousser sur la touche, vous m'avez fait grand-oncle, grand-père, je vais finir par me laisser pousser la barbe et m'acheter une canne...

— Tes admiratrices te trouveront encore plus séduisant comme ça, riposta Marie en le dévisageant. Et puis je te rappelle que j'ai interdit à Cyril et à Léa de t'appeler « papy » !

— Encore heureux !

C'était vraiment une matinée bénie, où Charles restait détendu, acceptait de s'attarder pour une fois, semblait même s'amuser, et Vincent n'avait décidément aucune envie de partir, mais Marie le rappela à l'ordre.

— Tu vas être en retard...

À regret, il repoussa sa chaise pour se lever, ramassa le cartable de cuir où il entassait ses dossiers. Il n'avait plus le temps d'aller embrasser Magali et s'éloigna à grands pas.

— Je suis très fier de lui, murmura Charles en le suivant des yeux.

— C'est à lui que tu devrais le dire ! Il s'est donné tellement de mal pour en arriver là, si tu savais !

— Tout le monde se donne du mal, Marie, sauf les imbéciles.

Elle se demanda si l'expression visait Alain mais préféra sagement éviter le sujet.

— En tout cas, il est parti pour t'assurer une nombreuse descendance, tu es content ?

— Très... Je crois sincèrement qu'il n'y a rien de mieux que la famille, comme dirait ta grand-mère. Mais toi, Marie, tu n'es toujours pas prête pour le mariage ?

Interloquée par le ton narquois qu'il venait d'employer, elle secoua la tête sans répondre. S'encombrer d'un homme ? Non, elle n'y était pas décidée, ses enfants et son métier lui suffisaient encore, du moins s'efforçait-elle de le croire.

— Je ne voulais pas te contrarier, s'excusa Charles, mais j'aimerais bien te voir...

— Quoi ? Casée ?

— Non, heureuse. Et puis, c'est mon côté vieille France, ça me navre de te savoir seule dans la vie. D'ailleurs, à ce propos, j'aurai peut-être quelque chose à te soumettre, dans quelques mois.

— Un fiancé ? ironisa-t-elle. Tu veux jouer les entremetteurs, comme Clara ?

— Rien à voir, c'est professionnel. Je compte agrandir mon cabinet, l'ouvrir à des associés. Les Américains font ça très bien, ils travaillent en groupe et ça offre des avantages. Personnel plus nombreux, frais partagés, répartition des dossiers selon les compétences, possibilité de se relayer dans une affaire.

— Charles, tu n'as pas envie de passer la main, quand même ?

Inquiète, elle s'était penchée vers lui, mais elle ne vit qu'une lueur amusée dans ses yeux gris.

— Tu plaisantes ? Non, c'est tout le contraire. Je veux pouvoir traiter aussi bien le pénal que le civil, l'administratif ou les affaires, devenir incontournable. Je vais me montrer très exigeant sur le choix des partenaires, parce que ça restera *mon* cabinet, même si c'est un cabinet de groupe. L'appartement mitoyen du mien est à vendre, boulevard Malesherbes, je crois que je vais me porter acquéreur. Je t'en reparlerai en temps voulu.

Cette fois, il avait réussi à la surprendre, et elle osait à peine croire ce qu'elle venait d'entendre.

— Pourquoi à moi, Charles ?

— Parce que tu as du talent, Marie. Et les dents longues ! Si tu...

Il fut interrompu par des éclats de voix et tourna la tête vers la maison au moment où Clara en sortait, accompagnée d'un couple à qui elle s'adressait en riant trop fort.

— Mais si, vous avez bien fait, au contraire ! C'est une idée merveilleuse, je suis enchantée. Venez, venez...

Machinalement, Charles s'était levé, et il reconnut avec stupeur Stuart et Sylvie. Celle-ci paraissait très embarrassée, cherchant à se libérer de la main de Stuart qui emprisonnait son bras.

— Charles, mon chéri, s'écria Clara, regarde qui est là ! Ils ont failli ne pas s'arrêter, tu te rends compte ?

Il constatait surtout que Sylvie aurait donné n'importe quoi pour ne pas se trouver dans ce patio. Elle avait réussi à se dégager de l'étreinte de son mari et elle esquissa un sourire navré.

— Nous arrivons d'Aix-en-Provence, dit Stuart en s'arrêtant devant lui. C'était trop bête de ne pas venir vous saluer...

Ils se dévisagèrent un instant, puis Charles se tourna vers Sylvie, qui semblait à la torture. Sans intonation particulière, il se contenta de murmurer :

— Je suis ravi.

— Vous restez déjeuner, bien entendu ? enchaîna Clara.

Même en étant tout à fait consciente de la gêne qui régnait, elle était obligée de remplir son rôle de maîtresse de maison.

— Avec joie, répondit Stuart d'un ton sinistre.

— Asseyez-vous donc, proposa Marie. Un peu de café ?

En général, Sylvie l'exaspérait, mais la présence inattendue de son mari promettait une situation explosive qui la réjouissait d'avance. Elle jeta un coup d'œil à Charles, constata qu'il hésitait toujours sur la conduite à tenir, et se résigna à faire le service. L'Anglais accepta la tasse qu'elle lui présentait, mais il gardait les yeux rivés sur Charles et Sylvie, qui évitaient de se regarder. Qu'est-ce que ce type était venu chercher ici ? Le scandale ? Un affrontement direct avec l'amant de sa femme ?

— La maison est pleine, je suis comblée, expliqua Clara à Sylvie en la poussant vers un fauteuil. Figurez-vous que je serai bientôt arrière-grand-mère pour la cinquième fois !

Ce que son incroyable dynamisme rendait difficile à croire, elle le savait bien.

— J'adore les grandes tablées, les rires, les enfants qui mettent leurs doigts dans les gâteaux, poursuivit-elle avec enthousiasme.

Comme personne ne lui répondait, et que la conversation menaçait de languir, elle choisit de s'adresser directement à Stuart.

— Dites-moi, cher ami, que pensez-vous de ce Pierre Cardin ? Une collection consacrée aux hommes, tout de même, c'est une première ! Et si j'en crois la réaction de Charles, qui s'est jeté là-dessus pour tout acheter, voilà un couturier qui a de l'avenir chez les messieurs.

Contraint de répondre, Stuart oublia sa femme un instant, et celle-ci en profita pour se tourner vers Charles avec une mimique d'excuse. Elle portait une robe légère, sans manches, dont les pinces soulignaient sa taille. Il pensa qu'il avait envie de l'embrasser, de la déshabiller, de caresser sa peau.

— Si vous voulez bien m'excuser, dit-il en interrompant sa mère, j'ai un dossier à étudier. Je vous verrai tout à l'heure…

Stuart lui adressa un petit signe de tête assez raide et il en profita pour s'éloigner.

— J'ai cru étouffer dans ce train, les wagons étaient chauffés à blanc ! Mais tu es tellement gentille d'être venue me chercher… L'idée d'attendre un taxi devant la gare me tuait d'avance. Alors, comment va la future maman ? Tu te ménages, au moins ?

D'un geste léger, Jean-Rémi effleura la joue de Magali, qui était assise sur son lit, puis il continua à défaire son sac de voyage, suspendant ses chemises avec soin.

— Tu es la deuxième personne, après Vincent, qui ait accepté de monter avec moi ! constata-t-elle gaiement.

Fière de son récent permis de conduire, tous les prétextes lui étaient bons pour prendre le volant.

— Tu conduis très bien. Les femmes conduisent toujours très bien.

Il appuya son compliment d'un clin d'œil complice avant de se mettre à ranger ses chaussures dans le bas de la penderie. À l'époque où elle faisait le ménage chez lui, elle avait découvert sa liaison avec Alain mais n'en avait jamais soufflé mot à quiconque, même pas à Odette. Alain était celui qui lui avait présenté Vincent, elle ne l'oubliait pas, tout comme elle se souvenait de la gentillesse que Jean-Rémi avait toujours manifestée envers elle. Trop droite pour trahir ceux qu'elle prenait pour ses seuls amis, elle ne les jugeait pas et n'aurait pas supporté qu'on les critique devant elle.

— Quoi de nouveau à Vallongue ? demanda-t-il avec une fausse désinvolture.

— Rien, c'est une vraie ruche, on croirait une colonie de vacances. Alain apprend à nager à Cyril, dans la rivière, et ils prennent ça très au sérieux tous les deux ! Vincent sera en vacances demain soir, je me réjouis.

Sa voix avait hésité de façon imperceptible sur le dernier mot et Jean-Rémi la dévisagea, sourcils froncés.

— Vraiment ?

— Oui, bien sûr…

Elle rechignait à se confier, inquiète à l'idée qu'il interprète mal ses paroles.

— Vincent est tellement… Tu comprends, c'est un bon père, un bon mari, un bon fils, bref il veut faire plaisir à tout le monde et il y arrive sans mal, je ne sais pas comment il se débrouille mais il est toujours parfait !

Voilà, elle l'avait dit, et maintenant qu'elle était lancée, elle n'arrivait plus à s'arrêter.

— Il est même si bien que je finis par me demander à quoi je lui sers. S'il a un problème, ce n'est pas à moi qu'il se confie, sous prétexte de me ménager, en revanche je n'ai pas le temps d'éternuer que déjà il me tend un mouchoir. Propre ! Devant son père, il est au garde-à-vous, devant moi, il est à genoux… J'ai l'impression d'être très médiocre à côté de lui.

Jean-Rémi, qui continuait de l'observer avec curiosité, profita de l'instant où elle reprenait son souffle pour laisser tomber :

— En voilà, un portrait ! Ma parole, c'est de saint Vincent qu'il s'agit ? Tu te poses trop de questions, ma chérie. Tu l'aimes ? Eh bien c'est l'essentiel, si tu veux mon avis. Et quand l'homme qu'on aime est à genoux devant vous, que demander de plus ? Si seulement ça pouvait m'arriver !

Il éclata d'un rire gai, spontané, et elle l'imita malgré elle. Comme un rayon de soleil filtrait à travers les persiennes, faisant scintiller la chevelure cuivrée de la jeune femme, il leva la main d'un geste soudain autoritaire.

— Est-ce que tu as cinq minutes, là, le temps que je fasse une esquisse ? Tes cheveux, ta mine de gamine boudeuse, tes yeux verts… Il faut que je croque ça, je peux ? Tu vas me reparler de ton petit mari pendant que je dessine.

Déjà il avait saisi un bloc de papier Canson avec un fusain, et elle eut beau protester que l'heure du déjeuner approchait, il se mit au travail.

À Vallongue, Sylvie avait dû patienter jusqu'à l'apéritif avant de pouvoir échapper à la surveillance de Stuart. Sous prétexte de se rafraîchir un peu, elle finit par l'abandonner aux bons soins de Clara et de Madeleine, puis fila jusqu'au bureau de Charles. Elle le trouva assis, l'air soucieux, effectivement plongé dans un dossier.

— Oh, Charles, je suis vraiment désolée ! s'écria-t-elle sur le seuil.

— Entre et ferme la porte, se borna-t-il à répondre.

Tandis qu'elle avançait vers lui, il ébaucha quand même un sourire qui la réconforta un peu.

— Je n'ai pas pu l'en empêcher, il aurait fallu que je saute de la voiture en marche ! L'idée lui est venue ce matin, en quittant l'hôtel à Aix, mais nous avions beaucoup parlé de toi hier soir. Il me pose toujours des tas de questions à ton sujet et j'ai dû me montrer maladroite, c'est entièrement ma faute.

— C'est la mienne aussi.

Il était conscient qu'il allait devoir affronter une situation très déplaisante, où il ne tenait pas le beau rôle.

— Il est dans son droit, tu sais, rappela-t-il d'un ton amer. Pour lui, je suis un salaud.

— Et moi une garce ? Mais non, Charles, il y a une nuance et elle est de taille : je t'aime !

— Tu devrais crier plus fort, soupira-t-il en désignant la fenêtre ouverte. C'est lui que tu as épousé, il n'est pas obligé d'être un cocu complaisant.

— Qu'est-ce que tu vas faire ? demanda-t-elle avec angoisse.

— Lui laisser le choix des armes, ironisa-t-il. Pour le moment, je ne sais pas ce qu'il veut.

— Une certitude. Il a des doutes et il est très malheureux, très jaloux. Je pense que je devrais divorcer, ce serait plus…

— Plus quoi ? Correct ? Voyons, Sylvie…

Il se sentait davantage coupable qu'elle, et tout aussi lâche, ce qui lui procurait une impression détestable. Lui qui n'avait jamais manqué de volonté ou de rigueur, pourquoi avait-il laissé traîner cette histoire sans issue ? Il ne voulait pas de Sylvie dans sa vie, il l'avait décidé une fois pour toutes, mais il était quand même amoureux d'elle. Certes, il parvenait à s'en passer, il ne pensait pas à elle quand il serrait d'autres femmes dans ses bras, néanmoins il n'avait pas le courage de la repousser lorsqu'elle revenait à la charge. Était-il donc devenu faible, avec l'âge ?

— Bon, on ne va pas jouer la comédie toute la journée, je n'apprécie pas le vaudeville, va dire à ton mari que s'il veut me parler je l'attends ici.

Il devait au moins offrir à Stuart la possibilité d'exprimer sa colère, et mieux valait que la scène se déroule dans son bureau afin d'en éviter le désagrément à Clara et au reste de la famille. Sylvie le dévisageait toujours avec inquiétude, sans esquisser le moindre geste. Il savait ce qu'elle attendait, ce qu'elle espérait contre toute logique, et il baissa les yeux.

— Non, ma chérie, murmura-t-il avec une certaine douceur.

Peut-être avait-elle imaginé un autre dénouement. Mis au pied du mur, Charles aurait pu saisir l'occasion, décider que le jeu de cache-cache avait assez duré. S'il avait aimé Sylvie autant qu'elle l'aimait, il aurait choisi cet instant pour la garder. Il l'entendit soupirer, la vit se détourner lentement, et il sentit son cœur se serrer. Il faillit se lever mais la voix d'Alain, dans le hall, l'empêcha de bouger. Un coup léger fut frappé à la porte, qui s'ouvrit presque aussitôt.

— Voilà, c'est ici, dit Alain en s'effaçant pour laisser entrer Stuart.

Charles croisa le regard de son neveu, qui lui adressa un signe d'impuissance amusée, avant d'ajouter :

— Je vous laisse…

Même si ce n'était pas le moment, Charles enregistra le ton d'humour que venait d'utiliser le jeune homme et il éprouva une soudaine bouffée de colère. Alain devait trouver la situation particulièrement drôle, à en croire son sourire moqueur, mais il sortit tout de suite. Sylvie était toujours debout, à la même place, et ce fut d'abord à elle que Stuart s'adressa :

— Si tu voulais bien nous excuser, juste quelques instants, je préférerais…

Elle le toisa, furieuse, puis consentit à sortir, la tête haute. Tandis que la porte se refermait, Charles se leva, résigné.

— Ce qui va suivre ne nous amuse ni l'un ni l'autre, lui dit Stuart d'une voix posée.

— Non, mais je vous écoute.

Ils se faisaient face, Charles un peu plus grand que l'Anglais, et aussi plus à l'aise, malgré tout ce que la confrontation pouvait avoir de pénible.

— Sylvie n'a jamais aimé que vous, constata Stuart, notre mariage est un échec. J'ai eu la vanité de croire qu'avec le temps ses sentiments évolueraient, puisque de toute façon vous ne vouliez pas d'elle.

Son entrée en matière avait le mérite d'être claire, il ne se faisait aucune illusion, et Charles se demanda pourquoi il avait attendu aussi longtemps avant de provoquer une explication.

— Quand je l'ai rencontrée chez Fath, elle était très malheureuse de votre liaison… épisodique. Nous sommes devenus amis, elle s'est confiée, et je suis tombé amoureux. Je trouvais qu'elle méritait mieux que votre indifférence, je vous ai pris en horreur sur-le-champ et j'ai essayé de la raisonner. En pure perte ! À cette époque-là, aucun discours ne la décourageait, elle espérait que vous finiriez par l'épouser, elle ne vivait que dans ce but. Elle avait un vrai comportement de midinette, alors que c'est une femme intelligente, et n'importe qui pouvait comprendre qu'elle n'arriverait à rien avec vous. Et puis un jour, quand même, elle en a eu assez, et moi j'étais toujours là à l'attendre, ça aurait pu marcher…

Plus il parlait, plus son accent britannique s'accentuait, trahissant son émotion. Charles restait silencieux, mais sans baisser les yeux.

— Quand elle m'a accordé sa main, elle s'est engagée à ne plus vous voir, et bien sûr elle en a été incapable. Je crois que c'est au-dessus de ses forces. Un enfant aurait tout changé, hélas ! nous n'avons pas eu cette chance… Alors elle a continué de ne penser qu'à vous. Je ne sais pas pourquoi il m'a fallu tout ce temps pour réaliser que vous n'occupiez pas seulement ses rêves, mais aussi sa réalité. Vous n'étiez pas qu'un regret ou un fantasme, vous étiez son amant de temps à autre.

Stuart lâcha un instant le regard de Charles pour le détailler des pieds à la tête.

— Qu'est-ce que vous avez de si extraordinaire ? De tellement inoubliable ?

Ces questions n'appelaient évidemment aucune réponse et il haussa les épaules avant d'enchaîner :

— Le pire est que vous ne l'aimez même pas, elle aura tout gâché pour rien… Parce que, si mes déductions sont justes, vous ne voulez toujours pas d'elle, n'est-ce pas ? Ou juste en passant, pour un cinq-à-sept, c'est bien comme ça qu'on dit ?

Charles avait un peu pâli, Stuart le remarqua avec une certaine satisfaction et il en profita pour ajouter :

— Vous ne réagissez pas facilement. Une habitude d'avocat, j'imagine.

Parce qu'il n'avait aucun argument pour se défendre – et parce qu'il n'était pas en position de le faire –, Charles ne savait que dire. Le ton désabusé de Stuart le réduisait au silence, ce qui était exceptionnel pour lui.

— Vous n'éprouvez vraiment rien pour elle ? Mon Dieu, c'est effrayant comme la vie est mal faite… Pauvre Sylvie !

Sa voix, devenue soudain plus agressive, obligea Charles à sortir enfin de sa réserve.

— Comptez-vous demander le divorce ?

— Je ne sais pas. Je suis encore assez stupide pour faire ce qu'elle voudra, ce qui la rendra le moins malheureuse. J'ignore de quelle façon elle se comporte avec vous, mais elle m'a donné de bons moments et je ne serai pas ingrat. Pour l'instant, j'ai besoin d'être seul, je vais rentrer à Paris.

Il fouilla ses poches, en extirpa sa clef de voiture, avec laquelle il se mit à jouer nerveusement.

— À mon avis, elle vous voit toujours avec des yeux de petite fille, comme l'homme que vous avez dû être avant guerre et que vous n'êtes plus. Ce n'est pas moi qui peux lui enlever cette illusion, alors faites-le donc, vous lui rendrez un grand service !

D'un mouvement brusque, il se détourna et traversa la pièce, claquant la porte derrière lui. Désemparé, Charles resta quelques instants immobile, puis il alla prendre son étui à cigarettes sur le bureau. Les dernières phrases de Stuart l'avaient profondément atteint. À cinquante ans, il avait subi beaucoup d'épreuves, mené un certain nombre de combats contre lui-même, et jusque-là il avait conservé une confiance en lui qui l'avait aidé à tout surmonter. Qu'adviendrait-il s'il commençait à douter, à se mépriser ? Stuart venait de lui rappeler qu'il n'était plus le lieutenant Morvan, jeune homme intègre et plein d'avenir, mais un type entre deux âges qui se conduisait mal. Une leçon difficile à digérer, mais méritée. Tromper un mari n'avait rien de glorieux, et céder aux avances de Sylvie alors qu'il refusait de l'aimer était carrément indigne. Depuis une dizaine d'années, il gâchait la vie de cette femme sans avoir l'excuse de la passion, et maintenant elle allait divorcer, elle n'avait toujours pas d'enfant, elle était condamnée à finir seule.

Après deux bouffées, il écrasa sa cigarette avec lassitude. Il ne disposait d'aucune marge de manœuvre, il ne pouvait même pas réparer ses torts. Ni essayer d'être heureux. Il n'y avait pas que le souvenir écrasant de Judith pour l'en empêcher. Ce qu'il avait fait, au nom de la vengeance, était impossible à défaire, il en porterait la responsabilité jusqu'au bout sans chercher à partager son fardeau avec qui que ce soit.

Comme chaque soir, les enfants avaient pris leur repas un peu plus tôt, à la cuisine, en compagnie de la jeune fille au pair. Pour la famille, servie dans le patio, Clara préférait attendre la fraîcheur de la nuit, et le dîner n'était jamais prêt avant neuf heures. Personne n'avait émis le moindre commentaire sur le départ de Stuart, juste avant le déjeuner, ni sur celui de Sylvie, quand Daniel s'était chargé de la raccompagner à la gare dans l'après-midi. Charles n'avait quitté son bureau, où il était resté enfermé depuis le matin, qu'en fin de journée.

Une nuée de moustiques tournoyait au-dessus de chaque photophore, et des papillons de nuit s'agglutinaient près des réverbères. La température était presque agréable grâce à un vent léger, venu de la mer, qui apportait des odeurs délicieuses.

— Cette fois, je crois que j'ai bien réussi ma brandade, déclara Madeleine en se resservant.

Elle passa le plat à Charles, qui refusa.

— Vraiment ? Elle est succulente, je vous assure, ce n'est pas pour me vanter...

Il toisa sa belle-sœur d'un regard glacial.

— Préparée avec cette huile exceptionnelle que vous fourrez dans tout ce qui se mange, non ?

— Tu n'as jamais faim, c'est dommage, intervint Clara.

À l'autre bout de la table, Alain n'avait pas réagi, indifférent aux sarcasmes de son oncle. Vincent se pencha vers lui, le verre tendu.

— Donne-moi encore un peu de ton rosé, je l'adore…

Les deux cousins échangèrent un coup d'œil complice avant de trinquer.

— Virgile voudrait bien que tu lui apprennes à nager aussi, il est très jaloux de Cyril, parce que tu ne t'occupes que de lui !

— Cyril est mon filleul, rappela Alain. Mais je prends volontiers ton fils pour une première leçon demain matin.

Les enfants de Marie, comme ceux de Vincent, raffolaient d'Alain et se livraient à des bagarres sans merci pour obtenir son attention.

— Il n'est pas un peu petit ? s'inquiéta Magali.

— Il va avoir cinq ans, c'est l'idéal, affirma Gauthier. Est-ce que vous vous souvenez que pendant la guerre nous avions même donné des leçons à Beth ?

Conscient d'avoir proféré une énormité, il s'arrêta net et un silence de plomb tomba sur la table. Ils avaient tous entendu distinctement le diminutif de la petite fille, à laquelle personne ne faisait jamais allusion. Seule Chantal ne saisit pas la raison du malaise qui venait de s'installer, et elle se tourna vers son mari.

— Qui est Beth ? demanda-t-elle gentiment.

Ainsi qu'il s'y attendait, Gauthier sentit le regard de Charles posé sur lui. Il eut l'impression étrange de se retrouver petit garçon, à l'époque où son oncle l'effrayait, où les adultes chuchotaient entre eux, où les échos de la guerre n'en finissaient pas de s'éteindre.

— La sœur de Vincent et de Daniel, articula-t-il enfin. Elle est… décédée.

Cette fois, Chantal comprit la cause de la tension qui régnait et elle se garda d'insister. Ostensiblement, Charles alluma une cigarette alors qu'il savait fort bien que Clara détestait la fumée à table. Ses yeux quittèrent Gauthier pour effleurer Alain, puis Marie. Au bout de quelques instants, il murmura une phrase incompréhensible, vague excuse à l'intention de sa mère, et il se leva. Dans le silence contraint qui persistait, son pas résonna sur les pavés du patio.

— Il n'a pas eu une journée facile, soupira Marie.

Elle était toujours prête à le soutenir et avait remarqué son expression de détresse absolue quand le nom de Beth l'avait frappé.

— Je suis vraiment navrée, s'excusa Chantal.

— Non, j'aurais dû t'en parler, répondit Gauthier en secouant la tête. Mais le sujet est tellement tabou qu'on a tous fini par oublier. Je ne sais pas pourquoi j'ai pensé à elle... Peut-être à cause des enfants...

Il avait beau s'en défendre, il revoyait avec une précision inattendue le visage rieur de sa cousine. Elle avait cinq ans, il en avait neuf, elle lui donnait volontiers la main, sa frange retombait avec grâce sur ses grands yeux noirs. Un jour, avec Alain, Vincent et Daniel, ils lui avaient construit une cabane de roseaux, afin qu'elle y installe ses poupées. Du haut de ses douze ans, Marie s'était moquée d'eux.

— Elle a été déportée avec sa mère, ajouta-t-il à mi-voix.

Chantal connaissait l'histoire de Judith, qu'il lui avait résumée en quelques mots, mais ignorait l'existence de la petite fille.

— Quelle horreur, murmura-t-elle.

D'un geste vif, elle prit la main de son mari, qu'elle serra dans la sienne. À l'autre bout de la table, Clara était un peu pâle et Marie se pencha vers elle, inquiète.

— Tu ne te sens pas bien, grand-mère ?

— Si, si... ça va... C'est si loin, tout ça !

La vieille dame se redressa, s'obligea à sourire, domina la peur qui l'avait saisie quelques instants plus tôt. Elle avait vu Charles regarder ses neveux tour à tour et s'était demandé si le pire n'allait pas se produire. Il se taisait depuis quatorze ans, mais un jour ou l'autre il parlerait, elle en était désormais certaine.

Les cousins s'étaient remis à bavarder entre eux, profitant de l'absence de Charles pour interroger Alain sur l'exploitation. Ils se réjouissaient sans réserve de son succès commercial, flattés de ce qu'il avait su tirer de la terre de Vallongue, heureux de le considérer comme le gardien de leur patrimoine. À les observer, Clara se sentit un peu rassurée. Ces cinq-là formaient une vraie famille, *sa* famille, et rien ne pourrait la désunir. En tout cas, elle l'espérait de toutes ses forces.

Il était presque une heure du matin quand Alain sortit de la maison. La conversation s'était prolongée longtemps après que Clara et Madeleine furent montées se coucher. Autour des infusions au miel et d'une boîte de calissons, Magali dans les bras de Vincent, Chantal dans ceux de Gauthier, Marie appuyée sur Daniel, ils avaient bavardé à bâtons rompus. Peut-être était-ce l'évocation de Beth qui les avait soudain rapprochés, toujours est-il qu'ils avaient eu envie de tout savoir les uns des autres. Gauthier avait raconté l'hôpital et ses premières opérations, Vincent le tribunal, où il était le plus jeune des juges, puis Daniel s'était lancé dans une série d'anecdotes désopilantes qui prouvaient qu'il n'était pas seulement une bête à concours mais aussi un jeune homme plein d'esprit. Ensemble, ils s'étaient rappelé mille souvenirs d'enfance, des choses qu'ils croyaient avoir oubliées et qui les avaient émus.

Alain n'avait pas vu passer le temps, mais à présent il était pressé de rejoindre Jean-Rémi. De l'interroger sur son voyage, d'ouvrir avec lui une bouteille de lambrusco en l'écoutant parler de Venise et des peintres italiens. De s'allonger à ses côtés, en quête d'une tendresse muette que personne d'autre ne pouvait lui offrir.

Il longea l'allée, indécis, en se demandant s'il ne ferait pas mieux de prendre sa voiture, pour aller plus vite, mais alors le lendemain matin il serait privé du plaisir de la balade à travers les vallées, dans la fraîcheur de l'aube. Il hésitait encore lorsqu'une voix s'éleva, toute proche :

— Tu sors ? l'interrogea Charles.

Alain s'arrêta net, surpris par la présence de son oncle. Il distingua sa silhouette, appuyée au mur du garage, et le bout incandescent d'une cigarette.

— Oui...

Contrarié, le jeune homme supposa que Charles avait passé toute la soirée à fumer là. Il n'avait pas de comptes à lui rendre, pourtant il chercha quelque chose à dire, n'importe quoi pour rompre le silence car leurs tête-à-tête étaient si rares et leurs rapports si distants qu'il ne voulait pas avoir l'air de fuir. D'autant qu'il n'avait pas caché son ironie, le matin même, en introduisant Stuart dans le bureau pour la grande scène du mari cocu, ce que Charles n'avait pas dû apprécier du tout.

— Je vais..., commença-t-il.

— Tu vas rejoindre ton peintre, comme d'habitude ?

Abasourdi, Alain ne trouva rien à répondre. La question avait été posée de façon neutre, sans curiosité ni reproche, toutefois Charles ajouta :

— C'est amusant que tu aies conservé ce besoin de dissimulation. Après tout, tu as passé l'âge !

Comme Alain ne pouvait pas voir son visage, dans l'obscurité, il en était réduit aux suppositions. Que savait son oncle exactement, et depuis combien de temps ?

— Je ne me cache pas...

— Vraiment ?

— Je suis simplement discret.

— Encore heureux ! Tu te vois claironner ça sur la place publique ? Non, de ce côté-là, je n'ai rien à te reprocher, tu as sacrifié aux apparences. Remarque, c'était la moindre des

267

corrections, vis-à-vis de ta grand-mère. Je suppose qu'elle ignore tout de tes mœurs, d'ailleurs à en croire Ferréol tu passes pour un coureur de jupons, c'est merveilleux comme une réputation peut ne reposer sur rien !

Le ton était devenu mordant, la dispute semblait inévitable, aussi Alain se borna-t-il à demander :

— Tu es au courant depuis longtemps ?

— Très.

C'était impossible, Charles mentait, sinon il ne se serait pas privé d'intervenir plus tôt. De plus, Alain s'était montré prudent, il avait sacrifié tous ses étés pour éviter ce genre de situation, et il était probable que son oncle n'eût jamais rien deviné. Quelqu'un avait dû lui apprendre la vérité récemment. Pas Vincent, Alain avait une totale confiance en lui, mais peut-être Daniel, qui n'était pas de taille à résister aux questions de son père. L'idée de cette trahison, même involontaire ou provoquée, était exaspérante. Subir le cynisme de Charles n'avait rien d'une sinécure, et dorénavant ce serait pire.

— Tout de même, Alain, je voudrais que tu me précises un détail. Est-ce que ça dure depuis le début, est-ce que c'était la raison de ta venue ici, de ta soudaine passion de la terre ? Est-ce que tu as réussi à monter une histoire pareille tout seul, et à nous la faire avaler ? À l'époque, je ne comprenais pas ton acharnement à arrêter les études... Tu le connaissais déjà ?

— Non !

— Tu réponds trop vite... De dix-sept à vingt et un ans, tu as voulu vivre seul à Vallongue, et en principe tu te trouvais sous ma responsabilité. Quand l'as-tu rencontré ? J'imagine que j'aurais pu le traîner en justice...

— Pas toi ! Tu tiens trop à ton nom, à ta réputation, tu n'aurais jamais provoqué un scandale !

Furieux de se sentir aussi vulnérable, Alain luttait pour rester calme, mais il avait protesté avec une véhémence qui arracha un petit rire cynique à Charles.

— En es-tu certain ? Je te rappelle que, pour les mineurs, l'anonymat est toujours respecté... Tu n'aurais même pas été cité, mais Jean-Rémi y aurait laissé sa carrière.

Cette dernière phrase était révélatrice, si son oncle avait su, il se serait acharné sans pitié. Or, au contraire, il avait acheté un tableau à Jean-Rémi pour l'offrir à Clara, preuve qu'il ignorait tout. Cependant, on ne pouvait jurer de rien avec lui, il était trop imprévisible et secret, impossible de savoir ce qu'il avait en tête ou ce qu'il préparait.

— Qu'est-ce que tu comptes faire ? demanda Alain malgré lui.

Il aurait dû se taire, passer outre, aller chercher sa voiture pour mettre un terme à cette discussion inutile.

— Faire ? Rien ! répondit Charles. Si tu étais mon fils, je suppose que... mais, Dieu merci, tu n'es que le fils d'Édouard. Et de cette chère Madeleine ! Va la voir si tu as besoin de conseils, il me semble que les gens comme toi aiment beaucoup leur maman, non ?

Sarcastique, la voix atteignit Alain au point le plus sensible. Contre n'importe qui d'autre, il se serait révolté, cependant quelque chose d'inexplicable lui avait toujours fait craindre Charles au fond de lui-même. À chaque affrontement, il se sentait en état d'infériorité, comme s'il était encore un adolescent, dans toutes ces occasions où Madeleine avait chargé son beau-frère d'exercer l'autorité parentale à sa place. À chaque moment important de sa vie, c'était en face de Charles qu'Alain s'était retrouvé, et, hormis Clara, personne n'avait jamais pris sa défense.

— Hélas ! ta mère est idiote, elle n'a rien vu, rien compris ! ajouta Charles.

Jamais il ne s'était exprimé avec un tel mépris affiché, et cette fois Alain faillit réagir, toutefois la consonance précise des derniers mots l'en empêcha. Il les avait déjà entendus, dans d'autres circonstances, prononcés sur le même ton. « ... est idiote, elle n'a rien vu, rien compris ! » Cette même expression, articulée entre colère et dégoût, Charles l'avait utilisée bien des années plus tôt, la nuit où il s'était querellé avec Édouard, la nuit où Alain s'était endormi dans le fauteuil de la bibliothèque et où des éclats de voix l'avaient réveillé. Instinctivement, il recula un peu, chercha son souffle. Jusque-là, il avait réussi à repousser cette idée à la limite de sa conscience, mais il éprouvait la brusque certitude que Charles avait une part de responsabilité dans le suicide de son père. Il ignorait le motif de leur dispute, il n'avait pas entendu grand-chose en fuyant dans l'escalier, pourtant cette phrase s'était gravée dans sa mémoire. Qui donc n'avait rien vu ni rien compris ? Et en quoi était-ce assez grave pour qu'Édouard en arrive à se tirer une balle dans la tête ?

— Charles…, dit-il dans un souffle.

Il voulait lui poser la question mais n'osait pas, stupéfait de sa propre impuissance et du poids que revêtaient soudain ces bribes de souvenirs.

— Je ne t'empêche pas de passer. Va où tu veux, Alain.

Charles en restait à Jean-Rémi, à cette histoire d'homosexualité qui devait le révulser, alors qu'Alain revoyait des images vieilles de quinze ans, indéchiffrables et angoissantes comme ce cauchemar qui le poursuivait sans cesse.

— Tu ne t'entendais pas avec mon père, n'est-ce pas ? murmura-t-il.

D'abord il y eut un silence, puis Charles bougea et Alain se sentit brutalement saisi par la nuque, expédié contre le mur du garage, qu'il heurta avec violence.

— Ne me parle pas de ton père ! gronda Charles juste derrière lui. Jamais ! C'est clair ?

Immobilisé par les mains pesant sur son dos au point de l'asphyxier, Alain écarta un peu son visage de la pierre en saillie qui lui avait ouvert la pommette. Du sang coulait le long de sa joue, mais il ne chercha pas à faire un geste pour s'échapper. Il aurait pu essayer de se retourner, se battre, laisser éclater toute la rancœur qu'il avait accumulée contre son oncle. Parce qu'il avait vingt ans de moins, il était à peu près certain d'avoir le dessus, physiquement, cependant il devinait que sa propre colère ne suffirait pas contre la fureur incompréhensible de l'autre.

Autour d'eux, la nuit était redevenue tranquille, avec juste quelques coassements de grenouilles dans le lointain. Charles le lâcha aussi soudainement qu'il s'était jeté sur lui et s'éloigna de quelques pas en marmonnant :

— Je me fous de ce que tu fais, de ce que tu es, si tu savais…

Il était sincère, il se moquait absolument de l'existence de son neveu. En fait, c'était tout à fait par hasard qu'il avait appris la liaison d'Alain avec Jean-Rémi Berger. Une indiscrétion commise lors d'un dîner parisien par un écrivain en vogue, ami du célèbre peintre. Le prénom d'Alain n'avait pas été prononcé, mais l'évocation de ce jeune homme de bonne famille qui cultivait la terre non loin du moulin avait été éloquente pour Charles. Cette découverte ne l'avait ni ému ni scandalisé, il ne s'attendait qu'à de mauvaises surprises de la part de son neveu.

Alors qu'il était déjà dans l'allée, Alain le rattrapa en deux enjambées et se planta devant lui pour l'obliger à s'arrêter.

— Pourquoi me détestes-tu à ce point ? Je t'ai déjà posé la question, il y a longtemps, et tu ne m'as pas répondu !

— Ce soir non plus. Mais rassure-toi, je te le dirai un jour.

À la lueur du briquet avec lequel il alluma une cigarette, Charles découvrit les taches de sang sur la chemise d'Alain. Un remords inattendu le submergea et il esquissa un geste qu'il n'acheva pas.

— Je ne voulais pas te faire mal, tu devrais rentrer te changer, lui dit-il seulement.

Il contourna le jeune homme sans le toucher, puis remonta l'allée dans la direction opposée à la maison, comme s'il avait décidé de passer la nuit à marcher dans les collines.

9

Paris, 1961

Par la fenêtre du boudoir, Clara pouvait voir Cyril s'amuser sur l'herbe. Pour ses arrière-petits-enfants, elle avait fini par demander au jardinier d'arracher les rosiers aux redoutables épines, de remplacer le gravier par du sable, et de se contenter désormais de gazon et de fleurs rustiques. Résigné, il avait planté des tulipes, des pensées et des lupins autour d'une impeccable pelouse qu'il ne cessait de réensemencer.

Marie avait cédé aux instances de sa grand-mère et quitté son appartement pour revenir avenue de Malakoff avec ses deux enfants. Elle était tellement accaparée par son travail au cabinet Morvan-Meyer qu'elle comprenait la nécessité d'un environnement familial pour eux, sans oublier qu'ainsi ils profitaient d'un jardin en plein Paris.

Étouffant un petit soupir, Clara se replongea dans ses comptes. À près de quatre-vingts ans, elle commençait à moins s'amuser avec les chiffres, mais la fortune Morvan avait résisté à l'érosion et aux fluctuations de la Bourse. C'était une satisfaction, et elle pouvait se féliciter d'avoir su se débrouiller avec les placements depuis des décennies, malgré deux guerres. Le décès de son notaire et ami, Michel Castex, quelques mois plus tôt, l'avait contrariée car elle n'avait qu'une confiance relative dans son successeur, cependant ses affaires étaient claires, saines, sa succession planifiée.

Charles gagnait beaucoup d'argent, de plus en plus en fait, surtout depuis qu'il avait monté son cabinet de groupe, et Marie en profitait largement puisqu'il l'avait prise comme associée à part entière. C'était un peu pénible de les entendre parler de leurs affaires presque à chaque dîner, toutefois Clara préférait savoir son fils occupé par ses dossiers plutôt que toujours plongé dans des souvenirs morbides.

— Charles, mon chéri…, murmura-t-elle.

Elle le voyait vieillir avec une tristesse infinie et, inconsciemment, elle avait reporté une partie de la passion qu'elle avait pour lui sur Vincent. Le stylo en l'air, perdue dans ses pensées, elle songeait à son petit-fils préféré, qui était vraiment devenu le portrait craché de Charles. Comme son père au même âge, Vincent avait désormais trois enfants, puisqu'un petit Lucas était né. Trois enfants et une femme d'une beauté éblouissante, un début de carrière très prometteur, un physique de jeune premier, mais là s'arrêtaient les similitudes avec son père. Charles avait connu un bonheur fou aux côtés de Judith, ce n'était pas le cas de Vincent. Ses sentiments pour Magali ne faisaient aucun doute, il aimait sa femme par-dessus tout, malheureusement celle-ci ne parvenait pas à s'adapter. Mariée depuis cinq ans, elle ne s'habituait toujours pas à sa nouvelle condition sociale. Quand Vincent organisait des dîners à Vallongue, elle s'en faisait toute une montagne, réclamait le secours d'Alain, qui semblait seul en mesure de la rassurer, finissait inévitablement par commettre un impair suivi d'une crise de larmes.

C'est d'Alain, à qui elle téléphonait chaque semaine depuis plus de dix ans, que Clara obtenait le récit de certaines soirées désastreuses. Celle, entre autres, où Magali avait lâché un plat et s'était précipitée à quatre pattes pour nettoyer le tapis, jusqu'au moment où Isabelle lui avait enlevé l'éponge des mains, tandis que les invités regardaient ailleurs. Bien entendu, Vincent taisait ce genre de détails. Quand Clara l'appelait, de préférence au tribunal, il prenait un ton enjoué pour affirmer qu'il menait une vie sans nuage. Évidemment, il ne pouvait pas donner raison à ceux qui l'avaient mis en garde, ceux qui avaient prédit comme des oiseaux de mauvais augure que Magali ne serait jamais une femme du monde. Charles le premier. Et, pour Vincent, le pire serait de démériter aux yeux de son père, donc il se taisait. Hélas ! son silence n'en faisait pas pour autant un homme heureux.

Elle leva les yeux et jeta un nouveau coup d'œil dans le jardin, où Cyril continuait à jouer au ballon. Combien de milliers d'heures avait-elle passées dans ce boudoir, à penser aux membres de sa famille, à surveiller l'état de ses finances ? Sa jeunesse insouciante n'était plus qu'un lointain souvenir auquel elle ne se référait presque jamais. À l'époque, Henri s'occupait d'Édouard, et elle riait aux éclats avec l'adorable petit Charles.

Édouard… S'il y avait bien quelqu'un à qui elle ne voulait pas songer, c'était lui. Pas Édouard ! Il lui suffisait d'être obligée, une fois par an, d'accompagner Madeleine au cimetière d'Eygalières, de s'incliner devant le caveau, et là elle se demandait toujours comment elle avait fait pour ne pas devenir folle. À croire qu'elle était vraiment solide. Indestructible.

« Seize ans de paix, ce qui est pris est pris, mon Dieu faites que ça dure… »

Aurait-elle pu agir autrement, éviter certains drames ? Non, car elle avait compris trop tard. D'ailleurs, elle n'avait jamais eu toutes les cartes en main. Madeleine elle-même était passée à côté de la vérité.

— Charles, mon chéri, répéta-t-elle à mi-voix.

Mais personne ne pouvait rien pour lui puisqu'il se refusait à oublier.

« Et il a raison, c'est insupportable… »

Quand Charles invitait des magistrats, des hommes politiques ou des industriels, lors de ces très brillants dîners qu'il demandait à sa mère d'organiser, quand il discourait de sa voix grave à laquelle il était impossible de résister, quand il posait sur les convives son regard gris acier, il y avait toujours des femmes pour se pâmer dans l'assemblée. Et Clara continuait d'espérer, contre toute logique, qu'un jour l'une d'elles serait assez forte pour le libérer de son obsession. Après tout, Sylvie avait failli y parvenir, même si elle était arrivée trop tôt dans la vie de Charles, mais aujourd'hui, après tant d'années, il devait avoir plus soif d'amour que de vengeance, il n'était qu'un homme !

Le bruit de la porte la fit sursauter, et elle se reprit juste à temps pour sourire à Daniel, qui entrait.

— Ah, mon grand ! Tu viens me raconter ta première journée au ministère ?

— C'était à pleurer d'ennui, grand-mère… On m'a installé dans un beau bureau, plein de dorures, avec un portrait du Général qui plairait beaucoup à papa, et des tas de dossiers que je vais devoir signer sans les lire si je veux voir la pile diminuer !

Il plaisantait, heureux de ce premier poste de haut fonctionnaire qu'il était trop jeune pour occuper mais qui lui avait été attribué au vu de ses innombrables diplômes. Charles n'avait même pas eu à faire jouer ses relations car le nom de Morvan-Meyer, s'ajoutant à de si brillantes études, avait emporté la décision.

— Tes nouvelles obligations t'empêcheront-elles de m'accompagner à l'opéra ce soir ?

— Non, absolument pas.

— Et à ce vernissage, samedi ? Depuis que ton frère est à Vallongue, je n'ai plus d'autre chevalier servant que toi.

Daniel appréciait moins la peinture et la musique que Vincent, mais il se faisait un devoir d'escorter sa grand-mère, dont il était d'ailleurs très fier, partout où elle voulait aller. Il baissa les yeux sur le carton d'invitation qu'elle lui tendait et resta muet en découvrant le nom de Jean-Rémi Berger.

— Je suis en admiration devant lui, poursuivait Clara. Jamais je ne me suis lassée du tableau que votre père m'a offert et je me ferais bien un petit plaisir en en achetant un second, pour Vallongue. C'est un investissement, tu sais, sa cote n'arrête pas de grimper !

Il proféra une vague approbation, le regard toujours rivé au papier glacé. Le talent de Jean-Rémi le laissait indifférent, pour lui il s'agissait de l'homme avec lequel Alain entretenait des rapports sulfureux. Un secret qu'il n'avait confié qu'à Vincent et que personne d'autre ne devait jamais apprendre, surtout pas Clara ! Et encore moins leur père, qui s'était toujours heurté à Alain, et à qui il valait mieux ne pas donner une bonne raison de se mettre en colère. En conséquence, Daniel devait rester solidaire de son cousin, même s'il ne l'approuvait pas.

— Les artistes me fascinent, poursuivit Clara. Pas toi ?

— Non…

— Mais là c'est amusant, tu le connais, tu as déjà dîné avec lui à Vallongue ! Tu t'en souviens ? Il a de beaux yeux bleus, c'est un homme délicieux, très cultivé, et sa peinture me touche beaucoup. Pas seulement les paysages, je suis aussi très sensible à ses portraits, je les trouve… habités.

Daniel resta silencieux, horrifié à l'idée que le visage d'Alain puisse se reconnaître sur l'un des tableaux de l'exposition.

— Tu me parais bien éteint, mon chéri, fit remarquer Clara, qui l'observait avec attention. Toutes tes études t'ont rendu triste, il faut absolument que tu t'intéresses un peu au reste du monde, à l'art par exemple.

Elle était pleine de bonne volonté, tout en sachant que Daniel ne ferait jamais un aussi agréable compagnon que Vincent.

— Va t'habiller, dit-elle en lui tapotant le bras. Une première à l'opéra, c'est toujours en smoking…

Avec un vrai sourire de gamin, le jeune homme saisit sa main au vol et lui embrassa le bout des doigts avant de s'éclipser, la laissant tout émue tant le geste avait été spontané.

Chantal referma la porte, attendit quelques instants puis éclata de rire.

— Ta mère, mon Dieu ! s'exclama-t-elle en reprenant sa respiration.

Le bébé s'était endormi dans les bras de Gauthier, qui esquissa une mimique navrée.

— Je sais…

Il caressa avec tendresse les cheveux blonds, incroyablement fins, du nouveau-né.

— Va le poser dans son berceau, ne le réveille pas, conseilla-t-elle.

Côte à côte, ils s'engagèrent dans le vaste couloir qui desservait les chambres. Situé boulevard Lannes, en bordure du bois de Boulogne, l'appartement leur avait été offert par les parents de Chantal à l'occasion de leur mariage. Afin de ne pas être en reste, Madeleine avait alors fait à son fils une donation officielle des parts qu'elle avait prises dans une clinique de Neuilly. Même s'il ne comptait pas y exercer, il se retrouvait ainsi actionnaire et nanti d'un joli capital.

— Tu es vraiment son idole, c'en est comique ! ajouta Chantal en tirant les rideaux.

Elle le regarda installer le petit Philippe sur le ventre, remonter la minuscule couverture bleue.

— Je ne sais pas comment mon frère et ma sœur n'ont pas fini par me haïr, soupira-t-il. Maman les a traités plus bas que terre l'un comme l'autre. Et ça continue, elle est gâteuse de nos enfants alors qu'elle n'a quasiment jamais regardé Cyril ou Léa !

Madeleine, qui venait une fois par semaine prendre le thé, arrivait le sourire aux lèvres et chargée de cadeaux pour s'extasier sans fin sur Paul, âgé de quinze mois, et désormais sur le petit Philippe, né dix jours plus tôt. Elle raffolait d'eux comme s'ils étaient ses uniques petits-enfants, comme si seul Gauthier l'avait comblée en la faisant grand-mère.

— C'est dur d'être le chouchou ? demanda Chantal d'une voix moqueuse.

— Très !

Ils quittèrent la chambre du bébé et regagnèrent le salon, où il ne restait plus que des miettes sur les plateaux de petits fours auxquels Madeleine ne résistait jamais. Paul s'était assoupi dans son parc, roulé en boule au milieu des jouets, le plus loin possible du gros ours en peluche qui était son cadeau du jour. Gauthier s'installa sur le canapé de cuir, et Chantal vint tout de suite se lover contre lui. Après le départ de sa belle-mère, elle reprenait toujours possession de son mari avec plaisir, et elle se promettait systématiquement de ne jamais faire aucune distinction entre ses enfants si par bonheur elle en avait plusieurs.

— Marie était trop indépendante pour le caractère timoré de maman, reprit-il d'une voix songeuse. Quant à Alain, elle le tenait carrément pour un rebelle alors que c'est un garçon formidable.

— Et toi ?

— J'étais plus diplomate qu'eux, plus souple, et puis j'étais le dernier… J'essayais de ne pas me faire remarquer, et surtout pas de Charles !

— Pourquoi ? Il était si terrible ?

— Disons qu'aucun de nous n'avait envie de le contrarier. Il n'y a qu'Alain qui s'y soit risqué, avec le résultat qu'on sait : ils ne peuvent pas se supporter.

— Je t'envie quand même d'avoir une grande famille, c'est sinistre d'être fille unique. Quand je vous vois tous ensemble, à Vallongue, je me dis que vous avez de la chance. Vous êtes complètement soudés les uns aux autres.

— Nous n'avions pas l'impression d'être cousins mais plutôt frères et sœur tous les cinq. Et d'avoir la même mère, c'est-à-dire Clara ! Mais ce n'est pas très gentil pour maman…

Malgré tous ses efforts, il ne parvenait pas à ressentir de réelle tendresse envers elle et s'était toujours senti coupable d'ingratitude.

— Bon, arrêtons de parler de ta mère jusqu'à la semaine prochaine, suggéra Chantal. Raconte-moi plutôt ta matinée au bloc et donne-moi des nouvelles de l'hôpital.

Son congé de maternité touchait à sa fin et elle mourait d'envie de reprendre le travail. Gauthier l'y encourageait, persuadé qu'elle n'était pas faite pour rester enfermée entre quatre murs, mais les parents de Chantal criaient au scandale. À leurs yeux, une jeune mère devait rester chez elle, et le professeur Mazoyer harcelait son gendre à ce sujet chaque fois qu'il le croisait dans les couloirs du Val-de-Grâce. D'un geste doux, Gauthier prit le visage de sa femme entre ses mains et il posa ses lèvres sur les siennes.

— Je t'aime, chuchota-t-il avant de l'enlacer.

Il savait qu'elle avait assez de caractère pour exercer son métier sans négliger ses enfants, et il était déterminé à tout faire pour lui faciliter la vie. La seule chose qu'il ne voulait pas était que, d'une manière ou d'une autre, elle ressemblât jamais à Madeleine.

La première personne que vit Vincent en descendant du train, gare de Lyon, fut son père. Grand et mince dans son pardessus bleu nuit, Charles possédait toujours cette élégance inimitable qui permettait de le distinguer au milieu de n'importe quelle foule. Tandis qu'il marchait à sa rencontre, Vincent se sentit très heureux de le retrouver et très fier d'être son fils.

— Ah, te voilà ! s'exclama Charles. La SNCF est toujours d'une exactitude extraordinaire… Bon voyage ? J'espère que tu n'as pas déjeuné ? Alors je t'invite au *Train Bleu*, viens.

Sous la haute verrière de la gare, ils empruntèrent l'escalier qui conduisait au célèbre restaurant décoré de fresques Belle Époque. Une fois installés à la table un peu isolée que Charles avait pris soin de réserver, ils échangèrent un coup d'œil satisfait.

— Tu as très bonne mine, ça te réussit de vivre en Provence.

— Tu parais en forme aussi...

Ce n'était pas une simple formule de politesse, Vincent était sincère. À cinquante-deux ans, son père conservait une allure de beau ténébreux avec ses cheveux châtain parsemés de mèches blanches, son sourire désabusé, accentué par deux rides au coin des lèvres, son regard pâle, et sa façon d'assortir ses cravates à ses costumes sur mesure.

— Je t'ai demandé de venir pour une raison importante, tu t'en doutes, et je suis navré que ta femme ne soit pas là.

Vincent se troubla aussitôt à l'évocation de Magali, qui avait refusé tout net de mettre les pieds à Paris. « L'idée d'un dîner mondain avenue de Malakoff me rend malade ! » avait-elle protesté d'un air terrorisé, et il n'avait pas insisté.

— J'aurais voulu vous parler à tous les deux, mais enfin c'est toi qui es concerné avant tout, ajouta Charles. Je crois que tes longues vacances sont finies et que tu vas obtenir une nomination à Paris.

Abasourdi, Vincent dévisagea son père en refusant de comprendre ce que ses propos sous-entendaient.

— J'ai rencontré les gens qu'il fallait, tu ne seras pas obligé de subir un interminable purgatoire et d'incessantes mutations, tu vas entrer au palais par la grande porte. Je pense que tu peux assumer.

— Mais, papa... Je n'ai pas l'intention de...

— Ah oui ! Quelles sont tes intentions, au juste ? Ton plan de carrière ?

— Eh bien, je... Tu sais, Avignon est très...

— Très quoi ? Province ? Loin des affaires ?

Vincent ne se méprit pas sur l'intonation ironique de son père et regretta de ne pas s'être interrogé plus tôt sur le motif de sa convocation, lancée par téléphone. Il déglutit avant de bredouiller :

— Ce serait évidemment une... euh, promotion, mais je ne...

— Promotion, comme tu dis. Chance de ta vie. C'est exactement ça ! Tu seras le plus jeune au milieu de vieux barbons, je suis très content, très fier.

— Non ! Écoute...

— Si, très fier. Parce que c'est le genre de poste que personne n'obtient uniquement par protection. Services rendus, tout ça, bien sûr il y a des gens qui ont des dettes envers moi ou un service à me demander, mais ça n'aurait jamais suffi pour obtenir la majorité du Conseil supérieur de la magistrature, nous serions loin du compte. En réalité, c'est ton dossier qui a fait la différence. Tu es brillant, Vincent. Ton frère et toi m'avez comblé sur ce plan-là, je ne sais pas si j'ai jamais eu l'occasion de te le dire.

Charles tourna la tête vers le maître d'hôtel qui attendait, passa sa commande avec son assurance coutumière, puis gratifia son fils d'un vrai sourire.

— Avignon, c'était le hors-d'œuvre et tu t'en es sorti haut la main, maintenant tu vas pouvoir faire tes preuves dans la cour des grands, même si tu es le benjamin, et de loin !

Conscient qu'il ne pourrait jamais récupérer la parole tant que son père n'aurait pas décidé de la lui donner, Vincent se contenta de lever les yeux au ciel. Quitter Vallongue ? Comment Magali accepterait-elle ce nouveau changement ? Oh, c'était facile à prévoir : elle allait refuser. Pourtant, à Paris, elle était une inconnue, elle ne risquait pas de rencontrer des gens chez qui elle avait fait le ménage, comme c'était malheureusement arrivé lors d'un cocktail à Aix-en-Provence. Mais il la connaissait, il savait que la perspective d'une vie dans la capitale allait la rebuter. À Vallongue, elle avait Odette, de vrais amis comme Alain ou même Jean-Rémi, personne ne s'amusait de son accent chantant, elle pouvait s'habiller à son idée et n'était pas obligée de rencontrer sa belle-famille chaque semaine.

— Papa… Je suis très heureux à Vallongue, j'aime la maison, je ne…

— Mais on croirait entendre ton cousin ! Déteindrait-il sur toi ? Vallongue est une villégiature, Vincent, pas une fin en soi. Ne me dis pas que tu souhaites rester toute ta vie juge à Avignon, je ne te croirais pas ! Et s'il y a une autre raison, explique-la-moi.

Embarrassé, le jeune homme gardait les yeux baissés sur son assiette où refroidissaient des asperges. Il en était encore à chercher une argumentation possible quand son père donna un brusque coup de poing sur la table.

— Je t'écoute, Vincent !

Un des verres à eau faillit se renverser et Charles le rattrapa de justesse en marmonnant :

— Est-ce que tu te rends compte de la chance que tu as ?

— Que tu m'offres, papa.

— Oh, c'est ça ? Tu ne veux pas d'aide, tu vas me sortir une grande théorie sur la réussite à la force du poignet ? Pas à moi ! Je sais à quel point tu as travaillé, je ne suis pas aveugle, tu n'avais pas les mêmes facilités que Daniel mais tu t'es acharné et tu as eu raison. Aujourd'hui se présente une opportunité formidable, alors tu vas la saisir parce que tu n'es pas timoré et parce que tu t'appelles Morvan-Meyer. D'accord ? Est-ce que tu m'imagines en train de dire que mon fils préfère rester dans le Midi pour profiter de la plage, du soleil et des cigales ? Tu ne peux pas faire ça, Vincent. Tu n'as pas la médiocrité d'Alain et c'est tant mieux pour toi !

— Il n'est pas médiocre, il a parfaitement réussi ce qu'il a entrepris.

— Et toi, qu'as-tu donc entrepris sinon une carrière de magistrat ?

La voix de Charles était devenue plus douce, presque tendre, mais Vincent avait désormais trop d'expérience pour se laisser prendre à ses dons d'orateur.

— J'ai aussi fondé une famille, papa. Et Magali ne s'est jamais sentie à l'aise à Paris.

— Ni à Paris, ni ailleurs.

Le jeune homme fronça les sourcils, choqué par cette réflexion qu'il ne pouvait pas démentir. Son père enchaîna posément :

— Veux-tu qu'on en parle ?

C'était le dernier sujet au monde que Vincent souhaitait aborder, mais il ne pourrait pas y échapper toute sa vie et se contenta de hocher la tête.

— Très bien. Comme n'importe quel homme, je trouve ta femme merveilleusement belle et, parce que je la connais, je sais qu'en plus elle est gentille. Tu l'as choisie tout seul, sur un coup de tête, et tu n'as tenu compte de l'avis de personne. Ton grand prétexte était que j'avais fait la même chose au même âge, si je me souviens bien ? Or il n'existe aucune comparaison possible entre ta mère et Magali. Ta mère était effectivement issue d'un milieu modeste, mais rien ne lui faisait peur dans l'existence. Elle aurait pu épouser un archiduc sans sourciller, Dieu merci elle m'a choisi, moi, et crois-moi je me sentais à peine à sa hauteur.

Surpris par cette tirade inattendue, Vincent leva les yeux vers son père. Il fallait qu'il tienne énormément à cette discussion pour avoir évoqué Judith, même s'il ne l'avait pas nommée.

— Magali a peur de tout, reprit Charles. De moi, de ta grand-mère, de faire des gaffes, de déplaire. De toi aussi, peut-être ? Et tu ne peux pas compter sur elle pour recevoir, ce qui t'empêche d'accepter des invitations que tu ne serais pas en mesure de rendre. Un comportement infantile consiste à t'enterrer à Vallongue et à la laisser astiquer la maison puisqu'elle a décidé qu'elle ne sait rien faire d'autre.

Dans dix ans tu seras aigri, à ce moment-là votre couple sera condamné. Fonder une famille, ce n'est pas seulement mettre des enfants au monde. Il y a l'avenir, Vincent, tu y penses ?

— Oui !

C'était un cri du cœur qui venait de lui échapper, donnant à Charles la preuve qu'il avait visé juste. Dans n'importe quel tribunal, il aurait poussé son avantage aussitôt, mais il s'agissait de son fils et il marqua un temps d'arrêt. Au bout de quelques instants, il ajouta :

— Tu n'as pas envie de refuser, nous le savons tous les deux. Trouve une solution, arrange-toi pour la convaincre. Elle sera d'ailleurs plus en sécurité ici, parce que toutes les inévitables mondanités qui la terrorisent peuvent très bien se dérouler avenue de Malakoff. Ta grand-mère et Marie sauront l'aider à prendre confiance en elle.

Vincent continuait à le regarder d'un air malheureux, mais il se taisait toujours et Charles exigea :

— Tu veux bien me répondre quelque chose ?

— Je l'aime infiniment.

— Parfait ! Quand on se marie, c'est pour la vie. Mais ton métier aussi, ce sera jusqu'au bout.

Son père n'allait pas céder un pouce de terrain, c'était évident. Le jeune homme prit le temps de boire une gorgée de vin avant de répondre.

— Alors je dois essayer de la persuader que mon bien-être est plus important que le sien. C'est ce que tu veux ?

— Non. Il n'est pas question d'états d'âme. L'existence n'est pas une partie de plaisir, je pensais te l'avoir appris. Ne me fais pas regretter d'avoir cédé. Mon rôle était de te dissuader d'épouser une femme de ménage, nous sommes d'accord ? Mais tu étais vraiment très amoureux, prêt à surmonter toutes les difficultés à venir… Eh bien, le moment est venu, tu es au pied du mur ! Qu'est-ce que tu choisis ? La fuite en avant ?

Charles pouvait se montrer dur, ses fils en avaient fait plusieurs fois l'expérience à leurs dépens. Mais il avait des excuses ou même des raisons pour l'être. Comment oublier qu'il avait résisté durant des mois aux pires traitements dans une prison allemande, que sa femme et sa fille étaient mortes en son absence, le condamnant à un enfer de doutes et de culpabilité, que son frère s'était suicidé, et que malgré tout il avait gardé la tête haute ? Vincent l'admirait trop pour avoir le courage de s'opposer à lui et il se contenta de murmurer :

— Ne sois pas injuste avec elle. C'est une telle honte de faire le ménage ? Pendant la guerre, j'ai vu grand-mère ou Madeleine avec une serpillière à la main, et je ne les en estime pas moins pour...

— Tu estimes Madeleine, toi ? Bon, trêve de plaisanterie, Vincent, que ta femme ait fait la bonne ou pas, je m'en fous. Il fallait bien qu'elle mange, je peux comprendre. Mais c'est à elle de s'élever, pas à toi de descendre. Tu me répètes que tu l'aimes sans me préciser si la réciproque existe. À moins d'être sotte, elle doit bien se douter qu'elle ne t'aide pas, en ce moment... Si elle tient à toi, elle te suivra, elle ne cherchera pas à t'empêcher de réussir.

Réprimant un soupir, Vincent détourna son regard, qu'il laissa errer sur la salle. Presque toutes les tables étaient occupées à présent, l'atmosphère du restaurant était devenue bruyante, chaleureuse, mais il se sentait affreusement seul. Ses sentiments pour Magali restaient intacts, il l'aimait toujours avec la même passion, cependant il la perdait un peu plus chaque jour. Impossible de raconter à son père qu'elle buvait parfois un verre de trop pour se donner du courage, qu'elle disparaissait de la maison durant des heures sans dire où elle allait, qu'elle pleurait souvent et s'accrochait à son mari, la nuit, comme quelqu'un qui se noie. Alors que toutes les jeunes femmes de sa génération cherchaient à ressembler à Brigitte Bardot et à s'émanciper, elle essayait de suivre le chemin inverse, de devenir une dame respectable. Elle achetait des vêtements qui lui déplaisaient, dans lesquels elle se déguisait, elle tentait de discipliner sa somptueuse chevelure avec un chignon strict, parlait de moins en moins pour ne pas proférer de bêtises. Vincent était le témoin impuissant d'un combat perdu d'avance. Il avait beau lui répéter qu'il l'aimait à la folie et ne voulait pas qu'elle change, elle continuait de courir désespérément après une image qu'elle n'atteindrait jamais.

— Tu n'as rien mangé, dit doucement Charles. Je t'ai coupé l'appétit ? Moi qui pensais te voir sauter de joie…

Pourtant, il avait dû deviner quelque chose, supposer qu'il existait un problème dans la vie de Vincent, sinon il n'aurait pas pris soin de ménager ce tête-à-tête, il se serait contenté d'attendre son fils avenue de Malakoff, avec du champagne au frais.

— Je ne t'ai pas remercié, papa, excuse-moi, je suis certain que tu t'es démené pour moi et je sais que tu as horreur de demander quoi que ce soit.

— Donc c'est oui ?

Charles s'était un peu reculé, avait croisé les jambes, et il se contentait d'attendre une affirmation dont il ne doutait pas.

— Oui, papa.

Aucune échappatoire ne pouvait sortir Vincent du piège dans lequel son père l'avait entraîné sciemment. Un refus lui aurait coûté trop cher, il ne voulait même pas penser au jugement que Charles porterait sur lui s'il s'obstinait à rester dans le Midi. À sa déception et à sa colère. Clara lui avait confié, un jour où elle était en veine de confidences : « Ton père ne vit que pour ton frère et toi. C'est à cause de vous qu'il est encore debout. » Vincent et Daniel représentaient une part de Judith, dont ils devaient être dignes. En ajoutant le nom de Meyer à celui de Morvan, Charles avait affiché clairement ses intentions. Une dérobade de Vincent aurait été interprétée comme une trahison, et s'il y avait bien une chose que Charles ne savait pas faire, c'était pardonner.

— Très bien, mon grand. Alors, allons visiter les nouveaux locaux de mon cabinet, tu n'as pas vu tous les changements, tu vas être surpris ! Et Marie sera heureuse de t'embrasser avant ce soir, elle se plaît beaucoup là-bas, à tout régenter…

Charles déposa quelques billets sur l'addition avant de se lever, mettant ainsi un terme à une discussion qu'il avait menée seul, comme toujours.

Un peu inquiet, Jean-Rémi considéra la pile de livres posée à côté de sa valise ouverte. Il avait choisi, entre autres, le dernier roman de Bazin, un essai de Simone de Beauvoir et une pièce de Cocteau. Mais ne pouvait-il décidément rien trouver d'autre, pour faire plaisir à Alain, qu'une razzia dans les librairies ? Hormis sa passion pour la lecture – et les oliviers –, Alain était somme toute très secret. Par exemple, il ne manifestait jamais le désir d'accompagner Jean-Rémi dans ses voyages, n'émettait aucun commentaire sur ses tableaux, ne posait pas de questions et ne faisait pas de confidences. Même s'il était moins sauvage aujourd'hui que quelques années plus tôt, il restait bardé de défenses.

Jean-Rémi se dirigea vers l'une des fenêtres, dont il écarta le voilage pour regarder, trois étages plus bas, la rue de Rivoli qui grouillait de voitures. Il avait ses habitudes parisiennes à l'hôtel *Meurice* et regrettait de s'y trouver seul. Il aurait adoré faire découvrir Paris à Alain, même si celui-ci y avait passé une partie de son enfance et de son adolescence. Par curiosité, Jean-Rémi était allé marcher, la veille, du côté de l'avenue de Malakoff. Il avait longé la grille de l'hôtel particulier des Morvan, essayant d'imaginer la jeunesse d'Alain derrière cette imposante façade. Plus tard dans la journée, lors du cocktail de vernissage, il avait aperçu Clara à la galerie et s'était précipité vers elle pour la saluer. Sans cette femme remarquable, la vie d'Alain aurait été un échec complet, c'était l'une des rares choses qu'il savait, et à ce titre la vieille dame méritait tous les égards. Mais il y avait aussi ce qu'il avait supposé ou déduit à partir de bribes de phrases. La quête d'absolu dans laquelle Alain s'était laissé enfermer à force de chercher ses repères. Personne d'autre à aimer ou à admirer que cette remarquable grand-mère. Un environnement d'adultes froids et rigides qu'il avait rejetés à seize ans, se débarrassant à la fois du mépris de sa mère et de l'autoritarisme de son oncle, tout en faisant preuve d'une force de caractère peu commune.

Le voilage retomba tandis que Jean-Rémi restait immobile, perdu dans ses pensées. Sa relation avec Alain lui apportait des joies intenses suivies d'insupportables frustrations. Il en était éperdument, lamentablement et définitivement amoureux. Pour ne pas le faire fuir, il s'était cantonné dans un rôle dont il ne pouvait plus sortir. « Ce que tu me donnes me suffit. » Faux, archi-faux ! Bien sûr, avec le temps, les visites d'Alain étaient devenues plus régulières, toutefois il ne partageait rien, n'évoquait jamais le lendemain.

Désemparé, Jean-Rémi traversa la chambre pour se diriger vers le bureau, sur lequel s'empilaient des télégrammes de félicitations, des demandes d'interviews, des offres d'acheteurs et des invitations. À quoi lui servait donc d'avoir le Tout-Paris artistique à ses pieds s'il était incapable d'en tirer la moindre satisfaction ? Il n'avait même pas envie de s'attarder un jour de plus dans la capitale, pressé de regagner son moulin, sa Provence, et Alain. Il se demanda s'il n'allait pas changer son billet du lendemain pour un train de nuit afin de rentrer plus vite. Il lui suffisait de prévenir Magali, qui avait toujours la gentillesse de venir l'attendre à la gare. Adorable et vulnérable Magali...

D'un geste décidé, il décrocha le téléphone, composa sur le cadran le numéro professionnel d'Alain. Pas question de l'appeler à Vallongue, mais peut-être se trouvait-il encore en train de faire des comptes dans sa bergerie ? Il y passait toujours quelques heures en fin de journée et, avec un peu de chance...

La sonnerie résonna une douzaine de fois avant que Jean-Rémi ne se résigne à raccrocher, furieux contre lui-même. Voilà à quoi il en était réduit : à ne jamais pouvoir joindre le garçon auquel il pensait tellement qu'il ne s'intéressait plus à sa propre carrière. À rester le cœur battant devant un téléphone muet alors qu'il aurait pu être en train de dîner au restaurant avec des amis peintres, auteurs ou musiciens, en parlant d'art et en dégustant la cuisine d'un grand chef. Il était encore jeune, séduisant, et il devait profiter de sa réussite au lieu de se lamenter seul dans la chambre d'un palace.

De nouveau, il décrocha le combiné tout en fouillant parmi les nombreuses cartes de visite déposées à son intention, mais lorsqu'il obtint le standard de l'hôtel, il se borna à demander la réservation immédiate d'une couchette sur le premier train en partance pour Avignon.

Après l'avoir lue une seconde fois, Charles déchira la lettre de Sylvie et en jeta les morceaux dans la corbeille à papiers. Il ne conservait aucun de ses courriers, que pourtant il aimait recevoir. Au début, elle avait été la seule à écrire, environ une fois par mois, et il ne s'était décidé à lui répondre qu'au bout d'une année. Stuart avait choisi la meilleure des solutions en allant vivre à Londres, où il avait acheté une belle maison victorienne entourée de pelouses. Là-bas, il s'était lancé dans le prêt-à-porter, rencontrant immédiatement le succès. Sylvie gérait ses boutiques avec intelligence, ravie de se noyer dans un travail qui lui plaisait, et ensemble ils semblaient avoir trouvé un mode de vie acceptable.

Dans les premiers temps de sa correspondance, Sylvie s'était contentée d'affirmer à Charles que ses sentiments pour lui ne changeraient jamais, qu'il serait toujours son unique amour, et qu'au premier signe de lui elle reviendrait à Paris pour une heure, un jour, la vie entière. Une façon directe de lui rappeler que la décision lui appartenait. En attendant, elle vivait sous le toit de Stuart, dont elle était toujours l'épouse, et s'occupait de ses affaires. Au fil de ses lettres, elle s'était mise à lui raconter son existence, avec un certain humour et aussi beaucoup de tendresse. Elle n'exigeait rien, elle avait juste besoin de savoir qu'en lisant ces pages il ne pourrait pas l'oublier tout à fait.

D'abord agacé, puis progressivement ému, Charles avait fini par apprécier et attendre l'arrivée des enveloppes couleur lilas, aisément reconnaissables dans la pile de courrier. Jusqu'au jour où il avait pris le risque de lui adresser une simple carte, sur laquelle il n'avait écrit que quelques mots, soigneusement pesés. Il ne souhaitait pas son retour, ni son divorce, ni rien d'ailleurs, car il n'avait pas changé d'avis, mais il était heureux d'avoir de ses nouvelles.

Heureux n'était pas exact, en fait. Il aurait préféré pouvoir la regarder ou entendre son rire, la tenir dans ses bras et caresser sa peau, ce qu'il ne lui avouerait jamais pour ne pas lui donner de faux espoirs. Si elle avait trouvé la paix en Angleterre, autant ne pas la troubler. Il s'était promis de ne plus profiter d'elle, de ne plus gâcher son existence pour le simple plaisir de faire l'amour avec elle. Même si elle lui manquait, il avait retrouvé une maîtrise de lui suffisante pour résister à la tentation.

Au-delà des portes capitonnées de son bureau, tout le cabinet devait être en pleine activité, chaque avocat gérant ses dossiers avec des stagiaires, des secrétaires et des avoués. Une idée de génie que cette association de juristes triés sur le volet, qui réalisait un chiffre d'affaires impressionnant et faisait beaucoup d'envieux. Marie y occupait une position équivalant en principe à celle de n'importe quel autre membre, mais être la nièce de Charles Morvan-Meyer lui donnait malgré tout un statut privilégié. Elle avait abandonné le droit pénal pour se consacrer à l'administratif, dans lequel elle excellait désormais, et elle semblait assez heureuse pour que personne ne songe plus à lui reprocher son célibat. La veille, lorsqu'elle était tombée dans les bras de Vincent, ravie de sa visite comme de sa prochaine nomination, Charles les avait regardés s'étreindre avec une certaine fierté. Au moins, il aurait rempli son devoir de chef de famille ; quatre des cinq enfants qu'il avait été contraint d'élever se trouvaient à présent sur le chemin de la réussite. Le cinquième ne l'intéressait pas, de toute façon, même si ses fichues olives représentaient quand même un succès pour qui n'était pas trop ambitieux.

Fatigué d'être resté assis trop longtemps, il se leva, fit quelques pas autour de son fauteuil. Un morceau de la lettre de Sylvie dépassait de la corbeille, et il l'y enfonça. L'écriture était élégante, mais pas autant que celle de Judith, et surtout beaucoup moins émouvante. Son regard se porta machinalement vers la boiserie qui dissimulait le coffre-fort. Les carnets y étaient toujours enfermés, telle une bombe à retardement, dont Charles pouvait régler la minuterie n'importe quand. Il pouvait aussi renoncer, détruire les preuves, renvoyer le martyre de sa femme au néant. Laisser croire qu'elle n'avait été, avec sa fillette, qu'une victime arbitraire. C'était la version officielle, la version Morvan, loin d'une réalité sordide et dérisoire. Une version qu'on pouvait ranger dans les fatalités de l'histoire du siècle, ces horreurs dont il valait mieux ne plus parler en période de prospérité économique, qu'on recouvrait peu à peu d'un voile pudique si opaque que quelqu'un de sa propre famille avait pu un jour demander : « Qui est Beth ? »

Cette question-là avait une réponse, si tragique soit-elle. Il s'approcha du mur, tendit la main vers la boiserie, mais au moment où il allait la faire coulisser, le son de l'interphone le fit sursauter.

— Mme Morvan est là, maître, annonça la voix de sa secrétaire.

Éberlué, il retourna vers son bureau, appuya sur un bouton.

— Mme Morvan ? Laquelle ?

— Votre mère. Je l'ai installée dans le salon d'attente.

— Je vais la recevoir tout de suite, dit-il d'un ton inquiet.

Clara ne mettait jamais les pieds à son cabinet, elle avait dû lui rendre deux visites en dix ans. Il ouvrit lui-même les doubles portes capitonnées pour l'accueillir, tout de suite rassuré de la voir marcher avec assurance devant la secrétaire. D'abord, elle le prit par l'épaule, pour lui déposer un petit baiser sur la joue, puis alla s'asseoir sans attendre d'y être invitée.

— Je sors de chez mon cardiologue, annonça-t-elle tandis qu'il prenait place en face d'elle.

Avec un plaisir bouleversant, elle le vit pâlir et savoura quelques instants son inquiétude avant de préciser :

— Rassure-toi, je vais très bien ! Tension, électro… Bref, il est satisfait, et moi aussi. Quand je lui ai dit que je tenais à profiter de mes arrière-petits-enfants, c'est tout juste s'il ne m'a pas signé un certificat de bonne santé !

— Et tu voulais fêter ça avec moi ?

— Pourquoi pas ?

— Eh bien, c'est un peu surprenant, mais… Champagne ?

— Non, pas à cette heure-ci. En revanche, ce soir à la maison, ce sera avec plaisir, et c'est moi qui régale !

— Parfait, j'en prends note. Maintenant, maman, dis-moi ce qui t'amène.

Le sourire de Clara disparut tandis qu'elle cherchait ses mots. Elle tourna un peu la tête, comme pour vérifier qu'ils étaient seuls, et son regard glissa sur le rembourrage de cuir fauve qui couvrait les portes. Lorsqu'elle reporta son attention sur son fils, elle constata qu'il l'observait avec curiosité.

— Il y a des choses dont nous n'avons jamais parlé, Charles…

Après un petit silence durant lequel il resta impassible, elle enchaîna :

— Malgré l'optimisme des médecins, j'ai soixante-dix-neuf ans.

— Laisse ton âge de côté, ce n'est pas le problème.

— Pas encore… Mais un jour prochain, forcément, et je voudrais pouvoir partir tranquille quand le moment sera venu.

— Tranquille ? Je ne sais pas si c'est possible, maman.

Les yeux de Charles avaient pris un éclat métallique qu'elle reconnut avec agacement. Il allait être difficile à convaincre, quels que soient les arguments utilisés, pourtant il fallait bien qu'ils en viennent là, ils avaient trop tardé.

— Écoute-moi, demanda-t-elle fermement.

— Je ne fais que ça ! Je suis capable de t'écouter, même si je n'ai pas envie de t'entendre. Tu ne m'as pas laissé parler quand je le devais. Tu m'as obligé à me taire et tu as eu tort.

— Non ! s'écria-t-elle en donnant un petit coup sec sur le bureau, du plat de la main.

Un geste familier, auquel il avait souvent recours lui-même.

— Non, Charles, certains silences valent mieux que toutes les confessions du monde !

— C'était ta façon de voir les choses et j'ai obéi. Je l'ai souvent regretté.

— De quel droit ? La famille avant tout, nous étions d'accord !

— Oui… Je ne pouvais pas te laisser seule en face de ces cinq gamins, mais aujourd'hui ils sont adultes.

Elle comprit la menace et se raidit.

— Je t'interdis de la leur faire subir à eux, ta vengeance ! Tu attends ma mort pour les dresser les uns contre les autres ? Ah, je ne peux pas croire ça de toi… Tu es l'être que j'ai le plus aimé, dans toute ma vie, le plus respecté, pour lequel j'ai le plus souffert. D'ailleurs, tout vient de là, je t'ai toujours trop aimé ! Si j'avais pu prendre ta douleur à mon compte, je l'aurais fait sans hésiter, je…

— Tu ne sais pas ce que tu dis, coupa-t-il d'un ton sec.

— Si ! C'est toi qui ignores la force de l'amour maternel. Un père, c'est différent, je suis désolée.

— Mais tu n'es pas en cause, maman !

— Personne n'est plus en cause, c'est fini, Charles. Fini ! Ce qui reste à présent, ce sont seulement des doutes, des…

— Preuves.

Parce qu'il l'énonçait avec calme, elle connut un instant de véritable panique. Elle n'avait pas voulu y penser, depuis tout ce temps, mais à l'époque elle s'était bien doutée qu'il avait découvert quelque chose de précis. Le jour où elle l'avait revu sur le quai de la gare, où elle l'avait distingué parmi tant d'autres bien qu'il ait beaucoup changé après toutes ces années d'absence, elle avait compris qu'il en savait plus qu'elle.

— Preuves ? répéta-t-elle d'une voix blanche. Et tu les as conservées ?

— À ton avis ?

Elle planta son regard dans celui de son fils. Elle aurait donné n'importe quoi pour apprendre un morceau de la vérité, mais pas tout. Pas tout, non ! Si elle le laissait achever, il allait franchir cette limite qu'elle lui avait tacitement imposée, rompre leur pacte, et elle leva les mains en signe de protestation.

— Arrête !

Elle dut reprendre sa respiration pour ajouter, d'une voix sifflante :

— Si tu es incapable de pardonner, qui va t'absoudre, toi ?

Soudain, elle regrettait amèrement d'être venue le voir. Parce qu'elle avait eu peur de mourir, peur de ce qu'il ferait après elle ? Tant qu'elle vivrait, il serait assez fort pour ne pas faillir, même s'il n'avait rien promis, mais ensuite ? Est-ce qu'il détruirait la famille sans regret ? À quoi bon avoir bâti ce clan, l'avoir préservé avec autant d'acharnement ? Elle ne voulait pas le laisser faire et cependant n'avait aucun moyen de l'en empêcher. La pire des erreurs, elle l'avait commise en espérant que le temps pourrait avoir raison d'autant de haine.

— Des ruines, c'est ce que tu vas offrir à tes fils ? soupira-t-elle.

— Pas seulement. Je leur ai aussi donné le nom de leur mère.

Une boule se forma dans la gorge de Clara, et elle dut avaler sa salive à plusieurs reprises.

— Charles... Tu veux que chaque génération à venir en pâtisse encore ?

— Ce n'est pas moi qu'on maudira, maman.

Au lieu de se mettre à pleurer, elle quitta son fauteuil, se redressa de toute sa taille pour le toiser, et il baissa les yeux en murmurant :

— Je t'appelle un taxi.

— Non merci ! J'en trouverai un sur ma route si je me sens fatiguée ; pour le moment j'ai envie de marcher.

Elle avait presque atteint la porte lorsqu'il la rattrapa, la saisissant par les épaules avec maladresse.

— Tu as fait ce que tu devais, moi aussi. Je veux que tu ailles bien, que tu vives des siècles, que...

— Charles !

Comme il la tenait toujours, elle sentit à quel point il était tendu, nerveux, plus atteint par leur discussion qu'il ne l'avait montré.

— Il y a toujours moyen de faire autrement, lui dit-elle avec douceur.

Mais c'était juste pour ne pas s'avouer battue, car elle n'avait plus aucune illusion.

10

Vallongue, 1961

Alain éloigna un peu la lampe, sur la table de chevet, pour que le visage de Magali soit dans l'ombre. Comme il ne pouvait rien faire de plus, il tira un fauteuil et s'assit près du lit. La chambre était en ordre, hormis quelques vêtements abandonnés sur les dossiers des deux fauteuils à médaillon. Elle avait dû se changer plusieurs fois avant de sortir, rejetant des robes trop élégantes ou des jupes trop sages. Lorsqu'il l'avait déshabillée, une heure plus tôt, elle portait un pantalon de lin et une chemise d'homme, sans doute empruntée à Vincent. Elle avait dû juger que c'était là une tenue adéquate pour une femme seule. Combien avait-elle bu de verres, dans combien de bars, et combien de gens l'avaient-ils reconnue ? Elle était quasi inconsciente quand il l'avait trouvée couchée en travers de l'escalier. Il avait dû la porter jusqu'à la salle de bains, lui nettoyer le visage et les mains, lui démêler les cheveux. Le plus difficile avait été de lui enfiler son pyjama de satin. Ensuite, il était descendu faire du café, qu'il l'avait obligée à boire en la maintenant assise.

Elle bougea un peu dans son sommeil, grogna puis se rendormit, la bouche entrouverte. Même ivre morte, abandonnée, elle était vraiment d'une rare beauté. Il se demanda comment elle avait pu conduire pour rentrer à Vallongue. Était-elle malheureuse au point de se soûler, elle qui n'aimait pas l'alcool ? Et aurait-elle le temps de retrouver ses esprits d'ici le retour de Vincent ?

D'un geste affectueux, il lui caressa la main, repoussa quelques mèches de cheveux tombées sur sa joue. Il devait appeler Jean-Rémi pour le prévenir de son retard, mais il n'avait pas envie de bouger. Il était allé vérifier que les trois enfants dormaient tranquillement, Virgile et Tiphaine dans leurs lits jumeaux, et le petit Lucas dans son berceau. La porte de communication avec la chambre de la jeune fille au pair était ouverte, la veilleuse allumée et le silence complet. Il s'était retiré sur la pointe des pieds, soulagé que personne n'ait rien entendu.

« Qu'est-ce que je vais raconter de tout ça à Vincent ? »

Les yeux toujours rivés sur le visage de Magali, il soupira. Il avait favorisé les premières rencontres de son cousin avec celle qui n'était encore que la nièce d'Odette, une ravissante sauvageonne, mais à ce moment-là il n'avait pas imaginé qu'ils puissent se marier un jour. Une erreur, sans aucun doute, ce que Vincent ne reconnaîtrait jamais.

Mal à l'aise, Alain se leva et éteignit la lumière. En fin de journée, alors qu'il rentrait de la bergerie, il avait entendu Magali parler au téléphone. Une conversation avec son mari, d'après ce qu'il avait cru comprendre, où elle n'arrêtait pas de répéter : « Non, tu ne peux pas m'imposer ça ! » Il s'était éclipsé à la cuisine, où il avait assisté avec plaisir au dîner des enfants, et il n'avait pas revu Magali jusqu'à ce qu'il la découvre, beaucoup plus tard, affalée sur les marches de l'escalier.

Il songea qu'elle allait s'en tirer avec une bonne migraine puis quitta la chambre à pas de loup. Il imaginait facilement ce que Vincent avait pu lui annoncer. Par Clara, il savait que Charles remuait ciel et terre depuis un moment dans le but de faire nommer son fils à Paris. Une promotion pour Vincent, une catastrophe pour Magali. Bien sûr, Charles n'avait pas pensé un seul instant au bonheur de sa belle-fille, il n'avait réfléchi qu'en termes de carrière, de statut social. L'ambition Morvan-Meyer trouvait sa mesure dans la capitale et nulle part ailleurs, que Vincent soit d'accord ou pas. Son cousin était piégé, coincé.

Dans le hall, il regarda autour de lui, esquissa un sourire. Pourquoi Charles ne comprenait-il pas que Vallongue était un paradis ? Que, à la longue, Magali aurait fini par s'y sentir chez elle, et qu'en la déracinant à Paris il la condamnait sans appel ? Cette idée n'avait pas dû l'effleurer, ou alors il s'en moquait éperdument.

Il tendait la main vers le téléphone, pour rassurer Jean-Rémi, lorsqu'il entendit un bruit de moteur au-dehors. Figé, il perçut le claquement d'une portière, la voiture qui repartait. Un instant plus tard, Vincent fit irruption.

— Comment es-tu revenu aussi vite de Paris ? lui lança Alain en guise de bienvenue.

— J'ai pris un avion, puis un taxi. Et toi, que fais-tu encore debout à cette heure-ci ?

— Rien…

En passant près de lui, Vincent lui envoya une claque amicale sur l'épaule.

— Est-ce que Magali est couchée ? J'étais vraiment pressé de rentrer, il faut que je lui parle. Elle ne t'a rien raconté ?

— Non, pas directement, mais les bruits circulent vite en famille. Ton père t'a obtenu un poste de juge à Paris, c'est ça ?

— À peu près, oui.

— Félicitations…

Comme Vincent allait s'élancer vers l'escalier, Alain le retint fermement.

— Attends !

Il le poussa vers la bibliothèque, ferma la porte et s'assit dans son fauteuil favori, comme s'il était persuadé que leur conversation allait se prolonger.

— Tu as un problème ? s'enquit Vincent avec curiosité.

Malgré ses propres soucis, il semblait tout disposé à écouter son cousin.

298

— Pas moi. Toi…

Ils se dévisagèrent en silence, puis Vincent se décida à prendre place au bord d'une bergère. Sourcils froncés, il murmura :

— Tu peux être plus clair ?

— Ta femme n'est pas en mesure de discuter avec toi pour le moment. Elle a… disons un peu trop bu. Elle dort à poings fermés, je ne pense pas que tu arriveras à la réveiller avant demain matin.

Stupéfait, son cousin ouvrit la bouche mais la referma sans avoir prononcé un mot. Le silence s'installa entre eux, rythmé par le balancier de l'horloge. Jean-Rémi devait commencer à s'inquiéter pour de bon, seul dans son moulin, à se poser des questions, néanmoins il devrait attendre encore un peu.

— Qu'est-ce qui s'est passé exactement, Alain ?

— Oh, rien de grave ! Par chance, c'est moi qui l'ai trouvée et couchée. J'ai dû la déshabiller, mais elle ne s'en souviendra pas. Je suppose qu'elle a fait la tournée des grands-ducs, à Avignon ou ailleurs. Elle est partie juste après ton coup de téléphone. Et ici, personne ne s'est aperçu de rien, Helen s'est occupée des enfants comme d'habitude…

Vincent hocha la tête, puis il se releva et se mit à arpenter la bibliothèque, les mains enfouies dans les poches de son pantalon.

— Tu crois que je devrais refuser ? marmonna-t-il après plusieurs allées et venues.

— Ta nomination ? Je n'en sais rien, ça ne me regarde pas.

— Donne-moi ton avis quand même.

— Il ne te plaira pas forcément.

— Peu importe !

— Vraiment ? Eh bien, je crois que Magali est en train de perdre pied. Même dans cette maison, bien à l'abri du reste du monde, elle est terrorisée. Elle ne veut pas être une bourgeoise, mais elle ne veut pas non plus te décevoir et elle ne sait plus à quel saint se vouer.

— Qu'elle soit elle-même, c'est tout ce que je demande ! De quoi a-t-elle donc si peur ?

— Du jugement des autres. Toi, bien sûr, et toute la famille. Tu as vu la tête d'Odette quand elle est invitée ici ? Les regards qu'elles échangent, toutes les deux ? Oh, et aussi une foule de détails ! Tu ne t'aperçois vraiment de rien ? Il suffit qu'on parle de littérature, de musique ou de politique, et elle ne sait plus où se mettre, elle donnerait n'importe quoi pour être ailleurs !

— Mais pourquoi, Alain ? À part l'été, il n'y a que toi à Vallongue, et Magali t'adore ! Avec toi elle est en confiance, et avec ton… avec Jean-Rémi aussi. Elle me raconte qu'elle va prendre le thé chez lui et qu'ils discutent de tas de trucs, qu'elle apprend beaucoup, que…

Il s'interrompit en se demandant soudain ce que sa femme cherchait à apprendre. Le fossé qui la séparait des Morvan ne se comblerait jamais, ce n'était pas quelques conseils de Clara ou quelques discussions sur l'art qui allaient lui donner confiance en elle. Au début de leur mariage, elle était en admiration devant Marie, à qui elle aurait désespérément voulu ressembler. Ensuite, elle était tombée sous le charme de Chantal. Toutes les femmes de son âge lui semblaient des modèles inaccessibles, auxquels elle ne parvenait pas à s'identifier.

— Je ne suis pas obligé d'accepter, dit-il d'une voix tendue. Nous pouvons très bien rester ici. Magali passe avant tout, et les enfants sont sûrement plus heureux en Provence qu'ils ne le seraient à Paris…

Il l'affirmait avec conviction, mais Alain leva les yeux au ciel.

— Tu veux rester juge à Avignon toute ta vie ? Te retrouver en guerre ouverte contre ton père ? Et que Magali en porte la responsabilité ?

— En tout cas, je ne veux pas qu'elle soit mal à l'aise. À elle de décider.

— Elle en est incapable, tu le sais très bien.

— Alors, où est la solution ?

Vincent donna un coup de poing rageur contre une étagère et fit volte-face pour planter son regard dans celui d'Alain.

— Tu me trouves lâche ? Inconséquent ? J'aurais dû envoyer papa au diable, louer une maison toute simple au fond d'un vallon et ne plus voir personne ?

— Non... Sûrement pas.

Ils restèrent une seconde à s'observer, puis Vincent secoua la tête, soupira. Alain était son meilleur ami depuis toujours, et devant lui il pouvait formuler la question qui commençait à l'obséder.

— Tu crois que j'ai eu tort de l'épouser ? murmura-t-il. Si je ne suis pas foutu de la rendre heureuse...

Le constat était douloureux pour un homme comme lui, qui ne supportait pas l'échec. Au lycée, puis à la fac, il avait beaucoup lutté pour se maintenir dans les premiers. Il ne possédait pas la déconcertante aptitude aux études de Daniel, mais il l'avait compensée par une volonté sans faille, un travail acharné. Quand il désirait quelque chose, il se donnait les moyens de l'obtenir, tenace jusqu'à l'obstination. Son caractère agréable, charmeur et subtil, que Clara appréciait tant, pouvait devenir âpre lorsqu'il se fixait un but. Il en avait fait la démonstration en épousant Magali contre l'avis de son père, de toute la famille, persuadé qu'il surmonterait les difficultés là comme ailleurs. Aujourd'hui, il commençait à en douter.

— Dis-moi ce que je peux faire pour que les choses s'arrangent...

L'intonation grave de sa voix évoquait celle de Charles, et Alain ébaucha un geste d'impuissance en se levant.

— Je n'ai pas de conseil à te donner. Je suis d'ailleurs le dernier à qui tu devrais en demander.

Au moins, le sourire amical de Vincent ne rappelait en rien celui de son père.

— Mais pense aussi un peu à toi, ajouta Alain avant de quitter la bibliothèque.

Agacé par l'insistance de la blonde qui ne le quittait pas des yeux tout en sirotant un diabolo menthe à la table voisine, Charles finit par se dissimuler derrière son journal. Même s'il trouvait flatteur de pouvoir encore plaire à une jolie jeune femme, il n'avait pas l'intention d'engager la conversation. La lecture de son quotidien ne l'absorbait nullement, c'était pour réfléchir en paix qu'il était entré au café des *Deux Magots*. Le départ précipité de Vincent, quelques jours plus tôt, ne lui disait rien qui vaille. Est-ce que cette écervelée de Magali allait poser un problème ?

Il but quelques gorgées de thé puis chercha son étui à cigarettes. Au moment où il sortait son briquet de sa poche, la blonde se leva pour lui demander du feu, avec un sourire très prometteur. Il ne lui accorda qu'un bref instant d'attention, tandis qu'elle le dévisageait au-dessus de la flamme. Décidément, il n'avait pas envie de se faire draguer par une fille de vingt-cinq ans. L'âge qu'aurait eu Beth si elle avait vécu, ce qui était une idée très désagréable.

D'un geste négligent, il posa un billet sur la table puis quitta le bistrot sans attendre la monnaie ni se retourner vers la blonde dépitée. Une petite pluie fine tombait sur le boulevard Saint-Germain, pourtant il décida de marcher. Rien d'urgent ne l'obligeait à regagner son cabinet pour le moment, il pouvait flâner dans les rues de Paris jusqu'à l'heure de son prochain rendez-vous au palais de justice. Il n'avait qu'à se diriger vers la rue Dauphine, et de là gagner le Pont-Neuf, plutôt que chercher un improbable taxi en maraude. De toute façon, il restait soucieux de sa forme physique, continuait de se rendre deux fois par semaine dans une salle de sport et ne prenait jamais aucun ascenseur.

Autour de lui, les passants se hâtaient, cols relevés, alors qu'il n'avait même pas pris la peine de fermer son imperméable. Perdu dans ses pensées, il observait les flaques qui se formaient sur le trottoir luisant lorsqu'un passant le heurta brutalement. Il releva la tête et croisa un regard bleu acier tandis que l'homme marmonnait des excuses avec un fort accent allemand. L'espace d'un instant, Charles éprouva une étrange sensation de malaise. Il se retourna lentement et vit que l'homme s'était arrêté lui aussi. À trois mètres de distance, ils se dévisagèrent ouvertement. Les gens s'écartaient pour les contourner avec indifférence tandis qu'ils restaient immobiles, désormais certains de s'être reconnus l'un comme l'autre.

Charles ne se souvenait pas de son nom, peut-être même ne l'avait-il jamais su, mais impossible d'oublier ses yeux. Devant cet homme-là, dix-sept ans auparavant, au fond d'une cellule de forteresse, il avait découvert la peur, la souffrance et la haine. Des sentiments intacts, qui resurgissaient soudain avec une telle intensité qu'il fut parcouru d'un violent frisson.

L'homme dut sentir le trouble de Charles car il fit volteface et traversa en hâte le boulevard. Sur le trottoir opposé, il allongea encore le pas pour tenter de se perdre dans la foule qui émergeait d'une bouche de métro.

Il fallut quelques instants à Charles pour maîtriser un ancien réflexe d'angoisse, puis il se laissa submerger par une rage incontrôlable qui le précipita à la poursuite de l'autre. Le feu était vert quand il s'élança sur la chaussée, et il ne vit même pas arriver l'autobus, qui le percuta de plein fouet. Il fut projeté loin de là et se retrouva couché sur les pavés mouillés. La calandre d'une Renault s'arrêta à quelques centimètres de son visage, mais il était incapable de bouger, de se relever, et le bruit des klaxons ou des freins bloqués ne lui parvenait déjà plus.

Gauthier était comme tous les petits-enfants de Clara : il adorait sa grand-mère. Et il la respectait assez pour refuser de lui mentir. Toute sa vie, elle avait fait preuve de courage et de bon sens, rien n'était parvenu à émousser son autorité au sein du clan Morvan ; il était donc inconcevable de la traiter en vieille dame fragile.

— Je veux la vérité ! avait-elle exigé d'une voix qui ne tremblait pas.

Gauthier avait cédé, sans prendre la peine de consulter les autres. Charles était perdu, il ne restait aucun espoir. C'était juste une question d'heures, peut-être de jours, mais l'hémorragie du foie ne pouvait pas être jugulée.

Le choc avait fait chanceler Clara, et il avait dû la soutenir puis l'obliger à avaler quelques gouttes de digitaline. Charles avait été transféré dans le service du professeur Mazoyer, au Val-de-Grâce, et Gauthier l'avait fait installer dans une chambre individuelle. Les résultats des premiers examens et des radios étaient sans appel.

Alerté, Daniel était rentré sur-le-champ avenue de Malakoff. Le temps de téléphoner à Marie, au cabinet, puis à Vallongue, les deux cousins avaient pris ensemble la décision de conduire leur grand-mère à l'hôpital.

L'état de Charles, au chevet duquel les meilleurs spécialistes avaient été convoqués, restait stationnaire. Comme il était conscient, il avait fallu lui administrer une forte dose de morphine et il somnolait lorsque sa mère pénétra dans la chambre, flanquée de Daniel et de Gauthier.

— Charles…, soupira-t-elle en marquant un temps d'arrêt.

La vision de son fils, la tête abandonnée sur l'oreiller, bardé de tuyaux, soudain aussi vulnérable qu'un vieil enfant, lui fut insupportable. Même dans les pires malheurs, elle se souvenait de lui debout, faisant face. Les colères de Charles, sa froideur, sa force devant l'adversité, plus rien de tout cela n'existait dans la vulnérabilité de cet homme couché. Avec certitude, elle sut qu'il ne chercherait pas à lutter.

Les doigts de Clara se serrèrent davantage sur le poignet de Daniel, et ils avancèrent ensemble tous les trois.

— C'est moi, mon chéri, souffla-t-elle d'une voix blanche. Tu m'as fait une sacrée frayeur…

Il ouvrit les yeux, tenta de fixer son attention sur elle. Son regard était voilé, absent, pourtant il bougea un peu et reconnut Daniel et Gauthier. Ce fut à ce dernier qu'il s'adressa.

— J'ai combien de temps ?

À peine compréhensible, parce qu'il l'avait difficilement articulée, la question parut évidente à son neveu, qui se força à répondre :

— Je ne sais pas, Charles… Un peu, sans doute…

Il n'avait pas pu s'empêcher d'être franc. Toutes ses connaissances médicales ne l'autorisaient pas à infantiliser son oncle dans les derniers instants de sa vie. D'un geste professionnel, fait pour rassurer, il lui prit le poignet afin de contrôler son pouls et l'entendit qui demandait à Daniel :

— Où est ton frère ?

— À Vallongue, papa. Il prend un avion, il arrivera dans la soirée.

Gênée par la présence des deux jeunes gens, Clara fit le tour du lit et vint se poster de l'autre côté. À son désespoir commençait de se mêler une sourde angoisse qui ne concernait plus seulement Charles.

— Je vais rester là, décida-t-elle en s'asseyant sur une chaise de plastique.

Au prix d'un gros effort qui fit saillir les muscles de sa mâchoire, il réussit à tourner la tête vers elle. À cause de la souffrance et de la morphine, le gris de ses yeux avait perdu son éclat métallique pour redevenir doux, comme lorsqu'il était jeune homme, comme celui de Vincent aujourd'hui.

— Tu n'empêcheras rien, maman, murmura-t-il avec lassitude.

La mort ne l'effrayait pas, il voulait juste un délai, et elle faillit se mettre à pleurer. Il n'avait pas le droit de partir avant elle, de la précipiter dans un nouveau deuil, ni celui de la condamner à ce qui allait suivre.

— S'il te plaît, dit-elle tout bas.

Mais il s'était rendormi et elle parvint à ravaler ses sanglots.

·

— Tu ne guériras jamais si tu ne prends pas ce médicament !

— Je ne suis pas malade, Judith...

— Avec quarante de fièvre ? Vraiment ? D'ailleurs tu es en nage, je vais changer les draps.

Elle lui tend sa robe de chambre bleue et il se met à rire.

— Tu ferais une parfaite petite infirmière ! Tu ne veux pas t'engager dans la Croix-Rouge ? Si je me fais tirer dessus, tu...

— Charles !

Jamais il n'aurait dû lui rappeler son départ imminent, cet ordre de mobilisation arrivé l'avant-veille, alors que la grippe le clouait au lit. Mais, ce matin, il est heureux de se sentir mieux, heureux à l'idée de se retrouver bientôt aux commandes d'un avion.

— La guerre ne durera pas. Il ne va rien m'arriver, mon amour.

Au lieu de prendre le vêtement qu'elle lui tend toujours, il la saisit par le bras, la fait basculer sur lui par surprise. Elle veut se relever, mais il l'en empêche et la maintient contre lui.

— Les enfants dorment encore ? chuchote-t-il.

Ils vont être séparés et il a l'impression qu'il ne pourra jamais se rassasier d'elle.

— Je t'écrirai tous les jours, promet-il en respirant ses cheveux.

Elle ne se débat plus ; au contraire, elle passe ses bras autour de son cou et l'embrasse. Toute la nuit, elle l'a regardé dormir. Il le sait parce qu'il s'est réveillé souvent et que, chaque fois, il a trouvé la veilleuse allumée et le regard tendre de sa femme sur lui. Ce n'est pas la fin de cette grippe qui l'inquiète, bien sûr. À l'aube, elle s'est levée sur la pointe des pieds pour aller repasser elle-même l'uniforme de Charles. Une tâche qu'elle n'a pas voulu confier à la femme de ménage. Dès demain, son mari cessera d'être « maître » Morvan, jeune avocat à l'avenir prometteur, pour redevenir le lieutenant Morvan, pilote de guerre.

— Ne m'oublie pas, dit-elle d'une drôle de voix.

Il prend son visage entre ses mains, l'éloigne un peu du sien. Il détaille le front sur lequel s'écarte la frange de cheveux noirs, les yeux sombres et les longs cils, la peau fine et veloutée, puis la bouche, d'une irrésistible sensualité. Elle n'est pas encore maquillée, elle a voulu lui porter son plateau d'abord, à cause des médicaments, et maintenant le thé refroidit.

— Je t'aime, Charles.

En le disant, elle a à peine remué les lèvres. Il déplace ses doigts vers sa nuque, l'attire à lui, répète son prénom à plusieurs reprises. Pour chasser l'angoisse diffuse, inexplicable, qui est en train de l'envahir, il la serre un peu trop fort, jusqu'à ce qu'elle laisse échapper un gémissement qui est davantage un appel qu'une plainte.

Il ouvrit les yeux sur un plafond blanc qui ne lui évoquait rien. « Ne m'oublie pas », avait demandé Judith. La phrase résonnait encore dans sa tête. L'oublier ? Oh, non, impossible ! Elle l'avait hanté jusque-là, elle ne le quitterait jamais.

Les souvenirs lui revinrent d'un coup, et le présent se remit en place. L'Allemand, l'hôpital. Pourquoi son destin l'avait-il rattrapé de cette manière odieuse ? Aucun hasard ne pouvait justifier une telle rencontre, dix-sept ans plus tard, sur un trottoir parisien. Et s'il avait réussi à rejoindre cet homme, au lieu de se faire écraser, l'aurait-il étranglé en plein boulevard ? À la lumière du jour, et non pas au fond d'un cachot, certaines images avaient de quoi lui donner la nausée. C'était ce qu'il avait ressenti en identifiant son ancien tortionnaire, surgi du passé comme un cauchemar.

Il baissa les yeux et découvrit Vincent, qui se tenait debout, à côté du lit, juste devant Daniel.

— Vous êtes là tous les deux ? soupira-t-il. C'est bien…

Sa voix était un peu rauque mais il parlait sans trop de difficulté.

— Un, neuf, trois, sept, énonça-t-il. Facile de s'en souvenir, c'est l'année de naissance de Beth. C'est aussi la combinaison du coffre-fort de mon bureau. Vous irez l'ouvrir ensemble, j'y tiens…

Vincent posa sa main sur la sienne, avec beaucoup de douceur.

— Très bien, papa. Mille neuf cent trente-sept.

Son fils aîné avait le visage ravagé et Charles essaya de lui sourire.

— Domine-toi encore un peu, mon grand. J'ai des choses à vous expliquer. Est-ce que Marie est quelque part ?

— Dans la salle d'attente, avec Alain.

— Alain est venu ?

— Oui, il m'a accompagné. Tu comprends, Gauthier a préféré que…

— J'imagine ce qu'il a pu vous dire, ne te fatigue pas. Maintenant, va les chercher, vous êtes tous concernés.

À regret, Vincent abandonna la main de son père, jeta un coup d'œil anxieux vers Daniel puis traversa la chambre. Il remonta le couloir jusqu'à une petite pièce où quelques fauteuils avachis accueillaient les visiteurs. Dès qu'elle l'aperçut, Marie se leva d'un bond pour se précipiter vers lui.

— Il est réveillé ? Je peux le voir ?

Depuis des heures qu'elle attendait là, ses larmes avaient délayé son maquillage et elle semblait hagarde. Catégorique, Gauthier avait recommandé de ne pas fatiguer Charles, de ne pas s'entasser à son chevet. Il avait installé Clara et Madeleine dans son propre bureau, deux étages plus haut, jurant de venir les chercher lui-même si Charles les réclamait. Mais en réalité l'état de son oncle se dégradait lentement et il pouvait sombrer d'un coup ou tenir encore quelques jours. Clara ne survivrait jamais à une attente pareille, si elle devait se prolonger, et Gauthier était fermement décidé à ménager sa grand-mère.

— Il veut vous voir, dit Vincent en regardant Alain.

Son cousin le dévisagea, surpris que cette phrase puisse le concerner.

— Moi aussi ?

— Nous cinq.

Ils s'engagèrent ensemble dans le couloir, les deux jeunes gens encadrant Marie. Presque arrivés à la porte de la chambre, ils virent Gauthier qui attendait, le dos appuyé au mur, les mains dans les poches de sa blouse. S'adressant directement à Vincent, il déclara à mi-voix :

— Je viens d'avoir une discussion avec mon beau-père. Les résultats de tous les examens confirment le premier diagnostic : Charles est inopérable. Pour le foie, on ne peut rien tenter. Et puis il y a la rate, un rein…

L'avis du professeur Mazoyer, d'ailleurs appuyé par d'autres grands patrons, n'était pas discutable. Pour la forme, Vincent s'enquit néanmoins :

— Alors, c'est sans espoir ?

— Aucun, je suis désolé… Tout ce qu'on peut faire, c'est l'aider à ne pas trop souffrir.

La franchise de Gauthier avait quelque chose d'émouvant et de sinistre.

— Viens avec nous, dit Vincent, je crois qu'il a des choses à nous dire…

Il entra le premier, suivi de ses trois cousins, et ils rejoignirent Daniel, qui n'avait pas bougé de sa place. Gauthier vérifia machinalement le débit de la perfusion, jeta un coup d'œil à l'écran du moniteur. Le rythme cardiaque de son oncle était très irrégulier, ainsi qu'il s'y attendait.

— Est-ce que tu as mal ? Tu veux un calmant ? lui demanda-t-il doucement.

— Plus tard… Pour le moment, et puisque vous êtes là tous les cinq…

Charles s'interrompit pour les regarder l'un après l'autre, avec une expression étrange.

— Ce que j'ai à vous apprendre ne va faire plaisir à personne, je vous préviens. Et j'aurais préféré ne pas être couché sur un lit d'hôpital pour vous le révéler.

Il marqua une pause avant d'achever, de façon très nette :

— J'ai toujours su qui avait dénoncé ma femme et ma fille comme juives.

Il esquissa un petit geste de la main en direction de ses deux fils, qui semblaient soudain statufiés.

— Je l'ai deviné à mon retour d'Allemagne, en retrouvant le journal que tenait votre mère… Elle l'a écrit à Vallongue mais l'avait rapporté à Paris, par précaution… À Vallongue, où vous étiez, tous… Avec cette ordure d'Édouard.

Le mouvement de stupeur d'Alain obligea Gauthier à réagir le premier pour éviter un esclandre.

— Charles, arrête, je ne comprends pas. Papa n'a jamais été…

— Si, ton père était un individu abject !

Sa réponse avait fusé, tranchante, et il était impossible de croire qu'il divaguait tant sa voix restait posée.

— Qu'est-ce que tu cherches à nous dire ? murmura Marie, qui était devenue livide.

— C'est Édouard qui les a envoyées à Ravensbrück.

Il y eut un silence durant lequel personne ne bougea, puis Alain fit un pas en arrière.

— Je n'écouterai pas un mot de plus, je m'en vais…

— Surtout pas ! Ah non, pas toi, ce serait dommage !

Même cloué au lit, vulnérable et à bout de forces, Charles conservait son autorité sur les cinq jeunes gens qu'il avait élevés, et Alain s'immobilisa.

— Tu voulais savoir pourquoi je ne t'aime pas ? poursuivit-il. Eh bien, tu es fixé. J'aurais dû vous haïr tous les trois, et votre idiote de mère avec. Mais il a bien fallu que je m'occupe de vous, et qu'en plus je supporte les jérémiades de Madeleine sur le pauvre Édouard !

Il reprit sa respiration sans que personne cherche à l'interrompre.

— Vous trouverez l'explication de tout ça… C'est tellement sordide que je ne veux pas y faire référence… Jusque-là, j'ai voulu préserver votre grand-mère, mais je crois que je n'ai plus le temps d'attendre. N'est-ce pas, Gauthier ?

Son neveu n'émit qu'un vague murmure, la tête obstinément baissée. Vincent et Daniel échangèrent un regard affolé tandis qu'Alain demandait, d'une voix altérée :

— Alors, c'est toi qui l'as poussé au suicide ? C'est ça ?

Tout prenait forme, soudain, ses bribes de souvenir comme ses cauchemars. Les intonations haineuses de Charles couvrant celles d'Édouard, basses et plaintives, lors de leur ultime querelle. Mais, pour se tirer une balle dans la tête, il fallait que son père soit vraiment coupable, qu'il ait effectivement commis cet acte de dénonciation ignoble.

— C'est impossible ! s'écria Marie.

Bouleversée, elle se cramponnait au pied du lit tandis que des larmes coulaient sur ses joues.

— Papa n'avait aucune raison d'en vouloir à ta femme ! plaida-t-elle. Il l'aimait beaucoup, Charles, je me souviens qu'il lui parlait toujours gentiment, il lui faisait des compliments, il…

Elle s'arrêta toute seule, prenant conscience de ce qu'elle était en train de dire. Parce qu'elle était l'aînée des cinq, elle se rappelait plus précisément cette période. La manière dont Édouard regardait Judith ou lui souriait. Plus aimablement qu'à sa propre femme, c'était certain. Du moins au début. Après, il s'était renfermé, n'adressant plus la parole à personne. À la fin, il passait tout son temps dans son bureau, et personne n'osait aller l'y déranger, même pas Clara. À cette époque-là, Marie avait douze ans, elle jouait avec ses frères et ses cousins, indifférente aux histoires des adultes, et elle n'éprouvait pas de tendresse particulière pour son père. C'était un homme assez peu séduisant, autoritaire, imbu de lui-même. Mais de là à l'imaginer comme un monstre, non. Et encore moins à admettre que son oncle ait pu le regarder armer un revolver sans rien tenter pour l'arrêter.

Alain, qui semblait le seul à comprendre quelque chose aux affirmations de Charles, déclara soudain :

— Tu étais avec lui ce soir-là, tu lui as parlé.

— Bien sûr que oui ! Je voulais qu'il me le dise en face !

— Et ensuite, tu l'as laissé faire ? C'était quand même ton frère !

Charles se redressa un peu, mais la douleur le rejeta contre son oreiller. Impuissant, il serra les dents, reprit difficilement le contrôle de lui-même. Puis ses yeux se posèrent de nouveau sur Alain et il répondit, en mettant du poids dans chacun de ses mots :

— Laissé faire ? Oh, mon Dieu, non… Cette vermine était bien trop lâche… Il aurait plutôt cherché un trou de souris qu'un moyen d'en finir… Tu n'as toujours pas compris, pauvre imbécile ? Je l'ai tué !

Marie éclata en sanglots tandis que les quatre garçons restaient muets, figés. En quelques secondes, le silence devint intolérable. Puis brusquement Alain se précipita vers Charles, les mains tendues en avant, prêt à frapper, et Vincent eut juste le temps de s'interposer. Ils heurtèrent le lit avec violence avant de s'effondrer ensemble, cramponnés l'un à l'autre.

Le bruit de la tondeuse tira Clara d'un sommeil agité. Depuis quand le jardinier attaquait-il son travail à l'aube ? Elle se tourna sur le côté pour regarder sa pendulette, qui indiquait neuf heures. La mémoire lui revint d'un coup et elle faillit crier. Ces horribles tranquillisants, administrés de force par Gauthier, l'avaient terrassée. Elle se redressa sans trop de hâte, ainsi que le préconisait son médecin traitant, enfila son déshabillé et ses mules, puis se leva pour quitter la chambre.

Au rez-de-chaussée, tout était silencieux. Marie avait dû conduire Cyril et Léa à l'école, et la femme de chambre était sûrement au marché, achetant Dieu sait quoi puisque personne ne lui avait donné de consignes. Mais les menus étaient vraiment la dernière préoccupation de Clara ; d'ailleurs, les repas de famille risquaient désormais de se transformer en règlements de comptes, peu importait ce qu'on y mangerait.

Arrivée en bas de l'escalier, elle constata qu'elle ne ressentait ni essoufflement ni douleurs d'aucune sorte, elle allait désespérément bien, avec une santé défiant les années, et, en conséquence, elle allait sans doute survivre à son fils cadet, ce qui représentait pour elle un calvaire inimaginable.

La cuisine était déserte, mais la table du petit déjeuner avait été dressée à son intention. Une feuille de papier était posée près de sa tasse, avec quelques lignes écrites par Vincent.

« Je passerai te chercher à dix heures pour te conduire à l'hôpital. Papa est toujours dans le coma ce matin. Gauthier tient à ce que tu prennes tes médicaments. Nous t'aimons tous. »

Immédiatement, elle sentit monter des larmes qu'elle essuya d'un revers de main rageur. Tenir, encore et toujours. Sauver ce qui pouvait l'être, comme d'habitude. Préserver ceux qu'elle aimait.

— Je crois que je ne vais pas vous accompagner aujourd'hui…

La voix de Madeleine fit sursauter Clara, qui se retourna d'un bloc pour la considérer sans aucune indulgence, prête à la bagarre. Qu'est-ce que sa belle-fille avait bien pu apprendre tandis qu'elle-même dormait, anéantie par les somnifères ?

— De toute façon, ça ne fait aucune différence pour Charles, puisqu'il ne reconnaît personne maintenant…, ajouta Madeleine. Vous savez, ma pauvre, Gauthier n'est pas très optimiste…

« Ma pauvre » ? Clara se redressa de toute sa taille et lança sèchement :

— Vous seriez gentille de continuer à m'appeler Clara. Et je connais le pronostic de Gauthier, comme de tous ces fichus médecins !

Madeleine secoua la tête, prenant un air navré.

— Je ne comprends toujours pas comment il a pu se faire renverser… Ce n'est pas son genre d'être distrait, n'est-ce pas ?

Elle l'avait déjà dit cent fois, cependant cette répétition prouvait qu'elle n'avait pas changé d'état d'esprit en ce qui concernait Charles. Elle respectait son beau-frère – en qualité de chef de famille – depuis le décès d'Édouard, et il était même possible qu'elle ressente un vague chagrin à l'idée de le perdre. Donc, elle ignorait tout, personne ne lui avait parlé.

Avec un soupir, Clara posa la bouilloire sur la cuisinière. Ses petits-enfants allaient chercher à les épargner, elle et Madeleine, à les tenir à l'écart. Mais à présent ils savaient la vérité, elle en était persuadée. Une vérité dont elle ne possédait pour sa part que des bribes. La veille, quand Gauthier était enfin remonté dans son bureau de l'hôpital, où elles attendaient depuis des heures, il avait une tête à faire peur. Hagard, comme s'il avait vu le diable. Il leur avait annoncé que Charles venait de sombrer dans le coma, mais ça ne justifiait pas sa pâleur, son silence obstiné, tout le désespoir qu'il essayait en vain de dissimuler. C'était lui qui les avait raccompagnées avenue de Malakoff, sans desserrer les dents, lui qui avait insisté pour faire une piqûre à sa grand-mère avant de rentrer chez lui.

Elle versa l'eau sur le café, respira machinalement l'odeur de l'arabica. Le fardeau que Charles était en train de lui léguer serait impossible à porter, elle en eut le pressentiment. À son âge, aurait-elle encore assez de force pour empêcher la famille de voler en éclats ?

— Où sont-ils tous passés ? demanda-t-elle d'un ton las.

— Vincent est parti au Val-de-Grâce très tôt, Marie était de très mauvaise humeur avec les petits, et je n'ai pas vu Alain aujourd'hui.

Comme il était inconcevable que celui-là fasse la grasse matinée, ses craintes se trouvèrent ainsi confirmées.

— Je boirai mon café dans ma chambre, décida-t-elle en préparant un plateau. Il faut que je me dépêche de m'habiller.

— Vous êtes sûre que vous pourrez vous passer de moi ? insista Madeleine avec une sollicitude exaspérante.

Sur le point de quitter la pièce, Clara s'arrêta un instant pour lui jeter un étrange regard.

— Tout à fait sûre, dit-elle lentement avant de sortir.

Incapable de se concentrer sur un dossier, ni même de rester assise cinq minutes, Marie renonça vite à travailler. Elle quitta le cabinet Morvan-Meyer au milieu de la matinée mais hésita longtemps sur l'adresse à donner au chauffeur du taxi. Retourner à l'hôpital ne servait à rien, Gauthier venait de lui confirmer par téléphone que Charles n'avait pas repris conscience et glissait dans un coma profond. Finalement, elle rentra avenue de Malakoff, évita le petit salon où sa mère devait broder un de ses sempiternels napperons et monta directement jusqu'à la chambre d'Alain.

Son frère était assis sur l'appui de la fenêtre grande ouverte. Il regardait le jardin sans le voir, perdu dans ses pensées, visage fermé. Elle songea qu'il n'était pas revenu à Paris depuis une dizaine d'années et que certains souvenirs d'adolescence devaient lui revenir en mémoire. Les goûters en arrivant du collège ou du lycée, avec obligation de se laver les mains d'abord, les parties de croquet sur la pelouse, Vincent qui faisait systématiquement les devoirs de maths de ses cousins. Tout un univers douillet dont ils avaient ignoré les drames.

Alain tourna la tête vers elle, l'observa gravement. Pour le maîtriser, la veille, il avait fallu que Daniel prête main-forte à Vincent. Dans la mêlée, Gauthier avait réussi à préserver Charles, les perfusions, les électrodes, mais il s'était mis en colère, son rôle de médecin prenant le pas sur le reste, et il avait fait sortir tout le monde.

— Tu as pris ton petit déjeuner ? demanda-t-elle d'une voix crispée.

Surpris d'entendre une question aussi dérisoire, il haussa les épaules.

— Allez, viens avec moi, tu n'as déjà pas dîné hier soir… Tu sais, les enfants t'ont réclamé, ce matin.

En fait, elle avait dû les empêcher de se précipiter dans la chambre d'Alain, dont ils étaient fous tous les deux, et leur promettre qu'il serait encore là pour le dîner. Or rien n'était moins sûr.

— Au moins une tasse de café, insista-t-elle.

Contrairement à ce qu'elle supposait, il quitta l'appui de la fenêtre. Il portait une chemise blanche, dont le col était ouvert, un pantalon noir et des mocassins. Bronzé, élancé, il avait tout pour plaire, et elle se demanda soudain pourquoi il continuait de vivre seul à Vallongue, comme un ermite. Il la rejoignit, posa ses mains sur ses épaules puis plongea son regard dans le sien.

— Marie, interrogea-t-il âprement, tu peux accepter ça ?

C'était la dernière chose dont elle voulait parler, et elle tenta de se dégager mais il resserra son étreinte.

— Vraiment, tu peux ?

— La question n'est pas là ! Les choses existent, qu'on soit d'accord ou pas. On ne refera pas l'histoire, Alain...

— Mais tu crois ce qu'il a dit ?

— Oui... Bien obligée !

— Pourquoi ?

— Dans l'état où est Charles, il est incapable de mentir.

Un sanglot était passé dans sa voix et elle déglutit avec difficulté. L'idée que Charles allait mourir dominait toutes les autres, mais elle ne pouvait pas l'avouer à son frère. Ni lui faire comprendre l'attachement profond, à vif, qui la liait à un homme qu'il avait toujours détesté et qu'à présent il haïssait.

— Tu ne vas pas continuer à le défendre, Marie ? C'est un assassin.

Elle se doutait bien qu'il serait le premier à prononcer le mot. Vincent avait remis toutes les explications à plus tard et elle n'avait rien à répondre.

— Reste tranquille, murmura-t-elle. Attends de savoir.

Cependant, elle n'était pas sûre d'avoir envie d'en apprendre davantage. Pour se donner du courage, elle évoqua sa grand-mère et se redressa, obligeant Alain à la lâcher.

— Pense à Clara, dit-elle d'un ton ferme.

Dorénavant, ce serait leur sésame, à tous, pour ne pas se déchirer.

Vincent était seul au chevet de son père, dans une des cabines vitrées de la réanimation. Le service ne tolérait qu'une visite à la fois, brève de préférence.

Le regard du jeune homme restait fixé sur le profil de Charles, ses joues creuses, la ligne de ses mâchoires, l'ombre d'une barbe naissante qui durcissait encore ses traits. Sans même consulter Daniel, il avait pris la décision de n'ouvrir le coffre-fort de leur père qu'après sa mort. Quels que soient les documents enfermés là, Vincent ne se sentait aucun droit pour l'instant, et surtout pas celui de fouiller le passé de l'homme qui gisait devant lui. Il ne se souvenait pas de l'avoir jamais vu malade. Ni même en état d'infériorité. Encore moins mal rasé. Pour lui, l'image de Charles était celle de l'élégance, de l'autorité. Et il était peut-être le seul, avec Clara, que cette attitude arrogante n'avait jamais découragé. Le seul, aussi, à avoir obtenu quelques vrais sourires. L'admiration craintive qu'il portait à son père n'avait pas empêché l'affection, au contraire, même s'il avait mis du temps à le comprendre.

Il se pencha un peu en avant pour vérifier que le drap se soulevait bien au rythme de la respiration. Un réflexe stupide, puisque Charles était relié à toute une série d'appareils qui ne manqueraient pas de donner l'alerte si son cœur s'arrêtait. Avec maladresse, il tendit la main vers le visage émacié, repoussa quelques mèches de cheveux. Il ne pouvait strictement rien faire d'autre que rester là, dans l'attente de la fin, impuissant et malheureux. Il n'avait pas encore trente ans, il n'était pas préparé à ce qui allait suivre.

En se redressant, il découvrit Gauthier, de l'autre côté de la vitre, qui lui faisait signe de sortir. Avant de s'écarter du lit, il effleura le bras de son père, à l'endroit où l'aiguille de la perfusion était maintenue par un sparadrap, et cette ébauche de caresse ressemblait beaucoup à un geste d'adieu.

— Viens, lui chuchota Gauthier, il faut laisser ta place à grand-mère…

Vincent lui fut reconnaissant de toute la gentillesse qu'il manifestait depuis la scène de la veille, de sa neutralité bienveillante, de son sang-froid de médecin. Devant la double porte de la salle de réanimation, Clara patientait, les traits tirés, mais elle se dirigea vers eux d'un pas ferme.

— Reste avec lui tant que tu le souhaites, lui dit Gauthier, j'ai prévenu les infirmières. Elles vont te donner une chaise, je ne veux pas que tu sois debout.

D'un petit hochement de tête, elle acquiesça, sans s'arrêter pour autant, n'accordant aucune attention aux deux garçons. Une horrible angoisse, pire que toutes celles vécues depuis trois jours, s'était emparée d'elle quelques minutes plus tôt. Son instinct de mère lui soufflait qu'il y avait urgence et elle se glissa en hâte au chevet de Charles, dont elle saisit la main inerte un peu brutalement.

— Je suis là, mon petit, articula-t-elle à voix basse.

Elle était arrivée à temps, désormais elle n'allait plus le lâcher. C'était son cœur, ses entrailles, tout ce qu'elle avait de plus sensible qui se retrouvait à vif, et bientôt amputé. Elle ne regarda le visage de son fils qu'une seconde avant de fermer les yeux, mais elle avait eu le temps de voir le teint cireux, les cernes marqués, un masque de moribond qui ne laissait aucun doute.

— Le moment est venu, mon chéri, maintenant tu vas retrouver Judith…

Enfermée dans les siennes, la main de Charles était froide, mais elle crut la sentir bouger et elle rouvrit les yeux. Les doigts se crispèrent à deux reprises, de façon perceptible, et elle eut la certitude absurde mais absolue qu'il entendait ses paroles.

— Elle t'attend, Charles, répéta-t-elle avec force. N'aie pas peur !

Il y eut une autre réaction, moins nette que la première, puis plus rien. Clara comprit que c'était fini juste avant que les sonneries d'alarme ne se déclenchent.

11

Il était dix heures du soir quand Gauthier se déclara satisfait de l'état de Clara, qui dormait enfin et ne se réveillerait pas avant l'aube. Serviable, Madeleine avait installé un lit de camp dans la chambre de sa belle-mère et se proposait d'y passer la nuit. De son côté, Helen veillait sur le sommeil des enfants, aussi rien ne s'opposait plus au départ des jeunes gens.

Vincent avait exigé la présence de ses cousins, persuadé qu'ils devaient apprendre ensemble ce qu'on leur avait caché durant tant d'années. Tout ce qu'ils pourraient raconter par la suite, Daniel et lui, n'aurait pas la même valeur qu'une découverte en commun.

Ils ne prirent qu'une voiture pour se rendre au cabinet, dont Marie possédait les clefs. En entrant, elle actionna plusieurs interrupteurs et la lumière des lustres révéla le luxe feutré des locaux. Alain, qui n'était jamais venu là, n'accorda pas un regard au décor. Il n'avait d'ailleurs pas ouvert la bouche depuis qu'on lui avait annoncé le décès de son oncle ; il se contentait d'attendre, ainsi qu'il l'avait promis à Marie.

Elle les précéda jusqu'au bureau de Charles, où ils pénétrèrent tous les cinq, puis elle referma les portes capitonnées d'un geste machinal, bien inutile puisqu'ils étaient seuls dans l'immense appartement.

— Le coffre-fort est derrière cette boiserie, dit-elle en désignant un panneau lambrissé. Mais je ne connais pas la combinaison.

— Papa me l'a donnée avant-hier, répondit Vincent sans intonation particulière.

Il observa la pièce un moment, gêné de sentir partout la présence de son père. L'agenda ouvert, couvert de son écriture, des cigarettes dans une timbale en argent, son stylo favori, posé près du sous-main, un code pénal un peu abîmé à force d'avoir été feuilleté. Face au bureau Empire, deux fauteuils confortables où nombre de clients avaient exposé leurs cas. Un peu à l'écart, une méridienne de velours bleu nuit. Et suffisamment d'espace pour pouvoir faire les cent pas sur un somptueux tapis persan, en répétant des plaidoiries qui avaient forcé l'admiration des chroniqueurs judiciaires depuis quinze ans.

Enfin il s'approcha de la boiserie, qu'il fit coulisser, puis considéra la lourde porte d'acier bleuté. D'une main qui ne tremblait pas, il composa les quatre chiffres et ouvrit. Deux étagères étaient nues, mais sur la troisième se trouvait une pile de petits carnets à spirale. Il les sortit ostensiblement, laissa le coffre ouvert pour que les autres puissent constater qu'il était vide et alla les poser sur le bureau. Chaque couverture portant une date, il se contenta de vérifier qu'ils étaient bien rangés en ordre chronologique.

— Je crois qu'on en a pour un moment, dit-il à mi-voix.

Marie et Gauthier s'assirent côte à côte sur la méridienne tandis qu'Alain faisait signe qu'il préférait rester debout. Daniel prit place sur l'un des deux fauteuils et Vincent se dirigea vers l'autre, le premier des carnets à la main. Depuis qu'ils étaient entrés dans le bureau de Charles, il avait fait preuve d'une détermination tranquille, presque autoritaire, qui n'était pas sans rappeler l'attitude de son père.

— Personne ne s'oppose à ce que ce soit moi qui commence ? Je lis et je vous les passe ?

Il était le fils aîné de Charles, il était juge, et les autres n'avaient aucune envie de discuter. Néanmoins, Alain demanda :

— Tu ne veux pas plutôt nous faire la lecture ? Ce serait plus rapide…

Malgré lui, il avait mis une intonation ironique dans sa question, peut-être parce qu'il était incapable de s'adresser normalement à ses cousins, trop déstabilisé par les événements de ces deux jours. Vincent leva la tête vers lui et leurs regards s'affrontèrent un instant. Ils avaient toujours été comme les deux doigts de la même main, mais soudain ils prirent conscience qu'un fossé venait de se creuser entre eux.

— Non. Je ne sais rien de ces carnets, j'ignorais leur existence jusqu'ici. Il s'agit sans doute de choses graves et je trouve normal que vous en preniez connaissance en même temps que Daniel et moi, seulement je préférerais que chacun d'entre nous puisse se faire une idée objective en silence. Tu es pressé ?

Alain n'avait pas pu s'empêcher de remarquer que Vincent avait d'abord refusé avant de s'expliquer. Charles aussi faisait souvent débuter ses phrases par un « non » catégorique et exaspérant. Il se força à répondre :

— Comme tu veux.

Puis il s'éloigna vers une somptueuse bibliothèque d'acajou et se mit à étudier les titres des volumes reliés qui se trouvaient à sa hauteur. Il y avait beaucoup de livres de droit, mais aussi de l'histoire et quelques auteurs classiques. De quoi s'occuper en attendant que le premier carnet arrive jusqu'à lui. Il prit au hasard un tome de *À la recherche du temps perdu*, dans une édition rare illustrée par Van Dongen. Il se demanda si Charles aimait Proust ou s'il s'agissait juste d'un achat de collectionneur. À moins que ce ne soit un cadeau d'un des nombreux clients dont il avait brillamment plaidé la cause. À Vallongue, la bibliothèque abritait une littérature très éclectique, acquise un peu n'importe comment au début du siècle par Clara et Henri, puis enrichie par toute la famille au fil du temps.

Alain s'assit par terre, au bord du tapis persan, pour feuilleter les pages et trouver les aquarelles, mais il ne parvint pas à s'y intéresser. Malgré lui, il songeait à la bibliothèque de Vallongue, lors de cette sinistre nuit où il s'était endormi dans le grand fauteuil, alors qu'à quelques pas de là son père et son oncle avaient entamé leur dernière dispute. Si Charles avait dit vrai, si Édouard était bien à l'origine de la déportation de Judith et Beth à Ravensbrück, tout devenait logique. Innocent, Édouard se serait défendu, aurait crié, or il n'avait fait que geindre, jusqu'à ce que son frère le vise et tire. La détonation, Alain était certain de ne pas l'avoir entendue. Au moment où Charles appuyait sur la détente, il avait déjà regagné son lit, s'était enfoui sous les couvertures et peut-être rendormi. En fuyant, il n'avait perçu que ces quelques mots rageurs : « … n'a rien vu, rien compris ! » Non, évidemment. Madeleine, qui ne brillait pas par son intelligence, avait probablement tout ignoré des agissements de son mari. Stupide, elle l'était, mais jamais elle n'aurait dénoncé une femme de sa propre famille.

Il leva les yeux vers Vincent, qui venait de refermer le deuxième carnet pour le tendre à Daniel, et fut frappé par l'expression de son visage. Stupeur, souffrance, humiliation. À tel point qu'il se hâta de détourner son regard pour ne pas le surprendre, se sentant soudain très mal à l'aise. Avaient-ils le droit de déterrer le passé des Morvan de la sorte ? Tout ce qu'ils allaient apprendre constituerait un poison sans antidote qui les rongerait désormais tous les cinq. Les dernières volontés de Charles se révélaient d'une cruauté absolue.

Vincent, sur le point d'ouvrir un nouveau carnet, s'obligea à respirer calmement plusieurs fois avant de poursuivre sa lecture. Le récit de sa mère, troublant dès les premières pages, devenait peu à peu insoutenable. À l'époque où elle écrivait ces lignes, il n'avait que dix ans et Daniel huit. Ni l'un ni l'autre n'avaient rien deviné.

Est-ce qu'il aurait jeté son dévolu sur moi si je n'étais pas ta femme ? Il a une telle rancœur à ton égard, une telle jalousie ! Ses yeux le trahissent, je ne comprends pas que personne ne le remarque. Quand il me croise dans un escalier ou un couloir, il s'arrange pour me frôler, et je dois être la seule à savoir qu'il empeste l'alcool.

Elle avait dû se sentir très démunie devant la concupiscence de son beau-frère. Impossible d'en parler à Clara tant qu'il s'agissait seulement de regards trop appuyés, de gestes équivoques. Et, bien sûr, Madeleine devait continuer à broder, à manger ou à prier pendant ce temps-là.

Trois pages plus loin, l'écriture se rétrécissait soudain, tout en restant lisible, comme si Judith avait eu du mal à rédiger les lignes suivantes.

Je me sens salie, avilie, indigne parce que je n'ai rien pu faire pour empêcher ce qui vient d'arriver. Je le redoutais depuis des mois et je n'ai trouvé aucune parade. Beth s'est réveillée au milieu de la nuit, elle pleurait, elle a très mal aux dents, alors je suis descendue faire chauffer un peu de lait au miel pour la calmer. C'est en remontant que je l'ai trouvé sur le palier. Je ne veux pas que tu lises ces mots un jour, Charles, et pourtant je veux aussi que tu me venges. Comment pourrai-je t'expliquer ça quand tu reviendras ? Je n'aurai jamais le courage de te le dire, il faudra que je te mette ce carnet sous les yeux. Car même si ce n'est pas à moi d'avoir honte, je rougis en pensant à toi.

Il m'a suivie dans ma chambre. La tienne, la nôtre ! La porte de communication avec celle de Beth était restée ouverte ; je ne l'entendais plus, elle avait dû se rendormir. Je l'ai giflé, griffé, mais il ne sentait rien. Il a dit que Beth finirait par se réveiller. Que je pouvais bien ameuter la maison, ce serait sa parole contre la mienne. Il a déchiré ma chemise de nuit, il a voulu me faire taire en me mettant la main sur la bouche parce que je l'insultais à voix basse, et j'ai cru étouffer de rage et de dégoût. Son haleine empestait, et quand ses doigts se sont mis à fouiller dans mon ventre, j'ai eu une nausée. Jamais je n'avais éprouvé autant de haine, je ne savais pas que c'était possible. Si c'est ce que ressentent les femmes violées, elles sont damnées de la terre. Je lui ai donné un coup de genou, le plus fort possible, et alors c'est lui qui a crié, il est tombé à genoux, mais il s'accrochait encore à moi comme un animal. Je ne suis pas une victime, pas une innocente, non, je suis ton épouse et j'ai ces trois enfants que tu m'as faits. Je sais ce que c'est que l'amour et le désir. Lui, je voulais le tuer. Vraiment. On a lutté longtemps en silence. Il n'est pas arrivé à finir ce qu'il avait commencé. Il m'a prise mais n'a pas pu jouir. Trop soûl. Ou bien j'avais réussi à lui faire mal. Je sens encore ses mains partout. Il est parti en titubant et j'ai fermé ma porte à clef. Le lait au miel était renversé sur le tapis. J'ai passé le reste de la nuit à vomir, à pleurer, à nettoyer. Beth ne s'est réveillée qu'à sept heures.

Vincent laissa échapper le carnet à spirale et dut se pencher pour le ramasser avant de le passer à Daniel. Pour saisir le suivant, il attendit d'avoir dominé le tremblement de ses mains. À Vallongue, le palier du premier étage, qu'il traversait chaque jour, lui semblerait désormais différent. Quand il était rentré d'Allemagne, Charles avait changé de chambre, ce qui était compréhensible, et celle qu'avait occupée Judith pendant la guerre était désormais dévolue à la jeune fille au pair. C'était donc dans cette pièce que sa mère avait subi en silence l'agression d'Édouard. Là qu'elle s'était débattue de toutes ses forces et avait perdu le combat.

N'osant regarder personne, et surtout pas Daniel, il se remit à lire.

Je me suis arrangée pour ne jamais me retrouver seule avec lui. J'ai placé un couteau à viande, bien pointu, dans ma table de nuit, et je me suis juré de l'utiliser s'il avait le front de revenir. Pourtant, ce matin, il a réussi à me surprendre dans la cuisine. Il était blanc comme un linge et a bredouillé des excuses sans fin. Ce n'est pas un homme, c'est une larve. Ses promesses sont des serments d'ivrogne, je le lui ai dit. Il voudrait que je lui pardonne et j'en suis incapable. Je ne crois pas qu'il regrette. Il réalise seulement qu'un jour tu reviendras. D'ici là, je ne peux que le mépriser, le haïr, le fuir.

Accablé, Vincent se demanda s'il aurait le courage d'aller au bout de l'histoire. Autour de lui, les autres se taisaient, et seul le bruit des pages tournées était perceptible.

Je n'ai rien oublié, mais je suis plus calme. J'essaie d'être toujours avec Madeleine, ou Clara, ou Beth. Les garçons vont et viennent, ils passent tout leur temps dehors, c'est normal à leur âge. Édouard change de jour en jour. On le dirait rongé, mais ce n'est pas le remords, c'est la peur. Ce porc est un couard, il imagine sûrement ce que tu vas lui faire. Un jour ou l'autre, la guerre s'achèvera et tu reviendras de Colditz. Il doit y penser à chaque instant.

Avait-elle commis la folie de jouer avec la panique d'Édouard, pour se venger ?

Il se terre dans son bureau et je crois qu'il ne boit plus. À table, il fuit mon regard, il prend l'air d'un chien battu. Il me semble qu'il ne recommencera pas, mais je ne pourrai jamais en avoir la certitude et je suis condamnée à trembler. Malgré tous mes efforts, il a réussi à me parler en tête à tête, dans le jardin, au moment où je ramassais des haricots. Oh, Charles, si tu savais ce qu'il veut ! L'oubli, rien de moins… Il aurait pu parler de pardon, mais non, c'est l'impunité qu'il exige. Je lui ai répété qu'il s'expliquerait avec toi. D'homme à homme. Cette perspective le terrorise, tant mieux.

Cette menace avait signé son arrêt de mort, et celui de Beth. Dans une période où n'importe qui pouvait dénoncer anonymement son voisin, Édouard avait-il eu une opportunité, saisie en désespoir de cause ? Il suffisait d'un mot pour que Judith disparaisse, et avec elle l'inévitable vengeance de Charles, qui devait l'empêcher de dormir. À cette date-là, il savait déjà que son frère n'était pas mort, qu'il était seulement prisonnier, et que l'heure des explications sonnerait fatalement.

Charles, mon amour, je viens d'apprendre l'arrestation de mes parents et je suis folle d'inquiétude. Je crois que je vais aller à Paris. La guerre n'est pas près de finir et j'entends des choses horribles sur le sort des Juifs. Il faut que je retrouve leur trace, que je les aide. Il ne fait pas bon s'appeler Meyer par les temps qui courent.

Vincent se souvenait à peine de ses grands-parents maternels. Des gens simples qui idolâtraient leur fille unique et s'étaient effacés dès son mariage, se sentant peu d'affinités avec le clan Morvan. Exactement l'attitude d'Odette et de Magali aujourd'hui. Sauf que la personnalité exceptionnelle de Judith avait fait dire un jour à Charles qu'il se sentait à peine à la hauteur de sa femme. Et Vincent ne pouvait pas continuer à comparer sa propre vie au destin de son père.

Je suis allée me renseigner à la gare, le voyage ne sera pas facile mais peu importe, je m'en vais.

Judith partant pour Paris, la tentation devenait forte. Une arrestation là-bas n'impliquerait pas Édouard.

Parce qu'ils étaient des petits garçons, loin de l'âge de la puberté, Vincent et Daniel ne regardaient pas leur mère et leur tante comme des femmes. Pourtant, quelle différence ! Face à l'insignifiance de Madeleine, Judith était belle comme le jour. D'une beauté farouche, presque agressive, à laquelle aucun homme ne pouvait rester tout à fait insensible, et qui avait perdu Édouard.

Ma valise est prête, je n'emporte pas grand-chose, sauf des vêtements pour Beth, qui a tellement grandi. Reconnaîtras-tu ta fille quand tu vas enfin la serrer dans tes bras ? Je lui parle de toi chaque jour et je lui montre des photos, pour qu'elle ne t'oublie pas. Elle te trouve très beau, elle est fière de toi. Elle veut apprendre à lire et à écrire pour pouvoir vite te faire une lettre, mais je ne lui ai pas encore avoué qu'on ne pouvait pas t'envoyer de courrier.

Vincent se souvenait de tous ces cartons sur lesquels leur mère avait tracé de grosses lettres, rouges pour les voyelles, bleues pour les consonnes. Il n'avait pas non plus oublié le visage de sa petite sœur, contrairement à ce qu'il avait pu croire.

Lorsqu'il tendit le carnet à Daniel, il constata qu'il n'y en avait plus qu'un seul sur le bureau. Pour le saisir et l'ouvrir, il dut rassembler tout ce qui lui restait de courage. Une fois encore, l'écriture était un peu différente, plus tremblée et parfois raturée.

Ce train n'arrivera jamais, il fait halte partout, je suis épuisée. Beth somnole, la tête sur mes genoux, et je ne suis pas très bien installée pour écrire. J'espère être ce soir à Paris, dans notre appartement. J'ai pris tous mes petits carnets avec moi, à tout hasard, s'il fouille notre chambre, il ne trouvera rien. Il a frappé à ma porte hier soir, mais j'ai refusé d'ouvrir. Quand je suis sortie, ce matin, il était encore là ! Il avait l'air complètement affolé, il m'a demandé de ne pas partir. Il était ridicule, indécent, et je le lui ai dit. Ne plus vivre sous le même toit que lui est mon vœu le plus cher. Alors il m'a suppliée d'aller n'importe où ailleurs qu'à Paris, en tout cas pas chez nous, au Panthéon. Il devient fou, je crois que c'est la terreur que tu lui inspires ; même absent et même prisonnier, tu l'impressionnes davantage que le Jugement dernier.

C'était facile à comprendre, à la lumière du temps, mais Judith ne pouvait pas le savoir, trop aveuglée par la haine qu'Édouard lui inspirait. Il avait dû éprouver un brusque remords, se sentir épouvanté par son acte. Il ne voulait pas qu'elle mette les pieds chez elle car il savait très bien ce qui l'y attendait. Pris entre le marteau et l'enclume, il avait de quoi paniquer pour de bon.

Il prétendait même me conduire à la gare ! Heureusement, Clara l'en a empêché. Elle le regarde d'un drôle d'air, ces jours-ci. Je me demande si elle ne se doute pas de quelque chose. C'est à elle que je confie les garçons, elle saura s'en occuper en mon absence, quoi qu'il arrive. C'est une maîtresse femme. Mais Édouard est son fils, même si c'est toi qu'elle préfère. Dans cet amour maternel, je ne compte pas.

Quand il m'a vue mettre ma valise dans le coffre, il s'est arrangé pour me parler encore. Il me chuchotait, tout près du visage, et je me sentais révulsée. Et puis il a regardé Beth, adorable avec son petit chapeau, et il a compris que je l'emmenais avec moi, ce qui l'a mis hors de lui. Agité comme un dément, il exigeait qu'elle reste avec ses frères et ses cousins. Il a voulu lui saisir la main mais je lui ai interdit de la toucher. Il a dit que je me jetais dans la gueule du loup, que je devais l'écouter et lui faire confiance, ou au moins laisser Beth à Vallongue. Lui faire confiance ? À lui ? Je lui ai ri au nez.

Vincent tourna la page, mais les suivantes étaient blanches, il n'y avait plus rien. L'histoire de sa mère et de sa sœur se terminait par ce rire. Le train avait bien dû finir par arriver à Paris, Judith était allée droit chez elle, et la Gestapo l'y avait arrêtée le lendemain, à l'aube.

Se débarrasser de Judith était une chose, condamner Beth en était une autre. Comment Édouard avait-il pu vivre avec ce double crime sur la conscience ? Se taire, deux ans, jusqu'au retour de son frère. Se croire sauvé malgré tout. Judith disparue, rien ne l'accusait. La guerre était finie, la vie allait reprendre. Seulement Charles, dans l'appartement du Panthéon, avait trouvé les carnets à spirale.

Il avait fallu trois semaines à son père pour rentrer d'Allemagne, après cinq ans de détention dans des conditions qu'il n'avait jamais voulu évoquer. À peine arrivé à Paris, il avait réussi à joindre Clara, qui lui avait appris l'arrestation de Judith et de Beth, leur déportation, leur décès. Sa vie n'était plus qu'un champ de ruines, auquel s'était ajoutée l'horreur du récit de Judith, phrase après phrase. À quel moment avait-il deviné, compris ? La certitude qui lui manquait encore, il la trouverait à Vallongue.

De quelle façon Édouard avait-il accueilli son frère ? Combien de temps avait-il fallu à Charles pour se décider ? Avait-il essayé d'enquêter, à Eygalières ou à Avignon, pour savoir auprès de qui Édouard aurait pu dénoncer sa belle-sœur ? Jusqu'à cette nuit où il était allé lui demander des comptes. « Je voulais qu'il me le dise en face. » Sans cet aveu, il n'aurait pas tiré. Édouard avait dû éprouver une terreur sans nom en réalisant que Charles connaissait toute l'histoire dans ses moindres détails, y compris le viol. En découvrant qu'il avait trahi pour rien. Et en comprenant que son frère allait le tuer.

La nuque raide, les yeux brûlants, Vincent se leva lentement puis marcha jusqu'à l'une des fenêtres, qu'il ouvrit en grand.

— J'ai fini aussi, murmura son frère.

Ensemble, ils s'appuyèrent à la rambarde de fer forgé. Une voiture roulait lentement sur les pavés, ses veilleuses allumées, mais l'aube était déjà là.

— C'est monstrueux, ajouta Daniel dans un souffle.

Pour ne pas troubler les trois autres, ils restèrent un moment silencieux, hébétés, incapables de penser à autre chose qu'à leur père. À ses silences hautains et à ses yeux glacés, dont ils saisissaient enfin la signification.

— Je vous les rends, dit brusquement Alain derrière eux.

Vincent fut le premier à avoir le courage de se retourner. Les deux cousins se dévisagèrent comme s'ils se voyaient pour la première fois. Et quand Vincent tendit la main pour récupérer la pile de carnets, Alain baissa la tête, incapable de soutenir son regard.

Toujours assise sur la méridienne, Marie était livide. Gauthier avait quitté sa place et se tenait debout, appuyé aux boiseries, près de la porte béante du coffre-fort. Ce fut lui qui réussit à prendre la parole, d'une voix rauque.

— Il n'y a rien à ajouter, nous avons tous compris. Ce qui est arrivé est tellement effroyable que… Mais depuis toutes ces années, on a vécu dans le silence, sans se demander pourquoi. Charles ne disait rien, il ne parlait pas de Judith, il n'a jamais prononcé son nom ! Tout le monde semblait vouloir oublier la guerre… Et même papa, personne n'y faisait référence, à part maman, alors…

Bouleversé, il leva la tête vers ses deux cousins, qui se tenaient toujours côte à côte.

— Je sais ce que vous pensez. D'ailleurs, nous sommes cinq à penser la même chose, je suppose. Moi, j'ai honte d'être son fils. Je me sens… amoindri. Et je suis très mal à l'aise dans la peau d'un fils d'assassin.

— C'est le cas de tout le monde ici, rappela Alain d'un ton brusque.

Ils se tournèrent ensemble vers lui pour l'observer comme s'il avait proféré une insanité. Il était face à Vincent, et ce fut à lui qu'il s'adressa directement :

— Si j'ai bien lu, mon père a violé ta mère, l'a envoyée à la mort avec ta sœur. Et si j'ai bien entendu, à l'hôpital, ton père a tué le mien d'une balle dans la tête. Je ne suis pas sûr que nous puissions nous reprocher quoi que ce soit les uns aux autres. Il ne s'agit pas de nous. Remets cette horreur dans le coffre. Il y a Clara. Et maman.

Vincent esquissa un geste qui ne signifiait rien de précis, mais Alain lui saisit le poignet avec une violence inattendue.

— Tu comptes leur en parler ?

— Non, bien sûr que non… Lâche-moi, Alain.

Que ce soit lui qui prenne la défense de Madeleine était plutôt surprenant. Tout comme le sang-froid dont il faisait preuve en utilisant des mots aussi crus.

— Vous croyez que Clara a pu se douter de quelque chose, à l'époque ? demanda Marie.

Elle semblait enfin émerger de son apathie, reprendre pied dans la réalité du petit jour parisien.

— Impossible ! protesta aussitôt Gauthier. C'est une idée absurde. Elle a peut-être surpris certains regards, mais elle ne sait rien. Sinon elle n'y aurait pas survécu. Tu réalises ce qu'ont fait ses deux fils ? Tu penses qu'une mère pourrait supporter ça ?

Pourtant, leur grand-mère était capable de *tout* supporter, ils en étaient conscients.

— Et maintenant, qu'est-ce qu'on décide ? soupira Daniel.

Il se sentait écœuré jusqu'à la nausée. Des cinq, il était le benjamin, les décisions n'avaient jamais dépendu de lui. Dans quelques heures, il serait obligé de regagner son bureau, au ministère, de reprendre sa vie là où il l'avait laissée la veille. Même en ayant appris que sa mère n'était pas morte parce qu'elle était juive mais seulement parce qu'elle était trop belle, que son oncle n'était pas le *pauvre* Édouard mais un immonde salaud, abattu de sang-froid par son propre père au nom de la vengeance. Que toute sa famille baignait dans le sang et la haine.

— Je suis de l'avis d'Alain, dit Vincent d'un ton sec. Il vaudrait mieux que cette histoire ne sorte pas de ces quatre murs, personne n'a rien à y gagner.

Il donnait raison à son cousin, mais avec réticence, choqué par son attitude. Pourraient-ils continuer à se comporter de la même manière, les uns vis-à-vis des autres ? Leur solidarité, remontant à la guerre, leur complicité, qui ne s'était jamais démentie, allaient-elles résister à un tel choc ? Heureusement, il y avait Clara, véritable trait d'union entre eux, et ce fut en pensant à elle que Vincent referma le coffre-fort après y avoir enfoui les carnets.

Le cimetière d'Eygalières semblait trop petit pour la foule qui l'avait envahi. Des confrères du barreau, des magistrats et des hommes politiques, des clients reconnaissants, des journalistes, ainsi qu'une bonne partie des nombreuses relations du clan Morvan, avaient tenu à faire le voyage jusque-là afin de rendre un dernier hommage à Charles. Son décès, largement annoncé dans la presse, avait donné lieu à toute une série de commentaires élogieux, et Clara allait devoir répondre à des piles de lettres de condoléances.

Droite, digne, elle marchait d'un pas ferme en tête du cortège qui suivait le cercueil. Derrière elle, Vincent et Daniel ne la quittaient pas des yeux pour prévenir toute défaillance. Puis venaient Gauthier, avec Chantal, Marie donnant la main à ses enfants, Magali à côté de Madeleine. Une dernière fois, Vincent jeta un coup d'œil nerveux par-dessus son épaule, scrutant les allées. L'absence d'Alain lui semblait une insulte qu'il ne pourrait jamais pardonner.

Lorsqu'ils avaient quitté la maison pour se rendre à l'église, deux heures plus tôt, Alain était déjà introuvable. Helen avait été chargée de garder les enfants de Magali, celle-ci les jugeant trop petits pour assister à un enterrement. Marie, pour sa part, n'avait pas voulu en démordre : Cyril et Léa seraient présents. Comprenant qu'elle avait pris la mauvaise décision, Magali s'était sentie stupide, mais il était trop tard.

— Tu ne le vois nulle part ? chuchota Daniel entre ses dents. Ce serait bien son genre de rester à l'écart…

Vincent secoua la tête, exaspéré. Il ne parvenait pas à croire qu'Alain puisse faire une chose pareille. Clara allait forcément s'en apercevoir et poser la question.

À quelques mètres du mausolée familial, le cortège s'arrêta. Quand les employés des pompes funèbres se baissèrent pour poser le cercueil, il y eut un mouvement de surprise parmi la famille. Juste à côté du monument funéraire des Morvan, un nouveau caveau avait été récemment maçonné et, à l'évidence, c'était là que Charles allait être enseveli.

Vincent et Daniel échangèrent un regard stupéfait puis avancèrent ensemble d'un pas pour encadrer leur grand-mère.

— C'était sa volonté, son notaire me l'a fait savoir, murmura-t-elle.

D'un geste discret, elle souleva sa voilette pour s'essuyer les yeux.

— Il préférait reposer seul, ajouta-t-elle.

Elle ne trouvait pas nécessaire de s'expliquer davantage, et elle ne précisa pas qu'elle avait chargé Alain de se débrouiller pour que tout soit prêt à temps. Comme il était revenu le premier à Vallongue, il avait négocié avec la mairie, les pompes funèbres, les employés municipaux. La tombe avait été creusée la veille, cimentée dans la nuit, et les parois étaient à peine sèches. Mais la pierre tombale et la stèle, qu'il avait dû choisir seul, étaient déjà gravées. En acceptant de se charger des formalités, il avait annoncé à Clara qu'il ne viendrait pas.

Le prêtre s'avança pour prononcer quelques mots. C'était lui qui, seize ans plus tôt, avait béni le cercueil d'Édouard, et il manifesta toute sa compassion à la pauvre mère.

— Voici vos fils réunis au ciel, où Dieu les a accueillis dans sa lumière éternelle, déclama-t-il d'un ton pénétré.

Seul un reniflement discret de Madeleine ponctua sa phrase tandis que les employés des pompes funèbres commençaient de s'arc-bouter sur leurs sangles. Clara chercha alors la main de Vincent, sur le point de défaillir. Elle s'était juré d'arriver jusqu'au bout de la cérémonie sans s'effondrer, mais elle commençait à en douter. Dans l'église, ses larmes étaient restées silencieuses, peut-être grâce à sa force de caractère, peut-être à cause de tous les médicaments dont Gauthier la gavait. Pour ses petits-enfants, et en particulier pour Vincent, elle voulait tenir encore, malgré le malaise qui était en train de la submerger.

— Adieu, Charles, bredouilla-t-elle de façon inaudible.

Ses doigts refusaient de s'ouvrir et de lâcher la rose qu'elle tenait. Elle secoua son bras, l'air hagard, les yeux rivés sur cette fleur rebelle, et presque tout de suite elle sentit qu'on la prenait par les épaules, par la taille, qu'on la soulevait. Avec un dernier regret, elle s'abandonna et se mit à espérer qu'on la porterait le plus loin possible de cette tombe.

Magali voulait se montrer à la hauteur de son rôle – après tout, elle était la belle-fille du défunt –, mais elle ne ressentait pas de véritable tristesse. Debout près de la grille du cimetière, elle était seule avec Chantal pour recevoir toutes les marques de sympathie des gens qui défilaient. Les autres étaient partis avec Clara, et il fallait bien que la famille soit représentée.

Du coin de l'œil, Magali détaillait la tenue de deuil de Chantal. Absolument parfaite, avec un chapeau très élégant et une ravissante broche épinglée sur le revers du tailleur. Mais Chantal était une fille Mazoyer, elle était née dans un milieu bourgeois et fortuné, elle savait forcément comment s'habiller. Et si elle avait laissé ses fils à Paris, c'est que Paul marchait à peine et Philippe pas du tout. Alors que Virgile et Tiphaine auraient parfaitement pu assister à l'enterrement de leur grand-père, ils étaient assez grands pour ça ; la preuve, Marie n'avait pas hésité à y traîner Cyril et Léa, qui s'étaient fort bien tenus.

Tout en se reprochant sa sottise, Magali continuait à serrer les mains de parfaits inconnus. Des gens importants, à en croire leur allure ou les décorations qu'ils arboraient. Charles Morvan-Meyer avait été quelqu'un d'envié, de respecté, elle le savait. En ce qui la concernait, elle l'avait carrément détesté. Et maintenant qu'il était mort, peut-être Vincent allait-il renoncer à son idée de monter à Paris.

— Vous êtes trop aimable, monsieur le ministre. Un homme exceptionnel, c'est vrai. Il va beaucoup nous manquer…

Chantal était formidable, elle connaissait tout le monde et trouvait un mot de remerciement pour chacun. Ses parents étaient là, quelque part dans l'assemblée, ayant fait le voyage aussi. À eux tous, ils allaient remplir au moins deux avions pour regagner la capitale.

Le départ précipité des fils et des neveux rendait moins voyante l'absence d'Alain, et Magali espéra qu'il n'y aurait pas un drame supplémentaire à Vallongue. Même si le comportement du jeune homme avait quelque chose de choquant, il ne fallait pas oublier qu'il ne s'était jamais entendu avec son oncle, et Magali se souvenait d'étés entiers où ils ne s'adressaient pas la parole.

Fatiguée par les hauts talons de ses escarpins, elle avait hâte que les condoléances s'achèvent. Encore une vingtaine de personnes et ce serait fini. Discrètement, elle essaya de repérer Odette, qui était restée seule à l'écart tout le temps de la cérémonie. Elle finit par apercevoir sa silhouette près du monticule formé par les innombrables couronnes et gerbes de fleurs. Une véritable débauche de lis, de roses, ou même d'orchidées qui faneraient en vingt-quatre heures. Brave Odette : elle avait pleuré pendant la messe, mais n'avait pas voulu se mêler à la famille Morvan.

Les voitures démarraient les unes après les autres, le cimetière était presque vide à présent, et Chantal passa son bras sous celui de Magali en murmurant :

— Dépêchons-nous de partir, on ne peut pas laisser Marie s'occuper seule des invités.

Car, bien sûr, un repas avait été prévu pour la famille et les proches. Isabelle était en cuisine depuis l'aube, suivant à la lettre les ordres donnés par Clara la veille. Avec un soupir résigné, Magali se prit à espérer que, à table, Odette ne serait pas placée trop loin d'elle. Ainsi elle aurait quelqu'un à qui parler, elle pourrait se débarrasser de son masque de circonstance.

Il était presque cinq heures de l'après-midi quand Vincent dénicha enfin Alain, assis sous un olivier, tout en haut d'une colline. Pour ménager son souffle, il grimpa les derniers mètres lentement, puis se laissa tomber à côté de son cousin et contempla les vallées qui s'étendaient à leurs pieds. Le bruit des cigales était lancinant, l'air lourd, et de gros nuages commençaient à s'accumuler. Au bout d'un assez long moment, Alain déclara :

— Je crois qu'un orage se prépare...

Puis il scruta le ciel encore quelques instants avant d'ajouter :

— Désolé, Vincent, je ne voulais pas venir.

— Pourquoi ?

— Eh bien... C'est un peu compliqué à expliquer.

— Peu importe, je t'écoute, j'ai tout mon temps.

Le ton était assez tranchant pour qu'Alain perçoive toute la fureur que l'autre contenait à grand-peine.

— Dis-moi d'abord comment grand-mère a supporté l'enterrement, demanda-t-il.

— Très mal. Il a fallu la ramener à Vallongue avant la fin. Mais maintenant, elle semble aller mieux.

— Et toi ?

Décontenancé, Vincent se tourna vers Alain, et leurs regards se croisèrent enfin.

— Moi ? Oh, j'ai trouvé ça très dur... Je crois que je l'aimais énormément. J'y ai mis le temps, c'est vrai, mais depuis quelques années j'avais d'excellents rapports avec lui. Et je l'admirais beaucoup.

— Sur un plan professionnel ?

— Entre autres.

337

— Quand tu avais huit ans, tu voulais devenir pilote, comme lui.

Une bouffée de tristesse submergea Vincent qui avait oublié ce souvenir d'enfance. Il se contenta de murmurer :

— Tu as une bonne mémoire…

— Oui. Je me rappelle chacun des affrontements que j'ai eus avec ton père. Ses colères et son mépris. Il n'a jamais été très tendre avec moi.

— Avec personne. Je suppose qu'il ne pouvait plus.

Alain hocha la tête. Il s'était mis à jouer avec un caillou, le faisant passer d'une main dans l'autre.

— J'ai toujours eu l'impression qu'il aimait bien Marie, dit-il lentement, ou qu'en tout cas il voulait la protéger. Que Gauthier lui était parfaitement indifférent, et que moi il me détestait pour de bon. J'avais sans doute le don de le pousser à bout, je n'étais pas dans le moule. Mais surtout…

Un bruyant vol de martinets l'interrompit, et il suivit des yeux leurs évolutions avant d'enchaîner :

— Avec moi, il réglait ses comptes.

Vincent ne pouvait pas le nier, il avait trop souvent constaté lui-même l'hostilité de son père à l'égard d'Alain.

— Il existait un contentieux, d'accord, pourtant c'est dommage qu'il s'en soit pris à moi, j'aurais pu l'adorer. J'étais très tête brûlée, j'avais besoin d'un modèle, et en tant qu'homme il forçait le respect.

La lumière baissait autour d'eux et le mistral s'était levé.

— Peut-être qu'il m'a vu, la nuit où il a tué papa, ou qu'il a senti ma présence, même inconsciemment, et depuis…

— Tu étais là ? s'écria Vincent avec stupeur.

Mais Alain n'avait pas envie de répondre à cette question ; il préféra éluder et poursuivre :

— Adolescent, je rêvais de le surprendre, de l'épater, bref, qu'il me regarde une seule fois autrement que comme un cloporte. Je n'avais rien à espérer du côté de maman, c'était ton père qui signait les carnets de notes, lui qui décidait de ce qui était autorisé ou interdit. En voulant Vallongue, j'ai mis le doigt sur la plaie sans le savoir. Pour lui, c'était un lieu maudit, et moi j'avais décidé d'en faire mon paradis.

Atterré, Vincent écoutait la confidence en se gardant bien d'intervenir. Alain parlait si rarement de lui-même qu'ils avaient tous perdu l'habitude de l'interroger.

— Ton père a longtemps hanté mes cauchemars. À défaut de l'aimer, puisqu'il s'y opposait avec dégoût, j'ai pu le haïr sans problème.

— Jusqu'à la semaine dernière, nous ne savions rien, plaida Vincent, nous avons vécu sur un malentendu.

— Oui... Et finalement la vérité est pire que tout. Tu te souviens de ce que nous disions ?

D'un geste, il désigna les toitures de Vallongue, loin au-dessous d'eux dans la vallée.

— «La maison des veufs.» Je ne sais plus lequel d'entre nous a trouvé l'expression, mais elle nous a tous fait rire.

Vincent eut l'impression de revenir bien des années en arrière, à une époque insouciante et heureuse, malgré l'atmosphère de drame qui planait sur le clan Morvan. À eux cinq, ils avaient réussi à tenir à distance le monde des adultes. Alain construisait des cabanes, inventait des jeux, s'essayait à la chasse et arpentait déjà les oliveraies en friche. Alain était son ami, son double, ils avaient toujours tout partagé. Tout ? Peut-être pas, finalement.

— Maman n'était pas très futée, ni affectueuse, ni jolie, tandis que ta mère à toi rayonnait, nous l'adorions tous en chœur, je pense que tu t'en souviens ? Quant à ton père, il passait pour un héros pendant que le mien faisait la guerre en planqué. Et son pseudo-suicide n'a été qu'une lâcheté supplémentaire, alors que la disparition de Judith l'a transformée en martyre. Tu vois, il y a une énorme différence entre tes parents et les miens, entre toi et moi.

— C'est la première fois que tu y fais allusion. Je t'ai toujours pris pour mon frère. Peut-être davantage que Daniel.

— Pas depuis quelques jours, en tout cas. Tu n'as pas remarqué qu'il y a désormais deux camps bien distincts ?

— Non. Je refuse d'entendre ça. Tu es en colère, et moi aussi.

Alain lâcha son caillou, puis releva la tête pour plonger son regard doré dans celui de Vincent.

— En colère ? Oui, c'est vrai… Mais nous n'avons pas les mêmes raisons de l'être. La façon dont Charles s'est exprimé à l'hôpital est inacceptable. Il m'a jeté son aveu à la tête en me traitant de pauvre imbécile au passage…

— Et alors ? riposta Vincent. Tu voulais te mettre à tuer aussi ? Il était déjà mourant !

— J'avais déjà décidé que je n'irais pas à son enterrement, sinon pour cracher sur son cercueil !

La phrase atteignit Vincent comme une gifle et il se leva d'un bond, soudain menaçant.

— Je t'interdis de…

— Rien du tout, coupa Alain, qui n'avait pas bougé de sa place. C'est toi qui es venu me chercher ici. Tu voulais une explication, je te la donne, tant pis si elle ne te plaît pas. Papa n'est plus seulement un pauvre type, maintenant c'est devenu un monstre, mais il reste quand même mon père, et personne n'a le droit de se vanter de l'avoir abattu comme un chien. Que Gauthier et Marie puissent le tolérer, ça me dépasse !

Le pire était atteint, ils se retrouvaient dressés l'un contre l'autre, ennemis, sans aucun espoir de pouvoir revenir en arrière. Vincent lâcha, d'un ton abrupt :

— Je crois qu'on s'est tout dit.

Il fit demi-tour et commença à descendre la colline entre les rangées d'oliviers, ses chaussures faisant rouler des graviers à chaque pas.

Marie déposa le lourd plateau sur le bonheur-du-jour, puis alla ouvrir les rideaux avant de revenir servir le café.

— Tu as bien dormi, grand-mère ? La pluie ne t'a pas réveillée ? Il fait très beau ce matin...

Clara se redressa sur ses oreillers, coiffa ses cheveux du bout des doigts.

— J'ai passé une nuit affreuse, je n'ai fermé l'œil qu'à l'aube, après l'orage.

— Mais... Et tes somnifères ?

— Fini, j'ai jeté le tube.

— Gauthier sera furieux.

— Pourquoi ? On n'a pas besoin de beaucoup de sommeil à mon âge. La preuve, je me sens moins vaseuse ce matin. Tu es mignonne d'avoir préparé le petit déjeuner...

Marie lui tendait une tasse, qu'elle prit en esquissant un sourire contraint.

— Je n'aime pas tellement qu'on me surprenne au saut du lit, je dois avoir l'air d'une vieille chouette. Et avec ce soleil, tu ne m'épargnes pas.

— Veux-tu que je ferme un peu ?

— Oh, non ! Surtout pas...

Elle but quelques gorgées en silence, les yeux baissés, tandis que sa petite-fille l'observait.

— Il est parfait, ce café. Redonne-m'en un peu, veux-tu ? Et ne me regarde pas avec cet air inquiet, je ne suis pas malade, je suis seulement une femme âgée, fatiguée et triste.

Sa déclaration bouleversa Marie, qui laissa échapper un long soupir.

— J'ai un vol en fin d'après-midi pour Paris, il faut que je sois au cabinet demain matin. Les associés de Charles doivent commencer à se poser des questions, et c'est à moi qu'ils vont s'adresser.

— Tu en as parlé à Vincent et à Daniel ?

— Pas encore, je vais le faire tout de suite.

— Non, dit Clara en secouant la tête. Attends un peu. Si tout le monde est là pour le déjeuner, ce serait mieux d'avoir une conversation en famille. Je vous donnerai mon avis sur différentes choses, et ensuite vous ferez ce que vous voudrez.

Sa voix ne tremblait pas, ses yeux clairs n'étaient pas embués de larmes, et sous sa liseuse les épaules n'étaient même pas voûtées. Dans un élan de tendresse, Marie se pencha pour l'embrasser. Comme elle la serrait dans ses bras, elle ne vit pas l'expression de profond désespoir qui ravagea les traits de sa grand-mère l'espace d'un instant. Quand elle s'écarta, Clara s'était déjà reprise et lui tendait sa tasse vide.

— Mais puisqu'il n'est plus là, tu n'es plus obligé d'accepter !

Debout près de la coiffeuse, Magali s'énervait. Elle avait une migraine épouvantable, ayant un peu trop mélangé les vins à table, la veille, et elle ne comprenait pas l'obstination de son mari. Dans son agitation, la ceinture de son déshabillé de soie avait glissé à terre, mais elle n'y prêtait aucune attention.

— Je ne veux pas vivre à Paris, je n'ai rien à y faire ; d'ailleurs il pleut tout le temps, alors si c'est pour t'attendre du matin au soir entre les quatre murs d'un appartement !

Il faillit lui répondre que là-bas elle pourrait visiter des musées, des expositions, aller au cinéma ou chez les grands couturiers, toutefois il s'en abstint parce que c'était le genre de distractions qu'elle n'aimait pas.

— Tu ne peux pas t'ennuyer avec nos trois enfants, chérie…

— Pour eux, c'est mieux ici ! Ils sont tout le temps dehors, ils font ce qu'ils veulent.

— Un peu trop, je crois.

Sa réponse était si spontanée qu'il la regretta. Le moment était mal choisi pour formuler une critique sur la façon dont Magali élevait leurs enfants, pourtant il avait remarqué à plusieurs reprises que Virgile se montrait volontiers désobéissant, parfois insolent, et toujours très têtu. Malgré les remontrances de la pauvre Helen, Tiphaine commençait à imiter son frère, sachant que leur mère riait aux éclats de toutes leurs bêtises.

— Trop quoi ? Trop libres ? Heureusement pour eux ! Ils sont si petits, Vincent, tu ne voudrais pas en faire des singes savants ?

Dans deux minutes, elle allait lui parler de l'évolution des mœurs, un de ses sujets de prédilection car il lui permettait d'accuser les Morvan de conformisme. Il acheva son nœud de cravate tout en la regardant déambuler à contre-jour, devant les fenêtres, belle à couper le souffle avec le vêtement qui flottait sur ses épaules et la laissait à moitié dénudée. Finalement, il ramassa la ceinture, sur le tapis, puis s'approcha d'elle. Alors qu'il replaçait la fine lanière de soie dans les passants, elle se plaqua contre lui.

— Je voudrais tellement que nous restions à Vallongue… Je m'y suis habituée, tu vois bien…

Elle avait mis ses bras autour de son cou et elle se haussa sur la pointe des pieds pour l'embrasser.

— Si c'est ce que tu cherches, j'ai très envie de toi, dit-il d'une voix rauque.

D'un mouvement d'épaules, elle se débarrassa du peignoir, qui glissa au sol. Leur attirance mutuelle et leur entente physique ne s'étaient jamais démenties, depuis le premier jour où ils avaient flirté dans la voiture prêtée par Alain, alors qu'ils étaient à peine sortis de l'adolescence. Mais, avec le temps, Magali avait pris beaucoup d'assurance, oublié ses pudeurs de jeune fille et gagné une sensualité affolante.

— Promets-moi d'y réfléchir encore, fais-le pour moi, murmura-t-elle en laissant glisser ses mains sur lui.

— Ou on discute ou on fait l'amour, répondit-il. Je sais ce que je préférerais…

Elle s'écarta de lui, l'air boudeur, et il se sentit très déçu. Quand elle se pencha pour ramasser son déshabillé, elle prit tout son temps, augmentant sa frustration, mais il ne fit pas un geste vers elle.

— Très bien, finissons-en, reprit-elle d'un ton sec. Donc, tu veux absolument ce poste, tu n'en démordras pas ?

— C'est une chance extraordinaire et mon père s'est donné beaucoup de mal pour que je l'obtienne.

— Même si ça gâche ma vie ?

— Ne sois pas si catégorique, chérie.

— Mais qu'est-ce que je dois faire pour te convaincre ? Oh, Vincent, j'étais tellement contente quand j'ai appris que Charles…

Elle s'arrêta net, horrifiée. Son mari la dévisageait soudain avec une expression incrédule, sous le choc de ses paroles. Contente de quoi ? Que son beau-père se soit fait écraser ?

— Je me suis mal exprimée, enchaîna-t-elle, mais bien sûr, tant qu'il était là, tu voulais lui faire plaisir, c'est normal… Ne me regarde pas comme ça, sois gentil.

Vincent la toisa encore un instant avant de baisser les yeux. Alain la veille, Magali ce matin, est-ce qu'il était condamné à se disputer avec tous ceux qu'il aimait ? Comment cette femme adorable, dont il était fou, pouvait-elle se réjouir d'un deuil avec un tel cynisme ? Il se détourna pour prendre sa veste sur le bras d'un fauteuil.

— Attends, mon chéri, dit-elle en le rejoignant.

Elle se planta juste devant lui, avec un sourire navré. Leurs scènes de ménage étaient si rares qu'elle ne parvenait même pas à se souvenir de la dernière. La tendresse de Vincent était l'une des qualités qu'elle appréciait le plus chez lui. Sa patience, sa douceur, les attentions dont il l'entourait, ne la jugeant jamais, lui donnant raison contre le monde entier. Un mari parfait, presque trop parfait.

— Je sais que sa mort te rend triste, je comprends…

Elle cherche ses mots quelques instants puis choisit d'être franche, persuadée qu'il aimerait mieux la vérité que n'importe quel mensonge.

— Ton père a toujours été très froid avec moi, très distant, il ne m'a jamais laissée oublier d'où je viens.

Sauf le jour où elle avait eu ce malaise dans la cuisine, enceinte de Lucas, quelques années plus tôt, mais elle jugea inutile de le mentionner.

— Il ne s'est pas opposé à notre mariage, rappela Vincent calmement. Il m'a donné les moyens de faire ce que je voulais.

— Non ! Ce qu'il voulait, lui. Que tu obtiennes tes diplômes avec mention, que tu deviennes magistrat, que tu fasses carrière à Paris.

L'espace d'une seconde, Vincent revit le visage pâle et marqué de son père, sur son lit d'hôpital. Il les avait regardés, Daniel et lui, de ses yeux voilés par la souffrance. « Je pense que tu arriveras jusqu'à la Cour de cassation ; quant à toi, tu devrais tenter la députation. » Une ultime manière de démontrer son autorité sur eux, de leur indiquer leur ligne de conduite. Et aussi de dire sa fierté, sans doute. Impossible de l'expliquer à Magali, qui continuait :

— Il m'a toujours fait peur. Il était tellement hautain ! Tu n'as jamais pu prendre une décision sans te demander ce qu'il en penserait, lui. Alors non, honnêtement je ne l'aimais pas, et quand il a eu son accident, je me suis sentie soulagée à l'idée qu'il ne se mettrait plus entre nous, que nous allions pouvoir rester ici bien tranquillement, et ça m'a rendue gaie, c'est vrai. Mais bon sang, je n'y suis pour rien, ce n'est pas moi qui conduisais cet autobus !

Ravie de sa tirade, elle faillit la ponctuer d'un petit rire, mais Vincent ne lui en laissa pas le temps. Il traversa la chambre en trois enjambées, ouvrit la porte à la volée, puis la claqua avec violence. Son geste la laissa méduse, jusqu'à ce qu'elle réalise que sa maladresse était irrattrapable.

Les doigts de Clara étaient tellement crispés sur le combiné que ses articulations devenaient douloureuses. Elle changea de main avant de s'éclaircir la gorge, refusant de céder à l'émotion.

— J'étais près de lui quand il est parti, dit-elle doucement, et il n'avait pas repris connaissance…

Inutile d'expliquer à la pauvre Sylvie que durant les deux jours de son agonie, avant de sombrer dans le coma, jamais Charles n'avait mentionné son nom.

— Oh, Clara, je suis si triste pour lui ! Pour vous, aussi, et pour moi parce que… Vous savez, je n'avais pas pu l'oublier, je pensais à lui chaque jour… Nous nous écrivions régulièrement et…

La voix de Sylvie était hachée de sanglots convulsifs. La nouvelle du décès de Charles lui était parvenue trop tard pour qu'elle puisse se rendre à son enterrement, ce qui augmentait encore son désespoir. Clara se demanda comment elle avait pu omettre de la prévenir. La malheureuse avait-elle si peu compté que personne n'eût songé à elle ?

— Il y a un article merveilleux dans le *Times*, ce matin, si vous voulez je vous l'enverrai. Il est vraiment très élogieux.

Mais Clara n'avait aucune envie de lire la nécrologie de Charles Morvan-Meyer, l'un des plus grands avocats de l'après-guerre selon la presse unanime. Non, désormais elle voulait uniquement penser à lui comme son petit garçon, son adorable fils cadet, qui ne lui avait donné que des joies dans sa jeunesse.

— Je suis navrée, Sylvie, j'aurais dû vous appeler. Hélas ! dans ces moments-là, on n'a plus toute sa tête. Est-ce qu'un souvenir de lui vous serait agréable ?

Après tout, cette femme avait aimé Charles passionnément, ce n'était pas sa faute si elle avait échoué. À une époque, Clara avait espéré que tout cet amour finirait par le toucher, le sauver malgré tout, mais bien sûr le souvenir de Judith avait été le plus fort. À moins qu'il n'eût été retenu par la culpabilité. Qu'il n'eût pas voulu que cette jolie cousine se retrouve mariée à un…

Avec un sursaut, Clara se redressa. C'était le genre d'idée qu'elle refoulait depuis seize ans et elle n'allait pas se mettre à y songer aujourd'hui. Elle ajouta, précipitamment :

— Je peux vous faire parvenir un objet, une photo, un bijou…

— C'est très délicat de votre part. En toute franchise, son briquet ou sa montre me feraient plaisir.

De nouveau, la voix de Sylvie s'était cassée. Clara pensa au briquet en or, offert par Judith et gravé aux initiales de Charles, qu'il avait toujours à la main ou dans sa poche. Marie s'en était emparée farouchement, comme s'il s'agissait d'un talisman.

— Je vais vous envoyer sa montre, répondit-elle d'un ton ferme. Il serait heureux de la savoir entre vos mains, ma petite Sylvie. Je m'en occupe…

Elle ne pouvait pas deviner tout ce que cette montre évoquait pour la malheureuse Sylvie. Ni de quelle façon Charles l'enlevait avant de faire l'amour. Ni à quel point le bruit du fermoir, quand il la remettait avant de partir, rendait triste la jeune femme qu'elle était alors. Ces souvenirs-là, Clara ne les connaissait pas, mais Sylvie allait se les remémorer inlassablement.

— Si vous venez en France, rendez-moi visite, nous parlerons de lui, conclut-elle avant de raccrocher.

Un moment, elle considéra le téléphone d'un air mélancolique. Puis elle se leva lentement, rassembla son courage et rejoignit les autres dans la salle à manger.

— C'était Sylvie, marmonna-t-elle en reprenant sa place. Je lui ai promis la montre de Charles, j'espère qu'aucun de vous ne la voulait ?

Vincent et Daniel secouèrent la tête ensemble. Sans doute ne s'imaginaient-ils pas portant un objet aussi personnel. Le dessert était servi mais Clara avait l'appétit coupé. Elle écarta son assiette d'un geste las avant de considérer un à un les membres de sa famille réunis autour d'elle.

— Mes chéris, il faudrait que nous discutions un peu de l'avenir…

Personne ne sourit de sa phrase, même s'il était paradoxal que ce soit elle qui parle du futur, comme si elle comptait vivre cent ans encore et continuer à gérer son clan.

— D'abord Vallongue, enchaîna-t-elle. Je regrette qu'Alain ne soit pas là, mais il m'a prévenue qu'il avait beaucoup de travail aujourd'hui.

— Il n'est *jamais* là où il devrait être, fit remarquer Madeleine d'un ton acide.

À un moment ou à un autre, il faudrait bien parler de son absence à l'enterrement, et Clara décida de couper court.

— J'aurais préféré qu'il soit parmi nous, hier, mais l'incident est clos. En tout cas, il s'est fort bien occupé de la sépulture de Charles, je n'aurais pas mieux choisi.

Vincent leva brusquement la tête vers sa grand-mère, très surpris.

— Lui ?

— Qui d'autre ? Il fallait quelqu'un sur place, je ne pouvais pas régler ça par téléphone. Où en étais-je ? Ah oui, Vallongue. Bon, ici, rien de changé, la propriété m'appartient et n'est donc pas à l'ordre du jour… Vincent, puis-je connaître tes projets pour la rentrée ?

Cette question-là aussi devait être abordée, malgré la tête de chien battu qu'affichait Magali. Le jeune homme regarda sa grand-mère droit dans les yeux pour répondre :

— Je compte m'installer à Paris.

Marie étouffa un petit soupir de soulagement qui n'échappa à personne. Peut-être était-elle la seule à mesurer l'importance exacte de cette nomination et la chance qui s'offrait à Vincent.

— Où ça ? demanda impitoyablement Clara.

Il jeta un rapide coup d'œil à Magali, qui gardait la tête baissée.

— Oh, le temps de s'organiser… Nous n'avons pas encore pris de décision pour les enfants et… Peux-tu m'offrir l'hospitalité avenue de Malakoff durant les premiers mois ?

— Tu es le bienvenu. Au milieu de quatre générations de femmes, tu seras un vrai réconfort pour le pauvre Cyril !

Sans ostentation, elle rappelait à quel point le décès de Charles la laissait démunie. Condamnée à ne cohabiter désormais qu'avec Madeleine, Marie et ses enfants, elle aurait sûrement besoin du soutien d'un homme. Gauthier et Chantal vivaient de leur côté, avec Paul et le bébé, et Daniel avait loué un superbe duplex rue Pergolèse, quelques mois plus tôt.

D'un mouvement brusque, Magali repoussa sa chaise.

— Excusez-moi, murmura-t-elle en se levant.

Des mèches de cheveux s'échappaient de son chignon et lui donnaient un air pathétique. Elle tenta une dernière fois de capter l'attention de Vincent, qui regardait ailleurs, puis elle quitta la pièce. Clara laissa passer quelques instants avant de demander, très posément :

— Est-ce que ta femme s'oppose à ton départ ? Dans ce cas, tu dois réfléchir…

— C'est tout vu ! répliqua-t-il d'un ton morne.

Sa tristesse le rendait désagréable, il en était bien conscient, et il esquissa un geste d'excuse. De toute façon, il ne s'imaginait pas partageant le même toit qu'Alain dans les semaines à venir. Alain, qui n'avait pas jugé bon de paraître au déjeuner, était tout à fait capable de ne plus mettre les pieds dans la maison tant que ses cousins y seraient, quitte à dormir à la bergerie, au moulin de Jean-Rémi ou même à l'hôtel.

— Vous serez convoqués chez le notaire, continua Clara, mais je connais le testament de votre père, inutile de vous dire qu'il a laissé ses affaires en ordre.

Elle savait que l'essentiel de la fortune personnelle de Charles était répartie entre ses deux fils, à l'exception d'un legs assez important concernant Marie. Comme les choses n'auraient jamais dû se passer dans cet ordre, elle réalisa qu'elle allait devoir modifier ses propres dispositions testamentaires. Dans la succession de Madeleine, Gauthier était très avantagé, et ce serait donc à elle de préserver Alain.

— Grand-mère, intervint Daniel d'une voix douce, je suppose que papa participait à l'entretien de l'hôtel particulier ? Et ici aussi ? Tu vas te retrouver avec des frais considérables, il n'est pas juste que tu y subviennes toute seule ; je pense que nous devrions t'aider.

— Que tu es mignon ! s'esclaffa Clara.

C'était son premier vrai rire depuis l'accident de Charles, et une soudaine bouffée de joie balaya la tablée.

— Je te reconnais bien là, organisé, gestionnaire… Je dois avouer que mes ressources ont diminué et que les impôts en mangent une grande partie. Bien entendu, votre père réglait certaines factures. Des choses aussi amusantes que la réfection de la toiture ou le salaire du jardinier. Voulez-vous que je vous les mette de côté ?

Elle persiflait gentiment, mais Daniel et Vincent acquiescèrent ensemble, avec le même sérieux. Durant un instant elle les observa, puis elle finit par hocher la tête.

— Eh bien, c'est d'accord.

Après tout, ils étaient devenus grands, ils gagnaient leur vie, et l'héritage de Charles serait conséquent.

— Je tiens à participer aux frais, moi aussi, déclara Madeleine, à qui personne n'avait rien demandé.

— Non, je vous remercie mais ce ne sera pas nécessaire, trancha Clara.

L'idée que sa bru puisse mettre son nez dans les comptes la révulsait. Jusque-là, on l'avait prise en charge, on s'était passé d'elle, et mieux valait s'en tenir là.

— Au sujet du cabinet, que pensez-vous faire ? demanda Marie à ses cousins. Dès demain matin, les associés voudront savoir.

Vincent consulta du regard Daniel, qui haussa les épaules avec indifférence puis lança :

— C'est une affaire prospère, non ?

— Chacun d'entre nous possède sa clientèle et ses dossiers, expliqua Marie. Malgré l'absence de Charles, le cabinet peut tourner sans problème. Si vous ne souhaitez pas vendre les locaux, vous continuerez à percevoir les loyers. Dans le cas contraire, je vous indiquerai la procédure…

Même si elle gardait un ton détaché, ils pouvaient tous voir qu'elle était bouleversée. Charles avait été un pionnier en misant sur l'association de plusieurs confrères, et son pari était pleinement réussi. La plaque de cuivre apposée sur la pierre de taille de l'immeuble mentionnait tous les noms et les titres des avocats du groupe, mais le cabinet était connu comme le loup blanc sous l'appellation « Morvan-Meyer ». Et, malgré tout le chagrin qu'elle éprouvait à l'idée de travailler sans Charles désormais, elle n'imaginait pas la dissolution de l'entreprise qu'il avait bâtie.

— Vous êtes les juristes, dit Daniel en s'adressant à son frère et à sa cousine, à vous de décider.

— N'oublie pas que vous aurez des droits de succession sur le capital immobilier, prévint honnêtement Marie.

Le regard de Clara allait de l'un à l'autre, intéressée par l'attitude de chacun. Un jour prochain, les mêmes questions se reposeraient, sans doute autour de cette même table, lorsque à son tour elle aurait rejoint les Morvan au cimetière d'Eygalières. Qu'adviendrait-il alors de Vallongue ? À quoi bon construire, tout au long d'une vie, si rien ne devait subsister ? Pour l'instant, et parce qu'elle était encore là, ses petits-enfants se comportaient de façon raisonnable, digne, mais après elle ? Une fois de plus, elle regretta l'absence d'Alain. Certaines choses auraient pu être précisées dès aujourd'hui, certains abcès vidés.

— Mon avion est à six heures, déclara Marie en se levant.

— S'il reste une place sur ce vol, je vais partir avec toi, décida brusquement Vincent. J'ai beaucoup de gens à voir à Paris…

Il s'agissait d'une fuite, ni plus ni moins, cependant il ne voulait pas d'une nouvelle scène avec Magali, il tenait à être seul pour réfléchir.

— Nous allons rester ici encore un jour ou deux, Chantal et moi, annonça Gauthier. Si tu veux, grand-mère, tu pourras rentrer avec nous à la fin de la semaine ?

Sans doute ne voulait-il pas perdre Clara de vue, c'était son devoir de médecin de s'assurer qu'elle allait bien et qu'elle surmontait la mort de son fils. Vincent avait déjà quitté la table, adressant un signe de tête aux autres, pressé de rassembler ses affaires. À contrecœur, il monta jusqu'à sa chambre, par bonheur déserte, enfourna quelques dossiers dans un porte-documents, récupéra son imperméable dans la penderie. Lorsqu'il passa près de la coiffeuse sur laquelle Magali entassait toutes sortes de produits de beauté, il marqua une hésitation. S'il lui laissait un mot, comment l'interpréterait-elle ? D'ailleurs, où était-elle ? Et pourquoi se sentait-il si mal en pensant à elle, à la fois en colère et coupable, victime et bourreau ?

Il se pencha vers un petit cadre d'argent, perdu au milieu des flacons. Sur la photo, ils formaient un beau couple, en haut des marches de l'église, le jour de leur mariage. Magali était sublime dans sa robe blanche, rayonnante de bonheur. À côté d'elle, Vincent était d'une élégance irréprochable, très semblable à son père, qui se tenait juste derrière lui. Incrédule, Vincent se pencha davantage, fronça les sourcils. Magali avait discrètement crayonné tous les visages de la famille, ajoutant une paire de lunettes par-ci, une moustache par-là, des plumes ridicules sur le chapeau de Clara. Elle n'avait pas touché à son mari, mais Charles était gratifié d'un monocle.

En temps normal, il aurait peut-être souri de cet enfantillage, mais à ce moment précis il en était incapable. Au contraire, il ôta la photo du cadre, la déchira en petits morceaux qu'il expédia dans la corbeille à papiers, puis quitta la chambre.

Dehors, les enfants jouaient avec Helen sur la pelouse. La Simca de Magali était garée à sa place habituelle, donc elle n'était pas allée chercher refuge chez Odette ni chez Jean-Rémi. Peut-être était-elle partie marcher dans les collines, à moins qu'elle ne se soit rendue à la bergerie d'Alain. Qu'ils vident donc ensemble une bouteille de rosé glacé en se réjouissant de la mort de Charles !

Avec un soupir exaspéré, Vincent s'appuya à l'un des platanes. Tous ses repères étaient en train de devenir flous. Bien sûr qu'il avait envie de se retrouver dans l'île de la Cité, de travailler au palais de justice de Paris, de se mobiliser sur cette ambition suggérée par Charles : viser la Cour de cassation. Quel juge n'en rêvait pas ?

De loin, il vit un début de bagarre entre Cyril et Virgile, mais Helen intervint aussitôt. Depuis combien de temps Magali se reposait-elle sur la jeune fille pour prendre soin de leurs enfants ? Et si elle refusait de quitter Vallongue, de quelle façon allait-elle les élever tandis qu'il siégerait à sept cents kilomètres de là ? Est-ce qu'elle continuerait à faire la tournée des bars et à s'effondrer dans l'escalier avant qu'Alain la ramasse pour la coucher ? Une perspective plutôt humiliante, surtout s'il songeait à ce qu'étaient devenus ses rapports avec Alain.

Il baissa les yeux sur sa montre. Marie n'allait plus tarder à présent. Avec elle, il pourrait au moins parler de son avenir professionnel. Elle avait été la plus proche collaboratrice de Charles ces derniers temps, elle savait tout sur le milieu judiciaire parisien, son aide serait précieuse. Un peu étonné, il réalisa qu'il était impatient d'entrer en fonction, de faire ses preuves, de s'imposer, et qu'il n'avait jamais réellement envisagé de refuser ce poste. Il attendait encore beaucoup de choses de la vie, prêt à en payer le prix nécessaire grâce à son immense capacité de travail, mais il ne serait jamais quelqu'un de médiocre. Son père l'avait deviné avant lui en lui ouvrant une voie royale.

Son père... Il se retourna pour observer la façade de Vallongue. Murs de pierre blanche et volets bleus d'apparence sereine, qui avaient pourtant abrité un drame épouvantable. Quelle force de caractère n'avait-il pas fallu à Charles pour revenir passer ici tous ses étés ! Pour imaginer sa femme aux mains d'Édouard, entre terreur et dégoût. Pour subir le fantôme obsédant de Beth. Pour revivre à l'infini cet instant où il avait appuyé sur la détente du revolver. Un calvaire, sans aucun doute, durant lequel il s'était entendu reprocher sa tristesse ou sa froideur. Et lorsqu'il répétait, dans ce bureau du rez-de-chaussée, l'une de ses si brillantes plaidoiries destinées aux assises, n'était-ce pas son propre geste de vengeance qu'il cherchait toujours à faire acquitter ?

Le ronflement du moteur de la DS le sortit de ses pensées. Daniel était au volant, Marie à côté de lui, et Vincent ouvrit la portière arrière. Mais au moment de monter en voiture, il aperçut Clara, qui se tenait bien droite, en haut du perron, pour les regarder partir. Il la rejoignit en courant, escalada les marches et mit ses bras autour d'elle.

— Prends soin de toi, chuchota-t-il à son oreille.

Elle sentait bon, son chemisier de soie était impeccable, c'était une vieille dame exemplaire.

— Je veux que tu ailles bien et que tu vives des siècles ! ajouta-t-il gaiement en s'écartant d'elle.

Le visage de sa grand-mère se crispa douloureusement, l'espace d'un instant, mais il ne pouvait pas savoir que c'était exactement l'expression utilisée par Charles, alors elle s'efforça quand même de lui sourire. Et, parce que sa volonté était intacte malgré les années, elle y parvint.

L'héritage de Clara

L'histoire de Clara est dédiée à ma mère, Geori Boué, que j'aime et que j'admire, et aussi à Jacques, « nouveau » venu dans notre clan depuis quarante ans.

1

Vallongue, 1967

Vincent observa quelques instants la course des deux enfants qui nageaient côte à côte, soulevant des gerbes d'eau. Depuis le début des vacances, ils n'avaient pas cessé de se lancer des défis, à pied, à vélo ou dans la rivière, et leur rivalité finissait par exaspérer tout le monde.

Sur la berge, Tiphaine encourageait son frère et son cousin à grands cris, une main en visière pour mieux les voir, l'autre cramponnée à un vieux chrono qui minutait la performance. Un peu plus loin, à l'abri d'un parasol, Magali s'était endormie, assommée par son habituel mélange d'alcool et de médicaments. Pour ne pas céder à l'émotion, Vincent détourna son regard. Même s'il refusait de s'apitoyer, il n'était pas détaché d'elle. Leur mariage sombrait, inutile de se mentir, et le fait qu'il l'aime encore rendait les choses plus difficiles.

À pas lents, il s'éloigna le long du chemin poussiéreux qui partait à l'assaut de la colline. S'il voulait achever son manuscrit avant de rentrer à Paris, il fallait qu'il travaille. Publier était une obligation incontournable dans sa carrière de juge. Il ne pouvait pas se contenter de trancher des litiges et de rendre des jugements, il devait aussi écrire. Faire avancer le droit. Obliger des générations d'étudiants à plancher sur ses bouquins... Quelle dérision !

Il se contraignit à accélérer l'allure. Chaque jour, il se reprochait de ne pas faire assez de sport, mais il avait passé presque tout son temps enfermé dans le bureau du rez-de-chaussée, occupé à rédiger ce fichu livre, et il avait négligé le reste.

Parvenu au sommet, il s'accorda quelques minutes pour contempler le paysage. Sur sa droite, dans la vallée, il discernait les toitures roses de Vallongue puis, au-delà, les contours bleutés des Alpilles. Un endroit qu'il avait adoré durant toute son enfance, puis sa jeunesse, et même lors de sa première nomination à Avignon. C'était au cours d'un été à Vallongue qu'il avait rencontré Magali, qu'il en était tombé éperdument amoureux. Leurs trois enfants étaient nés ici. Et pourtant...

Il sortit les mains de ses poches avant de descendre le versant en pente douce qui menait à la propriété. « Ne mets pas tes mains dans tes poches ! » Une phrase que sa grand-mère lui avait répétée mille fois. « D'abord, ça les déforme, ensuite, ça te donne l'air timide. »

Clara était toujours aussi merveilleuse, malgré ses quatre-vingt-cinq ans. Chef de famille, gardienne du clan, avec des manières exquises dues à une rigoureuse éducation au siècle précédent, sachant manier l'humour ou gérer un portefeuille boursier. Elle avait été autrefois une belle femme, ensuite une maîtresse femme, et tous ses petits-enfants et arrière-petits-enfants lui étaient férocement attachés. Au point d'avoir fait le silence sur le drame épouvantable qui les avait déchirés quelques années plus tôt. Pour préserver Clara, ils s'étaient engagés à se taire, mais le pacte restait fragile. À n'importe quel moment, la haine pouvait resurgir entre eux.

Le long de l'allée bordée de platanes et de micocouliers, il remarqua que les plates-bandes avaient été nettoyées autour des rosiers. Alain y veillait à chacun des séjours de Clara. Pour elle, il avait planté un peu de thym, de romarin, de lavande, juste sous sa fenêtre parce qu'elle adorait leur odeur.

— Mon chéri, regarde celle-là ! claironna la voix de la vieille dame. Je n'ai pas pu m'empêcher de la cueillir…

Il se retrouva nez à nez avec sa grand-mère qu'il n'avait pas entendue approcher. Elle arborait une canne à pommeau d'argent dont elle ne se servait que pour faire de gracieux moulinets destinés à ponctuer ses discours. Glissée dans la poche de poitrine de sa saharienne en lin, une rose blanche s'épanouissait en grosse corolle.

— Tu ne fais pas de sieste aujourd'hui ? s'enquit-il.

— Ne t'accroche pas à des questions de pure forme, tu sais bien que je ne dors jamais dans la journée ! À mon âge, on n'a plus besoin de sommeil…

Glissant son bras sous celui de son petit-fils, elle l'entraîna vers la maison.

— Vincent, mon grand, tu as mauvaise mine, tu travailles trop… Où sont-ils tous passés ?

— Au bord de la rivière.

— Bien sûr ! Et qui surveille les petits ?

— Madeleine, Helen…

— Alors viens boire un thé glacé avec moi.

Depuis toujours, il était son préféré, elle n'y pouvait rien hormis espérer que les autres n'en aient pas conscience. Dans la grande cuisine dont les persiennes étaient fermées, à cause de la chaleur, elle lui fit signe de s'asseoir et sortit elle-même la carafe du réfrigérateur. Des rais de lumière jouaient sur les faïences bleues d'Aubagne, alignées dans un vaisselier, tandis qu'une mouche bourdonnait au-dessus d'une coupe de figues.

— Quand pars-tu ? demanda-t-elle d'un ton désinvolte.

— La semaine prochaine. Les vacances judiciaires se terminent.

— Et ton livre, tu l'auras fini ?

— J'espère.

Il la connaissait trop pour ne pas deviner que, au milieu de ces questions anodines, elle allait brutalement en venir à l'essentiel, aussi ne fut-il pas surpris lorsqu'elle ajouta :

— As-tu pris une décision au sujet de Magali ?

— Non, je ne sais pas quoi faire, avoua-t-il dans un soupir.

Chaque médecin consulté se révélait impuissant à la soigner. Pour la simple raison qu'elle n'était pas malade mais seulement mal dans sa peau. Perdue, incapable de se récupérer, sans volonté ni repères.

— Vis-à-vis de tes enfants, tu ne peux pas laisser les choses en l'état, lui asséna Clara. Ou alors fais-les venir à Paris, prenons-les avenue de Malakoff.

— Tu voudrais que je lui enlève les enfants ? Mais c'est tout ce qu'elle a !

— Non, Vincent... D'abord elle t'a, toi, c'est-à-dire un mari formidable. Elle habite ici, dans ce qui s'appelle pour le moins une belle maison, elle dispose d'argent pour ses fantaisies, elle est jeune et elle est belle. Pourtant Helen s'occupe de tout à sa place. D'ailleurs c'est fou l'importance que cette petite Irlandaise a prise en si peu de temps ! Tu t'en rends compte ? Tu supportes que tes fils et ta fille soient élevés par une étrangère qui, si adorable qu'elle soit, est tout de même une employée ?

— Grand-mère ! Helen fait partie de la famille maintenant...

— Ne te fais pas plus bête que tu n'es ! protesta Clara en tapant sur la table.

Le geste était si familier que Vincent esquissa un sourire en murmurant :

— Je sais tout ça, néanmoins à leur âge les enfants sont mieux près de leur mère. Même si elle n'est pas une mère idéale.

— Comme tu dis !

Clara tendit la main vers la coupe de fruits pour y prendre un abricot qu'elle fendit délicatement. Elle le savoura en silence, déposa le noyau dans un cendrier puis reporta son attention sur Vincent. Jusque-là, elle s'était bien gardée d'intervenir mais le moment était venu de faire des choix. Il allait avoir trente-cinq ans, il était beau, séduisant, brillant, et elle ne le laisserait pas tout gâcher sans broncher.

— Le pire, reprit-elle posément, est que tu leur manques, quoi que tu en penses. En particulier à tes fils. Les garçons ont aussi besoin de leur père. Heureusement ils ont Alain, qu'ils adorent…

Elle le vit froncer les sourcils, pencher un peu la tête de côté d'un air contrarié, et elle comprit qu'elle avait visé juste. Vincent et Alain, qui avaient été des cousins inséparables, ne s'entendaient plus depuis quelques années. Très exactement depuis la mort de Charles.

— Seulement voilà, Alain est fort occupé avec ses oliviers. Oh, il fait ce qu'il peut, tu le connais, il a toujours eu un contact merveilleux avec les enfants, mais il n'est que leur oncle. J'ai souvent bavardé avec lui cet été. Si tu lui parlais davantage, il t'aurait appris beaucoup de choses…

À travers la table, Vincent tendit sa main et prit celle de Clara qu'il serra doucement.

— Qu'est-ce que tu cherches à me dire, grand-mère ?

Elle soutint un instant l'éclat de son regard gris pâle. Parce qu'il avait exactement les yeux de son père, elle éprouva une soudaine bouffée de tendresse pour lui.

— Tu ressembles à Charles, constata-t-elle d'une voix mélancolique.

— Réponds-moi, insista-t-il.

Combien de pièges leur avait-elle évités, à chacun d'entre eux ? Combien de fois était-elle intervenue dans leurs vies, avec ou sans diplomatie, mais toujours pour leur bien ?

— Tu as fondé une famille, Vincent, tu en es responsable. Récupère ta femme ou bien quitte-la. Élève tes enfants.

Sinon bientôt tu en voudras à la terre entière, Alain en tête. Or il ne fait rien d'autre que te rendre service et pallier vos carences, à Magali et à toi…

— Non !

— Si. Et autre chose encore, mon grand. J'ai vu ton père courir après un souvenir durant des années, je ne veux pas qu'il t'arrive la même chose. Un homme comme toi n'est pas fait pour être seul.

Il lâcha la main de sa grand-mère et se recula pour s'appuyer au dossier de sa chaise. Que pouvait-il répondre ? Clara était trop intelligente, il n'avait aucune chance de l'abuser. Tous ces derniers temps, il s'était consacré exclusivement à sa carrière afin de ne pas penser à sa femme. Chaque soir, quand il regagnait l'hôtel particulier de l'avenue de Malakoff, il était ivre de travail, anesthésié, et il ne se posait pas de question. Son père lui avait prédit un jour qu'il finirait par être nommé à la Cour de cassation, but suprême de n'importe quel juge, mais courait-il vraiment après les honneurs ou n'était-ce qu'un moyen de s'aveugler ?

Il ferma les yeux une seconde, soupira, enfouit ses mains dans ses poches et fut aussitôt rappelé à l'ordre par Clara.

— Vraiment, Vincent, quelle mauvaise habitude de…

— Papa ! Papa !

La voix suraiguë de Tiphaine les fit sursauter ensemble. Hors d'haleine, la petite fille fit irruption dans la cuisine et fonça sur son père contre lequel elle s'écroula, en larmes.

— Viens vite, viens ! hoqueta-t-elle.

— Tiphaine ! Qu'est-ce que tu as ? Calme-toi, calme-toi…

Il l'avait prise par les épaules mais elle se débattait farouchement en répétant :

— Il faut que tu y ailles… Il est arrivé quelque chose à Philippe…

— Quoi ?

Déjà debout, il souleva sa fille et la serra contre lui.

— Attends mon bébé, je ne comprends pas… Qu'est-ce qui est arrivé ?

— Philippe ! hurla-t-elle.

Ses sanglots devenaient convulsifs et soudain Vincent se sentit paniqué. Il rejoignit Clara en deux enjambées, déposa la fillette sur ses genoux.

— Occupe-toi d'elle !

Il sortit en courant, traversa le hall puis dévala le perron. S'il prenait sa voiture, le détour par la route lui demanderait autant de temps que couper à travers la colline et il se rua dans l'allée. Tiphaine était une enfant très dégourdie pour ses dix ans, il imaginait bien qu'un véritable drame avait dû se produire pour la mettre dans cet état. Il allongea sa foulée, repassant dans sa tête la scène qu'il avait quittée une heure plus tôt. Madeleine assise sur son pliant, en train de tricoter. Virgile et Cyril qui nageaient, plus loin Magali endormie sous le parasol. Helen qui faisait jouer Paul et Lucas… Où donc se trouvait Philippe à ce moment-là ? À bout de souffle, il atteignit la crête puis dévala la descente vers la rivière.

La première chose qu'il vit fut la silhouette d'Alain. Agenouillé sur la berge, son cousin était immobile, la tête dans les mains. Debout derrière lui, Madeleine et Magali semblaient statufiées. D'un regard fébrile, Vincent chercha les enfants et les découvrit un peu plus loin, serrés autour d'Helen, avec des visages hébétés.

— Non, murmura-t-il, non…

Sous l'effet de l'anxiété, sa respiration se bloqua, lui donnant l'impression d'étouffer. Inconsciemment, il avait cessé de courir et il rejoignit Alain à pas mesurés. Philippe était allongé dans l'herbe, les yeux ouverts, les traits bizarrement bouffis et la peau bleue.

— Oh, mon Dieu… Non, non…, répéta-t-il tout bas.

Pour ne pas regarder le petit garçon, il tourna la tête vers Alain. Celui-ci était trempé, ses cheveux et ses vêtements plaqués sur lui. Livide sous son hâle. Avec une expression que Vincent ne lui avait jamais vue. Quand il parla, sa voix parut sourde, à peine audible.

— Je… j'ai tout essayé… Mais c'était beaucoup trop tard. Il s'était déjà noyé quand Cyril est venu me chercher. J'ai cru que… tu sais, on dit toujours que… enfin, j'ai essayé quand même…

Au prix d'un immense effort, Vincent glissa un nouveau regard au corps de l'enfant avant de saisir un drap de bain dont il le recouvrit entièrement. Ce geste fit réagir Helen : elle prit Lucas et Paul par la main.

— Nous allons à la maison, articula-t-elle. Tout le monde vient avec moi.

Aucun d'eux ne chercha à protester et ils suivirent la jeune fille en silence. Vincent leva alors les yeux vers Magali qui n'avait pas bougé. Il se demanda si elle était lucide mais, d'elle-même, elle passa son bras autour des épaules de Madeleine puis l'obligea à s'éloigner. D'où il était, Vincent ne comprit pas les mots que les deux femmes échangeaient.

— Il faut appeler un médecin quand même, parvint-il à dire.

Alain ne semblait pas avoir l'intention de se relever et Vincent le prit par l'épaule pour le secouer.

— Va téléphoner, je reste ici.

Le regard doré d'Alain chercha celui de Vincent. Depuis longtemps ils s'adressaient à peine la parole, s'évitaient avec soin.

— Où est Gauthier ? murmura Alain.

— À Avignon pour la journée, nous n'avons aucun moyen de le joindre.

À cet instant seulement ils réalisèrent qu'ils allaient devoir apprendre à Gauthier et à Chantal la mort de leur fils. L'idée même était odieuse, insoutenable.

— Va téléphoner et reviens, insista Vincent. Nous attendrons ensemble, d'accord ?

C'était presque une prière et Alain hocha la tête. Il esquissa un geste pour effleurer le drap de bain mais laissa retomber sa main. Quand il se mit enfin debout, Vincent étouffa un soupir de soulagement. Voir Alain craquer était la dernière chose qu'il souhaitait affronter aujourd'hui.

Dès que le bruit de ses pas se fut estompé, le silence retomba sur la berge, à peine troublé par quelques bruissements d'insectes. Rien au monde ne permettrait de remonter le cours du temps, de revenir deux heures en arrière, de modifier le destin. Si Vincent était resté, si Alain était arrivé plus tôt, si Philippe avait pu crier… Mais c'était fini, trop tard, consommé.

— Oh, Philippe…

Un bout de chou qui n'avait pas encore fêté ses six ans et qui zézayait de façon adorable. Vincent s'aperçut que tout le paysage, autour de lui, était en train de se brouiller. Il ferma les yeux et laissa les larmes déborder sur ses joues. Gauthier avait exactement le même âge que lui, c'était un homme charmant, sensible, un peu secret. De quelle façon allait-il encaisser le drame ? Pour lui-même, pour sa femme, pour son autre petit garçon ? Et comment un enfant avait-il pu se noyer dans cette rivière sans danger, sous la surveillance de trois adultes ? Ou au moins deux s'il exceptait Magali. Car bien sûr, elle n'avait rien dû voir ni entendre.

— Le médecin va arriver avec les gendarmes, dit Alain derrière lui.

Il rouvrit les yeux, avala péniblement sa salive. Son cousin tenait un drap blanc à la main. Ce serait évidemment plus approprié que la serviette de bain orange. Ils se baissèrent ensemble pour procéder à l'échange avec des gestes délicats, en essayant de ne pas regarder le visage du petit garçon. Puis Alain s'écarta, se dirigea vers le parasol et le replia, comme si cet accessoire aux couleurs trop gaies lui était insupportable. Vincent l'observa avec curiosité durant quelques instants. À la fois il avait l'impression de le connaître par cœur, et pourtant c'était devenu pour lui un inconnu. Ses hanches étroites, ses épaules larges, ses cheveux très noirs, trop longs, sa tendresse ou sa violence étaient des éléments familiers, mais qui était-il aujourd'hui ? Durant toute leur jeunesse, ils avaient été inséparables, complices, aussi dissemblables que solidaires, et toujours d'accord. Même quand Vincent avait appris la liaison d'Alain avec un homme, leur affection mutuelle ne s'était pas démentie. Il avait fallu la mort de Charles pour qu'ils commencent à se regarder avec méfiance, puis à se comporter en étrangers. Et pourtant, là, contraints de veiller ensemble sur le corps de ce petit garçon, ils étaient soudain plus proches l'un de l'autre qu'ils ne l'avaient jamais été.

Le pliant de Madeleine avait rejoint le parasol, les bouées et les ballons, formant un tas d'objets dérisoires devant lequel Alain restait planté. Vincent avait envie de le rejoindre mais ne pouvait pas se résoudre à bouger. S'éloigner d'un seul pas de l'enfant qui reposait sous son drap, c'était comme l'abandonner. Il jeta un coup d'œil dégoûté à l'eau qui miroitait sous le soleil et pensa qu'ils allaient tous prendre en horreur cette rivière où ils avaient tant joué.

Malgré tous les drames et les deuils que Clara avait vécus jusque-là, le décès de son arrière-petit-fils l'atteignit de plein fouet, provoquant chez elle un désespoir aigu. Elle dut s'aliter vingt-quatre heures, incapable d'adresser la parole à qui que ce fût.

Calée sur ses oreillers, elle avait beaucoup pleuré, au point d'avoir les yeux bouffis et de paraître son âge. Celui d'une très vieille dame qui en avait trop vu. En se remémorant le passé, elle constata qu'elle avait été heureuse jusqu'en 1914, mais à compter de la déclaration de la Première Guerre mondiale son existence s'était réduite à une succession de coups durs. Avec des périodes d'accalmie, certes, le temps de se remettre d'un malheur avant d'affronter le suivant. Son mari était mort en 1917, appelé sur le front en qualité de chirurgien malgré son âge, ce qui l'avait laissée seule pour élever ses deux fils, Édouard et Charles. Ce dernier avait été son préféré, de loin, et de toutes les femmes d'ailleurs. Édouard avait embrassé la carrière de chirurgien – une tradition familiale – puis il avait épousé cette stupide Madeleine. Charles avait choisi de devenir avocat et il s'était marié très jeune avec la merveilleuse Judith. Madeleine avait fait trois enfants, Judith aussi, ensuite la seconde guerre était arrivée. Lieutenant dans l'aviation, Charles avait été fait prisonnier presque tout de suite. Édouard, réformé, avait mis toute la famille à l'abri derrière les murs de Vallongue.

À l'abri, vraiment ? Clara tamponna ses paupières gonflées et douloureuses avec un mouchoir de batiste qu'elle se mit à triturer. En fait, quitter Paris avait été une erreur tragique. Vallongue se trouvait en zone libre, soit, et ils avaient tous cru bon de s'y réfugier. Judith était d'origine juive, mais quelle importance dans cette immense propriété de Provence dont elle ne sortait jamais, pas même pour aller à Eygalières ? Aux yeux des gens du village, ils étaient la famille Morvan, des Français de vieille souche, avec six enfants en bas âge. Ceux d'Édouard : Marie, Alain et Gauthier ; et ceux de Charles : Vincent, Daniel et Bethsabée. Des cousins inséparables qui vivaient la guerre comme des vacances prolongées. Clara veillait à tout, dans son rôle de chef de famille. À *presque* tout. Elle avait appris à se débrouiller avec le marché noir, à cultiver elle-même ses légumes, à se passer de personnel. De temps à autre, elle surprenait les regards concupiscents d'Édouard sur Judith, mais que faire ? Comment aurait-il pu ignorer la beauté ravageuse de sa belle-sœur ?

Un sanglot étouffa Clara et elle dut lutter pour recouvrer sa respiration. Tout était parti de là. De la jalousie d'Édouard envers Charles. Parce que Charles réussissait tout ce qu'il entreprenait, parce qu'il était beau – autant que Vincent aujourd'hui – et parce que Clara l'avait toujours préféré malgré elle.

De Charles ils étaient restés longtemps sans nouvelles. Prisonnier considéré comme dangereux après trois tentatives d'évasion, il croupissait dans le cachot d'une forteresse en Allemagne. Et Édouard ne pouvait détacher ses regards de Judith. Avait-il eu des mots malheureux ? Peut-être des gestes ? Quelque chose s'était produit, en tout cas, car Judith s'était mise à l'éviter. Alors, quand elle avait appris l'arrestation de ses parents, de braves Juifs qui tenaient un petit commerce, elle s'était jetée sur ce prétexte pour s'en aller. Rien n'aurait pu la dissuader de quitter Vallongue, Clara l'avait bien compris. Elle était partie un matin en emmenant sa petite Bethsabée avec elle.

Il suffisait à Clara de fermer ses yeux boursouflés pour revoir le visage de Judith. Une si belle femme ! Qui, dès son arrivée à Paris, se faisait cueillir par la Gestapo, puis déporter au camp de Ravensbrück avec sa fillette. Elles n'en étaient jamais revenues. Charles, lui, était rentré à la fin de la guerre.

Clara s'agita dans son lit, frappant les draps de ses poings fermés. Le retour de Charles ! Un bonheur fou mêlé d'une angoisse lancinante… Elle l'avait serré dans ses bras, incapable de lui venir en aide. La disparition de sa femme et de sa fille dans ce camp de la mort allait le rendre fou, elle le savait. Judith, il l'avait aimée comme on n'aime qu'une fois et, fatalement, il allait se mettre à chercher des explications, des responsables.

Depuis vingt-deux ans, elle se refusait à y penser. Charles n'était alors que l'ombre de lui-même, affaibli par les conditions de sa détention, par les années de séparation, mais ce qui lui restait de forces lui servirait à faire justice lui-même.

Comment les deux frères s'étaient-ils expliqué ? Par quel moyen Charles avait-il obtenu les aveux d'Édouard ? Si elle ignorait tout de ce qu'ils s'étaient dit durant cette horrible nuit de 1945, elle en devinait une partie. Lorsqu'elle s'était précipitée au rez-de-chaussée, pour y découvrir Édouard affalé sur le sous-main, elle avait compris. Dieu merci, Charles ne tenait pas le revolver, celui-ci se trouvait posé sur le bureau et elle avait pu faire semblant de croire à un suicide. Le suicide d'Édouard. Une version à laquelle elle s'était aussitôt raccrochée, puis qu'elle avait eu le courage d'imposer à tout le monde, y compris à Charles lui-même. Il avait deux fils à élever, sans compter les trois enfants d'Édouard. Cinq gamins dont Clara ne voulait pas se charger seule. Pour elle, Charles n'avait pas tué son frère, pas réglé ses comptes, tout simplement parce qu'elle ne concevait pas qu'il puisse retourner en prison. Elle avait besoin de lui, donc elle l'avait fait taire. Cette nuit-là, devant le cadavre de son fils aîné, Clara aurait pu devenir folle. Au lieu de quoi elle avait pris la situation en main, malgré la quasi-certitude que le cadet était son assassin. À trois reprises, Charles avait tenté de parler, avant l'arrivée des gendarmes, et elle l'en avait empêché. Un *suicide*, lui avait-elle répété haut et fort. Et *cinq* enfants à élever.

Elle tendit une main tremblante vers sa table de chevet, pour se servir un verre d'eau qu'elle but d'un trait. Oui, elle avait fait face, menti, ravalé sa peine, trahi l'un pour ne pas trahir l'autre. Et elle avait bien cru qu'ainsi elle sauvait le reste de la famille ! Mais Charles n'avait pas dit son dernier mot, hélas. Ils étaient revenus à Paris, avaient repris possession de l'hôtel particulier de l'avenue de Malakoff, s'étaient remis à vivre tant bien que mal. Charles avait dissimulé sa haine à l'égard de la veuve d'Édouard, cette pauvre Madeleine qui n'avait pas su retenir son mari, et aussi à l'égard des enfants d'Édouard. Marie, l'aînée, avait pourtant vite trouvé grâce à ses yeux parce qu'elle était la seule fille, et il avait bien été obligé de la protéger. Gauthier, le cadet, était assez insignifiant à l'époque pour que Charles ne lui accorde aucun intérêt. Avec Alain, en revanche, il s'était affronté durant des années. Pauvre Alain ! Son indépendance, son désir prématuré de vivre à Vallongue pour y exploiter les oliviers, son manque de goût pour les études : tout avait exaspéré Charles. L'oncle et le neveu s'étaient pris mutuellement en horreur, et Clara avait dû jouer les arbitres une fois de plus.

— J'en ai assez, assez, mon Dieu ! marmonna-t-elle entre ses dents.

Mais elle n'y croyait plus guère, dans ce Dieu qui avait permis qu'elle enterre ses deux fils. Car Charles était mort seize ans plus tard, de manière stupide, renversé par un autobus sur le boulevard Saint-Germain. Alors qu'il était en pleine gloire. Au faîte d'une carrière d'avocat exemplaire qui faisait de lui un des plus grands ténors du barreau. Maître Charles Morvan-Meyer, puisqu'il avait obtenu d'ajouter le nom de Judith au sien, afin que ses fils n'oublient jamais le martyre de leur mère et de leur sœur. Ou que les enfants d'Édouard et les siens ne portent pas exactement le même nom.

C'était désormais comme deux branches distinctes : les Morvan et les Morvan-Meyer. Gauthier, suivant les traces de son père et de son grand-père, avait choisi la chirurgie. Vincent, évidemment, avait préféré le droit. Ils avaient tous grandi, et les choses auraient pu en rester là si Charles, sur son lit de mort, lors d'une agonie qui avait duré deux jours, n'avait convoqué ses fils et ses neveux. Dans un moment de lucidité, il leur avait parlé. Oh, Clara imaginait bien qu'il le ferait un jour, même s'il attendait le dernier, hélas elle n'avait aucun moyen de l'en empêcher. Que leur avait-il dit, que savait-il exactement ? Quelle vérité avait-il eu la cruauté d'asséner aux cinq jeunes gens ? Avait-il osé avouer qu'il était l'assassin d'Édouard ? Pour la mémoire de Judith, il voulait apprendre à ses fils que, non, leur mère n'était pas morte parce qu'elle était juive, mais seulement parce qu'elle était trop belle, et que oui, bien sûr, il l'avait vengée. Horrible histoire dont Clara ne connaissait pas tous les chapitres. Édouard avait-il quelque chose à voir dans l'arrestation de Judith ? Car il n'était pas seulement jaloux de Charles, il en avait une peur bleue.

Pour Clara, ses cinq petits-enfants avaient respecté la loi du silence. Aucun d'entre eux n'avait esquissé devant elle la moindre allusion aux confidences de Charles mourant. Mais ils avaient pris leurs distances les uns vis-à-vis des autres. Brillants, ils avaient fini par réussir leurs vies, même Alain avec son improbable culture des oliviers, puis ils avaient fondé leurs familles, engendré leurs héritiers. Et voilà que le malheur frappait à nouveau, injuste et aveugle, emportant Philippe dans la tombe. Pourquoi lui, innocent gamin de cinq ans ? Pourquoi à Vallongue, sur laquelle le deuil n'en finissait pas de s'étendre ?

Un coup discret frappé à la porte fit émerger Clara de ses sinistres souvenirs et elle grogna une réponse indistincte.

— Ah, c'est toi, soupira-t-elle en reconnaissant Alain.

Il s'approcha du lit de sa démarche souple et silencieuse, puis déposa une brassée de lavande aux pieds de sa grand-mère.

— Comment vont-ils ? lui demanda-t-elle.

— Gauthier tient le coup mais Chantal est prostrée. Quant à maman…

Jamais Alain ne parviendrait à estimer sa mère, ni même à faire semblant. Jusqu'à son dernier souffle, il lui en voudrait d'avoir été livré à l'autorité de Charles. Madeleine s'était en effet déchargée de tous ses devoirs sur le reste de la famille, optant pour le rôle de la pauvre veuve après le suicide de son mari, et elle avait trouvé normal que son beau-frère remplisse le rôle du père absent.

— Oui, j'imagine, soupira Clara.

Madeleine n'était bonne qu'à geindre ou à manger. Elle était devenue obèse et parlait d'une voix plaintive, toujours occupée à critiquer Marie comme Alain, puisque seul Gauthier avait ses faveurs. Elle devait souffrir pour de bon de la perte de son petit-fils, mais personne n'allait la plaindre, c'était évident.

— Je voudrais que tu te lèves, déclara Alain en se penchant vers elle.

Avant qu'elle ait pu protester, il l'avait redressée malgré elle. Il passa un bras autour de sa taille, l'autre sous ses genoux, la souleva sans effort et la déposa sur la carpette.

— Accroche-toi à moi si tu veux, on va faire quelques pas.

— Mais qu'est-ce qui te prend ? protesta-t-elle, outrée.

D'un geste sec, elle rabattit sa longue chemise de nuit.

— Je ne suis pas invalide !

— Tu vas le devenir si tu restes couchée. Et tu n'es pas malade non plus.

— Non, mais je suis si triste, Alain…

— Tout le monde l'est dans cette maison. Or si tu craques, toi, ils vont s'effondrer les uns après les autres.

— Pas toi ?

— Je n'en sais rien.

Il la guida jusqu'à la fenêtre où ils se retrouvèrent face à face.

— C'est moi qui ai tenté de le réanimer, dit-il d'une voix blanche. Peut-être que… Enfin, j'ai fait ce que j'ai pu. Je sais comment on procède. À la fin, je l'ai malmené, je n'arrivais pas à croire que… Excuse-moi.

Avec douceur, il lui prit les mains, l'obligea à traverser la chambre jusqu'à l'autre fenêtre.

— Ne t'excuse pas, lui dit-elle. On peut en parler. Et ne te crois pas responsable.

— Je voulais commencer à lui apprendre à nager, mais cinq ans c'est encore petit ! Seulement il enviait les autres, alors il a dû vouloir essayer en cachette.

— Alain…

— Il faut que je le dise à quelqu'un ! C'est moi qui leur ai appris. À chacun d'entre eux. Cyril et Virgile, Léa et Tiphaine, Lucas et Paul… Je les aime tous…

— Je sais.

— Je ne peux plus dormir, je ne vois que son visage, je…

— Alain !

Le ton sec de Clara le surprit assez pour qu'il se taise enfin. Elle le dévisagea avec attention.

— Tu n'as personne à qui parler, mon chéri ? Tu es solitaire à ce point ?

Elle le prit par le cou et il se réfugia contre elle dans un élan si violent qu'elle chancela.

— Clara, souffla-t-il, je ne peux pas supporter qu'il soit mort comme ça !

Il la tenait serrée, la tête appuyée sur son épaule. À un moment ou à un autre, ils finissaient tous par l'appeler par son prénom. Chez Alain, les accès de tendresse étant rarissimes, elle jugea qu'il allait mal. Mais qui se souciait de lui ? Il était venu habiter seul cette immense propriété alors qu'il n'avait que dix-sept ans, et il s'y était battu contre des terres en friche sans jamais réclamer l'aide de personne. Dans son caractère ombrageux, volontaire jusqu'à l'excès, elle reconnaissait une part d'elle-même.

Au moment où il s'écartait d'elle, embarrassé de s'être laissé aller, elle le lâcha et se mit à marcher toute seule.

— Tu as raison, il faut que je bouge. Rester immobile à mon âge revient à mourir.

Parvenue au bout de la pièce, elle fit volte-face.

— Dis-moi, mon chéri… Comment se fait-il que tu ne sois pas marié ? Que tu n'aies pas d'enfant, toi qui les aimes tant ? Tu as trente-cinq ans, tu ne crois pas qu'il serait temps ?

Elle revint vers lui à petits pas puis le toisa avec curiosité. Elle le vit baisser les yeux, se troubler.

— Il y a quelque chose que j'ignore ? demanda-t-elle d'un ton posé.

— Je ne suis pas venu pour…

— Oh, n'enfonce pas tes mains dans tes poches, on dirait Vincent ! Et, à ce propos, quand mettrez-vous un terme à votre mystérieuse querelle ? Comment deux hommes tels que vous, qui étaient comme les deux doigts de la main, ont-ils pu en arriver là ? C'est encore un secret qu'on me cache ? Tu es très injuste, tu sais… Moi, je t'ai toujours fait confiance, y compris quand tu n'étais qu'un adolescent en révolte !

— Mais je te fais confiance aussi !

— Non, pas du tout. Tu es comme les autres, sous prétexte de me préserver, vous vous fourrez dans des tas de mensonges impossibles. Tiens, par exemple, tu ne m'as pas répondu. Explique-moi ce que tu fais de ta vie. Et pourquoi quelqu'un d'aussi séduisant que toi n'a que des arbres pour compagnie !

Le silence tomba entre eux de façon abrupte.

— Tu pourrais ne pas aimer ma réponse, grand-mère, dit-il enfin.

— Vraiment ? Eh bien, je t'en prie, ne… Oh !

Cette fois, Clara avait compris, pourtant elle ne parvenait pas encore à y croire.

— Tu es…

— Je ne suis pas très amateur de jolies filles, coupa-t-il. Enfin, ça m'arrive, mais ce n'est pas ce que je préfère. Je ne te choque pas trop, j'espère ?

— Non, dit-elle en secouant la tête.

Jamais elle n'aurait dû lui poser la question. Elle se reprocha sa curiosité et, en même temps, se demanda qui d'autre était au courant dans la famille. Bien entendu, personne n'était venu le lui dire puisqu'ils avaient tous pris cette stupide habitude de la ménager !

— Viens là, demanda-t-elle doucement.

Il la rejoignit et s'arrêta devant elle, docile mais crispé.

— Tu as toujours été différent des autres. Je t'aime comme tu es, Alain. Et j'aime ce que tu as fait de Vallongue.

Du bout des doigts, elle écarta les boucles de cheveux noirs qui retombaient sur le front de son petit-fils.

— Vois-tu, j'ai longtemps cru que cette maison était un refuge, un asile… Que vous y seriez tous heureux avec moi, après moi… Mais en réalité quand je songe à la guerre, à la mort de ton père, à tout ce qui s'est passé ici… Et maintenant, c'est notre malheureux Philippe qui s'est noyé… Est-ce que je suis maudite ? Ou bien est-ce vous qui l'êtes ?

— Clara !

— Quoi ?

— Tu dis des bêtises. Vallongue est un paradis, je te le jure.

— Pour toi, oui. Mais moi j'ai perdu mon mari, une belle-fille et une petite-fille, mes deux fils, et à présent un arrière petit-fils ! Ce n'est pas l'idée que je me fais du paradis.

Elle soupira de façon pitoyable mais elle avait repris le contrôle d'elle-même.

— Merci pour la lavande, ajouta-t-elle. Je vais m'habiller…

En récompense, elle le vit sourire, ce qui creusa soudain des rides autour de ses yeux de chat.

— Confiture aux cochons, déclara-t-elle de façon sibylline en le détaillant de la tête aux pieds.

Quand elle passa devant lui pour gagner la salle de bains contiguë, il souriait toujours.

Le petit cimetière d'Eygalières était envahi d'une véritable foule qui se pressait en silence le long des allées, attendant pour présenter ses condoléances. Devant l'imposant tombeau des Morvan, Gauthier se tenait très droit, un bras passé autour des épaules de sa femme. Celle-ci semblait hagarde sous son voile de mousseline noire, mais elle ne s'était pas effondrée, ni à l'église ni lorsque le cortège avait suivi le petit cercueil blanc. Un peu en retrait, appuyée lourdement sur sa canne, Clara subissait l'épreuve sans broncher. Vincent et Alain s'étaient placés à ses côtés pour la soutenir si besoin était mais elle ne voulait pas faiblir, elle se l'était juré.

Face au monument funéraire, de l'autre côté de la travée, la tombe de Charles ne se remarquait que par sa simplicité. Dans son testament, il avait exigé de reposer seul, afin de ne pas partager la sépulture d'Édouard. Clara gardait les yeux fixés sur cette sobre dalle de granit noir : « Charles Morvan-Meyer, 1909-1961 ». Avait-il trouvé la paix à présent ou ne subsistait-il rien de lui ?

Les gens défilaient lentement devant la famille. Marie était arrivée de Paris le matin même, et Daniel la veille. Tous les enfants étaient là, figés dans leurs vêtements de deuil, sous la garde de la pauvre Helen. Pour le petit Paul, enterrer son frère Philippe représentait une peine trop dure, Clara en était persuadée, mais ses parents l'avaient voulu ainsi.

Vincent se pencha vers elle, effleura son bras.

— Veux-tu rentrer maintenant ? chuchota-t-il.

Elle ne lui répondit pas. Regagner Vallongue pour s'y coucher était ce qu'elle souhaitait le plus au monde mais il n'en était pas question. Six ans plus tôt, lors de l'enterrement de Charles, elle avait cru mourir. Au moment où elle jetait une fleur sur le cercueil de son fils, elle avait fait une syncope et ils avaient dû la ramener. Elle se reprochait encore cette faiblesse, persuadée qu'elle devait donner l'exemple dans la famille. Ils avaient tous confiance en elle, réglaient depuis toujours leurs attitudes sur la sienne, et ce n'était pas parce qu'elle avait quatre-vingt-trois ans qu'elle allait se comporter comme une poupée de chiffon.

Pour se donner du courage, elle fixa un instant le profil de Vincent. De beaux traits fins et nets, de grands yeux gris acier bordés de cils noirs, une mâchoire volontaire : tout le portrait de son père, avec un charme supplémentaire. Pourquoi Magali n'était-elle pas capable de le rendre heureux ? N'importe quelle femme se serait battue pour un homme comme lui, mais pas elle. Dès le début, elle avait été dépassée, et au bout de quelque temps elle avait rendu les armes.

Discrètement, Clara chercha la jeune femme du regard. Elle se tenait un peu à l'écart, la tête baissée, absorbée dans la contemplation de ses escarpins noirs. Elle avait l'air déguisée, comme toujours lorsqu'elle portait un tailleur de haute couture, et, même si Clara détestait les blue-jeans, elle devait bien admettre que Magali était superbe quand elle s'ingéniait à imiter Marylin Monroe, les fesses moulées dans la toile bleue, avec une chemise d'homme trop ouverte et négligemment nouée à la taille. Le problème était qu'elle ne se limitait pas à la tenue vestimentaire de son idole, elle se bourrait aussi de tranquillisants, de whisky, de cigarettes. Et Vincent s'acharnait à lui trouver des excuses !

Les derniers groupes entouraient à présent Gauthier et Chantal. Embrassades, poignées de main, soupirs. Le cauchemar allait enfin s'achever. Le petit Philippe avait rejoint une partie de ses ancêtres dans le caveau, et les employés des pompes funèbres attendaient patiemment que la famille se disperse.

— Viens, c'est fini, annonça Vincent.

D'un geste autoritaire, il la prit par le coude pour la guider vers la grille. Venant de lui, elle acceptait des choses qu'elle n'aurait pas tolérées de la part des autres, aussi se laissa-t-elle emmener jusqu'à sa Mercedes qu'il avait garée juste à l'entrée. Il l'aida à s'installer sur le siège passager, déposa la canne à ses pieds.

— Je vais chercher Magali, déclara-t-il.

Elle non plus, sans doute, ne pouvait pas rentrer en marchant.

— S'il vous plaît, Vincent… Dois-je ramener les enfants ?

Helen se tenait devant lui, le dévisageant d'un air grave.

— Oui, merci. Essayez de les distraire un peu en chemin, je crois qu'ils ont eu leur dose de malheur pour la journée… Et une fois à la maison, faites-les manger avant nous, voulez-vous ? Il me semble que la cuisinière a tout prévu pour eux.

La jeune fille hocha la tête puis baissa les yeux. Ses cheveux blond cendré, coupés court, auréolaient un joli visage. Il se demanda quel âge elle pouvait avoir. Vingt-trois ans ? Vingt-quatre ? Il n'avait pas remarqué à quel point elle avait changé, s'était affinée. Arrivée d'Irlande bien des années plus tôt, en qualité de jeune fille au pair, elle avait appris le français en quelques mois mais, au lieu de rentrer à Dublin, elle était restée avec la famille. Enthousiaste, Clara l'avait engagée à plein temps.

— Merci, Helen, dit-il doucement.

Il eut la surprise de la voir rougir puis faire volte-face. Qu'est-ce qui avait bien pu la troubler ? Il se montrait toujours très gentil avec elle, conscient du rôle qu'elle assumait auprès des enfants tandis que Magali somnolait ou partait faire la tournée des bars. Il espéra qu'elle ne se sentait pas responsable de l'accident de Philippe. En principe, trois adultes auraient dû suffire à surveiller sept enfants. Cyril et Virgile étaient grands, presque adolescents à présent, et pouvaient se garder eux-mêmes. Helen était censée s'occuper des plus jeunes, d'ailleurs elle n'avait jamais failli à sa tâche, il avait vraiment fallu un affreux concours de circonstances pour que Philippe puisse disparaître sans que personne ne s'en aperçoive. Ce jour-là, Madeleine avait annoncé qu'elle aurait l'œil sur ses petits-fils, Vincent s'en souvenait très bien. Les enfants de son cher Gauthier, les seuls qui aient jamais compté pour elle. Or elle n'avait fait attention à rien d'autre qu'aux mailles de son sempiternel tricot.

— Tu m'attendais ? Excuse-moi, chéri.

Magali venait de le rejoindre, tenant d'une main son sac et son chapeau, de l'autre un mouchoir avec lequel elle essuyait ses tempes.

— Quelle chaleur ! Bon sang, je hais les enterrements…

— Tu connais quelqu'un qui les aime ? marmonna-t-il en lui ouvrant la portière arrière.

Dès qu'il fut installé au volant, il s'assura d'un coup d'œil que sa grand-mère allait bien puis il démarra.

— Qui va se charger de raccompagner Gauthier et Chantal ? interrogea Clara.

— Alain, répondit Magali.

Dans le rétroviseur, Vincent la vit se laisser aller contre le dossier de la banquette et porter ses doigts à sa bouche. Ainsi donc, même le matin, elle trouvait le moyen d'avaler des tranquillisants. Leurs regards se croisèrent dans le miroir et elle articula, d'une voix nette :

— J'aurais bien besoin d'un remontant.

Un peu d'alcool pour faire passer le comprimé et provoquer plus vite un état second qui la rassurait. Elle prétendait oublier ainsi ses angoisses, ses complexes.

— Moi aussi, pour une fois, soupira Clara.

Arrivés à Vallongue, ils retrouvèrent Marie qui était rentrée la première et qui les attendait. Vincent en profita pour pousser Magali dans le bureau du rez-de-chaussée dont il ferma la porte.

— Sois gentille Mag, fais un effort aujourd'hui, ne te bourre pas de médicaments, je ne veux pas que tu te donnes en spectacle.

Elle le dévisagea, un peu étonnée par son attaque, lui qui détestait les scènes.

— Ne t'inquiète pas, répliqua-t-elle d'un ton boudeur, je resterai à ma place.

— Si, je m'inquiète ! Énormément, même. Tu le sais très bien, nous en avons parlé mille fois.

— Tu as honte de moi ?

Avec cette question, elle le piégeait à tous les coups. Dès le début de leur mariage, les ennuis étaient venus de là. Ils auraient dû rester amants, insouciants, heureux. Elle était d'une origine si modeste qu'il avait été obligé de se battre contre sa famille – en particulier contre son père – pour la faire accepter. Qu'il ait choisi pour épouse une jeune fille qui faisait des ménages avait de quoi révulser les Morvan. Et elle considérait qu'ils l'avaient tous traitée de haut malgré leur pseudo-gentillesse.

Parce qu'elle avait peur d'eux, elle les avait détestés en bloc.

— Bien sûr que non, répondit-il en la prenant dans ses bras.

Du bout des doigts, il chercha l'épingle qui retenait son chignon et l'enleva. Une cascade de longs cheveux roux tomba aussitôt sur les épaules de la jeune femme.

— Le noir te va bien, tu es très belle. Je ne veux pas que tu te détruises, c'est tout. Si tu buvais moins, tu aurais davantage confiance en toi.

— C'est tout le contraire !

— Non, chérie, non…

Elle était d'une telle sensualité qu'il sentit une vague de désir le submerger mais ce n'était ni l'endroit ni le moment, et il se demanda comment il pouvait avoir envie de faire l'amour un jour pareil.

— Je t'aime, dit-il d'une voix triste.

Inquiète, elle fronça les sourcils puis s'accrocha à lui alors qu'il voulait s'écarter. Perdre Vincent serait bien la pire chose qui pourrait lui arriver, elle le savait, mais elle ne serait jamais telle qu'il la souhaitait : la très respectable épouse d'un juge parisien, une bourgeoise élégante et sans états d'âme. Elle n'y parviendrait pas, elle avait renoncé. Et tandis qu'il vivait à Paris où elle avait refusé de le suivre, elle multipliait les bêtises ici. Lui recevait des magistrats dans l'hôtel particulier de sa grand-mère, avenue de Malakoff, et elle séduisait un préparateur en pharmacie, à Avignon, pour obtenir les médicaments que son médecin refusait de lui prescrire. Un type affreux, d'ailleurs, une espèce de brute minable mais qui lui donnait tout ce qu'elle voulait.

— Qu'est-ce que tu as encore avalé, tout à l'heure, dans la voiture ? interrogea-t-il en lui caressant les cheveux.

— De quoi oublier.

— Oublier ?

Il la dévisageait sans comprendre et elle se sentit exaspérée par toute cette invraisemblable gentillesse dont il faisait preuve avec elle, avec tout le monde.

— Que je dormais quand Philippe s'est noyé ! explosa-t-elle. Tu crois que les autres n'y pensent pas ? Je le vois dans le regard de Chantal ! J'étais là, mais je dormais.

— Personne ne te le reproche.

— Pas directement, non, vous n'êtes pas comme ça, c'est plus insidieux…

— Qui ça, « vous » ?

— Ta famille ! Si Marie avait été à ma place, ou Chantal, ou même ta grand-mère, eh bien elles auraient surveillé ! Elles sont parfaites en toutes circonstances, ce sont des Morvan, non ? Alors que je ne suis qu'une petite bonne écervelée, c'est ce qu'ils se disent, n'est-ce pas ? Et toi aussi, l'idée a bien dû te traverser la tête ! Si cet accident était arrivé à l'un de nos enfants à nous, ça ne m'aurait pas réveillée davantage !

— Arrête, supplia-t-il.

— Pourquoi ? Tu as peur qu'on m'entende ? Mais ici les murs ont des oreilles, chéri, c'est la maison de ta famille, souviens-toi ! Et elle n'est pas toujours reluisante, ta famille !

— Bon, ça suffit maintenant.

Il la saisit par les poignets et la poussa sans ménagement dans un fauteuil où elle s'écroula.

— Reprends-toi, ajouta-t-il.

Si elle commençait à pleurer, il serait impossible de la calmer avant des heures.

— La mort de Philippe nous a tous bouleversés, dit-il très vite, et chacun d'entre nous se sent responsable. Même Alain qui n'était pourtant pas là !

— Mais moi, j'y étais ! cria-t-elle d'une voix stridente. Et quand j'ai senti que j'avais trop sommeil, j'ai prévenu cette punaise de Madeleine ! Oh, tu n'es pas obligé de me croire sur parole, tu peux aller le lui demander à elle !

Incrédule, il la dévisagea sans rien trouver à répondre. Après un court silence elle reprit, cherchant son souffle :

— Tu connais Madeleine, elle bêtifie toujours avec les enfants de Gauthier et uniquement eux ! Paul par-ci, Philippe par-là, les autres n'existent pas. Je lui ai dit que j'allais m'endormir, je le lui ai dit ! De toute façon, Philippe, elle le couvait trop, elle voulait le garder près de son pliant, tu penses comme il avait envie d'y rester !

Madeleine n'avait rien raconté de tout cela. Depuis la mort de son petit-fils, elle restait hébétée, rongée de chagrin, et personne ne l'avait interrogée. Vincent avait fini par reconstituer tant bien que mal la chronologie du drame. C'était Helen qui s'était inquiétée la première de l'absence de Philippe. Elle l'avait cherché en vain tandis que Cyril partait en courant jusqu'à la bergerie proche pour prévenir Alain. Celui-ci avait longé la rive jusqu'à ce qu'il aperçoive le corps du petit garçon, que le courant emportait lentement. Il avait plongé, tout en sachant qu'il arrivait trop tard, l'avait sorti de l'eau, s'était acharné à essayer de le réanimer.

Pour le reste, Magali dormait, Madeleine tricotait, mais nul n'avait proféré d'accusation directe, pas même Gauthier.

— Tu l'as prévenue, tu es sûre ? demanda-t-il lentement.

Magali secoua la tête et il vit qu'elle avait les yeux pleins de larmes.

— Elle ne voudra sûrement pas le reconnaître... d'ailleurs ma parole ne vaut rien, je ne suis rien ! C'est à toi que je parle et tu doutes, alors imagine les autres !

Elle s'exprimait avec une telle amertume qu'il se sentit soudain très mal à l'aise. Il s'approcha du fauteuil, s'agenouilla devant elle.

— Je te crois, murmura-t-il. Mais il faut qu'on oublie tout ça...

Désemparé, il n'avait rien d'autre à lui proposer. Accabler Madeleine ne ressusciterait pas le petit garçon et ne ferait que torturer inutilement Gauthier et Chantal.

— Bien sûr, ricana-t-elle, tu protèges ton clan, et moi je n'en fais pas partie. C'est plus facile si tout le monde pense que c'est ma faute.

— Mais c'est faux ! Personne n'a jamais...

— Oh, laisse tomber, tu veux ? J'ai appris à vous connaître, à la longue ! Dans mon milieu à moi, on appelle un chat un chat. Dans le tien, on se tait. On se surveille, on se suspecte, mais on la boucle !

L'énervement la gagnait, son menton s'était mis à trembler. Vincent se demanda si elle ne le haïssait pas, avec tous les Morvan.

— Je ne suis pas tout à fait irresponsable, même si je fais des bêtises, ajouta-t-elle de façon saccadée. Mais je ne supporte pas que tu me juges !

Cette fois elle pleurait pour de bon et il éprouva une brusque compassion pour elle.

— Magali, mon amour..., commença-t-il.

— Épargne-moi tes déclarations ! protesta-t-elle en le repoussant. Tu n'es jamais sincère, tu es trop bien élevé pour ça ! Le seul qui soit spontané, qui soit gentil, c'est Alain ! Au moins lui ne me fait pas de reproches à longueur de temps…

— Eh bien, c'est lui que tu aurais dû épouser ! répliqua Vincent.

À peine l'eut-il prononcée qu'il regretta sa phrase. Il connaissait les mœurs de son cousin et n'avait aucune raison d'être jaloux de lui. Bien sûr, Alain était depuis toujours le confident de Magali, son ami, son complice. Il avait été le premier à s'apercevoir qu'elle buvait, à la ramasser certains soirs ivre morte. Il la plaignait sans la juger, s'occupait volontiers des enfants à sa place. Et surtout il vivait avec elle toute l'année, pendant que lui travaillait à Paris. Alors, oui, Vincent éprouvait parfois un certain malaise quand il pensait à leur intimité, et aussi une pointe de rancœur quand il voyait ses fils ou sa fille sauter au cou d'Alain avec des cris de joie.

— Tu n'es jamais là, Vincent… Tu as préféré ta carrière, ce n'est pas ma faute !

— C'est toi qui n'as pas voulu me suivre, rappela-t-il sans s'énerver.

— Chez ta grand-mère ? Je rêve !

— Non, si tu étais venue, nous aurions pu habiter n'importe où. Un endroit à ta convenance. Je ne vis avenue de Malakoff que parce que je suis seul.

— Et très heureux de l'être ! Clara s'occupe de toi beaucoup mieux que je ne l'aurais fait, n'est-ce pas ? Elle donne de grands dîners pour monsieur le juge ! Avec ton père, déjà, elle avait l'habitude d'organiser des mondanités, elle adore ça !

Il supportait mal qu'elle évoque Charles et il se raidit. Malgré tous ses efforts, il n'était jamais parvenu à oublier qu'elle s'était froidement réjouie du décès de son père. À l'époque, elle avait cru que Vincent renoncerait à ce poste parisien, qu'il ne se sentirait plus obligé de devenir un grand magistrat, et elle n'avait pas compris son obstination.

— Elle vous a tous infantilisés, poursuivait Magali. Même moi, elle voulait me prendre sous son aile protectrice ! Ah, merci bien !

Pour ponctuer sa déclaration, elle envoya son chapeau à travers la pièce.

— Il faut vous habiller comme ça, ma petite, vous tenir comme ça, ne pas dire ça... Et tu te demandes encore pourquoi j'ai préféré me terrer ici ?

Il n'avait rien à répondre, à chacune de leurs querelles il se sentait un peu plus démuni. Elle ouvrit son sac, chercha un tube qu'elle déboucha, mais il se précipita vers elle et le lui arracha des doigts.

— Tu te moques de moi ? gronda-t-il. Tu vas faire ça sous mon nez ?

Furieux, il marcha vers la corbeille à papier dans laquelle il vida tous les comprimés.

— Tu n'en es pas à faire les poubelles, j'espère ?

Il la rejoignit et la prit par le bras, l'obligeant à se lever.

— Maintenant tu viens avec moi, on va rejoindre les autres. Et si tu n'es pas capable de te tenir tranquille, monte te coucher !

La colère de Vincent avait quelque chose d'inattendu, de presque agréable. Elle trouvait qu'il était toujours trop gentil, trop parfait, et inconsciemment elle cherchait à le provoquer pour le faire réagir. Alors qu'il allait ouvrir la porte, elle se colla contre lui.

— Embrasse-moi avant, murmura-t-elle.

— Fous-moi la paix ! répondit-il en l'écartant.

Après une interminable journée, suivie d'une soirée morose, Vallongue avait retrouvé le silence de la nuit. Vers dix heures, chacun était monté se coucher, et seul Alain était resté dans la bibliothèque du rez-de-chaussée pour y chercher un livre. Il savait qu'il n'aurait pas sommeil dans sa chambre de la bergerie, ni envie de rejoindre Jean-Rémi au moulin. Près de lui, il aurait pu trouver un peu de réconfort, mais il préférait affronter seul le deuil du petit Philippe.

Installé dans l'un des profonds fauteuils de cuir tête-de-nègre, il feuilletait distraitement un album consacré aux peintres de la Renaissance. Quand la famille était là – et en particulier Vincent –, il fuyait systématiquement la maison. Dans la bergerie, où les bureaux de son exploitation agricole étaient installés depuis plusieurs années, il avait fini par aménager le premier étage. Durant plusieurs mois, il avait travaillé d'arrache-pied pour transformer l'ancien grenier à foin en une grande pièce confortable, au plafond bas et aux poutres apparentes, où il pouvait se réfugier quand il le désirait. Certes, il y faisait un peu chaud en été, un peu sombre, mais au moins il se sentait chez lui.

Il essaya de fixer son attention sur la reproduction d'une œuvre de Titien qui s'étalait sur une double page de l'album. C'était Charles qui avait acheté l'ensemble de cette superbe collection consacrée à la peinture. Charles, dont l'érudition et l'éducation avaient été irréprochables, et pour lequel Alain, dans sa jeunesse, avait éprouvé une certaine admiration, même s'il ne l'avait jamais aimé. Par la suite il avait appris à le craindre. Et bien plus tard encore, à le haïr.

Le titre du tableau était : *Présentation de la Vierge au Temple*, et la toile se trouvait à Venise. Lors de ses voyages en Italie, Jean-Rémi hantait les musées sans jamais se lasser. À chaque retour, il pouvait discourir durant des heures de tel ou tel détail, essayant de faire partager son enthousiasme à Alain. Mais celui-ci se gardait bien d'exprimer une opinion, trop conscient de ses lacunes en matière d'art. Si le talent ou les connaissances de Jean-Rémi l'impressionnaient, il n'en montrait jamais rien.

Un bruit de pas, dans le hall, lui fit brusquement lever la tête. Quelques secondes plus tard, Gauthier poussa la porte et soupira de soulagement en découvrant son frère.

— C'est toi que j'espérais trouver... En fermant mes volets, j'ai vu que tout n'était pas éteint en bas... Chantal a réussi à s'endormir mais je me fais du souci pour elle...

— Elle est courageuse, elle s'en sortira, répondit Alain.

— Qu'est-ce que tu lis ?

— Peu importe. Si tu as besoin de parler, je suis content d'être resté.

Gauthier se laissa tomber dans un fauteuil, posa ses coudes sur ses genoux et enfouit sa tête entre ses mains.

— Si elle n'était pas là, je crois que...

— Tu vas dire une idiotie !

— Non... C'est vraiment dur, tu sais.

Dans le silence qui suivit, Alain se leva pour s'approcher de son frère.

— Si je peux faire quoi que ce soit, dis-le-moi. Tu veux que je m'occupe de Paul ? Tu devrais emmener Chantal loin d'ici.

— Elle n'acceptera jamais de s'éloigner de la tombe de Philippe. Pas maintenant, en tout cas. Peut-être un peu plus tard.

Gauthier se redressa et leva les yeux sur son frère.

— En ce qui me concerne, je donnerais n'importe quoi pour me tirer. Je voudrais retourner à l'hôpital, me noyer dans le travail, ne plus quitter le bloc. Et j'aimerais pouvoir pleurer, aussi.

— Vas-y. Avec moi, tu ne risques rien.

— Si je commence, je ne m'arrêterai pas... Bon sang, je crois que je suis en train de prendre cette maison en horreur !

— Vallongue n'y est pour rien, ne sois pas superstitieux.

Ils échangèrent un long regard, songeant tous les deux à la même chose. Vingt-deux ans plus tôt, alors qu'ils n'étaient que des enfants, Charles avait tué leur père d'un coup de revolver. Ici même, de l'autre côté du hall, dans ce bureau où Alain ne mettait jamais les pieds.

— C'est drôle, murmura Gauthier, quand nous étions gamins on s'amusait comme des fous, ici. Y compris dans la rivière. C'était la guerre et on s'en moquait…

D'un geste protecteur, Alain posa sa main sur l'épaule de son frère. À dix ans, il ne jouait pas avec lui mais avec Vincent, et soudain il regretta d'avoir ignoré son cadet. Les cousins allaient par paire, Alain et Vincent, Gauthier et Daniel. Du haut de ses treize ans, Marie les regardait, arbitrant leurs conflits ou imposant sa volonté. À l'endroit où Philippe s'était noyé, ils avaient nagé des journées entières, et il fallait alors que Clara vienne les chercher elle-même pour les sortir de l'eau.

Les doigts d'Alain broyaient la clavicule de Gauthier qui se raccrocha à cette petite douleur pour repousser le désespoir qui menaçait de l'envahir.

2

Paris, hiver 1967-1968

Le nez collé à la vitrine, Lucas, Tiphaine et Léa regardaient les automates sans se lasser. Sur tout le trottoir du boulevard Haussmann, des groupes d'enfants émerveillés s'agglutinaient le long des grands magasins qui avaient rivalisé d'invention pour créer la féerie de Noël. Un peu à l'écart, Cyril et Virgile essayaient de se montrer indifférents, comme si, à treize ans, les jouets ne les intéressaient déjà plus.

— Ne soyez pas aussi inquiète, dit gentiment Vincent, ils ne vont pas se faire enlever, ni écraser...

Helen esquissa un sourire navré mais ne parvint pas à se détendre. La responsabilité de surveiller les enfants à Paris était trop lourde pour elle, ainsi qu'elle le répétait souvent depuis leur arrivée. Son angoisse semblait si sincère que Vincent s'était débrouillé pour se libérer quelques heures afin d'accompagner tout le monde jusqu'aux Galeries Lafayette.

— Il faudra que je retourne au Palais tout à l'heure, déclara-t-il. Vous saurez reprendre le métro ? Cyril connaît la ligne par cœur, vous n'aurez qu'à le suivre.

Cyril et Léa, qui vivaient avenue de Malakoff, étaient débrouillards comme des Parisiens, au contraire de leurs cousins.

— Ce séjour va leur faire beaucoup de bien, ajouta Vincent.

Il observait du coin de l'œil ses fils et sa fille, navré de leur découvrir un petit air provincial. Depuis longtemps il aurait dû avoir le courage d'exiger leur présence, au moins pour la durée des vacances scolaires. Naturellement, Magali avait refusé tout net de quitter Vallongue, sourde aux arguments de son mari, et il était parti dès le 26 décembre, emmenant avec lui Helen et les enfants.

— Profitez-en vous aussi, lui suggéra-t-il gentiment. Visitez des monuments, des musées, allez au théâtre…

De nouveau elle lui sourit, plus gaiement cette fois, mais elle secoua la tête.

— Je me sens perdue ici, cette ville me fait peur. Et puis il y a vos enfants.

— Et alors ?

— J'ai promis à votre femme de ne jamais les quitter des yeux.

— Ma femme s'en moque ! explosa-t-il.

Elle fut surprise par sa soudaine colère, lui qui était toujours très maître de lui.

— Vous êtes injuste, murmura-t-elle. Magali est très inquiète pour eux.

— Oui, elle peut ! L'exemple qu'elle leur donne est affligeant. Ils doivent la croire atteinte de la maladie du sommeil, en proie aux vertiges et aux hallucinations. Si vous n'aviez pas été près d'eux, depuis cinq ans, je n'aurais pas pu les laisser là-bas.

Le compliment la troubla tant qu'elle se retourna vers les vitrines. De toute façon, elle n'avait pas besoin de le regarder, elle connaissait son visage par cœur, ainsi que toutes les nuances de son regard ou de son sourire. Elle savait qu'il était encore amoureux de Magali, qu'il désespérait de la voir sombrer dans l'alcoolisme, mais qu'il ne se laisserait pas entraîner en enfer. Elle savait aussi qu'elle ne trouverait jamais le courage de le voir autrement que comme son employeur, d'ailleurs elle perdait contenance dès qu'il lui disait plus de dix mots de suite.

— Est-ce que nous verrons Paul pour la Saint-Sylvestre ? finit-elle par demander.

— Bien sûr ! Il y a toujours un grand réveillon le soir du 31, il viendra avec ses parents.

Jusque-là, elle n'avait pas osé poser la question mais elle pensait souvent au petit garçon. C'était redevenu le plus jeune des enfants de la famille, depuis le décès de Philippe, et elle espérait qu'il allait réussir à surmonter le deuil de son frère.

— Il va bien, dit Vincent. Chantal fait de louables efforts pour ne pas trop le materner et elle nous le confie de temps en temps le jeudi afin qu'il puisse voir ses cousins. Vous savez, j'avais une dizaine d'années quand on m'a annoncé que ma sœur Beth était décédée à Ravensbrück et... Et pour être honnête, c'est un âge où on oublie vite.

Malgré tout, Helen avait fini par reporter son attention sur lui et elle remarqua les deux petites rides au coin des lèvres, la tristesse du sourire qu'il essayait de lui adresser, son air las.

— Donc Paul sera là pour le réveillon, reprit-il, et on s'embrassera tous à minuit. Je commencerai par vous, d'accord ?

Ce n'était qu'une plaisanterie pourtant elle sentit qu'elle devenait toute rouge.

— Bon, il faut que j'y aille, ajouta-t-il.

Il rejoignit Cyril et Virgile qui semblaient lancés dans une nouvelle dispute.

— Les garçons, je vous charge de ramener tout le monde à la maison, il est tard. Le premier qui n'obéit pas à Helen aura affaire à moi.

Les deux adolescents hochèrent la tête ensemble, toutefois il attendit encore quelques instants pour être certain qu'il n'y aurait aucune rébellion après son départ. Leur rivalité latente les précipitait souvent dans des bagarres homériques suivies d'interminables bouderies, mais ce qui était tolérable à Vallongue, l'été, ne devait pas se produire ici. Vincent lança un dernier regard significatif à Virgile, parce que c'était son fils et qu'il ne voulait pas que le problème vienne de lui.

Tout en s'éloignant vers l'Opéra, il prit conscience du vent glacial qui s'était levé. Le ciel était plombé, chargé de neige, et il se demanda quel temps il faisait dans le Midi. Est-ce que Magali s'ennuyait, seule, ou au contraire en profitait-elle pour boire du matin au soir ? Et par quelle aberration les choses avaient-elles pu en arriver là ? Il allait devoir téléphoner à Alain pour obtenir des nouvelles, une idée qui n'avait rien d'agréable. Son cousin ne ferait aucun commentaire, il se contenterait de garder une voix neutre pour lui apprendre les dernières bêtises de Magali, mais il avait forcément une opinion sur la situation. Or être jugé par Alain comme un mauvais mari et un mauvais père exaspérait Vincent. Il faisait vraiment son possible, et ce depuis des années.

« Non, je n'étais pas obligé de la quitter, jamais Magali ne se serait enfoncée à ce point si j'avais été près d'elle. »

Pourtant elle avait commencé à boire avant sa nomination à Paris. Il se souvenait d'en avoir discuté avec Odette, qui l'avait mis en garde. Cette brave femme était la seule parente de Magali, à la fois sa tante et sa marraine, et elle avait longtemps travaillé à Vallongue comme cuisinière. Jusqu'à ce mariage qui l'avait sidérée tout en la privant de son travail. Car il était devenu impossible à Clara de garder Odette comme employée à partir du moment où celle-ci entrait plus ou moins dans la famille. Pauvre Odette, obligée de s'endimancher pour tenir un rôle qui n'était pas le sien, de faire bonne figure dans les réunions du clan Morvan.

« Je me suis fourré dans un sacré guêpier ! »

En général, il refusait d'y penser. En tout cas pas de cette façon-là. Il avait commis une erreur en épousant Magali contre la volonté de son père, il était bien obligé de le reconnaître aujourd'hui, même s'il ne l'aurait jamais admis à voix haute. Odette prétendait qu'il ne fallait pas *mélanger les torchons et les serviettes*. Une expression odieuse mais finalement assez juste. Charles avait toujours traité sa belle-fille de haut, augmentant ainsi le malaise qu'elle ressentait. Il voyait en elle la mère de ses petits-enfants, soit, mais aussi la petite bonne qui avait passé la serpillière chez des gens de son monde. Magali ne supportait pas Charles alors que Vincent l'adorait, un conflit supplémentaire entre eux, et une raison pour elle de se rapprocher d'Alain.

— Et merde, gronda-t-il entre ses dents.

Une vieille dame se retourna sur son passage, étonnée d'avoir entendu jurer un homme qui avait autant d'allure. Car, même s'il ne s'en apercevait presque jamais, il créait une forte impression sur les gens. Lorsqu'il siégeait, en tant que magistrat, la plupart de ses collaborateurs lui témoignaient un surprenant respect pour son âge. Doué d'une intelligence brillante, rapide, et d'une prodigieuse mémoire, il savait faire preuve de discernement et d'impartialité. Courtois, attentif, il était aussi charmeur que son père avait su l'être à une autre époque, et il affichait la même élégance innée. Mais, au contraire de Charles, il possédait une douceur irrésistible qui donnait envie à toutes les femmes de se réfugier dans ses bras. Magali l'avait aimé passionnément autrefois, sans se soucier de ses qualités ou de ses défauts, ravie d'avoir séduit un si beau garçon. Il était comme une victoire inattendue pour elle, elle lui avait cédé sur un coup de tête sans imaginer qu'il lui passerait la bague au doigt. Quand elle s'était retrouvée pour de bon devant le maire, au moment de devenir madame Vincent MorvanMeyer, elle avait été prise de panique. Et, depuis, la peur ne l'avait plus quittée.

Une demi-heure plus tard, il émergea du métro, dans l'île de la Cité, directement en face du Palais de justice. Durant quelques instants, il resta immobile pour observer la façade, les grilles, les marches de pierre. Il adorait cet endroit, il s'y sentait chez lui. Pourquoi devrait-il renoncer à l'avenir qui l'attendait derrière ces murs ? Son père lui avait ouvert une voie royale, qu'il n'était pas prêt à abandonner, mais il ne pouvait pas non plus sacrifier sa femme et ses enfants à son ambition. Il y avait trop longtemps qu'il fuyait la vérité, il était temps qu'il prenne une décision au sujet de Magali.

Arrivé à la cinquantaine, Jean-Rémi était en pleine gloire. Jamais ses toiles ne s'étaient si bien vendues à travers le monde. Sa cote atteignait un cours vertigineux, il était invité partout, fêté, choyé. Mais toute cette agitation autour de son nom et de son œuvre ne parvenait pas à le combler. Le grand manque de son existence, c'était Alain qui le créait.

D'un geste rageur, il jeta le chiffon imbibé de térébenthine. La lumière était devenue insuffisante pour peindre, et puis il n'en avait plus envie. Un coup d'œil à sa montre augmenta encore son exaspération. Alain pouvait passer des journées entières sans donner le moindre signe de vie, à croire qu'ils n'étaient que de vagues relations. Il était parfois arrivé à Jean-Rémi, furieux, d'aller chercher le jeune homme au milieu de ses oliviers. Mais jamais il ne s'approchait de la maison, ni même de la bergerie. Alain tenait à son indépendance et exigeait une totale discrétion, il opposait un refus brutal à chaque tentative de Jean-Rémi pour obtenir autre chose que l'incertitude du lendemain.

— Et il y a quinze ans que ça dure ! explosa-t-il à voix haute.

Jamais il n'aurait dû s'attacher à ce point, c'était la pire erreur de sa vie. Il aurait mieux fait de fuir, d'aller habiter ailleurs, Venise ou Séville dont il aimait tant les couleurs par exemple, au lieu de rester dans cette vallée des Baux-de-Provence dont chaque mètre carré lui parlait d'Alain.

Il détailla d'un œil critique la toile qu'il avait commencée huit jours plus tôt. Comment savoir si la frustration permanente qu'il ressentait lui ôtait toute inspiration ? Certes, il était malheureux, mais dès qu'il signait un tableau tout le monde criait au génie.

— Est-ce que je te dérange ? demanda Alain dans son dos.

— Tu sais bien que non.

— Tu me fais toujours la même réponse.

— À la même question, oui.

— Mais tu travaillais ?

— J'ai fini pour aujourd'hui, il fait trop sombre.

Jean-Rémi se retourna vers Alain, qu'il dévisagea en silence : le temps semblait n'avoir aucune prise sur lui, il conservait la même silhouette juvénile, le même regard doré, la même allure de gitan qu'à vingt ans.

— Tu dînes avec moi ?

— Oui.

Incapable de dissimuler son soulagement, Jean-Rémi eut un large sourire. Il adorait faire la cuisine, à condition de ne pas manger seul.

— Veux-tu qu'on invite Magali à se joindre à nous ? proposa-t-il gentiment.

— Il faudrait d'abord la trouver ! Elle disparaît toujours après le déjeuner et je ne l'entends rentrer que tard dans la nuit.

Depuis que les enfants et Helen avaient suivi Vincent à Paris pour les vacances, il dormait dans la maison en essayant de veiller sur Magali dont l'état se dégradait chaque jour davantage.

— Tant que les petits étaient là, ils représentaient une sorte de garde-fou pour elle, expliqua-t-il. Je me demande si Vincent ne souhaite pas les lui enlever, à terme.

— On ne peut pas lui donner tort, dit Jean-Rémi d'une voix douce.

Alain faillit répliquer mais se ravisa, se contentant de hausser les épaules. Au bout d'un moment, il ajouta quand même :

— Je comprends ce qu'elle ressent.

— Toi ? Tu es l'être le moins sujet à la dépression que je connaisse ! Magali est tout en faiblesse alors que tu es un bloc de granit.

— Elle réagit en femme.

— Ne fais pas de généralité, la force de caractère n'est pas une question de sexe, pense à ta grand-mère...

La différence entre Clara et Magali était si grande qu'Alain sourit malgré lui.

— Les enfants te manquent aussi, non ? demanda Jean-Rémi.

— Énormément.

— Et tu en veux à Vincent de les avoir emmenés. Ah ! Ta famille a l'art des situations complexes ! En général, c'est toi qui sers de père aux enfants de Magali tandis que Vincent assume ce rôle-là avec ceux de Marie à Paris. Un vrai chassé-croisé où personne ne trouve son compte. Les gamins, peut-être, et encore...

— Tu vois ça de loin, Jean.

Il répugnait toujours à parler des Morvan, comme s'il s'agissait d'un territoire secret compris de lui seul. Mais Jean-Rémi, depuis le temps, avait appris ou deviné beaucoup de choses sur eux. Après la mort de Charles, Alain s'était muré dans le silence durant des mois. Puis il avait lâché quelques confidences à contrecœur, avec une phrase en leitmotiv : « Ce salaud a tué mon père de sang-froid. » Charles était devenu la cible d'une colère qui l'empêchait de penser à Édouard comme à un monstre. L'histoire de Judith avait de quoi révulser n'importe qui, et Alain ne supportait pas d'être le fils de celui qui avait provoqué le drame. Tant qu'il avait pu croire que Charles le haïssait de manière injuste, il s'était senti dans son droit, fort de ses révoltes, mais en apprenant la vérité il avait été obligé de compatir malgré lui.

Jean-Rémi posa la main sur son épaule, le faisant tressaillir.

— Je vais faire du thé, tu en veux ?

La main remonta jusqu'à sa nuque, caressa ses cheveux. Un contact auquel il résistait difficilement. Les yeux bleus de Jean-Rémi restaient rivés aux siens, lumineux et pleins de tendresse, tandis que ses doigts s'emmêlaient dans les boucles brunes. Alain avait souvent essayé d'échapper à cette attirance physique, en vain. Ses expériences avec les femmes le laissaient insatisfait, désappointé. Il trompait Jean-Rémi, sans le lui cacher, refusait de considérer leur relation comme de l'amour, pourtant il revenait toujours chercher près de lui ce qu'il ne trouvait pas ailleurs. Dès le début, dès la première nuit passée au moulin alors qu'il était encore mineur, il avait voulu maintenir une distance entre eux. À cette époque-là, il avait désespérément besoin d'aimer mais il se méfiait de lui-même. Jean-Rémi le fascinait autant qu'il le troublait, d'ailleurs tous les interdits l'attiraient, comme un défi lancé aux Morvan. Il avait cru régler ses comptes, au lieu de quoi il s'était pris à son propre piège.

La sonnerie du téléphone les fit sursauter ensemble. Très contrarié par cette interruption, Jean-Rémi traversa toute la grande salle pour aller décrocher.

— Oui ? Ah, bonjour ! Il est là… Tu veux lui parler ?

Il couvrit le combiné pour murmurer :

— C'est Magali. Elle paraît bouleversée.

Tandis qu'Alain prenait la communication, il se dirigea vers la cuisine pour préparer du thé. Puis, en attendant que la bouilloire siffle, il ouvrit la porte du réfrigérateur et considéra les clayettes, sourcils froncés. S'il s'y mettait tout de suite, il pouvait préparer sa nouvelle recette de rougets.

— Jean, je file à Avignon, je crois qu'elle a des ennuis.

La voix d'Alain était tendue, inquiète, Jean-Rémi fit volte-face.

— Graves ? Tu veux que je t'accompagne ?

— Non, ça ira. Je reviendrai peut-être, je ne sais pas. Je t'appelle.

Il se précipita au-dehors et démarra en trombe.

Hagarde, Magali venait de ressortir du bar d'où elle avait téléphoné. Les clients l'avaient suivie du regard, interloqués. Malgré le double whisky avalé d'un trait au comptoir, elle ne parvenait pas à se sentir mieux. Elle se trouvait dans les faubourgs de la ville, un quartier qu'elle connaissait bien. La pharmacie où travaillait René n'était pas très loin de là, tout comme le studio où elle l'avait rejoint en début d'après-midi.

Elle rajusta ses lunettes noires, parfaitement inutiles à cette heure tardive. Les réverbères venaient de s'allumer de loin en loin sur l'avenue, et les rares passants se hâtaient, pressés de rentrer chez eux. Quand la voiture d'Alain se rangea devant elle, le long du trottoir, elle se sentit un peu moins désemparée. Il était bien le seul homme sur qui elle pouvait compter, elle le savait, pourtant, une fois installée sur le siège passager, elle éclata en sanglots convulsifs.

Au lieu de redémarrer, il coupa le contact, se tourna vers elle. D'un geste doux, il lui ôta ses lunettes puis alluma le plafonnier et la dévisagea en silence.

— Vas-y, raconte, dit-il d'une voix calme.

— Ramène-moi à la maison d'abord. S'il te plaît…

— Non.

Il l'attira vers lui pour qu'elle puisse pleurer sur son épaule.

— J'ai besoin d'un calmant, finit-elle par hoqueter. Ou d'un verre…

— Attends un peu. Je veux savoir ce qui s'est passé.

L'hématome qui s'étendait sur sa pommette n'avait pu être provoqué que par un coup de poing, elle ne s'était évidemment pas cognée dans une porte.

— Et surtout, ajouta-t-il, je veux que tu me dises de qui il s'agit.

Il se pencha au-dessus d'elle, fouilla la boîte à gants où il trouva un paquet de mouchoirs en papier qu'il lui tendit. Elle se mit aussitôt à en triturer un entre ses doigts puis s'écria :

— Je lui ai toujours payé les médicaments qu'il me procure ! Pour lui, c'est facile, il n'a qu'à se servir, il travaille dans cette pharmacie. Oh, d'accord, je lui ai fait un peu de charme à l'occasion, mais comme ça, en offrant ma tournée… Je m'adresse à lui quand je suis à court, et là je suis vraiment à sec, mon médecin est un abruti, il ne veut jamais rien me prescrire, je suis sûre que Vincent a dû lui faire la leçon ! Alors ce type, en fait il s'appelle René, bref je croyais que… Je l'ai appelé aujourd'hui et il m'a donné rendez-vous chez lui.

Elle parlait si vite qu'il avait du mal à suivre, cependant il se gardait bien de l'interrompre.

— Je sais, j'aurais dû me méfier, exiger de le rencontrer dans le bar où on se voit d'habitude, mais je n'ai pas réfléchi, j'étais tellement énervée ! Et puis, les mecs comme lui… Comment a-t-il pu s'imaginer un truc pareil ! Parce que j'avais de l'argent pour le payer, bien sûr, seulement il voulait autre chose.

Sa dernière phrase fut suivie d'un long silence. Elle ne pleurait plus et Alain soupira.

— Oui, dit-il enfin, quand on te regarde, toi, ce n'est pas de fric qu'on a envie. Tu as beau essayer de te détruire, tu es trop belle pour ne pas faire des ravages. Qu'est-ce qui s'est passé, ensuite ?

Au lieu de lui répondre, elle ouvrit son blouson en jean pour montrer son chemisier déchiré.

— C'est une brute, un porc ! Je me suis mise à hurler à pleins poumons et ça lui a fichu une peur bleue. La gifle, c'était par réflexe, je suis sûre qu'il ne voulait pas en arriver là. Après il m'a flanquée dehors, mais il a gardé mon sac, ce salaud. Heureusement que j'avais de la monnaie dans les poches…

La colère était en train de submerger Alain qui dut faire un effort pour rester impassible. Elle s'accrocha à sa manche en ajoutant :

— Maintenant il sait qui je suis puisqu'il a mes papiers d'identité. Tu crois qu'il me les rendra ?

— Oui, j'en suis certain, ricana-t-il.

Elle comprit tout de suite ce qu'il allait faire et elle s'écria :

— Je ne veux pas que Vincent l'apprenne !

— Désolé, Magali, mais quand tu fais des choses aussi stupides, tu devrais y penser avant.

— J'ai besoin de ces médicaments ! Sinon je vais devenir folle, je te jure.

— Tu as surtout besoin d'être soignée par quelqu'un de sérieux. Tu as raison, ton toubib est un charlatan.

Elle était toujours collée à lui et il sentit qu'elle tremblait comme une feuille. À défaut de tranquillisants, il fallait qu'il lui donne quelque chose à boire ou elle allait lui faire une crise.

— Bon, décida-t-il, on va rentrer. Mais, avant…

Elle s'écarta un peu pour le laisser enlever le frein à main.

— Conduis-moi chez lui, il faut que je récupère ton sac.

— C'est vrai ? Tu y arriveras ?

Tout ce qu'elle souhaitait, c'était que Vincent ne sache rien. L'idée de ce qu'il pourrait dire, s'il découvrait la vérité, la terrifiait d'avance. Leurs enfants, la morale, la dignité, le nom de Morvan-Meyer, elle imaginait très bien le genre d'arguments qu'il utiliserait contre elle, avec un air de reproche et de tristesse qui la pousserait à bout. Sans hésiter, elle indiqua l'adresse de René à Alain, qui démarra sèchement.

— Est-ce que tu avais de l'argent ? Un chéquier ?

— Du liquide, oui... J'en ai toujours dans mon portefeuille, je...

Elle n'avait pas besoin d'achever sa phrase, il savait pertinemment qu'elle dépensait beaucoup pour satisfaire son besoin d'alcool et de médicaments. En quelques minutes, elle se retrouva en bas de l'immeuble qu'elle avait quitté deux heures plus tôt.

— C'est là ? s'enquit Alain. Quel étage ?

— Troisième, à droite.

Au moment où il ouvrait sa portière, elle chercha à le retenir.

— Je ne veux pas qu'il t'arrive quoi que ce soit, dit-elle en s'accrochant à son bras.

Le sourire qu'il lui adressa était d'une telle douceur qu'elle eut de nouveau envie de pleurer.

— Je suis un grand garçon, Magali, il ne va rien m'arriver du tout. Attends-moi là bien sagement, je ne serai pas long, mais promets-moi que tu ne bougeras pas de cette voiture.

Leurs visages étaient si près l'un de l'autre qu'elle pouvait sentir son souffle.

— Juré, murmura-t-elle.

L'espace d'un instant, elle se demanda s'il n'allait pas l'embrasser mais déjà il était sorti de la voiture. Sans hésiter, il pénétra dans le petit immeuble vétuste et crasseux, grimpa jusqu'au troisième étage en courant. Il n'y avait aucun nom sur les portes et il sonna un coup bref à celle de droite. Presque tout de suite un homme lui ouvrit.

— Vous êtes René ? demanda Alain en le détaillant des pieds à la tête.

L'autre semblait surpris mais pas inquiet. Il était grand, massif, portait une chemise largement ouverte sur son torse velu et des lunettes à monture d'écaille.

— Oui... Et vous ?

Au lieu de répondre, Alain fit un pas en avant, obligeant l'homme à reculer, puis il entra carrément.

— Hé ! Où allez-vous comme ça ? Où vous croyez-vous ?

Les mains de René s'abattirent sur les épaules d'Alain qui se dégagea aussitôt. En deux enjambées, il fut au milieu de la pièce unique qui semblait constituer tout le studio. Sur une table de bridge, dans un coin, le sac de Magali gisait grand ouvert parmi des objets épars : poudrier, chéquier, miroir, carte d'identité.

— Je suis venu chercher ça, déclara Alain d'une voix glaciale.

Stoppé net dans son élan, René s'immobilisa pour riposter :

— Je le rendrai à sa propriétaire, elle n'a qu'à venir le réclamer elle-même !

À l'évidence, il n'était pas décidé à se laisser impressionner. Alain lui paraissait trop mince pour faire un adversaire redoutable et il ne voulait pas laisser échapper son butin.

— Vous êtes un de ses copains de beuverie, hein ? ricana-t-il. Alors dites-lui que je l'attends de pied ferme. Parce que, son sac, je ne le lui ai pas volé ! Non, elle est venue chez moi d'elle-même, bien contente... Et je crois qu'elle n'aimerait pas du tout que j'aille restituer tout ça directement à son mari, un certain...

Il s'approcha de la table pour jeter un coup d'œil sur le chéquier ouvert, mais Alain le devança.

— Vincent Morvan-Meyer. C'est moi.

Incrédule, René considéra Alain en fronçant les sourcils.

— Vous ?

— Oui. Et pour le chantage, c'est raté.

Se présenter comme le mari était un mensonge intelligent qui, effectivement, coupait court à toute menace. Mais utiliser le nom de Vincent comme le sien venait de procurer une sensation étrange à Alain. L'autre l'observait toujours avec autant de stupeur que de méfiance, essayant de se remémorer les confidences que Magali avait laissé échapper au sujet de son mari. Il se souvint qu'il s'agissait d'un juge, or le jeune homme n'en avait pas l'air avec sa peau brûlée de soleil, son jean usé, son allure de gitan. Mais René n'eut pas le temps d'y réfléchir car déjà Alain ajoutait :

— J'ai un compte à régler avec vous. Non seulement vous avez voulu profiter de la situation, mais vous l'avez frappée…

— Profité de quoi ? cria l'autre. Votre femme est prête à s'offrir au premier venu pour obtenir ce qu'elle veut ! Vous ne le saviez pas ? Pourquoi la laissez-vous traîner n'importe où ? Vous feriez mieux de la surveiller, mon vieux, et de…

Le poing d'Alain s'écrasa avec une telle violence sur le menton de son adversaire qu'il chancela, mais, comme il s'entraînait deux soirs par semaine dans une salle de boxe, il encaissa le choc. Ensuite il riposta et parvint à décrocher quelques coups bien placés avant qu'Alain s'énerve pour de bon. Plus léger, plus mobile, et surtout beaucoup plus en colère, le jeune homme réussit à l'assommer par un brutal coup de tête dans lequel il mit toute sa force. Quand René s'écroula à ses pieds, il reprit son souffle, essuya d'un revers de main rageur le sang qui coulait de son arcade sourcilière ouverte, puis il alla récupérer le sac de Magali et son contenu.

— Faire son testament est une simple précaution qui n'a jamais fait mourir personne ! affirma Clara.

Aussi furieux l'un que l'autre, Vincent et Marie se contentèrent de hocher la tête. Mal à l'aise, le notaire sortit quelques papiers de son porte-documents, tout en se demandant ce qu'il faisait là. Au téléphone, Clara lui avait affirmé qu'elle trouverait deux témoins pour signer le document – et effectivement Helen et le jardinier se tenaient debout dans un coin du boudoir, un peu intimidés –, mais elle n'avait pas précisé que les actes se dresseraient en présence d'une avocate et d'un juge qui se trouvaient être ses petits-enfants. Morvan-Meyer était un nom célèbre dans le monde des juristes, la carrière de Charles ayant marqué les mémoires, et le cabinet de groupe qu'il avait fondé de son vivant était l'un des plus connus et puissants de Paris. Quant à Vincent, il s'était déjà signalé comme le plus jeune magistrat du Palais, et pas le moindre. Bien calée dans son fauteuil, avec un gros coussin dans le dos, Clara agitait son stylo, pressée d'en finir.

— Alors voilà, mes chéris, vous savez l'essentiel, dit-elle en souriant. La fortune Morvan a passablement fondu avec toutes ces histoires d'impôts et de charges sociales... Et puis j'ai négligé mon portefeuille d'actions, la Bourse ne m'intéresse plus depuis la mort de Charles... Mais tout de même, il va vous rester des choses à vous partager. D'abord il y a ce navire...

D'un geste circulaire, elle fit comprendre qu'elle désignait ainsi l'hôtel particulier de l'avenue de Malakoff.

— En toute franchise, j'aimerais que vous puissiez le garder après moi, mais c'est vraiment très lourd. Vous êtes bien placés pour le savoir, vous deux, puisque vous en assumez déjà l'entretien avec moi. Seulement je ne crois pas que Daniel ou Gauthier, sans parler d'Alain, se sentent concernés.

Elle s'interrompit quelques instants puis finit par hausser les épaules.

— J'ai passé de bons moments ici... Et vous y avez tous été plus ou moins élevés... Enfin, vous ferez ce que vous pourrez !

Avec une surprenante souplesse pour son âge, elle quitta son fauteuil et gagna la fenêtre. De là, elle voyait la pelouse et les parterres de plantes vivaces. Le fidèle Émile faisait bien son travail, même s'il ne s'agissait que d'un petit jardin parisien, et cette année encore il y aurait quelques roses de Noël.

— Qu'est-ce que c'est que ce numéro qu'elle nous fait ? murmura Marie à l'oreille de Vincent.

Pour toute réponse, il leva les yeux au ciel avant d'enfouir ses mains dans les poches de son pantalon.

— Vincent ! protesta Clara qui s'était retournée.

Souriante, elle regagna sa place, se rassit.

— Bref, je ne vous impose rien du tout, débrouillez-vous. En revanche, il y a un endroit qui me tient à cœur, à un point tel que même une fois morte je ne veux pas qu'il passe aux mains de n'importe qui. Vallongue a une immense valeur sentimentale à mes yeux, je ne comprendrais pas qu'il n'en aille pas de même pour vous. Vous tous…

Elle ne souriait plus et son regard se planta dans celui de Vincent.

— Je connais vos disputes, vos rancunes… Au moins en partie… Et je sais bien qu'il n'y a pas eu que des bonheurs à Vallongue… Mais vous ne braderez pas cette propriété au premier venu, je vais tout faire pour m'y opposer. Seulement c'est compliqué, parce que c'est aussi l'outil de travail d'Alain. Lui, on a eu tendance à le négliger un peu…

Le notaire se taisait, résigné, mais il observait avec curiosité les réactions de Vincent et de Marie. Celle-ci prit la parole d'une voix nette :

— Pas toi, en tout cas ! Tu l'as toujours aidé, il t'en est très reconnaissant.

— Oui mais, après moi, je ne veux pas que vous l'empêchiez de cultiver ses oliviers en paix. Ce n'est pas que son gagne-pain, ce sont aussi les lettres de noblesse de Vallongue aujourd'hui. L'huile « Morvan », ça m'a toujours plu, même si ça énervait Charles…

Elle y avait fait référence deux fois déjà, preuve qu'elle y pensait sans cesse et que jamais elle ne se remettrait de sa mort.

— Je vous léguerai donc Vallongue en indivision, avec interdiction de la vendre. Vous y aurez les mêmes droits et les mêmes obligations tous les cinq. Au préalable, je vais l'amputer d'une petite parcelle, trois mille mètres carrés à peine, sur laquelle se trouve la bergerie, dont je fais une donation immédiate à Alain.

— En indivision ? répéta Marie, incrédule.

— Eh oui ! Vous serez bien obligés de vous entendre. C'est ma façon à moi de vous réconcilier malgré vous. Et ce sera l'endroit idéal pour vous retrouver en famille… Avec tous vos enfants, et tous ceux à venir… Mais vous êtes des juristes avisés, vous allez me dire que « nul ne peut être contraint à demeurer dans l'indivision », c'est bien la formule consacrée, non ? Alors si vous n'en voulez pas, si vous n'êtes pas capables de le conserver, vous le laisserez à l'association caritative de votre choix. C'est ça ou rien, vous ne ferez pas de bénéfice là-dessus, ce serait… amoral.

Très contente de sa tirade, elle les défiait du regard. Quand elle fut certaine qu'il n'y aurait aucune contestation de leur part, elle baissa les yeux sur les papiers qu'elle tenait toujours à la main.

— Le reste a peu d'intérêt, voyons… Mes bijoux à toi, Marie, puisque tu es ma seule petite-fille, et deux ou trois legs sans importance. Alors, si tout est en ordre, je signe.

Elle s'appuya sur un guéridon pour parapher les feuilles puis tendit son stylo à Helen.

— À votre tour, petite, ensuite ce sera mon brave Émile…

Le jardinier s'approcha, un peu éberlué, et fit ce qu'on lui demandait. Clara rendit les deux exemplaires du testament au notaire, qui en profita pour prendre congé, et elle interpella son petit-fils :

— Vincent, j'aimerais te parler une minute !

Marie entraîna les autres dehors, sans pouvoir s'empêcher de claquer la porte en sortant la dernière.

— Et voilà, soupira Clara, elle est en colère…

— Grand-mère ! Mais tu te rends compte ? Tu nous convoques, tu nous mets devant le fait accompli, tu n'as discuté de rien avec personne…

— J'aurais dû ? Il s'agit de mes biens !

— Ce n'est pas ce que je veux dire.

— Je suis une très vieille dame, mon petit, j'ai le droit d'avoir des caprices.

L'éclat de rire de Vincent avait de quoi la rassurer : il ne s'inquiétait pas du tout de son état de santé.

— Tu penses que je suis indestructible, c'est ça ? dit-elle doucement. Eh bien, non...

Le décès du petit Philippe l'avait beaucoup marquée, ébranlant sa conviction qu'avec la fin de Charles le mauvais sort s'était enfin éloigné de sa famille. Certes, elle soignait toujours son apparence, se maquillait légèrement, allait chaque semaine chez son coiffeur, néanmoins elle commençait à accuser son âge. Pis, une certaine lassitude accompagnait désormais ses gestes ou ses sourires.

— Tu sais, Vincent, la famille, c'est le plus important. Tu verras, au fur et à mesure, rien ne peut se comparer aux liens du sang. Nous avons de la chance, nous sommes nombreux, nous avons accumulé les réussites, mais toute médaille a son revers. Vous êtes brillants, les uns comme les autres, et pourtant vous n'êtes pas fichus d'être heureux ! Remarque, je ne devrais pas me plaindre puisque vos malheurs m'ont en quelque sorte... profité.

Déconcerté, il se rapprocha d'elle, s'assit sur un gros pouf recouvert de soie bleu-gris.

— Je ne comprends pas ce que tu veux me dire, Clara.

— J'aime bien quand tu m'appelles par mon prénom, ça me rajeunit.

Ses arrière-petits-enfants avaient tous pris l'habitude de le faire, pour le plaisir de la voir sourire.

— Profité de quelle façon ? insista-t-il.

— Eh bien par exemple, ton père. C'est parce qu'il s'est retrouvé veuf qu'il est revenu vivre avec moi. Or cet hôtel particulier est fait pour être rempli d'enfants, alors d'une certaine manière j'ai été comblée. Ensuite, il y a eu Marie. Oh, j'aurais préféré qu'elle ne soit pas mère célibataire, crois-moi, mais au bout du compte c'est pour cette raison même qu'elle a élevé Cyril et Léa sous mon toit. Et je pense que tu ne vas pas tarder à en faire autant pour les tiens... Je me trompe ?

Elle le vit baisser la tête et son cœur se serra. Il était malheureux, elle le devinait, mais elle pouvait encore l'aider à faire face.

— Si c'est le cas, tu sais que ça ne pose aucun problème, n'est-ce pas ? Il faut bien que ce grand paquebot serve à quelque chose, tes trois enfants sont les bienvenus sous mon toit.

— Je pourrais louer un appartement, répondit-il sans conviction, et prendre Helen à mon service...

— Seigneur Dieu ! Tu n'y penses pas ! D'abord tu me ferais un affront, et ensuite je ne veux pas que tu te jettes dans le piège ! Cette petite Irlandaise est vraiment très bien, elle a toujours été parfaite avec les enfants, mais elle est un peu trop jeune, un peu trop jolie, et un peu trop béate devant toi pour que tu habites avec elle !

— Helen ?

À l'évidence, il tombait des nues, ce qui la fit rire.

— Tu n'as rien vu ? Alors tu es le seul ! Elle te mange des yeux, elle boit tes paroles. Elle doit s'endormir en pensant à toi, ce serait très malsain que vous soyez seuls.

— Malsain ? Voyons, grand-mère, nous ne sommes plus au début du siècle, redescends sur terre, je...

— Ce n'est pas une question de convenances mais de simple bon sens ! Tu veux que je te dise pourquoi ? Eh bien, s'il y a une chose qui ne doit pas t'arriver, à toi, c'est de retomber amoureux d'une de nos employées ! Si tu n'as pas compris la leçon, c'est que tu es stupide. La prochaine fois que tu aimeras, choisis quelqu'un à ta mesure, Vincent, ne pioche pas dans le personnel.

Choqué par le dernier mot, il s'était mis debout, et elle dut lever la tête pour soutenir son regard.

— La leçon, dit-il entre ses dents, c'est toi qui me la donnes, et tu ne fais pas dans la dentelle.

Avec curiosité, elle le dévisagea pendant un moment. Elle ne connaissait pas cette expression dure qu'il lui opposait soudain, et sa ressemblance avec Charles s'en trouvait accentuée. Elle supposa qu'il devait avoir cet air-là dans un tribunal, ce qui ne devait pas encourager les contestations.

— Tu fais une drôle de tête. Je t'ai vexé ? Ne monte pas sur tes ergots, pour moi tu n'es qu'un gamin, tu sais bien.

— Clara…, soupira-t-il.

Il s'en voulait déjà d'avoir réagi en se drapant dans sa dignité. Il n'avait aucun orgueil à avoir devant elle. Hormis ses propres enfants, Clara était la personne qu'il aimait, admirait et respectait le plus au monde.

— On devrait t'offrir une casquette d'amiral, dit-il en souriant. Continue à commander ton paquebot et conduis-nous tous à bon port.

Spontanément, il se pencha vers elle, prit son visage entre ses mains.

— Ne disparais jamais, grand-mère.

— Alors tu ne m'en veux pas ?

— Bien sûr que non.

— Et je peux encore ajouter quelque chose ?

— Vas-y…

— Fais soigner Magali. Même si votre couple est fichu, tu es responsable d'elle.

Ainsi elle avait deviné ce qu'il s'apprêtait à faire, elle l'encourageait même à se hâter. Mais elle était toujours la première à montrer l'exemple, à prendre la bonne décision au moment opportun, et il fallait qu'il cesse de tergiverser.

— Non seulement tu es la bienvenue mais en plus tu leur sauves la vie ! dit Daniel en riant.

Il verrouilla les portières de son coupé et rejoignit Sofia sur le trottoir.

— Sans nous, ils étaient treize à table, un désastre pour un soir de réveillon !

— Ils sont superstitieux dans ta famille ? demanda la jeune femme avec son adorable accent italien.

— Non, pas vraiment. Je voulais juste te mettre à l'aise… ou me donner du courage ! En fait, je ne leur ai jamais présenté personne… Voilà, c'est là.

D'un geste désinvolte, il désignait la façade de l'hôtel particulier dont toutes les fenêtres étaient illuminées.

— Quelle merveille, s'extasia-t-elle. Tu as été élevé ici ?

— Oui. Avec mon frère, mes cousins… Une vraie tribu, tu vas voir !

Négligeant la lourde grille noire, il ouvrit une petite porte latérale et s'effaça pour la laisser entrer dans la grande cour pavée. Il se réjouissait à l'idée de la présenter aux membres du clan Morvan, mais plus particulièrement à Vincent en qui il avait une confiance absolue. Son frère ne lui avait jamais menti, s'il ne trouvait pas Sofia à son goût, il le lui ferait savoir.

Une fois dans le hall, il la guida vers le vestiaire, une petite pièce aménagée par Clara entre les deux guerres, aux murs tendus de chintz gris pâle, où trônaient deux coiffeuses Louis XV, plusieurs poufs capitonnés et de grands miroirs vénitiens. Après l'avoir débarrassée de son boléro de fourrure, il détailla Sofia de la tête aux pieds.

— Tu es superbe…

Des femmes, il en avait connu de toutes sortes, collectionnant les succès avec désinvolture, mais Sofia n'appartenait pas à cette catégorie éphémère. Ils s'étaient rencontrés à Rome, alors qu'il travaillait à l'ambassade de France, et ne s'étaient plus quittés depuis. Pour la première fois de sa vie, à trente-trois ans, il se sentait enfin amoureux.

Leur entrée dans le grand salon, qui ne servait que pour les réceptions, fut saluée par un instant de silence puis par un joyeux brouhaha. Daniel prit la main de Sofia qu'il conduisit d'abord vers Clara.

— Ma grand-mère, dont je t'ai si souvent rebattu les oreilles...

— Je suis ravie de vous rencontrer, madame Morvan.

Elle ne l'avait pas appelée Morvan-Meyer, comme Daniel, preuve qu'elle avait bien retenu tout ce qu'il avait pu lui raconter au sujet de sa famille, et Clara sourit.

— Mon frère, Vincent, poursuivait Daniel, ma tante Madeleine... Et voici Helen... Et mes cousins, Marie, Gauthier et Chantal... Il ne manque qu'Alain, qui est resté dans le Midi...

— Comme toujours ! marmonna Madeleine d'une voix rageuse.

Daniel ignora l'intervention et acheva :

— ... dans le Midi avec la femme de Vincent qui est souffrante. Les enfants se présenteront eux-mêmes en nous passant les petits-fours, j'imagine !

Il agissait avec l'aisance due à une longue habitude car ses différents postes de haut fonctionnaire l'avaient formé à la diplomatie et rompu aux mondanités. Il installa Sofia sur un canapé avant de se diriger vers la desserte où rafraîchissait le champagne et où son frère vint le rejoindre presque tout de suite.

— Tu es amoureux, cette fois ? murmura Vincent en lui tendant deux coupes.

— Est-ce que ça se voit ?

— Oui !

— Tant mieux. Comment la trouves-tu ?

— Je te le dirai en fin de soirée.

— Bien, monsieur le juge ! plaisanta Daniel.

Du coin de l'œil, il constata que Sofia était en train de faire la connaissance de ses neveux groupés autour d'elle.

— Gauthier me paraît mieux, non ?

Il n'avait pas revu son cousin depuis quelques mois mais il avait souvent pensé à lui, à l'horreur de ce deuil qui avait dû le déchirer et qui avait profondément marqué la famille.

— Il a surmonté l'épreuve, et Chantal aussi.

Reportant son attention sur son frère, Daniel le dévisagea avec insistance.

— Et toi ? Tu sais qu'en vieillissant tu ressembles de plus en plus à papa ? Tout le monde doit te le dire, j'imagine…

Vincent lui heurta l'épaule, par jeu, juste assez fort pour qu'un peu de champagne déborde des coupes, et il chuchota :

— Va lui donner à boire avant de tout renverser !

— Qu'est-ce que vous complotez ? demanda Marie en surgissant entre eux.

— Rien du tout. Je faisais remarquer à Daniel qu'il a une tache sur sa veste…

Vincent se mit à rire et Daniel se sentit brusquement ramené loin en arrière, à l'époque bénie où il était le plus jeune des cinq et où tout le monde le taquinait mais veillait sur lui. Tandis qu'il s'éloignait à travers le salon, Marie le suivit des yeux.

— Je parierais bien qu'il est mordu de son Italienne ! Un mariage dans la famille nous remettrait Clara sur pied.

— Elle n'est pas malade, protesta Vincent.

— Non, mais fatiguée…

Ensemble, ils tournèrent la tête vers l'endroit où se tenait leur grand-mère. Helen s'était assise près d'elle pour prévenir ses moindres désirs, aussi dévouée que de coutume, ravissante dans une longue robe de satin émeraude.

— Si tu la regardes encore trois secondes, elle va se mettre à rougir, plaisanta Marie à voix basse.

Vincent leva les yeux au ciel, agacé à l'idée que toute la famille ait pu remarquer ce qu'il n'avait pas été capable de voir tout seul.

— Est-ce que par hasard ça t'agacerait de plaire aux femmes ? ironisa Marie.

— À elle, oui. J'ai besoin d'elle pour les enfants, je ne veux pas de malentendu.

Néanmoins, il commençait à se sentir gêné lorsqu'il était seul avec elle dans une pièce, et à la considérer autrement que comme la jeune fille qu'il connaissait depuis si long-temps. De manière détachée, il la trouvait jolie, consta-tait qu'il éprouvait même un vague désir pour elle, dont il n'avait pas été conscient jusque-là, mais qu'il jugeait plus embarrassant qu'agréable.

— Ce n'est qu'une gamine, je serais navré de devoir m'en séparer, soupira-t-il.

— Elle ne fait rien de mal, répliqua Marie. C'est juste qu'à force de te voir malheureux, de s'apitoyer sur toi, ses sentiments ont évolué.

— S'apitoyer ? Oh, c'est vraiment trop gentil ! Je suis tellement à plaindre ?

Son ton rageur surprit Marie qui fronça les sourcils.

— Pourquoi te mets-tu en colère ? On est tous navrés pour toi…

Il allait riposter lorsqu'il aperçut Cyril et Virgile qui lut-taient en silence pour s'approprier un plateau d'allumettes au fromage.

— Nos fils sont encore en train de se battre, constata-t-il.

Elle se détourna, mesura la situation et les rejoignit en deux enjambées.

— Vous avez un problème, les garçons ?

Presque aussi grands l'un que l'autre, habillés du même cos-tume bleu marine, ils avaient l'air de deux adolescents modèles – mais ne l'étaient pas. Cyril baissa la tête sans répondre, sachant à quelle vitesse sa mère pouvait se mettre en colère.

— Je ne veux pas un seul incident de toute la soirée, c'est compris ? Le premier qui se fait remarquer prend une paire de claques. À bon entendeur…

Virgile avait envie de répliquer mais il croisa le regard de son père, qui se tenait toujours près de la desserte et observait la scène de loin. Une fois de plus, il regretta amèrement de ne pas être à Vallongue. Là-bas, il pouvait faire ce qu'il voulait, il bernait Helen facilement, sans parler de sa mère que ses caprices faisaient rire et qui dormait la moitié du temps, et surtout il n'avait pas à supporter Cyril. Ici, il fallait qu'il obéisse à des tas de gens, son père le premier, qu'il change de chemise pour passer à table et qu'il subisse d'interminables visites de musées ou de monuments.

— Est-ce que mes arrière-petits-enfants ont droit à une coupe de champagne ce soir ? demanda Clara à la cantonade.

— Peut-être pas Paul, s'effraya Madeleine, il n'a que huit ans !

Gauthier la foudroya du regard, exaspéré qu'elle ait répondu à sa place, tandis que Chantal déclarait, d'une voix posée :

— Mais si, juste une larme, pour fêter la nouvelle année.

Si elle n'avait jamais apprécié sa belle-mère, depuis la mort de Philippe elle s'était mise à la détester. Même si elle ne la rendait pas responsable, elle lui en voulait d'avoir préféré tricoter plutôt que de surveiller les petits le jour de l'accident. Avec Gauthier, ils évitaient d'en parler mais ils étaient d'accord sur le sujet et ne recevaient Madeleine qu'avec réticence.

Marie servit des fonds de coupe pour Léa, Tiphaine, Lucas et Paul, toutefois elle octroya une dose plus généreuse à Cyril et Virgile. Ensuite, elle alla s'installer à côté de Sofia, pour faire plus ample connaissance, amusée à l'idée que la jeune femme ferait peut-être bientôt partie de la famille. Plus le clan Morvan s'agrandirait, plus il serait fort. Déjà, Cyril envisageait de faire des études de droit, et elle l'y encourageait avec l'espoir vague qu'un jour il puisse devenir aussi brillant que Charles l'avait été. Le cabinet Morvan-Meyer ne cessait de prendre de l'importance et certains avocats se battaient désormais pour y entrer. Marie dirigeait l'ensemble d'une main de fer, versait des dividendes considérables à Vincent et Daniel, qui restaient propriétaires des locaux, mais, chaque matin lorsqu'elle s'asseyait dans le fauteuil de Charles, elle éprouvait une bouffée de nostalgie. Sans doute était-elle la seule à le regretter autant, à se souvenir de lui avec une telle précision. Leurs années de collaboration l'avaient marquée pour toujours car elle n'avait pas rencontré, après lui, quelqu'un de son envergure. Elle aurait pu réciter certains passages de ses plaidoiries par cœur, en particulier celles qui avaient défrayé la chronique, à l'époque, lorsqu'il parvenait à sauver in extremis la tête d'un accusé, autant grâce à son intelligence de la procédure qu'à ses talents d'orateur. Dans un prétoire, Charles subjuguait les gens, ses partisans comme ses adversaires, parce qu'il était exceptionnel. Marie avait éprouvé à son égard des sentiments très forts, ambigus, qui l'avaient empêchée de mener une vie affective normale. Quand elle était étudiante, les garçons de son âge ne l'inté-ressaient pas, elle les jugeait médiocres ou maladroits, et à travers chaque rencontre elle cherchait en vain quelqu'un qui ressemble à son oncle. Elle n'avait ainsi trouvé que des par-tenaires d'un soir dont elle s'était débarrassée le lendemain. Cyril et Léa n'avaient pas été conçus par le même père, deux jeunes gens qu'elle avait d'ailleurs oubliés depuis longtemps.

— À quoi penses-tu ? lui demanda Vincent en s'asseyant sur l'accoudoir du canapé.

— À ton père, répondit-elle spontanément.

Il se tut un moment, songeur, puis murmura :

— Verrais-tu un inconvénient quelconque à ce que mes enfants restent ici au lieu de repartir à Vallongue ? Clara me l'a proposé et je crois que je vais accepter, sauf si tu estimes la cohabitation impossible.

— Ne dis pas de bêtises, il y a toute la place voulue, on ne se marchera pas sur les pieds. Est-ce qu'Helen restera aussi ?

— Helen ou une autre, en tout cas quelqu'un pour s'en occuper, bien sûr.

— Et Magali ?

— Je vais essayer d'en discuter avec elle.

Il l'affirmait sans y croire. *Discuter* avec Magali n'était plus vraiment possible, mais il l'aimait encore trop pour ne pas continuer à la respecter, même contre l'évidence. Il espérait toujours qu'elle se serait reprise en son absence, qu'elle allait enfin trouver le courage de s'en sortir, et il était chaque fois déçu. La veille, il l'avait appelée longuement pour la persuader de prendre un avion et de venir réveillonner avec eux, mais elle avait refusé tout net.

— Le téléphone n'arrête pas de sonner, déclara Madeleine qui avait encore l'oreille fine.

L'espace d'un instant, les conversations s'interrompirent et ils perçurent tous la sonnerie qui retentissait dans les profondeurs de l'hôtel particulier. Clara n'ayant pas jugé bon de faire installer un poste dans ce grand salon qui ne servait que rarement, Vincent fut le premier à se lever pour aller répondre. Il traversa le hall, surpris de l'insistance de celui ou celle qui cherchait à les joindre un soir de fête, et décrocha nerveusement.

— Vincent Morvan-Meyer, marmonna-t-il par habitude.

— Salut vieux, c'est Alain. J'espérais tomber sur toi.

Dans le silence qui suivit, Vincent prit une profonde inspiration. Il savait très bien que son cousin ne l'appelait pas pour lui souhaiter une bonne année.

— Quelque chose de grave ? finit-il par demander.

— Ne t'affole pas, il n'y a rien d'irrémédiable mais… Si tu pouvais descendre ici assez rapidement, ce serait bien.

— Il s'agit de Magali ?

Question stupide, évidemment. Alain réglait ses problèmes seul, il fallait qu'il soit dépassé par les événements pour téléphoner à dix heures du soir.

— J'ai fait ce que j'ai pu, Vincent.

La voix posée d'Alain avait malgré tout quelque chose de rassurant et Vincent trouva le courage de répondre.

— J'en suis certain. Tu t'es beaucoup occupé d'elle, ce n'était pas vraiment à toi de t'en charger. Qu'est-ce qui se passe, au juste ?

— J'aimerais mieux t'expliquer ça de vive voix. Tu as un vol Air Inter demain matin à dix heures, si tu peux le prendre je t'attendrai à l'aéroport.

L'angoisse submergea brutalement Vincent. La dernière fois qu'il avait parlé aussi longtemps à Alain, c'était près du cadavre du petit Philippe. Seules les choses graves parvenaient à les rapprocher encore, donc la situation devait être catastrophique.

— Ne te fais pas trop de souci d'ici là, ajouta Alain. Elle n'est pas seule, je reste avec elle.

Il allait passer le réveillon de fin d'année à veiller sur une femme ivre morte ? Vincent déglutit avec peine, se sentant aussi coupable qu'humilié.

— Merci, balbutia-t-il. Le vol de dix heures, c'est le premier ?

— Oui.

— À demain alors.

D'un geste sec, il raccrocha et resta immobile près de la table demi-lune. Il regarda sans les voir les innombrables bloc-notes de Clara, le cendrier en argent, la pendulette ancienne. Que faisait-il là ? Pourquoi n'était-il pas auprès de Magali ? Avait-il définitivement abdiqué ?

— Papa ! Papa !

Il fit volte-face et découvrit Tiphaine qui courait vers lui à travers le hall, les yeux brillants d'excitation.

— Tu sais quoi ? Cyril dit que je suis *très* jolie ! Et que cette robe me va *tellement* bien qu'il pense qu'elle a été faite pour moi !

Elle effectua une pirouette qu'elle acheva par une profonde révérence, ses cheveux auburn flottant autour d'elle.

Il faillit lui dire que, oui, elle était belle, et qu'elle ressemblait déjà beaucoup à sa mère. Mais ressembler à quelqu'un d'autre n'était pas forcément agréable, on le comparait lui-même trop souvent à son père, et il se contenta de lui sourire tandis qu'elle ajoutait, d'un air contrit :

— Ah, j'allais oublier, on passe à table !

Pour Avignon, c'était un hiver très rigoureux. Alain avait trouvé du givre sur son pare-brise et quelques plaques de verglas sur la route. Il était onze heures passées lorsqu'il pénétra dans le hall de l'aéroport où Vincent l'attendait depuis cinq minutes.

Indécis, ils faillirent s'embrasser, mais finalement se serrèrent la main de façon maladroite. Alain portait un jean, un col roulé et un blouson de cuir tandis que Vincent était habillé d'un long pardessus bleu nuit sur un strict costume gris.

— Je t'offre un café, le bar est ouvert, proposa Alain.

— On a le temps ?

— Oh, tout le temps, oui…

Au lieu de s'installer au comptoir, ils choisirent une table isolée, dans un coin où personne ne pourrait les entendre.

— Tu as eu un accident ? demanda Vincent.

Il fixait avec curiosité les trois points de suture, sur l'arcade sourcilière de son cousin.

— Une altercation avec un pauvre con. Mais il faut que je t'explique un certain nombre de choses…

Alain esquissa un sourire forcé avant de poursuivre, en baissant la voix :

— Le type avec qui je me suis battu travaille dans une pharmacie et il ravitaillait ta femme en médicaments de toutes sortes… Ensuite les choses se sont envenimées entre eux. Il a eu peur de se faire prendre par son patron, l'argent ne le motivait plus assez. En revanche, il trouvait Magali à son goût.

Effaré, Vincent soutint encore un instant le regard d'Alain avant de baisser la tête. Il lui fallut une ou deux minutes pour digérer ce qu'il venait d'entendre, puis il esquissa un geste de la main qui pouvait signifier qu'il était prêt à supporter la suite.

— Elle était aux abois, en manque, elle a fini par accepter un rendez-vous chez lui. Mais ça s'est mal passé, il l'a bousculée avant de la flanquer dehors, en conservant son sac. C'est moi qui suis allé le récupérer parce qu'il contenait ses papiers, son chéquier, ses clefs... Morvan est un nom assez connu par ici, il aurait sûrement essayé de lui faire du chantage par la suite, alors pour couper court à toute tentative je me suis présenté comme le mari, Vincent Morvan-Meyer, et je l'ai démoli.

Vincent s'obligea à relever la tête, à plonger ses yeux dans ceux d'Alain. Un serveur vint déposer deux tasses de café devant eux et repartit de son pas traînant.

— Je ne pensais pas te raconter cet... incident. Magali ne voulait pas que je t'en parle et elle m'avait promis de ne plus toucher aux médicaments. J'ai eu la bêtise de croire que l'alcool pourrait lui suffire, que... Oh, je suis navré, j'aurais dû t'appeler à ce moment-là, mais tu venais juste de partir avec tes enfants, et pour une fois que tu pouvais en profiter... Bref, elle a trouvé une autre solution, j'ignore laquelle, en tout cas elle s'est procuré des tubes de Valium et des boîtes de somnifères.

— Sois gentil, arrête deux secondes, murmura Vincent.

Il fouilla la poche de son pardessus, en sortit un paquet de cigarettes blondes et une pochette d'allumettes avec lesquelles il se mit à jouer tandis qu'Alain buvait son café. Des voyageurs en attente commençaient à envahir le bar.

— Vas-y, finis, décida Vincent au bout d'un moment.

— Je ne la surveille pas comme le lait sur le feu mais je me sentais inquiet, et quand je suis allé la voir, hier matin, elle était inconsciente. J'ai eu beaucoup de mal à la réveiller, ça m'a fait très peur, alors maintenant je veux que tu t'en occupes. Mais n'interprète pas mal ce que je dis, j'aime énormément Magali, je ne cherche pas à me débarrasser du problème, seulement c'est toi son mari, pas moi.

— Bon sang, Alain ! explosa Vincent en donnant un violent coup de poing sur la table.

Il lui en voulait de s'être substitué à lui, d'avoir pris sa place et d'avoir assumé ses ennuis, de conserver son calme dans des circonstances pareilles.

— Tu l'aimes énormément ! Et je ne peux même pas te soupçonner de faire ça avec une idée derrière la tête, forcément elle ne t'attire pas, mais voilà, toi tu es altruiste, solide, dévoué ! Alors que je l'ai complètement abandonnée... Donne-moi une seule raison de t'en vouloir, que je puisse passer ma colère sur toi, que...

— Qu'est-ce que tu en sais ? l'interrompit Alain.

— De quoi ?

— Quand tu prétends qu'elle ne m'attire pas.

Trop désemparé pour réagir, Vincent laissa échapper un long soupir.

— Certaines femmes me font envie, il m'arrive aussi d'avoir des aventures avec elles, enchaîna Alain.

Un petit silence suivit sa déclaration, jusqu'à ce que Vincent hausse les épaules et réplique :

— Non, tu ne m'auras pas comme ça, mon vieux. Je ne suis pas jaloux de toi, ce serait encore plus misérable que le reste...

— D'accord. Mais alors ne te prends pas pour le dernier des derniers. On ne sauve pas les gens malgré eux. Si Magali veut toucher le fond, tu n'y changeras rien.

— Pas d'accord. Je peux la faire soigner.

— Oui, tu peux. Seulement ça s'appelle un placement volontaire de la famille, parce qu'elle n'ira pas de son plein gré. Tu seras obligé de la faire interner en psychiatrie.

— En psychiatrie ?

— Elle est suicidaire, Vincent... Un jour ou l'autre, elle va y arriver.

— Et si je revenais vivre ici, sans la quitter d'une semelle ?

— Tu ne le feras pas, et tu as raison. Même si je sais que tu l'aimes. Pourtant il est vraiment temps que tu interviennes. Odette ne peut rien faire, j'ai bavardé avec elle, on a envisagé toutes les possibilités... À propos, elle m'a appris qu'il y avait des antécédents, le père de Magali buvait comme un trou et il en est mort. Tu le savais ?

— Non. Tu me l'apprends, comme tout le reste...

Cette fois, Vincent paraissait plus accablé qu'en colère. Il finit par allumer une cigarette sans en proposer à Alain, qui cherchait de la monnaie dans sa poche. Vingt ans plus tôt, ils étaient inséparables, soudés comme deux frères siamois, et même ensuite, lorsqu'ils n'avaient plus habité ensemble, ils étaient restés tellement proches l'un de l'autre qu'ils n'avaient pas besoin de se voir ou de se parler pour se comprendre. Jusqu'au jour où ils avaient appris la vérité sur leurs pères respectifs, sur les haines et le sang répandu, sur cette trop lourde hérédité qui les transformait soudain en ennemis. Là, un fossé infranchissable s'était creusé entre eux. Alain n'était pas venu à l'enterrement de Charles, un geste de provocation que Vincent ne lui avait pas pardonné. Depuis, ils s'étaient soigneusement évités, et leur brouille était devenue quelque chose d'officiel, d'important, d'irréversible. Sauf que, fâchés ou pas, Alain était le meilleur – le seul, en fait – ami de Magali, l'idole de Virgile et de Lucas, le chouchou de Tiphaine. Et qu'aujourd'hui Vincent était devenu son débiteur.

— Dans quel état est-elle, ce matin ?

— Pas brillante au réveil. Jean-Rémi est avec elle. Désolé, en principe il ne met pas les pieds à Vallongue mais je n'avais personne d'autre sous la main et je ne voulais pas la laisser seule.

Un peu embarrassé par cet aveu, Alain se leva le premier. Vincent aurait voulu lui dire quelque chose, n'importe quoi, au moins au sujet de Jean-Rémi et du fait que son cousin avait le droit de recevoir qui il voulait, mais il ne trouva rien à ajouter. Ils quittèrent l'aéroport en silence, rejoignirent le parking et prirent la direction des Baux. Hormis au moment de la mort de son père, Vincent ne s'était jamais senti aussi mal de toute sa vie.

Affolée, Magali regarda autour d'elle. La chambre était spacieuse, claire, impersonnelle. Un lit, un chevet, deux fauteuils, et une petite table à roulettes qui devait servir à poser les plateaux des repas. Son sac de voyage était par terre, devant l'unique placard, blanc comme tout le reste. La porte donnant sur le couloir était fermée tandis que celle qui communiquait avec le cabinet de toilette était entrouverte, laissant apercevoir un lavabo et un petit miroir.

— Je ne vais pas rester là, déclara-t-elle d'une voix enrouée.

Vincent voulut passer un bras autour de ses épaules mais elle se dégagea brutalement pour le regarder bien en face.

— Qu'est-ce que tu es en train de faire ? Tu m'enfermes, c'est ça ? Je suis chez les fous ?

— Madame Morvan-Meyer, intervint le médecin qui les avait accompagnés, les asiles de fous n'existent plus depuis longtemps et vous n'êtes pas en prison. Vous avez besoin d'être soignée, c'est tout. L'équipe médicale est là pour vous entourer, vous aider…

Elle ne lui accorda même pas un regard, soudain écrasée d'angoisse.

— Ne me laisse pas ici ! s'écria-t-elle en saisissant le bras de son mari.

Au même instant, elle découvrit que la fenêtre ne possédait pas de poignée mais, en revanche, était équipée de barreaux. Elle se sentit aussitôt prise de claustrophobie.

— Je ne suis pas malade ! hurla-t-elle.

— Calme-toi ma chérie, je t'en supplie, murmura Vincent. C'est juste pour quelques jours, le temps que tu te désintoxiques de toutes ces saloperies… Je viendrai te voir…

— Où est Alain ? le coupa-t-elle d'un ton où perçait l'hystérie.

— Il viendra aussi.

— Toi, tu vas retourner à Paris, tu vas garder les enfants et tu vas me laisser croupir avec les dingues ! Ah ! mais tu n'as pas le droit, Vincent, c'est de l'abus de pouvoir, je refuse ! Je veux Alain, tout de suite ! Il t'empêchera de faire une chose pareille, va le chercher !

Son menton tremblait, ses yeux étaient pleins de larmes. Elle avait beaucoup maigri en quelques mois, pourtant son visage semblait boursouflé.

— Écoute-moi, la supplia-t-il, tu ne te rends plus compte de ce que tu fais, tu te détruis, Magali…

— Arrête tes discours, je n'ai aucune confiance en toi !

Elle le lâcha, croisa les bras sur sa poitrine comme si elle cherchait à se protéger, puis se mit à aller et venir à travers la chambre. Elle ne voulait pas le croire, elle ne voulait pas de son aide, elle commençait même à avoir peur de lui. Pouvait-il vraiment la faire disparaître dans un hôpital et l'y maintenir contre son gré ? Où était passé le si gentil jeune homme qu'elle avait aimé, bien des années plus tôt ? Il était juriste, il connaissait la loi, il allait s'arranger pour la laisser là et lui voler les enfants, tout ça parce qu'elle buvait parfois un verre de trop ? Parce qu'elle avait des insomnies ? Vincent, que tout le monde prenait pour un mari idéal, un mari parfait, était devenu son bourreau sans qu'elle y prenne garde, et maintenant c'était fichu, elle était bouclée entre ces quatre murs dont on ne la laisserait plus sortir.

— Le mieux serait que vous partiez maintenant, dit le médecin à mi-voix, avant qu'elle ne devienne trop agitée…

Indignée, Magali l'apostropha en hurlant :

— Non seulement vous me croyez folle, mais sourde ?

— Madame Morvan-Meyer, voyons, protesta-t-il comme s'il parlait à une enfant.

Elle lui lança un regard haineux puis se tourna vers Vincent.

— Ramène-moi à la maison, je t'en prie !

— Pas tout de suite… bientôt, je te le promets.

Les mains en avant, elle fonça sur lui, l'attrapa par le revers de sa veste et se mit à le secouer.

— Espèce de sale menteur !

Elle le gifla à la volée, avec une force inattendue, sans qu'il réagisse. Ce fut le médecin qui intervint, passant derrière Magali pour la ceinturer tandis qu'elle se mettait à hurler. Presque tout de suite, deux infirmiers vêtus de blouses blanches pénétrèrent dans la chambre. Vincent eut à peine le temps de voir qu'on couchait sa femme sur le lit, qu'on relevait la manche de son chemisier pour lui administrer une piqûre de tranquillisant. Elle criait toujours, de façon incohérente à présent, et tremblait des pieds à la tête.

— Venez, dit le médecin.

Il l'obligea à sortir, referma la porte.

— Ce que vous venez de vivre est très déstabilisant, toutefois ne vous alarmez pas. Votre femme est en état de manque, ce n'est pas grave, ça s'arrangera en quelques jours.

Appuyé au mur du couloir, la tête baissée, Vincent murmura :

— Je ne peux pas la quitter comme ça…

— Si, vous pouvez. C'est pour son bien que vous le faites.

— Est-ce que tout ça est vraiment indispensable ?

— Quoi donc ? Les barreaux aux fenêtres, c'est pour prévenir les accidents, vous me comprenez… Et cette piqûre va la plonger dans le sommeil, elle en a besoin. Votre femme est alcoolique, son organisme réagit en conséquence. Au fur et à mesure du traitement, j'ajusterai les doses d'anxiolytiques, d'antidépresseurs, puis je les réduirai peu à peu. Ne vous faites aucune illusion, ça prendra un certain temps. Nous avons déjà discuté de tout ceci, vous et moi.

Vincent releva la tête et dévisagea le médecin. Non, cet homme n'avait pas l'air d'un tortionnaire, d'ailleurs cet hôpital n'était pas une prison.

— Quand puis-je revenir ? demanda-t-il.

— Exactement quand vous voulez. Mais si vous souhaitez mon avis, et dans son intérêt à elle, attendez un peu. Pour les cas de ce type, la famille ou les proches sont plutôt indésirables. La dépression est une maladie comme une autre, l'alcool n'en est qu'une conséquence.

Le discours avait le mérite d'être clair, peut-être même rassurant. Vincent retrouva assez de sang-froid pour tendre la main au médecin, puis il fit demi-tour et s'éloigna le long du couloir, jusqu'à la sortie du service de psychiatrie. Aucune des décisions qu'il avait eu à prendre dans un tribunal ne lui avait paru aussi dure que cet internement délibéré. Pour s'y résoudre, il lui avait fallu faire appel à la neutralité d'Alain. L'amitié de ce dernier avec Magali garantissait son impartialité, c'était une sorte de caution dont Vincent avait ressenti le besoin avant de signer les formalités d'admission. Tout comme la longue conversation téléphonique qu'il avait eue avec Gauthier pour obtenir son approbation en tant que médecin. Car, quel que soit son état, Magali restait la mère de ses enfants, la femme qu'il aimait. Du moins qu'il avait aimée passionnément.

En émergeant de l'hôpital, il prit une profonde inspiration, enfouit les mains dans ses poches et contempla le ciel. Le temps avait changé, il ne restait plus un seul nuage dans l'immensité bleue. Mais le mistral s'était levé, soufflant avec force. Un peu à l'écart, sur le parking, la voiture d'Alain était garée en plein soleil. En partant maintenant, ils pourraient gagner l'aéroport assez tôt pour le vol prévu à quatorze heures. De toute façon, Vincent n'avait rien à faire à Vallongue, et plus aucune raison de s'y attarder.

3

Paris, 1968-1969

L'année qui suivit l'internement de Magali fut très difficile. La révolution des étudiants, en mai 68, n'aurait pas dû toucher les enfants qui étaient encore trop jeunes pour y prendre part, mais un vent de révolte soufflait sur Paris et même les lycéens s'en donnaient à cœur joie.

Marie, qui n'était pas patiente, remit vite Cyril dans le droit chemin ; Vincent, lui, connut de vrais affrontements avec Virgile. Les rapports entre le père et le fils n'avaient fait qu'empirer au fil du temps. Avenue de Malakoff, où il se déplaisait, Virgile répétait sans le savoir l'attitude qu'avait affichée Alain vingt ans auparavant en se rebellant contre Charles. Le jeune garçon rêvait de retourner à Vallongue et ne s'en cachait pas, ce qui exaspérait Vincent. Plus porté sur le sport que sur les études, il n'était assidu qu'à son club de basket, où il s'était lié avec des garçons plus âgés que lui. Leurs idées de révolte et de liberté le fascinaient au point qu'il les avait accompagnés un jour sur une barricade pour lancer des pavés contre les forces de l'ordre. L'aventure s'était terminée dans un car de C.R.S. puis au commissariat de la rue Bonaparte, où son père était venu le chercher, fou de rage. Durant la leçon de morale qui avait suivi, Vincent s'était montré assez dur, refusant qu'un gamin de treize ans se laisse manipuler par ce qu'il appelait de pseudo-anarchistes et, pis encore, crache dans la soupe d'une bourgeoisie dont il profitait largement. Afin de détourner la colère paternelle, Virgile avait fait référence à Alain, qui vivait comme un paysan, puis à sa mère, simple femme de ménage dans sa jeunesse, enfin à la grand-tante Odette, modeste cuisinière : à savoir les seuls membres de la famille pour lesquels il éprouvait de l'admiration. À ses yeux, les autres n'étaient que des nantis, des réactionnaires imbus de leurs privilèges, à qui on pouvait désormais répondre : « Il est interdit d'interdire ! » Atterré, Vincent était parvenu à garder son sang-froid, se souvenant que jamais Charles n'avait levé la main sur lui et que l'éducation des enfants ne passait pas par la brutalité. Mais un mur semblait dorénavant érigé entre Virgile et lui, Virgile et le reste du clan.

Pour Clara, qui commençait à décliner, toute l'agitation des Morvan et des Morvan-Meyer lui rappelait une autre époque. Avec cinq adolescents sous son toit, elle pouvait se croire revenue après-guerre, même si les temps avaient bien changé. De sa chambre, elle entendait des galopades dans les escaliers, des éclats de voix ou de rires, des claquements de porte rageurs. Et souvent, l'un de ses arrière-petits-enfants débarquait chez elle et lui confiait ses états d'âme. Usée par les chagrins, tourmentée par ses rhumatismes, elle conservait une étonnante lucidité pour son âge. Jamais elle ne confondait les prénoms, ni ne mélangeait les générations, et elle accueillait chacun avec une patience égale. Bien sûr, les visites qu'elle préférait – qu'elle attendait, en fait – étaient celles de Vincent. Il était toujours son favori, celui qui lui rappelait Charles et sur lequel on pouvait compter. Lorsqu'il venait s'asseoir à son chevet, elle l'observait inlassablement, supputant qu'il serait le seul, après elle, à savoir prendre en main la destinée de la famille. Son éducation était parfaite, sa volonté sans faille. Bien qu'ayant parfois bousculé les conventions dans sa jeunesse, il appréciait les traditions, elle le constatait à sa façon de s'habiller, de parler, et surtout d'écouter. Le voir allumer une cigarette blonde, puis croiser les jambes avec nonchalance avant de réclamer une anecdote du passé la comblait.

Pour montrer qu'elle était toujours attentive aux progrès d'un siècle qui n'avait cessé de la stupéfier, elle avait fait l'acquisition d'un premier poste de télévision, destiné à la famille et installé dans le petit salon. Quelques mois plus tard, enthousiasmée par ces spectacles à domicile, un second poste avait pris place dans son boudoir. L'année suivante, en apprenant que des astronautes américains comptaient débarquer sur la Lune, elle n'hésita pas à équiper Vallongue d'un téléviseur.

Même si elle passait presque tous ses après-midi allongée sur son lit, Clara pouvait encore présider les dîners dont elle confiait désormais l'organisation à Marie. L'une comme l'autre mesuraient l'importance des réceptions et savaient y évoluer avec cette aisance qui avait fait si cruellement défaut à Magali. La carrière d'un magistrat se construisant aussi dans les salons, elles œuvraient ensemble pour Vincent et, une fois encore, l'histoire Morvan-Meyer se répétait avenue de Malakoff. Vincent était seul, pas vraiment heureux, mais tout à fait conscient de ses devoirs de père ou de ses responsabilités de juge, et Clara restait persuadée qu'avec lui elle tenait le pilier de sa descendance. Elle avait vu Charles tenir bon, alors qu'il était désespéré, Vincent n'aurait pas d'autre choix que celui de faire face.

Helen avait accepté de rester, au moins pour le petit Lucas qui venait juste d'avoir dix ans, même si elle souffrait en silence de l'indifférence de Vincent qui évitait de la regarder ou de lui parler. Tout naturellement, à Paris comme à Vallongue, il s'installait dans le bureau de Charles pour étudier ses dossiers en cours ou pour écrire jusqu'au milieu de la nuit. Il se noyait dans le travail afin de ne pas trop penser à Magali, au naufrage de sa vie sentimentale. Les médecins continuaient de le tenir à l'écart de sa femme, et à chaque visite on lui faisait comprendre qu'il n'était pas le bienvenu. Si elle allait mieux, sevrée de ses poisons et moins neurasthénique, elle estimait toutefois Vincent responsable de tout ce qu'elle avait enduré au début de son hospitalisation. Après une interminable dépression, lorsqu'elle avait enfin retrouvé sa lucidité, elle s'était sentie horriblement humiliée. S'être donnée en spectacle durant des années devant ses enfants, son mari, ses amis, lui ôtait toute envie de revoir sa famille. Elle étouffait de honte, repliée sur elle-même, sans parvenir à envisager ce que serait son avenir. Alain avait dû forcer sa porte, à la clinique où elle achevait sa longue convalescence, et user de toute sa patience pour qu'elle accepte sa présence. Vincent savait que son cousin était le seul à être admis près d'elle, ce qui l'obligeait à lui téléphoner directement quand il voulait des nouvelles plus précises que les bulletins de santé communiqués par l'équipe médicale. Dans ces échanges laconiques, où son orgueil souffrait, Vincent était contraint de s'en remettre au bon vouloir d'Alain et à son jugement.

Daniel ne quittait plus Sofia. Il était passé gaiement du rôle de célibataire endurci à celui d'amoureux transi. Sans regret, il avait abandonné son duplex de la rue Pergolèse pour acheter un superbe appartement rue de la Pompe, à deux pas de son ancien lycée. Clara avait noté avec satisfaction que Daniel, comme les autres, n'éprouvait aucune envie de s'éloigner d'elle ni du quartier où il avait grandi. D'ailleurs, il venait fréquemment lui rendre visite, à elle mais surtout à son frère, comme s'il cherchait le soutien de Vincent au moment de se lancer dans une demande en mariage. Car il voulait épouser Sofia et il s'était mis à rêver d'enfants.

Clara estimait que le mariage de Daniel serait sans doute le dernier grand événement familial auquel elle pourrait assister. Partir sur cet ultime bonheur devenait son vœu le plus cher, ensuite elle pourrait envisager sereinement le terme d'une existence qu'elle jugeait bien remplie. Deux guerres, son mari et ses deux fils enterrés, des deuils trop lourds à porter, et malgré tout elle avait tenu son rôle jusqu'au bout sans faillir. Elle s'en irait en laissant derrière elle une grande famille à peu près unie. À peu près seulement, même si elle avait fait l'impossible, depuis des décennies, pour les rapprocher les uns des autres. Le clan ne s'était pas disloqué, les deux branches Morvan et Morvan-Meyer n'avaient pas rompu. Elle pouvait se féliciter du chemin parcouru, elle qui avait été fille unique et qui n'avait engendré que deux enfants. C'était pour ces deux-là qu'elle avait vécu, jusqu'à ce qu'ils finissent par s'entretuer. Caïn et Abel. Elle aurait pu sombrer avec eux, cependant elle s'était redressée, avait fait front à chaque coup du sort. Aujourd'hui ils étaient assez nombreux – peut-être même assez *heureux* – pour se passer d'elle. Du moins elle l'espérait car elle ne durerait plus très longtemps, elle le pressentait. En attendant, elle comptabilisait ses victoires et les ressassait. Marie était devenue avocate, elle dirigeait une affaire énorme, et ses deux enfants, s'ils n'avaient pas de père, portaient en revanche le nom de Morvan. Gauthier avait réussi à devenir un grand chirurgien, comme son père et son grand-père, sans oublier qu'en épousant Chantal il s'était allié à la famille du fameux Pr Mazoyer et pouvait ainsi prétendre – pour peu que son fils fasse médecine à son tour – établir une véritable dynastie médicale. De son côté, Vincent effectuait une impressionnante carrière de juge malgré ses soucis personnels et sans doute irait-il très loin, obstiné comme il l'était. D'ailleurs, le bruit de sa prochaine nomination à la cour d'appel commençait à courir dans les couloirs du Palais. Quant à Daniel, ses différents postes de haut fonctionnaire lui ouvraient peu à peu les portes du monde politique. Même Alain, sur qui personne n'aurait misé un sou vingt ans plus tôt, avait atteint ses objectifs et se retrouvait à la tête d'une exploitation florissante. Ils avaient réussi tous les cinq, grâce à la vigilance de Clara, l'intransigeance de Charles, ou simplement grâce à leur bonne étoile, mais c'était un parcours sans fautes. Et chaque soir, en s'endormant, Clara priait un Dieu auquel elle ne croyait plus vraiment pour que sa famille continue à s'agrandir et à s'élever.

Jean-Rémi savoura une gorgée du mennetou-salon bien frappé qu'Alain venait de lui servir.

— Un délice, apprécia-t-il. Mais un peu trop froid à mon goût.

De sa main libre, il repoussa les boucles qui retombaient sur le front d'Alain et dissimulaient son regard. Ils étaient assis face à face, dans la cuisine du moulin, tandis qu'un carré d'agneau finissait de cuire.

— Je trouve qu'elle va mieux, reprit Alain en s'écartant légèrement.

Son mouvement de recul agaça Jean-Rémi qui laissa retomber sa main. Ils se dévisagèrent jusqu'à ce qu'Alain se mette à sourire.

— Excuse-moi, murmura-t-il.

— Je t'en prie. Continue, tu parlais de Magali.

Comme chaque fois qu'il avait passé un moment auprès d'elle, il semblait nerveux, tendu.

— Elle se fait un sang d'encre pour les enfants. Elle est persuadée que Vincent ne les lui rendra pas, quand elle sera sortie de clinique.

— Les lui *rendre* ? Quel drôle de mot... Il s'agit de leurs fils et de leur fille, à tous les deux.

— Oui, mais elle n'est pas certaine de... de pouvoir revivre un jour avec lui. Ou même de remettre les pieds à Vallongue.

— Vraiment ? Et comment envisage-t-elle l'avenir ?

— Avec terreur.

Jean-Rémi s'était souvent demandé pourquoi Alain éprouvait une telle affection pour Magali et pourquoi il se sentait obligé de la protéger.

— C'est normal qu'elle s'inquiète, dit-il avec un haussement d'épaules. Il y a plus de six mois qu'elle végète dans cette maison de repos !

— Elle ne végète pas, Jean, elle guérit. Jusque-là, elle n'était pas prête, elle aurait replongé dans l'alcool. Maintenant, je crois qu'elle sera assez solide pour ne plus y toucher. Et j'essaierai de l'aider.

— Bien sûr !

Dans ces deux mots, il avait réussi à mettre un peu d'ironie et un peu d'amertume, des nuances qui n'échappèrent pas à Alain.

— Est-ce que ça te pose un problème, Jean ?

— Non, pas du tout.

— J'aime beaucoup cette femme, elle compte pour moi.

L'ambiguïté de la déclaration intrigua Jean-Rémi. Alain parlait rarement pour ne rien dire, chacun de ses mots était sincère et précis, il avait utilisé le verbe « compter » à bon escient. Depuis quinze ans qu'Alain connaissait Magali, son attitude envers elle n'avait cessé d'évoluer vers une tendresse de plus en plus marquée. Était-il sensible à son désarroi ou bien à son charme ? Même déprimée, même saoule, elle possédait vraiment la beauté du diable. Et surtout, elle était la femme de Vincent.

— De quelle manière compte-t-elle ? Comme une… tentation permanente ?

Jean-Rémi réalisa trop tard qu'il n'aurait pas dû poser la question : quelle que soit la réponse, il n'avait aucune envie de l'entendre.

— Peut-être.

En principe, Alain ne parlait jamais de femmes, du moins pas à Jean-Rémi, mais il lui arrivait d'avoir des aventures sans lendemain, tout le monde le savait dans la région. C'était un célibataire tellement séduisant qu'elles étaient nombreuses à tenter leur chance et celles qui réussissaient à passer une soirée avec lui n'hésitaient pas à s'en vanter.

— Tu ne sais pas ce que tu veux ! lui lança Jean-Rémi de façon abrupte. Et tu ne l'as jamais su !

La jalousie finirait par le rendre fou, il aurait mieux fait d'éviter le sujet, cependant il poursuivit :

— Tu entres, tu sors, il y aura bientôt vingt ans que ça dure et je n'ai toujours pas la moindre idée de ce que tu penses ! Ni si je te verrai le lendemain ! Tu m'as imposé un mode de vie aberrant. Depuis le temps, tu as tout de même compris que je t'aime ?

Lâchant son verre qui se fracassa sur le carrelage, Jean-Rémi se leva.

— Bon, j'ai tort, mais je craque !

Il traversa la cuisine et alla se planter devant la fenêtre. Après un bref silence il reprit, plus bas mais d'une voix nette :

— Je vais avoir cinquante ans, et toi trente-six. J'ai long-temps cru que je finirais par me détacher de toi. À Venise, les jeunes gens sont merveilleux... j'espérais qu'ils m'aide-raient à t'oublier. Et chaque fois que tu m'as trompé, j'ai essayé de te rendre la pareille. Mais sans joie, sans goût. Les visages et les corps qui ne sont pas le tien ne me retiennent pas. Pas plus d'une heure. C'est toujours la même désillu-sion, le même échec...

Avouer avait une étrange saveur, qu'il découvrait avec étonnement. Il appuya son front contre la vitre et continua à parler sans se retourner.

— Peindre, vendre, je m'en fous... Tous ces gens qui me parlent de ma carrière... Je devrais fréquenter les salons, les galeries... au lieu de quoi j'attends ici que tu daignes te montrer. Que tu me fasses l'aumône d'une nuit ! Mais je suis fautif, après tout, c'est moi qui t'ai... initié.

Juste derrière lui, il sentit la présence d'Alain, puis ses mains sur ses épaules, son souffle sur sa nuque, sa voix qui murmurait :

— C'est moi qui l'ai voulu, Jean.

— À cette époque-là, c'était ta façon de te révolter. Tu voulais faire l'amour avec un homme, pour voir. Moi, j'avais presque l'âge d'être ton père, or c'est ce que tu cherchais. Tu tenais à te démarquer, et peut-être à te protéger de cette manière-là. Tu te sentais orphelin, tu méprisais ta mère, tu avais peur de Charles... de toi-même aussi, sans doute !

— Et de toi.

— De moi ? Pourquoi ? J'ai toujours été à tes pieds ! Je t'ai laissé vivre à ta guise, j'ai accepté que tu me caches comme quelque chose de honteux. Le milieu dans lequel j'évolue accepte parfaitement l'homosexualité, ça ne me posait aucun problème, mais à toi, oui, vis-à-vis de ta famille de bourgeois coincés. Tu ne voulais pas leur ressembler, pourtant tu n'aurais pas toléré être exclu de leur clan. Chaque fois que je t'ai emmené dîner quelque part, il a fallu faire cent kilomètres pour que tu sois certain de ne rencontrer personne ! À ta majorité, j'ai cru que ça changerait, ensuite à la mort de Charles, j'ai espéré que... Mais non. Tu me tiens à distance parce que ça t'arrange.

Quand les mains d'Alain glissèrent de ses épaules vers ses hanches, il se dégagea brusquement, se retourna.

— Non, ne fais pas ça. Pour une fois que je te parle, écoute-moi jusqu'au bout. Si mes souvenirs sont bons, je ne t'ai jamais ennuyé avec mes déclarations ?

Alain recula d'un pas et chuchota :

— L'agneau brûle.

— Je m'en fous !

Exaspéré, Jean-Rémi traversa la pièce, coupa la minuterie du four.

— Pour qui crois-tu que je me suis mis à faire la cuisine ? Pas par vocation, quand même ! C'était pour te retenir une heure ici, pour te voir sourire… Pour que tu boives deux verres de plus, que tu te détendes un peu. Mais tu es toujours sur la défensive ! Quand nous serons vieux, nous en serons au même point. Nulle part…

Il attrapa un torchon, sortit le plat brûlant et le jeta dans l'évier avec une telle rage que la sauce jaillit partout.

— Et rendu là, c'est-à-dire beaucoup trop loin, autant que je te le fasse savoir une fois pour toutes, je ne veux plus vivre comme ça parce que j'en crève…

D'où il était, Alain fixait Jean-Rémi avec stupeur. Il fit un pas vers lui, s'arrêta.

— Si je n'avais pas…, commença-t-il.

— Pas quoi ? Oh, ne regrette rien, va-t'en si tu préfères, tu n'es pas obligé de m'écouter délirer !

— Pas maintenu des distances, tu m'aurais vite préféré un de tes Vénitiens, non ?

— Quoi ?

— Peut-être que je voulais durer, dans ton existence ?

La voix d'Alain était devenue rauque, comme si cet aveu lui coûtait, mais il continua sur sa lancée :

— Peut-être que tes voyages en Italie me laissaient croire que je n'étais pour toi qu'une parenthèse ? Une distraction ? Ton aventure locale quand tu revenais te poser ici ? Tu es beau, tu es riche, tu es célèbre ! Et moi, quoi ? Un fils de famille qui déparait dans le paysage Morvan, qu'on a laissé faire joujou avec les arbres de la propriété ! Rien d'autre à mon palmarès. Pas d'études. Le peu que je sais, c'est toi qui me l'as appris, et je ne voulais pas être ton élève.

Il franchit la distance qui les séparait, prit sans ménagement Jean-Rémi par le cou et l'attira vers lui. Il l'embrassa avec une violence inattendue qui ressemblait davantage à du désespoir qu'à de l'amour. Quand il reprit son souffle, ce fut pour murmurer :

— Pour quoi nous disputons-nous, Jean ?

— À propos de Magali... De ton indépendance farouche, de tes mystères.

Cette fois, Jean-Rémi n'avait plus envie de fuir, il frissonna sans bouger quand Alain commença à déboutonner sa chemise, se contentant de soupirer :

— Je ne te crois pas amoureux d'elle, non. En réalité, ce qu'elle représente pour toi, c'est surtout Vincent... Je me trompe ?

Alain se raidit d'un coup et s'écarta de Jean-Rémi.

— Vincent ? Pourquoi lui ?

— À ton avis ?

— Nous sommes fâchés depuis des années ! Je... Vincent est...

Comme il ne parvenait pas à achever, Jean-Rémi le fit pour lui.

— Quelqu'un que tu as beaucoup aimé.

— Oui mais pas comme ça ! se défendit Alain, au bord de la colère. Tu ne comprends vraiment pas ? Vincent était mon frère, bien davantage que Gauthier n'a jamais pu l'être. Je ne me suis pas interrogé sur cette amitié et je refuse de le faire.

Avec certitude, Jean-Rémi sut que s'il insistait, ne serait-ce que d'un mot, il irait droit à la catastrophe. Il n'avait rien de mieux à espérer que ce qu'Alain venait de lui avouer à contrecœur : ses complexes, ses doutes, et une partie de ses sentiments. C'était déjà un cadeau inattendu, presque une promesse d'avenir.

— Viens là, dit-il en tendant la main. Viens...

La tendresse qu'il ressentait envers Alain n'avait pas de limites, pas d'entraves, il pouvait tout lui sacrifier sans regret. Au moins, désormais, il avait identifié son vrai rival, qui n'était qu'un fantôme.

— Mais enfin, Vincent, ça fait trois fois de suite ! Je ne conteste pas tes arrêts mais on dirait que tu t'acharnes sur nos avocats !

— Ne mélange pas tout, Marie. Personne n'a de passe-droit quand je siège dans un tribunal. Je ne vais tout de même pas tenir compte du fait que tel ou tel défendeur appartient au cabinet Morvan-Meyer ?

Ils étaient installés à une table isolée, au fond du restaurant dans lequel ils avaient l'habitude de se retrouver, quai des Grands-Augustins. Elle repoussa son assiette, l'appétit coupé.

— Tu es très intransigeant…

— Et mes jugements sont rarement cassés. Ce qui prouve leur bien-fondé. Tu es d'accord ?

— Oh, Vincent !

Du bout des doigts, elle s'était mise à pianoter sur la nappe damassée.

— Ta carrière me préoccupe beaucoup plus que les avocats du cabinet, concéda-t-elle de mauvaise grâce. Mais je subis leurs litanies tous les matins ! Et parce que tu portes ce nom de Morvan-Meyer, ils ont l'impression que tu seras forcément dans leur camp.

— C'est stupide !

— Oui, oui…

Elle le dévisagea une seconde, agacée de ne pas pouvoir reconnaître en lui le gentil petit cousin pour qui elle avait longtemps été l'aînée, celle qui arbitrait les conflits des quatre garçons. Ou encore l'adolescent studieux qui voulait plaire à son père et qui venait la trouver dans sa chambre pour qu'elle lui explique tel ou tel chapitre de droit administratif. Ou même le jeune homme qui avait su la consoler lors de sa première plaidoirie ratée. Une horrible expérience que ce jour où elle avait parlé pour la première fois dans un tribunal. Charles n'était pas resté jusqu'au bout, lui infligeant ainsi une humiliation dont elle avait eu du mal à se remettre, mais Vincent l'avait attendue à la sortie et l'avait emmenée boire un verre. C'était peut-être à cette occasion qu'il avait décidé de s'orienter vers la magistrature, afin de ne pas commettre l'erreur d'avoir à plaider.

— Oh, là ! Où es-tu partie ?

Il souriait, bienveillant, sûr de lui, et elle se demanda si elle n'allait pas finir par le détester tant il était maître de lui en toutes circonstances.

— Nulle part. Laissons tomber le boulot pour l'instant. Où en es-tu, toi ?

Les questions directes concernant sa vie privée le plongeaient dans l'embarras, elle le savait très bien.

— Je descends à Vallongue dans quelques jours, bredouilla-t-il à contrecœur.

— Tout seul ? Avec les enfants ?

— Non, c'est prématuré, Magali ne tient pas à les voir en ce moment. Elle a juste accepté de discuter avec moi.

Sa douleur était perceptible, même s'il conservait tout son calme. Marie se pencha un peu au-dessus de la table et chuchota :

— Et si tu te laissais un peu aller ? Tu en baves encore, hein ?

Une ombre passa dans les yeux gris de son cousin, effaçant leur douceur habituelle, et Marie eut la désagréable impression d'avoir croisé le regard de Charles.

— Je ferai ce qu'elle veut, déclara-t-il d'une voix sourde. Je n'ai pas envie de parler de ça, je n'arrive même pas à y réfléchir.

Si elle s'obstinait, elle pouvait faire tomber son masque d'homme parfait – et parfaitement maître de lui –, pourtant elle hésitait.

— Pense à tes enfants. À ce qui est bon pour eux. Tu as déjà beaucoup de mal avec Virgile... Tu pourrais revivre avec elle ? Où ça ? Pas avenue de Malakoff, en tout cas, elle n'accepterait jamais. Tu quitterais Paris ? Non, évidemment... Alors que vas-tu lui proposer ? Si vous devez vous séparer, c'est maintenant. Dès qu'elle sera sortie de clinique. Parce que, si jamais elle devait y retourner, tu ne pourrais plus divorcer. On ne peut pas quitter quelqu'un de malade, d'irresponsable. Tu connais la loi aussi bien que moi.

— Marie, s'il te plaît !

Sa voix avait claqué, tranchante, dissuasive, mais elle sourit, elle avait enfin réussi à le mettre en colère. Elle s'adossa de nouveau au dossier de sa chaise, observa la salle autour d'elle. C'était très flatteur de déjeuner avec lui, il était sûrement l'homme le plus séduisant de tout le restaurant et la plupart des femmes lui avaient jeté des regards éloquents lorsqu'il était entré. Tel père, tel fils, Charles avait connu le même succès autrefois.

— Ton audience reprend dans une demi-heure, je vais réclamer l'addition, décida-t-elle.

La main de Vincent effleura la sienne, et elle cessa de pianoter tandis qu'il disait :

— Non, tu plaisantes ? C'est moi qui t'invite, voyons...

Jamais il ne la laisserait payer, son éducation le lui interdisait, cousins ou pas, mais de lui elle voulait bien accepter ce genre de galanterie qu'elle jugeait démodée. Pour manifester son indépendance, les autres hommes ne manquaient pas. Pas pour l'instant, du moins, et pas tant qu'elle dirigerait l'un des plus importants cabinets d'avocats de Paris. Elle ne protesta pas quand il sortit son chéquier.

Cyril avait rougi jusqu'aux yeux et Tiphaine était restée saisie. À moitié tournée vers lui, elle finit par éclater de rire.

— Entre ou sors ! lui lança-t-elle en attrapant son peignoir.

Précoce, elle n'était plus vraiment une petite fille mais déjà une adolescente, et son corps commençait à prendre des formes. Le jeune homme de quinze ans qui la regardait toujours, fasciné, n'arrivait pas à bouger et elle dut aller le chercher par la main.

— Secoue-toi, ce n'est pas si terrible ! Tu n'auras qu'à frapper, à l'avenir...

Une fois la porte refermée, il retrouva assez de présence d'esprit pour s'asseoir loin d'elle, sur la chaise de bureau. Il baissa les yeux vers le cahier de géographie mais sa vue se brouilla sur la carte de l'Afrique à moitié coloriée.

— Tu voulais quoi, Cyril ? s'enquit-elle de sa voix mélodieuse.

Enveloppée dans son kimono de soie bleu pâle, elle était tout aussi troublante et il dut faire un effort pour se rappeler la raison de sa présence.

— Ton dictionnaire de latin. Le mien a disparu, c'est sûrement cet abruti de Virgile qui l'a pris ; il ne se donne jamais la peine de demander...

La rivalité des deux garçons s'exerçait dans tous les domaines et, au début, le fait de s'être retrouvés dans la même classe les avait rendus enragés. Mais, très vite, Virgile avait dû s'incliner devant les résultats de Cyril qu'il ne parvenait jamais à battre, sauf au gymnase.

Tiphaine s'approcha du bureau et se pencha au-dessus de lui pour atteindre l'étagère. Elle sentait le savon, le shampooing à la pomme.

— Tu es très jolie, articula-t-il en se demandant comment il avait trouvé le courage de le dire.

Au lieu de se mettre à rire, ainsi qu'elle le faisait toujours lorsqu'il lui adressait un compliment maladroit, elle s'écarta brusquement de lui. Ils se dévisagèrent une seconde en silence, aussi conscients l'un que l'autre du malaise qui était en train de naître.

— Tu n'es pas mal non plus, déclara-t-elle au bout d'un moment.

C'était ce que lui répétait sa meilleure amie sur tous les tons, et chaque jeudi où elle était venue déjeuner avenue de Malakoff elle s'était pâmée en répétant : « Ton cousin Cyril est à tomber par terre ! » Jusqu'à ce que Tiphaine finisse par répliquer que Cyril n'était pas exactement son cousin, que c'étaient leurs parents respectifs qui l'étaient.

— J'ai une boum samedi. Tu voudrais venir ?

Elle recula encore de deux pas, éberluée par la proposition. À quinze ans, il allait s'encombrer d'une gamine de treize ? Bien sûr, elle faisait plus que son âge, elle était délurée et savait déjà très bien danser le rock, mais jamais un garçon de première n'accepterait de se montrer avec une fille de quatrième, c'était insensé, ridicule.

— J'adorerais ça, s'entendit-elle répondre, seulement je ne sais pas si papa sera d'accord.

— Eh bien, allons le lui demander !

Dans le mouvement qu'il fit pour se lever, elle remarqua enfin qu'il était effectivement l'un des plus séduisants garçons de son entourage. Pourquoi ne s'en était-elle jamais aperçu ? Parce qu'elle le voyait tous les jours depuis des mois ? Parce qu'elle le connaissait depuis qu'elle était née ? Elle détailla ses cheveux châtains, qu'il portait un peu longs ainsi que le voulait la mode, son regard bleu pâle presque délavé, son nez droit. Il était grand pour son âge, mince et musclé, avec un sourire désarmant qui découvrait de petites dents un peu écartées.

— Tout de suite ? Alors laisse-moi m'habiller ! Sinon...

Elle lui tourna le dos pour enfiler un jean à pattes d'éléphant et un petit pull en shetland ridiculement court.

— C'est chez qui, ta boum ?

— Un copain du lycée.

— Est-ce qu'il y aura Virgile aussi ?

— Non, pas question, nous n'avons pas les mêmes amis ton frère et moi !

Elle ne fit aucun commentaire, préoccupée de ce qu'elle allait dire à son père.

— Tu es sûr que tu veux m'inviter ? insista-t-elle par acquit de conscience.

Il se contenta de sourire avant de lui ouvrir la porte. Si Vincent leur donnait sa permission, il allait compter les heures jusqu'à samedi. Aucune autre fille n'avait d'importance pour lui, il pourrait attendre dix ans s'il le fallait, c'était Tiphaine qu'il voulait. Et ça, il le savait depuis longtemps.

À sa manière, Magali avait trouvé le moyen d'infliger une leçon à Vincent en refusant de le recevoir avant sa sortie de clinique. Plus jamais elle ne serait en état d'infériorité devant lui, elle se l'était juré. Le vendredi où elle quitta la maison de convalescence, ce fut donc Alain qui vint la chercher pour la conduire chez Odette. Celle-ci avait fait repeindre de frais la minuscule chambre dans laquelle Magali avait grandi et où elle comptait passer quelque temps.

Au fil des mois de solitude, elle avait beaucoup réfléchi. Ses enfants lui avaient cruellement manqué mais elle ne s'était pas sentie en droit de se plaindre. Après tout, elle avait été une très mauvaise mère pour eux et leur avait donné un exemple lamentable. Elle ne savait pas de quelle façon Vincent avait justifié sa longue hospitalisation, jusqu'où il avait pu aller avec eux dans les confidences, ni si le clan Morvan, avenue de Malakoff, n'avait pas raconté n'importe quoi sur elle.

Penser à Clara, à Marie, ou même à Madeleine, la mettait mal à l'aise. Ces femmes n'avaient pas dû lui pardonner mais pouvait-elle le leur reprocher ? Elle s'était montrée incapable de s'intégrer à la famille, incapable de rendre heureux Vincent – le *si merveilleux* Vincent –, incapable d'élever leurs trois enfants dignement. En fait, tout simplement incapable de saisir sa chance, elle, l'ancienne petite bonne devenue grande bourgeoise par faveur exceptionnelle, puis retombée dans l'ornière par sottise.

Durant les dernières semaines, avant de quitter l'équipe de psychologues qui l'avait suivie si longtemps, elle avait réussi à dominer sa peur. Alain s'était montré compréhensif, très présent, débordant d'imagination pour lui proposer des solutions d'avenir. Il lui avait même offert l'hospitalité au moulin, chez Jean-Rémi, certain qu'elle ne voudrait pas rentrer à Vallongue. Elle avait cependant préféré la maison d'Odette parce que c'était celle de sa jeunesse, celle d'avant toutes ses erreurs.

Le samedi matin, en se réveillant dans l'étroit lit en fer, avec une odeur de lavande fraîche et de café chaud qui flottait autour d'elle, elle se sentit renaître. Si elle faisait preuve de volonté, elle allait pouvoir repartir du bon pied, il lui restait juste à affronter son mari, une corvée devenue inévitable. Elle alla prendre une douche, enfila un pantalon noir et un pull de coton blanc, puis gagna la cuisine où son petit déjeuner l'attendait. Odette s'était éclipsée avec discrétion, sachant que Vincent arriverait vers onze heures, mais elle avait disposé sur la table une jatte de confiture recouverte d'un papier sulfurisé, un pain de froment, une coupe de fruits et deux tasses. Des tasses, pas des bols, ce qui fit sourire Magali. Pour une femme comme Odette, un juge ne buvait pas dans un bol. D'ailleurs, après avoir été le « fils aîné de monsieur Charles », Vincent était devenu « monsieur le juge ».

Elle se versa du café et, juste au moment où elle commençait à boire, elle entendit le bruit d'une voiture qui s'arrêtait dans la rue. Un coup d'œil vers la fenêtre lui confirma qu'il s'agissait bien de son mari descendant d'un taxi. À travers les rideaux de macramé, elle eut tout loisir

445

de l'observer tandis qu'il réglait le chauffeur. Il n'avait pas changé, toujours aussi svelte et élégant dans un costume gris clair admirablement coupé qui avait dû coûter les yeux de la tête. Quand il se tourna vers la maison, elle retrouva la pâleur de son regard, ses pommettes hautes, sa mâchoire volontaire. L'homme qu'elle avait aimé, épousé, à qui elle avait donné trois enfants, un homme qui avait su la séduire à vingt ans mais dont elle ne voulait plus aujourd'hui.

D'un pas décidé, elle alla ouvrir la porte d'entrée alors qu'il s'apprêtait à sonner, et ils se retrouvèrent face à face.

— Bonjour Vincent, dit-elle posément.

— Bonjour…

Aucun des discours qu'il avait préparés dans l'avion ne parvint à franchir ses lèvres. Désemparé, il la détailla de la tête aux pieds jusqu'à ce qu'elle ajoute :

— Viens, il y a du café. Tu as fait bon voyage ?

Elle le préséda vers la cuisine, s'assit sur l'une des chaises de paille en lui désignant l'autre.

— Odette n'est pas là, elle a préféré nous laisser seuls mais elle m'a chargée de t'embrasser.

Vincent l'observait avec une telle insistance qu'elle se sentit obligée de lui sourire.

— Pourquoi me fixes-tu comme ça ? Tu me trouves changée ?

— Oui. Beaucoup…

La sobriété et le repos avaient rendu à Magali son teint clair et sa merveilleuse silhouette. Ses longs cheveux acajou tombaient librement sur ses épaules, ses yeux verts, étirés vers les tempes et bordés de longs cils, avaient le même éclat qu'autrefois.

— Tu es très belle, murmura-t-il.

Mais elle l'avait toujours été, même quand elle allait mal.

Elle venait d'avoir trente-cinq ans, elle atteignait la maturité, la plénitude. Quelles qu'aient pu être les souffrances qu'elle lui avait infligées, il l'aimait toujours et il la désirait.

— Pourquoi as-tu systématiquement refusé de me voir ? demanda-t-il d'une voix sourde.

Il pouvait enfin lui poser la question, depuis des mois qu'il se sentait torturé par l'incertitude.

— Je n'en avais aucune envie ! Je voulais rester seule pour m'en sortir. Et réfléchir à tout ça...

— C'est-à-dire ?

Elle acheva de beurrer une tartine avant de lui répondre.

— Toi, moi, les enfants. Nos enfants. Tu m'as fait interner, j'en ai vraiment bavé, je me demandais ce que tu pouvais encore me faire.

Incapable de démentir l'accusation, il baissa les yeux pour chercher ses mots.

— Tu étais devenue un danger pour toi-même, Mag... Et pour les enfants aussi, c'est vrai. Je n'avais pas le droit de regarder ta descente aux enfers en me croisant les bras. Je ne regrette pas ton hospitalisation... forcée. La preuve, tu es guérie.

— Qu'en sais-tu ?

— Je le vois.

— Tu ne vois rien du tout ! Tu as juste envie de me faire l'amour, c'est ça qui crève les yeux !

La colère non plus ne l'enlaidissait pas, au contraire. Il répliqua, d'une traite :

— Oui, et alors ? Tu rendrais fou n'importe quel homme, et moi, je suis ton mari. Tu sais, Mag, je ne t'ai pas trompée, je n'ai pas touché une autre femme que toi.

— Comme c'est gentil ! Non, tu n'en as pas profité, bien sûr, tu es trop moral pour ça. Un homme modèle ! Mais je me moque de tes états d'âme, de ta chasteté ou de tes désirs, je veux qu'on parle des enfants. Que leur as-tu raconté à mon sujet ?

— Mais... rien ! Enfin, la vérité. Ce ne sont plus des bébés, on ne peut pas leur servir un conte de fées à leur âge.

— Très bien. Tu as eu raison, je suis prête à assumer mes responsabilités vis-à-vis d'eux. Me laisseras-tu les voir pour que je puisse m'expliquer moi-même ou bien as-tu déniché une loi qui m'en empêchera ?

Effaré par ce qu'elle lui assénait autant que par le ton ironique qu'elle employait, il recula sa chaise et se leva.

— Tu me prends pour qui ? se défendit-il. Un monstre ? Ce sont tes enfants et tu leur as manqué.

— Oh, je suis persuadée qu'Helen s'est occupée d'eux de la façon la plus… maternelle qui soit ! Et puis ta grand-mère, ta tante, ta cousine Marie ! Ah, elles ont dû prendre leur rôle très à cœur pour faire oublier aux chers petits que leur mère n'est qu'une ancienne souillon devenue pocharde !

Elle le vit pâlir mais n'en retira aucune satisfaction. Elle ne tenait pas à le faire souffrir, ni à se venger de lui, elle voulait seulement se débarrasser le plus vite possible de cette pénible conversation.

— Écoute-moi, reprit-elle d'un ton plus calme, je crois que nous devrions divorcer.

Il la dévisagea, incrédule.

— Magali…

— Le plus tôt sera le mieux, arrange-nous ça.

Le ton était tellement froid qu'il en devenait cynique. Il comprit que le pire allait arriver s'il ne réagissait pas.

— Attends ! s'exclama-t-il.

En deux enjambées, il contourna la table, vint s'agenouiller près d'elle.

— Tu vas trop vite, c'est stupide, tu viens juste de sortir… Il te faut du temps, ou au moins laisse-m'en. Et n'oublie pas que je t'aime.

— Tu plaisantes ?

Il lui prit la main pour embrasser le bout de ses doigts mais elle se dégagea brutalement.

— Ne me touche pas !

C'était un tel cri du cœur qu'il eut l'impression qu'elle venait de l'injurier. Lâchant sa main, il se redressa lentement. La dernière fois qu'il l'avait vue, c'était le jour de son internement, quand elle l'avait supplié de ne pas la laisser à l'hôpital, quand elle l'avait giflé, au bord de l'hystérie, avant que les infirmiers l'immobilisent. Jamais elle ne lui pardonnerait ce qu'elle considérait comme une trahison, c'était évident.

— Je crois que nous devrions réfléchir à…

— C'est tout vu ! J'ai eu des mois pour y penser, Vincent, et ma décision est prise. Rends-moi ma liberté.

Il chercha sa respiration mais secoua la tête sans pouvoir articuler un mot. Au bout de quelques instants, il retourna s'asseoir, sortit son paquet de cigarettes.

— Tu permets ? murmura-t-il.

Il attendit encore un peu avant de craquer une allumette dont la flamme trembla. La souffrance l'asphyxiait, il ne parvenait plus à rassembler ses idées. Il avait attendu si longtemps ce moment, il se l'était projeté tant de fois en pensée qu'il avait du mal à affronter la réalité. C'était le contraire de ce qu'il avait prévu qui était en train d'arriver. Il s'était promis de tout faire pour la déculpabiliser, l'aider à retrouver sa place, faciliter son retour. Prêt à s'opposer au reste du clan, il tenait assez à elle pour tenter de reconstruire leur vie ensemble. Il avait même envisagé, lorsque la solitude le rendait fou, de sacrifier sa carrière parisienne si vraiment elle l'exigeait.

— Je t'ai proposé de venir te voir des dizaines de fois et tu as toujours refusé, plaida-t-il. Je ne voulais pas te forcer, j'ai cru bien faire. Mais je n'imaginais pas que tu mettrais notre séparation à profit pour me rayer de ta vie. En arrivant aujourd'hui, j'étais comme un collégien à son premier rendez-vous. Je n'espérais pas que tu me tombes dans les bras, pourtant j'aurais adoré ça. Que tu éprouves une certaine rancune, je le comprends, mais je n'ai pas agi contre toi.

Son regard implorant avait quelque chose d'irrésistible et elle dut se contraindre pour répliquer :

— J'ai beaucoup parlé avec Alain. Il m'a aidée à voir clair.

Elle ne pouvait rien lui dire de pire. Alain était trop souvent sur son chemin, il occupait une place à laquelle Vincent n'avait même plus droit désormais : la jalousie s'ajouta au désespoir.

— Alain, encore... Décidément, il aura marqué notre histoire du début à la fin, constata-t-il amèrement.

— J'ai de la chance de l'avoir pour ami, ça m'en fait au moins un !

Énervée, elle leva les yeux vers la pendule et il surprit son mouvement.

— Tu es pressée ? Je t'ennuie ?

— Non, mais nous devons mettre certaines choses au point. Je suppose que tu exigeras la garde des enfants ?

Il n'en savait rien mais il commençait à ressentir le besoin de lui rendre coup pour coup.

— C'est probable, répondit-il d'un ton froid.

— Je ne me fais pas d'illusions, je ne pourrais pas lutter contre toi devant un tribunal, je vais donc être obligée d'accepter tes conditions... J'aurai un droit de visite ?

— Évidemment !

— Bon, alors j'aimerais trouver une maison, une toute petite maison, rassure-toi, où habiter et où les recevoir quand ils descendront ici. Est-ce que tu... Est-ce que j'aurais un peu d'aide, financièrement, au moins au début ?

Jamais elle n'avait été à l'aise pour aborder les questions d'argent, et de nouveau il se sentit bouleversé. L'émotion balaya sa colère, lui arrachant un sourire triste.

— Tu auras une pension alimentaire, je veillerai à ce que tu ne manques de rien. Tu peux acheter la maison de ton choix.

— Je ne veux pas être à ta charge pour le restant de mes jours, je vais travailler.

— Ah ? Et… que comptes-tu faire ?

— Pas des ménages, ne t'inquiète pas ! jeta-t-elle de façon agressive. Nos enfants n'auront plus jamais honte de leur mère, je te le jure. Jean-Rémi pourra peut-être m'obtenir un boulot… On doit en discuter, lui et moi, je te tiendrai au courant.

D'un geste naturel, elle rejeta ses cheveux en arrière, découvrant son cou, long et fin, sa nuque délicate. C'était toujours Magali, pourtant c'était déjà une autre femme et ce n'était plus la sienne. Il se demanda ce qu'il faisait là – et aussi pourquoi il était incapable de la contredire – tandis qu'elle poursuivait :

— Je te laisse t'occuper des démarches du divorce ? Je ne connais aucun avocat, alors… Tu peux m'écrire ou me téléphoner ici, je te préviendrai quand j'aurai trouvé un logement. Voilà…

Pour signifier que leur entretien se terminait, elle se leva. Sous le pull de coton blanc, il pouvait deviner ses seins, son petit ventre plat.

— Magali, dit-il à mi-voix. S'il te plaît…

— Non, s'il te plaît, à toi, j'ai une faveur à te demander.

Il se mit debout à son tour, aussi groggy que s'il s'était battu, très inquiet à l'idée qu'elle puisse encore ajouter quelque chose.

— Je ne souhaite pas revoir qui que ce soit de ta famille, articula-t-elle lentement. Personne, jamais. Les Morvan et les Morvan-Meyer, c'est fini pour moi, vous avez failli me casser pour de bon.

Il encaissa le choc puis riposta :

— Sauf Alain, si j'ai bien compris ?

— Oui. Il est différent. D'ailleurs, c'est lui qui récupérera mes affaires à Vallongue. Enfin, mes vêtements… Je n'ai rien d'autre à moi, n'est-ce pas ? Je n'ai fait que passer !

Instinctivement, il la prit par les épaules et essaya de l'attirer vers lui, mais elle se débattit pendant qu'il balbutiait :

— Tu es *passée* pendant quinze ans, et chaque matin où je me suis réveillé à côté de toi j'ai remercié le ciel ! Même quand tu étais au plus bas, j'avais envie de te serrer dans mes bras. Du jour où je t'ai rencontrée, je t'ai aimée par-dessus tout… Je t'avais épousée pour la vie, Magali, quelles que soient les tempêtes qu'on aurait pu traverser ensemble…

— Lâche-moi, Vincent ! Moi je ne t'aime plus, c'est fini ! Va-t'en d'ici, sors de mon existence, laisse-moi respirer ! Trouves-en une autre dont tu feras ta poupée docile, une de ton monde, une qui saura te flatter !

Elle réussit à lui faire lâcher prise, les épaules et la nuque douloureuses, puis releva les yeux vers lui. L'espace d'un instant, elle regretta ce qu'elle venait de dire et de faire. En une phrase, elle pouvait tout effacer, il était prêt à n'importe quoi pour la garder, elle le voyait bien.

— Quittons-nous bons amis, dit-elle seulement.

— Quittons-nous ? répéta-t-il. Alors c'est vraiment ce que tu souhaites ?

Depuis des mois, elle se persuadait qu'il n'avait pas été sa chance mais son malheur. Ils n'étaient pas faits l'un pour l'autre, ils finiraient par se haïr s'ils commettaient la folie de vouloir se retrouver par-delà leurs différences. Le timide fils de famille qui l'avait séduite dans une voiture, un soir d'été, alors qu'elle était encore vierge, n'existait plus. À force d'être sans défauts, il la faisait douter d'elle-même, il l'empêchait d'exister.

— Au revoir Vincent, dit-elle en lui ouvrant la porte.

Il n'eut qu'une brève hésitation avant de franchir le seuil. Il était toujours très pâle et ses yeux paraissaient cernés mais elle refusa de s'attendrir. À partir de cet instant, leurs chemins divergeaient.

4

Paris, 1971

Sous la direction de Clara, qui donnait ses ordres depuis sa chambre, Marie avait organisé une réception fastueuse pour les noces de Daniel. Durant trois semaines, elle avait appelé chaque matin l'Italie afin de consulter les parents de Sofia, mais sans vraiment tenir compte de leur avis. Clara voulait marquer l'événement : elle mariait son dernier petit-fils, le plus jeune des cinq, ce serait pour elle le chant du cygne, elle le savait.

Sofia et Daniel avaient tout accepté d'avance, enfermés rue de la Pompe où ils étaient plus occupés à se regarder dans les yeux qu'à participer au choix du traiteur ou du fleuriste. « Ta grand-mère est la personne la plus incroyable que je connaisse, je l'adore ! » affirmait la jeune femme avec son délicieux accent romain. Elle était issue d'une grande famille qui comptait plusieurs députés et un ministre, parlait couramment le français et l'anglais, possédait une maîtrise d'économie. Clara avait pavoisé en apprenant ces détails, jugeant que Sofia serait décidément une parfaite épouse pour Daniel et saurait l'aider dans sa carrière. Une chance que Vincent n'avait pas eue avec Magali.

Du fond de son lit où elle passait désormais la moitié de ses journées, la vieille dame se réjouissait avec une lucidité intacte. Charles aurait été heureux de ce mariage, ou du moins satisfait. Quelques jours avant la cérémonie, une autre bonne nouvelle était venue la combler : Gauthier lui avait annoncé que Chantal attendait un bébé. Cette perspective avait ému Clara aux larmes et, comme elle ne pleurait presque jamais, elle en avait déduit qu'elle était vraiment trop âgée pour continuer à s'occuper de sa famille. À deux reprises, elle avait donc profité des moments que Vincent passait quotidiennement avec elle pour lui parler à cœur ouvert. Elle savait que son divorce venait d'être prononcé, qu'il en souffrait encore, mais elle n'avait pas le temps de s'apitoyer sur lui. Tout ce qu'elle voulait obtenir était une promesse solennelle, un engagement à poursuivre l'œuvre pour laquelle elle avait lutté toute sa vie : son clan. « Préserve-les malgré eux, sois l'élément fédérateur, n'exclus jamais personne, et dis-toi toujours que rien ne peut remplacer une famille », lui répétait-elle sur tous les tons. Il souriait, mais c'était un discours qu'il comprenait, elle en avait la conviction.

Dans le grand salon où les invités se pressaient, Clara s'était installée à son aise sur une méridienne. À quatre-vingt-neuf ans, elle n'avait plus à se lever pour personne et attendait qu'on vienne la saluer là où elle était. Du coin de l'œil, elle observait Marie qui faisait office de maîtresse de maison, particulièrement élégante dans une robe bustier de soie ivoire, signée Yves Saint-Laurent. Les après-midi passés dans les maisons de couture – à l'époque Clara se plaisait à habiller son unique petite-fille – avaient porté leurs fruits. Marie était devenue une femme de goût, autant qu'une femme de tête, et Clara s'amusait de voir tant de gens importants s'incliner devant elle. Dix-huit ans plus tôt, quand elle avait annoncé qu'elle attendait un enfant, quand elle avait provoqué ce scandale de fille-mère au grand désespoir de la pauvre Madeleine, qui aurait pu croire qu'elle se réaliserait ainsi ? Aujourd'hui, ces magistrats, ces grands pontes de la médecine, ces hommes politiques qui lui baisaient la main cérémonieusement, ignoraient tous en quelle piètre estime elle tenait les hommes.

Un spectacle réjouissant pour sa grand-mère qui pouvait se féliciter d'avoir su se montrer libérale.

— Un peu de champagne, Clara ?

Daniel se penchait vers elle, souriant, superbe. Elle tendit la main et saisit la coupe qu'il lui présentait. L'alcool lui était déconseillé par son médecin mais elle s'en moquait, jugeant impossible de ne pas trinquer avec le héros de la fête.

— Tu es magnifique, mon chéri ! L'habit te va très bien… Je bois à ton bonheur !

— Pour un toast pareil, tu fais cul sec ?

Elle acquiesça avec un clin d'œil et vida le verre d'un trait, ce qui la fit tousser.

— Est-ce que tu veux manger quelque chose ? s'inquiéta-t-il. Le buffet est divin…

— Alors fais-moi un petit assortiment, j'ai la tête qui tourne…

— Ta tête est la plus solide de toutes celles qui s'agitent ici, répliqua-t-il d'un ton péremptoire.

Il tenta de s'éloigner à travers la foule mais fut arrêté dix fois par des gens qui tenaient à le féliciter ou à bavarder avec lui. Au bout d'un quart d'heure, il aperçut Alain juste à côté de lui et le chargea de ravitailler leur grand-mère. La réception battait son plein, des invités arrivaient encore et Sofia était coincée dans le hall d'entrée pour les recevoir, radieuse malgré le poids de sa robe de shantung dont elle avait joliment replié la traîne autour d'elle. Il la contempla quelques secondes, sans qu'elle s'en aperçoive, muet de bonheur.

Près d'un des somptueux buffets, Alain adressa un signe au maître d'hôtel et se fit composer une assiette de canapés aux asperges, au saumon et aux noix de Saint-Jacques. Puis il rejoignit Clara à côté de laquelle il s'assit.

— Tu as toujours une bonne mémoire, mon chéri, lui lança-t-elle, tu t'es souvenu de mes goûts !

— S'il y a bien quelqu'un qu'on ne peut pas oublier, c'est toi, répondit-il en souriant.

— Mariné dans quelle huile, ce saumon à l'aneth ? La nôtre, j'espère !

Sa réflexion le bouleversa instantanément. Qu'elle ait pu dire « la nôtre » était un cadeau inestimable. L'huile d'olive A. Morvan n'était donc pas pour elle une honte mais une fierté, alors que Charles avait piqué une colère mémorable quand il avait découvert leur nom sur une étiquette alimentaire. D'un geste impulsif, il se pencha vers elle pour l'embrasser sur la joue.

— Ton parfum, c'est vraiment toi, n'en change jamais, lui dit-il tendrement.

— À mon âge, il n'y a pas de risque ! J'use mes fonds de flacon, ce n'est plus la peine d'investir…

— Grand-mère !

— C'est très gentil à toi de prendre l'air outré, mon chéri, mais qui crois-tu abuser ?

Elle lui tapota la main puis soupira.

— Finalement, je n'ai pas faim. Mange-les… Est-ce qu'il ne fait pas affreusement chaud, ici ?

Alarmé, il l'observa attentivement. Elle était un peu rouge et semblait respirer avec difficulté.

— Veux-tu t'isoler un moment ? proposa-t-il. Te reposer ?

— Je crains qu'il n'y ait pas un seul coin tranquille dans tout le rez-de-chaussée, et ma chambre me paraît bien loin…

— S'il le faut, je te porte !

— Oh, tu en serais capable, mais non, je…

Elle s'interrompit, soudain oppressée. Devant elle, les silhouettes des invités se brouillaient, le bruit de leurs conversations s'estompait.

— Alain, chuchota-t-elle au bout d'un court moment, je ne me sens pas très bien.

C'était une phrase qu'elle n'avait jamais prononcée, en tout cas pas devant lui. Clara était *toujours* en forme et trouvait ridicule de se plaindre. Il se leva d'un bond et parcourut l'assistance du regard pour essayer de repérer Gauthier. Il l'aperçut, à l'autre bout du salon, lancé dans une discussion avec son beau-père, le Pr Mazoyer, mais trop loin d'eux. En revanche, Marie était à quelques pas, il la rejoignit aussitôt.

— Va chercher Gauthier, Clara a un malaise !

Effarée, elle jeta un coup d'œil vers la méridienne où sa grand-mère s'était un peu affaissée, puis elle s'éloigna en hâte. Alain retourna près de Clara et s'agenouilla devant elle.

— Les renforts arrivent, dit-il en s'efforçant de sourire.

— Qu'est-ce qui se passe ? interrogea Vincent que Marie avait prévenu au passage.

— Un petit coup de fatigue, répondit Clara d'une voix sans timbre.

Elle avait dégrafé son camée afin d'ouvrir le col de son chemisier et la broche était tombée sur sa jupe sans qu'elle cherche à la récupérer. Ses joues étaient marbrées de plaques rouges, les veines saillaient sur ses mains crispées.

— Alors, grand-mère, trop d'agapes ? lança Gauthier en arrivant près d'eux.

Un regard lui suffit pour comprendre que la situation était critique. Il saisit le poignet de Clara entre ses doigts et trouva un très mauvais pouls. L'assiette, posée à côté d'elle, était intacte. Il se détourna une seconde vers Alain et Vincent qui attendaient.

— Nous allons la transporter dans sa chambre, il faut que je l'examine...

Autour d'eux, tout le monde riait et buvait, il y avait au moins deux cents personnes qui se pressaient à travers les salons. Alain se pencha vers Clara, passa un bras dans son dos, l'autre sous ses genoux, et la souleva sans effort.

— Tu es fou ! protesta-t-elle dans un souffle. Je ne veux pas que les gens...

— Personne ne s'intéresse à nous, affirma-t-il d'un ton rassurant.

Vincent, Gauthier et Marie les entourèrent pour leur frayer un passage et les dissimuler à la vue des invités. Dans le hall, où les groupes étaient moins nombreux, Marie aperçut Cyril à qui elle fit signe de les rejoindre.

— Monte avec nous qu'on ne se fasse pas remarquer ! lui lança-t-elle.

Ils gravirent l'escalier ensemble, autour d'Alain, et gagnèrent la chambre de Clara.

— Allonge-la sur son lit, dit Gauthier en se précipitant pour arranger les oreillers derrière elle. Je n'ai aucun matériel ici, même pas un stéthoscope…

Il déboutonna davantage le corsage de soie, posa son oreille au niveau du cœur. Quand il se redressa, son visage n'exprimait rien.

— Qu'est-ce que j'ai ? lui demanda Clara qui ne le quittait pas des yeux.

— Je crois que tu nous fais un petit problème cardiaque. Ce n'est pas grave, ne t'affole pas. Je vais appeler une ambulance.

Alors qu'il s'écartait pour aller téléphoner, elle le retint par le bras.

— Il n'en est pas question ! siffla-t-elle. Tu perds la tête ? Nous sommes en pleine réception ! Tu veux gâcher le mariage de Daniel ? Tu veux que les invités s'agglutinent en haut du perron pour me voir partir sur une civière ? Moi ?

Son accès de colère la fit suffoquer mais elle ne lâcha pas Gauthier pour autant.

— Je te l'interdis, tu m'entends ? C'est moi qui décide…

Elle retomba sur les oreillers, la bouche grande ouverte pour chercher sa respiration. Puis la douleur déforma ses traits et elle laissa échapper une plainte vite réprimée. Gauthier s'assit à côté d'elle, consterné.

— Grand-mère, sois raisonnable. Je ne peux pas te laisser comme ça, je n'ai pas le droit. Tu comprends ?

— Rien du tout. Tu vas faire ce que je te dis... Je n'ai jamais eu confiance dans aucun médecin, alors toi, au moins, ne me trahis pas.

— Tu me demandes quelque chose d'impossible. Je vais te parler franchement, Clara, il y a urgence...

— Mais non ! Quelle urgence, à quatre-vingt-neuf ans ? Je sais depuis un moment que j'arrive au bout du rouleau. J'aurais aimé une journée de plus, c'est tout. Le temps que les tourtereaux partent en voyage de noces et ne voient pas ça.

Comme sa voix était à peine audible, elle essaya, sans succès, de se racler la gorge.

— Approchez-vous un peu, mes chéris, dit-elle aux autres.

Marie passa du côté de Gauthier, tandis que Vincent et Alain se retrouvaient épaule contre épaule.

— Je ne veux pas mourir dans une ambulance. Ni dans un hôpital, comme Charles.

— Tu ne vas pas mourir, protesta Gauthier.

— Oh, je serais bien la première ! répliqua-t-elle avec une petite grimace qui se voulait souriante.

Une nouvelle onde de douleur la fit suffoquer et Gauthier pensa qu'elle était en train de faire un infarctus. Mais elle s'accrochait toujours à lui, ses doigts cramponnés sur son bras comme des serres.

— Vincent, réussit-elle à articuler, tu vas prendre la suite, tu as promis...

La porte s'ouvrit à la volée, les faisant tous sursauter, et Daniel se précipita vers le lit.

— Cyril m'a dit que... Mon Dieu, qu'est-ce qu'elle a ?

— C'est toi, Daniel ? chuchota Clara. Oh, mon pauvre petit, je suis désolée...

Il s'arrêta net, atterré, considérant avec stupeur son frère et ses cousins qui semblaient incapables de bouger ou d'agir.

— On ne peut rien faire ? demanda-t-il à Gauthier.

Celui-ci secoua la tête sans répondre puis il y eut un long silence. Quand Clara rouvrit les yeux, son regard voilé se déplaça lentement de l'un à l'autre.

— Je ne vous vois plus très bien, mes chéris. Mais puisque vous êtes là tous les cinq...

Sa voix était si faible qu'ils se penchèrent en même temps vers elle comme s'ils voulaient la retenir.

— Vincent, parvint-elle encore à dire.

Le dernier spasme fut très ténu et seul Gauthier comprit que c'était fini. Les autres restèrent immobiles longtemps avant de réaliser que Clara était partie pour toujours.

Eygalières

Un enterrement sans Clara. L'enterrement *de* Clara. Devant le monument funéraire des Morvan, ils étaient tous les cinq hébétés, se sentant inutiles et perdus parce qu'ils n'avaient plus leur grand-mère à soutenir. Même s'ils avaient fini par admettre qu'elle ne serait pas éternelle, aucun d'entre eux ne parvenait à accepter le deuil, à admettre qu'elle avait disparu à jamais.

Le choix du caveau les avait fait longtemps hésiter. Impossible d'ignorer que Clara aurait voulu reposer près de Charles, mais celui-ci était seul dans sa tombe, de l'autre côté de l'allée, ainsi qu'il l'avait souhaité, et finalement la place de Clara était avec son mari.

Marie, Alain, Gauthier, Vincent et Daniel se tenaient très droits, les yeux rivés sur le cercueil de celle qui les avait élevés, soutenus, aimés. En la perdant, ils abandonnaient pour toujours leur jeunesse, ils en avaient douloureusement conscience. Derrière eux, Chantal et Sofia gardaient la tête basse, ainsi que tous les arrière-petits-enfants. Enfouie sous un voile de mousseline noire, Madeleine laissait parfois échapper un sanglot bruyant et sincère. Le prêtre achevait son ultime bénédiction mais ses paroles étaient incompréhensibles, emportées par le mistral qui soufflait avec une force inouïe.

Vincent se décida à bouger, esquissant un signe de croix, puis il s'éloigna de quelques pas pour recevoir les condoléances. Les allées étaient encombrées d'une foule de gens qui avaient tenu à rendre un dernier hommage à Clara et dont il allait falloir subir les marques de sympathie. Mâchoires crispées, visage fermé, Vincent essayait depuis presque deux heures de dominer son émotion. Dans l'église, il avait failli craquer à l'instant où il avait entendu les premières notes du *Pie Jesus* s'élever. Ce requiem de Gabriel Fauré, il était allé l'écouter à plusieurs reprises avec Clara, lors de toutes ces sorties où il l'avait accompagnée quand il n'était encore qu'un très jeune homme bien élevé escortant sa grand-mère. D'abord par devoir, ensuite par plaisir, car c'était elle qui lui avait fait apprécier la musique, la peinture, le théâtre. Elle qui lui avait appris comment recevoir ou comment assortir ses cravates à ses costumes. Elle qui l'avait laissé feuilleter durant des soirées entières les vieux albums où il cherchait inlassablement les photos de son père en uniforme de lieutenant.

Alain lui toucha l'épaule et il émergea de son hébétude pour serrer les mains qu'on lui tendait.

— Est-ce que ça va ? chuchota son cousin entre ses dents.

Une question banale, qu'Alain avait dû lui poser des centaines de fois par le passé, précisément dans les moments où il se sentait mal, et qui l'atteignit de façon aiguë. Il répondit en hochant la tête, incapable de prononcer un seul mot. Alain était juste à côté de lui, à sa gauche, et Daniel venait de se glisser à sa droite. Il pensa qu'il n'allait jamais tenir jusqu'au bout de cette cérémonie, qu'il allait finir par s'écrouler pour pleurer comme un gosse.

— Dans dix minutes, c'est terminé, murmura encore Alain.

Comment pouvait-il si bien le connaître ? Et pourquoi faisait-il preuve d'une telle sollicitude alors qu'ils étaient brouillés ? Parce qu'il se sentait seul, lui aussi ? Pourtant ils n'étaient pas les plus à plaindre, ni l'un ni l'autre, car Gauthier et Chantal, qui avaient sous les yeux la sépulture de leur petit Philippe, devaient trouver ce moment insoutenable. Chantal avait beau attendre un nouvel enfant, rien ne lui ferait jamais oublier celui qui s'était noyé à cinq kilomètres de là.

Il ne restait plus que quelques personnes et Odette fut l'une des dernières à serrer Vincent contre elle, de façon brève et maladroite, en prononçant quelques phrases de circonstance. Lorsqu'il releva enfin la tête, soulagé d'être resté digne, il découvrit la silhouette de Magali, qui se tenait à l'écart. À aucun moment il n'avait remarqué sa présence, ni à l'église ni sur le chemin du cimetière, et il se reprocha de ne pas avoir songé à elle. Leur divorce l'avait tellement blessé qu'il avait essayé de la chasser de sa tête, de la pousser hors de sa vie. Depuis quelques mois, leurs échanges se bornaient à des coups de téléphone au sujet des enfants. Jamais un mot personnel, pas même à propos de cette petite maison qu'elle avait choisie à Saint-Rémy-de-Provence, qu'il avait payée sans sourciller et qu'il ne connaissait toujours pas.

Embarrassé, il fit deux pas dans sa direction, s'arrêta. Elle portait un tailleur gris, un chemisier blanc et des escarpins noirs. Ses cheveux étaient relevés en chignon mais le vent faisait voler quelques mèches rousses sur son front. Il la trouva incroyablement belle et il enfouit les mains dans ses poches, un geste qui lui rappela aussitôt Clara.

— Tu ne vas pas lui dire bonjour ? demanda Alain d'une voix cinglante.

Vincent fit volte-face pour dévisager son cousin.

— Pour une fois, ne t'en mêle pas ! répondit-il brutalement.

Aller saluer son ex-femme, la mère de ses enfants, oui, c'était la moindre des choses, mais comment l'aborder ? La soudaine agressivité d'Alain n'arrangeait rien, les remettait au contraire sur le terrain d'une rivalité absurde. Il haussa les épaules avant de se diriger vers Magali sans savoir ce qu'il allait lui dire.

— Je te remercie d'être venue, marmonna-t-il en se penchant vers elle.

Il se contenta d'effleurer sa joue, toutefois il eut le temps d'apprécier la douceur de sa peau, de respirer son parfum.

— Je n'aimais pas beaucoup Clara, pour des raisons personnelles, mais c'était une femme extraordinaire, on ne pouvait que l'admirer, répondit-elle très vite.

La phrase semblait préparée d'avance, artificielle. Qui la lui avait soufflée ? Alain ? Jean-Rémi ?

— J'inviterais bien les enfants à dîner ce soir, ajouta-t-elle. Si ça peut leur changer les idées… Leurs cousins sont aussi les bienvenus, naturellement.

Dérouté par l'assurance dont elle faisait preuve, il acquiesça d'un signe de tête. Elle le regardait droit dans les yeux, avec une froideur qui le mettait très mal à l'aise. Jamais il n'aurait pu imaginer qu'ils se tiendraient un jour dans ce cimetière comme deux étrangers, ne s'adressant la parole que pour régler quelques détails d'emploi du temps.

— Veux-tu que je les dépose chez toi ? proposa-t-il.

— Ne te donne pas cette peine. Je viendrai les chercher vers sept heures, qu'ils m'appellent d'ici là pour me dire combien ils seront.

Sans prendre congé de lui, elle se détourna et s'éloigna. Elle était assez perspicace pour avoir deviné sa curiosité, mais apparemment elle refusait d'en tenir compte et ne souhaitait pas le voir approcher de chez elle. Après tout, il s'était comporté jusqu'à présent avec une telle discrétion qu'elle pouvait le soupçonner d'indifférence. Il n'avait posé aucune question, chez le notaire, le jour où elle avait signé l'achat de la maison, se bornant juste à faire établir l'acte de propriété à son nom à elle – pourtant il avait vécu là l'un des plus mauvais moments de son existence. En la quittant, sur le trottoir, il aurait donné n'importe quoi pour qu'elle lui parle, ou au moins pour qu'elle le regarde, mais elle l'avait ignoré jusqu'au bout. Ensuite, il lui avait viré une somme importante afin qu'elle puisse effectuer quelques travaux indispensables et s'installer à son goût, néanmoins, par pudeur, il n'avait jamais manifesté le désir d'en savoir davantage. C'était Tiphaine, compatissante, qui avait fini par décrire l'endroit à son père. Sur un boulevard ombragé de platanes, il s'agissait d'une maison étroite et haute, avec une façade ocre, un toit de tuiles, des volets verts. Il n'avait pas d'autres détails.

Relevant la tête, il constata que les allées étaient à présent désertes. La famille devait l'attendre sur le parking du cimetière, personne n'ayant osé interrompre son bref échange avec Magali. Au loin, les employés des pompes funèbres étaient toujours groupés près du caveau et patientaient tout en lui jetant des coups d'œil agacés. Quand il se détourna, une rafale de mistral fit voler sa cravate noire qui le gifla. Il la remit en place puis se hâta vers la grille, de nouveau submergé par le chagrin d'avoir perdu Clara, et en proie à une sensation de solitude aiguë.

Avec des gestes d'une douceur presque maternelle, Sofia caressait les cheveux de Daniel. Assis à côté d'elle sur l'un des canapés, il avait appuyé sa tête contre son épaule, en signe d'abandon, comme s'il avait un infini besoin de consolation. Gauthier et Chantal leur faisaient face, dans une position à peu près semblable, mais là c'était Chantal qui se reposait dans les bras de Gauthier, épuisée par l'enterrement et par sa prochaine maternité. Tandis que Marie avait pris place dans un fauteuil, où elle se tenait très droite, Alain était resté debout près d'une fenêtre, affichant un comportement d'invité qui exaspérait Vincent.

— Tu peux t'asseoir ! lança-t-il à son cousin. Tu es chez toi autant que nous...

L'allusion au testament de Clara était délibérée et il en profita pour enchaîner :

— D'ailleurs, nous voilà tous copropriétaires de cette maison et du parc. Toi, tu as déjà les terres.

— Est-ce que ça te gêne ? répliqua Alain d'une voix dure.

— Absolument pas. Ton exploitation est un modèle du genre, qui flattait beaucoup grand-mère.

Alain baissa les yeux, brusquement embarrassé. Dix ans plus tôt, il avait tellement dû se défendre contre les attaques de Charles qu'il était toujours à vif dès qu'on parlait de l'huile Morvan. Cependant il n'y avait eu aucune trace d'ironie dans la phrase de Vincent, qui ne faisait que constater une évidence.

— Marie et moi connaissons les termes de son testament, poursuivit-il. Elle nous en a offert la primeur quand elle l'a établi, sans doute parce que nous sommes des... spécialistes de la loi. Depuis la mort de Castex, elle n'avait plus vraiment confiance dans les notaires. En résumé, c'est simple, elle n'a manifesté aucune préférence, nous héritons tous les cinq.

Agacé par le ton docte qu'employait son cousin, Alain intervint de nouveau.

— Il y a eu cette donation qu'elle m'a faite de la bergerie...

Empêchant Vincent de répondre, Gauthier soupira :

— Oui, et alors ?

Un silence contraint plana sur eux jusqu'à ce que Marie prenne la parole.

— En ce qui me concerne, je suis légataire de ses bijoux, et je ne pense pas que ça vous ennuie, les garçons ?

Daniel esquissa un sourire, amusé par le tour que prenait la discussion. Il avait remarqué que Vincent s'était empressé d'annoncer que leur grand-mère n'avait marqué aucune préférence. Sinon il se serait retrouvé en première ligne, évidemment ! Il avait été le chouchou de Clara comme Gauthier celui de Madeleine, des positions peu enviables au bout du compte. Pour sa part, il se félicitait de n'avoir bénéficié d'aucun favoritisme. Il était le cadet des cinq et n'avait souffert de rien, il aimait son frère et ses cousins sans se poser de question.

— Que va devenir l'avenue de Malakoff ? interrogea-t-il pour les détourner de Vallongue, qui allait forcément dégénérer en sujet de dispute.

— Il faut y réfléchir et nous décider ensemble. On peut le vendre et se servir de l'argent pour payer les droits de succession, suggéra Vincent.

— Vendre ?

Contrarié par cette perspective, Daniel se redressa dans son canapé, s'écartant de Sofia.

— Bon sang ! Aucun d'entre nous n'est dans la misère, que je sache ! Pourquoi ne pas le garder ? Vous pourriez continuer de l'habiter, Marie et toi, et nous payer une sorte de... loyer, en attendant.

— En attendant quoi ? s'enquit Vincent. Nos enfants grandissent, ils partiront un jour, tu ne nous imagines pas à deux là-dedans ? Et puis...

Il chercha à croiser le regard d'Alain mais celui-ci était toujours debout près de la fenêtre, fixant obstinément le tapis. À contrecœur, il acheva :

— Ta solution n'arrange pas Alain, je suppose.

Pris au dépourvu, son cousin leva la tête, hésita, finit par hausser les épaules.

— Faites ce que vous voulez, je m'en fous, je ne tiens pas à parler d'argent aujourd'hui.

Il traversa la pièce pour sortir mais Marie quitta son fauteuil d'un bond, lui barrant le passage.

— Ah, non, c'est trop facile, reste là ! Cette discussion, il faudra bien que nous l'ayons. Tu n'as aucune raison de ne pas récupérer ta part, tu en as peut-être besoin pour investir dans l'exploitation ? Autant que tu nous le dises maintenant…

Marie l'aimait sincèrement, il le savait, pourtant il eut envie de l'écarter de son chemin sans ménagement.

— Clara s'est montrée très généreuse avec moi, répliqua-t-il. Elle a payé ma première voiture d'occasion, mon premier broyeur, ma première centrifugeuse. Quand elle a vu ce que j'en avais fait, elle m'a donné les oliviers. Elle a même pris parti pour moi contre son fils chéri !

— C'est de mon père que tu parles ? lui lança Vincent, furieux.

— De qui d'autre, à ton avis ? Pas du mien, en tout cas, je ne crois pas qu'elle l'ait beaucoup aimé.

Chacun à un bout du salon, ils se défiaient du regard et les autres n'existaient plus. C'était bien entre eux deux que le contentieux restait le plus lourd. Alain reprit, d'un ton tranchant :

— Quand ton père m'obligeait à lui écrire pour rendre des comptes, Clara me téléphonait pour prendre des nouvelles. Quand il fracassait de rage mes bouteilles d'huile d'olive, elle les montrait fièrement à ses amies. Je n'ai aucune considération pour lui mais tout le respect possible pour sa mémoire à elle. Si vous croyez qu'elle aurait été heureuse de nous voir conserver l'avenue de Malakoff, je m'incline volontiers. Et, puisqu'elle tenait à ce que nous gardions la propriété de Vallongue, on va la garder. Mais Dieu merci, rien ne m'oblige à y cohabiter avec vous !

D'un geste ferme, il repoussa Marie puis sortit en claquant violemment la porte. Vincent réagit aussitôt, hors de lui, et traversa la pièce en trois enjambées pour se lancer à sa poursuite. Il le rattrapa sur le perron où il le saisit par le col de sa chemise.

— Qu'est-ce qui te prend ? Tu as vraiment besoin de mêler mon père à une conversation sur la succession de

Clara ? Je ne veux pas t'entendre parler de lui, c'est clair ? Ou alors je vais te dire ce que je pense du tien !

Ils étaient aussi grands l'un que l'autre, aussi minces, avec un indiscutable air de famille, et la même colère les habitait.

— Essaye, articula Alain. Dis un seul mot… Vas-y, je t'écoute…

La menace était assez évidente pour que Vincent le lâche puis recule. Dans leur enfance, quand Alain disait : « Tu sais, ton père ! » en levant les yeux au ciel, Vincent répliquait : « Oui, mais ta mère ! », et ils riaient ensemble de l'intransigeance de Charles comme de la sottise de Madeleine. Solidaires contre le monde des adultes, complices, heureux. Désormais, c'était difficile à croire.

— Alors ? insista Alain. Tu te décides ?

Peut-être avait-il envie de se battre, de vider l'abcès, toutefois Vincent, qui n'était pas décidé à le suivre sur cette pente dangereuse, secoua la tête en silence.

— Non, vraiment ? Au pied du mur, tu renonces ? Tu veux peut-être que je le fasse pour toi ? Tu vas me dire que je suis le fils d'un salaud, c'est à peu près ça ? Mais Charles représente quoi pour toi, un modèle de héros ou un assassin qui a agi de sang-froid ? Je te rappelle qu'on est logés à la même enseigne et qu'on pourrait se tenir la main pour vomir sur leurs tombes à tous les deux !

— Arrête ! Arrête…

Le passé venait de resurgir entre eux avec une telle force que Vincent se sentait soudain prêt à n'importe quoi pour faire taire Alain. Il pensa aux carnets écrits par sa mère pendant la guerre, à ces dizaines de pages couvertes de son écriture élégante et qui racontaient des horreurs sans nom. Un récit dont ils avaient pris connaissance tous ensemble, écœurés, anéantis.

— Mon père s'est vengé, gronda-t-il, j'en aurais fait autant à sa place.

— Toi ? Tu serais capable de tirer une balle dans la tête de Daniel, tu es sûr ?

— Oui ! S'il avait envoyé ma femme et ma fille à la mort, mille fois oui !

— Tu dis n'importe quoi. Ta femme, tu la méprises, tu l'as jetée comme un mouchoir en papier. Tu es lâche et tu n'aimes personne. De Charles tu n'as que l'arrogance…

Alain fit volte-face, sachant qu'il était allé trop loin, et dévala les marches du perron, fuyant une bagarre dont il ne voulait plus. Affronter Vincent était pour lui à la fois un soulagement et une douleur, au point qu'il avait du mal à retrouver son souffle. Depuis longtemps, ils auraient dû s'expliquer, ne pas en arriver là. Quel démon l'avait poussé à une pareille provocation ? Le chagrin intense et lancinant qu'il ressentait depuis le décès de Clara ? Ou seulement le besoin absurde de se justifier ?

Au bout de l'allée, il s'arrêta une seconde pour s'appuyer contre un arbre. Il jeta un coup d'œil derrière lui et vit, en haut des marches du perron, la silhouette de Vincent qui était toujours immobile. En le traitant de lâche, il était certain de l'avoir blessé de façon durable. Bien davantage qu'en accusant Charles puisque, évidemment, c'était Édouard le plus ignoble des deux, personne ne pouvait l'ignorer, surtout pas ses enfants.

— Un monstre et une idiote, j'ai eu des parents formidables…

Chaque fois qu'il y pensait, il se sentait envahi de dégoût. Comment Marie et Gauthier pouvaient-ils supporter leurs origines sans broncher ?

— Oh, Clara ! Clara, tu vas nous manquer…

Il l'avait dit tout bas et sa voix avait tremblé sur le prénom. Pourquoi parler d'argent alors que le ciment du caveau n'était pas encore sec ? En ce qui concernait Vallongue, il connaissait la position de sa grand-mère depuis toujours. Elle avait aimé la propriété presque autant que lui et s'était débrouillée pour qu'aucun de ses petits-enfants ne puisse y échapper tout à fait. Tant mieux. Lui non plus ne pourrait jamais supporter de voir des étrangers s'y installer. Au pire, il était prêt à habiter sa bergerie et à arpenter ses terres sans jamais franchir la grille du parc, mais à condition de savoir que seuls des Morvan avaient le droit d'ouvrir les volets bleus.

Il possédait donc le sens de la famille, la notion du clan ? La vieille dame avait réussi à le lui inculquer sans qu'il s'en aperçoive ? D'un mouvement rageur, il se tourna carrément vers la maison. Vincent avait disparu et il se demanda dans combien de temps il le reverrait. Parviendrait-il à l'éviter jusqu'à la fin de ses jours ? La tête basse, il poussa du pied un caillou. Sa volonté ne lui servirait à rien tant qu'il refuserait de regarder la vérité en face, une réalité que Jean-Rémi lui avait laissé entrevoir et qu'il redoutait par-dessus tout.

Cyril et Virgile furent les premiers à réagir en s'écartant de la façade contre laquelle ils étaient restés plaqués tous les six sans bouger, retenant leur respiration. Léa et Tiphaine se tenaient toujours la main, cramponnées l'une à l'autre avec un air hagard.

Une demi-heure plus tôt, Magali les avait ramenés, entassés dans sa petite voiture comme des sardines pour ne pas faire deux voyages, et ils avaient hurlé à tue-tête des chansons de Claude François tout le long de la route. Alors qu'ils pénétraient dans le vestibule de la maison, ils avaient perçu des éclats de voix en provenance du salon et ils étaient ressortis sur la pointe des pieds pour aller jouer dans le parc en attendant que leurs parents respectifs se calment. Mais ils étaient à peine parvenus en bas des marches que la sortie furieuse d'Alain les avait fait se précipiter sous la balustrade du perron. Là, ils avaient tout entendu.

— C'est quoi, cette histoire ? finit par marmonner Cyril.

Jamais il n'aurait cru Alain capable de s'exprimer avec une telle violence.

— Aucune idée, répondit Virgile, laconique.

Il se sentait tout aussi choqué que Cyril mais ne voulait pas le montrer.

— J'ai eu peur qu'ils finissent par se taper dessus, dit Tiphaine dans un souffle.

Quand Alain avait insulté son père, l'accusant de lâcheté et d'arrogance, elle s'était raccrochée à Léa, sur le point de se mettre à pleurer et de trahir ainsi leur présence. Elle croisa le regard tendre que Cyril posait sur elle et se sentit un peu réconfortée.

— Il s'agit de nos grands-pères, ce serait bien qu'on arrive à comprendre quelque chose ! lança Léa.

La nuit tombait peu à peu sur le parc et le mistral n'avait pas désarmé depuis le matin. Ensemble, les deux jeunes filles frissonnèrent.

— Le moins qu'on puisse dire, c'est qu'il y a des cadavres dans les placards ! s'exclama Lucas.

Il n'avait que treize ans mais il n'avait pas perdu une miette des phrases échangées sur le perron par les deux hommes en colère. Plus bas, il ajouta :

— Vomir sur leurs tombes, rien que ça…

— Le plus simple serait peut-être de leur poser la question, suggéra Virgile.

— À qui ? riposta Cyril.

Pour sa part il ne se sentait pas le courage d'aller interroger sa mère, et il doutait que Virgile puisse trouver le culot d'en parler à son père. Quant à Alain, qui était leur dieu, ils venaient de le découvrir sous un jour nouveau, plutôt inquiétant.

— Qui a tué qui ? demanda Paul.

De nouveau ils se turent, conscients qu'ils n'auraient pas dû se trouver là ou en tout cas pas se cacher.

— J'ai toujours pensé qu'ils nous dissimulaient des tas de trucs, lâcha Virgile avec une assurance qu'il était loin de ressentir. L'antipathie entre papa et Alain, personne ne me l'a jamais expliquée mais, quand tu les vois ensemble, tu comprends qu'il y a anguille sous roche ! En fait, je croyais que... que...

Il se sentit incapable d'achever, d'avouer qu'il avait soupçonné sa mère et Alain d'être plus que des amis, et d'avoir espéré que ce soit vrai.

— Tout ça ne me dit pas qui est mort, insista Paul. Mon grand-père à moi, il s'est suicidé, et le vôtre a été renversé par un autobus... C'est pas ça ?

Ils se tournèrent tous vers lui, perplexes. Les propos qu'ils avaient surpris étaient vraiment incompréhensibles pour eux. Jusque-là, ils ne s'étaient pas beaucoup intéressés aux vieilles histoires de la famille. La déportation de Judith avec sa fillette, leur décès en camp de concentration, puis le calvaire enduré par Charles à son retour de la guerre faisaient partie intégrante du passé des Morvan, mais rien dans cet épisode tragique n'expliquait les propos échangés par Vincent et Alain.

— Bon, trancha Virgile, à seize ans, je ne veux pas qu'on me prenne encore pour un gamin. Il suffit de demander à maman, elle est en dehors de tout ça mais elle doit connaître la réponse.

— Elle ne te dira rien, et fiche-lui la paix ! s'écria Tiphaine.

Le divorce de ses parents l'avait bouleversée et elle savait très bien que sa mère ne voulait plus qu'on parle devant elle des Morvan-Meyer ou des Morvan.

— Oh si, tu verras ! affirma son frère. Elle est moins coincée que papa, et à mon avis elle n'en a plus rien à foutre de toutes leurs salades !

— Papa n'est pas...

— Si. Monsieur le juge est très, très chiant.

— Virgile !

— Quoi ? Libère-toi un peu, ma puce ! Ne me dis pas que tu le trouves rigolo ?

Par jeu, il bouscula sa sœur qui faillit tomber, mais le bras secourable de Cyril la retint.

— Ah, ton chevalier servant est là, scout toujours prêt !

Il voulait plaisanter mais il vit Tiphaine rougir jusqu'aux yeux et il la dévisagea avec stupeur.

— C'était pour rire, Tif...

— Ne m'appelle pas comme ça ! hurla-t-elle, folle de rage.

À cet instant, les lanternes s'allumèrent, juste au-dessus d'eux, éclairant brusquement la façade, et la voix de Marie les cloua sur place.

— Qu'est-ce que vous avez à crier ? Vous feriez mieux d'aller vous coucher, il est tard.

Sa silhouette se découpait sur le perron mais son visage restait dans l'ombre. Cyril s'écarta prudemment de Tiphaine avant de répondre à sa mère.

— On y va dans cinq minutes. Bonsoir, maman.

Au lieu de disparaître, Marie descendit vers eux.

— Pas dans cinq minutes, non, vous rentrez tout de suite. Je vais fermer les verrous... C'était bien, votre soirée ?

Elle alternait l'autorité et la diplomatie avec un art consommé et n'aurait pas supporté que ses enfants, son neveu, ou même leurs cousins répliquent. En fait, ils avaient tous pris l'habitude de s'entendre appeler cousins, même s'ils ne l'étaient qu'au second degré, car depuis toujours les membres de la famille les englobaient dans un groupe unique, celui des enfants.

Exaspéré de ne pas être traité en adulte, Virgile se permit un petit rire dédaigneux.

— Un jour ou l'autre, tu finiras bien par t'apercevoir que nous avons grandi, Marie...

Il s'était arrêté à côté d'elle, tandis que les autres s'engouffraient dans la maison, et effectivement il mesurait une bonne tête de plus qu'elle. Avec un sourire froid, elle leva les yeux sur lui.

— Ne t'inquiète pas, j'avais remarqué… Tu es d'ailleurs tellement grand et fort que tu seras gentil de mettre les barres de fer aux volets, ton père a oublié de le faire. Merci, mon chéri.

Du regard, elle le mettait au défi de protester et il n'osa pas.

Avec une lenteur calculée, Cyril caressait le dos de Tiphaine. Parti de la nuque, il massait maintenant le creux de ses reins et elle ne pouvait pas s'empêcher de tressaillir chaque fois qu'il s'aventurait un peu plus bas. À Vallongue comme à Paris, il y avait des mois qu'il venait la rejoindre juste avant l'aube, se glissait en silence dans son lit, la prenait dans ses bras. Au début, vraiment effrayée, elle n'avait rien accepté d'autre que rester collée à lui sans bouger. Puis elle avait découvert qu'il avait aussi peur qu'elle. De nuit en nuit, la crainte et la culpabilité avaient reculé devant le désir qu'ils éprouvaient l'un pour l'autre et qu'ils s'étaient mis à explorer pas à pas.

Cyril avait dix-sept ans mais aucune expérience, et ce n'était pas à Virgile qu'il pouvait aller demander des conseils. Alain, à qui il avait osé poser quelques timides questions, s'était contenté de sourire en affirmant que la tendresse, la douceur et la patience constituaient d'assez bonnes qualités pour un début avec les filles. Même s'il brûlait de se confier à son oncle, Cyril s'était retenu de faire allusion à Tiphaine. Après tout, elle n'avait pas encore quinze ans et il était plus sage de se taire.

À présent, il effleurait l'intérieur de ses cuisses, là où la peau était d'une incroyable douceur. Délibérément, elle déplaça ses jambes pour l'inviter à continuer. Le plaisir allait arriver, elle le sentait déjà monter, et elle ne tarderait plus à étouffer ses gémissements dans l'oreiller.

— Cyril, soupira-t-elle.

Tout à l'heure, quand elle serait apaisée, elle s'aventurerait à le caresser à son tour, elle adorait ça. Le sentir vibrer, grincer des dents puis se tendre comme un arc lui donnait l'impression de posséder un pouvoir extraordinaire. Bien sûr, ils n'allumaient jamais la lumière et prenaient bien garde de ne faire aucun bruit, mais cette découverte du corps de l'autre, effectuée à tâtons, les rendait fous tous les deux.

— Attends un peu, chuchota-t-il.

Il la retourna avec précaution, comme une poupée fragile, pour la mettre sur le dos. Du bout de la langue, il commença à lécher ses seins l'un après l'autre, en prenant tout son temps. Lorsqu'il l'entendit respirer plus vite, il lui écarta doucement les genoux et fit remonter sa main jusqu'au sexe. Au lieu de se défendre, elle s'ouvrit sous ses doigts. Il l'avait amenée à un point d'excitation intense, qu'elle n'allait bientôt plus pouvoir contrôler, et dont il était chaque fois très fier.

— J'ai envie d'essayer, murmura-t-il. Tu veux ?

À trois reprises, durant ces dernières semaines, il avait tenté de la pénétrer mais elle s'était dérobée, surprise par la douleur. Peu importait à Cyril, il avait la vie devant lui, il était prêt à y consacrer toutes ses nuits, à recommencer jusqu'à ce qu'elle l'accepte et qu'elle en soit heureuse.

— Je ne te ferai pas mal, je te le promets…

Il avait fini par comprendre qu'il existait un moment précis dont il devait profiter, avant qu'elle n'atteigne la jouissance et tant qu'elle en mourait d'envie. Son désir à lui était devenu douloureux mais il s'en moquait et il se contraignit à patienter, tendu au-dessus d'elle, jusqu'à ce qu'elle vienne à sa rencontre. Quand il commença à s'enfoncer en elle, sans qu'elle le repousse, il réalisa qu'il était en train de devenir son amant et cette idée le fit chavirer. Il essaya désespérément de résister encore, pour la ménager, mais c'était trop tard.

Stupéfaite, Marie détailla avec attention le visage de son interlocuteur puis elle baissa les yeux sur la carte de visite épinglée au dossier. Si le nom n'avait rien évoqué pour elle jusque-là, en revanche le prénom, une fois associé aux traits de l'homme assis devant elle, lui redevenait affreusement familier.

— Je crois que ça fait un bail, dit-il d'une voix chaleureuse.

Laissant son regard errer sur le bureau, elle cherchait quelque chose à quoi se raccrocher. Le bureau de Charles. Sur lequel son oncle avait travaillé tant de nuits à construire ses célèbres plaidoiries. Dont elle n'avait changé ni le sous-main ni la pendulette, mais qui soudain ne l'inspirait plus.

— Et je suis très heureux de te revoir, poursuivit Hervé. J'ai suivi ta carrière, de loin… Difficile de ne pas entendre parler des Morvan-Meyer au Palais !

Il souriait gentiment, un peu inquiet de son silence, mais elle ne savait toujours pas quoi dire.

— Tu n'as pas beaucoup changé, tu es aussi jolie que dans mon souvenir.

Une phrase de politesse, qu'il avait dû se sentir obligé de prononcer et qui fit enfin relever la tête de Marie.

— N'exagère pas, nous avons tous pris quinze ans ! répliqua-t-elle de façon trop sèche.

Elle se souvenait très bien de lui maintenant. À l'époque, elle ne l'avait pas choisi par hasard mais justement parce qu'il avait de beaux yeux bleus, une allure de sportif et d'excellents résultats aux examens. C'étaient alors ses critères de sélection pour qu'un homme ait le droit de partager son lit. Depuis, Hervé n'avait pas grossi, son regard était resté charmeur et son palmarès professionnel, qu'elle avait étudié longuement, était assez impressionnant. Un excellent avocat, voilà ce qu'était devenu le bon élève d'autrefois.

— Célibataire, je vois, articula-t-elle en ouvrant le dossier.

— Divorcé.

— Et sans enfant...

Une complète catastrophe. Si encore il avait été marié, avec une ribambelle de bébés pendus à ses basques, elle se serait sentie un peu soulagée.

— Oui, hélas, confirma-t-il. Mais je suppose que ça représente un atout supplémentaire pour entrer chez vous. Je sais que vous êtes plutôt intransigeants avec les candidats et qu'il vaut mieux être disponible si on veut travailler ici !

Il souriait, plein d'espoir. S'était-il imaginé que leur ancienne aventure aurait une quelconque incidence sur la décision qu'elle prendrait ? Personne n'ignorait que, en dernier ressort, c'était elle qui tranchait pour tout ce qui touchait au légendaire cabinet Morvan-Meyer. D'ailleurs, elle occupait le bureau du fondateur, ce n'était pas par hasard.

— En ce qui concerne les capitaux, ajouta-t-il, il n'y a aucun problème, mon banquier m'a établi toutes les garanties exigées.

— Très bien..., dit-elle en faisant semblant de feuilleter les divers papiers étalés devant elle.

Pas question qu'il devienne associé ici. Ni qu'elle le croise chaque matin. Et encore moins qu'il puisse apercevoir un jour Léa.

— Écoute, Hervé, je ne peux pas me décider aujourd'hui, je dois prendre conseil auprès des autres membres du groupe.

Cette fois, elle planta son regard dans le sien sans ciller. Elle n'éprouvait ni regrets ni remords, mais une peur diffuse lui nouait l'estomac.

— Naturellement, s'empressa-t-il d'affirmer. Est-ce qu'au moins je peux t'inviter à déjeuner pour que nous refassions connaissance ?

— Non, désolée, j'ai plein de rendez-vous.

Plus elle l'observait, mieux elle cernait le problème. C'était d'une désespérante évidence : Léa ressemblait à cet homme trait pour trait.

— Fixons un jour, insista-t-il sans se vexer. Demain ? Après-demain ?

D'un mouvement souple, elle se leva, contourna le bureau.

— Je t'appellerai, dit-elle très vite. Ton numéro est dans le dossier ? Alors, c'est parfait ! Maintenant, si tu veux bien m'excuser…

Elle se laissa embrasser sur les joues puis le reconduisit jusqu'à la double porte capitonnée.

— À bientôt, Hervé.

À peine seule, elle poussa un long soupir de soulagement. Il lui suffisait de dicter dès ce matin une lettre de refus circonstanciée. Elle pouvait inventer des arguments, s'abriter derrière n'importe quel associé du cabinet pour justifier sa décision. Et donner des ordres pour qu'on ne le lui passe jamais au téléphone ! Toutefois elle restait à la merci d'une rencontre. Ils avaient déjà dû se croiser dans les couloirs du Palais sans qu'elle le reconnaisse. Était-elle indifférente au point d'avoir oublié le père de Léa ? Et celui de Cyril, à quoi ressemblait-il aujourd'hui et qu'était-il devenu ? Elle n'avait jamais songé à s'y intéresser, elle les avait purement et simplement oubliés. Un jour prochain, son fils et sa fille poseraient des questions, c'était inévitable, mais les réponses qu'elle avait préparées n'incluaient aucun Hervé et aucun, comment donc, déjà ? Sourcils froncés, elle fit un effort de réflexion et le prénom lui revint presque aussitôt.

— Étienne, dit-elle à mi-voix.

Un autre étudiant charmant, bien sous tous rapports. À trois ans d'écart, elle avait utilisé le même stratagème avec l'un et l'autre. Une aventure brève, quinze jours de passion sous les draps, en calculant la date de ses règles, celle de l'ovulation, mais aussi celle des examens de fin d'année. Des grossesses planifiées, délibérées, avec deux beaux mâles pour lesquels elle n'avait éprouvé qu'une sympathie passagère. Deux garçons qu'elle n'avait présentés à personne, surtout pas à Charles. Parce que c'était un homme comme lui qu'elle voulait trouver, qu'elle avait désiré de toutes ses forces, et qu'elle n'avait jamais rencontré. Les autres étaient tous trop jeunes pour compter, insignifiants, transparents.

« J'ai suivi ta carrière de loin. » Qu'est-ce que ça signifiait exactement ? Hervé savait-il qu'elle avait deux enfants naturels ? Possédait-il une assez bonne mémoire pour établir le rapprochement ? Elle n'avait pas la prétention de l'avoir marqué à ce point, mais elle ne voulait pas commettre la moindre erreur.

À présent, l'angoisse ne la lâcherait plus, il fallait qu'elle en parle à quelqu'un. Elle regagna le bureau pour appuyer sur le bouton de l'interphone.

— Je veux joindre le juge Morvan-Meyer au plus vite, annonça-t-elle à sa secrétaire. Il doit être au Palais, tâchez de le trouver et passez-le-moi, c'est important.

Vincent parviendrait à la rassurer, il était le seul à qui elle avait envie de se confier. Alain était trop loin – et surtout trop braqué contre toute la famille –, quant à Gauthier, elle ne se sentait pas assez proche de lui.

— J'ai monsieur le juge en ligne, maître, avertit la voix de la secrétaire.

Elle décrocha le téléphone tellement vite qu'elle faillit le faire tomber.

— Vincent ? Oh, que je suis contente de t'entendre ! J'avais peur que tu ne sois en train de siéger, je… J'ai un gros problème…

— À ton cabinet ?

— Non, un truc personnel qui ne concerne que moi.

— Et c'est grave ? s'inquiéta son cousin avec sa gentillesse habituelle.

— Disons que ça pourrait le devenir. Tu es libre pour déjeuner ?

— Je vais me libérer. Je te retrouve quai des Grands-Augustins, dans notre restaurant, mais pas avant treize heures trente. Réserve une table.

Une soudaine envie de pleurer prit Marie au dépourvu. Elle fut obligée d'avaler sa salive plusieurs fois avant de pouvoir répondre :

— Tu es le plus chic type que je connaisse.

Elle perçut son rire puis il coupa la communication.

Sur le seuil du boudoir, Vincent n'osait pas avancer. Il avait trouvé l'interrupteur à tâtons et le lustre éclairait la pièce de manière crue. Bien davantage que sa chambre, cet endroit recelait encore la présence de Clara, peut-être grâce à la délicatesse d'Helen, qui avait disposé des bouquets de fleurs fraîches, comme du vivant de la vieille dame.

Le chintz pastel des petits canapés anglais offrait des reflets brillants sous la lumière. Assise le dos bien droit, sa grand-mère s'était tenue là presque chaque après-midi de sa vie. Au contraire de Madeleine qui brodait sempiternellement dans le petit salon du rez-de-chaussée, jamais Clara n'avait d'ouvrage de couture entre les mains. Elle préférait bavarder, rire, poser des questions. Ou bien elle recevait des amies, téléphonait, donnait des ordres à son personnel, regardait une pièce de théâtre à la télévision. D'ici, elle avait dirigé comme d'une timonerie cette maison qu'elle appelait son navire.

Il avança de quelques pas et finit par s'asseoir sur un gros pouf. Sa place de jeune homme quand il feuilletait les vieux albums de photos. Quand il voulait savoir comment s'habiller pour l'accompagner à la Comédie-Française. Et aussi chaque vendredi soir, quand il ramenait son carnet de notes, toujours inquiet à l'idée de le faire signer à son père. Alors que Daniel obtenait des résultats éblouissants sans effort, lui devait se battre dans chaque matière, y consacrer des nuits entières. Adolescent, il avait vraiment travaillé comme un fou pour être toujours dans les premiers de sa classe. Alain ne fichait rien, il se moquait de tout ce qui n'était pas son but unique : Vallongue.

À l'idée que sa grand-mère ne serait plus jamais là, Vincent faillit se mettre à pleurer. Mais non, il n'avait pas versé une seule larme jusque-là, il n'allait pas commencer maintenant. D'ailleurs, Clara ne pleurait pas souvent, elle avait su montrer l'exemple. Charles lui-même ne s'autorisait jamais un moment d'émotion. Leur dignité à tous les deux le condamnait à rester digne à son tour, à ne pas faillir s'il voulait leur succéder.

Un sourire amer accentua une ride au coin de ses lèvres. Prendre la tête du clan ? Même si Clara avait souhaité que ce soit lui, les autres ne seraient pas forcément de cet avis. Chacun pouvait très bien se débrouiller dans son coin, en particulier Alain qui avait manifesté son agressivité comme son indépendance le jour de l'enterrement. En revanche, Marie s'était adressée à lui, affolée par la visite de cet Hervé Renaud, persuadée que seul Vincent saurait l'aider. Gauthier l'avait aussi appelé, la veille au soir, pour lui annoncer, d'une voix terriblement émue, la naissance de son fils pré-nommé Pierre. C'est à Vincent qu'il voulait le dire d'abord, avant ses beaux-parents, avant quiconque. Le bébé, qui arri-vait quatre ans après le décès de Philippe, représentait une sorte de revanche sur le destin, un défi à la mort. Gauthier espérait que leur fils Paul allait se sentir très concerné par ce nouveau petit frère, peut-être même soulagé d'avoir une responsabilité de « grand » à exercer, comme par le passé. Il avait parlé longtemps, il semblait à la fois heureux et triste. Avant de raccrocher, il avait demandé à Vincent de s'occuper de tout au mieux. Tout quoi ? Les affaires de la famille, justement. Et Daniel, qui nageait dans le bonheur avec Sofia, trouvait normal que son grand frère décide. Madeleine ne comptait pas, personne n'aurait eu l'idée aberrante de lui demander son avis, donc lui seul restait.

Abandonnant son pouf, il se mit à marcher de long en large. D'abord il y avait cet hôtel particulier, à propos duquel il fallait trouver une solution acceptable. Dès que le notaire aurait achevé le bilan de la succession, les choses deviendraient plus claires. Impossible de tricher avec les chiffres.

— Je ne veux pas m'en aller d'ici, énonça-t-il à voix haute.

Au moins une chose dont il était sûr. Où pourrait-il mieux achever l'éducation de ses enfants qu'entre ces murs ? Dans quelques années, il serait toujours temps de vendre, mais pas maintenant. De plus, pour sa carrière, il était obligé de continuer à recevoir des tas de gens, il avait besoin de la présence de Marie. Tout comme elle comptait sur lui, il le savait, pour symboliser une autorité masculine auprès de Cyril et Léa. Malheureusement, Marie risquait de connaître des difficultés financières. Sa part d'héritage, une fois les droits acquittés, se trouverait peu à peu engloutie dans l'entretien de l'hôtel particulier, ensuite elle ne disposerait plus que de ses honoraires d'avocate. Vincent et Daniel, eux, avaient déjà hérité de Charles, ce qui les avait mis à l'abri. Enfin il restait Vallongue, qu'ils devaient assumer équitablement tous les cinq.

— Je vais demander à Madeleine une contribution, il n'y a aucune raison…

Elle se plierait à son autorité sans protester, elle aimait remettre son destin entre les mains d'autrui, elle passerait de Clara à Vincent avec soulagement, exactement comme elle était passée d'Édouard à Charles.

Une petite toux discrète le fit se retourner. Helen hésitait à entrer, intimidée par sa présence inattendue dans cette pièce, et il lui adressa un sourire attendri.

— C'est vraiment triste, n'est-ce pas ? dit-elle doucement.

— Oui, c'est la pire chose qui pouvait nous arriver, mais
c'était dans l'ordre... Merci d'avoir mis ces fleurs, je pense
que cette pièce doit continuer à être accueillante malgré
tout.

Elle semblait avoir envie de parler, sans parvenir à s'y
résoudre, et il essaya de l'aider.

— Vous vouliez me voir en particulier ou vous montiez
juste vous coucher ?

— Non, je... Eh bien, c'est l'occasion, je suppose...

Troublée, elle fit deux pas vers lui, s'arrêta.

— Je crois que je vais vous quitter, annonça-t-elle d'une
voix tendue.

— Quoi ? Vous ne pouvez pas faire ça, Helen ! Où
iriez-vous ?

Il avait franchi la distance qui les séparait encore et lui
avait pris les mains d'un geste spontané. Ce contact la fit
frémir mais elle s'obligea à lever les yeux sur lui.

— Lucas a treize ans, il n'a aucun besoin d'être surveillé.

— Mais vous l'aidez à faire ses devoirs, et Tiphaine
aussi !

— Je ne leur sers plus à rien, ils sont grands. Vous devez
penser que je choisis mal mon moment pour partir, après
ce deuil... Mais je... Je n'ai plus de...

Elle s'interrompit abruptement, la gorge serrée. Il était
trop près d'elle, son regard était trop doux, elle ne parvint
pas à résister au désir d'appuyer sa tête contre lui.

— Helen ?

Il l'avait laissée faire sans bouger, pas vraiment surpris,
seulement embarrassé. Elle sentit sous sa joue brûlante la
douceur du tissu de sa veste et se demanda comment elle
avait eu le culot de faire une chose pareille. Surtout que,
bien sûr, il n'avait pas refermé ses bras autour d'elle, n'avait
pas profité de l'occasion pour l'embrasser. Alors qu'elle

trouvait enfin le courage de s'écarter, elle l'entendit murmurer :

— Je suis désolé.

D'autant plus qu'elle était jolie et qu'elle venait d'éveiller en lui un certain désir.

— Vous êtes ravissante et je suis flatté, mais je suis vraiment très vieux pour vous, Helen ! dit-il en riant.

Après avoir fait discrètement un pas en arrière, il alluma une cigarette puis la lui tendit. D'un signe de tête, elle refusa, les yeux rivés sur le tapis. Vieux ? Il n'avait pas quarante ans et il était l'homme le plus séduisant qu'elle ait jamais vu.

— Voulez-vous boire quelque chose ? Il faut que nous parlions de votre avenir. Si vous tenez à nous abandonner, au moins que ce soit pour un travail intéressant et je peux vous en procurer un. Sauf si vous avez déjà quelque chose en vue...

Avec sa gentillesse coutumière, il tentait de dédramatiser l'incident, de lui faire oublier l'humiliation qu'elle venait de subir. Elle l'entendit déboucher une carafe et elle lui jeta un regard timide. Il se tenait près de la desserte où Clara conservait quelques alcools rares et des verres de cristal alignés sur un plateau d'argent.

— Venez, Helen.

Impossible de lui résister quand il employait ce ton charmeur. Elle le rejoignit, prit l'armagnac qu'il lui avait servi et accepta de trinquer.

— Les enfants seront très déçus de votre départ, mais c'est vrai qu'ils sont grands. Qu'aimeriez-vous faire ? Vous êtes parfaitement bilingue, c'est déjà un avantage.

— Je n'y ai pas encore réfléchi sérieusement, avoua-t-elle à contrecœur.

Échapper à la tentation qu'il représentait pour elle, à la torture d'une cohabitation sans espoir, elle y avait souvent pensé, mais en conservant l'illusion qu'un jour il la verrait enfin. Elle s'était même persuadée que, si elle faisait le premier pas, tout s'arrangerait.

— Marie peut très bien vous engager comme secrétaire au cabinet et vous offrir une formation de sténodactylo. Ils traitent un certain nombre d'affaires internationales, vous seriez la bienvenue avec votre connaissance de l'anglais… sans parler de tous les charmants jeunes avocats qui ne manqueront pas de tomber à vos pieds !

Elle aurait dû se sentir contente de ce qu'il lui proposait, cependant elle lui en voulut de son humour, de l'indifférence avec laquelle il acceptait son départ, de la rapidité de sa solution.

— Je vous remercie beaucoup, dit-elle à voix basse.

Il reposa son verre vide sur le plateau avant d'esquisser un sourire.

— Non, c'est moi. Merci de tout ce que vous avez fait pour mes fils et ma fille depuis des années. En particulier à l'époque où leur mère était un peu… défaillante.

Jamais il ne l'avait regardée avec une telle attention, étonné de la découvrir si émouvante, si tentante.

— Bonsoir, Helen. Marie vous tiendra au courant.

Déjà il s'était détourné, traversant la pièce à grands pas. Il espérait qu'elle n'avait pas senti cette soudaine attirance car, s'il n'éprouvait aucun sentiment pour elle, il lui aurait volontiers fait l'amour, là tout de suite, sur l'un des canapés en chintz. Sauf qu'il s'était souvenu à temps de la mise en garde de Clara et qu'il n'était pas près de renouveler l'erreur commise avec Magali. « Pas le personnel », avait dit la vieille dame, cynique mais lucide.

Il longea le couloir, passa devant les chambres de ses enfants sans s'arrêter. Ils n'avaient plus l'âge des câlins depuis longtemps, hormis Tiphaine qui semblait toujours assoiffée de tendresse. Il hésita une seconde devant sa porte mais renonça à frapper chez elle, de peur de la réveiller.

5

Paris, septembre 1974

Virgile relut la liste trois fois avant d'accepter l'évidence : son nom n'y figurait pas. Ajourné, il allait devoir redoubler cette seconde année de droit qui avait été un véritable cauchemar, peut-être même la tripler, faire trente ans d'études pour rien car il ne parviendrait jamais au concours d'avocat. Dont il n'avait aucune envie.

Il s'écarta brusquement du tableau d'affichage, bousculant un groupe d'étudiants au passage. Il détestait cette faculté d'Assas, les profs et les élèves, les cours et les examens. Jamais il n'aurait dû céder : mieux valait affronter la colère de son père que continuer à perdre son temps ici. Le seul problème était qu'il n'avait aucune autre idée, qu'il n'était pas davantage tenté par la médecine ou la littérature, qu'il voulait seulement qu'on le laisse vivre à sa guise. Ce qui était absolument inconcevable dans sa famille, bien entendu. Chez les Morvan, tout le monde travaillait d'arrache-pied, la réussite était obligatoire.

Après le bac, obtenu d'extrême justesse et par chance, Virgile avait savouré un été entier à Vallongue puis s'**était** retrouvé précipité sur les bancs d'un amphithéâtre où un vieux barbon pérorait à propos du droit romain. Une horreur. Pourquoi s'était-il inscrit là ? Pour que Cyril ne soit pas le seul à reprendre le flambeau ? Cyril qui, après son bac avec mention, avait évidemment décidé d'être avocat, comme sa mère. À l'idée que ce soit lui qui tienne un jour les rênes du cabinet Morvan-Meyer, Virgile éprouvait une rage folle. Cette fureur, ajoutée à la position inébranlable de son père, l'avait fait se fourvoyer dans le droit. La première année avait été atroce, mais la deuxième s'avérait pire.

À présent, il devait annoncer le désastre. Alors que Cyril, de son côté, avait obtenu brillamment sa licence et allait commencer sa maîtrise. La course était définitivement perdue. À moins que Tiphaine ne parvienne à sauver la situation puisqu'elle avait choisi de suivre la même voie. Y parviendrait-elle ? Elle n'avait que dix-sept ans et un bac tout frais en poche, mais elle pouvait se montrer très opiniâtre quand elle le voulait.

Il releva la manche de son pull pour regarder sa montre et se hâta de quitter le hall. Il avait rendez-vous avec Béatrice, ce serait son seul bon moment de l'après-midi, autant en profiter. Il courut tout le long des trottoirs jusqu'au square où ils avaient l'habitude de se retrouver. S'il était trop en retard, elle serait capable de ne pas l'attendre, il le savait. Lorsqu'il l'aperçut, de loin, assise sur un banc et la tête penchée vers un livre, il s'arrêta pour pouvoir l'observer. C'était vraiment une femme parfaite, sublime, divine. Tous les superlatifs lui convenaient et il se serait volontiers damné pour pouvoir la déshabiller. Comme chaque élève de son groupe, d'ailleurs. Mais voilà, pour elle ils ne représentaient que des gamins débutants, qu'elle regardait du haut de ses vingt-quatre ans. Chargée de cours pour les travaux dirigés, elle arrondissait ses fins de mois à Assas en bûchant sa thèse. Et ne copinait jamais avec les étudiants, par principe. Il avait fallu toute l'obstination de Virgile – et aussi son nom de Morvan-Meyer, il n'était pas dupe – avant qu'elle se décide à lui manifester un peu de sympathie.

— Béatrice ! cria-t-il.

Quand elle releva la tête, il se sentit fondre.

— Alors ? lança-t-elle en se redressant.

Il attendit d'être arrivé devant elle pour répondre :

— Raté. Et sans regret, je suis très loin du compte.

Ce rattrapage de septembre représentait sa dernière chance, qu'il avait manquée.

— C'est normal, Virgile, tu n'as pas travaillé.

— Disons pas assez. Mais je suis venu à tous les T.D…

Il appuya sa déclaration d'un sourire enjôleur qu'elle ne parut pas remarquer. Durant les travaux dirigés, il n'avait fait que la regarder, sans vraiment l'écouter. Elle le dévisagea un instant, étonnée de le trouver si gai après un tel échec. Il était vraiment mignon malgré ses cheveux beaucoup trop longs, qu'il laissait retomber en boucles brunes sur ses épaules pour être à la mode, avec de beaux yeux verts hérités de sa mère, et une finesse de traits qu'il devait à son père. Pas très grand mais athlétique, souple, racé. En lisant son nom sur sa fiche, la première fois, elle avait eu du mal à y croire : Virgile Morvan-Meyer, le fils du juge, le petit-fils de l'avocat ! Pourtant elle était décidée à le traiter comme les autres, persuadée qu'il se révélerait un excellent étudiant et qu'elle n'aurait pas besoin de lui manifester un quelconque favoritisme. Or il était nul, et le droit l'assommait, elle l'avait découvert très vite. En revanche, à chaque sortie de cours, il l'avait attendue pour l'inviter à boire un café, ce à quoi elle se refusait toujours. Le jour où elle avait enfin accepté, il ne l'avait plus lâchée.

— Je suis désolée pour toi, lui dit-elle gentiment.

— Oh, pas moi ! Je n'y ai jamais cru… Le plus difficile sera de faire passer la pilule à la maison. Mon père est tout sauf un marrant.

Il évoquait volontiers les membres de sa famille, devinant l'intérêt qu'elle ressentait à leur égard.

— J'ai un marché à te proposer, ajouta-t-il.

— À moi ? Écoute, Virgile, je croyais avoir été très claire ! Je t'aime bien mais ne cherche pas à…

— Attends de savoir avant de protester.

Délibérément, il l'avait interrompue pour qu'elle ne lui redise pas ce qu'il n'avait aucune envie d'entendre. Toutes ses tentatives de séduction s'étaient heurtées jusqu'ici au même refus ironique mais il ne voulait pas désarmer, persuadé qu'un jour ou l'autre elle finirait par s'intéresser à lui.

— Tu as envie que je t'introduise au cabinet Morvan-Meyer, non ?

Un peu surprise par la brutalité de la question, elle choisit néanmoins d'être franche.

— Évidemment. Je dois valider un stage obligatoire avant mon inscription au barreau, et le faire dans ce sanctuaire, ce serait la voie royale !

Elle n'y croyait pas vraiment et s'était mise à rire.

— De toute façon, rien que par curiosité, j'aimerais voir à quoi ça ressemble, un cabinet d'une telle importance. Mais fais bien attention à ce que tu vas me demander en échange. Je t'aurai prévenu…

Son regard bleu, pailleté de noir, brillait de malice. Elle s'appuya au dossier du banc, attendant la réponse avec une curiosité amusée. Sa jupe courte laissait voir ses longues jambes, fines et musclées, tandis que son buste menu était mis en valeur par un chemisier de soie très ajusté. Il la trouvait si jolie qu'il acheva, avec un grand sourire :

— Je ne suis pas un mufle, je ne te ferai jamais de chantage. En fait, je veux juste ton aide pour amortir le choc. Devant une femme, surtout une femme comme toi, papa ravalera sa fureur ! Il te suffit de m'accompagner là-bas…

— Ton père n'est pas au Palais ?

— Non, le lundi soir il passe toujours au cabinet. Lui sera de mauvaise humeur mais Marie est plus relax, or c'est elle qui dirige tout. Si tu veux, on y va maintenant.

L'offre était beaucoup trop tentante, elle ne songea pas un instant à refuser et se leva pour le suivre. Ils prirent le métro jusqu'à la Madeleine, puis descendirent le boulevard

Malesherbes vers l'immeuble qui abritait le cabinet. Après les deux grands appartements du rez-de-chaussée, achetés successivement par Charles, le groupe s'était encore agrandi et avait fait l'acquisition du premier étage tout entier. Désormais, les associés étaient trop nombreux pour que leurs noms figurent dans la raison sociale du cabinet qui continuait de s'intituler Morvan-Meyer et de prospérer sous cette appellation devenue célèbre.

Dès qu'ils furent dans le vaste hall, Béatrice fut saisie par l'impression de ruche qui y régnait. Des stagiaires et des secrétaires passaient dans tous les sens, chargés de dossiers, des sonneries de téléphone retentissaient derrière les cloisons, et la réceptionniste semblait ne pas savoir où donner de la tête. Néanmoins, l'atmosphère était largement aussi luxueuse que studieuse, et l'épaisseur des moquettes, les boiseries de chêne ou les meubles anciens étaient là pour attester de la réussite des avocats de la maison.

Virgile se fit annoncer auprès de Marie puis s'engagea dans un large couloir aux murs tendus de soie, jusqu'à la porte capitonnée de ce qui avait été le fief de Charles. Derrière lui, Béatrice observait chaque détail du lieu, très impressionnée.

— J'espère avoir été assez explicite, chuchota-t-il avant de frapper, ce ne sont pas des joyeux drilles…

À peine entré, il fit les présentations. Marie était assise à sa place habituelle, derrière le grand bureau d'acajou, et Vincent se tenait debout, négligemment appuyé aux rayonnages. S'ils furent surpris par la présence de la jeune femme qui escortait Virgile, en gens bien élevés ils n'en montrèrent rien. Néanmoins Vincent remarqua les yeux pailletés de Béatrice, lorsqu'il lui tendit la main, et il se dit que son fils avait bon goût.

— Très heureux de vous rencontrer, déclara-t-il aimablement.

Jamais elle n'aurait pu imaginer que le *jeune* juge Morvan-Meyer était aussi séduisant. De lui elle ne connaissait que les commentaires de Virgile, assez peu flatteurs, ou les bavardages du Palais qui faisaient toujours état de l'âge et du talent de Vincent, mais pas de son charme. On le disait intraitable, austère, elle le trouva surtout très beau. Nommé depuis peu comme l'un des présidents de la cour d'appel, sa réputation de magistrat était connue de toute la profession, et Béatrice avait de quoi être intimidée, elle qui n'avait généralement aucun complexe.

— Les amies de mon fils sont toujours les bienvenues, ajouta-t-il par politesse.

Puis son regard, qu'elle jugea d'emblée irrésistible, la quitta pour se poser sur Virgile, d'un air interrogateur.

— Alors, ces résultats ?

— Échec complet.

— Tu plaisantes ?

— Pas du tout.

Si le jeune homme conservait une assurance un peu artificielle, Béatrice, elle, avait envie de disparaître, de rentrer sous terre.

— Donc tu vas te réinscrire en deuxième année ? intervint Marie.

Il y eut un court silence avant que Virgile ne réponde, à mi-voix :

— Non, j'arrête.

Vincent et Marie échangèrent un coup d'œil tandis que Béatrice, à la torture, se sentait soudain obligée de prendre la parole.

— Je vais vous laisser, murmura-t-elle.

Que venait-elle faire dans cette discussion de famille qui n'allait pas tarder à s'envenimer ? Le visage de Vincent s'était durci et son fils ne lui tiendrait plus tête très longtemps.

— Reste, je t'en prie, lui lança le jeune homme en se raccrochant à elle comme à une bouée de sauvetage.

491

Il la poussa vers le bureau de Marie à qui il s'adressa avec un grand sourire.

— Béatrice voulait te rencontrer au sujet d'un stage. Je me suis peut-être engagé un peu vite mais tu verras si tu peux faire quelque chose pour elle parce qu'elle s'est montrée formidable avec moi pendant cette horrible année !

Sur ces derniers mots, il se retourna vers son père qui n'avait pas bougé et qui se contentait d'observer la jeune femme, appréciant sa silhouette longiligne.

— Papa, je ne suis pas fait pour le droit. J'ai vraiment essayé…

Vincent le toisa quelque peu avant de répondre, d'un ton tranchant :

— Il n'entre pas dans mes intentions de t'y obliger, tu es majeur.

La loi avait deux mois à peine mais la majorité venait d'être abaissée de vingt et un ans à dix-huit depuis le 5 juillet et Vincent était contraint de s'incliner devant cette réalité. Néanmoins, il ironisa :

— Tu as pensé à autre chose ? Tu as un projet, un but, une ambition ? Parce que je serais curieux de les connaître !

La présence de Béatrice l'obligeait à rester calme et courtois, ainsi que Virgile l'avait espéré, mais même sans élever la voix il pouvait se montrer très désagréable.

— À dix-neuf ans, je suppose que tu sais à quoi tu veux consacrer ton existence ?

— Eh bien, je… Il faut que j'y réfléchisse.

— Ah… Et ça va te demander combien de temps ?

— J'aimerais prendre une année sabbatique à Vallongue.

— Sabbatique ? répéta Vincent d'un ton incrédule. Mais ça concerne les gens qui ont beaucoup travaillé ! Ne me dis pas que, toi, tu as besoin de repos ? Et pourquoi Vallongue, c'est à l'autre bout de la France !

— C'est le paradis. En plus, il y a maman, il y a Alain.

— Et alors ? Tu ne vas pas aller te réfugier dans les jupes de ta mère ? Quant à Alain, il ne peut rien pour toi.

— Pas si sûr. Sa passion de la terre est assez... communicative. Je sais qu'il a dû se battre contre grand-père pour imposer ses idées mais, depuis, le monde a changé, tu ne me feras pas le même genre de plan.

— De plan ? Qu'est-ce que c'est que ce jargon ? Tu veux qu'Alain t'engage comme ouvrier agricole avec ma bénédiction ?

Exaspéré, Vincent fit deux pas vers Marie, prêt à la prendre à témoin, toutefois ce fut d'abord à Béatrice qu'il s'adressa :

— Je suis navré, mademoiselle. Effectivement, je crois que... Venez avec moi, la secrétaire de Marie va vous donner un rendez-vous.

D'un geste amical mais ferme, il lui posa la main sur l'épaule pour la guider vers la porte. Obligée de le précéder le long du couloir, Béatrice se sentait incapable de protester et elle décida d'abandonner Virgile à son sort. Ils s'arrêtèrent dans le grand hall, devant le bureau de la réceptionniste qui téléphonait et qu'il n'hésita pas à interrompre.

— Maître Morvan recevra mademoiselle en début de semaine, trouvez-lui un créneau horaire...

Tandis qu'il se penchait vers l'un des agendas, essayant de lire à l'envers, Béatrice eut enfin le loisir de l'observer. Le nez droit, les yeux clairs bordés de longs cils, les pommettes hautes, deux rides qui marquaient les joues creuses : elle adora son profil.

— Voilà, dit-il en lui tendant une carte. Mardi à dix heures, ça ira ?

Sa sollicitude était agréable, même s'il ne s'agissait que de simple politesse.

— C'est extrêmement gentil à vous, monsieur, bredouilla-t-elle.

Elle devait absolument lui dire quelque chose d'autre, qu'il n'aille pas imaginer n'importe quoi à son sujet, et surtout qu'il ne l'oublie pas dès qu'elle serait partie.

— Virgile n'arrivera à rien s'il s'obstine dans cette voie, ajouta-t-elle en hâte. J'étais sa chargée de T.D. cette année : à mon avis il déteste le droit.

— C'est possible. Après tout, ce n'est pas héréditaire !

Pour atténuer la sécheresse de sa repartie, il sourit et précisa :

— Il n'aurait pas dû vous demander de lui servir de paratonnerre… quelle idée de gamin !

Il l'avait raccompagnée jusqu'au bout et déjà il ouvrait la porte. Sans prendre le temps de réfléchir, elle lui fit face, la main tendue.

— Est-ce que j'aurai le plaisir de vous voir, mardi ? s'enquit-elle avec une fausse désinvolture.

— Moi ? Non, je ne travaille pas ici, je…

— Je sais qui vous êtes, monsieur le juge. Tout le monde le sait.

Délibérément, elle garda sa main dans la sienne deux secondes de trop, puis s'enfuit sous le porche de l'immeuble.

Tiphaine et Léa levèrent leurs verres pour trinquer.

— À nous ! dirent-elles ensemble.

Seules dans la vaste cuisine, elles avaient débouché une bouteille de muscadet pour fêter leurs inscriptions réciproques puisque Tiphaine allait intégrer Assas, dans la pure tradition familiale, tandis que Léa préférait attaquer des études de médecine, à la grande joie de son oncle Gauthier. Il fallait bien quelqu'un pour reprendre le flambeau dans cette génération-là mais ce n'était pas la raison de son choix, elle se sentait vraiment attirée par le domaine scientifique où elle avait toujours obtenu d'excellents résultats. Trois mois plus tôt, elle avait demandé à assister à une opération, en simple spectatrice, et l'expérience l'avait enthousiasmée. Loyal, Gauthier ne lui avait pas caché les difficultés qui l'attendaient, et également les grands bonheurs. Il adorait son métier, dont il pouvait parler avec des accents lyriques, et à la fin de leur discussion elle était tout à fait convaincue d'avoir trouvé sa voie.

Le transistor diffusait en sourdine une chanson de Françoise Hardy qu'elles n'écoutaient pas, trop occupées par leurs confidences.

— Virgile est fou d'être parti sans rien dire, papa est capable d'aller le chercher lui-même à Vallongue ! s'exclama Tiphaine.

— Il a pris le train ?

— Oui. Comme il n'avait presque pas d'argent, j'ai dû lui en prêter.

— Eh bien, quand Vincent l'apprendra, les vitres vont trembler ! conclut Léa.

Tiphaine haussa les épaules, résignée. Elle ne redoutait pas son père, qu'elle adorait sans réserve et qui se montrait toujours très gentil avec elle ; pourtant, la veille, on avait entendu sa colère contre Virgile à travers tout l'hôtel particulier, malgré les portes fermées. Quand le jeune homme était enfin sorti du salon, très pâle, il était allé se réfugier dans sa chambre et avait fait ses valises.

— Je ne pouvais pas le lui refuser, murmura Tiphaine. Tu aurais vu sa tête, ce matin… À mon avis, il n'a pas dormi de la nuit.

Lorsque son frère avait frappé chez elle, un peu avant six heures, Cyril venait juste de la quitter et elle s'était sentie paniquée à l'idée qu'ils avaient failli être surpris ensemble. Virgile en aurait fait une maladie, un scandale.

— À quoi penses-tu ? interrogea Léa. Je déteste cet air béat, on dirait que tu rêves au prince charmant !

— Qui sait ?

— Mais non, pas toi ma vieille, tu as trop les pieds sur terre, tu vas nous trouver un type bien sous tous rapports, et comme ça ton père aura au moins une raison de se réjouir.

Elles s'entendaient à merveille, depuis toujours, parce qu'elles avaient exactement le même âge et qu'elles étaient deux filles solidaires contre quatre garçons turbulents.

— En quel honneur, mes chéries ? interrogea Vincent en entrant dans la cuisine. Il y a une bonne nouvelle que j'ignore ?

Marie, qui le suivait, désigna la bouteille.

— Vous vous saoulez avant le dîner ?

— C'est juste un peu de vin blanc, maman...

— Tu nous le fais goûter ? demanda Vincent à Léa.

Il lui adressa un clin d'œil affectueux, auquel elle répondit par un large sourire. Il prenait toujours la peine de lui accorder une attention particulière, sensible au rôle de chef de famille qu'il était bien obligé d'assumer. Car, même si Marie était une très bonne mère, ses enfants avaient forcément besoin d'une référence masculine.

Tandis qu'il cherchait des verres dans un placard, Marie s'assit au bout du banc, observant sa fille du coin de l'œil. Elle la trouvait de plus en plus jolie mais ne pouvait pas la regarder sans penser à Hervé. La ressemblance était devenue criante, impossible à ignorer.

— Papa, murmura Tiphaine, Virgile m'a dit de te dire que...

— Il ne peut pas me le dire lui-même ?

Vincent s'était redressé, déjà furieux, et Tiphaine acheva dans un souffle :

— Il est allé voir maman.

— À Saint-Rémy ? Il aurait pu me prévenir, il n'est décidément pas très courageux ! Quand doit-il rentrer ?

— Je ne sais pas... Pas tout de suite, je pense... Enfin, pas avant quelques semaines... ou quelques mois.

Interloqué, Vincent resta silencieux un instant puis quitta la cuisine sans avoir prononcé un mot.

— Oh, la charmante soirée en perspective, soupira Marie. Bon, les filles, vous commencez à préparer le dîner ?

Depuis le décès de Clara, la cuisinière n'était plus employée qu'à mi-temps, comme la femme de ménage, et chacun mettait la main à la pâte, surtout Madeleine, chargée des menus. Marie adressa une mimique navrée aux deux jeunes filles, avant de partir à la recherche de Vincent. Elle le trouva dans le boudoir du premier, ainsi qu'elle s'y attendait, en train de composer un numéro de téléphone.

— Attends ! s'écria-t-elle. Qui appelles-tu ? Magali ?

— Non, Alain.

En deux enjambées, elle le rejoignit et raccrocha le combiné.

— Tu ferais mieux de remettre ça à demain.

— Pourquoi ?

— Tu as assez engueulé ton fils comme ça. Et si Alain prend sa défense, c'est avec lui que tu vas t'accrocher ! Tu te rends compte que tu es en train de faire exactement la même chose que Charles ?

Elle le poussa vers un fauteuil tout en continuant à parler.

— Ne perds pas la mémoire, Vincent. Tu avais trouvé ton père très dur, tu n'approuvais pas la façon dont il traitait Alain… N'inflige pas ton mépris à ton fils, il ne s'en remettrait pas. Il a le droit de ne pas être dans le moule. Je l'étais, moi ?

— Non, mais tu savais ce que tu voulais, Marie. Et Alain aussi. Tandis que Virgile n'a aucune volonté, il se contente de rejeter sans rien proposer d'autre.

— Mai 68 est passé par là…

— Bonne excuse pour tous les paresseux !

— Tu es injuste.

Vincent haussa les épaules mais sa colère s'estompait peu à peu. La fuite de son fils ne le surprenait pas vraiment. Ils n'avaient pas cessé de s'opposer tous les deux depuis des années, très exactement depuis que Vincent l'avait ramené à Paris contre son gré. Il prétendait que sa mère lui manquait, ainsi qu'Odette pour laquelle il éprouvait une réelle tendresse, et son insistance à repartir pour Vallongue avait déjà provoqué bien des conflits.

— Il m'en veut à cause du divorce, soupira Vincent, et il prend modèle sur Alain en sachant que ça m'exaspère…

— Alain est le dieu de tous nos enfants, je crois qu'on n'y peut rien.

— Toi, ça t'arrange… moi pas !

— Qu'est-ce qui te gêne avec Alain ? Ses… mœurs ?

— Ne me fais pas ce procès-là, Marie. J'ai su que ton frère préférait les hommes bien avant que tu ne le découvres toi-même, et ça n'a rien changé à mon affection pour lui.

— Pourtant, tu le détestes !

Il sembla d'abord effaré par cette expression puis secoua énergiquement la tête.

— Ce n'est pas le mot juste. Tu m'accuses de perdre la mémoire mais je ne suis pas près d'oublier son comportement ! Il n'est même pas venu à l'enterrement de papa…

Une absence que Vincent n'avait toujours pas pardonnée, c'était évident. Marie ne répondit rien et se contenta de s'asseoir en face de lui. Elle savait qu'il allait sortir son paquet de cigarettes, ce qu'il fit presque aussitôt. Il fumait très peu mais passait beaucoup de temps à jouer avec, dès qu'il était contrarié.

— Et le jour de l'enterrement de grand-mère, il m'a carrément insulté… Il mélange tout. L'histoire de nos pères et la nôtre… Quand je te regarde, Marie, je ne vois pas la fille d'Édouard, je te vois, toi. Ma cousine. Une femme formidable que j'adore. J'aurais fait pareil pour Alain.

— Il a dû avoir peur que non ! C'est un écorché vif… La dernière chose au monde qu'il avait envie d'apprendre, à l'époque, c'est qu'il était le fils d'une ordure pareille.

Le silence tomba entre eux, sans qu'ils cherchent à le rompre, perdus dans leurs pensées. Ils se remémoraient la lecture des carnets de Judith, lors de cette horrible nuit où ils avaient découvert la vérité. Charles venait à peine de mourir, à l'hôpital, et ensemble, tous les cinq, ils étaient allés ouvrir le coffre-fort de son bureau. Ils y avaient trouvé la pile de petits carnets noirs qu'ils s'étaient passés en silence, l'un après l'autre. Ensuite, Alain n'avait plus jamais été le même.

Au bout d'un long moment, Vincent murmura :

— Les rancunes, le passé, toutes ces horreurs... ça pèse tellement lourd, au bout du compte... Regarde-nous ! Parfois je me dis que nous devrions parler aux enfants, que c'est l'histoire de leur famille et qu'ils ont le droit de la connaître, pourtant je ne parviens pas à m'y résoudre. Chaque fois que l'un d'eux pose une question, j'élude. Je crois que j'ai peur...

— Moi aussi. Et en ce qui me concerne, c'est pire, parce que ce n'est pas seulement à propos de leur grand-père qu'ils vont m'interroger ! Un jour ou l'autre, ils voudront savoir avec qui je les ai fabriqués.

Sa voix avait une intonation si étrange que Vincent releva la tête, intrigué.

— Hervé te harcèle toujours ?

— Harceler est excessif. Mais je le croise régulièrement au Palais, j'ai l'impression qu'il fait tout pour se mettre sur mon chemin.

— Et ça t'inquiète ?

— Eh bien... non, pas du tout.

Il la dévisagea, essayant de comprendre ce qu'elle cherchait à lui dire. Lorsqu'elle s'était confiée à lui, désemparée par la première visite d'Hervé, il n'avait eu aucun mal à la rassurer. Tant que cet homme ne verrait pas Léa, elle ne risquait rien, elle pourrait toujours nier, elle était la seule à savoir qui étaient les pères de ses enfants. Hervé n'avait cherché à la rencontrer que pour entrer dans le cabinet Morvan-Meyer et, depuis, il s'était installé ailleurs ; il avait sûrement d'autres chats à fouetter que courir après une vieille aventure qui n'était plus qu'un souvenir de jeunesse dont il ignorait les conséquences.

— J'ai fini par accepter de déjeuner avec lui la semaine dernière, avoua-t-elle brusquement. Et pour être honnête, j'ai passé un bon moment.

Stupéfait, il commençait à comprendre et il faillit se mettre à rire.

— Marie ! Est-ce que par hasard tu aurais… tu voudrais…

— Il est plutôt mieux aujourd'hui qu'il y a vingt ans. Il a bien vieilli. Tu me suis ?

Hilare, Vincent se pencha en avant pour frapper du plat de la main le genou de sa cousine.

— Je t'adore ! C'est la première fois de ta vie que tu m'avoues un truc pareil, tu sais ? Jusqu'ici, tu n'as fait confiance à personne, motus et bouche cousue sur tes petits copains. Alors maître Hervé Renaud a la chance de te plaire ? De te re-plaire ? Mais c'est merveilleux, que ça tombe sur lui !

Il allait encore ajouter quelque chose quand la voix de Léa retentit sur le palier, les appelant pour dîner, et ils se figèrent tous les deux.

— Je ne compte pas lui parler de Léa dans l'immédiat, chuchota-t-elle.

D'un signe de tête, il approuva sa décision puis se leva. Leur conversation lui avait fait oublier Virgile, qui aurait donc un sursis jusqu'au lendemain, et peut-être davantage. Marie avait utilisé des arguments auxquels il ne pouvait pas être insensible car, quelle que soit l'admiration qu'il conservait pour son père, il ne voulait pas forcément lui ressembler. À certains moments, Charles s'était trompé, aveuglé par son besoin de vengeance, alors que Vincent n'avait aucune revanche à prendre, sinon sur lui-même.

Il fallut deux semaines à Béatrice pour se décider. Elle avait écrit une longue lettre de remerciement à Virgile, puisque Marie l'avait engagée comme stagiaire pour un an, mais son courrier était resté sans réponse. Elle devait intégrer le cabinet Morvan-Meyer le 1er octobre et, à partir de là, elle aurait une chance d'apercevoir Vincent chaque lundi soir. Mais elle ne se sentait pas la patience d'attendre cette éventualité. Quinze jours de réflexion l'avaient mise sur des charbons ardents. Faisant appel à ses souvenirs, elle s'était acharnée à reconstituer les bribes de confidences faites par Virgile au sujet de son père. Divorcé. Sans maîtresse en titre ni liaison connue, en tout cas pas de son fils. Obnubilé par son travail et ses responsabilités familiales. Carriériste. Sombre. Bloqué au Palais du matin au soir.

Finalement, elle avait choisi de le guetter là-bas. Au début, elle s'était dit qu'une rencontre dans les couloirs aurait pu sembler naturelle, fortuite. Cependant, comment le retenir au-delà d'un banal échange de politesse ? À force d'envisager toutes les hypothèses, elle avait renoncé à ce faux hasard dont il ne serait sans doute pas dupe. Si elle voulait obtenir son attention, elle devait trouver autre chose. De quoi le surprendre ou le faire rire. Elle en était tout à fait capable, à condition de surmonter la timidité inattendue qu'il lui inspirait.

À court d'imagination, elle opta pour le plus simple – qui était aussi le plus risqué – et alla carrément se poster devant son bureau. Elle dut patienter presque toute la matinée, mal installée sur une banquette de velours rouge, sous l'œil indifférent d'un huissier. Pourtant, elle s'était habillée avec un soin particulier, choisissant une robe bleu ciel au décolleté croisé, fendue sur le côté et soulignée d'une large ceinture de cuir beige, assortie à ses escarpins.

Un peu avant treize heures, Vincent sortit enfin, mais elle faillit manquer de courage lorsqu'il la dépassa sans même la remarquer.

— Monsieur le juge ! s'écria-t-elle en se levant d'un bond.

Surpris, il jeta un coup d'œil derrière lui et la découvrit enfin.

— Béatrice Audier, rappela-t-elle en le rejoignant. Nous nous sommes rencontrés le jour où Virgile a…

— Je sais très bien qui vous êtes, mademoiselle Audier.

Parce qu'il avait utilisé une phrase semblable à celle dont elle s'était servie lorsqu'ils s'étaient rencontrés pour la première fois, assortie d'un sourire charmeur, elle se sentit stupide. Elle avait craint qu'il ne la reconnaisse pas, ou qu'il ne se débarrasse d'elle en deux secondes, or il restait là, attentif à ce qu'elle allait dire, avec une attitude presque familière.

— D'abord je tenais à vous remercier, réussit-elle à articuler.

— N'en parlons plus.

— Et à vous inviter à déjeuner.

Soulagée d'être parvenue à l'énoncer sans bafouiller, elle leva enfin les yeux vers lui, croisa le regard pâle dont elle se souvenait si bien.

— Je pense que ça doit vous paraître un peu… incongru ? hasarda-t-elle.

— Eh bien… non, en fait ça me paraît une bonne idée mais…

— Vous êtes sûrement très occupé !

— Oui, très.

— J'imagine. Alors votre jour sera le mien. N'importe quand.

Elle comprit qu'elle avait réussi à l'intriguer quand elle vit ses yeux se plisser pour un second sourire.

— Aujourd'hui ira très bien, à condition de faire vite.

Là, c'était lui qui marquait un point et elle s'inclina, bonne joueuse.

— Un croque-monsieur si vous voulez ! On y va ?

Côte à côte, ils remontèrent les couloirs et les galeries du Palais de justice. Il portait un costume léger, bleu-gris, avec une cravate claire sur une chemise blanche. Il aurait pu avoir l'air trop strict, il était simplement élégant.

— Je connais une brasserie sympathique place Dauphine, il faut juste faire le tour du Palais, annonça-t-il.

Par courtoisie, il avait réglé son pas sur celui de Béatrice qui restait silencieuse. Elle essayait de rassembler ses idées, d'échafauder une tactique. La rapidité de sa victoire l'avait un peu déstabilisée et elle avait besoin de reprendre ses esprits avant de se lancer à l'assaut. Elle attendit donc d'être assise face à lui, à l'excellente table où le maître d'hôtel s'était empressé de les conduire, pour lui demander :

— Est-ce que vous avez le temps de siroter un apéritif ? Sinon on peut passer directement au plat du jour.

— On va tout commander ensemble, d'accord ? Que prenez-vous ?

— D'abord une coupe de champagne, ensuite une sole grillée.

Amusé par la façon dont elle s'exprimait, il fit signe à un serveur qui leur apporta leurs verres presque aussitôt.

— À quoi allons-nous boire, mademoiselle Audier ? Je suppose que vous voulez me parler de Virgile et m'annoncer quelque chose qu'il n'a pas le courage de m'apprendre lui-même ? De quoi s'agit-il, cette fois ? Il veut vous épouser ?

Elle resta interdite quelques instants avant de réaliser l'ampleur du malentendu. S'il avait accepté de la suivre en croyant qu'il serait question de son fils, il allait tomber des nues.

— Virgile ? répéta-t-elle lentement. Non, pas du tout.

Devant l'expression perplexe qu'affichait maintenant Vincent, elle dut lutter pour surmonter sa panique.

— Votre fils a été mon élève, et c'est devenu un ami. Le mot est un peu fort mais je n'en trouve pas d'autre. Je lui suis très reconnaissante de m'avoir présentée à sa tante Marie… et à vous. Il n'y a rien d'autre.

Il continuait d'attendre, sa coupe de champagne à la main, ses yeux gris posés sur elle.

— Ce n'est pas la raison de ma présence au Palais aujourd'hui, précisa-t-elle.

Sans cesser de la fixer, il reposa la coupe à laquelle il n'avait pas touché.

— Bien. Je vous écoute.

Que s'imaginait-il, à présent ? Qu'elle avait un service personnel à lui demander ? Brusquement, elle perdit pied et se mit à rougir. La situation devenait intenable, elle allait se couvrir de ridicule et le plonger dans l'embarras. Ou le mettre en colère. Ou pis encore. Comment avait-elle pu croire qu'il comprendrait à demi-mots et qu'ensuite il ne manquerait pas de succomber à son charme !

— Je me sens très gênée, avoua-t-elle d'un trait, je crois que j'avais la prétention de vous draguer.

Incapable de soutenir son regard une seconde de plus, elle avait baissé la tête et il ne voyait plus que ses cheveux. De très beaux cheveux bruns, longs, lisses et brillants, qui lui donnaient un peu l'allure d'une Asiatique. Autour de son cou, un collier tout simple, fait de petites boules d'argent, luisait sur sa peau mate.

— Vous ne buvez pas ? demanda-t-il avec une intonation presque tendre.

Elle se redressa, constata qu'il lui souriait gentiment.

— À la vôtre, murmura-t-elle.

Ils burent en silence, à petites gorgées, attendant que le malaise se dissipe.

— Vous n'avez sûrement qu'à claquer des doigts pour que des tas de jeunes gens de votre âge se précipitent à vos pieds, dit-il enfin. Vous intéresser à quelqu'un comme moi est une pure ineptie. On va vite oublier ça et finir de déjeuner. À propos, c'est moi qui vous invite, bien entendu.

La chaleur de sa voix était aussi irrésistible que la douceur de ses yeux. Elle pensa qu'elle allait se mettre à pleurer de rage s'il continuait à la regarder de cette manière mais, heureusement, il se tourna vers un serveur pour redemander du champagne.

— Je veux encore trinquer avec vous, déclara-t-il. Il y a longtemps qu'on ne m'avait pas adressé un tel compliment.

— Je n'en crois pas un mot ! riposta-t-elle aussitôt. Vous pouvez séduire n'importe qui, mais vous ne devez pas vous en apercevoir.

Il éclata de rire et elle se sentit un peu mieux.

— Vous êtes vraiment très drôle ! ajouta-t-il gaiement. Et aussi très jolie.

Prise au dépourvu, elle essaya de lui tenir tête en adoptant un ton ironique.

— Vous le pensez ?

— Oui.

— Mais je ne vous plais pas, c'est ça ?

— Si.

— Alors disons… pas assez ?

— Beaucoup trop.

Il ne riait plus et la contemplait différemment. Elle saisit sa chance au vol, persuadée qu'elle n'en aurait pas d'autre.

— Vous êtes toujours pressé ?

— Non, plus maintenant.

Stupéfié par ce qu'il venait de proférer, il essaya de se souvenir de ses rendez-vous de l'après-midi. Il pouvait peut-être soustraire encore une demi-heure à un planning surchargé, mais guère plus.

— J'ai au moins le temps de boire un café et de vous inviter à dîner. À condition que vous n'ayez pas changé d'idée. C'est vraiment ce que vous voulez ?

Il lui laissait une possibilité de faire marche arrière, qu'elle balaya d'un geste impatient.

— Dites-moi où et à quelle heure, que je puisse penser à ce que je vais mettre.

De nouveau, elle le vit rire, et elle comprit qu'elle avait gagné.

En Provence, l'été avait beau être fini, c'était toujours la canicule. Les olives n'étaient pas encore parvenues à maturité, mais la récolte promettait d'être bonne. Alain venait d'achever l'inspection de la plus ancienne des parcelles, celle où les oliviers étaient plusieurs fois centenaires. Ceux-là, il les avait sauvés à deux reprises, d'abord lorsqu'il était venu s'installer à Vallongue, vingt-cinq ans plus tôt, ensuite durant les gelées de février 1956.

Il continua à descendre la colline tout en sifflotant, la chemise déjà trempée de sueur, mais la chaleur ne l'incommodait pas. De loin, il aperçut Virgile qui montait vers lui, trébuchant sur les cailloux.

— Si tu veux travailler avec moi, il faudra te lever plus tôt ! lui cria-t-il.

Sans bouger d'où il était, il attendit que le jeune homme le rejoigne.

— Demain matin, je serai prêt, c'est promis. À quelle heure commences-tu ta tournée ?

— À l'aube, quand il fait frais.

Virgile regarda autour de lui puis soupira, heureux d'être de retour à Vallongue.

— J'adore cet endroit !

Il tendit la main vers une olive mais renonça à la cueillir, sachant qu'elle était immangeable.

— Combien de kilos pour faire un litre d'huile ? interrogea-t-il.

— Cinq ou six si tu veux un pur jus.

Alain observa quelques instants Virgile qui étudiait les fruits d'un air très sérieux, puis il se mit à sourire. Jadis, il avait posé les mêmes questions naïves à Ferréol, le vieil employé qui l'avait patiemment initié.

— Tu as beaucoup à apprendre, constata-t-il. Tu es vraiment décidé ?

— Oui ! Oui... S'il te plaît.

— Oh, mais ça me plaît, ne t'inquiète pas pour ça. Est-ce que tu as appelé ton père ?

— Non, et je ne le ferai pas. Je n'ai pas de comptes à lui rendre !

L'agressivité du ton ne surprit pas Alain. Il connaissait Virgile depuis qu'il était né et mesurait parfaitement l'étendue de sa révolte.

— Il va t'en demander de toute façon, autant t'en débarrasser.

— Comment peut-il être aussi borné, aussi égoïste, aussi rigide ! explosa Virgile.

— C'est à lui qu'il faut le dire, pas à moi.

Le jeune homme faillit répondre mais ravala ses paroles de justesse. Il admirait Alain pour toutes sortes de raisons, y compris sa droiture, il ne pouvait pas lui en vouloir de ne pas prendre parti.

— D'accord, accepta-t-il. Je lui téléphonerai ce soir... Il voudra sûrement te parler.

— Eh bien, tu me le passeras.

— Tu le crois capable de débarquer ici ?

— Je crois surtout qu'il a beaucoup de travail.

— Oh, oui ! Son sacro-saint boulot ! Ses dossiers, ses écrits fumeux, ses arrêts à rendre... j'ai entendu ça pendant des années !

De nouveau, il se laissait emporter par la rage, et Alain l'interrompit.

— Ton grand-père était bien pire, mais ça ne m'a pas empêché d'arriver à ce que je voulais. Arrête de te plaindre, Vincent est un enfant de chœur à côté de Charles. Je n'ose pas imaginer ce qu'il m'aurait fait si j'étais parti sans rien demander.

— Il t'a pourtant laissé tranquille !

Alain esquissa un sourire sans joie.

— Pour ne plus me voir, oui. Il me détestait, alors que ton père t'aime, tu n'es pas aussi malheureux que tu l'imagines. Viens...

Ils commencèrent à descendre vers la plaine, quittant l'ombre des oliviers. Alors qu'ils passaient près d'une haie, Virgile tendit la main pour cueillir d'appétissantes baies rouges.

— Tu veux t'empoisonner ou quoi ? protesta Alain en lui tapant sur les doigts.

— Ce ne sont pas des alises ? Maman en faisait des confitures.

— C'est du tamier, et c'est toxique. Je t'apprendrai à faire la différence. À propos de ta mère, je te rappelle qu'elle nous a invités à dîner. Mais pour le déjeuner, il faut qu'on se débrouille. Une omelette, ça te va ? Demain, je te préviens, ce sera à ton tour de te mettre aux fourneaux.

Leur vie à deux n'était pas encore organisée et Virgile se mit à rire, enthousiasmé par cette perspective de liberté qui s'ouvrait devant lui.

— Est-ce que je peux te confier un secret ? demanda-t-il d'une voix gaie.

— Le meilleur moyen pour qu'un secret soit bien gardé, c'est encore de n'en parler à personne, lui fit remarquer Alain avec un sourire amusé.

— Peut-être, mais il faut que je le dise à quelqu'un, et toi tout le monde sait que tu ne parles pas.

La confiance que Virgile lui manifestait toucha Alain. Il avait su se faire aimer de ses neveux et de leurs cousins parce qu'il avait toujours trouvé le temps de les écouter, de chercher à les comprendre.

— Vas-y…

— Je suis amoureux.

— C'est ce qui peut t'arriver de mieux à ton âge.

— Tu crois ?

— J'en suis certain.

— Et tu ne veux pas savoir de qui il s'agit ? insista Virgile.

— Tu vas me le dire dans deux secondes. Je la connais ?

— Non, tu ne l'as jamais vue. Elle s'appelle Béatrice et elle a vingt-quatre ans. Problème : elle habite Paris.

— Invite-la à passer un week-end ici.

— Nous ne sommes pas assez intimes pour ça, mais j'espère que ça viendra. Elle est brune, avec des yeux bleus stupéfiants.

— Bravo, j'ai toujours préféré les brunes, dit Alain tranquillement.

Éberlué, Virgile s'arrêta un instant. Il ne savait pas comment formuler la question qui lui brûlait les lèvres, ni même s'il devait la poser.

— Mais je croyais que…

— Que quoi ? lui demanda Alain en se retournant.

Il considérait Virgile avec indulgence, une lueur ironique dans ses yeux dorés.

— Plus exactement, je préfère d'abord les blonds, et ensuite les brunes. Content comme ça ?

Jamais ils n'avaient abordé le sujet ensemble, et c'était la manière la plus brutale de le faire.

— Quand tu as une question à me poser, Virgile, n'hésite pas.

Son sourire restait bienveillant et sa franchise forçait le respect.

— Tu sais, s'empressa de préciser le jeune homme, aucun d'entre nous n'a… enfin je veux dire que personne ne…

— En ce qui me concerne, je ne te demande rien. Tu viens, oui ou non ?

Le soleil était à son zénith, rendant la chaleur presque insupportable. Virgile rattrapa Alain en quelques enjambées et désigna les toitures de Vallongue.

— Le dernier arrivé fait la vaisselle, d'accord ?

Alain ne lui répondit pas mais démarra le premier.

Béatrice s'effondra sur les draps, en nage. Elle ne retrouva une respiration régulière qu'au bout d'une ou deux minutes, puis elle se décida à rouvrir les yeux. Sa chambre lui parut petite, mais elle ne s'y était jamais sentie aussi bien. Vincent était allongé à plat ventre, la tête tourné vers elle, en train de l'observer. D'un mouvement impulsif, elle se rapprocha de lui, embrassa son épaule.

— J'ai soif, soupira-t-elle. Je vais chercher de l'eau. Tu en veux ?

Il bougea un peu, passa son bras autour d'elle et l'attira contre lui.

— Reste là, murmura-t-il, tu boiras tout à l'heure. Je t'ai invitée à dîner, tu t'en souviens ?

Il chercha ses lèvres, dont il prit possession avec douceur. Quand il la lâcha enfin, elle poussa un petit grognement de dépit.

— Pour un homme exclusivement préoccupé de sa carrière, je te trouve beaucoup trop doué. En réalité, tu passes tes nuits à courir les filles, c'est ça ?

— Il s'agit d'un nouveau compliment ? Merci…

Appuyé sur un coude, il la détailla des pieds à la tête.

— Tu es mieux que belle, Béatrice. Un vrai cadeau tombé du ciel. Je ne sais toujours pas pourquoi tu m'as choisi mais c'est une soirée que je n'oublierai pas.

— J'en veux plein d'autres ! s'écria-t-elle. Tu n'étais pas un gibier sur ma liste, je suis amoureuse de toi !

— Là, tu dis des bêtises, même si c'est agréable à entendre.

Il jeta un coup d'œil à sa montre, qu'il n'avait pas songé à retirer. Il était passé prendre la jeune femme chez elle à huit heures, comme convenu, et n'avait pas su lui résister quand elle s'était jetée dans ses bras. Ils avaient semé des vêtements dans l'entrée et dans le couloir du minuscule appartement qu'elle louait tout meublé, rue de Vaugirard, avant de se retrouver dans sa chambre où ils avaient fait l'amour avec volupté tandis que la nuit tombait.

— Si on ne va pas dîner maintenant, le restaurant sera fermé, déclara-t-il en souriant.

— Allons-y, mais à une condition.

— Laquelle ?

— On revient ici après.

— C'est très flatteur pour moi, seulement je me lève tôt demain matin.

— Je m'en moque !

Elle se leva et resta immobile à côté du lit un moment. La lumière de la lampe de chevet, qu'elle avait dû allumer à un moment ou à un autre, mettait en valeur son corps parfait. Il laissa errer son regard sur les jambes interminables, les hanches étroites, les petits seins ronds qu'il avait caressés avec volupté. Non seulement elle était belle, mais en plus elle faisait bien l'amour.

— La salle de bains est juste à côté, dit-elle sans bouger.

— Après toi…

— Pourquoi pas en même temps ?

— Très bien. Dans ce cas, on ne mangera jamais, mais ça m'est égal.

Les muscles douloureux, il se mit debout à son tour. Quand il la rejoignit, elle se plaqua contre lui et enfouit sa tête au creux de son épaule. Ils restèrent un long moment enlacés, silencieux, un peu étonnés de ce qui leur arrivait. Depuis Magali, Vincent n'avait mis aucun sentiment dans ses rares aventures. Leur divorce l'avait anéanti, anesthésié, il ne voulait plus aimer. Même s'il n'en parlait jamais, il avait souffert durant des mois, se noyant dans le travail pour échapper à la culpabilité et à la douleur. À ses yeux, les femmes n'étaient plus qu'une parenthèse obligatoire, vécue avec détachement. Il n'éprouvait à leur égard qu'un désir passager, puis un plaisir éphémère dont il mesurait très bien l'égoïsme et qui le laissait insatisfait. Sa rencontre avec Béatrice aurait dû s'achever comme les autres, or il n'avait pas envie de partir. Au contraire, il ressentait une étrange émotion à la tenir ainsi abandonnée contre lui.

— Je ne veux pas que tu t'en ailles, chuchota-t-elle. Tu dois être le genre d'homme qu'on ne revoit pas deux fois. Laisse-moi une chance d'aller plus loin.

— Une chance ? Voyons, Béatrice, c'est toi qui te lasseras la première…

— On a un avenir, alors ?

Elle avait relevé la tête si vite qu'elle lui avait heurté violemment le menton. Il sentit un goût de sang sur sa langue.

— Je t'ai fait mal ? s'inquiéta-t-elle.

— Non. Mais tu y arriveras bien un jour ou l'autre.

— Pourquoi ?

Elle l'entendit prendre une profonde inspiration puis il finit par chuchoter :

— Parce que tu es trop jeune pour moi. Alors, de nous deux, ce sera forcément moi le perdant.

Elle serra davantage ses bras autour de lui, le cœur battant, et bredouilla :

— Je vais t'aimer toute ma vie !

— Arrête, c'est stupide.

Pour l'obliger à s'écarter de lui, il la prit par les épaules mais elle se débattit jusqu'à ce qu'ils trébuchent ensemble sur le lit.

— Fais-moi l'amour, dit-elle à voix basse.

Il n'avait pas besoin qu'elle le demande, il en mourait d'envie.

Jean-Rémi était resté discrètement de dos, comme s'il contemplait les tableaux en simple visiteur, tout le temps que Magali avait parlé à son client. Lorsqu'il entendit la cloche de la porte tinter, il se retourna enfin.

— Tu as été fantastique ! s'exclama-t-il.

— C'est vrai ?

— Je te le jure. Et il va revenir, fais-moi confiance. Tu peux considérer que la vente est conclue.

Magali lui adressa un sourire éblouissant. Elle portait un tailleur-pantalon qui lui allait à merveille, pas trop sophistiqué mais parfaitement coupé. C'était lui qui l'aidait à choisir ses vêtements depuis l'ouverture de la galerie, tout comme il avait dirigé la décoration du magasin ou décidé des artistes qui exposeraient là. L'idée d'une galerie de peinture n'avait rien de très original à Saint-Rémy-de-Provence, mais le nom de Jean-Rémi Berger, gravé en lettres dorées sur la porte vitrée, attirait de véritables amateurs. Dès le début, il avait prévenu Magali qu'elle allait devoir accomplir un gros effort pour comprendre le fonctionnement de ce type de commerce. Et pour y trouver sa place, elle qui ne connaissait strictement rien à la peinture. C'était presque une gageure, un pari qu'ils avaient pris entre eux et qu'elle était bien décidée à gagner.

— Alors tu t'y fais, finalement, j'avais raison, constata-t-il.

Elle le rejoignit, à l'autre bout de la grande salle d'exposition, et l'embrassa dans le cou.

— Alain et toi, vous êtes de sacrés chics types !

Jamais elle ne pourrait assez les remercier de ce qu'ils faisaient pour elle. Jean-Rémi s'était toujours montré gentil à son égard, même à l'époque où elle faisait le ménage chez lui et ne connaissait pas encore Vincent. Bien sûr, elle en était tout à fait consciente, jamais il n'aurait ouvert cette galerie si Alain ne le lui avait pas demandé. Mais comme il était prêt à tout dès qu'Alain manifestait le moindre désir, ce qui arrivait rarement, il avait sauté sur l'occasion. Puisqu'il fallait s'occuper de l'avenir de Magali, il avait pris gaiement les choses en main.

— Et toi, tu es une femme étonnante, je n'aurais jamais cru que…

— Ah, tu vois, tu n'y croyais pas !

— Si, mais je pensais qu'il te faudrait plus de temps. Là, tu viens de m'épater. Est-ce qu'on va commencer à gagner de l'argent ?

Il se mit à rire et elle l'imita, sachant qu'il plaisantait. Il n'avait aucun besoin d'argent, ses tableaux étaient tellement cotés qu'il pouvait même s'arrêter de peindre, il resterait riche. À cinquante-cinq ans, il possédait encore une silhouette de jeune homme. Son regard bleu n'avait rien perdu de son intensité, mais des mèches blanches, mêlées à ses cheveux blonds, en plus de quelques rides, trahissaient son âge. Magali, au contraire, ne semblait pas atteinte par le temps. Elle resplendissait, en pleine maturité, et la plupart des hommes se retournaient sur elle. Depuis qu'elle tenait la galerie, elle avait retrouvé une étonnante confiance en elle. Le salaire viré chaque mois sur son compte la rendait très fière, et cette somme-là n'avait pas la même valeur que la pension alimentaire versée par Vincent.

— Je crois qu'on peut fermer maintenant, il est tard.

Elle actionna la commande électrique du rideau de fer, éteignit les spots qui éclairaient les tableaux. Ils sortirent ensemble sur la petite place où trônait l'une des nombreuses fontaines de Saint-Rémy. Avec le soir, la chaleur était devenue supportable et des groupes de promeneurs se bousculaient encore sur les trottoirs ou s'attardaient aux terrasses des cafés.

— Être ton employeur me donne au moins le droit de rencontrer ton fils, plaisanta Jean-Rémi. Sans la galerie, Alain n'aurait jamais accepté de me le présenter !

Malgré la légèreté du ton, elle en perçut toute l'amertume. Elle comprenait très bien son problème, pour l'avoir vécu elle-même, et ne pouvait que le plaindre.

— J'en ai assez d'être systématiquement tenu à l'écart de cette fichue famille Morvan ! ajouta-t-il.

— Rassure-toi, tu ne perds pas grand-chose. Qui voudrais-tu connaître ? La mère d'Alain ? Dieu t'en préserve, c'est une idiote et elle est méchante.

— Oui, je sais… Mais parfois j'ai l'impression de… de ne pas compter pour lui.

Avec le temps, ce grief tournait à l'idée fixe. Ses sentiments pour Alain, loin de s'émousser, étaient devenus plus profonds, plus tendus, et le rendaient très vulnérable.

— Tu as tort, Jean-Rémi. Il t'aime et tu le sais très bien.

— Non, je ne le sais pas ! Si j'en étais sûr, je dormirais la nuit et j'arriverais à peindre !

Interloquée, elle se tourna vers lui et vit qu'il regrettait déjà sa confidence.

— Tu as des problèmes pour peindre ? demanda-t-elle malgré tout.

— Oui. Mais je préfère ne pas en parler.

Ils étaient arrivés devant le cabriolet noir de Jean-Rémi, dont la capote était baissée.

— Monte avec moi, suggéra-t-il, Alain te ramènera après le dîner. De toute façon, il ne dormira pas au moulin, il rentrera à Vallongue pour servir de chaperon à ton fils !

— Virgile est majeur, il peut très bien vivre là-bas tout seul, ou venir habiter chez moi.

Jean-Rémi esquissa un petit sourire d'excuse avant de lui ouvrir la portière.

— En attendant, ma belle, dit-il gentiment, je vais vous faire un bon dîner et je ne serais pas fâché que tu me donnes un coup de main. Sache que je n'ai rien contre l'arrivée de ton fils, au contraire je suis ravi pour toi. Te ressemble-t-il ?

— Les yeux, c'est tout. Sinon, il est plutôt du côté de Vincent.

— Il doit être très mignon, apprécia-t-il d'un ton rêveur. Et on a le droit de lui faire du charme ?

— Ne t'y risque pas, je crois qu'il est fou amoureux d'une fille, c'est l'une des premières choses qu'il m'ait racontées…

— Dommage !

Elle se mit à rire, la tête en arrière, tandis qu'il s'installait au volant. Il prit la direction des Baux, roulant beaucoup trop vite comme à son habitude.

— Tu finiras par te tuer ! protesta-t-elle.

Pour lui faire plaisir, il s'obligea à ralentir, mais il n'avait pas peur d'un accident, ni peur de la mort. Sa vie lui semblait parfois absurde et sans but, surtout depuis qu'il restait immobile durant des heures devant une toile blanche. L'inspiration le désertait, Alain continuait de lui échapper, et rien d'autre ne le retenait. Surtout pas les jeunes gens avec lesquels il essayait d'oublier, le temps d'un voyage, mais qui ne faisaient que le renvoyer à l'image de sa propre vieillesse. Des éphèbes futiles, désespérément jeunes, souvent intéressés.

— Tu crois que c'est vrai ? demanda-t-il en élevant la voix pour couvrir le bruit du vent.

— Quoi ?

— Qu'on n'aime vraiment qu'une fois ?

Comme elle ne lui répondait pas, il pensa qu'elle n'avait pas entendu la question. Mais lorsqu'il s'arrêta près du moulin, juste avant de descendre elle lui lança :

— Bien sûr que c'est vrai ! Tu ne le savais pas ?

Il resta un instant perplexe, la main sur la clef de contact, puis il se dit qu'il allait entreprendre un portrait d'Alain, que le temps était venu de le faire. Longtemps, il avait retardé l'échéance. Désormais, il ne lui restait aucun autre moyen d'exorciser ses démons, de calmer l'insupportable angoisse qu'il ressentait dès qu'il tenait un pinceau. Bien sûr, Alain ne poserait pas pour lui, inutile de le lui demander et peu importait, il n'avait aucun besoin d'un modèle qu'il connaissait par cœur. S'il parvenait à peindre son obsession, il avait encore une chance de retrouver son talent. Et aussi de découvrir à quoi ressemblerait le visage, une fois qu'il l'aurait sorti de sa tête pour le fixer sur la toile.

Béatrice relut avec attention la lettre de Virgile puis elle la posa bien à plat sur la table, devant elle. C'était grotesque, comment pouvait-il répondre à un courrier de remerciement, enthousiaste mais amical, par une déclaration d'amour aussi enflammée ? Il disait qu'il avait tardé à écrire parce qu'il était parti dans le Midi, ce dont elle se moquait éperdument. Qu'il aille vivre où bon lui semble, mais qu'il la laisse tranquille !

Anxieuse, elle parcourut les trois feuillets une nouvelle fois. Que s'imaginait-il donc ? Qu'elle allait sauter dans un train pour le rejoindre là-bas ? Certes, c'était un gentil garçon, et même un très beau garçon, mais elle ne lui avait donné aucun espoir, n'avait pas laissé planer la moindre ambiguïté entre eux. Vouloir une femme ne suffisait pas pour l'obtenir, il faudrait bien qu'il l'apprenne. En revanche, il n'était pas question qu'elle montre cette lettre à Vincent. Ni qu'elle lui en parle.

Vincent… Ils avaient rendez-vous dans moins de deux heures et déjà elle s'affolait. Elle saisit sa tasse de café, la vida d'un trait avec une grimace parce qu'il était froid. La fatigue commençait à se faire sentir mais le café n'était pas le meilleur moyen de lutter. Elle en buvait beaucoup pour arriver à tout mener de front. Son travail de stagiaire au cabinet Morvan-Meyer avait débuté et se révélait épuisant mais ne la dispensait pas de finir sa thèse, sans compter les nuits blanches passées dans les bras de Vincent. Qui était, en plus de tout le reste, un amant exceptionnel.

Elle avait toujours été attirée par des hommes plus âgés qu'elle, et maintenant elle savait pourquoi. L'expérience de Vincent, sa patience, sa douceur, son incroyable gentillesse ou l'élégance qu'il conservait dans n'importe quelle situation : tout la comblait. Dix fois par jour, elle se félicitait d'avoir eu assez de culot pour provoquer leur aventure. Et aussitôt elle se demandait avec désespoir comment elle allait s'y prendre afin de le retenir.

Depuis un moment, ses yeux fixaient la lettre sans la voir, pourtant une phrase finit par capter son attention. Virgile évoquait sa mère, une femme merveilleuse d'après lui : « La plus belle rousse de la planète, tu vas l'adorer. » Mais que croyait-il donc, ce petit con ? Est-ce qu'il allait l'empêcher de vivre la plus fabuleuse histoire de sa vie ? D'abord il la rendait jalouse en lui parlant de cette Magali que Vincent avait forcément aimée puisqu'il lui avait fait trois enfants, ensuite il la mettait en danger. Vincent ne supporterait pas d'être le rival de son fils, de lui faire le moindre tort. Elle avait dû jurer ses grands dieux que jamais elle n'avait flirté avec le jeune homme, qu'elle ne l'avait même pas embrassé, qu'il n'y avait strictement rien entre eux. Et c'était la vérité, même si cette lettre pouvait faire croire le contraire !

Elle saisit les feuilles qu'elle déchira rageusement en petits morceaux. Elle n'avait plus qu'une heure pour se préparer, il fallait qu'elle cesse de se rendre malade à cause des délires d'un « gamin ». Elle décida qu'elle n'avait pas reçu ce courrier, qu'il n'existait pas. D'un bond, elle se leva et fila jusqu'à la salle de bains où elle brossa d'abord énergiquement ses cheveux avant de les attacher en queue de cheval. Puis elle souligna ses yeux d'un trait noir, ajouta du blush sur les pommettes et un peu de brillant à lèvres. Quand elle fut satisfaite du résultat, elle passa dans sa chambre pour enfiler une petite robe noire, courte et décolletée. Vincent avait une manière de la regarder qui la rendait folle, elle était prête à n'importe quelle provocation pour obtenir un de ces regards.

Elle revint dans le living et, juste avant d'éteindre les lumières, elle découvrit, horrifiée, qu'elle avait oublié l'enveloppe sur la table. Une négligence impardonnable. Tout à l'heure, après leur dîner au restaurant, Vincent allait la raccompagner ici, comme chaque fois qu'ils sortaient ensemble. À l'idée qu'il aurait pu tomber sur cette fichue enveloppe et y reconnaître l'écriture de son fils, elle sentit son angoisse revenir. Peut-être ferait-elle mieux de prendre les devants, d'appeler carrément Virgile et de mettre les choses au point. Sauf que, en détruisant la lettre, elle avait détruit le numéro de téléphone.

Exaspérée, elle froissa l'enveloppe qu'elle alla jeter dans la poubelle de la cuisine. Vincent était toujours à l'heure et elle serait bientôt en retard. Elle claqua la porte de l'appartement, dévala les marches de bois. Rue de Vaugirard, elle mit presque dix minutes à trouver un taxi avant de pouvoir s'écrouler sur la banquette arrière.

Jusqu'ici, elle avait connu une existence assez agréable. Ses parents habitaient Angers, où son père était médecin. Fille unique, elle avait été entourée d'affection puis poussée vers les études. À Paris, elle s'était débrouillée sans mal entre la fac et toutes sortes de petits boulots. Elle s'était accrochée au droit comme à une véritable vocation, n'avait jamais raté aucun examen et possédait désormais une foule de copains. En six ans, elle avait noué un certain nombre de relations amoureuses, qui s'étaient systématiquement soldées par l'échec. À force de ne viser que des hommes d'âge mûr, les seuls à vraiment lui plaire, elle était souvent tombée sur des hommes mariés qui, éblouis par son physique, voulaient coucher avec elle et rien de plus.

Pour Vincent, elle avait subi un véritable coup de foudre. Il était exactement celui qu'elle avait toujours espéré rencontrer depuis qu'elle avait quitté Angers. Et il était libre… Même attaché ailleurs, elle l'aurait aimé, mais il était libre et elle ne pouvait s'empêcher d'imaginer un avenir possible à ses côtés. Au premier regard sur lui, elle s'était sentie prête à tout – la suite l'avait prouvé –, même si elle était à présent incapable de poursuivre une stratégie. Devant lui, elle ne pensait à rien d'autre qu'à se perdre dans la pâleur de son regard.

— Vous v'là arrivée, ma p'tite dame ! lui signala le chauffeur en se rangeant le long du trottoir.

Alors qu'elle baissait la tête pour trouver son porte-monnaie au fond de son sac, elle eut la surprise d'entendre la voix de Vincent.

— Gardez tout, disait-il au chauffeur en lui tendant un billet.

Il ouvrit la portière, l'aida à descendre.

— J'ai mis un temps fou à me garer, expliqua-t-il, j'avais peur que tu n'aies pas eu la patience de m'attendre, mais tu n'es pas en avance non plus, tant mieux ! Nous obtiendrons quand même une table, j'espère…

La tête penchée vers elle, il effleura ses lèvres puis la serra un instant contre lui. Sur son écharpe de soie blanche, elle sentit le Vétiver de Guerlain et, spontanément, elle chuchota :

— Je t'aime.

Elle le vit se troubler, hésiter, mais finalement il renonça à répondre. Tandis qu'il l'entraînait vers l'entrée du restaurant, un bras passé autour de sa taille, elle eut la certitude qu'un jour prochain il lui dirait la même chose.

6

Paris, 1975

Encore étourdie, Marie se redressa pour s'asseoir au bord du lit. Au bout de quelques instants, elle jeta un coup d'œil par-dessus son épaule et surprit le sourire radieux d'Hervé.

— Quelque chose t'amuse ? demanda-t-elle en se raidissant.

— M'amuse ? Non, je prends tout ça très au sérieux…

Il se composa une mine grave puis éclata de rire et roula sur lui-même pour se rapprocher d'elle. Il lui passa un bras autour de la taille, déposa un baiser léger au creux de son dos.

— Ne t'en va pas tout de suite, rien ne t'oblige à partir.

Elle faillit céder mais se reprit à temps.

— J'ai un travail fou, plaida-t-elle, je dois me lever très tôt demain matin.

— Ce n'est plus demain matin, c'est tout à l'heure. Je mettrai le réveil à l'heure que tu veux…

Comme il l'empêchait de se lever, elle se sentit soudain gênée d'être nue et le repoussa brutalement. Une fois debout, elle fila vers la salle de bains dont elle referma la porte, un peu essoufflée. Ensuite elle regarda autour d'elle, curieuse de ce qu'elle allait découvrir. Elle avait voulu aller chez lui, intriguée de savoir dans quel genre de cadre il vivait, quels étaient ses goûts ; et de toute façon elle ne pouvait pas l'emmener avenue de Malakoff.

La pièce qu'elle découvrit était spacieuse, avec des serviettes de bain moelleuses, une jolie moquette bleue, de grandes glaces impeccables. Elle ouvrit la porte de la douche, vérifia qu'il y avait du savon et du shampooing sur les étagères de faïence avant d'ouvrir les robinets. Une fois sous l'eau tiède, elle se mit à réfléchir à ce qui venait d'arriver. Ils avaient dîné ensemble, pour la sixième fois au moins, parlant à bâtons rompus comme de vieux amis, et un peu avant le dessert elle avait pris la décision de passer la nuit avec lui. Pourquoi ce soir-là plutôt qu'un autre ? Il la poursuivait depuis des mois, ne se lassait pas de ses refus, restait gai et galant, le jeu aurait pu se poursuivre longtemps, toutefois elle avait éprouvé une soudaine envie de faire l'amour, de se laisser séduire. Peut-être était-ce dû à sa façon de savourer une gorgée de vin avec gourmandise, ou à son rire franc, ou encore à toutes les petites attentions dont il l'entourait, mais elle s'était sentie craquer.

À quarante-quatre ans, Marie était sans illusions, d'ailleurs elle n'avait jamais été naïve. Hervé pouvait conquérir des femmes plus jeunes et plus jolies qu'elle, comme Vincent avec cette Béatrice, par exemple, et il cherchait sûrement quelque chose de précis auprès d'elle. Une opportunité professionnelle ? Probablement pas puisqu'il avait fini par intégrer un autre cabinet de groupe où il semblait se plaire et réussir. Une aventure sans suite et sans complication ? Si c'était le cas, elle était tout à fait d'accord.

— Tu m'invites ?

Elle sursauta, essaya d'ouvrir les yeux mais fut aveuglée par la mousse du shampooing.

— Je ne t'ai pas entendu frapper ! jeta-t-elle d'un ton hargneux en achevant de rincer ses cheveux.

Quand elle réussit à le regarder, elle constata qu'il paraissait plus surpris qu'embarrassé. Il avait ouvert la porte de verre de la douche et hésitait à la rejoindre sous le jet mais elle coupa l'eau. Résigné, il recula un peu pour la laisser sortir, attrapa un drap de bain et le lui tendit.

— Tu es devenue bien pudique…, marmonna-t-il.

— J'ai vingt ans de plus. Toi aussi.

— Et alors ? Tu es belle, Marie… Et toujours aussi peu sûre de toi !

Il la prit dans ses bras, d'un geste tendre auquel elle n'eut pas le courage de résister.

— Tu fanfaronnais, à l'époque, mais je me suis parfois demandé si tu n'étais pas un peu timide malgré tes airs de fille affranchie.

— Ne sois pas ridicule ! protesta-t-elle.

Contrariée, elle tenait la serviette serrée autour d'elle, pourtant il la lui enleva.

— Ton problème est que tu ne t'aimes pas, dit-il tranquillement. Pourquoi ? Regarde-toi…

Il la poussa vers l'un des miroirs et resta debout à côté d'elle, désignant leurs reflets.

— Nous avons le même âge et tu me plais. Tu peux constater que je ne mens pas.

Effectivement, il avait envie d'elle, ce qui finit par la faire sourire. Il était vraiment différent du jeune homme dont elle n'avait conservé qu'un souvenir flou. Elle s'étonna qu'il ait pu prendre autant d'assurance, d'humour, devenir quelqu'un d'autre. Pour ne pas se laisser attendrir, elle s'écarta de lui en déclarant :

— Je dois partir, Hervé.

— Mais tu reviendras un jour ?

Sans chercher à la retenir, il la contemplait toujours d'un drôle d'air, la tête un peu penchée sur le côté, une main sur la hanche, dans une attitude qui rappelait irrésistiblement l'une des poses favorites de Léa.

Sur le seuil de la bergerie, Vincent cligna des yeux. La pénombre qui régnait à l'intérieur tranchait tellement avec la lumière du dehors qu'il eut besoin de quelques secondes pour accommoder. Enfin il distingua nettement Alain, qui était assis à son bureau, des livres de compte ouverts devant lui, et qui le considérait avec une telle hostilité qu'il se sentit obligé de parler le premier.

— Désolé de te déranger, déclara-t-il d'un ton abrupt. J'aurais dû téléphoner ?

— Tu viens quand tu veux… Tu as pris l'avion ? Mais entre, je t'en prie.

L'invitation manquait autant de cordialité que le regard, et Vincent comprit qu'il n'était pas le bienvenu. À regret, il avança de quelques pas. Il ne parvenait pas à se souvenir de la dernière fois où il était venu là. La pièce était longue, avec un plafond bas, d'étroites fenêtres à petits carreaux, des murs de crépi blanc et des poutres apparentes. Alain avait sauvé le dallage ancien, qui luisait de manière inégale dans la pénombre. Sans doute s'était-il donné un mal fou pour transformer ainsi l'ancienne bergerie effondrée. Derrière l'imposante table de ferme qui lui servait de bureau, des bibliothèques vitrées abritaient une foule de dossiers et de classeurs. Plus loin, un escalier de meunier s'élançait vers le grenier à foin où étaient aménagées une chambre et une salle de bains.

— Tu es bien installé…, constata Vincent, ironique.

Alain continuait de fuir Vallongue dès qu'un membre de la famille y arrivait, ce qui était très vexant.

— C'est moins grand que la maison, répliqua tranquillement son cousin, mais c'est plus calme.

Malgré tous leurs différends, Vallongue restait quand même « la maison » pour chacun d'entre eux.

— Je n'y ai pas trouvé Virgile, déclara Vincent. Tu sais où il est ?

Alain prit le temps de reboucher son stylo, puis il releva les yeux et le toisa.

— Non, je ne sais pas, il fait ce qu'il veut. En tout cas de ses week-ends…

— Et dans la semaine ?

— Il travaille avec moi.

La voix d'Alain était posée, volontairement neutre.

— Tu l'as engagé ? insista Vincent.

— Oui.

— Sans juger bon de m'en parler !

Avec un haussement d'épaules indifférent, Alain riposta :

— On se parle très peu, toi et moi… Ton fils est majeur. S'il avait souhaité te tenir au courant, c'était à lui de le faire.

— Tu es conscient qu'il aura bientôt perdu une année de sa vie ?

Alain se leva, parut chercher ses mots l'espace d'une seconde, et finit par demander, plus sèchement cette fois :

— Perdu ? Tu es sûr ?

— Il aurait pu faire des études, il n'est pas stupide, c'est du gâchis ! Au lieu de traîner ici à…

S'interrompant net, Vincent laissa sa phrase en suspens. Le jugement qu'il portait sur son fils pouvait tout aussi bien s'appliquer à Alain et il n'aurait pas dû l'énoncer d'une manière si dédaigneuse.

— Tu ressembles de plus en plus à Charles, dit son cousin à mi-voix, tes enfants ne doivent pas rire tous les jours.

D'abord, Vincent ne réagit pas, puis il avança encore et vint s'arrêter devant la table. Ils étaient sur le point de s'injurier, ils le savaient très bien, aussi restèrent-ils silencieux une minute avant que Vincent parvienne à articuler :

— Un jour ou l'autre, on va s'étriper tous les deux, et d'avance je le regrette… Ne me fais pas pire que je ne suis, je n'ai jamais méprisé ton travail ici. Mais je ne comprends pas ce que Virgile vient y faire. Il aime vraiment ? Si c'est ça, dis-le-moi, puisque tu le connais mieux que moi !

Vincent semblait plus triste que menaçant, et Alain se troubla, baissa la tête pour répondre :

— Je crois qu'il se plaît à Vallongue et qu'il commence à comprendre le fonctionnement de l'exploitation. Ce n'est sans doute pas encore une passion pour lui mais ça peut le devenir...

Il parut y réfléchir lui-même en le disant. Le sort de Virgile l'intéressait pour de bon, quelle que soit la frustration de Vincent à ce sujet.

— Il a surtout besoin d'indépendance, poursuivit-il, je suis bien placé pour le comprendre. Comme il ne pouvait pas vivre de l'air du temps et qu'il ne veut rien te demander, j'ai trouvé plus simple de lui offrir un salaire contre un travail. Son contrat expire fin août. À partir de là, à lui de juger s'il veut une véritable embauche, que je suis prêt à lui proposer. Si ce n'est pas lui, ce sera quelqu'un d'autre... Moi, je ne suffis plus à la tâche. La plupart du temps, j'habite la maison pour qu'il ne se sente pas trop seul, et il passe presque tous ses dimanches avec sa mère à Saint-Rémy. Appelle-le donc chez elle, mais ne leur tombe pas dessus par surprise. Voilà... C'est tout ce que tu voulais savoir ?

Désemparé, Vincent avait écouté la tirade sans broncher. Il s'écarta un peu de la table, secoua la tête en silence. À la fois il en voulait à Alain, et tout au fond de lui-même il lui était reconnaissant. Au moins Virgile avait su où se réfugier, avait trouvé un allié. Il fit encore quelques pas et, arrivé près d'une fenêtre, il jeta un coup d'œil au-dehors. Les collines bleutées des Alpilles, dans le lointain, lui étaient si familières qu'il ressentit une bouffée de nostalgie. Sur ces pentes, ces vallons, et jusqu'aux crêtes déchiquetées, il avait passé des années de son enfance à courir avec Alain, Daniel et Gauthier. Quoi qu'il fasse, une partie de lui-même était ancrée là pour toujours.

— Je vais me remarier, articula-t-il au bout d'un moment.

— Oui, je sais…

Faisant volte-face, il considéra son cousin d'un air perplexe.

— Comment le sais-tu ?

— Bavardages de famille… Tiphaine a prévenu Virgile.

— Et alors ?

— Il l'a très mal pris, tu t'en doutes bien…

La voix d'Alain était redevenue tranchante et son regard s'était durci.

— Je suis là pour ça aussi, soupira Vincent. Pour en parler avec lui. Je ne sais pas ce qu'il t'a raconté, ni ce qu'il s'était imaginé… Bref, c'est lui qui m'a présenté Béatrice. Elle s'appelle Béatrice.

— Je m'en fous. Elle pourrait s'appeler Bécassine, ça ne m'intéresserait pas davantage.

Ahuri par tant d'agressivité, Vincent fronça les sourcils puis revint vers Alain.

— Est-ce que ça te pose un problème ?

— À moi, aucun ! En revanche, si tu cherchais un moyen d'envenimer les choses entre Virgile et toi, tu l'as trouvé. Une fille de vingt-cinq ans ! Vraiment, ça ne te ressemble pas.

— Mais il n'y avait rien entre eux, rien ! Sinon, je n'aurais jamais… Enfin, Alain, merde ! Pour qui me prends-tu ?

— Franchement, je ne sais plus.

De nouveau ils se mesuraient du regard, de part et d'autre de la table.

— Tu deviens chiant, monsieur le juge. Moralisateur et étroit d'esprit. Tu n'as plus que ta carrière en ligne de mire, ça t'a déjà fait divorcer d'une femme merveilleuse et ça t'a aussi fâché avec ton fils aîné, où vas-tu t'arrêter ? Est-ce qu'une jeune épouse fait partie de la panoplie du magistrat ?

Toutes leurs discussions dégénéraient en querelle et Vincent éprouva une brusque envie de frapper Alain pour le faire taire. Comment avaient-ils pu en arriver là, juste au bord de la haine ?

La sonnerie du téléphone les surprit tous deux. Alain décrocha machinalement et se mit à répondre par monosyllabes, puis il prit un stylo pour inscrire des chiffres sur son agenda. Vincent inspira à fond, essayant de recouvrer son sang-froid. Il regarda autour de lui tandis qu'Alain continuait à parler de dates de livraisons. Il se demanda si Virgile venait travailler ici, s'il s'initiait à la comptabilité ou à la gestion de l'affaire. Et s'il continuait de considérer Alain comme un homme beaucoup plus intéressant que lui-même.

Sur le mur du fond, à l'autre bout de la pièce, se trouvait un unique tableau, bien éclairé par une rampe lumineuse. Même de loin, Vincent identifia le style de Jean-Rémi. La toile valait sans doute très cher aujourd'hui. Il s'en approcha afin de mieux détailler le paysage hivernal, les arbres torturés, le ciel plombé. Clara ne s'y était pas trompée, bien des années plus tôt, en clamant le talent du peintre. Un homme que Magali appréciait beaucoup, dont elle était devenue l'amie, mais, en dehors d'elle, personne de la famille n'avait cherché à le connaître davantage. Sujet tabou, liaison perverse soigneusement ignorée, tout ce qui touchait Alain restait dans le non-dit, bien qu'il n'y eût plus personne à ménager depuis la disparition de Clara.

Vincent se retourna, constata qu'Alain avait raccroché et l'observait. Il soutint son regard un moment puis l'entendit murmurer :

— Désolé de t'avoir agressé comme ça, Vincent.

Leur colère était tombée et les laissait aussi désemparés l'un que l'autre. À cet instant précis, il aurait suffi de presque rien pour les réconcilier exactement comme, cinq minutes plus tôt, ils avaient été tout près de se battre. Vincent essaya de trouver quelque chose à dire mais il y renonça, impuissant. Au lieu de parler, il esquissa un sourire mitigé et retraversa la pièce.

— Tu restes un peu à Vallongue ?

— Je ne sais pas, je... Il faut que je voie Virgile, de toute façon.

— Oui.

Vincent était arrivé à la porte, il posa la main sur la poignée.

— Merci de t'occuper de lui, dit-il doucement avant de sortir.

Une fois dehors, il s'éloigna sans hâte sur le sentier et faillit rebrousser chemin à plusieurs reprises. Il se remémorait la phrase d'Alain : « Désolé de t'avoir agressé comme ça », et surtout son intonation navrée, presque affectueuse. Ah, si seulement ils avaient pu retrouver leur complicité passée ! Pourquoi ne parvenaient-ils pas à se réconcilier, tous les deux ? Alain était pourtant le seul à qui il aurait pu expliquer ses doutes, ses appréhensions, avec la certitude d'être compris.

Il regagna Vallongue d'où il téléphona à Magali, puis il appela un taxi pour se faire conduire à Saint-Rémy. Il n'avait que quelques heures devant lui, Béatrice devait venir le chercher à Orly le soir même et il ne souhaitait pas s'attarder, mais la rencontre avec Virgile était devenue inévitable.

Quand il sonna chez Magali, il éprouva une sensation étrange. Il ne connaissait pas sa maison, ne savait pas de quelle manière elle y vivait ni même si elle y était seule. En fait, il ignorait presque tout d'elle à présent. Tiphaine et Lucas descendaient régulièrement la voir mais ne lui donnaient que peu de détails, et il évitait de les interroger.

— Ah, te voilà ! s'écria Magali en ouvrant toute grande la porte.

Elle le dévisagea d'abord avec curiosité puis s'effaça devant lui.

— Viens, je t'ai préparé du café... As-tu déjeuné ?

Son accent chantant paraissait plus prononcé qu'autrefois, sinon elle était exactement la même que dans son souvenir.

Elle le précéda dans une vaste salle dont les persiennes étaient tirées. Il découvrit un mobilier ultramoderne, posé sur des tapis géométriques.

— Ici ou à la cuisine ? demanda-t-elle avec un charmant sourire.

— Où tu voudras…

Elle gagna la pièce suivante, dans laquelle la lumière entrait à flots. Il vit un plan de travail en inox, un comptoir carrelé de blanc avec de hauts tabourets d'ébène. À l'évidence, elle avait tiré un trait sur son passé, que ce soit celui de sa jeunesse ou celui de sa vie avec Vincent, mais elle n'avait sûrement pas décoré sa maison elle-même.

— Je te fais une omelette ? proposa-t-elle.

— Volontiers, merci.

Croyant trouver son fils à Vallongue, il n'avait pas envisagé la possibilité d'une rencontre avec elle, chez elle, et il était là comme un intrus, trop embarrassé pour savoir que dire.

— Virgile va arriver, il est allé s'acheter des cigarettes.

D'un geste énergique, elle se mit à battre des œufs dans un bol tandis que la poêle chauffait.

— Sois patient, il est plutôt braqué par ton mariage.

Elle en avait parlé la première, sans émotion apparente, mais au lieu d'être soulagé il ressentit une tristesse diffuse qui le mit encore plus mal à l'aise. Elle dut en avoir conscience car elle se tourna vers lui et ce mouvement fit briller ses cheveux acajou au soleil.

— Ne sois pas gêné, Vincent, tu as le droit de refaire ta vie…

— Et toi ? répliqua-t-il trop vite.

— Moi, quoi ?

Sourcils froncés, elle le regardait sans comprendre.

— J'ai un bon travail, qui me plaît beaucoup. Les enfants t'en ont parlé ?

— Pas vraiment. C'est Jean-Rémi qui a monté l'affaire ?

— Oui, mais il me paie bien. Le salaire est confortable et j'ai un intérêt sur les ventes.

— Comment fais-tu pour diriger une galerie ? La peinture, c'est un domaine plutôt...

— J'improvise, je bluffe ! Et pendant ce temps-là, j'apprends. J'écoute ce que disent les gens, j'observe leurs réactions. C'est très amusant, très instructif, je me régale.

Une expression du Midi, qu'elle utilisait volontiers et qu'il avait oubliée. Elle déposa l'omelette baveuse dans une assiette creuse, puis ajouta quelques brins de ciboulette avant de se jucher sur un tabouret, à côté de lui. Quand elle croisa ses jambes bronzées, il détourna les yeux.

— Je suis heureux de savoir que tu réussis, dit-il à mi-voix.

— Bon, ce n'est pas pour parler de moi que tu es venu, répondit-elle gaiement.

— Non, mais il y a si longtemps que nous ne nous étions pas vus... Tu es très en forme, très... très belle. Vraiment.

Elle se contenta de hocher la tête, acceptant le compliment, puis elle enchaîna :

— Virgile a peur de toi, est-ce qu'au moins tu le sais ?

— Peur ? Pourquoi ?

— Il te trouve intolérant, impressionnant, bourreau de travail comme il ne le sera jamais. Il craignait que tu ne débarques ici pour faire un scandale ou t'empoigner avec Alain. Et puis, quand il a appris par sa sœur que tu allais épouser cette jeune femme, il s'est senti dépossédé.

Spontanément, elle posa sa main sur le genou de Vincent et se pencha un peu vers lui.

— Des filles, il en rencontrera d'autres, mais mets les choses au point entre vous, parle-lui d'homme à homme, pas comme à un petit garçon.

Plus sensible qu'il ne l'aurait voulu au contact de sa main, il répliqua :

— Vous vous êtes donné le mot, Alain et toi, pour m'expliquer ce que je dois faire ?

— Pourquoi pas ? Vous avez toujours eu des problèmes, Virgile et toi, il serait temps de les surmonter !

Ils entendirent la porte d'entrée claquer, ce qui les empêcha de poursuivre. Vincent s'écarta un peu de Magali au moment où leur fils pénétrait dans la cuisine.

— Bonjour papa, marmonna le jeune homme.

Sa mauvaise volonté ne faisait aucun doute, il n'ébaucha pas un geste pour aller embrasser son père qui venait de quitter son tabouret.

— Bonjour, Virgile.

Il y eut un petit silence contraint puis Vincent enchaîna :

— Allons nous promener ensemble, tu veux ? Je t'offre un verre, j'ai à te parler.

Il se tourna vers Magali, qui était juste derrière lui, et l'embrassa sur la joue.

— Merci pour l'omelette.

— Tu n'as rien mangé ! protesta-t-elle en le retenant un instant.

Son parfum était le même, le grain de sa peau aussi. À vingt ans, il se serait damné pour elle et sans doute n'en était-il pas guéri. Agité par des sentiments contradictoires qui le rendaient soudain très malheureux, il rejoignit Virgile. Une fois dehors, ils firent quelques pas sur le boulevard ombragé de platanes, aussi silencieux l'un que l'autre.

— Tu pourrais m'appeler de temps en temps, dit enfin Vincent.

Virgile ne répondit rien et ils continuèrent à marcher côte à côte jusqu'à la première terrasse qu'ils rencontrèrent.

— On s'assied là ? Qu'est-ce que tu bois ?

— Une bière.

Quand le garçon eut apporté le demi et un café, Virgile sortit son paquet de cigarettes et en offrit une à son père.

— Bon, allons-y, proposa Vincent d'un ton calme. D'abord ton travail sur l'exploitation d'Alain. Tu comptes poursuivre ?

— Oui, sûrement. Il m'a offert un contrat, il...

— Je sais, j'en ai discuté ce matin avec lui. Ce qui m'intéresse, c'est de savoir si tu le fais par goût ou pour d'autres raisons.

— Du genre ?

— Provocation, désœuvrement, manque d'imagination, paresse...

Virgile releva la tête d'un mouvement brusque et le dévisagea.

— Qui provoque, là ?

— Personne. Si ta vie est à Vallongue, je peux le comprendre. Alain a donné la preuve qu'il n'est pas impossible d'y réussir mais je ne voudrais pas que tu te contentes de l'imiter ou de fuir.

— À propos d'imitation, pourquoi ne t'es-tu pas trouvé une nouvelle femme tout seul ?

— C'est la raison de ma présence, je ne supporterai pas que ce malentendu persiste entre nous, répondit Vincent sans s'énerver.

Son fils était tendu, nerveux, pourtant sa mauvaise humeur n'enlevait rien à son charme. C'était un très beau jeune homme, il avait les yeux verts de sa mère, des traits fins, et Vincent se demanda pourquoi Béatrice l'avait repoussé. Pourquoi elle lui avait préféré un homme de quarante-deux ans, ni drôle ni disponible.

— Est-ce que tu considères que Béatrice était ta petite amie ? murmura-t-il.

— Non...

— Alors je ne t'ai rien pris. Je ne l'aurais jamais fait et tu le sais très bien.

Virgile ouvrit la bouche, la referma, finit par hocher la tête.

— Je n'avais pas l'intention de me marier, ajouta Vincent, c'est elle qui y tient. Peut-être qu'elle se sentira plus en sécurité comme ça. À mon âge, c'est difficile de vivre une histoire d'amour avec quelqu'un d'aussi jeune.

— Tu ne veux pas que je te plaigne, quand même ? Que je compatisse ? Tu te tapes une super nana qui pourrait être ta fille !

L'explosion de rage de Virgile avait attiré l'attention de plusieurs consommateurs qui lançaient des regards curieux et amusés vers leur table. Vincent prit une profonde inspiration avant de répondre.

— Ce que je veux, d'abord, c'est que tu changes de ton. De vocabulaire et de façon de penser. Ensuite je souhaite que tu viennes à Paris pour t'expliquer avec elle. Je ne t'oblige pas à assister à ce mariage, mais j'organise un dîner de famille la veille au soir et je tiens à ce que tu sois là, sinon je reviens te chercher moi-même. J'en ai marre que tu boudes, à l'autre bout de la France, je ne t'ai rien fait. Enfin, j'aimerais surtout que tu cesses de me défier, ça ne te mènera nulle part. Ou alors lève-toi et voyons jusqu'où tu peux aller si tu préfères régler ça autrement.

Déconcerté par le sang-froid de son père, Virgile se sentait soudain moins sûr de lui. Toutes les choses qu'il aurait voulu dire restaient bloquées dans sa gorge.

— Tu me réponds ? insista Vincent en élevant légèrement la voix.

Son regard gris était devenu glacial et ne lâchait pas Virgile qui perdit pied.

— Excuse-moi, bafouilla-t-il, mais je…

— Ce ne sont pas des excuses que j'attends. Je t'ai dit ce que je voulais et je ne transigerai pas. Décide-toi maintenant.

— Je viendrai, murmura Virgile.

Vincent le considéra encore quelques instants, sans la moindre indulgence, puis il se leva et fouilla sa poche dont il sortit de la monnaie.

— Où puis-je trouver un taxi pour aller à l'aéroport ?

— Je vais t'y conduire avec la voiture de maman.

— Inutile de te déranger.

— Laisse-moi t'emmener. S'il te plaît...

Vincent haussa les épaules et Virgile se mit debout à son tour. Aussi silencieux qu'à l'aller, ils reprirent le chemin de la maison de Magali.

Tiphaine en riait encore tandis que Cyril conservait un air courroucé.

— C'est normal, tu m'as présentée comme ta cousine !

Ils avaient passé la soirée chez un copain de fac qui organisait une petite fête en l'absence de ses parents, et Tiphaine avait été invitée à danser par tous les garçons présents. L'un d'entre eux s'était montré un peu trop entreprenant, jusqu'à l'intervention brutale de Cyril.

— La tête qu'il faisait quand tu lui as dit de me lâcher ! Waouh ! J'ai adoré ça, il a vraiment eu peur !

Elle glissa son bras sous le sien pour se serrer davantage contre lui tandis qu'ils émergeaient de la station de métro.

— Je ne pouvais plus supporter de voir sa main dans ton dos, son menton dans ton cou, et surtout son air imbécile ! grogna-t-il.

— Je ne savais pas que tu étais jaloux...

— Horriblement, je viens de m'en rendre compte. Est-ce que ça t'ennuie ?

— Pas du tout ! Si une fille t'approche, je lui arrache les yeux !

Ils s'arrêtèrent ensemble, saisis par la même envie de s'embrasser. Avec une lenteur délibérée, il prit possession de sa bouche, s'attarda un peu, puis brusquement se détacha d'elle.

— Rentrons vite, ou je te fais l'amour debout sur ce trottoir.

Le rire clair de Tiphaine le fit sourire malgré lui. Il ne pouvait se sentir heureux que si elle était près de lui, avec lui, contre lui. Mais une fois rentrés avenue de Malakoff, il leur faudrait patienter un moment avant de pouvoir se rejoindre furtivement, comme chaque nuit.

— Tiphaine, soupira-t-il, nous devrions le leur dire...

Elle ne répondit rien, effrayée par cette idée, comme chaque fois qu'il y faisait allusion. Elle ne voulait même pas imaginer la réaction de son père, et encore moins celle de Virgile, pourtant leur situation clandestine ne pouvait plus durer. Cyril avait attendu jusque-là, maintenant il était à bout.

— Tu as eu dix-huit ans la semaine dernière, rappela-t-il seulement.

C'était le délai qu'elle lui avait demandé de respecter et elle n'avait plus d'arguments à lui opposer désormais. Ils étaient amants depuis assez longtemps pour se sentir sûrs d'eux, de leurs sentiments, de leur volonté de rester ensemble, et l'heure d'affronter la famille était venue.

Alors qu'ils arrivaient en vue de l'hôtel particulier, ils aperçurent des lumières au rez-de-chaussée et ils échangèrent un regard surpris.

— Il y avait quelque chose de spécial, ce soir ? demanda Cyril avec une pointe d'anxiété.

— Non... Pas que je sache.

Silencieux, ils traversèrent le hall sur la pointe des pieds mais furent arrêtés par des éclats de voix et des rires. Cyril entraîna alors Tiphaine vers l'une des doubles portes du grand salon qui était ouverte, et ils découvrirent Daniel, affalé sur l'un des canapés, en face de Marie qui lui servait du champagne.

— Oh, les jeunes ! s'écria Daniel en les voyant sur le seuil. Venez arroser l'événement avec nous ! Sofia a eu ses jumeaux, ça y est, je suis père !

Il semblait hilare, béat, un peu éméché.

— C'est ça, venez trinquer, approuva Marie, plus on est de fous... Et votre soirée, c'était bien ?

Comme tout le monde, elle trouvait normal qu'ils sortent ensemble puisqu'ils allaient à la même fac, suivaient les mêmes programmes à trois ans d'intervalle, parlaient de droit à longueur de temps et s'entendaient à merveille depuis toujours.

— Garçons ou filles ? demanda Cyril qui souriait à Daniel.

— Un de chaque ! hurla-t-il avant de vider sa coupe.

— Et leurs prénoms ? s'enquit Tiphaine.

Jamais elle n'avait vu son oncle Daniel aussi exubérant et elle se sentait gagnée par sa gaieté.

— Albane et Milan, énonça-t-il avec emphase. Est-ce que ça vous plaît ?

— Albane et Milan, répéta Tiphaine lentement. Eh bien, je trouve ça... formidable !

— Dans ce cas, on va porter un nouveau toast, d'accord ?

— Tu as déjà beaucoup bu, fit remarquer Marie.

— Oui, je sais, mais j'en ai deux à arroser. Deux ! Tu te rends compte ? Vous aviez tous des enfants et pas moi... Le fossé est comblé !

Il se laissa aller en arrière, contre les coussins moelleux du canapé, puis observa les jeunes gens qui étaient encore debout.

— Et vous, les tourtereaux, comment va ?

Cyril lâcha brusquement la main de Tiphaine, qu'il avait gardée dans la sienne par habitude, sans pouvoir s'empêcher de rougir tandis que sa mère lui lançait un coup d'œil perçant. Il y eut un silence embarrassé, qui se prolongea assez longtemps pour qu'ils aient tous conscience du malaise naissant. Affolée, consternée, Tiphaine regardait obstinément le tapis.

— Dites donc, tous les deux..., commença Marie d'une voix tendue, vous avez quelque chose à vous reprocher ?

— Non ! répliqua Cyril, catégorique.

Il avança d'un pas pour faire face à sa mère tout en protégeant Tiphaine.

— Rien qui mérite des reproches, ajouta-t-il. Mais si c'est l'occasion de parler... de toute façon, je comptais le faire.

— Cyril..., murmura Tiphaine derrière lui.

Sans tenir compte de l'interruption, il acheva :

— Nous nous aimons depuis un moment. Et c'est pour de bon.

Alors que Marie restait saisie, Daniel esquissa une grimace puis leva les yeux au ciel.

— Me voilà terriblement gêné, les enfants, marmonna-t-il. Tout ça est ma faute, je crois que j'ai trop arrosé l'arrivée de mes bébés... Vous êtes vraiment amoureux, tous les deux ?

À présent, il les dévisageait avec curiosité.

— Je suis sérieux, maman, précisa encore Cyril.

Sérieux et prêt à assumer les conséquences de ce qu'il venait d'avouer. Marie avait su se faire respecter de ses enfants, aussi bien en les raisonnant qu'en leur distribuant des paires de claques, cependant c'était également une femme libérale et intelligente, son fils le savait.

— Est-ce qu'on ne pourrait pas considérer qu'il s'agit d'une deuxième bonne nouvelle ? lança Daniel.

— Tu deviens fou ? répliqua Marie en se tournant vers lui.

— Pourquoi ? Il n'y a rien de mieux que l'amour ! Regarde-les... Avoue qu'ils sont mignons ! À les voir côte à côte tout à l'heure, ça m'a semblé évident, je suis désolé de l'avoir fait remarquer, pour un diplomate je me comporte avec la délicatesse d'un éléphant ! Mais après tout, qu'importe ? Viens là, Tiphaine...

Il fit signe à sa nièce de le rejoindre sur le canapé.

— Bien entendu, ton père n'en sait rien ?

Elle se contenta de secouer la tête et il passa un bras autour de ses épaules pour l'attirer contre lui.

— Tu veux que je sois votre ambassadeur ? À jeun, je suis plus efficace.

— Daniel ! s'écria Marie, exaspérée.

— Fais moins de bruit ou Vincent va descendre, protesta-t-il.

Tiphaine, qui gardait la tête appuyée sur son oncle, demanda :

— Pourquoi ne l'as-tu pas réveillé ?

— Parce qu'il est avec Béatrice.

— Ah, tu ne l'apprécies pas non plus, cette garce ?

— Tiphaine, voyons… Disons que je ne la connais pas assez pour avoir envie de faire la fête avec elle.

— Pour l'instant, on se fout de Béatrice ! hurla Marie. La question, c'est vous deux.

Elle reporta son attention sur Cyril qui n'avait pas bougé.

— Vous êtes cousins…, commença-t-elle.

— Non, intervint Daniel, c'est nous qui le sommes, ma chérie, pas eux ! Qu'est-ce qu'ils ont en commun ? Des arrière-grands-parents, point. Ils se partagent juste Clara, mais pour le reste, à chacun son hérédité.

Même s'il avait trop bu, il mit un certain poids dans le dernier mot, et Marie saisit l'avertissement. S'il était question de généalogie, Cyril pouvait tout aussi bien demander de qui il était le fils.

— Est-ce que vous couchez ensemble ? interrogea-t-elle.

Elle regardait Cyril droit dans les yeux mais il répondit sans hésiter.

— Oui.

— Depuis longtemps ?

— Des années.

L'aveu était difficile à accepter, puisque Tiphaine venait juste d'avoir dix-huit ans, et l'expression de Marie se durcit.

— Alors tu t'es conduit comme un immonde petit salaud ! jeta-t-elle rageusement.

Tiphaine abandonna aussitôt l'épaule protectrice de Daniel et se leva d'un bond.

— Marie, il n'est pas seul responsable ! Nous étions d'accord, lui et moi, et nous le sommes toujours.

— D'accord pour quoi ?

Troublée, la jeune fille chercha en vain une réponse et Cyril vola à son secours.

— Pour l'avenir. Pour faire notre vie ensemble. Pour nous marier un jour...

— Mais vous êtes simples d'esprit ou quoi ? explosa Marie. D'abord il n'est pas question de mariage à votre âge, sans même parler d'enfants et du problème de consanguinité. Clara doit se retourner dans sa tombe !

— Non, Clara nous aurait compris, j'en suis sûr, dit Cyril gravement.

— Toi, boucle-la ! Quand on est assez irresponsable pour coucher avec une adolescente, on n'a pas voix au chapitre ! Et si Vincent te massacre, je ne prendrai pas ta défense !

— Mon frère ne fera pas ça, affirma Daniel.

Cyril n'en était pas certain et la perspective d'affronter Vincent lui arracha une grimace. Il aurait préféré, de loin, pouvoir en discuter d'abord avec Alain, qui était toujours de bon conseil, mais celui-ci avait fait savoir qu'il ne se rendrait pas au mariage de Vincent. Une absence compréhensible puisqu'il avait été son témoin, vingt ans plus tôt, pour ses noces avec Magali.

— Bon, soupira Daniel. Je refuse de vous laisser gâcher ma nuit, c'est la plus belle de ma vie ! Je parlerai à Vincent, mais pas maintenant. Laissez-le d'abord épouser sa minette... et laissez-moi baptiser mes jumeaux, d'accord ?

Il s'était plus particulièrement adressé à Marie qui finit par acquiescer, à contrecœur. Voyant que l'orage s'éloignait sans avoir éclaté, Tiphaine adressa un sourire radieux à Cyril avant d'aller se rasseoir près de son oncle à qui elle demanda :

— Comment as-tu dit qu'ils s'appelaient déjà ? Albane et Milan ?

— C'est ça...

— Et vous avez choisi les marraines ?

Daniel éclata de rire puis agita sa coupe vide en direction de Marie.

— Trouve une autre bouteille, lui dit-il, je n'ai décidément pas sommeil !

Appuyée sur un coude, Béatrice détaillait le profil de Vincent. Le jour était levé depuis une heure mais il dormait toujours, sans doute épuisé par leurs ébats de la nuit.

Très lentement, elle se redressa, s'assit. Devait-elle le réveiller ou pas ? Il avait sûrement des rendez-vous au Palais, puisqu'il n'avait pas voulu prendre de congé. Leur mariage devait avoir lieu le lendemain, samedi, hélas il n'était pas question de voyage de noces, elle n'avait pas réussi à le persuader de se mettre en vacances et elle avait dû cacher sa déception. Pourtant, depuis des semaines, elle rêvait d'une escapade à Venise, Saint-Pétersbourg, ou n'importe quelle autre destination romantique dont il lui ferait la surprise, mais il était tombé des nues lorsqu'elle avait abordé ce sujet. Catégorique, il s'était refusé à abandonner ses piles de dossiers en retard, son travail passait avant tout.

Après un dernier coup d'œil attendri, elle se leva sans bruit. Dévorée de curiosité, elle aurait aimé quitter la chambre pour partir à la découverte de l'hôtel particulier, toutefois la peur de rencontrer quelqu'un la retenait. Le soir même, un dîner était prévu afin qu'elle fasse connaissance avec les membres de la famille auxquels elle n'avait pas encore été présentée, mais, d'ici là, elle pouvait difficilement se promener dans les couloirs comme si elle était chez elle.

Chez elle... L'idée avait quelque chose d'extravagant, de merveilleux. Devenir la femme de Vincent et vivre ici dorénavant lui donnait le vertige. Durant tout le temps qu'avait duré leur liaison, ces longs mois qu'elle avait mis à le convaincre de se remarier, il n'avait pas jugé opportun de l'amener chez lui. Et puis la veille, il avait enfin cédé parce qu'il ne pouvait plus reculer. Elle devinait qu'elle aurait encore beaucoup de réticences à vaincre, beaucoup d'efforts à faire, tant il semblait encore réservé.

Sur une commode Napoléon III, délicatement marquetée, elle remarqua des photos qu'elle alla examiner. À part Marie, qu'elle identifia tout de suite, la plupart des visages lui étaient inconnus. Elle prit l'un des cadres de bois doré et s'approcha d'une fenêtre pour mieux voir. Le très bel homme aux yeux gris qui posait sans sourire ressemblait tellement à Vincent qu'il s'agissait forcément de Charles Morvan-Meyer. Elle le considéra un moment, songeuse, cherchant les différences entre le père et le fils. Puis elle remit la photo en place, se saisit d'une autre. Là, c'était Vincent beaucoup plus jeune, en maillot de bain, chahutant au bord d'une rivière avec un garçon brun qui avait l'air d'un gitan.

— C'est Alain, l'un de mes cousins, déclara Vincent derrière elle.

— Tu es réveillé ?

— Oui, et déjà très en retard...

Il se pencha et l'embrassa dans le cou tandis qu'elle demandait :

— Et là, qui est-ce ?

Même si elle avait posé la question avec désinvolture, elle redoutait d'avance la réponse.

— Magali, répondit-il sans se troubler.

Ainsi c'était elle, cette superbe rousse aux yeux verts, à la silhouette de rêve, au sourire d'une exaspérante sensualité.

— Elle va rester là ? s'enquit Béatrice.

Elle sentit Vincent qui s'écartait, pourtant elle évita de se retourner.

— À quarante-deux ans, j'ai forcément un passé, dit-il doucement. Si cette photo te gêne, je vais la mettre ailleurs.

Avant qu'elle puisse répondre, il tendit la main, prit le cadre.

— Il faut vraiment que j'aille m'habiller, ajouta-t-il. Si tu veux, je te dépose à une station de taxis en partant...

Elle devait encore s'occuper d'un certain nombre de détails pour la cérémonie du lendemain et elle avait obtenu de Marie une semaine de congé.

— Oui, merci, mon chéri, murmura-t-elle tandis qu'il quittait la chambre.

Voilà exactement le genre d'erreur qu'elle ne devait plus commettre. Qu'avait-elle gagné, avec sa réflexion stupide, sinon qu'il finirait par installer la photo de son ex-femme dans son bureau, au Palais ? Bien sûr qu'il n'allait pas la jeter, il n'avait même pas proposé de la faire disparaître dans un tiroir !

Agacée, elle commença de s'habiller pour ne pas le faire attendre. Tant pis, elle prendrait une douche chez elle, se changerait, puis irait s'occuper seule des derniers préparatifs. Il avait souhaité un mariage très simple, dans l'intimité, probablement pour ne pas heurter ses enfants, et elle en éprouvait un peu d'aigreur. Après la mairie, un déjeuner devait avoir lieu à La Tour d'Argent, où il avait réservé un salon particulier, ensuite ils iraient tous les deux dîner puis dormir dans une luxueuse auberge de Saint-Germain-en-Laye, chez Cazaudehore. Un programme qui pouvait sembler romantique, mais qui n'incluait ni réception ni cocktail, les seuls invités seraient les familles et les témoins, il n'avait pas voulu entendre parler d'autre chose.

Elle attacha ses cheveux en queue de cheval, enfila ses escarpins. À aucun moment elle ne devrait lui faire sentir sa déception. Il n'avait pas vraiment envie de se remarier, ne le faisait que pour lui faire plaisir, et c'était déjà énorme.

— Tu es prête ? C'est parfait, allons-y, il est très tard...

Apparemment, pas de petit déjeuner non plus ce matin. Elle le suivit sans protester jusqu'au grand escalier puis à travers le hall où ils ne croisèrent personne. Elle n'eut pas le temps de s'attarder sur le luxe de la décoration qu'ils étaient déjà dehors où une pluie fine les accueillit.

— Pourvu qu'il fasse beau demain ! s'écria-t-elle.

— Mariage pluvieux, mariage heureux, rappela-t-il gentiment.

Comme prévu, il la déposa devant une station et redémarra sur les chapeaux de roue. Mais, au lieu de prendre un taxi, elle s'engouffra dans un bar où elle commanda du café avec des croissants. Des passants se hâtaient sur le trottoir de l'avenue Victor-Hugo, et elle pensa qu'elle avait toute la journée devant elle pour se préparer à affronter la tribu Morvan-Meyer. D'abord, elle devait trouver une tenue adéquate, quelque chose d'élégant qui la mette en valeur et qui soit plus original qu'une petite robe noire. Pour le lendemain, elle avait déjà prévu un ravissant tailleur de soie ivoire Yves Saint-Laurent, une fortune mais bientôt elle n'aurait plus de soucis d'argent. Même pauvre, elle aurait sûrement aimé Vincent, toutefois le savoir riche était agréable.

Riche ? Peut-être pas, après tout, elle ne possédait aucun renseignement précis à ce sujet. Il avait d'ailleurs été très discret sur ses affaires, sa vie en général. Il s'était borné à lui faire signer chez un notaire le contrat de séparation de biens qui était censé protéger ses enfants. « Protéger » était un mot désagréable, mais elle avait accepté, par égard pour lui. Elle avait voulu l'épouser parce qu'elle l'aimait à la folie, pas question qu'il puisse croire autre chose. À son âge, il était vulnérable, il avait des doutes, elle tenait à le rassurer.

— Vincent, murmura-t-elle à voix basse.

Elle adorait répéter son prénom, penser à lui, imaginer leur avenir. Et elle n'en revenait toujours pas d'avoir eu la chance de le rencontrer. Au moins une raison de se sentir reconnaissante vis-à-vis de Virgile et d'être aimable avec lui lorsqu'elle le verrait, ce soir. Jusqu'au dernier moment, elle avait espéré qu'il ne remonterait pas à Paris, qu'il déclinerait l'invitation de son père, mais malheureusement il avait annoncé son arrivée. Si elle parvenait à le prendre à part, ne serait-ce que deux minutes, elle pensait pouvoir éliminer toute trace de malaise entre eux. Après tout, elle n'était pas responsable de ses affabulations ou de ses fantasmes, elle ne lui avait jamais rien promis, il serait bien obligé d'en convenir.

Comme il ne pleuvait plus, elle paya et quitta le bar pour descendre l'avenue Victor-Hugo en scrutant les vitrines. Vincent appréciait suffisamment la mode pour ne jamais manquer de remarquer ses vêtements. Lui-même étant toujours d'une rare élégance, elle allait devoir se montrer à la hauteur, d'autant plus que le dîner serait sans doute une sorte d'examen de passage. Mais comment s'habillait-on chez les Morvan pour une soirée intime ?

Dans la troisième boutique où elle entra, elle dénicha enfin une robe gris perle, fendue sur le côté, au décolleté profond. Bien taillée, un rien sophistiquée mais très suggestive. Et horriblement chère, tant pis.

Saisi d'une boulimie de travail, Vincent avait épuisé deux greffiers dans l'après-midi, et il était presque dix-neuf heures lorsqu'il quitta enfin le Palais de justice. Après avoir directement récupéré sa voiture au parking, il se glissa adroitement dans la circulation saturée des quais.

Son métier de juge, qui le comblait, aurait presque pu suffire à remplir son existence. Et ce n'était pas seulement une ambition de carriériste qui le motivait. Il adorait se plonger dans des dossiers complexes, siéger, mener des débats, rendre des jugements. Bientôt des arrêts ? La Cour de cassation restait son objectif, ainsi que Charles le lui avait prédit, et aujourd'hui le but ne lui semblait plus impossible à atteindre. La considération dont il jouissait dans le milieu juridique n'avait cessé de croître, ses publications avaient toutes été très remarquées, son âge ne constituait plus un obstacle. Daniel, qui fréquentait beaucoup le monde politique, s'était mis en tête de lui fournir les relations indispensables pour obtenir sa nomination.

En pensant à son frère, qui lui avait téléphoné pendant une heure pour lui parler de ses jumeaux, il se mit à sourire. Daniel allait être irrésistible en jeune papa. Deux petits Morvan-Meyer de plus, la famille s'agrandissait. Une famille sur laquelle Vincent était censé veiller, ainsi qu'il l'avait juré à Clara. Or que faisait-il ? Il se remariait !

Il mit en marche les essuie-glaces et la ventilation. Les averses s'étaient succédé depuis le matin, depuis qu'il avait déposé Béatrice à la station de taxis. Béatrice avec ses jambes interminables, sa longue queue de cheval et ses grands yeux bleus. Béatrice heureuse comme une gamine quand il avait accepté de l'épouser. Accepté, cédé, capitulé, tout en ayant la conviction d'accomplir une erreur. Parce que autant il aimait lui faire l'amour, la tenir dans ses bras, la voir rire, autant il était persuadé que les choses ne dureraient pas. Soit elle se lasserait de lui, ce qui était le plus probable, soit il finirait par reconnaître qu'il n'éprouvait pas une réelle passion. Il était amoureux, certes, flatté, heureux de ne plus être seul, mais il se serait volontiers contenté d'une liaison. En la voyant, le matin même, debout au milieu de sa chambre en train d'examiner les photos, il s'était senti très mal à l'aise. Il n'avait aucune envie d'une femme dans sa vie vingt-quatre heures sur vingt-quatre. Ni d'imposer à ses enfants une belle-mère qui avait quasiment leur âge. Pas plus que de devoir rendre des comptes à une épouse. Comment Béatrice et Marie allaient-elles cohabiter avenue de Malakoff ? Et dans quelle mesure serait-il obligé de changer ses habitudes ? Espérait-il vraiment rapprocher les membres de la famille en commençant par se brouiller avec son propre fils ?

Les Champs-Élysées étaient complètement bloqués, il allait mettre un temps fou à rentrer. Si Virgile avait pris le métro, depuis la gare de Lyon, il devait déjà être là-bas, sans doute en train de se chamailler avec Cyril. Il ne venait que pour ce dîner et repartirait dès demain matin, bien décidé à ne pas aller à la mairie ou à La Tour d'Argent, pressé de retrouver Magali et Alain.

Magali... Depuis qu'il l'avait revue, Vincent y avait beaucoup pensé, avec une obsédante nostalgie. Elle était devenue bien différente de la femme droguée, angoissée, désespérée qu'elle avait été sept ans plus tôt. En fait, elle était de nouveau elle-même, et peut-être ne pouvait-elle exister que loin de Vincent, peut-être avait-il été nocif pour elle, tortionnaire alors qu'il se croyait un mari idéal, peut-être que...

Il baissa sa vitre et reçut aussitôt des gouttes de pluie sur l'épaule, la joue. Comment pouvait-il songer aussi intensément à Magali alors qu'il allait épouser Béatrice le lendemain ? Pour se distraire, il se demanda ce que Clara aurait pensé de ce second mariage. Béatrice ne faisait pas partie du « personnel », elle était la fille d'un médecin – d'ailleurs ses parents devaient être arrivés d'Angers, eux aussi –, elle avait fait des études, elle connaissait le monde du droit. Des qualités appréciables, oui, mais voilà, elle était également une copine de fac de Virgile ! Et là, Clara aurait tiqué, Vincent le savait.

Arrivé à l'Étoile, il s'engagea avenue Victor-Hugo. Au lieu de se torturer en vain, il essaya de penser que, dans quelques heures, il allait se retrouver au lit avec une femme très désirable. Une femme qui l'avait dragué, voulu, séduit, ce qui était flatteur. Une femme qui se donnait entièrement à lui. Et qui allait devenir *sa* femme.

Comme il n'y avait aucune place pour se garer, avenue de Malakoff, il dut ouvrir la grille et rentrer sa voiture dans la cour de l'hôtel particulier. Il escalada les marches du perron, résigné à l'idée qu'il n'avait plus le temps de changer de chemise, puis il pénétra dans le hall brillamment éclairé. Marie avait veillé au moindre détail de la soirée, commandant le menu chez un traiteur qui fournissait également les serveurs en veste blanche, préparant avec soin le plan de table, et surtout arrivée suffisamment tôt, elle, pour accueillir tout le monde.

Au lieu de se diriger vers le grand salon, il prit tout de même le temps de s'arrêter un instant dans la pièce qui servait de vestiaire et qui était restée allumée. Il jeta son pardessus sur l'un des poufs, s'approcha d'une des coiffeuses Louis XV pour arranger son nœud de cravate. La pluie et le vent avaient tellement ébouriffé ses cheveux châtains qu'il chercha une brosse pour y mettre de l'ordre. La porte de communication avec le petit salon où Madeleine passait toujours la plupart de ses journées était ouverte, mais il n'y prit pas garde avant d'entendre la voix cinglante de Virgile.

— Tu ne me feras jamais croire que tu l'épouses par amour, jamais !

— Mais tu n'en sais rien, tu n'es pas dans ma tête ! protesta Béatrice.

La brosse à la main, Vincent s'immobilisa. Il n'avait aucune envie d'entendre les explications de la jeune femme avec son fils, cependant la phrase suivante l'atteignit avant qu'il ait le temps de réagir.

— Dans ta tête, il y a surtout des colonnes de chiffres ! Quand tu regardes autour de toi, ça doit te faire rêver, non ? Avec papa, tu tires le gros lot, et tu t'es bien servie de moi pour ferrer le poisson ! Reste juste à t'envoyer un mec qui a l'âge d'être ton père, je te souhaite bien du plaisir...

— Tu ne crois pas si bien dire ! Ton père, au lit, c'est plutôt une affaire !

— Alors, tu es gagnante sur tous les tableaux, bravo ! Vulgaire mais triomphante, cynique mais la bouche en cœur !

— Espèce de petit con...

— Tu vois bien ! Ah, il n'est pas épais, ton vernis !

Vincent entendit ensuite un bruit de meuble bousculé, une claque sèche puis un silence. Il était sur le point d'intervenir lorsque Virgile reprit, plus bas :

— Il ne te rendra pas heureuse. Tu sais ce qu'il a fait avec ma mère ? Il l'a enfermée dans une clinique ! Je suppose qu'il ne s'en est pas vanté ? Tu ne sais rien de lui. Rien ! Contrairement à ce que tu crois, tu ne te prépares pas un bel avenir. Et être arriviste ne suffira pas, il est quand même très intelligent...

Au milieu du petit salon, plantée devant Virgile, Béatrice frémissait d'indignation. Personne ne se dresserait entre elle et Vincent, surtout pas ce jeune coq qui disait n'importe quoi pour la provoquer.

— Tu t'imagines que tu vas le mener par le bout du nez ? reprit-il avec une ironie mordante.

— Et pourquoi pas ? explosa-t-elle.

— Pourquoi pas, oui, après tout tu es assez jolie pour le rendre gâteux...

— J'espère bien !

Elle avait tort de rentrer dans son jeu, il aurait fallu le traiter par le mépris, elle le savait, mais ses sarcasmes l'avaient poussée à bout et elle lui jeta, d'un ton acerbe :

— Ton père, j'en ferai ce que je veux, tant pis si ça t'emmerde !

Dans le vestiaire, Vincent réagit enfin, atterré par ce qu'il venait d'entendre, et il se précipita dans le hall. Là, il reprit son souffle, essaya de mettre de l'ordre dans ses idées. Assez jolie pour le rendre gâteux, elle l'espérait bien, et assez habile pour faire de lui ce qu'elle voulait ? Était-elle vraiment amorale ou seulement exaspérée par Virgile ? Seigneur, dans quoi s'était-il embarqué !

— Tu es rentré, mon chéri ! s'écria-t-elle en sortant du petit salon.

En même temps qu'elle, sublime dans une robe qu'il ne connaissait pas, il découvrit Virgile.

— J'arrive à l'instant, répondit-il machinalement, il y avait beaucoup d'encombrements...

Elle se mit sur la pointe des pieds pour l'embrasser puis glissa sa main dans la sienne.

— Bonsoir papa, dit alors Virgile d'une voix hésitante.

— Tu es gentil d'être venu...

Il fallait absolument qu'il trouve quelque chose à dire pour éclaircir la situation. Avec une indifférence qui sonnait faux, il demanda :

— Avez-vous pu bavarder, tous les deux ?

Si elle avait avoué sa colère, la gifle, les accusations et les railleries qui l'avaient mise hors d'elle, il aurait pu croire qu'il s'agissait d'un malentendu, mais elle déclara, très sûre d'elle :

— Tout est arrangé, mon chéri, j'adore ton fils, nous avons parlé comme de vieux amis !

Son ton péremptoire, assorti d'un sourire charmeur, acheva de consterner Vincent. Apparemment, elle mentait comme elle respirait. Et, dans quelques heures, ils allaient unir leurs vies pour le meilleur, et surtout pour le pire. Il essaya de lui rendre son sourire mais il avait l'impression de se mouvoir au ralenti, de ne rien ressentir.

— Je vais te présenter mes parents, enchaîna-t-elle, ils sont très impatients de te connaître.

Elle l'entraînait gentiment et il ne voyait pas ce qu'il pouvait faire pour échapper à ce qui l'attendait. À peine entré dans le grand salon, il avisa un homme d'environ quarante-cinq ans, qui le regardait approcher avec une froide curiosité et qui se leva pour lui serrer la main.

— Docteur Audier, je suis ravi…, murmura Vincent.

Son futur beau-père le détailla des pieds à la tête avant d'ébaucher un sourire contraint puis de s'enquérir :

— Comment dois-je vous appeler, monsieur Morvan-Meyer ? Mon gendre ? Monsieur le président ?

— Vincent ira très bien…

Béatrice dut percevoir quelque chose de bizarre dans son attitude car elle le poussa vers sa mère qu'il salua d'une manière tout aussi raide. Marie remplissait son rôle d'hôtesse, allant de l'un à l'autre, pourtant elle lui jeta un regard inquiet et il essaya de se reprendre. À côté de Madeleine, qui trônait d'un air boudeur, se trouvaient Gauthier et Chantal, en compagnie de Paul, leur fils aîné, ainsi que Daniel, qui arrivait de la clinique où il avait passé l'après-midi à s'extasier devant les berceaux de ses jumeaux. Avec Léa, Cyril, Lucas, Tiphaine et Virgile, ils étaient quinze à trinquer au bonheur des futurs époux.

Vincent lâcha la main de Béatrice pour prendre la coupe que lui tendait Léa.

— Ça va ? lui demanda-t-elle à voix basse.

— Très bien.

— Tu as l'air hagard. Est-ce que… tu as bu ?

— Jamais de la vie !

La jeune fille l'observait avec une curiosité pleine de sollicitude et il avala deux gorgées de champagne sans savoir ce qu'il buvait. À la question « Tu t'imagines que tu vas le mener par le bout du nez ? » Béatrice avait répondu : « Et pourquoi pas ? », faisant preuve d'autant d'assurance que de désinvolture. Mais non, personne n'allait le transformer en brave toutou, pas même cette ravissante jeune femme qui se croyait obligée d'affirmer qu'elle adorait Virgile et que tout était désormais arrangé entre eux.

— Papa ?

Tiphaine venait de se glisser près de lui et lui souriait gentiment. Pourtant, elle ne devait pas apprécier la soirée, ni la présence de Béatrice sous le toit familial. Peut-être que, comme Léa, elle lui trouvait un air bizarre.

— Tu as reçu un télégramme, chuchota-t-elle en lui mettant un papier dans la main.

Il baissa les yeux vers le carré bleu où s'étalaient des bandes blanches. « Vœux de bonheur quand même. Sincèrement. Alain. »

L'émotion qui le submergea alors le ramena brutalement à la réalité. Il relut les quelques mots avant de froisser la feuille.

— Je reviens, souffla-t-il à sa fille.

Dans le hall, il jeta un œil sur la console où se trouvait le téléphone mais il préféra monter jusqu'au boudoir de Clara. Il referma la porte, alla s'asseoir et composa le numéro de Vallongue. Il laissa sonner vingt fois avant de raccrocher puis chercha son agenda dans la poche intérieure de sa veste. Le numéro de Jean-Rémi Berger s'y trouvait, il n'hésita pas une seconde à le faire, toutefois la voix grave et mélodieuse qui lui répondit presque aussitôt le surprit et le fit bredouiller :

— Bonsoir, je suis Vincent Morvan-Meyer et j'aurais aimé parler à Alain s'il est là...

— Ne quittez pas, je vais vous le passer.

Il patienta quelque peu puis entendit son cousin qui lançait :

— Salut Vincent ! Un problème ?

— Non, non...

Soudain, il ne savait plus pourquoi il appelait. Ses rapports avec Alain s'étaient tellement détériorés, depuis des années, qu'il se demandait par où commencer. En principe, ils ne se téléphonaient que pour s'annoncer des catastrophes.

— Qu'est-ce qui se passe, Vincent ?

— Rien du tout, ne t'inquiète pas, je voulais juste... merci pour ton télégramme.

Le silence s'installa sur la ligne jusqu'à ce qu'Alain reprenne :

— Tu n'es pas en plein dîner ?

— Pas encore. Et toi ? Peut-être que je t'interromps ?

— Laisse tomber, Vincent, dis-moi ce qui ne va pas.

Incapable de formuler une phrase cohérente, il se mordit les lèvres et, de nouveau, il n'y eut plus qu'un léger grésillement entre eux.

— C'est grave à ce point-là ? s'étonna Alain au bout d'un moment.

L'inflexion tendre de sa voix était si familière, Vincent se sentit presque désespéré.

— Dis-moi, Alain, est-ce que tu me trouves vraiment vieux et chiant ?

— Vieux ? Tu sais, nous avons le même âge...

— Oui. C'est aussi celui de mon futur beau-père et ça n'a pas l'air de le réjouir.

— Comprends-le !

— Admettons. Et chiant ?

— Tu veux une réponse sincère ?

— Oui.

— Alors oui.

Pour la première fois de la soirée, Vincent se surprit à sourire malgré lui.

— Je suis en train de faire une connerie, déclara-t-il.

— Sûrement ! Mais rassure-toi, on en fait tous.

— Là, c'est dans les grandes largeurs. Du genre irrécupérable.

— Tu parles de ton mariage ?

— De quoi d'autre, à ton avis ?

Après une pause, Alain demanda, très tranquillement :

— D'où te vient cet accès de lucidité ?

— Je te raconterai un jour, mais là, tu ne me croirais pas.

— Si vraiment tu t'angoisses, pourquoi n'arrêtes-tu pas les frais ? Il est encore possible de dire non.

— Sois sérieux.

— Je le suis. Hélas ! tu n'oseras pas le faire. Gentil Vincent qui ne veut provoquer ni scandale ni chagrin…

— Tu me trouves gentil ? Tu es le seul !

Le rire d'Alain résonna dans le combiné.

— C'était péjoratif ! Gentil, parfait, enfin l'image que tu aimes donner de toi, quoi !

Vincent croisa les jambes, chercha son paquet de cigarettes pour jouer avec.

— Tu as beau être désagréable, remarqua-t-il, ça me fait plaisir de t'entendre.

— Tu dois vraiment être en perdition pour dire ça ! Hier, tu voulais qu'on s'étripe, tu t'en souviens ?

— Oh, Alain…

Le fossé entre eux était en train de disparaître. De façon paradoxale, la distance facilitait leur rapprochement. Ils ne pouvaient pas se toiser du regard, et pas davantage ignorer la moindre intonation de l'autre.

— Tu te sens seul, Vincent ?

— Oui. Et au bord de l'abîme. Tu aurais dû m'avertir.

— J'ai essayé.

— Je n'ai pas d'autre ami que toi, tu aurais pu faire mieux.

— Ami ? Tu te fous de moi ? Tu me traites en étranger, en rival, en minable et j'en passe ! Depuis quelque temps, te parler, c'est aussi gratifiant que s'adresser à un mur !

La colère d'Alain restait sourde, en demi-teinte, presque affectueuse.

— Tout ça ne me dit pas ce que je vais faire, soupira Vincent.

— Ce qui est prévu, j'imagine. Mais rien n'est définitif, tu le sais très bien.

— Non, rien, sauf…

Soudain il revit Magali, dans sa cuisine. L'image s'était imposée tout naturellement et en évoqua aussitôt une autre, beaucoup plus ancienne, celle de la toute jeune fille intimidée et mal fagotée qu'il avait présentée à son père vingt ans plus tôt. Peut-être ne pouvait-on se marier qu'une seule fois dans la vie.

— Vincent ? Ils vont tous se demander où tu es passé...

— Oui, tu as raison. J'ai l'impression d'aller à l'abattoir, mais j'y vais. Excuse-moi auprès de Jean-Rémi, je ne savais pas trop comment me présenter tout à l'heure.

— Sans importance.

Une fois encore, il y eut un petit silence puis Vincent soupira avant d'avouer :

— Tu me manques, Alain.

Son cousin prit son temps pour répondre, d'une voix étrange :

— Toi aussi.

Vincent reposa délicatement le combiné sur sa fourche, considéra le paquet de cigarettes qu'il avait réduit en lambeaux. Son absence devait commencer à embarrasser les invités, en bas. À contrecœur, il abandonna le fauteuil confortable et jeta un regard autour de lui. Le boudoir de Clara était décidément sa pièce préférée, en tout cas il se souviendrait qu'il s'y était réconcilié avec Alain. Mais, malgré tout, l'âme de sa grand-mère régnait encore là, elle qui avait coutume de dire : « La famille avant tout. » Une devise qu'il pouvait faire sienne, même en sachant qu'avec Béatrice il ne fonderait rien d'autre qu'un couple. Et encore, seulement parce qu'il était trop lâche ou trop honnête pour reculer.

7

Paris, juin 1976

La célébrité de Jean-Rémi Berger justifiait la publicité faite autour de l'exposition. Pour le vernissage, la galerie avait employé les grands moyens en organisant une conférence de presse suivie d'un cocktail où le Tout-Paris s'était bousculé. La télévision avait même filmé les toiles dans la matinée, en vue d'un reportage consacré au peintre.

Quand Vincent arriva, un peu après vingt heures, les buffets étaient dévastés et la foule se faisait déjà moins nombreuse. Le carton d'invitation, reçu trois semaines plus tôt, avait longtemps traîné sur son bureau sans qu'il parvienne à se décider, mais, en rentrant du Palais, alors qu'il arrivait chez lui, il s'était souvenu de la date et avait fait demi-tour pour se rendre faubourg Saint-Honoré.

Dès qu'il eut franchi la porte de la galerie, une hôtesse se précipita vers lui, le catalogue de l'exposition à la main, et il dut lui expliquer qu'il n'était ni journaliste, ni critique d'art, ni acheteur potentiel, mais qu'il voulait seulement saluer Jean-Rémi. Elle promit de le lui ramener et s'éloigna sur ses hauts talons tandis qu'il commençait d'examiner les tableaux. Le style lui parut plus âpre, l'inspiration plus violente, parfois morbide, mais le talent explosait sur chaque toile avec une force nouvelle, à travers des ciels menaçants ou des ruines qui semblaient hantées.

— Vincent Morvan-Meyer ? interrogea une voix agréable qui le fit se retourner.

Il n'avait rencontré Jean-Rémi qu'à deux ou trois reprises, pourtant il aurait pu le reconnaître facilement. Le regard bleu conservait toute son intensité, les mèches blanches ne tranchaient guère sur les cheveux blonds. À cinquante-huit ans, Jean-Rémi était toujours mince, racé, avec la même expression un peu distante, et il tendit la main à Vincent en déclarant :

— Je suis heureux que vous ayez pris le temps de passer.

Vincent ébaucha un geste vers les toiles avant de s'exclamer :

— C'est absolument… éblouissant ! Je suis très impressionné.

— Vous me flattez.

— Non, et j'aimerais trouver autre chose à dire, vraiment.

Dans les mêmes circonstances, Clara aurait utilisé une série d'expressions originales pour manifester son enthousiasme, mais il connaissait mal le jargon lié à la peinture et redoutait de proférer des banalités. Côte à côte, ils se mirent à avancer lentement afin que Vincent puisse découvrir la suite de l'exposition. Celle-ci comportait beaucoup de paysages, essentiellement des huiles, avec une nette prédilection du peintre pour les ruines ; la citadelle des Baux-de-Provence, sur son éperon rocheux, la tour des Bannes ou encore la gorge tourmentée du val d'Enfer. La majeure partie des œuvres était composée à la lumière du couchant, offrant une prédominance de tons violines ou ocre, cadrée à partir d'une ligne d'horizon assez haute pour obtenir de multiples plans.

— Vous resterez à Paris quelques jours ? s'enquit Vincent qui détaillait chaque tableau avec une attention accrue.

— Deux ou trois. Je n'apprécie pas outre mesure ce tapage, répondit Jean-Rémi. Il faut se montrer, sinon les gens ne vous le pardonnent pas, mais c'est assez éprouvant !

— Avant votre départ, me feriez-vous le plaisir de venir dîner à la maison ?

Jean-Rémi s'arrêta un instant, déconcerté par la proposition.

— C'est très aimable à vous mais...

Il hésitait, ne sachant comment refuser, et Vincent enchaîna :

— Vous êtes très pris, bien sûr, je comprends.

Ils se dévisagèrent en silence puis Jean-Rémi secoua la tête et désigna un tableau qui se trouvait isolé tout au fond de la salle, exposé seul en pleine lumière sur son chevalet.

— Pour être franc, vous risquez de ne pas apprécier celui-là, prévint-il d'une voix différente. J'ai longtemps hésité avant de le montrer, pourtant je ne crois pas que quiconque puisse établir un rapprochement...

Écartant quelques invités, il se dirigea vers la toile d'un pas résolu. D'abord sidéré, puis tout de suite fasciné, Vincent découvrit le portrait inattendu, inquiétant et bouleversant d'Alain à vingt ans. La peinture dégageait une intense émotion, due aux sentiments contradictoires qui se lisaient sur le visage représenté : révolte, fragilité, angoisse, refus. Les traits étaient d'une précision absolue, jusqu'au mouvement des cheveux et à l'ombre d'une barbe naissante, mais le regard couleur d'ambre possédait une expression indéchiffrable.

Jean-Rémi se taisait, observant son œuvre d'un œil plus critique qu'attendri. Il expliqua, de façon trop détachée :

— Je l'ai mis à part car il n'est pas à vendre, évidemment.

— Même pas à moi ?

— Surtout pas à vous !

La réponse avait claqué, trop sèche, et Jean-Rémi se reprit aussitôt.

— Pourquoi voudriez-vous l'acheter ? ajouta-t-il avec un sourire contraint. Parce que vous l'aimez ou pour que personne ne puisse le voir ?

— Je ne sais pas… Pour le regarder, je suppose. C'est tellement Alain ! Il était exactement comme ça… Qu'est-ce qu'il en pense ?

— Il n'a pas encore vu cette toile, mais je suppose qu'il la détestera. En principe, je me méfie des portraits, c'est toujours difficile d'y faire preuve d'originalité. Pour celui-ci, j'avais choisi d'adopter un clair-obscur à la manière du Caravage, mais ça le dramatise un peu trop…

Vincent s'approcha pour lire la date qui figurait sous la signature de Jean-Rémi.

— Vous l'avez peint l'année dernière seulement ? Alors vous avez une bonne mémoire… ou peut-être des photos ?

— Aucune, d'ailleurs elles ne m'auraient servi à rien. Certaines choses ne s'oublient pas, c'est tout. Mais, assez parlé de peinture, venez donc boire un verre.

Ils rejoignirent l'un des buffets où on leur offrit du whisky. Vincent but une gorgée du sien puis regarda Jean-Rémi bien en face.

— Nous ne sommes à l'aise ni l'un ni l'autre, fit-il remarquer. J'éprouve une grande admiration pour vous et je pense que nous devrions mieux nous connaître. C'est pour ça que je suis venu.

— Oui, j'avais compris, seulement je ne sais pas ce que je peux faire… Alain a mis des murs dans sa vie, avec sa famille d'un côté, ses oliviers de l'autre, et moi dans un coin. Je n'irai jamais contre sa volonté, je suis obligé de m'incliner.

À quelques pas d'eux, un jeune homme d'une vingtaine d'années hésitait à les interrompre. Il leur jetait des regards si impatients que Vincent finit par remarquer sa présence.

— Je crois qu'on vous attend, murmura-t-il.

Jean-Rémi se retourna, toisa le garçon d'un air excédé puis haussa les épaules.

— Ah, oui ! Voilà la rançon de la gloire. Mettons… sa prime.

— Qui est-ce ? demanda Vincent malgré lui.

— Personne.

Perplexe, Vincent ne savait comment réagir et il eut un geste d'excuse.

— Très bien, dit-il, je n'ai rien vu.

— Mais vous n'avez effectivement rien vu ! Il n'y a donc jamais de petite greffière ou de jeune avocate pour tourner autour de vous ? Et à qui vous n'accorderez, au mieux, qu'un bref moment d'attention ?

Il n'était pas vraiment en colère, juste un peu désabusé. L'idée de Béatrice s'imposa alors à Vincent qui prit machinalement le second verre que Jean-Rémi lui tendait. Oui, s'il avait été vigilant, Béatrice n'aurait fait que traverser sa vie, comme cet éphèbe allait sans doute passer dans celle de Jean-Rémi tandis qu'Alain continuerait à l'obséder ainsi qu'en témoignait le portrait. Il se demanda pourquoi leur conversation avait pris une si étrange tournure, intime et énigmatique.

— Et votre galerie de Saint-Rémy ? interrogea-t-il brusquement.

— Une affaire florissante, très bien gérée par Magali. J'imagine qu'il y a de quoi vous surprendre.

— Eh bien, pour tout vous avouer, je ne voyais pas ma femme, ou plutôt mon ex-femme, se reconvertir dans l'art ! Elle n'avait jamais manifesté de goût pour… pour ce genre de choses.

— L'occasion fait le larron.

Vincent hocha la tête puis reposa son verre, un peu étourdi. Il était à jeun et l'alcool l'écœurait. Penser à Magali ne servait à rien, elle avait tourné la page désormais, tout comme lui, et ils ne conservaient en commun que leurs enfants et des souvenirs de jeunesse.

— Je dois m'en aller à présent, dit-il d'un ton de regret. Je suppose qu'il serait inutile d'insister, vous n'êtes pas vendeur de ce portrait ?

— Définitivement non, mais merci de l'apprécier.

— J'ai été ravi de bavarder avec vous.

— Moi aussi. Nous trouverons bien l'occasion de nous revoir un jour. Vous savez, nous aimons les mêmes gens, même si ce n'est pas de la même manière.

La phrase pouvait paraître sibylline mais Vincent la comprit parfaitement. Avec un sourire navré, il serra de nouveau la main de Jean-Rémi et se décida à quitter la galerie. En s'installant au volant de sa voiture, il constata qu'il n'avait pas très envie de rentrer chez lui, ni d'expliquer à Béatrice pourquoi il était en retard.

Dès huit heures du matin, le cabinet Morvan-Meyer bourdonnait d'activité. Marie arrivait toujours avant neuf heures et commençait par vérifier la présence effective de chacun, l'état des locaux, qui étaient nettoyés par une entreprise durant la nuit, son propre planning de rendez-vous, enfin l'ensemble des appels émanant de nouveaux clients potentiels. Une matinée par semaine, elle rencontrait longuement le comptable, établissait les fiches de paye du personnel, répartissait les charges entre les associés. C'était également elle qui recevait les avocats stagiaires, qui assurait la coordination avec les avoués, qui gérait les conflits, bref, qui assurait le bon fonctionnement du cabinet.

La présence de Béatrice lui pesait de plus en plus. Après son stage obligatoire de deux années – effectué avec un nombre croissant d'absences –, la jeune femme ne semblait pourtant pas disposée à quitter le cabinet où elle se comportait en pays conquis. Parce qu'elle avait épousé Vincent, elle croyait peut-être que Marie allait lui procurer une place d'associée, ce qui était hors de question. Les statuts du cabinet ne permettaient pas de cooptation arbitraire, heureusement, or Béatrice n'était pas très appréciée de ses confrères qui, ne voyant en elle qu'une arriviste, ne faisaient d'ailleurs rien pour lui faciliter la tâche. À plusieurs reprises, Marie avait abordé le sujet avec Vincent, sans autre résultat que le mettre très mal à l'aise. À l'évidence et malgré toute sa gentillesse, il ne voulait pas s'en mêler. Il s'était borné à exiger de Béatrice qu'elle ne prenne pas le nom de Morvan-Meyer pour son activité professionnelle. Au moment de son inscription au barreau, elle avait dû céder, à contrecœur, et faire enregistrer son titre d'avocate sous son nom de jeune fille. Personne dans la famille n'aurait pu tolérer l'utilisation de ce patronyme dans un tribunal. Mais Me Béatrice Audier sonnait évidemment moins bien que Me Béatrice Morvan-Meyer !

Avenue de Malakoff, Béatrice n'avait guère plus d'importance que boulevard Malesherbes, et jamais Marie n'aurait eu l'idée de compter sur elle, ou même de solliciter son avis. Quand il s'agissait de lancer des invitations pour un dîner, Marie allait directement en parler à Vincent, et s'il n'était pas là elle l'appelait au Palais. Qu'il se soit remarié ne changeait rien, c'était toujours conjointement avec sa cousine qu'il dirigeait l'hôtel particulier. À eux deux, ils finissaient par former une sorte de couple, et les grands enfants vivant sous leur toit étaient parfaitement habitués à cette étrange situation. Quand Marie décidait d'emmener sa fille au théâtre ou au cinéma, Tiphaine était toujours conviée à partager la soirée, et, si d'aventure Vincent prenait des places pour la finale de Roland-Garros, il s'y rendait avec Cyril en plus de Lucas. Une organisation qui satisfaisait tout le monde, sauf Béatrice, bien entendu.

Installée dans le bureau de Charles, comme chaque matin, Marie venait de refermer un dossier. Depuis treize ans elle disait toujours « le bureau de Charles », cependant les secrétaires savaient très bien qu'il s'agissait du sien. À côté du sous-main, le briquet aux initiales C.M. était toujours là, inutile puisqu'elle ne fumait pas, et pourtant précieux comme un talisman. Cet objet, que Charles avait reçu de Judith avant la guerre, Marie s'en était emparée d'autorité après le décès de son oncle et l'avait rapporté boulevard Malesherbes. Vingt fois par jour, d'un geste devenu mécanique, elle le frôlait, le mettait debout, le reposait à plat sans y penser, juste pour le plaisir d'un contact familier. En revanche, elle n'avait jamais ouvert le coffre-fort, dissimulé derrière une boiserie, et qui renfermait toujours les carnets de Judith. L'explication du drame familial s'y trouvait, au fil de pages que nul ne souhaitait relire, sans pour autant pouvoir les détruire. Peut-être la génération de leurs enfants avait-elle droit à cette sinistre vérité ? Toutefois la sagesse – ou la peur – avait retenu les cinq cousins jusqu'ici. Aux questions posées ceux-ci n'avaient donné que des réponses évasives, comme s'ils étaient liés par un accord tacite. Le martyre de Judith et de Beth était volontiers évoqué, avec toute la tristesse requise pour un tel malheur, mais révéler la monstruosité d'Édouard et la manière dont Charles s'était vengé n'apporterait rien à personne, ils en avaient la conviction et préféraient le silence.

L'interphone bourdonna, la tirant brutalement de sa rêverie, et elle établit la communication.

— Votre rendez-vous est arrivé, maître, annonça la voix de sa secrétaire.

Avec un sourire réjoui, elle constata qu'Hervé respectait les consignes de discrétion qu'elle lui avait imposées et ne déclinait même plus son identité à la réceptionniste. Elle décida d'aller le chercher elle-même dans la salle d'attente où il était seul, confortablement installé sur l'un des profonds canapés de velours vert, absorbé par la lecture de son quotidien. Lorsqu'il leva son regard vers elle, Marie se sentit plus troublée qu'elle ne l'aurait voulu.

— Tu es prête ? On peut aller déjeuner ? lui demanda-t-il joyeusement.

— Déjeuner ?

— Pourquoi crois-tu que je t'aie demandé un rendez-vous à treize heures ?

Il vint vers elle, se pencha pour l'embrasser dans le cou, la prit par la taille.

— J'ai réservé chez *Lucas Carton*, annonça-t-il.

— On fête quelque chose ?

— Grands dieux, non ! C'est tout le contraire, puisque tu pars la semaine prochaine... En fait, je suis en deuil. Tu n'avais pas remarqué ?

Son costume gris clair était seulement très élégant, et sa chemise bleu ciel mettait ses yeux en valeur. Elle le toisa, amusée, avant de lui prendre la main pour l'entraîner hors de la salle d'attente. Alors qu'ils traversaient le grand hall, ils croisèrent Béatrice qui leur adressa un petit sourire pressé puis s'engouffra dans un couloir.

— Elle passe ses journées ici, je ne sais vraiment plus quoi en faire, murmura Marie.

Elle attendit d'avoir franchi le porche de l'immeuble pour ajouter :

— Si je n'ai pas une vraie conversation avec Vincent à son sujet, nous allons à la catastrophe...

— C'est une si mauvaise recrue ?

— Non... Ni bonne ni mauvaise. Mais elle se trouve en porte-à-faux, sans savoir où est sa place. De toute façon, il n'y a rien de pire que travailler en famille.

— Pourtant tu l'as fait avec ton oncle, à tes débuts.

— C'était très différent ! Charles m'a tout appris, y compris où se situaient mes limites. Pouvoir l'observer pendant qu'il étudiait un dossier ou préparait une plaidoirie, ça représentait une chance inouïe. Bien avant qu'il fonde ce cabinet de groupe, il était déjà installé là, au rez-de-chaussée, et jamais je n'aurais imaginé occuper son bureau un jour. Pour moi, c'était Dieu, en tout cas en matière de droit, alors je me faisais toute petite...

Comme chaque fois qu'elle évoquait Charles, elle était devenue volubile et il l'interrompit :

— À cette époque-là, si ma mémoire est bonne, tu sortais avec moi ?

— Oui.

Elle aurait pu ajouter des tas de choses, mais elle ne voulait pas qu'il se souvienne trop précisément de cette période, qu'il puisse faire des recoupements ou retrouver des dates.

— Tu es toujours laconique quand il s'agit de notre vieille aventure, fit-il remarquer tristement. Moi, j'en garde beaucoup de nostalgie. D'abord parce que nous étions jeunes et insouciants, ensuite parce que j'en ai vraiment bavé quand tu m'as quitté.

— Tu étais très gamin, tu sais…

— Et très amoureux !

Il s'arrêta et la retint par le bras, d'un geste impulsif.

— Tu ne comptes pas me refaire le coup une deuxième fois, Marie ? Ou alors dis-le-moi maintenant.

Dans la lumière crue du soleil de juin, elle distingua nettement ses rides, sa fatigue, son anxiété, et elle se sentit soudain plus proche de lui qu'elle ne l'avait jamais été. Il avait mûri, bien vieilli. Qu'il puisse l'aimer de nouveau était un vrai cadeau.

— Non, Hervé, murmura-t-elle.

— Tu me le promets ? Et je pourrai t'appeler tous les jours, pendant les vacances ?

L'idée qu'elle disparaisse en Provence durant la fermeture annuelle du cabinet le désespérait. Il lui avait réclamé sur tous les tons une semaine de ses vacances, lui proposant de l'emmener où elle voudrait, mais elle avait refusé. Passer l'été à Vallongue semblait une tradition incontournable chez les Morvan, et apparemment il n'était pas le bienvenu dans cette réunion de famille.

— Consacre-moi au moins quarante-huit heures avant la rentrée, soupira-t-il… Tiens, le week-end du 15 août, tu veux ?

Il insistait, frustré d'être tenu à l'écart, et elle prit une décision subite.

— Si ça t'amuse, Hervé, tu peux descendre me voir là-bas… La maison est grande !

Éberlué, il la dévisagea pour s'assurer qu'elle ne plaisantait pas.

— Chez toi ? Là-bas, à…

— Vallongue. Je n'en suis pas propriétaire. C'est un peu compliqué, nous sommes cinq à avoir hérité. Et, si tu viens, tu seras perdu entre nous tous ! Je t'ai parlé de Vincent mais j'ai un autre cousin, Daniel, et puis mes deux frères. Avec les femmes et les enfants, ça fait du monde !

— Marie, tu es sérieuse, tu m'invites ?

Jusque-là, elle n'avait même pas voulu lui présenter son fils et sa fille, au sujet desquels elle restait évasive, il ne comprenait pas ce revirement.

— Si nous devons faire un bout de chemin ensemble, dit-elle d'une voix grave, il faut bien que tu rencontres ma famille.

— Mais je ne demande pas mieux ! Je suis très, très…

Au lieu de finir sa phrase, il l'attira contre lui, sans chercher à l'embrasser, juste pour qu'elle mette sa tête sur son épaule. Ils se tinrent ainsi enlacés un moment, indifférents aux passants.

Malgré tous ses efforts, Béatrice n'avait pas avancé d'un pas. Vincent restait courtois, mais elle n'était même pas sûre qu'il soit encore amoureux d'elle. Depuis le jour où elle l'avait épousé, leur relation s'était radicalement modifiée, au point de lui faire regretter le temps où ils n'étaient pas mariés. Pourtant, elle avait tout essayé, sans se décourager, afin que leurs rapports ne prennent pas cette tournure détachée qui lui devenait insupportable. Ses sentiments à l'égard de son mari demeuraient violents, passionnels, hélas il lui opposait une sorte de froideur qu'elle ne parvenait pas à vaincre. C'était presque comme s'il se méfiait d'elle, comme s'il ne la croyait pas sincère et préférait se maintenir hors de portée.

Avenue de Malakoff, elle avait l'impression de vivre à l'hôtel. Un hôtel de luxe, peut-être, mais en aucun cas sa maison. Marie continuait à prendre toutes les décisions, à organiser des dîners mondains dont elle vérifiait seule le moindre détail, à résoudre les problèmes d'intendance. Quant à Tiphaine et Lucas, ils ne semblaient même pas s'apercevoir de l'existence de leur belle-mère, à qui ils n'adressaient que rarement la parole. Pour leur part, Léa et Cyril se bornaient à une élémentaire politesse. À moins d'aller bavarder avec la pauvre Madeleine, toujours confinée dans son petit salon, Béatrice ne trouvait pas d'interlocuteur.

Le soir, une fois qu'ils étaient seuls dans leur chambre, elle se lovait contre Vincent pour faire l'amour, mais là aussi il était devenu différent. Leur complicité avait disparu et, malgré ses qualités d'amant attentif, il ne riait plus avec elle, ne la regardait plus de la même manière, ne la possédait parfois qu'avec une sourde colère. Une nuit, elle s'était même mise à pleurer sans qu'il tente rien pour la consoler.

Il partait très tôt le matin, pressé de se rendre au palais, rentrait de plus en plus tard. Si elle exprimait l'envie d'un dîner en tête à tête au restaurant, il acceptait toujours mais s'avérait un convive plutôt silencieux. Regrettait-il amèrement son ancienne indépendance ? Mais non, il avait déjà connu le mariage, il était père de famille, avant elle il avait subi le poids des attaches. Quelles raisons aurait-il eues de les redouter ?

Au cabinet Morvan-Meyer, où elle se rendait désormais avec réticence, la plupart des associés la considéraient dédaigneusement, et Marie refusait de lui offrir une vraie place. Les débuts de son stage avaient pourtant été agréables, quand elle courait d'un avocat à l'autre en travaillant sur dix dossiers à la fois. Elle adorait l'atmosphère du boulevard Malesherbes, consciente de la chance qu'elle avait d'apprendre là son métier, et bien sûr, lorsqu'elle était devenue Mme Vincent Morvan-Meyer, elle s'était mise à caresser certains rêves. Un mari juge, un nom connu de toute la profession, une position privilégiée dans l'un des plus importants cabinets de Paris, tout cela devait lui ouvrir la voie royale. Elle l'avait si bien cru qu'il lui était alors arrivé de s'éclipser pour aller courir les magasins ou pour faire à Vincent la surprise de le rejoindre au Palais. Là encore, elle avait dû déchanter en constatant que son mari détestait l'imprévu et que Marie ne tolérait pas les absences. Ensuite, Vincent avait refusé qu'elle utilise son nom, et puis Marie lui avait fait comprendre qu'il n'y avait pas de place pour elle… En tant qu'avocate, mais aussi en tant que femme, elle avait l'impression d'être tolérée, en aucun cas acceptée.

Chaque fois qu'elle essayait de provoquer une explication, Vincent éludait, ou au mieux reconnaissait qu'il n'était pas facile de se faire adopter par une si nombreuse famille. Mais Béatrice se fichait des Morvan, c'était de lui qu'elle voulait être aimée, de personne d'autre, et pas seulement pour son corps ou sa jeunesse, aimée pour de bon. Il souriait sans la croire, comme s'il s'agissait d'un enfantillage, et finissait toujours par arborer une expression mélancolique dont elle ne comprenait pas le motif.

À force d'insister, de le harceler, de se suspendre à son cou, elle avait réussi un soir à le mettre en colère – lui toujours si maître de ses émotions – et il lui avait asséné qu'il ne tenait pas à être mené par le bout du nez, qu'elle ne ferait pas ce qu'elle voulait de lui. Elle conservait un très mauvais souvenir de cette unique scène de ménage, qu'il avait écourtée en claquant la porte.

À présent que les vacances approchaient, elle hésitait entre le découragement et l'espoir. À Vallongue, Vincent allait être plus disponible, plus détendu. Pour sa part, elle aurait l'occasion de bronzer, de porter des minijupes, de l'entraîner dans des escapades d'amoureux. En revanche, la présence de la famille serait encore plus lourde que de coutume. Sans compter la proximité de Magali, dont Vincent ne parlait jamais, dont toutes les photos avaient disparu, mais qu'on ne pouvait pas évoquer devant lui sans le rendre rêveur. Dès que Tiphaine ou Lucas disaient quelque chose à propos de leur mère, elle guettait sa réaction avec angoisse et se sentait dévorée d'une jalousie ridicule. Mais Magali avait obtenu en son temps ce qu'elle-même souhaitait par-dessus tout : des enfants.

Là encore, Vincent s'était montré catégorique. S'il avait accepté le mariage, il refusait l'idée d'une nouvelle paternité, considérant qu'à quarante-trois ans il avait plutôt l'âge d'être grand-père. Béatrice protestait ou argumentait en vain et, de quelque manière qu'elle présente sa requête, elle obtenait le même refus. Or elle ne voulait pas renoncer à son désir d'enfant, à l'envie, obsessionnelle, de serrer un bébé dans ses bras, et surtout à cette possibilité de consolider leur couple. Devant un berceau, Vincent ne pourrait que s'attendrir, elle en avait la conviction, au point d'envisager l'arrêt de la pilule contraceptive sans le lui dire. Le risque de le braquer définitivement la faisait hésiter, cependant elle avait beau chercher une autre solution pour le reconquérir, elle n'en trouvait pas. Si elle parvenait un jour à être la mère de son enfant, et non plus seulement une trop jeune épouse qu'il considérait avec méfiance, alors il redeviendrait peut-être cet homme qu'elle avait cru idéal et dont elle était toujours follement amoureuse.

— Et mon père ne dit rien, il trouve ça normal ! explosa Virgile.

Silencieux, Alain continuait d'avancer, les mains dans les poches et les yeux rivés aux branches des oliviers pour y chercher la trace de cochenilles. La floraison avait été précoce, faisant ployer les jeunes rameaux sous l'abondance des fruits, ce qui attirait déjà nombre de parasites.

— Ma sœur avec Cyril, toi, ça ne te choque pas ? reprit Virgile avec aigreur. Oh, je sais bien que tu vas prendre sa défense…

— Cyril est mon filleul, il n'a pas de père, et je l'aime beaucoup, oui, marmonna Alain.

— D'accord, d'accord ! Mais il y a des milliers d'autres filles, pourquoi a-t-il choisi de s'en prendre à sa propre cousine ?

— Vous n'êtes pas cousins germains.

— Encore heureux ! En tout cas, je ne peux pas m'y faire, je ne le supporterai pas. Si je le vois poser ses pattes sur Tiphaine, je lui casse la figure.

Alain s'arrêta net, abandonnant un instant son examen minutieux.

— Qu'est-ce que c'est que ce rôle de justicier ? Quelqu'un t'a appelé à l'aide ? Ta sœur a dix-neuf ans, Cyril vingt-deux, ils sont adultes.

Désemparé, Virgile chercha en vain une riposte puis finit par hausser les épaules.

— Si tes parents ne s'en mêlent pas, insista Alain, si Marie ne dit rien, pourquoi voudrais-tu intervenir ? Juste pour avoir l'occasion de t'affronter avec Cyril une fois de plus ? Explique-moi plutôt ce que Magali en pense.

— Rien, et tu le sais. Tiphaine est venue elle-même lui faire ses confidences cet hiver, mais elles ne m'ont pas mis dans le secret à ce moment-là ! Aujourd'hui, maman me raconte ça tout naturellement, parce que l'été arrive et qu'ils vont débarquer ici en se tenant par la main ! Je suis censé applaudir ?

Ses yeux verts s'étaient assombris et il ajouta, d'une voix rageuse :

— Je crois que je finirai par tous les détester !

— Écoute, tu me fatigues, soupira Alain.

Il s'assit dans la terre caillouteuse, à l'ombre d'un olivier. Peu après, Virgile le rejoignit mais se contenta de s'appuyer au tronc.

— La famille sera là dans quelques jours, il va falloir que tu te calmes.

— Comme si c'était facile pour moi…, murmura le jeune homme. À part Lucas, je n'ai envie de voir personne. Surtout pas papa roucoulant avec Béatrice !

— Tu crois que l'expression est juste ? s'enquit Alain avec un sourire ironique.

— Peut-être pas, mais c'est sa faute. Il n'aurait pas dû épouser une fille de cet âge-là, et s'il n'est pas heureux en ménage, ce n'est pas moi qui vais le plaindre !

— Tu es très intolérant.

— Et très rancunier, oui !

Alain jeta un caillou au loin puis s'absorba dans la contemplation du paysage, dont il ne se lassait jamais. Au loin, sur le sommet bleuté d'une colline, une rangée de cyprès semblait onduler comme un mirage sous la chaleur. Plus près d'eux, le vallon, couvert d'oliviers aux reflets argentés, baignait dans une lumière presque transparente.

— Ce n'est pas une chenille de teigne, ça ? s'exclama soudain Virgile.

D'un bond, Alain se releva pour inspecter le jeune rameau que Virgile tenait entre ses doigts.

— Non, déclara-il d'un ton soulagé, heureusement non… Si la teigne se met dans l'oliveraie, on n'a pas fini de transpirer, toi et moi !

Il jeta un coup d'œil satisfait au jeune homme qui restait sourcils froncés, sans se résoudre à lâcher la branche.

— On continue ? proposa-t-il en passant à l'arbre suivant.

Ces derniers mois, Virgile avait accompli d'énormes progrès. Son intérêt pour l'exploitation ne faisait que croître, il s'avérait meilleur élève qu'Alain ne l'avait espéré et commençait même à prendre quelques initiatives. Jamais plus il n'était en retard le matin, il ne reposait pas deux fois une question, le travail ne le décourageait pas. Si, au début, Vallongue avait été pour lui un refuge – et Alain un rempart –, il était à présent dans son élément.

Au bout d'un long moment de silence, ponctué par le bruit lénifiant des cigales en plein chant, ils arrivèrent en bas de la pente, avec leurs chemises trempées de sueur et leurs chaussures couvertes de poussière.

— Qu'est-ce que tu nous as prévu pour déjeuner ? demanda Alain d'une voix moqueuse.

— Un gratin de légumes, mais je crois plutôt qu'on va les manger en salade, il fait vraiment trop chaud…

Pour les courses, la cuisine, ou encore un bon coup de ménage de temps à autre, Virgile avait dû apprendre à se débrouiller, Alain ne lui faisant grâce de rien. Mais, là encore, il avait assumé son choix de vie sans se plaindre, et surtout sans regretter l'avenue de Malakoff ou les bancs de la faculté.

Côte à côte, ils progressaient vers la maison, pressés de retrouver un peu de fraîcheur, pourtant Alain s'arrêta un instant et alluma sa première cigarette de la journée.

— Si vraiment vous devez vous accrocher, Cyril et toi, pourquoi ne t'installes-tu pas à la bergerie pour la durée des vacances ?

— Tu me la prêterais ? s'écria Virgile.

— Cet été uniquement, répéta Alain. Tu as une chambre et une salle de bains, ça devrait te suffire, même si je continue à travailler en bas. Tu peux aussi y ramener tes conquêtes, je n'y verrai pas d'inconvénient.

— Tu es vraiment un chic type ! J'envisageais de m'imposer quelque temps chez maman, mais inutile de te dire que je préfère ta solution !

— J'en étais sûr, oui. En tout cas, n'en profite pas pour bouder les autres. Les repas de famille sont incontournables, comme tu sais. J'en ai tellement subi avec ton grand-père, quand j'avais ton âge ! Je haïssais l'été, mais il y avait Clara, et quand elle était là je pouvais tout supporter avec le sourire...

Virgile hocha la tête, sensible à l'évocation de son arrière-grand-mère. Il se souvenait très bien d'elle, et surtout il savait qu'Alain se rendait parfois au cimetière d'Eygalières pour y porter une brassée de lavande.

— Elle manque à tout le monde, j'ai l'impression, dit-il gentiment. Même si papa veut se donner des airs de chef de tribu, ce n'est pas la...

— Mais lâche un peu ton père ! s'écria Alain. Qu'est-ce que tu lui reproches ? De s'être laissé avoir par une femme trop jeune pour lui ? Eh bien, c'est lui qui va payer l'addition, pas toi. Et je te rappelle qu'il t'a laissé tranquille jusqu'ici.

— Uniquement parce que tu le lui as demandé !

— Oui, et alors ? Au moins, il m'a écouté, même s'il n'avait pas envie de le faire à ce moment-là.

Virgile saisit l'occasion au vol et répliqua :

— C'est vrai que vous avez l'air de mieux vous supporter, ces temps-ci. Tu me raconteras un jour pourquoi vous étiez fâchés ?

Au lieu de répondre, Alain escalada les marches du perron, ouvrit la porte de la maison. À l'intérieur, les persiennes tirées avaient maintenu une température plus supportable et la pénombre leur parut agréable. Dans la cuisine, Virgile sortit d'un panier des poivrons, des tomates, quelques feuilles de batavia, tandis qu'Alain se mettait à découper des tranches de pain.

— Le sujet est tabou ? demanda Virgile en rinçant les légumes dans l'évier.

— Non, pas du tout... Je te fais une tartine de tapenade ?

Le jeune homme se retourna pour observer Alain qui étalait tranquillement la purée d'olives et d'anchois.

— Alors, si on peut en parler, insista-t-il, pourquoi ne dis-tu rien ?

— Parce que ce n'est pas à moi de le faire. Tu poseras la question à ton père et à ton oncle d'abord. S'ils te répondent, je te donnerai ma version des choses.

Virgile avait souvent harcelé sa mère à ce propos, sans jamais obtenir d'explication convaincante. Elle faisait vaguement référence à une très ancienne brouille entre Charles et Édouard, un problème qui remontait à la guerre et ne la concernait pas.

— Très bien, déclara-t-il, puisqu'ils seront là dans quelques jours, j'en profiterai pour les interroger.

— Magnifique ! Tu vas voir, ça mettra une ambiance folle...

Le rire clair d'Alain le surprit. Il avait craint une réaction de colère ou un silence obstiné, comme toujours, pas cette soudaine gaieté, et il prit un ton innocent pour demander :

— Est-ce que par hasard il y aurait un cadavre dans le placard, chez les Morvan ?

— Tu ferais mieux de ne pas utiliser ce genre d'expression avant de savoir, répliqua sèchement Alain.

À l'évidence, le chapitre était clos, inutile d'y revenir. Alain devait même juger qu'il en avait trop dit car il quitta la cuisine en annonçant qu'il allait chercher une bouteille de rosé à la cave. Songeur, Virgile acheva la préparation des crudités puis sortit deux assiettes du vaisselier. Il existait bien un secret dans la famille, que personne ne semblait vouloir révéler mais qui pesait sur tout le monde de manière diffuse. Avec ses cousins, ils en avaient souvent parlé lorsqu'ils étaient adolescents, sans jamais parvenir à élucider le mystère. Leurs deux grands-pères, Charles et Édouard, qui n'étaient d'ailleurs pas enterrés dans le même caveau, avaient-ils partagé un drame inavouable ? À la mort de Charles, Virgile avait six ans, et sans les photos des albums il n'aurait même pas su à quoi ressemblait cet homme. En fait, Vincent était le portrait craché du célèbre avocat, Clara l'avait répété sur tous les tons, et c'était toujours avec une émotion extrême qu'elle l'évoquait. La guerre, les années de captivité, ou même la déportation de Judith ne constituaient pas une énigme, pourtant Vincent et Alain s'étaient bel et bien brouillés à cause de tout cela. Pourquoi ?

Virgile croqua une bouchée de sa tartine de tapenade qu'il prit le temps de savourer. Interroger son père lui paraissait difficile mais il aurait sûrement plus de chance avec Daniel. Celui-ci vivait sur un petit nuage depuis que Sofia lui avait donné des enfants, et, puisqu'il devait passer l'été à Vallongue lui aussi, l'occasion d'une conversation se présenterait forcément.

— À quoi peux-tu bien rêver ? lui demanda Alain qui était revenu et le regardait avec curiosité.

— À rien de spécial… J'ai hâte que l'été finisse, que les Parisiens débarrassent le plancher et que la récolte arrive. Pas toi ?

La question fit réfléchir Alain quelques instants puis il secoua la tête en murmurant :

— Non. Pas cette année, non.

Avec des gestes précis, il se mit à déboucher la bouteille de rosé sans s'expliquer davantage.

Vincent revint de la salle de bains vêtu d'un peignoir de soie bleu nuit. Il s'arrêta près de la commode pour prendre son paquet de cigarettes et alla s'accouder à la rambarde d'une des fenêtres ouvertes.

— La fumée ne me dérange pas, tu sais bien…, murmura Béatrice.

— Il fait chaud, répondit-il d'une voix neutre.

Assise sur leur lit, elle le regardait avec désespoir. À la lueur des lampes de chevet, elle distinguait nettement sa silhouette haute et mince, ses joues qui se creusaient lorsqu'il aspirait une bouffée, ses yeux gris perdus dans le vague. Ce n'étaient pas les réverbères de l'avenue de Malakoff qu'il regardait, ni les rares passants attardés à promener leurs chiens, d'ailleurs il n'observait rien en particulier, il s'était seulement réfugié dans le silence, comme toujours.

— J'ai trouvé ça merveilleusement agréable, dit-elle au bout d'un moment.

— Tant mieux...

Son indifférence n'était pas feinte, déjà il ne pensait plus à elle ni à l'étreinte qu'ils venaient de partager mais à ses dossiers du lendemain. À force de la tenir à distance, il avait réussi à se détacher d'elle et il n'en souffrait presque plus. Pour lui, leur histoire s'était achevée à peine commencée, la veille de leur mariage. Ce soir-là, s'il n'avait pas surpris la conversation qu'elle avait eue avec Virgile, il aurait peut-être pu continuer à se bercer d'illusions. À ignorer l'angoisse provoquée par leur différence d'âge, à croire que la jolie Béatrice l'aimait pour de bon ? Mais le cynisme des expressions qu'elle avait employées ne permettait pas le doute et il avait renoncé sans se battre. Blessé dans son orgueil, il n'avait même pas eu le courage de s'expliquer avec elle et de rompre tant qu'il en était temps, parce qu'il lui aurait fallu reconnaître à haute voix qu'il s'était comporté comme un naïf, un de ces types qui refusent de vieillir en s'imaginant que la quarantaine séduit toujours les jeunes filles. Il l'avait donc épousée en grinçant des dents, glacé à l'idée de commettre la pire erreur de son existence, et bien décidé à ne plus jamais être dupe. Alors, même quand il la faisait crier de plaisir, il supposait qu'elle jouait la comédie, et elle avait beau multiplier les déclarations d'amour, il restait sceptique, désabusé.

— Vincent, viens..., demanda-t-elle doucement.

Il se retourna vers elle avec un sourire contraint. Indiscutablement, elle était très belle, nue sur le drap blanc. Et aussi très jeune, sans une ride, sans une seule marque du temps.

— Viens, j'ai besoin de toi, ajouta-t-elle tout bas.

Que lui fallait-il de plus que ce qu'il lui avait donné ? Si elle manifestait l'envie de faire l'amour, il était toujours prêt à la satisfaire mais il ne la sollicitait jamais. Il ne voulait pas qu'elle se force, qu'elle mente ou qu'elle simule, ce qu'il aurait jugé encore plus humiliant que tout le reste.

— Tu n'es pas très tendre, dit-elle d'un ton de reproche.

Il aurait pu l'être, sans ce malentendu qui les séparait chaque jour davantage.

— Je suis fatigué, se borna-t-il à répondre.

Fatigué de tous les compliments qu'on lui faisait au sujet de sa femme, des plaisanteries égrillardes de ses confrères qui enviaient sa *chance* ou, pire, du regard compatissant de Marie.

— Nous serons en vacances après-demain, lui rappela-t-elle.

Vallongue, oui, il en rêvait comme d'un havre de paix. Et si une seule personne au monde pouvait encore le comprendre, c'était bien Alain, auquel il allait pouvoir se confier en arpentant les oliveraies. Quand il songeait à toutes les années perdues, à cette inutile querelle qui les avait fait se comporter en ennemis, il était submergé de regrets. Sans cette brouille, il aurait ouvert les yeux plus tôt sur Béatrice, peut-être même n'aurait-il pas divorcé de Magali. Alain avait toujours été de bon conseil, d'ailleurs, c'était lui qui lui avait présenté Magali, vingt-trois ans plus tôt, lui qui avait tout tenté pour la sauver du naufrage, lui qui avait pris en charge les enfants à l'époque où Vincent ne songeait qu'à sa carrière, Magali se saoulant pour oublier. Et aujourd'hui encore, Virgile avait trouvé refuge près de lui, Magali lui devait sa renaissance. Car elle avait changé, tout le monde s'accordait à le dire, et Vincent mourait d'envie de constater lui-même cette transformation. La dernière – et la seule – fois qu'il l'avait vue, chez elle, il en était resté médusé.

Il écrasa son mégot avec soin, revint près du lit. Il ne voulait pas faire de comparaison, même pas y penser, pourtant en regardant les longs cheveux noirs de Béatrice, sa peau mate et ses seins menus, il songeait malgré lui à la flamboyante chevelure acajou de Magali, à son teint pâle constellé de minuscules taches de rousseur, à ses formes voluptueuses.

Le peignoir bleu nuit tomba sans bruit sur la moquette puis il se glissa dans les draps. Tout de suite, Béatrice se rapprocha de lui pour mettre sa tête sur son épaule. Elle adorait s'endormir en le tenant serré dans ses bras, ce qu'il supportait de plus en plus mal. Il essaya de ne pas se crisper et de ne pas la repousser, mais que cherchait-elle à faire croire avec ces gestes de propriétaire ? Qu'il était sa proie et qu'elle ne le lâcherait pas avant d'avoir obtenu de lui la tendresse qu'elle exigeait ?

Il sentit qu'elle se redressait, une mèche soyeuse caressa sa joue.

— Dis-moi quelque chose de gentil…

Sans attendre la réponse, elle posa ses lèvres sur les siennes, l'embrassa avec passion.

— Béatrice, il est très tard, protesta-t-il quand elle le laissa reprendre son souffle.

Cette fois elle se recula, lassée de ses rebuffades, et il en profita pour éteindre sa lampe de chevet. Dans l'obscurité, il l'entendit soupirer, chercher une place sur son oreiller. Il n'éprouvait aucune compassion, elle n'était pas sa victime, et il décida que, si elle s'énervait, c'était seulement parce qu'il lui échappait. Comme elle lui tournait le dos, il en déduisit qu'elle boudait et il ne devina rien du réel chagrin qui la submergeait.

Gauthier s'efforça de sourire, l'air désinvolte.

— Eh bien, maman, d'après ce que je lis, tu te portes plutôt bien…

Face à lui, Madeleine attendait le verdict sans inquiétude. Chaque fois qu'elle consultait un médecin, elle apportait à Gauthier les résultats des examens ou des analyses, une occasion pour elle de le voir dans ses fonctions, à l'hôpital. Rien ne la rendait plus fière que de demander à voir le *docteur* Morvan, et bien qu'il lui ait expliqué cent fois que, en tant que chirurgien, il ne souhaitait pas s'occuper de sa santé ni interférer dans les prescriptions d'un généraliste, elle ne lui épargnait aucune visite.

Une nouvelle fois, il parcourut la lettre adressée par son confrère puis releva les yeux sur sa mère. Il la voyait assez régulièrement et il aurait dû être le premier à détecter les symptômes. Mais bien sûr il ne s'intéressait pas vraiment à elle, agacé par cette détestable préférence qu'elle affichait à son égard, et surtout incapable d'oublier la part de responsabilité qu'elle avait dans la mort de Philippe. La façon dont elle bêtifiait avec Pierre, le petit dernier qui n'avait que cinq ans, faisait bouillir Chantal de rage. Lui-même ne parvenait qu'à grand-peine à trouver la patience nécessaire pour supporter ses jérémiades continuelles, sa boulimie chronique.

— Tout va bien, alors ? insista-t-elle d'un ton plaintif. Parce que, tu sais, j'ai parfois l'impression de perdre la mémoire ! C'est l'âge ?

— Non, pas vraiment. En fait, tu devrais…

Il s'interrompit, découragé. Comment lui annoncer qu'elle était sans doute atteinte de la maladie d'Alzheimer ? Que cette affection démentielle, avec son processus dégénératif, allait atteindre progressivement les cellules de son système nerveux ? Que des pans entiers de sa mémoire allaient s'effondrer les uns après les autres jusqu'à ce qu'elle ne reconnaisse plus son entourage ? Que l'issue, en quelques années, serait fatale ?

— Tu as un excellent médecin, maman, tu peux lui faire confiance.

Navré de ne rien trouver d'autre à dire, il referma le dossier qu'il lui rendit en prenant soin de conserver la lettre.

— Il faut que je monte au bloc, une infirmière va t'appeler un taxi...

D'abord il allait en parler à Chantal, ensuite il mettrait Alain et Marie dans la confidence. Ensemble, ils décideraient de l'attitude à adopter. Puisqu'ils partaient tous pour Vallongue le lendemain, il pourrait se faire une opinion plus approfondie durant l'été.

— Tu voyages avec Marie, comme d'habitude ? lui demanda-t-il d'un ton léger.

— Un voyage ? répéta-t-elle.

Son air égaré ne dura qu'un instant mais le bouleversa.

— Ah oui, suis-je bête ! s'écria-t-elle. Bien sûr, c'est elle qui m'emmène... J'ai encore ma valise à faire, je me sauve. Tu es gentil de m'avoir rassurée, je n'ai confiance qu'en toi...

Elle était vraiment devenue obèse et se déplaçait sans grâce, balançant son sac à bout de bras. Pourquoi ne parvenait-il donc pas à la plaindre ? Il se pencha vers elle, l'embrassa sur les deux joues puis ouvrit la porte pour la confier à une infirmière. Quand il revint s'asseoir à son bureau, il poussa un long soupir avant de refermer son agenda. Il n'avait plus de rendez-vous avant la rentrée, il ne franchirait pas les portes du bloc durant quatre semaines, il lui avait menti pour se débarrasser d'elle. Nerveux, il composa le numéro de l'étage de pédiatrie et demanda à parler à Chantal. Dès qu'il entendit sa voix, il se sentit soulagé d'une partie de son angoisse.

— Est-ce qu'on pourrait laisser les enfants seuls, ce soir, j'ai envie d'un dîner en tête à tête...

Le rire gai de sa femme acheva de le détendre tandis qu'elle répliquait :

— Tu connais le tarif, chéri ! Quand Paul sert de baby-sitter à Pierre, il faut le rémunérer. Si c'est dans tes moyens... Et pourquoi cet accès de romantisme ? L'idée de supporter ta tribu tout l'été commence à te paniquer ?

Elle se moquait de lui gentiment, comme à son habitude. D'ailleurs, elle avait insisté personnellement pour passer les vacances à Vallongue. Après la mort de Philippe, ils étaient restés quelque temps sans descendre dans le Midi, puis ils avaient cédé aux prières de Clara et finalement repris leurs habitudes là-bas. Pour Paul, c'était l'occasion de voir ses cousins, et pour eux de se retrouver en famille malgré tout.

— Je finis mon service dans une heure, je te rejoindrai sur le parking, décida-t-elle.

Il raccrocha puis rangea la lettre du médecin dans son portefeuille. Il n'avait aucune raison de l'appeler, ils se concerteraient dans les mois à venir, selon l'évolution de la maladie, mais quoi qu'il en soit il n'existait pas de traitement. L'état de Madeleine allait se dégrader plus ou moins lente-ment, de manière inexorable, jusqu'à la fin. En attendant, ses trois enfants devaient essayer de l'entourer. Après tout, la pauvre avait perdu son mari, son beau-frère, sa belle-mère, et elle ne devait plus savoir à qui confier son destin désormais, elle qui s'était toujours sentie incapable de diriger sa vie.

— Oh si, elle sait..., murmura-t-il à mi-voix.

Elle l'avait même énoncé sans complexe : elle n'avait confiance qu'en lui. Parce qu'il avait choisi la médecine, comme Édouard, parce qu'il ne s'était pas révolté comme Marie ou Alain.

Il se leva, jeta un coup d'œil circulaire pour vérifier qu'il n'oubliait rien. Quitter l'hôpital lui était pénible et, s'il n'avait pas eu une femme et deux fils, il ne serait jamais parti en vacances. Résigné, il s'apprêta à aller faire le tour du service de chirurgie afin de prendre congé de toute son équipe.

8

Vallongue, juillet 1976

Le soleil incendiait la Provence depuis plusieurs semaines et les nuits n'apportaient nulle fraîcheur. Chaque matin, le même ciel uniformément bleu chassait tout espoir d'une pluie d'orage bienvenue ; la terre craquelée manquait cruellement d'eau et les cultures commençaient à souffrir pour de bon.

Sofia et Daniel ne sortaient les jumeaux qu'à l'ombre du patio où la famille se cantonnait. Les siestes s'éternisaient, inconfortables sur des draps moites de sueur, les volets restaient fermés toute la journée.

Indifférent à la chaleur, Alain était le seul à arpenter les collines mais il prenait la précaution d'emmener une gourde de citronnade avec lui. Dès le lendemain de son arrivée, Vincent voulut l'accompagner jusqu'aux oliveraies et ils quittèrent la maison juste après le petit déjeuner, alors que la température avait déjà atteint vingt-huit degrés et que les cigales entamaient leur chant stridulant. Ils portaient tous deux des jeans, des espadrilles et des chemises blanches dont ils avaient roulé les manches, se retrouvant habillés de la même manière sans s'être concertés, et marchant du même pas. De temps à autre, Alain s'arrêtait sous prétexte de montrer quelque chose à Vincent, mais c'était surtout pour lui permettre de souffler.

— Tiens, là-bas, ce sont les amandiers, auxquels ton fils s'intéresse tout particulièrement. J'avais planté ça au moment où les calissons sont revenus à la mode, tu t'en souviens ? Eh bien, Virgile est en train de démarcher d'autres clients, plus lucratifs paraît-il… Je le laisse faire, il a beaucoup d'idées !

— Et toi, beaucoup de patience. Je ne sais pas comment tu fais pour t'entendre avec lui, il est toujours tellement agressif !

Le jeune homme avait accueilli son père et sa nouvelle belle-mère de façon plutôt froide, quant à Cyril, il l'avait carrément ignoré.

— Qu'il m'en veuille à propos de Béatrice, c'est déjà stupide, mais il n'adresse plus la parole à Tiphaine non plus !

Alain s'arrêta une nouvelle fois et fit face à Vincent.

— Tu n'as pas eu de mal à accepter la situation, toi ?

— Si… Bien sûr que si. Mais c'est ma fille et je veux son bonheur, or il semble que seul Cyril soit en mesure de la rendre heureuse aujourd'hui. Peut-être que ça leur passera. Ils sont tellement jeunes !

— Tu as trouvé le temps de parler avec lui ?

— Pour qui me prends-tu ?

— Pour un homme pressé.

— Alain…

— Ou très occupé, si tu préfères.

— Dès que Marie m'a mis au courant, je suis allé voir Cyril.

— Je sais. Il en était malade, il m'a appelé avant et après.

Surpris, Vincent lui jeta un coup d'œil intrigué en marmonnant :

— Alors pourquoi me poses-tu la question ?

— Parce que, d'après ce qu'il m'a raconté, tu n'as pas parlé *avec* lui, tu as parlé tout seul. Tu lui as fait un discours moralisateur, non ?

— Mais… oui ! J'aurais dû le féliciter ? Il a couché avec Tiphaine alors qu'elle était encore une gamine ! Et pourtant je n'avais aucune envie de l'engueuler, il était à la fois mort de peur et farouchement déterminé à me convaincre, très touchant…

— Sûrement autant que toi lorsque tu as traîné Magali dans le bureau de ton père.

Le prénom de son ex-femme autant que l'allusion à sa jeunesse précipitèrent Vincent dans un accès de nostalgie.

— C'est si loin…, dit-il dans un murmure.

Son évident désarroi fit sourire Alain qui lui envoya une bourrade affectueuse.

— Viens, ne restons pas en plein soleil.

Ils se remirent en marche lentement pour attaquer la pente de la première oliveraie et gagner l'ombre des arbres. Des arbres qui étaient déjà là trente-cinq ans plus tôt, alors qu'ils n'étaient que des enfants insouciants.

— Je suis allé voir l'exposition de Jean-Rémi, déclara Vincent au bout d'un moment. J'ai adoré… Est-ce qu'il t'a finalement montré le tableau qui te représente ?

— Et que tu voulais lui acheter ? Oui.

— Je voulais aussi l'inviter à dîner mais il n'avait pas le temps. Tu peux nous organiser ça ces jours-ci ?

Alain s'arrêta net et Vincent buta contre lui.

— Pourquoi tiens-tu soudain à mieux le connaître ? À cause de sa célébrité ?

Agacé, Vincent haussa les épaules mais répondit tranquillement :

— Parce qu'il fait partie de ta vie.

— Ce n'est pas nouveau !

— Non, mais je te rappelle que nous avons passé des années à nous éviter, toi et moi !

De façon insidieuse, le ton venait de monter entre eux et il y eut un bref silence qu'Alain fut le premier à rompre.

— Tu as raison. Je transmettrai l'invitation.

Il baissa les yeux vers la gourde qui pendait à sa ceinture, la prit et dévissa le bouchon, puis il renversa la tête en arrière pour boire à longs traits. Quand il reprit son souffle, il lança :

— Je suis content que tu sois là. Tu as soif ?

Vincent acquiesça d'un signe de tête, heureux de se désaltérer, tandis qu'Alain poursuivait :

— Je ne veux plus jamais me fâcher avec toi.

Ils en avaient souffert l'un comme l'autre mais au moins Alain avait le courage de le reconnaître, de l'énoncer. Ils se remirent en marche pour atteindre le sommet de la colline. La chaleur devenait torride, bien que la sécheresse de l'air rende l'atmosphère supportable, et les lézards ocellés ne se donnaient même plus la peine de décamper devant eux.

— Tu fais un peu d'exercice, à Paris ? s'enquit Alain en jetant un coup d'œil vers Vincent.

La fatigue commençait à creuser son visage et sa chemise était trempée de sueur.

— Je me suis inscrit dans une salle de sports mais je n'y vais jamais !

— Il te reste le sport en chambre...

Vincent leva les yeux au ciel puis finit par s'arrêter, essoufflé.

— Tu as gagné, j'abandonne, je suis crevé.

— Bon, tu peux faire vingt mètres, quand même ? On va aller s'asseoir là-bas, décida Alain.

Il entraîna son cousin jusqu'à une pierre plate qui se trouvait à l'ombre des derniers oliviers.

— C'est ma halte favorite, le point de vue y est sublime.

Devant eux l'oliveraie s'étendait, d'un vert presque argenté dans la lumière crue du soleil. Sur leur gauche, une autre colline était coiffée de pins et de cyprès, tandis qu'à l'arrière-plan se dessinait la montagne de la Caume.

— Vas-y, raconte, suggéra Alain d'une voix douce.

— Te dire quoi ? Tu sais très bien ce qui se passe... J'ai commis une erreur en me remariant, et ce n'est pas la seule ! Avant ça, j'avais souvent fait le mauvais choix… Mais il faut bien assumer ses bêtises, maintenant je suis coincé.

— Et ça te rend malheureux ? Tu l'aimes ?

— Béatrice ? Je ne sais plus. J'en ai été très amoureux, au début. Je suppose que j'étais surtout flatté parce qu'elle est jeune, jolie, et que c'est elle qui est venue me chercher.

— Vraiment ?

— Je n'aurais jamais essayé de séduire une gamine ! En principe, ce n'est pas un genre qui m'attire… Mais j'en avais assez d'être tout seul, même si je ne m'en rendais pas compte. Elle est persuasive, câline… je pense que j'étais mûr pour une liaison un peu durable. Seulement, bien entendu, elle pensait au mariage.

— Mariage, oui. Fortune et… enfants ?

— Ah, ça, pas question ! se défendit Vincent d'un ton sec.

— Pourquoi ? Tu n'as que quarante-trois ans, tu n'es pas un vieillard, et tu aurais les moyens de les élever.

— Mais pas l'envie ! Pas la patience ! Et puis pas avec elle, voilà. C'est sans doute un désir légitime, pour une jeune femme, malheureusement j'ai trop de doutes en ce qui la concerne. Figure-toi que j'ai surpris une conversation plutôt… cynique, entre elle et Virgile.

Soudain très nerveux, il se releva et fit quelques pas. Quand il sortit son paquet de cigarettes de la poche de sa chemise, Alain protesta :

— Non, pas ici, c'est trop dangereux, ça ne demande qu'à brûler.

Docile, Vincent hocha la tête puis revint s'asseoir en soupirant.

— Je peux te faire une confidence ? Qui va beaucoup t'amuser, d'ailleurs… Si je pouvais revenir en arrière, je crois que je ferais l'impossible pour garder Magali.

L'aveu lui était si difficile qu'il avait murmuré la fin de sa phrase.

— Eh bien, ça ne m'amuse pas, dit lentement Alain.

— Tu pourrais. Après tout, tu m'avais prévenu.

— Tu penses souvent à elle ?

— Oui. Avec nostalgie, culpabilité, tendresse… désir, aussi. Je l'ai toujours adorée, mais je n'ai pas su la protéger, ni d'elle-même ni de la famille. Nous aurions dû vieillir ensemble, prendre des rides en même temps et s'en attendrir, c'était ma femme pour la vie, au lieu de quoi je me retrouve à jouer les vieux beaux auprès d'une fille qui me prend pour un pigeon. Alors, un gamin au milieu de ce désastre, non !

Alain acquiesça en silence. Si la confidence ne le surprenait pas, elle le désolait.

— J'ai raté beaucoup de choses, tu sais, ajouta Vincent d'un ton las.

La chaleur devenait accablante et ils burent de nouveau, l'un après l'autre, quelques gorgées de citronnade.

— J'espère au moins profiter de l'été pour me réconcilier avec Virgile et parler de son avenir tranquillement.

— Laisse-moi participer à votre discussion, j'attendais que tu sois là avant de lui proposer une sorte de… d'association, s'il le désire.

Déconcerté, Vincent dévisagea son cousin.

— Tu veux l'associer à quoi ?

— À l'exploitation. En ce qui me concerne, c'est simple, je n'aurai jamais d'héritier, or je ne veux pas qu'après moi tout ça retourne aux friches ou soit vendu à n'importe qui. Et puis ces oliveraies sont une partie de Vallongue, autant que ça reste dans la famille.

— Tu penses déjà à ta succession ?

— Comme on dit, ça ne fait pas mourir. Mais il n'est pas question de succession, je ne vais pas le condamner à attendre mon enterrement, le pauvre ! Autant qu'il prenne ses responsabilités maintenant, tant qu'il est jeune. J'envisage de lui faire une cession de parts ou quelque chose de ce genre.

Pour dissimuler son embarras, Vincent se leva. Le soleil était presque à son zénith et chassait les coins d'ombre.

— Je voudrais te poser une question, Alain…

Sa voix manquait tellement d'assurance qu'il marqua une longue hésitation avant d'achever :

— De toi à moi, est-ce que Virgile te… Oh, je ne sais pas de quelle façon te demander ça !

Exaspéré par sa propre lâcheté, il se détourna mais se sentit presque aussitôt brutalement empoigné par l'épaule.

— Regarde-moi en face !

Il faillit perdre l'équilibre et se raccrocha machinalement au bras d'Alain qui le secouait en grondant :

— La réponse est non ! J'ai toujours considéré tes enfants et ceux de Marie comme les miens, et je ne suis pas amoureux de Virgile, ça tombe sous le sens ! Je l'aime beaucoup parce qu'il a un tas de qualités dont tu ne t'es même pas aperçu, parce que ses révoltes me rappellent ma jeunesse, et parce qu'il a vraiment pris goût à la terre. Rien d'autre ! C'est clair ?

— Oui, mais ne…

— Mais quoi ?

— Ne te mets pas en colère ! Il suffit que tu le dises…

— Tu aurais pu le deviner tout seul. Si tu t'intéresses un jour au sort de Léa, personne n'ira soupçonner que tu t'es entiché d'elle ! Pourquoi me traites-tu en paria ? Tu te crois obligé de te comporter en juge avec moi ? Ton fils ! Bordel, je rêve !

Il lâcha Vincent et s'écarta de lui. L'insinuation lui était odieuse, inacceptable. Jamais il n'avait regardé Virgile autrement que comme un gosse perdu, dont il était en partie responsable.

— Tu as vraiment mauvais caractère, tu ne changeras jamais, dit Vincent en le rejoignant.

D'un geste amical, il le bouscula pour dissiper leur malentendu.

— Tu es la seule personne au monde en qui j'ai une absolue confiance. Ma question t'a semblé injurieuse ? Ce n'était que de la curiosité. Idiote, d'accord... Mais je ne te juge pas, tu as tort d'imaginer ça.

— Tu serais mal placé ! marmonna Alain.

Sans s'expliquer davantage, il le poussa vers le sentier qui descendait en pente douce, sur l'autre versant.

— On va rentrer par là avant que tu attrapes une insolation.

Ils étaient dégoulinants de sueur tous les deux, les chemises plaquées dans le dos et les cheveux collés sur le front. Différents mais semblables, liés par quelque chose de plus fort que toutes leurs querelles. Ils s'étaient fâchés sans parvenir à se haïr, avaient failli se battre à plusieurs reprises, s'étaient ignorés en continuant à s'estimer mutuellement. Ce qui les attachait l'un à l'autre ne portait pas de nom mais se révélait indestructible.

Loin devant eux, dans la vallée, la rivière étincelait au soleil et Alain la désigna du doigt.

— Le niveau baisse de manière inquiétante, ça ne s'était jamais produit jusqu'ici, il y a toujours quelques orages de printemps ou d'été pour apporter de l'eau. La canicule est chose courante à cette saison, mais là, c'est carrément la sécheresse, il n'est pas tombé une seule goutte depuis des mois...

Ensemble ils s'arrêtèrent un instant, les mains en visière. Cela ferait bientôt dix ans que Philippe s'était noyé à cet endroit, ils s'en souvenaient avec le même malaise.

— Je me demande si on ne devrait pas envisager de faire creuser une piscine quelque part, soupira Vincent. Tu y verrais un inconvénient ?

La perspective du petit Pierre se baignant dans cette rivière le révulsait. Chantal deviendrait folle si elle devait le surveiller de la berge. Sans oublier les jumeaux, Albane et Milan, qui dans quelques années allaient vouloir apprendre à y nager, comme tous les Morvan avant eux.

— C'est une bonne idée, répondit Alain d'une voix tendue. Plus personne ne plonge là volontiers, tu le sais bien, et le temps n'y changera rien. Par cette chaleur, les jeunes devraient être dans l'eau au lieu de se confiner dans la maison… Parles-en aux autres, moi je suis pour.

Ainsi que l'avait voulu Clara, Vallongue les attachait solidement tous les cinq, puisque les décisions concernant la propriété ne pouvaient se prendre et se financer que d'un commun accord. Le moindre changement, la plus insignifiante innovation réclamait un conseil de famille les obligeant à se réunir, ce qui était à la fois une contrainte et une façon d'évoluer ensemble. Ils échangèrent un long regard avant de se résoudre à continuer leur chemin en silence.

Dès la fin de la première semaine de vacances, Marie reçut un coup de téléphone d'Hervé qui, ne pouvant plus surmonter son impatience, annonçait son arrivée. Bien qu'elle l'ait souhaitée, inconsciemment, la confrontation de cet homme avec la famille – et surtout avec Léa – lui posait un réel problème. Trop indépendante et trop secrète pour présenter quiconque à ses frères ou à ses cousins, elle avait donné jusqu'ici l'image d'une femme tellement solitaire que la surprise allait être de taille. Pourtant, à quarante-six ans, elle se sentait enfin débarrassée de ses doutes, de ses complexes, de tout ce qui l'avait empêchée d'être heureuse jusque-là.

Lorsqu'elle y réfléchissait, elle constatait que son admiration pour Charles l'avait trop longtemps aveuglée. À l'époque où elle était encore une jeune fille, puis une jeune femme, aucun homme n'avait pu trouver grâce à ses yeux tant elle était subjuguée par son oncle. Son immense talent d'avocat, son charme de beau ténébreux, ou même la souffrance qu'il savait endurer en silence reléguaient tous les étudiants au rang de gamins sans intérêt. Elle avait poursuivi en vain une chimère en voulant trouver quelqu'un qui lui ressemble, puis elle s'était lassée de sa quête pour se consacrer à son travail et à ses enfants. Aujourd'hui, elle s'apercevait enfin qu'elle avait un furieux besoin de vivre, de rattraper les années perdues, et elle découvrait en même temps qu'Hervé était devenu un homme mûr capable de la séduire, de la retenir au-delà d'une brève aventure. Bref, elle voulait aimer tant qu'elle en avait encore la possibilité.

Lorsque Hervé se présenta à Vallongue, le vendredi soir, il descendit de sa voiture dans un état pitoyable. Parti de Paris à l'aube, il avait conduit durant près de huit cents kilomètres sous un soleil toujours plus chaud qui, à l'heure du déjeuner, était devenu de plomb. Il avait essayé de décapoter son cabriolet Lancia mais l'air brûlant l'avait fait suffoquer et il avait renoncé. En s'engageant dans la longue allée de platanes et de micocouliers qui menait à la propriété, il se sentait aussi sale qu'épuisé.

Vincent, qui se trouvait sur le perron, fut le premier à l'accueillir. Hervé l'identifia aussitôt car, même s'il ne l'avait jamais rencontré officiellement, il l'avait souvent aperçu dans les couloirs du palais, le juge Morvan-Meyer étant connu de toute la profession. Ils échangèrent quelques phrases de politesse, attentifs à ne pas se dévisager avec trop de curiosité, puis Vincent le conduisit vers la maison.

— Vous devez avoir besoin de vous rafraîchir. Je commence par vous montrer votre chambre ? Ensuite, je préviendrai Marie, elle vous attend.

La première impression d'Hervé, quand il pénétra dans le hall, fut celle d'une fraîcheur inespérée. Après, il fut frappé par la taille imposante des pièces, leur décoration soignée. Au premier étage, Vincent le précéda dans une longue galerie jusqu'à une chambre délicieusement provençale avec ses tissus aux couleurs vives, ses murs très blancs sur lesquels se détachaient des meubles arlésiens, élégants et sobres.

— Vous êtes chez vous. La salle de bains est juste à côté…

Une fois seul, Hervé poussa un long soupir de soulagement. Le premier membre de la tribu l'avait reçu de façon courtoise, c'était encourageant. Marie l'avait averti qu'ils étaient une quinzaine d'adultes, un enfant et deux bébés à passer l'été ensemble, un clan au sein duquel il n'était pas facile de se faire admettre. Elle avait précisé avec ironie qu'il devrait surtout plaire à ses deux frères et à ses deux cousins, quatre mousquetaires qui la défendaient depuis toujours et qui ne manqueraient pas de le mettre sur le gril.

Il alla prendre une douche, fit l'effort de se raser, enfila des vêtements propres. Avant de descendre, il jeta un coup d'œil à travers les persiennes tirées et observa le parc. La propriété semblait un endroit paradisiaque et il s'étonna que Marie ne lui en ait pas parlé en termes plus élogieux.

— Qu'est-ce que tu regardes ? demanda-t-elle, juste derrière lui.

— Tes terres…

Dans le mouvement qu'il eut pour se retourner, il sentit d'abord son parfum puis la découvrit toute bronzée dans sa petite jupe et son polo blancs qui lui donnaient l'allure d'une jeune femme insouciante, bien loin de son image d'avocate affairée, toujours vêtue de tailleurs stricts.

— Je te l'ai déjà expliqué, ce n'est pas à moi, il s'agit d'une maison de famille.

— Pas n'importe quelle maison et pas n'importe quelle famille !

Il lui déposa un baiser léger sur la tempe puis la prit dans ses bras et la garda serrée contre lui en murmurant :

— Je suis heureux d'être là.

— C'est Vincent qui t'a reçu ? Comment le trouves-tu ?

— Il ressemble à son père trait pour trait. Je me suis cru vingt ans en arrière, à la fac, quand on mourait tous de jalousie parce que tu étais la nièce du célèbre Charles Morvan-Meyer, celui qu'on allait écouter plaider en prenant des notes ! Si mes souvenirs sont bons, Vincent a le même regard et à peu près la même allure. J'ai hâte de rencontrer les autres !

— Je vais te les présenter, descendons…

— Attends ! Je veux d'abord savoir quelque chose. Tu ne penses pas que je vais dormir là tout seul ? Cette chambre est ravissante mais c'est toi que je suis venu voir.

— Tu me vois ! dit-elle d'un ton ironique. Et je te montrerai le chemin de ma propre chambre, ne t'inquiète donc pas.

Malgré son apparente désinvolture, elle commençait à se sentir très nerveuse. Si la présence d'Hervé lui procurait un réel plaisir, dans quelques minutes il allait se retrouver devant Léa. Cette confrontation, qu'elle avait rendue inévitable, lui semblait soudain une épreuve douloureuse, hasardeuse. Non seulement elle ne savait pas quelle réaction aurait sa fille vis-à-vis de ce père tombé du ciel, mais ensuite Cyril risquait fort d'exiger la vérité lui aussi. Aux questions qu'ils avaient tous deux posées jusque-là elle avait toujours refusé de répondre. Dès leur enfance, elle avait imposé des limites à leur curiosité en expliquant qu'elle avait eu une jeunesse très libre, qu'elle s'était bien amusée, mais qu'elle avait tout oublié de ses aventures éphémères. Son fils, puis sa fille, elle les avait voulus ardemment, en connaissance de cause, sans s'encombrer d'une pseudo-morale, sans remords et sans regrets. Ils avaient grandi avec la certitude d'être aimés, avec toute une famille autour d'eux, et n'avaient jamais ressenti le besoin de forcer les défenses de leur mère. L'arrivée d'Hervé allait bouleverser les données du problème en ramenant au premier plan un besoin de savoir qui ne pouvait pas être différé éternellement.

Quand Marie le précéda dans le patio où tout le monde s'était réuni pour l'apéritif, elle avait les mains un peu moites et sa voix manquait d'assurance. Elle lui présenta d'abord sa mère, Madeleine, puis ses frères et sa belle-sœur, ses neveux, son autre cousin Daniel avec son épouse, les enfants de Vincent, et en dernier Béatrice. Ensuite elle le conduisit jusqu'à Cyril, dont il serra la main, et enfin ils s'arrêtèrent devant Léa.

— Ma fille, qui est en fac de médecine…

Hervé était trop intimidé par tous ces nouveaux visages pour remarquer quoi que ce soit, mais le regard de Marie se déplaça rapidement de lui à sa fille, notant les similitudes de la bouche, de la fossette du menton, de la forme comme de la couleur des yeux. Léa avait un tel air de famille avec cet inconnu que Marie se sentit rougir, pourtant personne ne semblait s'apercevoir de rien. Vincent commença à faire le service, vite secondé par Tiphaine et par Léa. Dès que sa fille se fut éloignée d'Hervé, Marie respira à fond puis alla s'installer sur la balancelle où Alain la rejoignit presque aussitôt.

— Alors c'est lui, Hervé…, dit-il à voix basse.

— Comment le trouves-tu ?

— Difficile de se prononcer, il est là depuis cinq minutes ! Mais pourquoi t'angoisses-tu à ce point-là ? Tu as le droit d'avoir un mec et de l'inviter, ne fais pas une tête pareille. Tu veux que je m'occupe de lui, que je le mette à l'aise ?

Spontanément, elle laissa aller sa tête sur l'épaule de son frère puis chuchota :

— Alain, ça devrait te crever les yeux…

— Quoi donc ?

— Regarde-le bien et regarde Léa. Lui, je l'ai connu il y a vingt ans… Tu fais le rapprochement ?

Après un long silence, qu'il passa à observer Hervé, Alain souffla :

— Bienvenue chez les Morvan ! Le pauvre… Il le sait ?

— Non.

— Et tu comptes le lui apprendre ?

— Oui, mais j'ai la trouille.

— Toi, Marie ?

Au moment où elle allait répondre, Vincent se planta devant eux.

— Qu'est-ce que vous complotez ?

— Nous mettons au point le prochain scandale, répondit Alain avec un irrésistible sourire.

Vincent s'assit sur la balancelle, à côté de son cousin qu'il poussa d'un geste familier.

— Je vois ce que tu veux dire et, pour une fois, j'étais au courant avant toi !

Sans cesser de sourire, Alain se tourna vers sa sœur pour déclarer, très posément :

— Ah, tu t'es confiée à lui d'abord ? C'est normal, après tout, monsieur le juge a été élu chef du clan à l'unanimité...

Au lieu de se vexer, Vincent acquiesça d'un hochement de tête ravi et Alain éclata de rire.

— Puisque ça te plaît tellement d'être chef, tu vas être servi ! On se demandait justement s'il ne vaudrait pas mieux que ce soit toi qui parles à l'heureux papa ?

Effarée par cette proposition inattendue, Marie faillit protester, mais en même temps, réalisant que l'idée n'était pas mauvaise, elle se tut.

— Une conversation d'homme à homme, poursuivit Alain, ce serait moins dur pour tout le monde. Supposons qu'il ait une irrésistible envie de s'enfuir ? Ou de piquer une colère, ou n'importe quoi d'autre...

Vincent leva les yeux au ciel, furieux de s'être fait piéger aussi facilement par ses cousins.

— Et il faut que ce soit moi qui m'en charge ? Avant le dîner ou après ? Vous le laissez se restaurer ou je l'exécute maintenant ?

— Après ! s'écria Marie sans réfléchir. Après, s'il te plaît...

La manière dont Hervé allait réagir lui paraissait soudain beaucoup plus importante qu'elle ne se l'était imaginé. Plus angoissante, aussi, et pas seulement vis-à-vis de Léa.

Il était dix heures et demie passées lorsqu'ils sortirent de table, le repas s'étant prolongé gaiement grâce à la verve de Daniel qui savait toujours comment provoquer des discussions animées. La nuit était chaude, sans un souffle d'air, le ciel, couvert d'étoiles. Vincent s'arrangea pour prendre Hervé à part et il lui proposa de faire quelques pas dans le parc.

Ensemble, ils descendirent les marches du perron après avoir allumé les lanternes.

— Si ça vous intéresse, déclara Vincent d'un ton léger, Alain vous montrera ses oliveraies, demain, mais je suppose que Marie a prévu de vous faire visiter la région ?

— Il est toujours difficile de savoir ce que Marie a en tête ! répondit Hervé en riant.

Il offrit un petit cigare à Vincent qui refusa d'un signe de tête.

— C'est justement d'elle que je veux vous parler. Elle a dû vous avertir : ses deux frères et ses deux cousins sont ses cerbères !

— Est-ce que je dois m'attendre à un examen de passage ?

— En quelque sorte…

Vincent s'était arrêté et Hervé se retourna, ce qui mit son visage dans la lumière.

— Je sais que vous la connaissez depuis longtemps, que vous étiez très… liés, il y a une vingtaine d'années.

— Très liés ? s'étonna Hervé. Elle ne nous en a pas laissé l'occasion, hélas ! L'histoire a été trop courte à mon gré, mais ce sont des choses qui arrivent. Je suis très heureux que les hasards de la vie m'aient permis de la retrouver.

— Je ne pense pas que ce soit un hasard.

— Pourquoi donc ? Parce que j'ai postulé au cabinet Morvan-Meyer ? C'est vrai qu'il y avait une part de curiosité dans ma démarche, je l'admets volontiers, mais rien de répréhensible ni d'intéressé, je peux vous rassurer.

— Je ne suis pas inquiet, en tout cas pas sur ce point-là.

Hervé fronça les sourcils, intrigué. Il distinguait mal l'expression de Vincent, qui pour sa part tournait le dos au perron, et il commençait à se sentir mal à l'aise. La question suivante le prit de court.

— Comment trouvez-vous ses enfants ?

— Ses enfants ? Eh bien, mais… Très bien élevés, très dynamiques. Cyril m'a semblé brillant, même si je n'ai pas vraiment bavardé avec lui, quant à Léa, elle est jolie, drôle, spontanée.

Il ne savait plus quoi ajouter, tout à fait désorienté, et Vincent reprit la parole.

— Léa a eu dix-neuf ans en avril, dit-il lentement. Sur son état civil, elle est née de père inconnu… Mais Marie sait avec qui elle a conçu sa fille, il y a exactement vingt ans. Faites le calcul.

Après un silence significatif, Hervé recula de deux pas et heurta un platane. Il ouvrit la bouche, secoua la tête, ébaucha un geste impuissant.

— Je suis désolé, ajouta Vincent, vous auriez sans doute préféré que ce soit elle qui vous l'apprenne ?

— Vous… vous êtes sérieux ? Est-ce qu'il s'agit d'une mise à l'épreuve ?

— Non, ce serait de très mauvais goût.

— J'ai peur d'avoir mal compris ou… Excusez-moi, je n'arrive pas à réaliser.

— C'est la raison pour laquelle Marie n'a pas accepté votre candidature au cabinet. Et n'a pas voulu vous présenter ses enfants plus tôt. La ressemblance est assez frappante quand on vous voit à côté de Léa.

— Mais elle, justement, est-elle au courant de…

— Bien sûr que non.

Hervé jeta son cigare sur l'herbe, écrasa le mégot sous sa chaussure puis se pencha pour le ramasser.

— Monsieur Morvan-Meyer, commença-t-il d'une voix mal assurée.

— Appelez-moi Vincent.

— Très bien, Vincent, ce sera plus simple… Écoutez, je suis tellement troublé que je vais sans doute vous dire des insanités mais tant pis, rien au monde ne pouvait me combler autant que…

Il reprit son souffle, hésita puis enchaîna très vite :

— Léa, vraiment ? C'est incroyable, prodigieux ! C'est aussi horriblement frustrant, je vais devenir fou si je me mets à compter les années perdues… J'aimais Marie, à l'époque, et je l'aime autant aujourd'hui, mais entre les deux il y a un énorme vide, un trou où je n'existe pas… Elle a tout fait sans moi, elle ne voulait pas de moi. À ce moment-là, vous savez, elle avait déjà Cyril et j'étais éperdu d'admiration pour elle, transi d'amour devant la jeune mère indépendante qui travaillait avec une célébrité du barreau, qui regardait tout le monde de haut… Je voulais prendre des précautions, à vingt-cinq ans on n'est plus tout à fait un gamin, mais elle m'avait affirmé que ce n'était pas nécessaire, qu'elle ne pourrait plus avoir d'enfant. Sa vie était organisée, comme ses mensonges, je n'ai rien vu. Et quand elle a rompu, je n'ai pas compris, je n'avais rien fait de mal et j'étais sincèrement mordu…

Sa voix venait de se casser et il détourna la tête tandis que Vincent restait muet, navré pour lui. Il y eut un long silence durant lequel Hervé parvint à se ressaisir, à surmonter l'émotion qui lui nouait la gorge.

— Je m'attendais à tout sauf à ça, reprit-il plus calmement. Je considère que c'est la meilleure nouvelle de ma vie entière ! Mais que suis-je censé faire maintenant ? C'est vous qui allez vous charger de parler à la jeune fille, à… ma fille ?

— Marie va s'en occuper elle-même, dès que vous l'aurez rassurée.

— Rassurée ? Elle ? Mais c'est moi qui suis mort de peur ! Pourquoi faudrait-il que… Est-ce qu'elle s'est imaginé une seconde que j'allais partir en courant ?

— Dans ce genre de situation, je suppose que tout est possible.

— Non, non, là vous devenez injurieux !

Vincent laissa échapper un petit rire, conquis par l'attitude franche d'Hervé.

— Aux yeux d'une fille de dix-neuf ans, je me demande si je fais un père présentable ?....

— Vous êtes très bien.

— Assez bien ? Parce qu'elle a dû l'idéaliser, depuis le temps !

La surprise, l'incrédulité et le trouble avaient fait place à une sourde excitation qu'il avait du mal à maîtriser. Vincent le prit gentiment par le bras.

— Venez, on va rentrer.

Hervé allait devoir attendre le lendemain pour revoir Marie et Léa, qui s'étaient enfermées dans la bibliothèque, et la nuit menaçait d'être très longue pour lui. Au moins aurait-il le temps de préparer des phrases qu'il n'aurait jamais pensé prononcer de sa vie.

L'aube se levait lorsque Cyril se réveilla. Tiphaine était blottie contre lui, comme toujours, et ce contact leur était devenu indispensable. Il bougea un peu pour enfouir son visage dans les cheveux soyeux, referma sa main sur un sein. Dans quelques minutes, il lui faudrait se lever, quitter la tié-deur du lit qu'ils avaient partagé, se séparer d'elle jusqu'au petit déjeuner afin de respecter d'assommantes convenances. Mais Vincent s'était montré assez compréhensif et il méritait bien quelques égards. Avenue de Malakoff ou à Vallongue, il ne voulait pas tomber sur Cyril sortant à moitié nu de la chambre de sa fille, il avait été très clair sur ce point.

Avec d'infinies précautions, il se détacha de Tiphaine, se leva en prenant soin de la recouvrir du drap, puis se glissa hors de la pièce. La maison était silencieuse à cette heure matinale, il en avait l'habitude, aussi fut-il très étonné de trou-ver Léa dans la cuisine quand il y descendit après sa douche.

— Tu es tombée du lit, ma puce ? marmonna-t-il en saisissant la cafetière.

— Je ne me suis pas couchée, répondit-elle d'un air bizarre. Hier soir, j'ai eu une conversation plutôt édifiante avec maman...

— À quel sujet ?

— Cet homme, Hervé. Tu sais qui c'est ?

— Son petit ami ou quelque chose comme ça, non ?

Cyril but quelques gorgées de café brûlant, attendant la réponse sans manifester d'impatience ou d'intérêt particulier.

— Pas seulement, articula-t-elle avec difficulté. Il paraît que ce serait aussi mon père.

Stupéfait, il la dévisagea pendant une longue minute avant de bredouiller :

— Bon Dieu, Léa..., mais c'est formidable ! C'est vrai ?

Il posa brutalement son bol sur la table et, prenant sa sœur par la taille, il la fit glisser jusqu'à lui le long du banc pour pouvoir lui déposer un baiser sonore sur la joue.

— Quelle chance tu as !

Son enthousiasme, communicatif, finit par arracher un sourire à Léa.

— De la chance ? Peut-être...

— Sûrement, oui ! En plus, il est très bien.

— Tu trouves ?

— Pas toi ?

— Si... Mais ça ne me rendait pas malade de ne pas avoir de père...

— J'espère que maman a eu la main aussi heureuse avec le premier ! lança-t-il gaiement.

Il était trop amoureux de Tiphaine, et trop heureux avec elle, pour s'angoisser à propos de ses origines. L'idée d'un père ne l'obsédait pas, cependant la nouvelle annoncée par sa sœur réveillait sa curiosité. À présent qu'il pouvait mettre un visage sur l'homme qui avait engendré Léa, il commençait à s'interroger sur celui à qui il devait ses cheveux blonds bouclés. À quoi ressemblait le type qui avait su plaire à sa mère au point qu'elle l'ait choisi pour concevoir son premier bébé ? Alors qu'il s'apprêtait à poser une nouvelle question, Virgile fit irruption dans la cuisine.

— Salut ! lança-t-il d'un ton sec. Alain n'est pas là ?

— Je ne l'ai pas encore vu, répondit Léa, je suppose qu'il dort.

Cyril leva la tête vers Virgile avec qui il échangea un regard froid. Leur animosité était revenue dès le premier jour, lorsqu'ils s'étaient retrouvés ensemble à table, et leur longue séparation n'y avait rien changé. Au contraire, ils se sentaient toujours jaloux l'un de l'autre, Cyril parce que Virgile s'était en quelque sorte approprié Alain, Virgile parce que Cyril avait tout du fils modèle qu'il n'était pas lui-même.

— Tu veux du café ? proposa gentiment Léa.

— Non merci, j'en ai déjà pris là-bas.

D'emblée, il se dissociait du reste de la famille en leur abandonnant Vallongue pour se réfugier à la bergerie, comme s'il ne supportait pas l'idée d'un partage ou d'une cohabitation. D'ailleurs il travaillait, il n'était plus un étudiant ou un élève, et il en profitait pour regarder ses cousins de haut.

— Quand tu le verras, dis-lui que je l'attends à la bergerie.

Il s'était adressé à Léa d'un ton autoritaire, ignorant délibérément Cyril, puis il quitta la cuisine en hâte, l'air très affairé.

— Quel abruti, marmonna Cyril. Il aimerait bien nous impressionner mais il n'ose même pas aller réveiller Alain ! Si c'est urgent, je vais m'en charger.

Elle lui fit passer un bol propre qu'il remplit de café et auquel il ajouta deux sucres. Au premier étage, il trouva Alain profondément endormi dans sa chambre. Les deux fenêtres étaient grandes ouvertes sur le parc et il faisait déjà chaud.

— Tu t'offres une grasse matinée ? claironna Cyril en posant le bol fumant sur la table de nuit.

— Je me suis couché tard, grogna Alain. Qu'est-ce qui se passe ?

Il se redressa, repoussa les draps et dévisagea Cyril.

— Un nouveau drame ? En tout cas, merci pour le café…

Ses boucles brunes tombaient en désordre sur son regard malicieux, il était bronzé, mince et nerveux, prêt à attaquer une journée de travail avec le sourire.

— Virgile te cherchait, il te demande de le rejoindre à la bergerie.

— Déjà ? Mais enfin, quelle heure est-il ?

— Six heures et demie.

— Alors je ne suis pas vraiment en retard !

Il se recula un peu pour laisser Cyril s'asseoir au bord du lit.

— Comment vas-tu, mon filleul ? Toujours amoureux de Tiphaine ?

— De plus en plus ! Tu ne devrais pas rire avec ça…

— Mais je ne ris pas, je trouve que vous avez beaucoup de chance.

— Tu le penses ?

Amusé par l'expression inquiète du jeune homme, Alain leva les yeux au ciel.

— Je ne t'ai jamais menti, si ma mémoire est bonne. Tiphaine n'est pas seulement jolie, elle est gentille, intelligente… Et elle t'adore, il suffit de vous regarder ensemble pour le comprendre. À ce propos, essayez d'être discrets parce que Virgile a beaucoup de mal à accepter la situation.

— Virgile ! De quoi se mêle-t-il ? explosa Cyril. Tiphaine a des parents, elle n'a pas besoin des conseils de son grand frère, qu'il lui foute donc la paix !

Le sourire d'Alain avait disparu et il dévisagea Cyril avec attention.

— Écoute-moi une seconde, tu veux ? Puisque vous allez passer une partie de l'été ensemble, évitez-vous au lieu de vous provoquer. Vous n'avez aucune raison valable de vous détester, en plus vos disputes ont le don de mettre Marie hors d'elle. Vous nous avez fait subir ça pendant des années, mais maintenant vous êtes adultes, vous pouvez vous raisonner… Virgile est très entier, très coléreux, c'est son caractère, et il se sent rejeté par Vincent qui, en revanche, s'est montré plutôt bienveillant avec toi. Virgile a dû digérer son échec universitaire, il s'est mis à l'écart de la famille parce que vous êtes tous des bêtes à concours et qu'il ne voulait pas passer pour un crétin. Je connais le problème…

— Toi ?

— Oui, moi, mais pour le moment la question n'est pas là. J'aimerais que tu sois un peu patient, un peu tolérant. Tu peux te le permettre car quand on est heureux, tout est facile.

Cyril soutint encore un instant le regard d'Alain puis il détourna la tête. Son bonheur ne faisait aucun doute. Jusque-là il avait réussi ses examens facilement, le droit le passionnait pour de bon et sa carrière semblait tracée d'avance. Marie lui ouvrirait bientôt toutes grandes les portes du cabinet Morvan-Meyer et, encore plus important, Vincent l'accepterait un jour pour gendre.

— D'accord, admit-il. Je ne chercherai pas l'affrontement, promis.

Avec un sourire satisfait, Alain lui mit la tasse vide dans la main et le poussa pour se lever.

— Va t'amuser, moi, je file prendre une douche, j'ai du boulot !

En sortant de sa chambre, il faillit heurter Léa qui longeait la galerie, chargée d'un lourd plateau.

— Oh, qu'est-ce que tu fais, ma belle ? Service du petit déjeuner ?

— Pas pour toi, désolée, tu as déjà eu ton café ! protesta-t-elle.

Derrière Alain, Cyril jeta un coup d'œil à la pile de toasts, aux pots de confiture et de miel, à la vaisselle des grands jours. Il ébaucha un sourire et, sans rien dire, il précéda sa sœur vers l'autre bout de la maison. Devant la porte d'Hervé, il s'arrêta.

— Je frappe, j'ouvre, je te laisse passer et je referme derrière toi ? chuchota-t-il. Bonne chance…

Il lui adressa un clin d'œil auquel elle répondit d'un petit signe de tête, trop émue pour parler.

Au bout d'une semaine de vacances, Vincent céda à la tentation et se rendit à Saint-Rémy. La galerie était facile à trouver mais il fut surpris par son importance autant que par l'impression de luxe feutré qui y régnait. Quand il entra, Magali était assise à un bureau de merisier, occupée à étudier le catalogue d'une exposition new-yorkaise. Dès qu'elle le vit, elle se leva pour l'accueillir, éblouissante dans un tailleur de lin blanc dont la veste, au décolleté profond et aux manches courtes, laissait voir sa peau dorée.

— Tu viens m'acheter un tableau ? lui lança-t-elle gaiement.

Ils s'embrassèrent rapidement sur les joues, dans une étreinte un peu guindée.

— Je ne suis pas très amateur, je voulais juste te dire bonjour…

Au lieu de la détailler, comme il en mourait d'envie, il se plongea dans la contemplation des œuvres présentées par la galerie.

— Je te parle un peu des artistes ou tu t'en moques ? demanda-t-elle d'un air amusé.

— Je préférerais un café, si tu peux t'absenter cinq minutes.

— Pas la peine, j'ai une machine ici, viens.

Elle le prit par la main et l'entraîna vers le fond de la salle où un véritable coin salon avait été aménagé. Deux fauteuils club, de cuir rouge, étaient disposés autour d'une table basse, et sur une desserte un petit percolateur italien voisinait avec de délicates tasses en porcelaine de Chine. Elle désigna un chevalet vide.

— C'est ici que mes clients peuvent réfléchir s'ils le souhaitent. J'installe la toile qui leur plaît et ils ont tout loisir de la contempler en paix. Assieds-toi donc...

La climatisation était réglée sur vingt degrés, une merveilleuse fraîcheur à côté de la fournaise du dehors.

— Est-ce que ta femme s'intéresse à la peinture ? s'enquit Magali en déposant devant lui une tasse à moitié pleine d'un café mousseux.

— Non, je ne crois pas. À vrai dire... je m'en fous.

Comme il n'était jamais vulgaire et rarement agressif, elle le regarda avec intérêt.

— Quelque chose ne va pas ?

— Rien du tout. Ce doit être la chaleur... et puis les problèmes habituels de la famille, tu les connais...

— Ah, les Morvan ! s'exclama-t-elle, juste avant d'éclater de rire.

— Tu trouves ça drôle ?

— Oui ! Toi et les tiens, vous êtes comiques tant qu'on se tient à l'extérieur du cercle. Toujours en train de vous chamailler, de vous mentir, mais solidaires dès qu'il s'agit de refermer l'œuf pour n'y laisser entrer personne d'étranger.

— Magali ! C'est comme ça que tu nous vois ? Tu ne te sens pas du tout concernée ?

— *Plus* du tout, grâce à quoi j'ai retrouvé la joie de vivre.

— Nos trois enfants font partie de...

— De la tribu, je sais ! D'ailleurs, ils en ont tous les symptômes, non ? Virgile en révolte, Tiphaine dans les bras de son cousin, et Lucas qui a déjà intégré la fac de droit... Une vraie dynastie, avec des soucis identiques à chaque génération. Et toi, aujourd'hui, tu te sens obligé de les prendre tous sous ton aile, comme Clara le faisait à mon époque. Pauvre toi !

Elle le vit baisser la tête sans répondre, puis boire son café à petites gorgées. Quand il reposa la tasse sur la soucoupe, d'un geste délicat, elle éprouva une soudaine bouffée de tendresse pour lui. Bien sûr, il avait vieilli, il semblait fatigué, presque désabusé, mais le regard gris pâle qu'il venait de relever sur elle était toujours aussi attachant que lorsqu'il avait vingt ans. Elle se souvenait parfaitement de sa douceur, de sa gentillesse, de cette façon qu'il avait de défendre les autres ou de les protéger. Jusqu'à ce qu'elle sombre dans l'alcoolisme, il avait été un mari exemplaire, et elle savait à présent qu'elle n'aurait jamais dû l'empêcher de se consacrer à sa carrière, qu'il s'agissait d'un désir légitime, qu'il ne l'avait pas moins aimée pour autant mais qu'elle l'avait contraint à des choix déchirants. Très longtemps, elle lui avait gardé rancune de son internement en clinique psychiatrique, avant de comprendre qu'il avait agi pour son bien et qu'il en avait beaucoup souffert lui-même. Aujourd'hui, alors qu'elle s'épanouissait dans une nouvelle vie, elle pouvait faire la part des choses, oublier ses griefs et peut-être découvrir enfin qu'elle regrettait de l'avoir perdu.

Elle s'approcha de lui et s'assit négligemment sur l'accoudoir de son fauteuil, les jambes croisées.

— Ne fais pas cette tête-là, ce n'était pas méchant.

Son silence s'éternisait et elle craignit de l'avoir vexé, mais il finit par demander, en lui posant une main sur le genou :

— Comment trouves-tu le courage de te mettre au soleil pour bronzer ?

— Je n'y vais jamais ! protesta-t-elle. Surtout avec mon teint de rousse, je brûle… Mais il fait beau tout le temps, depuis des mois, et j'aime marcher, jardiner…

Les doigts de Vincent glissaient sur sa peau dans une caresse légère, presque anodine, pourtant ce contact la troublait assez pour qu'elle se sente stupide. Il était désormais marié à une très jeune femme, dont Virgile avait dressé un portrait flatteur : beauté brune aux grands yeux bleus,

606

au corps de rêve. À regret, elle se releva et s'éloigna de quelques pas.

— Tiens, puisque tu es là, il y a un moment que je voulais t'en parler... Les enfants me posent toujours des tas de questions, surtout Virgile. Ils ont l'impression que vous leur cachez des choses graves, et j'ai beau leur dire que je ne sais rien, ils insistent.

Il ne la quittait pas des yeux mais ne paraissait pas l'entendre, trop occupé à la contempler.

— Vincent ?

— Oui ? Oh, excuse-moi ! Les enfants t'interrogent à quel propos ?

— Ta famille. La leur... Pourquoi Charles est enterré seul, pourquoi tu es resté si longtemps fâché avec Alain, pourquoi personne n'évoque jamais Édouard.

Éberlué, il abandonna son fauteuil et la rejoignit.

— Qu'est-ce que tu leur as dit ?

— Rien de précis. Mais tu devrais le faire.

— Mag, je ne vais pas déterrer le passé juste pour satisfaire leur curiosité !

— Ils ont le droit de savoir.

— Peut-être...

Il se détourna, enfouit les mains dans ses poches. Magali ignorait l'essentiel et il n'avait aucune envie de le lui apprendre. La lecture des carnets de Judith avait été l'un des moments les plus horribles de sa vie, il s'en souvenait de manière aiguë, et ce récit d'épouvante était resté enfermé dans le coffre-fort du bureau de Marie, boulevard Malesherbes. Les cinq cousins avaient appliqué tacitement la loi du silence, mais un jour ou l'autre ils allaient devoir rompre le pacte, avouer le cauchemar familial à leurs enfants. Pour ces derniers, il s'agissait de leurs grands-pères respectifs, deux hommes qui s'étaient entre-tués et qui les chargeaient ainsi d'une détestable hérédité. Un délateur et un assassin, voilà de qui ils étaient issus ! Depuis qu'ils étaient nés, on leur répétait qu'ils avaient de la chance d'appartenir à la famille Morvan, qu'ils devaient en être dignes... De la chance, vraiment ? Et quelle dignité dans tout ça ? Comment expliquer à Léa, par exemple, que, si elle venait de se découvrir un père très convenable, elle avait en revanche un grand-père ignoble, une véritable ordure dont elle charriait le sang dans ses veines ?

— Bien sûr, murmura-t-il, nos enfants à nous sont adultes, mais les jumeaux de Daniel viennent à peine de naître, et le petit Pierre n'a que cinq ans ! J'aurais voulu...

— Retarder encore ? C'est le silence qui vous tue, Vincent. Ton père, certes je ne l'aimais pas, mais si j'avais été à sa place j'aurais clamé partout ma vengeance, j'en aurais été fière ! Il a préféré se taire, pour sauver les apparences, et il a eu tort. Ne deviens pas comme lui... À force de vouloir lui ressembler, tu n'es plus toi-même.

Sa franchise mit aussitôt Vincent mal à l'aise. C'était l'une des raisons de l'échec de leur mariage, la manière brutale qu'elle avait de se débarrasser des contraintes ou des conventions. Elle le lui avait souvent répété, elle ne venait de nulle part et n'avait rien à préserver, elle, alors qu'il s'empêtrait dans des devoirs imaginaires.

— Je dois rentrer à Vallongue, murmura-t-il.

Béatrice l'attendait sûrement, ce qui l'exaspérait d'avance.

— Reviens quand tu veux, lui dit-elle aimablement. Et repose-toi un peu, tu as l'air crevé...

Ils traversèrent ensemble la galerie jusqu'à la porte vitrée. Au-dehors la place était déserte, hormis sa voiture garée à l'ombre.

— C'est à toi ? demanda-t-elle. Tu t'es acheté une Porsche ?

Son rire était aussi sincère que ses mots, elle était sans artifice et il ronchonna :

— Moque-toi, vas-y...

— Une jeune femme, une voiture de play-boy, on dirait que tu es enfin décidé à profiter de la vie !

Pour la faire taire, il la prit par la taille et l'attira à lui. Il voulait l'embrasser sur la joue, cependant, dans sa brusquerie, il rencontra ses lèvres.

— Pardon, chuchota-t-il en la lâchant aussitôt.

Il aurait aimé continuer à parler avec elle, l'interroger sur sa vie, lui demander si elle avait rencontré quelqu'un elle aussi, mais il n'en avait plus le courage et il sortit le plus vite possible.

En larmes, Tiphaine s'accrochait désespérément à Cyril.

— Non, je ne veux pas, ce n'est pas le moment ! On leur dira plus tard, dans quelques jours mais pas tout de suite !

— Pourquoi ? Qu'est-ce que ça change ?

Autant elle était bouleversée, autant il était radieux. Depuis qu'elle lui avait annoncé la nouvelle, en sortant de chez le docteur Sérac, il éclatait de bonheur et de fierté. Loin de se sentir coupable, il l'avait d'abord félicitée, serrée dans ses bras, embrassée avec passion, puis il avait commencé à faire des projets d'avenir tandis qu'elle se mettait à pleurer.

— Ils ne nous le pardonneront jamais !

— Alors, dans ce cas-là, autant leur parler aujourd'hui, répliqua-t-il tranquillement.

En ce qui concernait sa mère, il n'était pas trop inquiet. D'abord la présence d'Hervé la rendait souriante, ensuite elle avait eu Cyril à vingt-quatre ans, sans demander l'avis de personne, et nul ne pourrait jamais rivaliser avec elle pour les coups de théâtre. La nouvelle allait peut-être la contrarier, la surprendre certainement pas. Restait Vincent, qui risquait de mal réagir. Dans le discours qu'il avait tenu à Cyril, l'année précédente, il s'était montré très explicite, n'hésitant pas à insister sur les moyens de contraception et mettant le jeune homme en face de ses responsabilités. Or cette grossesse n'était pas un accident, Cyril l'avait souhaitée, en accord avec Tiphaine, afin d'obtenir le droit de se marier. Ils étaient tous deux exaspérés par les limites que la famille leur avait fixées, lassés qu'on tolère leur relation comme un caprice de jeunesse, impatients de pouvoir s'aimer au grand jour. Mais, mise au pied du mur, Tiphaine s'affolait alors que Cyril rayonnait.

Ils arrivèrent à Vallongue en même temps que Vincent, qui rentrait de Saint-Rémy, et leurs voitures s'arrêtèrent l'une derrière l'autre. Cyril descendit aussitôt de la sienne pour ne pas rater l'occasion.

— Est-ce que tu as un moment ? lança-t-il d'un ton résolu. J'ai quelque chose d'important à te dire…

Son air grave étonna Vincent qui le dévisagea un instant avant de jeter un rapide coup d'œil vers Tiphaine, restée en retrait.

— Viens dans mon bureau, se contenta-t-il de répondre.

Aucun d'entre eux ne s'était habitué à l'écrasante chaleur qui persistait depuis leur arrivée, mais ils n'en parlaient même plus, vivant essentiellement à l'intérieur ou à l'ombre du patio. Dans le bureau du rez-de-chaussée, dont les persiennes étaient tirées et les fenêtres fermées, la température leur sembla à peine plus supportable.

— Tu as un problème ? s'enquit Vincent.

Il s'était laissé tomber sur son fauteuil et s'efforçait de sourire, persuadé que Cyril allait lui parler d'Hervé ou lui demander des précisions sur sa propre naissance.

— Aucun problème, un grand bonheur au contraire, commença le jeune homme d'une voix tendue. Mais je… Enfin, nous ne sommes pas sûrs que tu apprécieras. Tu es le premier à qui je l'apprends… Tiphaine est morte de peur, alors elle n'arrivera jamais à te l'annoncer elle-même, mais moi je pense que tu dois le savoir avant qui que ce soit.

Toujours debout, son regard franc rivé sur Vincent, il s'interrompit pour déglutir puis prit une profonde inspiration.

— Nous attendons un enfant.

Le silence de Vincent était la seule réponse que Cyril n'avait pas prévue, qu'il ne pouvait pas contredire. Il s'écoula un long moment avant qu'il parvienne à ajouter, de façon maladroite :

— Je suis tout à fait responsable et je me souviens très bien de ce que tu m'avais demandé, donc je dois t'avouer que ce n'est pas un accident, nous voulions ce bébé, celui-là et d'autres après lui, et nous voulons aussi nous marier.

Très lentement, Vincent se leva, contourna le bureau, s'arrêta. Son regard pâle semblait glacé, presque transparent. Cyril comprit que leur discussion allait dégénérer en dispute, ce que Tiphaine ne lui pardonnerait jamais.

— Vincent, j'ai besoin de ton consentement, murmura-t-il en baissant la tête. Tiphaine sera trop malheureuse si tu refuses, elle se retrouvera déchirée entre toi et moi. Je l'aime comme personne ne pourra l'aimer, je te le jure… Si tu es en colère, il faut que tu t'en prennes à moi, pas à elle !

Ainsi qu'Alain le lui avait rappelé, vingt-deux ans plus tôt c'était Vincent qui suppliait Charles de le laisser épouser Magali, dans ce même bureau. Avec la même détermination et la même appréhension que Cyril aujourd'hui. Mais ce souvenir n'avait rien de rassurant, à l'époque Vincent s'était trompé, la suite l'avait prouvé.

— Regarde-moi, Cyril. L'enfant qu'elle porte, celui que tu lui as fait et dont je serai le grand-père, tu es certain qu'il sera normal ? Cette responsabilité, vous l'avez bien évaluée ? Est-ce que vous avez pris la peine de vous renseigner, d'aller consulter pour connaître le genre de risques que vous allez faire courir à ce bébé ?

Sa voix était dure mais il conservait son sang-froid et Cyril répondit :

— Oui, j'ai parlé longuement avec un médecin, il y a quelques mois… Personne ne peut dire ce qui arrivera…

— Alors tu as choisi de tenter le coup ? Comme aux dés ou au poker ?

— Vincent…

— Eh bien, quoi ? Tu croyais que j'allais sauter de joie ? C'est ma fille et elle n'a que dix-neuf ans, je trouve ça jeune pour être mère ! Tu rentres en sixième année et elle en troisième ; vous comptez tout plaquer ou bien vous installer dans le rôle de parents-étudiants ? Qui va élever votre enfant à votre place quand vous serez en pleine période d'examens, de concours ? Je te préviens, je ne veux pas que Tiphaine en pâtisse !

— Mais non, jamais je ne...

— La famille n'est plus ce qu'elle était, Cyril, parce que Clara n'est plus là pour veiller sur tout le monde. Les choses ont changé. Ta mère et moi ne serons pas des grands-parents très disponibles !

La porte s'ouvrit doucement, les obligeant à tourner la tête, et Béatrice entra sans y avoir été invitée.

— Je ne savais pas que tu étais de retour, chéri ! lança-t-elle à Vincent d'un ton de reproche.

Agacé par son intrusion, il lui jeta un regard qui la mit mal à l'aise.

— Je me suis ennuyée mortellement, cet après-midi, précisa-t-elle avec un petit sourire. Si tu m'avais prévenue, je t'aurais volontiers accompagné dans ta promenade...

L'idée qu'elle puisse rencontrer Magali était si risible qu'il s'abstint de répondre.

— Je vous dérange ? insista-t-elle. De quoi parliez-vous donc ?

Sa curiosité augmenta l'exaspération de Vincent mais il se contraignit à répondre posément :

— Tiphaine va me faire grand-père.

En le disant, il en prit conscience de manière concrète, et soudain il se sentit bouleversé.

— Va la chercher, demanda-t-il à Cyril.

Comme le jeune homme ne se décidait pas à bouger, conservant son expression inquiète, il ajouta :

— Je ne vais pas l'engueuler, je l'aime autant que toi.

Béatrice s'écarta pour laisser passer Cyril, un peu éberluée par ce qu'elle venait d'entendre, puis elle se précipita vers Vincent.

— Tiphaine attend un enfant ? De Cyril ? Mais… ils sont fous, c'est… monstrueux !

La jalousie la faisait bafouiller, elle était folle de rage à l'idée de cette maternité. Elle souhaitait désespérément un enfant de Vincent, et voilà qu'il allait se retrouver grand-père, une raison supplémentaire pour lui refuser ce qu'elle voulait par-dessus tout.

— Tu ne vas pas accepter ça ?

— Accepter ? Ce sont eux qui décident, pas moi.

— Il s'agit de ta fille, tu peux la raisonner, la convaincre !

— De quoi ?

— Une loi a été votée, l'année dernière, ce n'est pas à toi que je vais l'apprendre, on peut interrompre une grossesse, on…

— Mais ils le veulent, ce bébé !

— Moi aussi, j'en veux un ! explosa-t-elle. Et toi, tu t'en fous, tu dis non, et maintenant à cause de Tiphaine tu n'en démordras plus !

Elle éclata en sanglots convulsifs, s'abattant contre lui tandis qu'il restait sans réaction, effaré par tant d'égoïsme. Pas une seconde elle n'avait pensé aux jeunes gens, uniquement préoccupée d'elle-même, aussi la repoussa-t-il d'un geste ferme.

— Arrête un peu, Béatrice, ce n'est pas le moment.

Des larmes avaient coulé sur son visage et son mascara lui dessinait à présent des cernes noirs. Même ainsi elle restait belle, presque aussi grande que lui sur ses hauts talons, avec quelque chose de pathétique qui ne parvenait pourtant pas à l'émouvoir. Pour arriver à ses fins, il la jugeait capable de n'importe quoi, y compris de lui infliger un numéro de désespoir.

— Vincent, s'il te plaît, dit-elle d'une toute petite voix.

Il la tenait toujours par les poignets, comme pour l'écarter de lui, la considérant d'une manière si détachée qu'elle se sentit glacée.

— Tu ne m'aimes plus, Vincent ? C'est ça ?

— Ne dis pas de bêtises, répondit-il sans conviction.

L'évidence venait de le frapper : il n'éprouvait plus pour elle ce qu'il avait pu prendre pour de l'amour deux ans plus tôt. Il avait commencé à se méfier d'elle la veille de leur mariage et, depuis, il avait conservé la même amertume : sa jeune femme ne le flattait pas, elle le rendait ridicule.

— Papa…

Tiphaine se tenait sur le seuil du bureau, sans oser entrer, Cyril derrière elle. Béatrice eut tout loisir de constater le changement d'expression de son mari. Pour regarder sa fille, ses yeux venaient de retrouver toute leur douceur.

Gauthier et Chantal aidèrent Madeleine à s'asseoir. La pauvre femme venait de passer presque une heure dans le parc, à errer sans but sous un soleil de plomb, incapable de se rappeler ce qu'elle faisait là. C'était Paul qui avait trouvé sa grand-mère au bout d'une allée, tenant des propos incohérents, et qui était venu alerter ses parents.

Sans illusion, Gauthier avait contrôlé sa tension, l'avait interrogée puis lui avait donné à boire. Ravie d'être le centre d'intérêt, elle s'était laissé faire avec bonheur, persuadée qu'il s'agissait d'un malaise dû à l'insupportable chaleur. Elle sentait bien qu'elle perdait la mémoire, un peu plus chaque jour, ce qu'elle mettait sur le compte de l'âge, tout comme elle attribuait aux rhumatismes sa difficulté à tricoter. En fait, la maladie d'Alzheimer commençait d'atteindre ses facultés mais Gauthier ne voulait pas lui en parler. À quoi bon évoquer tous les maux qui allaient s'abattre sur elle et l'isoler peu à peu du monde réel ? De toute façon, elle oublierait tout ce qu'il pourrait lui raconter. Et aucun traitement n'existait, aucune amélioration ne pouvait être espérée.

Gauthier avait mis sa sœur et son frère dans le secret en leur annonçant l'évolution inéluctable de l'état de leur mère, ce qui n'avait pas suscité chez eux une grande émotion.

Marie avouait sans honte son indifférence pour celle qui l'avait tant dédaignée et ne s'était jamais intéressée à Cyril ou à Léa, quant à Alain, il avait depuis longtemps relégué sa mère au rang de ses ennemis.

— Tu sais quel jour nous sommes, maman ?

— Évidemment ! Nous sommes vendredi. À moins que… Bah, tous les jours se ressemblent à Vallongue, avec cette canicule…

Elle souriait, béate, continuant à profiter de l'intérêt que lui manifestait son fils.

— Oui, tu as raison, dit-il gentiment, nous sommes samedi mais ça ne fait aucune différence.

La notion de temps devait être quelque chose d'abstrait pour elle qui n'avait jamais travaillé, ni même tenu une maison, qui s'était toujours entièrement reposée sur les autres.

— Voulez-vous encore du jus de fruits ? proposa Chantal.

— Avec plaisir, mais ne vous occupez plus de moi, je vais très bien maintenant, on dirait presque qu'il fait frais, ici ! Si vous voulez, je peux surveiller Pierre. Où est-il ?

Chantal esquissa un sourire contraint et répondit que ses deux fils étaient ensemble, le grand s'occupant du petit. D'ailleurs, c'était vrai, n'ayant jamais pu oublier l'accident de Philippe, Paul avait un comportement très protecteur avec son petit frère. Il n'en parlait pas, n'y faisait même pas allusion, mais il gardait toujours un œil sur Pierre dès qu'ils étaient à Vallongue.

L'expression que venait d'utiliser Madeleine, en se proposant pour « surveiller » le petit Pierre, avait fait se raidir Chantal, et Gauthier vola au secours de sa femme.

— Bon, on va te laisser, maman. Repose-toi. Dors un peu, si tu veux…

Ils quittèrent sa chambre et longèrent le couloir en silence. Sur le palier, Chantal s'arrêta net.

615

— Je voudrais avoir de la peine pour elle, soupira-t-elle, mais je n'y arrive pas ! Je suis désolée, mon chéri.

Comme elle semblait sur le point de pleurer, il la prit tendrement dans ses bras.

— Je sais à quoi tu penses, dit-il tout bas. Et j'y pense aussi.

L'espace d'un instant, le souvenir de leur fils disparu fut tellement présent entre eux que, malgré toute sa force de caractère, Chantal faillit se mettre à pleurer. Vallongue, Madeleine à qui elle en voulait encore même si elle ne l'avait jamais formulé à voix haute, et le petit Pierre qui cette année mourait d'envie d'aller se baigner dans la rivière : c'était trop pour elle.

— Tu vois, articula-t-elle d'une voix hachée par l'émotion, je déteste cette maison, et pourtant je l'aime…

Gauthier comprenait très bien. Ce sentiment mêlé d'appartenance et de rejet, il l'éprouvait chaque été. Malgré l'accident tragique de Philippe, malgré la disparition de Clara, Vallongue était le seul endroit au monde où ils pouvaient se retrouver tous ensemble avec plaisir. Une grande famille, voilà ce qu'ils formaient quoi qu'il arrive, famille que Chantal appréciait d'autant plus qu'elle était fille unique.

— Je vais voir Sofia, décida-t-elle. Les jumeaux sont si mignons qu'ils vont me remonter le moral !

Gauthier descendit seul l'escalier, songeur, se demandant s'il ne devait pas exposer à Vincent le cas de sa mère. Elle vivait avenue de Malakoff, son cousin avait le droit de savoir ce qui l'attendait lorsqu'elle commencerait à décliner. Il bifurqua vers le bureau où il entra sans frapper mais la pièce était vide. Au lieu de s'en aller, il jeta un regard circulaire puis s'assit. Vincent aimait travailler là, à la place occupée tant d'étés consécutifs par Charles. Et, auparavant, par Édouard, jusqu'à cette nuit de 1945 où son frère l'avait tué. « Abattu comme un chien », disait Alain. En réalité, Charles avait fait justice lui-même, considérant que son frère ne méritait pas mieux qu'une balle dans la tête. Le revolver avait été emporté par les gendarmes et jamais rendu aux Morvan. Clara n'avait pas dû le réclamer, bien sûr.

Clara, leur merveilleuse grand-mère... Sans sa ténacité, son inépuisable énergie, que seraient-ils tous devenus ? Elle avait réussi à fédérer la famille, non seulement autour d'elle mais *après* elle. Même Daniel, en venant passer ses vacances à Vallongue avec Sofia et les jumeaux, donnait la preuve de leur union. Les cinq cousins étaient restés solidaires, depuis plus de trente ans, et quelles que soient leurs divergences ils revenaient toujours au port d'attache désigné comme tel par Clara.

— Tu trouves qu'il fait moins chaud là qu'ailleurs ? demanda Vincent en entrant.

— Non, je t'attendais... Je pensais à ton père et au mien...

Vincent prit place, de l'autre côté du bureau, et ils échangèrent un long regard.

— Il faudrait qu'on en parle aux enfants, un jour, dit encore Gauthier.

— Oui, je sais. Ce que j'ignore, c'est la manière de leur présenter les choses. Qui va s'en charger ?

— Toi...

Devant le sourire amusé de Gauthier, Vincent leva les yeux au ciel mais son cousin poursuivit, imperturbable :

— Forcément toi ! Vois-tu, ce sont les inconvénients des préférences. Clara avait un faible pour toi, elle a voulu que tu t'occupes des affaires de famille... Moi, c'est ma mère qui me chouchoute et je m'en passerais volontiers parce que, avec son favoritisme odieux, je me retrouve responsable d'elle. Alain et Marie ne se sentent pas très concernés, je les comprends, pourtant elle est malade.

— Qu'est-ce qu'elle a ?

— Alzheimer.

Vincent hocha la tête en silence puis, au bout d'un moment, murmura :

— C'est la journée des mauvaises nouvelles et ça va crescendo. Les oliviers d'Alain souffrent du manque d'eau, Madeleine va se mettre à battre la campagne, Tiphaine et Cyril ont fabriqué un bébé...

— Quoi ?

Penché en avant, Gauthier dévisageait Vincent.

— Qu'est-ce que tu vas faire ?

— Rien. Je ne suis ni sourcier ni avorteur. Pour ta mère, c'est toi le médecin.

— Vincent, sois sérieux !

Avec un soupir, Vincent se laissa aller contre le dossier du fauteuil, l'air accablé.

— Je le suis. Beaucoup trop, sans doute... Mon Dieu, tu te souviens comme on les trouvait sinistres, ceux qu'on appelait les vieux ? Maintenant, c'est notre tour.

Gauthier n'avait rien à répondre à cette évidence. Le temps de leur insouciance appartenait à un passé très ancien.

— Paul a choisi de s'inscrire en fac de médecine, sur les traces de Léa, annonça-t-il sans raison.

Cette fois, Vincent sourit.

— Tu dois être content ?

— S'il y arrive, ce sera la quatrième génération de toubibs...

— Alors l'avenir est assuré.

— Oui, l'avenir, répéta Gauthier d'une voix songeuse.

Les deux branches Morvan et Morvan-Meyer ne s'étaient finalement pas séparées, la haine de Charles et d'Édouard n'était pas retombée sur leurs enfants, Vincent et Alain eux-mêmes avaient su mettre fin à leur querelle.

— Clara disait toujours que le plus important, c'est la famille, rappela Vincent. Eh bien, au bout du compte, je crois qu'elle avait raison.

Ils échangèrent un nouveau regard, certains de se comprendre.

9

Épuisés par la canicule de cette fin d'été provençal, ils avaient finalement convoqué des ouvriers pour entamer le chantier de la piscine. Jamais celle-ci ne serait prête avant la fin des vacances mais ils ne voulaient pas subir un autre été comme celui-là. Après de longues discussions, ils étaient tombés d'accord sur un emplacement, derrière la maison, à l'endroit de l'ancien potager où Clara, Madeleine et Judith avaient cultivé des légumes pendant la guerre.

Les oliviers souffraient de la sécheresse, la terre s'ouvrait partout en larges fissures. Impuissants, Alain et Virgile arrosaient les pieds des arbres au goutte-à-goutte pour tenter d'humidifier les racines mais le rationnement de l'eau devenait strict et la rivière était à sec.

Paul, aidé de Lucas et de Léa, faisait de louables efforts pour distraire le petit Pierre, tandis que Cyril et Tiphaine cherchaient à s'isoler, tout à leur bonheur. Un bonheur sur lequel Vincent leur avait demandé d'être discrets pour l'instant, inquiet de la réaction de Virgile et préférant attendre d'être rentré à Paris afin d'annoncer leur mariage. Avec l'accord de Marie, radieuse, Hervé était resté beaucoup plus longtemps que les quelques jours initialement prévus. Il s'était bien gardé de harceler Léa, toutefois ils avaient eu ensemble plusieurs conversations prudentes durant lesquelles ils avaient tenté de faire connaissance. Elle s'habituait peu à peu à l'idée d'avoir un père tandis qu'il faisait preuve d'une infinie patience pour gagner son affection. Même s'il regrettait amèrement de ne découvrir sa fille qu'adulte, il n'avait adressé aucun reproche à Marie, jugeant préférable de se tourner vers l'avenir plutôt qu'épiloguer. Sa proposition de reconnaître officiellement Léa avait été accueillie sans enthousiasme et il n'avait pas insisté, bien décidé à en reparler plus tard. Ils avaient tous besoin de temps, il le comprenait et s'inclinait volontiers.

Daniel et Sofia vivaient de leur côté une interminable lune de miel dans laquelle ils avaient inclus leurs jumeaux. À quarante ans, Daniel ressemblait encore au jeune homme qu'il avait été si longtemps et, en tant que benjamin des cinq cousins, il conservait parfois un comportement de gamin. C'était souvent lui qui faisait rire tout le monde, à table, qui racontait des histoires ou qui mettait des disques, prolongeant parfois les dîners jusqu'à l'aube. Il avait installé lui-même un électrophone dans le patio, à l'aide d'une série de rallonges, et il soutenait d'interminables discussions avec les jeunes à propos du jazz, sa musique de prédilection, puis soudain il mettait des rocks endiablés et apprenait de nouvelles figures acrobatiques à Léa, Tiphaine, ou même Chantal.

Seule Béatrice se morfondait dans cette ambiance familiale. Vincent prétextait la chaleur pour fuir tout contact avec elle, la nuit, mais elle n'était pas dupe. Soit il ne voulait pas prendre le risque de lui faire un enfant, soit il s'était vraiment détaché d'elle. Cette idée la rendait folle, l'empêchait de dormir, la torturait à longueur de journée. Pour le reconquérir, elle portait des shorts ridiculement courts et des chemisiers moulants qu'elle laissait trop ouverts, inventait une nouvelle coiffure chaque matin, passait des heures à se maquiller. Dès qu'elle se rendait à Eygalières, Saint-Rémy ou Avignon, tous les hommes se retournaient sur elle tandis que son mari continuait de l'ignorer. Tout comme Tiphaine et Lucas qui ne lui accordaient jamais le moindre regard. Quant à Virgile, il la fuyait délibérément, peut-être pour ne pas la dévorer des yeux, peut-être parce qu'il ne lui avait pas pardonné. Avec les autres membres de la famille, elle entretenait des rapports courtois, sans affection ni familiarité, et la sensation d'être à peine tolérée ne faisait qu'empirer.

Pourtant Béatrice était sincère, elle aimait Vincent. Bien qu'elle ne soit pas indifférente au luxe dans lequel ils vivaient, elle n'en voulait pas à son argent. Tout simplement, il l'avait séduite dès leur première rencontre et n'avait pas cessé de la subjuguer depuis. Elle était toujours aussi sensible à son regard, sa voix grave, son sourire. Et plus il cherchait à s'éloigner d'elle, plus elle le désirait.

Ce dimanche de fin août, aussi chaud que les jours précédents, s'était déroulé dans une ambiance un peu morose qui annonçait la rentrée. Dès le lendemain, ceux qui regagnaient Paris allaient devoir boucler leurs valises, et l'idée de se séparer ne réjouissait personne. D'autant plus que l'été avait considérablement rapproché les frères et les cousins. Alain et Vincent avaient passé beaucoup de temps ensemble, comme pour rattraper les années perdues à bouder ; en s'épanouissant, Marie était devenue plus tendre, Daniel se sentait désormais très concerné par la famille, et Gauthier avait découvert avec plaisir qu'il pouvait compter sur la solidarité du clan pour prendre Madeleine en charge.

Après une longue sieste paresseuse, ils s'étaient retrouvés dans le patio comme chaque après-midi, à se demander de quoi se composerait ce dernier dîner. Chantal avait proposé d'en faire une fête d'adieu et elle était partie s'enfermer dans la cuisine avec Marie et Sofia. Ulcérée d'être tenue à l'écart, une fois de plus, Béatrice avait proposé une promenade à Vincent qui avait refusé car il était lancé dans une discussion avec Hervé, au sujet des magistrats, et n'avait aucune envie de s'interrompre.

Béatrice sortit seule de la maison, dans l'atmosphère étouffante du parc. Ces vacances avaient été pour elle un échec complet. Elle n'avait pas réussi à gagner la sympathie de Marie, qui ne lui proposait toujours pas une place d'associée au cabinet Morvan-Meyer, mais, pis encore, Vincent se comportait avec elle comme un étranger.

Avant d'être arrivée au bout de la grande allée, elle sentit qu'elle était déjà en sueur. Marcher était une idée ridicule, elle aurait mieux fait de rester avec les autres et de s'intéresser à la conversation. Après tout, elle pouvait parler de droit, elle aussi ! Et, au lieu d'essayer de monopoliser Vincent, se comporter de manière plus simple. L'écouter, lui prendre la main gentiment, ne pas lui faire de sempiternels reproches. Il devait être las de tous les « Tu ne m'aimes plus ! » qu'elle lui assénait.

Sur la route, le macadam fondait au soleil, rendant les semelles de ses espadrilles collantes. Les cigales s'en donnaient à cœur joie, secondées par le bourdonnement des mouches, et il n'y avait pas un souffle d'air. Elle coupa à travers la première colline pour rejoindre la bergerie. Peut-être Virgile était-il réfugié là, et au moins il ne lui refuserait pas un verre d'eau.

Consterné, Jean-Rémi dévisagea l'Italien avant de se décider à le laisser entrer. Volubile, le jeune homme s'était mis à expliquer, moitié en vénitien moitié en français, la raison de sa visite impromptue : un voyage dans le sud de la France, une folle envie de revoir son ami peintre. Sauf qu'ils n'étaient pas des amis, ils s'étaient rencontrés à Venise l'année précédente et, pour un moment de faiblesse qui n'avait même pas duré la nuit entière, le charmant Cenzo pensait avoir le droit de s'imposer sans s'annoncer.

Au fond de la grande salle fraîche du moulin, Alain regarda approcher le jeune homme qui continuait à discourir avec de grands gestes, suivi de Jean-Rémi, très mal à l'aise, qui se contenta de murmurer :

— Cenzo, Alain…

Il y eut un court silence, durant lequel l'Italien esquissa juste un signe de tête.

— Qui est-ce ? demanda Alain à Jean-Rémi.

— Un jeune peintre. Nous avons des relations communes à Venise.

— Je vois…

L'autre s'était dirigé vers les toiles, sur leurs chevalets, et commençait à s'exclamer. Alain se leva, posa son verre sur un guéridon.

— Eh bien, je vais vous laisser.

— Pourquoi ? Attends, il ne va pas rester.

Jean-Rémi fit un pas en direction de Cenzo mais Alain l'arrêta, le saisissant par le poignet.

— Non, je t'en prie ! Il a dû faire une longue route, il s'attend certainement à ce que tu lui offres l'hospitalité.

Le ton était froid, presque cynique, et le regard doré d'Alain s'était durci. Cenzo choisit ce moment pour revenir vers eux, puis pour prendre familièrement Jean-Rémi par le cou en lui affirmant qu'il avait du génie.

— Il t'apprécie vraiment ! constata Alain.

Il tendit la main au jeune homme et en profita pour le détailler. Beau blond d'environ vingt-cinq ans, avec un sourire ravageur qui ne laissait aucun doute sur ses intentions.

— Amusez-vous bien entre artistes, laissa tomber Alain.

Avant que Jean-Rémi ait eu le temps de réagir, il gagna la porte et sortit. Dehors, il ne jeta qu'un bref coup d'œil au cabriolet Fiat rutilant avant de récupérer son vélo qui était appuyé au mur.

— Alain !

Jean-Rémi l'avait rattrapé pour essayer de le retenir, ou au moins pour s'expliquer.

— Ne sois pas stupide, où vas-tu ?

— Travailler. Et rassure-toi, je ne te fais pas une scène, nous avons passé l'âge. Il est très mignon, profites-en…

— Si tu me donnes une minute, je le mets dehors, je le renvoie d'où il vient. Je ne l'ai pas invité ici.

— Ici, sans doute pas. Mais ailleurs, c'est certain ! Laisse-moi passer, Jean.

— Tu reviendras dîner ?

— Non.

— Alors je te revois quand ?

— Je ne sais pas.

D'un mouvement souple, il enfourcha le vélo et s'éloigna sur le chemin poussiéreux. Immobile, Jean-Rémi le suivit longtemps du regard. Il ne se faisait aucune illusion, Alain allait disparaître durant plusieurs jours, voire des semaines entières – il en était tout à fait capable –, ce qui était une perspective déprimante. D'autant plus que, depuis quelque temps, Alain venait enfin le rejoindre plus volontiers et plus ouvertement au moulin, il avait même laissé des chemises de rechange dans les grandes penderies de la salle de bains, et il semblait presque décidé à accepter un petit morceau de vie commune. Des victoires dérisoires, arrachées à force de patience puisque Jean-Rémi avait mis des années à l'apprivoiser et n'était jamais sûr de rien en ce qui le concernait. Sauf qu'il continuait à l'aimer.

— Ton ami est parti ? C'est moi qui l'ai fait fuir ?

En plein soleil, Cenzo était vraiment très beau, très désirable. Jean-Rémi ébaucha un sourire artificiel en se demandant ce qu'il devait faire de lui. Le renvoyer ne servait plus à grand-chose, mais l'inviter à dîner constituait un risque inutile.

— Je t'ai apporté mes dernières séries d'esquisses, déclara le jeune homme. Je voudrais ton avis, je peux te les montrer ? Et puis je meurs de soif...

Agacé par sa désinvolture, Jean-Rémi haussa les épaules. Les dessins n'étaient qu'un prétexte, bien sûr, le prélude à un numéro de charme auquel il serait difficile de résister.

Pour se calmer, Alain était rentré en faisant un détour par les rochers rouges d'Entreconque, anciennes carrières de bauxite, d'où il pouvait contempler la montagne de la Caume. Tout le long du chemin, tandis qu'il peinait dans les montées, il avait essayé de se raisonner. C'était lui qui tenait Jean-Rémi à distance, qui se comportait en amant épisodique, qui refusait depuis toujours de rendre des comptes. Donc ce n'était pas à lui de se montrer jaloux. Ni de fuir parce qu'un éphèbe venait le narguer sur son territoire.

Son territoire ? Non, le moulin ne l'était pas, bien qu'il s'y soit senti en confiance jusqu'à présent. Même à Vallongue, il avait parfois une attitude d'invité. La bergerie représentait son refuge, mais sa vraie place se trouvait indiscutablement sur les terres, au milieu des oliviers. Là, il ne craignait plus rien, et surtout pas les questions qu'il refusait toujours de se poser.

Le soleil n'allait pas tarder à disparaître derrière les crêtes, les jours raccourcissaient. Encore deux mois à tenir avant la récolte, en espérant quelques orages salvateurs. Heureusement, les arbres résistaient mieux que prévu à l'incroyable sécheresse.

Arrivé à la bergerie, il appuya son vélo contre le mur de pierre et constata que la porte était grande ouverte. À l'intérieur, des mouches bourdonnaient, une abeille s'affolait contre une vitre, des verres sales étaient abandonnés sur la table, mais pas trace de Virgile. Il regarda autour de lui, vaguement inquiet. En principe, le jeune homme n'était pas négligent, au contraire, il mettait un point d'honneur à ne semer aucun désordre depuis qu'il habitait là. Qu'est-ce qui l'avait fait partir si précipitamment ? Agacé, Alain déposa les verres dans l'évier, en profita pour boire à longs traits sous le robinet, chassa les insectes puis sortit en refermant à clef. Comme il lui restait un peu de temps avant le dîner, il décida de gagner Vallongue à pied. Une occasion de traverser l'oliveraie et de jeter un dernier coup d'œil aux fruits.

Ce fut au moment où il arrivait à mi-pente de la colline qu'il entendit les premiers éclats de voix. Instantanément, il comprit qu'il s'agissait d'une violente dispute. Un cri aigu de femme lui parvint puis il y eut quelques instants de silence, mais déjà il s'était mis à courir vers le sentier, en contrebas. D'instinct, il avait saisi le danger, sachant très bien qu'à cet endroit-là ce n'étaient pas des promeneurs égarés qui étaient en train de se quereller. Il aperçut d'abord Tiphaine, qui criait de nouveau, puis Virgile et Cyril qui s'accrochaient l'un à l'autre comme des fous furieux. Avant qu'Alain n'arrive, ils s'effondrèrent ensemble en continuant à échanger des coups de poing. Ils ne se battaient pas pour rire, ils le faisaient avec une incroyable violence, décidés à s'entre-tuer.

— Arrêtez ! hurla Alain en dévalant les derniers mètres.

Ils venaient de se relever, et Cyril voulut s'écarter pour reprendre son souffle mais Virgile, déchaîné, se jeta sur son dos et le projeta contre le tronc d'un olivier. Sans lui laisser une seconde de répit, il l'empoigna à deux mains par les cheveux et lui frappa la tête de toutes ses forces contre l'arbre, à plusieurs reprises. Cyril poussa un hurlement rauque au moment où Alain ceinturait enfin Virgile qu'il dut soulever de terre pour lui faire lâcher prise, le traînant en arrière. Tiphaine se précipita vers Cyril qui venait de s'écrouler.

— Reste tranquille ! ordonna Alain à Virgile qui se débattait avec fureur. Si tu t'approches de lui, c'est moi qui te démolis !

Il le repoussa d'un geste brutal et alla s'agenouiller près de Cyril. Celui-ci gardait une main crispée sur son visage, du sang ruisselant entre ses doigts.

— Montre-moi, dit doucement Alain.

Tiphaine éclata en sanglots quand Alain écarta avec précaution la main du jeune homme. La plaie de l'œil droit était horrible à voir, avec toute la paupière supérieure déchirée jusqu'à la tempe, sans doute par une branche pointue dont un gros éclat semblait encore planté dans l'iris.

— Ne bouge pas, murmura Alain. Je suis là, je ne te quitte pas.

Il se mit debout, prit Tiphaine par les épaules pour l'obliger à se relever et à s'éloigner.

— Va chercher Gauthier, dis-lui de venir en voiture, il faut l'emmener à l'hôpital.

Elle essaya de protester mais il la secoua sans ménagement.

— Dépêche-toi, Tiphaine, je ne peux pas y aller, je ne veux pas les laisser ensemble.

Tandis qu'elle détalait sur le sentier, il se tourna vers Virgile qu'il observa quelques instants. Celui-ci semblait toujours aussi énervé, pâle de rage, les bras croisés, pourtant le regard d'Alain le mit mal à l'aise.

— Tu savais qu'il a fait un gosse à ma sœur ? lança-t-il d'une voix dure.

Au lieu de répondre, Alain fit deux pas dans sa direction, s'interposant entre lui et Cyril, qui était toujours à terre, recroquevillé sur lui-même et secoué de frissons.

— Rentre à la bergerie, Virgile, ordonna Alain entre ses dents.

— Non ! Laisse-nous régler ça et qu'on en finisse !

Alain franchit la distance qui les séparait et s'arrêta juste devant Virgile.

— En finir ? Il ne va pas se relever tout seul, je crois que tu ne te rends pas compte de son état… Maintenant tire-toi, je ne veux pas te voir ici une seconde de plus. Va à la bergerie et n'en bouge pas.

Déconcerté par la gravité du ton, Virgile dévisagea Alain puis jeta un coup d'œil dans la direction de Cyril. Il hésitait encore quand Alain le saisit par le col de sa chemise.

— Tu m'as entendu ?

Alain était le seul homme auquel il pouvait accepter d'obéir et il se décida à bouger, reculant d'abord d'un pas avant de faire demi-tour et de s'éloigner. Alain retourna alors près du jeune homme étendu à qui il se mit à murmurer des paroles de réconfort.

En qualité de chirurgien, Gauthier avait obtenu d'assister à l'opération, pratiquée en urgence, mais il savait d'avance que c'était sans espoir, quel que soit le talent des ophtalmologistes présents.

Dans la salle d'attente où ils étaient cantonnés, Alain et Vincent avaient tenté en vain de consoler Tiphaine. L'angoisse, le chagrin et la colère la métamorphosaient, elle n'avait plus rien d'une jeune fille bien élevée, elle était brutalement devenue une femme, toutes griffes dehors, prête à aller régler ses comptes avec son frère.

Il faisait nuit depuis longtemps quand Gauthier vint la chercher pour la conduire au chevet de Cyril qui se réveillait et la réclamait.

— Tu ne lui poses aucune question et tu ne lui donnes aucune réponse, il est un peu dans les vapes, précisa-t-il en l'entraînant avec lui.

Sur le seuil, il se retourna vers Alain et Vincent, secoua lentement la tête de droite et de gauche, avec un regard désolé. Après que la porte se fut refermée, Vincent se pencha en avant dans son fauteuil, les coudes sur les genoux et la tête entre les mains, dans une attitude de complet désarroi. Il y eut un long silence puis Alain lui posa la main sur l'épaule pour le secouer.

— Arrête de te désespérer, tu n'y peux rien.

Vincent prit une profonde inspiration avant d'articuler, d'une voix hachée :

— Son œil est perdu ? Il va rester comme ça ? À moitié aveugle ?

— Gauthier nous expliquera…

Ni l'un ni l'autre n'avaient envie d'en parler, ils étaient encore sous le choc. Tout le temps qu'avait duré le voyage jusqu'à Avignon, Gauthier avait gardé la tête de Cyril sur ses genoux, l'empêchant de bouger ou de toucher la plaie. Le jeune homme avait été assez courageux pour ne pas crier, alors qu'il souffrait le martyre, et Alain avait conduit à tombeau ouvert. Sur le siège passager, mais tourné vers l'arrière et le regard rivé sur Cyril, Vincent n'avait pas dit un seul mot, n'avait même pas prononcé le prénom de Virgile.

— C'est cette conne de Béatrice qui lui a tout raconté ! explosa-t-il soudain.

Sous le coup de la colère, il se leva d'un bond, se mit à faire les cent pas.

— Je voulais que tu le lui apprennes après notre départ. Il aurait piqué sa crise tout seul et on aurait évité le drame. Mais non, il a fallu qu'elle parle ! Putain, elle est bête à bouffer de la paille !

Surpris, Alain fronça les sourcils sans répondre. Vincent était rarement agressif ou vulgaire, il devait être hors de lui pour traiter sa femme avec un tel mépris.

— Il faudrait téléphoner à Marie, ajouta-t-il, l'air soudain pitoyable.

Il s'arrêta devant Alain, se pencha vers lui pour demander :

— S'il te plaît, fais-le.

— Gauthier a déjà dû s'en charger. Et si on ne doit pas la laisser voir Cyril, inutile qu'elle se précipite ici en pleine nuit.

— Mais tu es sûr que Virgile va rester à la bergerie, qu'il ne va pas se montrer pour l'instant ?

— Certain.

Penser à son fils rendait Vincent malade d'inquiétude. Il ne savait même plus ce qu'il ressentait à son égard, sinon qu'il voulait au moins le protéger de ce qui allait suivre.

— Qu'est-ce que je vais faire, Alain ?

D'un geste machinal, il avait sorti son paquet de cigarettes ; son cousin se leva à son tour en marmonnant :

— Viens avec moi dehors si tu veux fumer.

À l'extérieur, sur le parking désert, il faisait tout aussi chaud, pourtant ils eurent l'impression de mieux respirer. Vincent alluma deux cigarettes et en tendit une à Alain. Ils tirèrent quelques bouffées en silence puis virent passer une ambulance qui se dirigeait vers l'entrée des urgences. Le ciel était clair, couvert d'étoiles, avec une lune scintillante qui répandait une lumière un peu irréelle.

— À ton avis, soupira Vincent, comment Clara aurait-elle réagi dans une situation pareille ?

— Elle aurait fait face. Et tu vas y arriver aussi.

— Tu crois ?

Tiphaine ne lui avait épargné aucun détail de la bagarre, il savait avec quelle sauvagerie Virgile avait frappé Cyril. Elle lui avait aussi décrit la manière dont il leur était tombé dessus, fou de rage, alors qu'ils se promenaient tranquillement.

— Ne le condamne pas trop vite, murmura Alain. C'est ton fils…

— Tu voudrais que je le défende ? Il a toujours détesté Cyril !

Pourquoi les deux garçons, rivaux dès l'enfance, s'étaient-ils haïs avec une telle constance, alors qu'ils avaient quasiment le même âge ?

— Moi, je les aime tous les deux, déclara posément Alain. Je suppose que toi aussi.

Vincent ne trouva rien à répondre à cette affirmation. Ses idées s'embrouillaient, il était incapable de réfléchir.

— Marie ne lui pardonnera jamais, finit-il par dire. Tiphaine non plus. Nous allons finir fâchés pour l'éternité. Tout ça à cause de cette… Mais non, ce n'est même pas Béatrice, c'est moi ! Si je n'avais pas vécu à Paris, Tiphaine n'aurait pas cohabité pendant des années avec Cyril ! Ou alors on aurait dû les calmer tant qu'ils étaient jeunes, essayer de comprendre. Ou bien…

— Arrête ! Les regrets ne servent à rien. Quand on va rentrer, je conduirai Virgile chez Magali, il vaut mieux qu'il ne reste pas dans les parages.

Il avait failli proposer le moulin de Jean-Rémi, pour mettre le jeune homme vraiment à l'abri, mais il venait de se souvenir de Cenzo, auquel il n'avait pas eu le temps de songer depuis des heures. Cet Italien était devenu le cadet de ses soucis, de toute façon.

Vincent écrasa son mégot puis leva la tête vers les étoiles qu'il contempla un moment en silence. Il sentait la présence rassurante d'Alain, juste à côté de lui. S'il ne s'était pas trouvé là par hasard, au bon moment, jusqu'où Virgile aurait-il été capable d'aller ? Combien de temps se serait-il acharné ?

— Alain, dit-il à voix basse, l'enfant que Tiphaine porte, on ne sait même pas s'il sera normal… et il n'est pas encore né que déjà son père est handicapé… Quel genre de vie attend Cyril maintenant ? Aura-t-il le courage de reprendre ses études ? Est-ce que Tiphaine va continuer à l'aimer ? Mon Dieu, quel départ pour eux dans l'existence ! Et puis Virgile va se retrouver mis à l'écart comme une brebis galeuse… Je ne peux pas imaginer l'état de la famille après ça !

La dernière fois qu'ils avaient partagé une émotion aussi destructrice, c'était neuf ans plus tôt, devant le cadavre du petit Philippe. Malgré la chaleur de la nuit, Vincent frissonna, puis brusquement s'abattit contre Alain. Il l'étreignit avec une force inattendue, tout en cherchant à recouvrer son sang-froid. Il était sur le point de craquer. Compréhensif, Alain resta immobile et silencieux. Vincent pouvait compter sur lui tant qu'il voulait, et même bien au-delà. Qu'il continue à lui broyer l'épaule ou qu'il lui demande n'importe quoi, Alain serait d'accord.

— Désolé, souffla Vincent au bout d'un moment.

— Ne le sois pas… Est-ce que ça va mieux ?

— Un peu. Viens, on y retourne.

Alors qu'ils repartaient vers l'entrée de l'hôpital, les phares d'une voiture balayèrent le parking devant eux. C'était la Porsche de Vincent, conduite par Daniel qui descendit en hâte et se précipita vers eux.

— Alors c'est vrai, ils n'ont rien pu faire ? Gauthier nous a téléphoné tout à l'heure, en sortant du bloc, et je n'ai que cinq minutes d'avance sur Marie. Hervé l'accompagne. Honnêtement, je dois dire qu'il essaie de la raisonner, mais elle est dans un état proche de l'hystérie, je ne l'ai jamais vue comme ça !

Alain et Vincent échangèrent un coup d'œil dans la pénombre.

— Je pars avec la voiture de Gauthier, décida Alain, vous n'aurez qu'à rentrer ensemble.

Il connaissait sa sœur, plutôt que pleurer sur le drame, elle risquait de se mettre en quête de Virgile pour s'expliquer avec lui, et mieux valait éviter ce genre de confrontation dans l'immédiat. Tout comme il fallait bien que quelqu'un apprenne à Virgile les conséquences sans doute irrémédiables de sa violence.

Béatrice avait passé une partie de la nuit à sangloter, l'autre à attendre le retour de Vincent. Ce n'était pas seulement sur le sort de Cyril qu'elle s'apitoyait, mais aussi sur elle-même. Personne n'allait lui pardonner sa gaffe de la veille, surtout pas son mari. Une bévue commise en toute innocence, juste parce qu'elle avait besoin de parler à quelqu'un, et Virgile s'était montré très gentil avec elle. Ils avaient évoqué la famille, tombant d'accord sur les travers de chacun, ensuite elle s'était confiée, exprimant son désir de maternité, sa frustration. Il n'avait manifesté ni amertume ni jalousie, se bornant à la regarder d'un air mélancolique. L'atmosphère de la bergerie était très agréable, intime et chaleureuse, ils avaient bavardé comme des amis. Virgile semblait avoir mûri depuis qu'il habitait la Provence, il était plus intéressant, plus sûr de lui. Mais, lorsqu'elle avait sollicité son avis au sujet du bébé que Tiphaine attendait, il était devenu fou furieux. Elle aurait dû essayer de le retenir, ou au moins lui demander où il allait comme ça, au lieu de supposer bêtement qu'il était parti se calmer dans les collines.

Assise sur son lit, tout habillée, elle regarda le réveil pour la énième fois. Presque sept heures. Il faisait grand jour et la maison était silencieuse. Pourtant, elle avait entendu des voitures rentrer dans la nuit, et même reconnu le moteur de la Porsche, mais Vincent n'était pas venu la rejoindre. À l'aube, elle avait pris une douche, enfilé un chemisier et un short, et depuis elle attendait. Qu'allait-il dire quand il se déciderait à franchir le seuil de leur chambre ? Et quelle attitude devait-elle adopter ? Était-il capable de déclencher une vraie dispute, une rupture ? En y réfléchissant, elle découvrait qu'elle le connaissait trop peu pour prévoir ses réactions. Elle l'aimait éperdument mais que savait-elle de l'homme qu'il était en réalité ?

Incapable de patienter une minute de plus, elle décida de descendre se faire un café. Si Vincent était là, elle le trouverait forcément. Dans la cuisine déserte, elle prépara le petit déjeuner en multipliant les gestes maladroits, de plus en plus nerveuse. L'idée de rencontrer Tiphaine ou Marie n'avait rien de réjouissant, tout le monde allait la bouder à présent.

— Béatrice...

Elle sursauta, sa tasse lui échappa des mains et alla se briser sur les tommettes au milieu d'une flaque de café. Vincent se tenait sur le seuil, les yeux cernés, pas encore rasé.

— Tu es rentré ? demanda-t-elle d'une voix étranglée.

Puis elle se précipita vers l'évier pour prendre une serpillière et il la regarda nettoyer sans ébaucher un geste pour l'aider.

— Comment va Cyril ? eut-elle le courage d'ajouter en se redressant.

Il ne jugea pas utile de répondre, d'abord parce qu'il n'en savait rien, ensuite parce que le malheureux allait apprendre la vérité à son réveil, dans la matinée, et qu'à ce moment-là il irait forcément assez mal.

— Vincent, chuchota-t-elle, je suis tellement désolée...

Son balai-brosse à la main, elle avait l'air pathétique, en effet, mais pas assez pour l'émouvoir. Il haussa les épaules avec lassitude, puis alla s'asseoir loin d'elle, au bout du banc. La nuit blanche l'avait épuisé, il se sentait écœuré de tout. Elle se mit à rincer la serpillière, prit des tasses dans le vaisselier, s'agita tout en cherchant quelque chose à dire. Quand elle s'approcha de lui, elle le vit se raidir de façon perceptible et elle s'arrêta, glacée par son attitude.

— Tu m'en veux à ce point-là ?

— Non... Je sais que tu ne l'as pas fait exprès. Tu bavardes à tort et à travers mais ce n'est pas ta famille, tu ne les connais pas assez...

Alors qu'elle reprenait espoir, il s'interrompit soudain pour écouter des bruits en provenance du hall. Une porte claqua, des talons résonnèrent dans le hall, enfin Marie fit irruption, suivie de près par Hervé. Vincent leva la tête et soutint le regard de sa cousine sans ciller tandis qu'elle marchait sur lui. Elle s'arrêta de l'autre côté de la table, frémissante de rage.

— Où est ton fils ? lâcha-t-elle d'une voix rauque. Je viens de voir Alain, qui se tait, bien sûr, et je suppose qu'à vous deux vous l'avez fait disparaître ? Et tu crois que ça va arranger les choses ? Que ça va m'empêcher de le traîner en justice ?

— Écoute, Marie…

— Toi, écoute-moi ! D'autant plus que je ne vais pas te parler longtemps. Cyril porte plainte pour tentative d'homicide, pour coups et blessures ayant entraîné un handicap définitif. Je demanderai le maximum de dommages et intérêts, engage un bon avocat car je ne vais plus lâcher Virgile, je l'obligerai à payer toute sa vie, je ne le laisserai jamais respirer !

Parce qu'il ne voulait pas rester assis devant elle, Vincent se leva, enfouit les mains dans ses poches. Derrière Marie, Hervé gardait la tête baissée, sans regarder personne, horriblement mal à l'aise. Statufiée, Béatrice n'osait pas faire un geste mais les autres l'ignoraient.

— Ton fils a bousillé la vie du mien, comme ça, pour un petit coup de colère ! Alors je compte lui apprendre ce qu'est une vraie colère, et après il fera la différence !

— Marie…, murmura Vincent qui n'avait pas baissé les yeux.

— On les a mal élevés, peut-être, mais ne me dis surtout pas ça maintenant ! Ce n'est pas à toi que je m'attaque, c'est à lui, et je suis bien décidée à le détruire, tu peux me croire sur parole, ce sera la loi du talion. Cyril n'a pas seulement perdu l'usage d'un œil, je viens de parler aux chirurgiens et il paraît que les plasticiens vont avoir un sacré travail parce qu'il est défiguré !

Elle vibrait de haine, chacune de ses phrases atteignait Vincent davantage.

— Demande à ta fille ce qu'elle en pense, ce qu'elle ressent, et tu verras que je ne suis pas la plus acharnée ! En tout cas, je t'aurai prévenu. À bon entendeur…

Du plat de la main, elle donna un coup rageur sur la table, un geste qui avait longtemps été celui de Clara, puis elle fit demi-tour et quitta la cuisine avant que quiconque puisse voir ses larmes.

À quatre heures de l'après-midi, il faisait presque nuit tant le ciel s'était chargé de nuages noirs. Le premier orage de l'été semblait se préparer avec une force considérable, comme pour rattraper le long temps de sécheresse.

Sur le seuil de la galerie, Alain serra une seconde Magali dans ses bras puis il se dépêcha de regagner sa voiture. À peine était-il installé au volant que les premières gouttes s'écrasèrent sur son pare-brise. En d'autres circonstances, il aurait été fou de joie à la vue de cette pluie qui allait enfin faire boire la terre, mais il n'y songea même pas tant il était inquiet. Virgile n'était pas resté chez sa mère, il avait disparu avant le déjeuner, au moment où elle lui avait appris dans quel état se trouvait Cyril.

C'était Vincent qui avait téléphoné à Magali pour lui expliquer que, quarante-huit heures après l'accident, Cyril développait une infection que les médecins avaient du mal à juguler. Marie et Tiphaine ne quittaient pas l'hôpital, tous les autres membres de la famille avaient retardé leur départ pour Paris.

Alain quitta Saint-Rémy sous des trombes d'eau, alors que d'énormes flaques commençaient à se former sur la route. Virgile n'était pas assez stupide pour aller à Vallongue, ni pour chercher à rencontrer qui que ce soit. La culpabilité devait le ronger, maintenant que sa colère était tombée, et il avait sans doute besoin de s'éloigner. Mais où ? Alain ne lui connaissait pas d'amis, d'ailleurs il n'avait sûrement pas envie de parler. En plus, il était à pied.

À gauche de la route conduisant aux Baux, une vicinale partait vers Romanin, le long du canal des Alpilles, et Alain s'y engagea. C'est ce qu'il aurait fait s'il avait voulu s'enfoncer dans les terres pour trouver la solitude. Quatre kilomètres plus loin, le bitume s'arrêtait et le chemin était devenu un torrent de boue. Il se rangea le mieux possible, coupa le contact et descendit. En quelques secondes, il fut trempé, mais la sensation n'était pas désagréable après tant de semaines torrides.

Un peu hésitant, il essaya de s'orienter à travers le rideau de pluie. La montagne de la Caume était sur sa droite, et à gauche les crêtes des Alpilles derrière lesquelles se trouvait Vallongue. En principe, droit devant, au-delà du chemin de grande randonnée, il existait un abri que Virgile connaissait grâce à Alain qui le lui avait fait découvrir. Il pouvait très bien avoir eu l'idée de s'y réfugier, ça valait la peine d'aller jeter un coup d'œil.

L'eau dévalait en rigoles sur la terre trop sèche pour rien absorber de ce soudain déluge. Alain pataugeait et glissait, indifférent aux roulements de tonnerre qui résonnaient contre les parois rocheuses. L'orage se déchaînait maintenant avec fureur, tandis qu'un vent violent s'était mis à souffler en rafales. À flanc de colline, Alain reprit sa respiration, s'ébroua. La baraque en planches, au toit de tuiles branlant, devait être à moins de cent mètres, s'il ne s'écartait pas du sentier, mais il faisait si sombre qu'il ne voyait rien. Il tomba dessus presque par hasard et dut batailler pour ouvrir la porte vermoulue. À l'intérieur, comme il s'y attendait, il découvrit Virgile assis à même le sol, qui le fixait d'un air incrédule.

— Vilain temps, non ? dit Alain en retirant sa chemise.

— Qu'est-ce que tu fais là ?

— Je suis venu te parler.

Mais, contrairement à son affirmation, il se tut et se mit à tordre sa chemise avant de regarder autour de lui. Ensuite il sortit ses cigarettes de la poche de son jean, considéra le magma de tabac et de papier d'un air dégoûté, enfin alla s'asseoir à l'autre bout de la cabane.

— Très bien, soupira Virgile. Puisque tu es monté jusqu'ici... Alors, Cyril ?

— Oh, il va très mal ! Infection. Il faudra sans doute l'opérer de nouveau. De toute façon, l'œil est fichu. Tu peux être content, je crois qu'il a vraiment dégusté. Et il n'est pas sorti d'affaire, loin de là.

Après un long silence, Virgile murmura, d'un ton dégoûté :

— Je ne suis pas content.

— Je sais. En revanche, ce que j'ignore et que je veux que tu me dises, c'est si tu l'as fait exprès ? Délibérément ?

— Je voulais lui faire mal, oui.

— Gagné.

— Non, non ! Je... Cette branche, je ne l'ai pas visée ! Je cherchais à l'assommer, à lui casser quelque chose, à le mettre à genoux. Sur le coup, on ne réfléchit pas, ça va très vite, j'aurais aussi bien pu l'étrangler.

— C'était d'une telle sauvagerie, Virgile... Lui n'aurait jamais fait ça.

La tête basse, Virgile n'essaya même pas de protester.

— À ce propos, il y a des choses que tu dois apprendre, je vais m'en charger.

Un coup de tonnerre l'interrompit, suivi d'une série d'éclairs, puis la porte se rouvrit sous la poussée du vent.

— Va la fermer, bloque-la, demanda Alain.

Il vit le jeune homme se lever docilement et il en profita pour ajouter :

— Il y a des antécédents dans la famille, on aurait dû vous en parler plus tôt.

Tandis que Virgile calait le battant du mieux possible, il enchaîna :

— Vous n'êtes pas les premiers à vous déchirer, Cyril et toi. Mais vos grands-pères respectifs avaient de bonnes raisons de le faire, pas vous. Non, vous, ce sont des conneries de jeunes coqs... une querelle de désœuvrés. Tu veux que je te raconte ?

— Depuis le temps que je le demande ! Papa n'a jamais...

— Laisse ton père tranquille, d'accord ? Bon, voilà, figure-toi que mon père, Édouard, était une véritable ordure. Il n'était pas heureux en ménage, je suppose, d'ailleurs il n'y a qu'à regarder ma mère pour comprendre, alors il s'est mis à loucher sur une autre femme, la seule qu'il ne pouvait pas avoir.

— C'est-à-dire ?

— Ta grand-mère, Judith.

— Et alors ?

— C'était la guerre, ton grand-père était prisonnier, Judith était vulnérable. Elle était aussi très, très belle. J'avais onze ans, mais je me souviens d'elle, impossible de ne pas tomber sous son charme. Bref, il a fini par la coincer dans un coin de Vallongue, un soir où il avait trop bu, et il l'a violée. Ensuite, pris de panique, il l'a dénoncée de façon anonyme à la gestapo.

La voix d'Alain avait un peu tremblé et il reprit son souffle avant de poursuivre, plus fermement :

— Quand elle a quitté Vallongue, avec sa fillette, elle s'est fait arrêter. Le reste, tu le connais, la déportation dans un camp, la mort de Judith et de Beth à Ravensbrück, bref la version officielle qui est sinistre mais qu'on peut avouer. Seulement voilà, elle avait laissé une sorte de journal, et quand ton grand-père Charles est revenu d'Allemagne il a tout compris. Alors, une nuit, il a mis une balle de revolver dans la tête de mon père.

Atterré, Virgile était resté debout près de la porte et il essayait de distinguer les traits d'Alain qui continuait son récit dans la pénombre.

— Bilan des opérations familiales : trois morts. Et Charles ne s'en est jamais remis – on le comprend. Je détestais ton grand-père de toutes mes forces, mais franchement… difficile de lui donner tort. Je le trouvais odieux avec moi, je ne pouvais pas deviner d'où lui venait toute cette haine… Il nous a appris la vérité sur son lit de mort. Ensuite, on a lu le journal de Judith. Et puis on a essayé de l'oublier parce qu'il y avait Clara et qu'on ne voulait pas qu'elle sache ce que ses deux fils avaient fait. Après, le silence est devenu une habitude. Dommage… Tu aurais pu savoir, avant tout ce gâchis, où mènent la jalousie, la violence… Tu t'es comporté comme une brute, à croire que c'est héréditaire, mais toi, tu n'as aucune excuse !

Alain se leva d'un mouvement souple. Il était aussi grand que Virgile, aussi mince. Bronzé comme un vrai gitan, il avait soudain quelque chose d'encore plus menaçant que l'orage, dehors, qui redoublait de force.

— Est-ce que tu regrettes, ou bien tu t'en fous ?

Inquiet, Virgile recula un peu vers le fond de la cabane en marmonnant :

— Quelle importance, maintenant ? De toute façon, je suppose que tu ne veux plus me voir dans les parages ?

— Je t'ai posé une question.

— D'ailleurs, tu vas te débarrasser de moi en vitesse, c'est normal.

Comme Alain continuait d'avancer, Virgile heurta le mur auquel il resta appuyé.

— Tu dois avoir envie de me taper dessus, dit-il dans un souffle, tout le monde doit en avoir envie en ce moment !

— Bien sûr. Ta sœur, surtout.

— Oh, Tiphaine…

Virgile baissa la tête, beaucoup plus ému qu'il ne voulait le montrer.

— J'attends une réponse, insista Alain. Mais ne me mens pas.

— Oui...

— Oui, quoi ?

— Je regrette, murmura Virgile d'une voix inaudible.

— Pourquoi ?

— Parce que... Parce que je ne voulais pas l'amocher pour toujours ! Juste lui donner une leçon.

— Une leçon de quoi ? De morale ? De quel droit ?

— Je sais que tu l'aimes beaucoup, que...

— En réalité, je l'adore, c'est mon filleul et c'est un garçon formidable. Courageux, bosseur, droit. Je lui ai appris à nager, à se tenir sur un vélo. C'était le premier enfant de la famille et il n'avait pas de père, je me suis régalé avec lui, je l'ai fait rire aux éclats quand il était gamin. Est-ce que tu crois qu'il va rire de nouveau un jour ? Avec un seul œil, il pourrait encore se regarder dans une glace, mais je pense qu'il n'en aura plus jamais envie. À toi, ça ne t'a rien donné de plus. Pourtant tu as fait son malheur et celui de Tiphaine. De tout le monde, en fait. Marie te traîne en justice et ton père va s'acharner à te défendre.

— Papa ?

— Il ne va pas te regarder sombrer en se croisant les bras. Et moi, je ne vais pas te laisser tomber. Tu travailles toujours avec moi. Donc tu ne peux pas te terrer ici, c'est ridicule.

Depuis des mois qu'il vivait avec Alain, Virgile ne l'avait jamais entendu parler si longtemps. Il se sentait bouleversé, éperdu de reconnaissance, et horriblement triste.

— Je ne peux pas non plus aller les voir, bredouilla-t-il, ce serait de la provocation !

— Cyril va être transféré dans un hôpital parisien dès que son état le permettra. Quand la famille sera partie, tu retourneras à Vallongue, on a du boulot. En attendant, reste chez ta mère et n'en bouge plus.

Alain s'écarta, leva la tête vers le plafond bas pour écouter la pluie qui ruisselait moins fort à présent. Lorsqu'il baissa de nouveau les yeux vers Virgile, celui-ci semblait prostré. Accepter de reconnaître qu'il regrettait son geste avait laissé libre cours aux remords qui étaient en train de le submerger, de l'étouffer.

— Tu te sens mal ? lui lança Alain. C'est la moindre des choses… Mais ne perds pas ton temps à t'apitoyer sur toi-même, dis-toi que Cyril en bave mille fois plus que toi en ce moment.

— Je regrette vraiment, articula nettement Virgile.

— Bien. C'est quand même à lui qu'il faudra que tu arrives à le dire, un jour.

Un timide rayon de soleil essayait de se frayer un chemin à travers les carreaux crasseux de l'unique fenêtre. Alain ramassa sa chemise, la secoua puis, résigné, la roula en boule.

— Viens, allons-y, décida-t-il en enlevant la cale de la porte.

— Attends ! Juste un truc… Explique-moi pourquoi tu es tellement… Enfin, tu es différent du reste de la famille.

— Ah oui ? Merci du compliment.

— Je ne plaisante pas. Toi, au moins, tu ne méprises personne. Même pas moi ! Alors je ne suis pas si nul, je n'ai pas que des défauts malgré ce que j'ai fait, je ne suis pas un monstre ?

Il avait buté sur chaque mot, à bout de nerfs, prêt à n'importe quoi pour entendre quelque chose qui ne soit pas un reproche.

— Non, je t'aime bien quand même… Et puis tu es le fils de Vincent !

Comme si ça expliquait tout, Alain lui adressa un sourire rassurant et sortit le premier de la cabane.

10

Paris, février 1977

Ayant recueilli le consentement des jeunes gens, le prêtre les déclara unis par les liens sacrés du mariage, comme l'avait fait le fonctionnaire délégué par la mairie cinq minutes plus tôt.

Ils étaient trop nombreux pour la petite salle que l'hôpital des Quinze-Vingts avait mise à leur disposition, mais les médecins s'opposaient encore à la sortie de Cyril, et Tiphaine n'avait pas voulu reculer davantage. Elle était enceinte de presque huit mois, ce qui justifiait sa robe toute simple, ample et stricte. Pour unique bijou, elle ne portait que la bague offerte par Marie, un somptueux saphir ayant appartenu à Clara. Obstinée, elle avait réglé tous les détails elle-même, sans laisser personne décider à sa place. Marie et Alain étaient les seuls invités de Cyril, quant à elle ses parents lui suffisaient. Ni Lucas ni Paul, ni même Léa, n'avaient été conviés à partager cette étrange cérémonie. « On fera la fête plus tard, quand Cyril ira bien », avait-elle décrété.

En arrivant avec Alain, une heure plus tôt, Magali était restée saisie. Cyril avait perdu quinze kilos, et toute une série de cicatrices s'étendaient sur le côté droit de son visage, de la racine des cheveux à l'arête du nez. Rien ne subsistait du très beau jeune homme qu'il avait été, excepté son sourire quand il regardait Tiphaine.

— Voilà, c'est fini, dit la jeune femme d'une voix nette. Mais tout de même, on va prendre une goutte de champagne dans sa chambre, j'ai préparé des gobelets...

Cyril était vêtu d'un blue-jean et d'un pull noir, ses cheveux blonds bouclés étaient trop longs, ses joues creuses, mais il se tenait très droit et semblait à l'aise, sa main dans celle de Tiphaine. Quand ils passèrent devant Vincent, celui-ci retrouva ses esprits pour demander :

— J'ai le droit d'embrasser la mariée ?

Il prit sa fille dans ses bras et se pencha vers elle, affreusement ému, ne sachant quel genre de vœux de bonheur formuler.

— Dis-moi, chérie, dit-il tout bas, je ne t'ai pas encore fait de cadeau...

— J'ai mon idée là-dessus, papa, je t'en parlerai ! répliqua-t-elle avec un rire léger.

Ensuite elle s'écarta et il se retrouva devant Cyril.

— Félicitations, mon grand. Et je te conseille de la rendre heureuse, je n'ai qu'une fille !

La situation était tellement irréelle qu'il devait lutter pour trouver ses mots.

— J'essaierai, Vincent. Merci d'être là...

Cyril n'avait jamais manifesté d'agressivité lors des visites de Vincent, mais il n'avait jamais parlé de Virgile non plus.

— Alors, ce champagne ? plaisanta Alain en poussant les autres hors de la salle.

Malgré les consignes de Tiphaine, il avait apporté deux bouteilles de Cristal Roederer qu'il transportait dans un sac isotherme. Une fois dans la chambre de Cyril, ils se casèrent comme ils purent sur le lit et sur les chaises de plastique.

— Vous, les mariés, restez assis, je fais le service, déclara Magali avec son accent chantant.

Elle s'était souvent demandé ce qui adviendrait le jour du mariage de ses enfants, et si elle supporterait d'être confrontée à Béatrice. Dans le cas de Tiphaine, la question s'était résolue d'elle-même, mais la cérémonie avait été trop sinistre pour que Magali puisse s'en réjouir.

Discrètement, Alain observait les livres empilés sur la table de nuit, les classeurs regroupés près de la fenêtre. Cyril était en train de perdre une année d'études, cependant il ne voulait pas se laisser distancer et Tiphaine lui faisait photocopier tous les cours de ses anciens copains. De son côté, elle accomplissait son année de licence assez assidûment pour avoir de bonnes notes, même si elle passait le plus clair de son temps libre à l'hôpital. Longtemps, Cyril avait été dans un état grave, multipliant les complications et les rechutes, ensuite les opérations de chirurgie esthétique s'étaient succédé. Entre deux séjours dans les différents services, quand il rentrait avenue de Malakoff, il se montrait plutôt gai, ce qui rendait tout le monde triste. Ni Marie ni Vincent n'ignoraient la lutte qu'il avait dû mener contre lui-même pour ne pas se laisser aller à la dépression. Durant des mois, non seulement son visage avait ressemblé à celui de la créature de Frankenstein, mais de plus il avait subi d'insupportables maux de tête qui le rendaient fou. Il avait peine à croire que Tiphaine puisse encore l'aimer, il s'était même résigné à lui rendre sa liberté. Mais la jeune fille avait fait preuve d'une détermination exemplaire et il avait fini par se laisser convaincre. Surtout devant son refus de laisser naître leur enfant avant le mariage.

— Je ne voudrais pas vous mettre dehors, dit-elle d'une voix ferme, mais j'ai cours à treize heures et…

Et elle allait partager le plateau du déjeuner de Cyril, comme presque chaque jour, avec la bénédiction des aides-soignantes qui apportaient toujours une double ration de dessert.

— On vous laisse, mes chéris ! déclara gaiement Marie.

Elle sortit la première et les autres la rejoignirent près des ascenseurs. Ce ne fut qu'une fois les portes de la cabine refermées qu'elle cessa de sourire pour soupirer :

— Quelle horreur, mon Dieu, c'était d'une tristesse…

Bouleversée, elle se mordit les lèvres sans regarder personne, jusqu'à ce que Magali passe son bras autour d'elle.

— Pourquoi ne déjeune-t-on pas tous les quatre ? proposa Vincent d'une voix douce. Je vous invite au restaurant, on va quai des Grands-Augustins, nous y avons nos habitudes Marie et moi...

Il aurait dû mettre la phrase au passé car Marie le fuyait depuis le drame. Contrairement à ce qu'il craignait, elle acquiesça d'un signe de tête.

Une demi-heure plus tard, ils se retrouvèrent attablés ensemble, un peu surpris par ce repas imprévu et s'observant tous quatre avec une certaine curiosité. Magali et Alain, qui n'avaient pas mis les pieds à Paris depuis des années, semblaient surpris par le froid pénétrant, la grisaille de la Seine et la foule entassée dans la brasserie.

— Je propose qu'on leur offre un baptême à tout casser, quand Cyril ira bien, dit Vincent en regardant Marie.

— Parce que tu crois qu'il ira bien un jour ! répliqua-t-elle d'un ton mordant.

— Moi, je crois surtout qu'ils s'aiment, intervint Magali, et ça personne ne leur enlèvera.

Elle était assise face à Vincent, à qui elle adressa un sourire lumineux. Ils se téléphonaient régulièrement, depuis des mois, pour se concerter face à la procédure de justice que Marie avait déchaînée contre Virgile.

— Puisque nous sommes réunis tous les quatre, dit soudain Alain, si on en parlait ?

— De quoi ? riposta sa sœur, sur la défensive.

— De ce que vous trafiquez, de votre façon de régler vos comptes, de tout le papier bleu qui arrive à Vallongue...

Abasourdi, Vincent le regarda en se demandant pourquoi il mettait de l'huile sur le feu ; pourtant, il savait qu'Alain parlait rarement à la légère et il espéra qu'il avait une bonne raison pour relancer ainsi le débat. Sans se donner la peine de lui répondre directement, Marie lança à Vincent :

— À propos, ton avocat va recevoir une convocation, pour une réunion de conciliation, mais comme tu sais je ne céderai sur rien.

— Je suis prêt à te proposer beaucoup mieux que ce que tu pourrais obtenir de Virgile, dit prudemment Vincent. Et nous n'aurions pas besoin des confrères pour ça.

— C'est à lui de payer, pas à toi, ce serait trop facile !

— C'est surtout l'avenir de Cyril qu'il faut assurer, s'obstina Vincent.

— Tu ne m'auras pas avec ce genre d'argument. Tu fais un chèque et Virgile s'en lave les mains ? Tout est oublié ? Jamais.

Alain posa sa main sur celle de sa sœur, d'un geste affectueux.

— Marie, arrête...

— Oui, je sais, tu le défends, vous le défendez tous les trois, mais ce ne sera pas suffisant, je te préviens.

— Je ne l'excuse pas, et il est indéfendable, répliqua Alain. Mais il ne s'en fout pas, c'est faux, je le vois tous les jours, je suis bien placé pour le savoir.

— Encore heureux !

Elle retira brusquement sa main et repoussa son assiette.

— Je vais être très claire, je veux que ce soit *lui* qui répare. Cyril en a pour la vie, alors lui aussi !

— Marie, soupira Vincent, l'important est de mettre Cyril à l'abri. Son handicap l'empêchera peut-être de réaliser la carrière qu'il aurait pu faire. Et une saisie-arrêt sur le salaire de Virgile ne constitue pas une réparation valable, tu le sais très bien. Fixe un capital, une rente, fais comme tu l'entends, je ne discuterai pas...

Il pouvait se montrer très convaincant et Magali l'observait avec intérêt, étonnée d'être aussi sensible à sa voix, à la douceur de son regard, à sa détresse.

— Ce serait trop cher pour toi, Vincent ! ironisa Marie en tapant sur la table.

Sa mauvaise foi ne le découragea pas, il était aussi têtu qu'elle.

— Demande ce que tu veux, ruine-moi si tu veux, oblige-moi à tout vendre, je suis d'accord, je signe. Aucun avocat n'obtiendra jamais ce que je suis disposé à donner à Cyril. Mais laisse-moi sauver Virgile.

— Pourquoi ?

— Parce que c'est mon fils, autant que Cyril est le tien, ce que tu devrais comprendre… Tant que tu t'acharneras sur lui, tant que la justice le poursuivra, Alain ne peut pas l'associer à l'exploitation.

— Je m'en moque !

— Mais pas moi. J'ai le choix d'en parler directement à Cyril, de lui proposer par exemple une donation de mes parts dans le cabinet Morvan-Meyer, ce qui devrait l'aider à réussir sa vie. Pour l'instant, tu mènes l'action judiciaire à sa place, mais il est majeur, il a le droit de s'exprimer.

— C'est déloyal, Vincent, je rêve !

— Oh, non, c'est tout le contraire. Sois logique, en regard de ce qu'un tribunal t'attribuera, ce que je t'offre est exorbitant.

— Je ne veux pas en entendre parler, articula-t-elle d'une voix froide.

— Quelle bêtise…, marmonna rageusement Alain.

Il y eut une pause, durant laquelle aucun d'eux ne toucha à son assiette. Puis Vincent se pencha un peu en avant, dans la direction de sa cousine.

— Alors dis-moi ce que tu veux exactement, et tu l'auras, mais ne me le fais pas dire par tes avocats ! Je suis prêt à n'importe quoi. Vraiment n'importe quoi, Marie, et ce ne sont pas des mots en l'air.

Cette fois, au lieu de protester, elle le dévisagea un moment en silence. Il avait prononcé ses dernières phrases avec une autorité qu'elle ne lui connaissait pas, exactement comme Charles l'aurait fait. Même intonation, même regard incisif. D'ailleurs la ressemblance venait de frapper Alain et Magali qui le regardaient avec curiosité.

— Je ne sais pas, finit-elle par dire. Peut-être que… J'y réfléchirai.

Mais déjà elle devinait qu'il avait entamé sa volonté, qu'elle commençait à faiblir. Il n'était pas malhonnête, seulement aux abois devant la catastrophe qui s'abattait sur Virgile. Pour ce dernier, un casier judiciaire ou une condamnation à vie signifiait le pire. Et son père le protégeait avec une énergie stupéfiante – exactement la même que celle qu'elle déployait pour Cyril.

— Excusez-moi, j'ai du travail, murmura-t-elle en se levant.

Vincent la saisit par le bras alors qu'elle quittait la table.

— Tu y réfléchis pour de bon, Marie ?

Il voulait une certitude, pas juste un espoir, et décidément il était semblable à son père, peut-être même plus émouvant encore.

— Oui ! jeta-t-elle malgré elle.

Alain attendit qu'elle soit presque arrivée à la porte pour déclarer :

— Tu t'es battu comme un lion, dis donc…

Le regard qu'il échangea avec Vincent était d'une absolue complicité. Ils avaient retrouvé quelque chose de précieux, tous les deux, qui reposait à la fois sur plus de quarante années de véritable affection et aussi sur un malentendu, dont ils n'accepteraient jamais de prendre conscience. Tandis que Vincent allait lui répondre, Alain se leva.

— Je n'ai plus de cigarettes, je vais chercher un tabac. Commandez-moi un café, je reviens.

À l'évidence, il voulait ménager quelques instants de tête-à-tête à Magali, et Vincent renonça à appeler le serveur qui aurait très bien pu fournir à Alain ce qu'il désirait. Quand il fut parti, Magali déclara :

— Ce matin, dans l'avion, il m'a dit que s'il en avait l'occasion il essaierait de vous pousser dans vos retranchements, Marie et toi...

Il ébaucha un sourire mélancolique, admettant qu'il devait à Alain la seule vraie conversation qu'il ait eue avec Marie depuis des mois.

— Je pense que ça va arranger bien des choses, mais j'ai eu très peur quand il s'est lancé là-dedans ! Tu sais, nous avons une sacrée ardoise avec lui. Toi, moi, et maintenant Virgile.

— Qu'est-ce qui t'étonne ? Il t'adore, tu le sais très bien.

Elle énonçait cela comme une chose banale, que n'importe qui pouvait constater, mais ce n'était pas si simple. Il se leva, contourna la table et vint s'asseoir à côté d'elle sur la banquette de velours.

— Par téléphone, il y a quelque chose que je ne peux pas faire, c'est ça...

Sans hâte, il approcha son visage du sien, l'embrassa légèrement au coin des lèvres.

— J'en mourais d'envie, pardon.

Amusée, elle le toisa une seconde, puis elle le prit par le cou et lui rendit son baiser avec toute la sensualité dont elle était capable. Ensuite ils se retrouvèrent à bout de souffle, gênés de s'être comportés comme des gamins qu'ils n'étaient plus depuis longtemps.

— J'ai envie de toi, constata-t-il d'une drôle de voix. J'ai toujours envie de toi dès que tu es à moins de cinq mètres.

— Rassure-toi, je vais repartir à sept cents kilomètres d'ici, l'avion décolle dans deux heures.

— Magali...

— Tu es marié, Vincent.

— Mais c'est toi que j'aime ! Ma femme, ce sera toujours toi, même si tu as préféré me quitter et divorcer.

Le dire était un tel soulagement que, bien qu'elle soit devenue toute pâle, il passa outre et poursuivit :

— Tu vas t'en aller mais rien ne m'empêchera de penser à toi. Tu as quelqu'un dans ta vie ?

— J'estime que ça ne te regarde pas.

— Oui, c'est vrai. Pourtant, si tu es seule, si tu n'es pas amoureuse, je… Est-ce que je te suis devenu indifférent ?

Jamais il n'aurait cru pouvoir lui poser cette question qui l'obsédait, cependant il venait de le faire et il prit peur.

— Je dois te paraître très prétentieux, très…

— Girouette.

— Moi ?

— Oui, toi ! explosa-t-elle soudain. Il y a quinze ans de ça, quand tu m'as laissée à Vallongue pour aller faire carrière à Paris parce que ton père l'avait décidé à ta place, tu ne m'as pas demandé ce que je ressentais. Oh, je sais, je n'étais pas une épouse idéale, loin de là, mais je faisais des efforts, je ne méritais pas d'être traitée avec autant de dédain, alors ne me parle pas d'indifférence !

Le maître d'hôtel toussota puis déposa les cafés devant eux avant de s'éloigner en hâte. Vincent se mit à jouer avec sa cuillère, la tête baissée, et Magali le considéra sans indulgence.

— Pour être franche, reprit-elle, je me suis arrangé une vie qui me convient. Si tu n'y es pas arrivé de ton côté, j'en suis désolée pour toi.

Il releva les yeux vers elle et, de façon inexplicable, elle éprouva une soudaine envie de se blottir contre lui, de le consoler, de le retrouver.

— Non, dit-elle à mi-voix, ce n'est pas honnête, je ne suis pas du tout désolée d'apprendre que Béatrice ne te comble pas. Tu n'aurais pas dû te remarier, bien fait !

Comme elle souriait, il tendit la main vers elle, caressa ses cheveux d'un geste tendre.

— Toujours aussi doux, murmura-t-il.

Toute la tension accumulée dans les heures précédentes le rendait vulnérable et sentimental, mais Magali allait partir, il n'aurait pas d'autre occasion de lui avouer la vérité.

— Tu es le grand regret de ma vie, autant que tu le saches. La journée a été difficile, je n'ai plus ni défense ni orgueil, je suis fatigué. Je t'aime encore, Magali, et je pense que cela ne changera jamais.

Ils étaient tellement occupés à se regarder qu'Alain dut lancer son paquet de cigarettes sur la table pour qu'ils remarquent enfin sa présence.

— Vous préférez que je retourne en acheter un autre ? plaisanta-t-il.

Un peu embarrassé, Vincent fit signe à un serveur afin d'obtenir l'addition.

— Inutile, laissa tomber Alain, c'est payé. Il fallait bien que je m'occupe à quelque chose… Tu nous conduis à Orly ?

Devant le sourire bienveillant de son cousin, Vincent se sentit tout à fait stupide.

Jean-Rémi faisait les cent pas dans le hall de l'aéroport, de plus en plus nerveux à mesure que l'heure du vol en provenance de Paris approchait. Magali serait contente de le trouver là, il n'en doutait pas, mais pour Alain ce serait une autre histoire. Leurs rapports n'avaient fait que se détériorer, depuis six mois, depuis l'accident de Cyril, ou plus précisément depuis la visite de Cenzo. Alain n'avait pas remis les pieds au moulin, ses chemises étaient restées abandonnées dans la grande penderie de la salle de bains. À plusieurs reprises, Jean-Rémi l'avait invité à dîner afin d'éclaircir la situation, et chaque fois Alain lui avait donné rendez-vous dans un restaurant, comme s'il ne supportait de le rencontrer qu'en terrain neutre. Chez Magali aussi, il leur était arrivé de se retrouver, mais, là encore, Alain n'avait fait qu'éluder les questions. Il ne répondait à rien, balayant d'un geste insouciant toute tentative de discussion personnelle. Son silence, assorti d'un sourire froid, était pire que tout.

La voix désincarnée d'une hôtesse annonça l'arrivée du vol et Jean-Rémi se dirigea vers les portes vitrées. Son existence prenait une tournure désastreuse. Les périodes où il n'avait plus envie de peindre – où il ne *pouvait* plus, en réalité – étaient de plus en plus nombreuses, interminables. Un voyage en Calabre, suivi d'un long séjour à Palerme, n'y avait rien changé. Là-bas non plus, malgré la gentillesse de ses amis artistes ou le charme de certaines rencontres, il n'avait pas réussi à oublier Alain. Vingt-cinq années d'une liaison orageuse, peut-être en passe de se terminer, n'y changeaient rien.

— Tu es un amour d'être venu nous chercher ! s'écria Magali en surgissant à côté de lui.

— *Te* chercher, précisa Alain, parce que, moi, il faut bien que je récupère ma voiture au parking…

Son regard, impénétrable, ne fit qu'effleurer Jean-Rémi, puis il adressa un vrai sourire à Magali et tourna les talons.

— Oh, je suis désolée, murmura-t-elle.

Elle n'hésita qu'une seconde avant de se lancer à la poursuite d'Alain qu'elle rejoignit près des ascenseurs.

— C'est l'heure de dîner, reste avec nous, je vous invite tous les deux…

— Non, j'en ai assez du restaurant, je rentre à Vallongue me faire une omelette.

Comme les portes s'ouvraient, elle le saisit par le bras, soudain furieuse.

— Tu ne vois pas qu'il est malheureux comme les pierres ? Tu ne l'as pas assez puni ? Parle-lui, au moins, ne l'ignore pas !

Sa franchise le prit au dépourvu et il faillit céder, mais il finit par entrer dans l'ascenseur, lui tournant le dos. Déçue, elle rejoignit Jean-Rémi qui avait attendu sans bouger de sa place, figé.

— Si je comprends bien, on mange en tête à tête, ma belle ? plaisanta-t-il.

— Tu sais comme il est…

— Oui. Intolérant, buté, rancunier.

— Mais c'est aussi un type formidable, dit-elle en le prenant par le bras.

— Tu prêches un convaincu ! répliqua-t-il d'un ton amer.

Ayant passé un temps fou à se renseigner, il savait très bien qu'Alain était beaucoup sorti durant l'hiver, qu'on l'avait souvent vu dans certains endroits à la mode, ce qui ne correspondait pas du tout à son mode de vie habituel. Il avait dû multiplier les conquêtes éphémères, comme s'il cherchait à oublier quelque chose lui aussi. Une nuit, à Aix-en-Provence où il essayait de faire la fête avec des amis, Jean-Rémi l'avait même aperçu sortant d'une discothèque, une jolie brune accrochée à son cou.

Alors qu'ils se dirigeaient vers la sortie, une voix résonna tout d'un coup à travers le hall :

— Jean !

Alain les rattrapa en quelques enjambées et demanda, avec une parfaite innocence :

— Je peux me joindre à vous ?

Il avait beau avoir quarante-six ans, il ressemblerait toujours au jeune homme dont Jean-Rémi était tombé amoureux pour l'éternité. Avoir pu l'exorciser sur une toile ne changeait rien à cette servitude.

Malgré son impatience, Daniel avait résisté durant toute la soirée. Ce ne fut qu'après le départ de son dernier invité qu'il eut enfin la possibilité d'exulter. Rejoignant le salon, où Vincent et Béatrice s'attardaient encore avec Sofia, il ferma les doubles portes et prit une pause théâtrale avant de lancer à son frère :

— J'ai une nouvelle fabuleuse pour toi ! Reste assis, sinon tu vas tomber à la renverse…

— Il te l'a confirmé ? intervint Sofia dont les yeux brillaient de malice.

— Pendant l'apéritif, oui, mais, comme ce n'est pas encore officiel, il ne voulait pas que j'en parle à Vincent ce soir. Enfin, pas tant qu'il était là… et pas tant que le président n'a pas signé.

— Mais il va le faire ? insista-t-elle.

— Oui !

— De quoi est-il question ? s'enquit Vincent qui ne comprenait rien à leur dialogue.

— Du cher Auber, avec qui tu as discuté pendant la moitié du dîner.

— Lui ? Pour un homme politique, il est assez ouvert, assez intéressant.

— Et c'est surtout un excellent ami, qui est en admiration devant toi, je pense que ça ne t'a pas échappé ? Et tu te souviens aussi qu'il siège au conseil supérieur de la magistrature ? Parce que c'est lui qui a pesé de tout son poids dans la balance !

— La balance de quoi ? Arrête de t'exprimer par énigmes, je donne ma langue au chat.

— Vraiment ? Eh bien, je suis en train de parler de ta nomination à la Cour de cassation…

Durant quelques instants, Vincent resta saisi. Daniel traversa le salon pour venir se planter devant lui, l'air triomphant.

— Il y a des mois que j'y travaille ! Ou plus exactement que nous y travaillons, Sofia et moi.

Souriant, il fit mine de s'incliner devant son frère.

— Monsieur le juge… Je crois que tu es arrivé en haut de l'échelle ! C'est ce qui s'appelle un bâton de maréchal, non ? Maréchal en pleine activité, s'entend.

Mais Vincent ne réagissait toujours pas et Daniel éclata de rire.

— Oh, comme aurait dit papa, ton dossier est en béton, ta valeur personnelle et ta carrière sans faux pas valent tous les appuis du monde ! Seulement vous étiez nombreux sur les rangs, les barbons et toi, à guigner la plus haute instance !

— Daniel…

— Si tu dis merci, je me fâche.

— Merci.

Puis il jaillit du canapé et empoigna son frère par les épaules.

— Tu es un sacré salaud, mon vieux !

Sa voix trahissait une émotion profonde, difficile à contrôler. Ce que Daniel lui apportait, sur un plateau d'argent, était l'aboutissement d'une telle somme de travail, de tant d'années d'efforts qu'il ne parvenait pas à mesurer toute la portée de la nouvelle. Sur son lit d'hôpital, alors qu'il était mourant, Charles lui avait prédit qu'il pourrait arriver un jour jusqu'à cette cour suprême, mais il avait essayé de ne pas trop y penser jusque-là.

— La Cour de cass ! répéta-t-il d'une voix tendue.

Il se tourna vers Sofia à qui il adressa un sourire plein de gratitude.

— Alors tu as participé au complot ?

— Tu ne peux pas savoir le nombre de magistrats et de hauts fonctionnaires que j'ai dû traiter en princes ! plaisanta-t-elle gaiement. Peut-être qu'une petite coupe de champagne, pour fêter l'événement…

— Des flots de champagne, et tout de suite ! s'écria Daniel.

Du bout du canapé, d'où elle n'avait pas bougé, Béatrice se sentait complètement exclue de la joie de son mari. Il ne lui avait même pas jeté un coup d'œil, elle aurait aussi bien pu ne pas se trouver dans la pièce. Il continuait de ne s'adresser qu'à son frère, volubile à présent que le premier choc était passé.

— Tu te rends compte que je n'aurai plus jamais à juger des faits ? À me torturer avec des cas de conscience ? Je ne vais plus m'escrimer que sur la loi, le texte de loi, l'interprétation des textes de loi !

— Et ça te branche ?

— C'est tout ce que j'aime !

— Et tu publieras encore des trucs illisibles qu'on range respectueusement dans la bibliothèque sans les ouvrir ?

— Si je m'écoutais, je m'y mettrais cette nuit !

Peinée, vexée, Béatrice se leva pour s'approcher de Vincent qu'elle prit par la taille.

— Je peux te féliciter, mon chéri ?

Il baissa les yeux sur elle mais ne la regarda qu'une seconde, avec un petit sourire contraint qui n'échappa à personne.

Deux heures plus tard, lorsqu'ils quittèrent l'immeuble de Daniel, Béatrice avait pris la décision de provoquer une véritable explication. Dans la voiture qui les ramenait avenue de Malakoff, elle resta silencieuse, occupée à préparer ses arguments. Malgré une migraine naissante due au champagne ou à l'interminable soirée, elle passa à l'attaque dès le seuil de leur chambre franchi.

Debout près de la commode, elle avala ostensiblement sa pilule contraceptive, ainsi qu'elle le faisait chaque soir.

— Tu vois ce que je fais, là ? lança-t-elle sèchement.

Il acheva de déboutonner sa chemise blanche puis se tourna vers elle, la regardant sans réelle curiosité.

— Non, quoi ?

— Je t'offre la certitude de pouvoir me faire l'amour en toute quiétude ! Tu ne veux pas d'enfant, je prends donc mes précautions. Mais on dirait que ça ne te suffit pas, tu me tournes le dos toutes les nuits… Dans la journée, tu n'es pas là, et quand nous sortons ensemble je me sens transformée en potiche qu'on promène !

Sa voix était montée dans les aigus et elle marqua une pause pour essayer de se reprendre.

— Vincent, je ne te reconnais plus… Il y a des mois que ça dure…

Elle laissa tomber sa robe longue à ses pieds, sculpturale dans des sous-vêtements de dentelle rouge achetés à son intention.

— J'ai vingt-huit ans, je ne suis ni moche ni bête, je suis ta femme et j'ai envie de toi. Tu me détestes ou tu es devenu impuissant ?

Il prit le temps de la détailler, admiratif, avant de répondre :

— Tu es superbe. C'était la question ? Ton physique ? Admirable, demande à n'importe qui...

— C'est à toi que je parle !

— Tu ne me parles pas, tu cries.

Furieuse, elle traversa la chambre tout en dégrafant son soutien-gorge qu'elle lança sur le lit.

— Alors vraiment, ça ne te tente pas ? Tu as sommeil, tu as du travail en retard ?

— L'ironie ne te va pas. C'est tout un art, tu sais...

Elle aurait pu se sentir ridicule mais elle était trop malheureuse pour s'en apercevoir et elle murmura, d'une voix pitoyable :

— Il y a une autre femme ? Tu as une maîtresse ?

Même s'il était navré pour elle, il ne parvenait décidément pas à la plaindre.

— Non, je n'ai pas de maîtresse, je ne te trompe pas, déclara-t-il de manière laconique.

Elle le crut parce qu'il semblait assez détaché pour ne pas mentir. Et soudain elle eut envie de le toucher, de sentir sa peau contre la sienne, de retrouver l'homme dont elle était tombée amoureuse dès le premier regard et qui avait su combler tous ses désirs de femme, au moins au début de leur histoire.

— C'est parce que je veux un enfant ? C'est ça qui te fait peur ? Mais tu l'adorerais, Vincent, j'en suis sûre ! Pourtant je ne le ferai pas contre ta volonté, ce ne sont pas des pilules en sucre que je prends ! Je t'aime tellement, si tu savais...

Elle se laissa aller contre lui sans qu'il cherche à se dérober, pour une fois. Il mettait toujours la même eau de toilette, qu'elle respira avec délice, puis elle tira doucement sur les manches de sa chemise pour la lui enlever. Alors qu'elle commençait à déboucler sa ceinture, il lui saisit le poignet.

— Arrête…

Mais elle avait déjà eu le temps de constater qu'il la désirait quand même et elle insista jusqu'à ce qu'il recule brusquement.

— Qu'est-ce que tu as ? s'écria-t-elle, exaspérée. Tu ne supportes pas que je te touche ?

— J'ai commis une erreur, Béatrice, nous n'aurions pas dû nous marier. J'ai cru t'aimer, je…

Elle était devenue livide et il s'interrompit, au bord de la vérité. Persuadé qu'elle lui avait joué la comédie du grand amour, il était prêt à en finir et à prononcer le mot « divorce », pourtant elle n'avait pas l'air de simuler la douleur qui décomposait son visage.

— Vincent, chuchota-t-elle, tu ne m'aimes plus ? Tu ne m'aimes pas ? C'est ce que tu es en train de dire ?

Ces questions, qu'elle avait déjà posées cent fois comme une provocation, sans y croire vraiment, venaient de devenir une brutale réalité.

— Non, je ne veux pas, bafouilla-t-elle, tu n'as pas le droit ! Laisse-moi une chance, tu ne m'en as jamais donné ! Nous n'avons pas vécu normalement, ici je ne suis pas chez moi, toute ta famille m'ignore et tu fais comme eux, je n'ai même pas eu le droit de porter ton nom ! Vous, les Morvan-Meyer, vous traitez le reste du monde en quantité négligeable, vous êtes inaccessibles, intouchables…

Elle pleurait sans honte, à bout de nerfs, et il se sentait glacé par ses reproches. Magali lui avait adressé les mêmes en d'autres temps, il ne l'avait pas oublié.

— Ce n'est pas toi, dit-il très vite, tu n'y es pour rien, je suis seul responsable. Je n'avais pas réglé mon passé quand tu es arrivée dans ma vie. Je n'ai aucun reproche à te faire, sinon que tu n'aurais pas dû choisir un homme de mon âge. Depuis le début nous avons fait fausse route, je n'ai jamais été dupe de tes grandes déclarations, mais je trouvais que c'était le prix à payer pour une femme aussi jeune et aussi belle que toi...

— Dupe ? Mais c'est vrai, pauvre con ! Quelles grandes déclarations ? Quand tu entres dans une pièce, j'ai le cœur qui s'arrête ! Quand tu me regardes d'une certaine manière, mais ça ne t'arrive plus depuis longtemps, je me dilue dans le bonheur. Et toi, tu crois que j'ai voulu t'épouser pour ton fric !

— Oh, je ne l'aurais pas dit si crûment...

Cette dernière phrase, prononcée avec un certain cynisme, effraya Béatrice plus que tout ce qui avait précédé. Elle comprit qu'elle était sur le point de le perdre à jamais, qu'il allait profiter de leur dispute pour en finir.

— Ne sois pas méchant avec moi, ça ne te va pas, demanda-t-elle à voix basse.

C'était le seul moyen de l'empêcher de continuer, elle le savait. Elle se redressa, rejeta ses longs cheveux bruns en arrière. Elle avait des armes pour se battre et elle comptait les utiliser.

Léa gardait les mains de Cyril emprisonnées dans les siennes, et elle le scrutait en silence.

— Sincèrement, dit-elle enfin, c'est mieux.

Les hématomes provoqués par la dernière opération de chirurgie esthétique s'estompaient, et depuis son retour avenue de Malakoff, la semaine précédente, il acceptait de se regarder dans une glace.

— Je crois qu'ils ne pourront pas faire grand-chose de plus, précisa-t-il. Pas avant un an, en tout cas.

Trois cicatrices barraient le front, la pommette et la tempe, mais la paupière supérieure avait retrouvé un aspect presque normal.

— Et ça tombe bien, parce que je ne peux plus supporter l'hôpital !

Sa sœur lui adressa un sourire réconfortant avant de se décider à le lâcher. Elle mettait un point d'honneur à seconder Tiphaine, la relayant pour que Cyril ne soit presque jamais seul.

— C'est quand même un peu docteur Jekyll et mister Hyde, non ? demanda-t-il en tournant la tête à droite et à gauche.

— Tu me jettes dehors si je te dis que les balafres ont du charme ?

— Alors j'en ai beaucoup !

Il acceptait de plaisanter, c'était bon signe, aussi en profita-t-elle pour l'interroger, dévorée de curiosité :

— Vous allez rester ici, maintenant que vous êtes mariés ?

— Tiphaine n'a aucune envie de partir, je la comprends.

De toute façon, il était toujours d'accord avec elle, ne la contrariant jamais.

— Quand le bébé arrivera, on sera bien contents de ne pas être seuls. D'ailleurs, où veux-tu qu'on aille ? Vincent m'a proposé de faire des travaux...

— Oh, il avait l'air prêt à te proposer la lune, non ?

Ils se mirent à rire ensemble puis Cyril laissa tomber :

— Il fait ce qu'il peut.

Ce qui était un euphémisme car, même avec Marie, et malgré tous leurs démêlés, Vincent continuait à se montrer souriant, affectueux, attentif à préserver la cohésion familiale.

— Non seulement je l'aime beaucoup, poursuivit Cyril, mais c'est le père de Tiphaine, alors...

— Alors il est bien inspiré de traiter directement avec toi plutôt qu'avec maman. Qui parfois exagère ! Quant à Béatrice, ces tractations financières doivent la rendre malade... Elle tire une de ces têtes !

D'un bond, elle se leva puis alla se planter devant le miroir vénitien qui ornait l'un des murs de la chambre.

— Et moi, elle est comment, ma tête ? Tu as remarqué les boucles d'oreilles ?

— Je suppose qu'il s'agit d'un cadeau d'Hervé ?

— Gagné !

— Il te pourrit...

— Maman le lui reproche tout le temps mais il dit qu'il se rattrape.

— C'est son droit, après tout.

Elle fit volte-face et revint vers lui.

— Tu ne veux vraiment pas savoir ? demanda-t-elle avec beaucoup de douceur.

— Non. Pas maintenant.

Sa réponse était toujours la même depuis que Marie lui avait proposé de se lancer à la recherche d'un certain Étienne. Elle s'y était résignée quelques semaines après l'accident, se sentant soudain injuste avec son fils et ne sachant plus que faire pour l'aider à surmonter son handicap. Puisque Léa avait retrouvé son père, Cyril avait bien le droit de connaître le sien. Mais il avait refusé tout net, horrifié à l'idée d'affronter un inconnu dans l'état où il se trouvait, c'est-à-dire très diminué.

— Je n'ai besoin de personne d'autre que de Tiphaine, tu sais...

Elle le savait d'autant mieux qu'elle avait passé des heures à le rassurer, quand il avait commencé à se poser des questions, puis durant la longue période où il s'était trouvé trop laid pour Tiphaine et où il avait failli sombrer dans la dépression. Quand Léa répétait inlassablement « Elle t'aime, c'est évident », il répondait : « Impossible. » Mais en s'y mettant à deux, elles l'avaient convaincu au bout du compte, Tiphaine par la colère et Léa par la diplomatie.

— Je peux te laisser ? Il faut que j'aille bosser, j'ai un partiel demain...

— Bien sûr, vas-y ! Dépêche-toi de devenir médecin, ensuite chirurgienne, et après tu me referas tout ça, promis ?

Elle haussa les épaules avec insouciance, comme si elle trouvait cette perspective inutile, puis elle s'en alla en laissant la porte ouverte. Il dut se lever pour la fermer lui-même, un peu agacé d'être toujours traité en malade. Il ne voulait plus d'attentions particulières, il voulait juste retrouver une vie normale. Ou à peu près.

À son tour il s'approcha du miroir et se considéra sans indulgence ni dégoût. Il était en partie défiguré, c'était indéniable, mais Léa avait raison, les choses s'arrangeaient petit à petit. De l'œil gauche, il voyait très bien, et ses maux de tête avaient presque disparu. La veille, quand il avait demandé à Tiphaine s'il n'allait pas faire peur à leur bébé, elle l'avait giflé. Pas très fort et sur la bonne joue, mais une gifle sèche et spontanée qui l'avait paradoxalement réjoui parce que c'était la preuve qu'elle ne le considérait plus comme quelqu'un de fragile, qu'elle pouvait se mettre en colère contre lui. Elle s'était excusée, consternée de sa propre réaction, tandis qu'il riait aux éclats. Un de ces rires authentiques qu'il n'avait qu'avec elle. Sa femme.

Il baissa la tête, songeur. Saurait-il rire avec un enfant ? Avec tous ceux qu'il rêvait d'avoir, serait-il capable d'être un bon père, sans aigreur ou amertume ? Mille fois, endormi ou éveillé, il avait revécu cette horrible bagarre. Le poids de Virgile sur son dos, la force de ces mains accrochées dans ses cheveux et qui projetaient sa tête en avant, la branche qu'il avait vue arriver, qui s'était plantée dans son œil et l'avait crevé. La douleur, déchirante, tout de suite la panique, la voix d'Alain dans un brouillard de sang, et Tiphaine qui pleurait quelque part à côté de lui. Il aurait suffi que le tronc soit lisse à cet endroit, peut-être aurait-il eu le nez cassé, ou l'arcade sourcilière ouverte, enfin rien de grave, au lieu de quoi il était infirme pour la vie. Avec un affreux besoin de vengeance qui l'avait rongé, au début, mais qui avait fini par passer au second plan. Aller planter un couteau dans la gorge de Virgile ne résoudrait vraiment plus rien désormais.

La porte s'ouvrit à la volée, le faisant sursauter, et Vincent entra en trombe dans la chambre.

— Je t'emmène à la clinique, Tiphaine est en train d'accoucher, ça l'a prise dans le métro !

D'une main ferme, Vincent poussa Cyril devant lui.

Le test d'Apgar était normal, le nouveau-né pesait trois kilos et, examiné de très près, était parfaitement constitué. Épuisée, Tiphaine, qui dormait quand Vincent et Cyril entrèrent dans sa chambre, se réveilla en les entendant chuchoter, penchés au-dessus du berceau.

— C'est un garçon, murmura-t-elle, et il va très bien. Où étiez-vous passés ?

— Tu as donné le numéro de ton père, au palais, alors le temps qu'on le trouve et qu'il passe me prendre…

La voix de Cyril s'étrangla, entre émotion et reproche, mais Tiphaine lui sourit avec une tendresse qui le fit taire. Elle n'avait pas voulu qu'il s'affole, qu'il se précipite dans la rue en quête d'un taxi, puis qu'il subisse une longue attente solitaire dans les couloirs de la clinique.

— Il n'y avait pas d'urgence, plaisanta-t-elle, tu n'aurais pas pu faire grand-chose pour moi. C'est un vieux monsieur très gentil qui m'a aidée à remonter les escaliers du métro, on a trouvé une cabine téléphonique et ensuite il a attendu l'arrivée de l'ambulance avec moi. J'ai noté son adresse, tu le remercieras.

Cyril s'assit au bord du lit, prit le visage de Tiphaine entre ses mains et l'embrassa longuement, indifférent à la présence de Vincent derrière lui.

— Je t'aime à la folie, chuchota-t-il, je ne veux pas que les vieux messieurs s'occupent de toi à ma place.

Elle lui mit un bras autour du cou puis leva les yeux vers son père qui attendait, un peu embarrassé, les mains dans les poches de son pardessus.

— Papa, tu veux bien me le donner, que je le présente à Cyril ?

Troublé d'être le premier à pouvoir toucher le bébé, Vincent se tourna vers le berceau. Vingt-trois ans plus tôt, au chevet de Magali, c'était Virgile qu'il avait soulevé avec précaution, exactement de la même manière. Le nouveau-né lui sembla léger, fragile, merveilleux. Il prit tout son temps pour le détailler avant de le déposer entre les jeunes gens.

— Comment trouves-tu ton fils ? demanda-t-elle à Cyril.

D'abord il ne répondit pas, puis il finit par articuler, à voix basse :

— Très beau.

— Il le deviendra sûrement mais pour le moment il est plutôt… fripé, non ?

Elle éclata de rire tandis que Cyril fronçait les sourcils, perplexe, puis de nouveau elle s'adressa à Vincent.

— Heureux d'être grand-père ?

— Plus que tu ne l'imagines, ma chérie. Votre enfant me comble, je ne sais même pas quoi dire !

Pourtant elle avait l'air d'attendre qu'il parle et, de toutes les questions qu'il avait envie de poser au sujet du bébé, il choisit la plus simple.

— Comment allez-vous l'appeler ?

— Oh, c'est décidé depuis longtemps, lui répondit Tiphaine, et j'espère que ça te fera plaisir ! Ton petit-fils se prénomme Charles.

— Charles ? répéta-t-il, incrédule.

Trop bouleversé pour trouver quelque chose à ajouter, il plongea son regard clair dans celui de Tiphaine. Bien sûr, elle savait à quel point il avait aimé et admiré son père, cependant elle n'avait pas seulement voulu lui faire plaisir, son choix était mûrement réfléchi.

— Je ne pouvais penser à rien d'autre pour l'héritier des Morvan et des Morvan-Meyer, expliqua-t-elle. Nous avons estimé que cet enfant représentait à lui tout seul les deux branches de la famille, et qu'il les réunissait...

Vincent hocha la tête, essaya de sourire et finit par y renoncer.

— Je suis très touché, marmonna-t-il, mais maintenant je vais vous laisser, vous devez avoir envie d'être tranquilles avec... Charles.

Quand il sortit de la chambre, il était toujours partagé entre l'allégresse et une étrange mélancolie. Il se retrouvait grand-père, il serait bientôt juge à la Cour de cassation ; par ailleurs, il était aussi sur le point de divorcer, et toujours obsédé par son ex-femme. Sans oublier que son gendre pouvait le ruiner du jour au lendemain. Les bouleversements de sa vie le stupéfiaient, malgré ses efforts il ne maîtrisait plus rien. Qu'est-ce que Clara aurait pensé de ce nouveau Charles, fabriqué par deux de ses arrière-petits-enfants ?

Dans le hall, alors qu'il cherchait son paquet de cigarettes au fond de sa poche, il aperçut Marie qui entrait en toute hâte et qui fondit aussitôt sur lui.

— Tu as vu le bébé ? Comment est-il ?

Elle l'avait saisi par le bras, folle d'inquiétude, et il lui ébouriffa les cheveux sans aucun égard pour sa coiffure.

— Superbe ! Parfaitement normal, rassure-toi. C'est un garçon et il s'appelle Charles.

— Quoi ?

— Charles...

D'abord interdite, elle se mit soudain à pleurer, de façon convulsive, jusqu'à ce qu'il referme ses bras autour d'elle.

— Je sais Marie, dit-il doucement, je sais...

Ils se connaissaient par cœur, depuis toujours, ils avaient été étudiants en droit à la même époque, avaient traversé ensemble toute une série de drames, s'étaient querellés récemment, mais à cet instant ils partageaient quelque chose qu'ils étaient les deux seuls au monde à pouvoir comprendre et apprécier.

11

Vallongue, juin 1978

Magali replia le chèque que venait de lui signer Jean-Rémi puis elle le rangea avec soin dans le tiroir du bureau.

— Je suis vraiment épaté, je me demande où tu t'arrêteras ! dit-il en riant.

La galerie avait été agrandie six mois plus tôt, grâce à l'achat d'un local mitoyen, et le chiffre d'affaires ne cessait d'augmenter. Jean-Rémi s'en occupait de moins en moins, même si c'était toujours lui qui dénichait des peintres de talent, mais il avait abandonné toute la gestion à Magali. Pour réussir des expositions ou organiser des cocktails, elle était à présent tout à fait à l'aise, sans compter qu'elle s'était prise de passion pour la vente, trouvant dans le commerce une véritable vocation.

— C'est ce soir qu'il arrive, ton petit-fils ? lui demanda-t-il avec un sourire presque paternel.

— Oui, par le dernier vol. Il paraît qu'il marche, maintenant !

— Qui l'accompagne ?

— Vincent. Marie ne veut pas mettre les pieds ici pour ne pas risquer de rencontrer Virgile, quant à Cyril... Oh, de toute façon il ne supporte pas de quitter Tiphaine, même pour deux jours, et ils sont en pleine période d'examens tous les deux. C'est d'ailleurs ce qui me vaut la joie d'avoir le bout de chou !

L'air rêveur, Jean-Rémi se mit à sourire. Il n'avait jamais eu d'enfants autour de lui, il n'en connaissait que ce qu'Alain lui avait raconté pendant des années. Alain qui allait sans doute se précipiter chez Magali pour voir le petit Charles… et Vincent.

— Bien, je te laisse fermer, ne te mets pas en retard, dit-il en se levant.

Dehors, le temps était radieux et les promeneurs s'attardaient sur le boulevard ombragé. Il s'arrêta au *Café des Arts*, tout proche, où il but deux whiskies au bar. Il connaissait la plupart des habitués, l'établissement étant le fief des artistes de la région, mais il n'avait pas envie de s'attarder en vains bavardages et au bout d'une demi-heure il décida de rentrer, même si personne ne l'attendait chez lui. Une fois encore, il devait essayer d'achever la toile commencée trois semaines plus tôt et qui n'avançait pas, faute d'inspiration.

Lorsqu'il se gara devant le moulin, il était de mauvaise humeur à l'idée de cette obligation de peindre qu'il s'imposait. Il avait lacéré puis jeté ses derniers tableaux, de plus en plus insatisfait, pourtant il fallait bien qu'il produise quelque chose pour honorer ses contrats. Ou alors il faudrait annuler l'exposition prévue à Paris début décembre.

En poussant la porte, il eut la surprise de découvrir Alain debout près d'un chevalet, de dos, et qui ne se donna même pas la peine de se retourner pour dire :

— J'aime beaucoup ce paysage… Tu l'auras bientôt fini ?

Jean-Rémi s'approcha, jeta un coup d'œil par-dessus l'épaule d'Alain. Sur la toile, de petites dimensions, le vallon de la Fontaine était représenté sous un ciel d'orage. Les tons gris-noir et bleu ardoise, longuement travaillés, ne satisfaisaient toujours pas Jean-Rémi qui soupira.

— Je ne crois pas le finir un jour, non.

— Dommage, je te l'aurais bien demandé.

— Pourquoi celui-là, grands dieux ?

— Parce qu'il me plaît.

— Vraiment ? Alors tu l'auras après-demain.

Soudain plus attentif, Jean-Rémi observa son travail pour estimer ce qu'il pouvait en tirer, tandis qu'Alain se tournait vers lui.

— C'est très gentil, merci. Tu vois, depuis que j'ai laissé la bergerie à Virgile et que je suis rentré à Vallongue, je trouve ma chambre un peu… nue. Je vais la refaire, changer les meubles. Et si tu veux bien me donner ce tableau, je crois que je le regarderai avec plaisir tous les matins.

Après un silence stupéfait, Jean-Rémi riposta, d'un ton tranchant :

— Si tu penses le regarder avec *plaisir*, je vais le peindre avec *passion*. Je manque sûrement de modestie mais je dois pouvoir te faire un petit chef-d'œuvre, je ne demande qu'à m'y mettre !

Il y avait une telle amertume dans sa voix qu'Alain s'écarta de lui, sur la défensive.

— Oh, ne t'en va pas, pas après m'avoir adressé un compliment, ce n'est pas si fréquent !

Avec un sourire désabusé, il considéra de nouveau le tableau puis enchaîna :

— Je connais suffisamment tes goûts pour te composer le tableau que tu souhaites… Ce sera facile parce que, si tu en as envie, ça me donne tout de suite du génie. En revanche, quand tu viens ici et que tu regardes mes toiles sans les voir, je me demande si je ne devrais pas changer de métier ! Le seul problème, c'est que je ne sais rien faire d'autre…

À bout de souffle, il prit une profonde inspiration avant de se détourner.

— Jean, fit doucement Alain, qu'est-ce que tu as ? Je suis juste venu te…

— Ah, non ! Pour une fois tu ne feras pas que passer, ou alors disparais pour de bon. Je n'en peux plus, je vais devenir fou !

Il fit trois pas hésitants vers le milieu de la salle, s'arrêta, baissa la tête. Un peu inquiet, Alain l'observait sans bouger.

— Tu sais quoi ? murmura Jean-Rémi au bout d'un long silence. Si tu n'étais pas entré ici sans y être invité, il y aura bientôt trente ans, peut-être que je serais encore un artiste local, doué mais sans plus. Tu m'as… transcendé. Il faut **aimer** pour créer, sinon on reste passable, médiocre. Je crois que tu es mon talent. Un talent épisodique et volatil, comme toi. Mais, enfin, je te dois beaucoup. Par conséquent, merci pour tout !

Alain ne pouvait pas ignorer l'agressivité de l'intonation, et de surcroît il détestait ce genre d'aveu.

— Tu as bu ? se borna-t-il à demander.

— *In vino veritas*, non ? D'ailleurs, je vais continuer…

Il disparut dans la cuisine dont il revint une minute plus tard, un verre à la main.

— Si tu veux quelque chose, sers-toi, mais j'imagine que tu es pressé de rentrer à Vallongue, Vincent y dormira sans doute cette nuit et tu vas vouloir respirer le même air que lui !

Sa dernière phrase le surprit assez lui-même pour qu'il s'arrête net. Il avala une gorgée, sans regarder Alain, s'attendant au pire, pourtant il ne se passa strictement rien. Quand il trouva le courage de risquer un coup d'œil dans la direction du chevalet, il constata qu'Alain s'était replongé dans la contemplation de la toile.

— Désolé, dit-il à voix basse, je suis une très mauvaise compagnie ce soir…

Au lieu de répondre, Alain se décida à bouger et s'approcha de lui. Il lui retira le verre des mains, tout en déclarant :

— Je vais faire le dîner. J'ai apporté des rougets, ça te va ?

Tandis qu'il s'éloignait vers la cuisine, Jean-Rémi le suivit des yeux, interloqué.

Magali remonta délicatement le drap sur Charles qui s'était endormi, le pouce dans la bouche, puis elle se redressa.

— Il est tellement mignon, chuchota-t-elle.

Après avoir éteint la lampe, ne laissant qu'une veilleuse, elle rejoignit Vincent sur le palier.

— Tu dois mourir de faim ! Mais il fallait bien s'occuper de lui d'abord... Je trouve que nous sommes des grands-parents modèles !

Son rire était gai, son tailleur beige impeccable, son chignon relevé avec beaucoup d'élégance. Il la laissa passer devant lui et la suivit dans l'escalier en colimaçon.

— J'ai installé une barrière, remets-la en place, je ne veux pas qu'il risque de tomber...

— Il va dormir jusqu'à demain, ne sois pas gâteuse !

— Moi ? Est-ce que tu t'es vu ?

De nouveau, elle se mit à rire, et il se sentit profondément malheureux. Pourquoi leur avait-il fallu tout ce temps avant de redevenir complices ? Pourquoi n'avait-elle pu s'épanouir que loin de lui, sans lui ?

— Magali, dit-il doucement.

Sur le seuil de la cuisine, elle se retourna, l'air interrogateur.

— Je ne peux pas rester ici cette nuit ? Tu n'as pas une chambre d'amis ?

— Non. Je te fais dîner et ensuite je te prête ma voiture pour que tu rentres à Vallongue.

— Mais, je...

— Et si tu as du courage en te réveillant, demain matin, tu iras voir Virgile à la bergerie.

Depuis le drame, il n'avait pas rencontré son fils. Leurs seuls échanges avaient eu lieu par téléphone, quand Vincent s'était contenté d'exposer les exigences de Marie et d'expliquer comment il comptait y faire face. Lors de son dernier appel il avait annoncé, laconique, que la situation était réglée.

— Tu crois qu'il ne mesure pas ce que tu as fait pour lui ? insista Magali. En réalité, il est rongé par cette histoire ! Sans Alain, il se serait effondré depuis belle lurette. Moi, je te connais, je savais que tu le défendrais, mais lui croyait le contraire et ça l'a complètement déboussolé.

— Qu'est-ce qu'il s'imaginait ?

— Il prétend que tu ne l'aimes pas, que tu l'as tenu pour quantité négligeable à partir du jour où il a échoué à ses examens. Et même bien avant…

— C'est faux !

— Oui, Vincent, d'accord, mais dis-le-lui toi-même.

— Je considère que c'est à lui de franchir le premier pas. Tu ne veux pas entendre parler d'argent, ni de la famille, alors je ne t'infligerai pas le récit de ce que j'ai dû faire pour le sortir des griffes de Marie !

— Ça a dû te coûter cher ? Elle n'est pas tendre…

— Dans ce cas précis, j'aurais agi comme elle. Mais moi, j'étais vraiment pieds et poings liés. C'est Cyril qui a fini par transiger, grâce à Tiphaine.

— À quel prix ?

— Ma part immobilière du cabinet, ce qui leur assure une rente à vie. Et, au bout de leurs études, ils sauront où aller ! Je leur ai fait une donation à tous deux, dont j'ai payé les droits, maintenant je dois penser à l'avenir de Lucas pour qu'il ne soit pas lésé à cause des conneries de son frère !

— Tu es toujours en colère contre lui, à ce que je vois, soupira-t-elle. Est-ce que tu sais que personne ne lui a fait signe, depuis un an et demi ? Ni Paul ni Léa… Même pas Daniel, et c'est son oncle. Lucas aurait bien voulu mais Tiphaine l'en a empêché, elle a la rancune tenace ! Vous l'avez vraiment rayé de votre clan ? Au début, ça se comprenait, mais il y a des limites à tout.

— La limite, il la découvrira le jour où il osera se présenter devant Cyril et Tiphaine.

À court d'arguments, elle hocha la tête. Elle-même n'avait jamais eu le cran d'aborder le sujet avec sa fille, elle ne pouvait pas accuser Vincent de lâcheté, il avait fait front.

— Ne nous disputons pas, déclara-t-elle d'une voix conciliante, tu n'es pas là pour ça. Qu'est-ce qui te ferait plaisir, poisson ou agneau ?

— Le plus long à préparer.

Ahurie, elle mit quelques instants à comprendre puis son visage s'éclaira d'un grand sourire.

— Tu vas tenter un numéro de charme ?

— Si j'ai ta permission, oui.

— Viens, dit-elle en lui tendant la main, soudain très gaie.

Elle voulait l'entraîner mais il l'empêcha d'avancer, l'attira contre lui. D'un geste lent, il chercha la barrette qui retenait le chignon et l'ouvrit, libérant la longue chevelure acajou où ne se distinguait pas un seul cheveu blanc.

— Tu es magnifique, tu ne vieillis pas. Tu as vendu ton âme au diable ?

— Je mène une vie simple, je ne cours pas après le pouvoir ou les honneurs, alors j'ai trouvé mon équilibre, c'est aussi bête que ça.

— Tu jettes une pierre dans mon jardin ? J'aime mon métier, je l'ai toujours aimé.

— Davantage que tu ne m'aimais, moi.

Au lieu de protester, il la serra un peu plus fort.

— Quand nous étions jeunes ? Je ne sais pas... Je ne crois pas, non.

Comme elle n'avait pas vraiment envie d'échapper à son étreinte, elle enfouit sa tête au creux de son épaule. Leur jeunesse semblait bien lointaine à présent, néanmoins elle se souvenait encore de leurs premières rencontres, en particulier de ce jour d'été où il l'avait caressée dans la vieille

Peugeot. Elle n'avait alors aucune expérience des garçons, dont elle se méfiait, mais elle n'avait pas su lui résister tant il était gentil, patient, charmant. Et sincère, il le lui avait prouvé en l'épousant.

Lorsqu'elle sentit les mains de Vincent glisser dans son dos, écarter la veste du tailleur puis remonter sur sa peau nue, elle frissonna. Cette douceur-là n'appartenait qu'à lui, elle ne l'avait pas oubliée non plus.

— Tu ne peux pas tromper ta nouvelle femme avec ton ancienne, chuchota-t-elle sans conviction.

— Devant Dieu, je n'en ai qu'une seule, et c'est toi.

— Ne sois pas hypocrite, rends-toi libre d'abord.

Il était en train de dégrafer son soutien-gorge quand il arrêta son geste.

— Magali, tu veux dire qu'il y aura un après ? Tu serais…

— Non, non ! On ne peut pas tout recommencer, c'est idiot de le croire.

— Je ne crois rien, je t'écoute… C'est toi qui décides.

Quelques secondes s'écoulèrent, interminables, sans qu'ils parlent ni l'un ni l'autre, puis très lentement il effleura ses seins, du bout des doigts.

— Jusque-là, tu ne m'as pas repoussé… Tu me laisses continuer ? Je ne t'ai pas touchée depuis combien d'années ? Neuf, dix ? Qu'est-ce que tu as fait pendant ce temps-là ? Moi, je les ai passées à te regretter, à essayer de ne pas penser à toi…

— Vincent, arrête, dit-elle d'une voix haletante, on n'a plus l'âge de…

— De quoi ? Du désir ? Je te jure que si !

Elle ne pouvait pas prétendre le contraire, elle éprouvait une brutale envie de lui qui la faisait respirer trop vite, qui lui coupait les jambes. Céder était une folie qu'elle ne voulait pas commettre, mais elle comprit qu'elle allait le faire quand même. La vie était trop courte et son ex-mari trop séduisant, pourquoi lutter ?

Les vacances judiciaires commençaient juste avant le 14 juillet, pour ne se terminer qu'après le 15 août. Si l'année précédente Marie n'avait pas voulu mettre les pieds à Vallongue, elle avait décidé d'y revenir cet été, sous la pression d'Hervé. Avec lui, elle vivait une liaison heureuse, stable, et ne se sentait plus effrayée depuis qu'elle avait découvert qu'il n'était pas seulement un homme merveilleux et sincère mais aussi, comme elle, un bourreau de travail. Finalement, elle ne regrettait pas d'avoir refusé sa candidature au sein du cabinet Morvan-Meyer car lorsqu'ils se retrouvaient, le soir, ils avaient toujours mille choses à se raconter. Depuis la naissance de Charles, elle préférait qu'il la rejoigne avenue de Malakoff et il n'habitait quasiment plus son appartement, sans toutefois s'en plaindre. Il appréciait beaucoup Vincent, faisait semblant de ne pas entendre les propos décousus que Madeleine tenait parfois, et surtout il pouvait profiter de Léa, devant laquelle il était en extase. Acharné à rattraper le temps perdu, il essayait de se comporter en père et leur relation avait fait d'énormes progrès, sa fille était désormais en confiance avec lui.

Si l'idée de retrouvailles familiales à Vallongue plaisait à tout le monde, la présence de Virgile posait un réel problème. Même s'il ne franchissait pas le seuil de la propriété, se cantonnant à la bergerie, il pouvait tomber sur Cyril, Tiphaine ou Marie au détour d'un chemin : personne n'avait envie de savoir ce qui sortirait de la rencontre. Consulté à ce sujet, comme chaque fois qu'il s'agissait d'une question délicate, Alain avait annoncé que Virgile prendrait lui aussi des vacances. « Quatre semaines de congés payés, c'est normal, avait-il ironisé avec cynisme au téléphone, et il les passera ailleurs puisque ça vous arrange ! » Marie n'avait fait aucun commentaire, pour ne pas se heurter avec son frère, mais elle avait parfaitement perçu son ton de reproche.

Quelques jours avant le départ, Vincent prit la décision d'expliquer à Béatrice qu'il comptait partir seul. Leur couple, qui n'en était plus un depuis des mois, survivait seulement grâce à l'acharnement qu'elle mettait à ne pas se laisser quitter. Elle avait tout essayé, le charme et la colère, les larmes et les griefs, mais il était désormais hors d'atteinte. Son beau-père, débarqué d'Angers pour un déjeuner « entre hommes », lui avait administré une leçon de morale tout à fait inutile. Impassible, Vincent s'était contenté d'écouter les violents reproches du docteur Audier sans broncher, de régler l'addition puis de le raccompagner à la gare. Le soir même, Béatrice s'écroulait dans ses bras, en pleine crise d'hystérie, et lui arrachait la promesse d'un délai. Elle acceptait la séparation provisoire, n'exigeait plus rien d'autre qu'un peu de temps, ce qu'il ne pouvait lui refuser. Il avait horreur de faire souffrir, de décevoir, elle le savait, et il n'aurait jamais le courage de la jeter dehors si elle ne partait pas d'elle-même. Peut-être avait-il besoin de quelques semaines de liberté, de solitude, en tout cas elle misait sur cet ultime espoir.

Arrivé à Vallongue la veille, tard dans la soirée, Daniel se leva pourtant très tôt le lendemain matin. Sa première initiative, comme chaque jour, fut d'aller jeter un coup d'œil sur les jumeaux, endormis l'un contre l'autre, puis il descendit à la cuisine où il trouva Alain déjà attablé avec Vincent.

— Ah, j'avais peur qu'il ne soit trop tard, s'exclama-t-il, vous êtes tellement lève-tôt ! Et je voulais prendre mon petit déjeuner avec vous...

Il se servit un bol de café qu'il posa sur la longue table tandis qu'Alain ironisait :

— Il prétend que c'est pour nous, mais en fait il est impatient de rencontrer la jeune fille au pair.

— Non, parce que je l'ai déjà vue ! Marie et Sofia se sont concertées pour choisir la candidate idéale, elles en ont reçu une bonne vingtaine avant de faire leur choix, et je vous préviens, celle-là est sûrement très compétente… et aussi très moche ! Désolé pour toi, Vincent, le temps où la jolie petite Helen bavait devant toi est révolu !

— À propos, qu'est-elle devenue ? s'enquit Alain avec curiosité.

— Helen ? Elle est toujours secrétaire au cabinet, elle a épousé un type qui travaille dans les assurances, je crois, et quand je mets les pieds là-bas elle m'évite…

Daniel éclata de rire avant de donner une grande bourrade dans le dos de son frère.

— Tu plais aux jeunes filles, tu n'y peux rien !

Comme la plaisanterie n'arrachait pas l'ombre d'un sourire à Vincent, qui devait penser à Béatrice, Daniel s'empressa de changer de sujet.

— Est-ce que quelqu'un a eu la bonne idée de remplir la piscine ?

— Quand tu dis « quelqu'un », répliqua Alain, c'est moi que tu vises ? Rassure-toi, vous allez pouvoir barboter tranquilles. À propos, j'ai installé un grillage autour, ce n'est pas très esthétique, mais…

Il n'eut pas besoin d'achever, ses cousins s'empressèrent de hocher la tête ensemble. Aucune précaution ne serait jamais superflue à Vallongue en ce qui concernait les enfants et l'eau.

— J'ai aussi quelques factures à vous présenter, ajouta Alain. Puisque Gauthier doit arriver aujourd'hui, on pourrait peut-être se faire une petite réunion de copropriétaires dans la semaine ?

Vincent alluma une cigarette puis regarda alternativement son frère et son cousin.

— Oui, je crois qu'il est temps, on t'a vraiment tout laissé sur le dos cette année. Eh bien, on va faire les comptes, même si ça ne m'arrange pas en ce moment.

— Tu as des problèmes d'argent ? s'étonna Daniel.

— Oh, ça ne devrait pas tarder.

Il le constatait sans aigreur, certain d'avoir agi au mieux, et il s'en expliqua :

— L'avenue de Malakoff est un gouffre, mais personne ne veut partir et j'ai promis à Tiphaine qu'elle pourrait élever ses enfants là, elle y tient... Je ne dispose plus des revenus du cabinet, qui sont versés à Cyril, et j'ai bloqué ce qui me restait de capital pour Lucas. Comme je suis en passe de divorcer, ce que je compte faire à mes torts, je suppose que Béatrice obtiendra une pension alimentaire. Alors Vallongue, au milieu de tout ça...

Daniel échangea un regard avec Alain puis se leva.

— Si tu as besoin de quoi que ce soit, Vincent, je suis là.

Il se mit en devoir de préparer un plateau, à l'intention de Sofia, tout en jetant des regards intrigués vers son frère. L'annonce de son divorce ne le surprenait pas outre mesure, mais il lui trouvait l'air bien calme pour un homme accablé par les soucis.

Quand il fut sorti, Alain prit le paquet de cigarettes des mains de Vincent et l'expédia à l'autre bout de la table.

— Tu ne devrais pas fumer autant le matin. Et tu pourrais aussi me parler, de temps en temps ! Je m'inscris sur la liste des gens prêts à te secourir, juste derrière Daniel.

— Je n'en suis pas là...

— Alors n'attends pas d'y être ! Est-ce que tu quittes Béatrice pour de bon ?

— Oui.

— Avec quoi derrière la tête ? Magali ? Une autre ?

Vincent leva son regard pâle vers lui, avant d'esquisser un petit sourire réjoui.

— Tu me prends pour Barbe-Bleue ou quoi ? Une autre !

— Que tu aurais carrément choisie à la sortie de l'école, cette fois...

— Alain !

— Je plaisantais. Je sais que tu pleures après Magali, alors fais attention.

Agacé, Vincent bredouilla une phrase incompréhensible qu'Alain ne lui demanda même pas de répéter, préférant enchaîner :

— Magali est bien dans sa peau, mais ça n'a pas été facile pour elle d'y arriver, ne viens pas tout détruire.

— Je ne vois pas pourquoi et surtout pas comment ! Elle ne m'accorde pas assez d'attention pour ça !

Vincent tendit le bras, récupéra ses cigarettes. Depuis un mois, Magali ne lui avait pas donné signe de vie, n'avait même pas répondu à la longue lettre qu'il lui avait adressée. Avoir fait l'amour avec lui n'était peut-être pour elle qu'une simple parenthèse, un moment de faiblesse, rien de plus. Et comme il ne voulait surtout pas entendre ce genre de verdict, il s'était bien gardé de l'appeler.

— Vincent, ta vie est à Paris, il n'y a rien de changé ? Qu'est-ce que tu cherches, aujourd'hui ?

Tout d'abord Vincent ne répondit pas, le menton dans les mains et l'air songeur, puis il se décida à expliquer :

— Avant tout à retrouver ma liberté. J'en ai envie et j'en ai besoin. Béatrice me fait de la peine, elle arrive à m'émouvoir même si je suis persuadé qu'elle joue la comédie. Ce n'est pas moi qu'elle a peur de perdre mais plutôt une situation de sécurité qu'elle désirait par-dessus tout. Oh, je mentirais en te disant qu'elle me laisse de marbre, seulement j'aime toujours Magali, je n'y peux rien, et ce sentiment-là est plus fort que le reste. Avec tous les regrets et les remords que tu imagines.

Alain l'observait tranquillement, sans manifester d'impatience, conscient d'être le seul à qui Vincent se confiait si volontiers. Après un silence, il se contenta de proposer :

— Tu m'accompagnes dehors ?

— Et comment ! J'en rêve à longueur d'année…

— De quoi ?

— Des collines bleues, des oliviers. Du moment où je pourrai te casser la tête avec tous mes problèmes !

— Tu ne m'ennuies jamais, viens.

Ils sortirent et, dès qu'ils furent sur le perron, Vincent prit une profonde inspiration.

— Je ne sais pas comment c'est possible, avec tout ce qui s'est passé ici, mais j'aime vraiment cet endroit.

— Davantage qu'un tribunal ?

— Bien sûr que non. La Cour de cass, c'est le summum !

Le long de l'allée, les micocouliers étaient couverts de fruits noirs et les feuilles des hauts platanes s'agitaient doucement dans la brise matinale. Vincent jeta un regard aux plates-bandes qui bordaient la façade, pour s'assurer que la lavande était toujours là, avec les herbes aromatiques plantées chaque année par son cousin.

— Qu'est-ce qui adviendra après nous ? murmura-t-il.

— Tu as un petit-fils, il fera comme toi, il s'en arrangera ! plaisanta Alain en dévalant les marches du perron. Viens donc voir à quoi ressemble cette piscine, je me suis donné un mal de chien…

Vincent le rejoignit et ils contournèrent la maison. Le potager où Clara avait cultivé elle-même ses légumes, pendant la guerre, afin de nourrir la famille Morvan, était désormais remplacé par un bassin de mosaïque bleue bordé de larges dalles blanches. Un grillage vert protégeait l'ensemble, comme autour d'un court de tennis, avec une porte d'accès dont la poignée avait été placée en hauteur.

— Tu as pensé à tout, on dirait, constata Vincent.

— J'ai peut-être vu trop grand ? Je n'imaginais pas que ça pourrait te poser un problème de trésorerie.

— C'est parfait comme ça.

La piscine était assez vaste pour contenter toute la famille, y compris les nageurs exigeants. Malheureusement, le temps était loin où Cyril et Virgile faisaient la course dans la rivière, chronométrés par Tiphaine.

— J'ai aussi modifié les abords, ça m'amusait d'y travailler le soir, précisa Alain. Ton fils m'a beaucoup aidé.

Il avait planté des massifs de fleurs dans un décor de rocaille, un peu à l'écart, et nivelé une sorte de terrasse où s'installer à l'abri des parasols. Plus loin, devant le boqueteau de chênes kermès, se dressait une table de ping-pong flambant neuve.

— Personne ne voudra plus rentrer à Paris, dit Vincent en souriant.

Sans hâte, il commença à déboutonner sa chemise, ensuite il enleva son jean.

— On l'étrenne ? lança-t-il à Alain.

Il ouvrit la porte grillagée, longea le bassin jusqu'à l'endroit le plus profond et plongea. Quand il émergea, il prit une longue inspiration, la tête levée vers le soleil, ensuite il se laissa flotter sur le dos, les yeux fermés, jusqu'à ce qu'il se sente attrapé par les pieds, brutalement tiré au fond. Il lutta un moment, finit par rire sous l'eau et but la tasse. Alain l'aida à remonter et le laissa tousser avant de le pousser vers l'un des bords.

— Petite nature !

— Je vais m'entraîner un peu et dans quinze jours je te bats à la course, protesta Vincent, à bout de souffle.

— On peut toujours rêver ! Sur quatre longueurs, je t'en donne une d'avance et c'est encore moi qui gagne. Tu es un citadin, mon vieux, un sédentaire !

Ils se jetèrent l'un sur l'autre avec entrain, coulèrent ensemble, puis se décidèrent à nager côte à côte, Alain distançant sans mal son cousin. Épuisé, Vincent abandonna et se hissa sur une dalle où il s'allongea, ruisselant.

— Tu veux que je te prête de l'argent ? demanda Alain, debout au-dessus de lui. Quand je parlais de factures, tout à l'heure, je te préviens qu'elles sont salées, j'ai fait refaire une partie de la toiture au printemps.

— Je devrais pouvoir assumer pour l'instant, mais merci de le proposer. Tu es tellement riche ?

— L'exploitation marche très bien. En tout cas beaucoup mieux que ton père n'aurait jamais pu le supposer quand il me regardait comme un simple d'esprit !

— Tu y penses encore ?

— À Charles ? Parfois… Mais je commence à m'habituer à l'idée d'un autre Charles. Ce mioche est tellement craquant !

Vincent se redressa sur un coude et Alain s'assit à côté de lui. La pierre blanche était fine, lisse, très douce. Ils restèrent silencieux un moment, contemplant la maison dont tous les volets bleus étaient encore fermés.

— J'ai lu ton dernier livre, déclara soudain Alain.

— Tu l'as *lu* ?

— Mettons… parcouru.

— Et comment l'as-tu trouvé ?

— Abscons. C'est pour ça que tu me les envoies, non ? Pour me dégoûter de la lecture ?

— Pas du tout. Je veux seulement t'épater, je ne t'oblige pas à les ouvrir, il y a assez d'étudiants malheureux qui sont contraints de les apprendre par cœur !

Une libellule passa tout près d'eux et s'immobilisa au-dessus de l'eau. Le soleil commençait à devenir chaud.

— Où est parti Virgile ? murmura Vincent.

— Ah, quand même ! Je me demandais à quel moment tu allais aborder le sujet. Il passe d'abord une semaine en Grèce, à observer les méthodes artisanales de nos confrères. Pour la suite, il ne m'a pas parlé de ses projets.

— Est-ce qu'il y a une femme dans sa vie ?

— Pas une en particulier. Je ne sais jamais qui je vais croiser quand je me pointe à la bergerie ! Il y est définitivement installé, il s'y plaît… D'ailleurs, maintenant, c'est lui qui s'occupe de la comptabilité et je l'ai associé à l'affaire de manière officielle. Je te l'avais dit ?

— Non.

— Alors c'est fait. Tu n'as plus à te soucier de son avenir, si tant est que tu t'en inquiétais.

Vincent s'assit, passa sa main dans ses cheveux mouillés, ensuite il se tourna vers Alain qu'il observa avant de demander :

— Pourquoi fais-tu tout ça ?

— Parce que je n'ai pas d'enfant et que ça me manque terriblement ! J'ai aimé les vôtres, je les aime toujours, je crois que je m'en suis bien occupé quand vous ne vouliez ou ne pouviez pas le faire. Et puis, souviens-toi, Clara n'aurait jamais permis qu'on laisse tomber un membre de la famille, même le pire…

Ce rappel à l'ordre prit Vincent au dépourvu. Il pensait très souvent à sa grand-mère mais s'imaginait être seul à le faire. Impitoyable, Alain poursuivit.

— Virgile, elle l'aurait secoué, engueulé, remis dans le rang, mais elle n'aurait pas supporté que les autres l'écartent. Tu étais censé reprendre le flambeau, en tout cas, c'est comme ça que tu voyais les choses.

— Alain…, soupira Vincent.

— Or qu'est-ce que tu fais ? Tu rends des jugements, tu prononces des arrêts, même en famille tu es toujours au tribunal !

— Tu trouves ?

Devant l'expression indignée de Vincent, son cousin éclata de rire. Au même moment, une fenêtre s'ouvrit, des volets claquèrent, et Marie apparut sur l'un des balcons.

— Au lieu de vous prélasser, leur lança-t-elle, vous pouvez venir une minute ? Je crois qu'on a un problème…

Madeleine était en pleine crise de démence. Elle ne reconnaissait personne, appelait Marie « Madame », et refusait de toucher à son petit déjeuner sous prétexte qu'on voulait l'empoisonner. Comme Gauthier n'était pas encore arrivé, personne ne souhaitait prendre de décision au sujet de la malheureuse, ni même appeler un médecin. Qui plus est, il n'y avait pas grand-chose à faire, sinon lui tenir compagnie afin de la surveiller. Léa et Lucas acceptèrent de se relayer auprès d'elle, mais elle ne tenait pas en place, arpentant la maison de haut en bas. Dans l'après-midi, la jeune fille au pair finit par demander qui était cet Édouard que la pauvre femme semblait chercher à travers toutes les pièces.

Vers cinq heures, alors qu'ils sirotaient du thé glacé dans le patio, Madeleine fut reprise d'une agitation fébrile. Il fallut lui trouver de la laine et des aiguilles à tricoter, pourtant depuis quelques mois elle était devenue incapable d'aligner un rang sans se tromper de maille. Installée sur la balancelle, elle s'amusa un moment avec un écheveau informe puis se mit à marmonner :

— Il va falloir que je demande à Clara de me démêler tout ça… On ne doit pas gâcher le fil, il paraît qu'on n'en trouve plus ! Ou seulement au marché noir…

Marie échangea un coup d'œil avec Alain, puis avec Vincent, et eut un geste d'impuissance.

— Vivement que Gauthier arrive, soupira-t-elle entre ses dents.

— Oui, mon petit Gauthier ! s'exclama Madeleine, ravie. Est-ce qu'il est là ? Les autres ne s'occupent jamais de lui… J'ai beau le dire à Édouard, il ne veut pas s'en mêler. De toute façon, il n'y a que Judith qui l'intéresse ! Vous l'avez bien remarqué, quand même ?

Interloqués, Vincent et Daniel tournèrent ensemble la tête vers elle.

— Oh, ne faites pas les innocents ! protesta-t-elle en agitant un doigt dans leur direction. Judith est tellement énervante avec ses faux airs modestes ! Mais je ne suis pas si bête... Charles non plus, la preuve, il s'est mis en colère. Pauvre Charles ! Quand le chat n'est pas là, la souris danse... Il était vraiment furieux...

Vincent quitta sa chaise d'un bond, comme s'il ne voulait pas entendre un mot de plus, cependant il s'arrêta près du réverbère auquel il s'appuya. Assis par terre, à même les pavés, Alain observait sa mère avec une évidente curiosité. Le silence plana sur eux jusqu'à ce qu'elle reprenne, de sa voix plaintive :

— Vous l'avez connue, vous, Judith ? Charles en était vraiment toqué. Où sont-ils partis, tous ? Il vaudrait mieux ne pas laisser Édouard en tête à tête avec elle, je vous aurai prévenus... Il n'y peut rien, mon pauvre Édouard, c'est un faible. Et moi, je ne suis pas tellement portée sur la chose, avec tous ces enfants, déjà...

— Maman ! s'écria Marie malgré elle.

Un profond malaise venait de s'emparer d'elle et elle se sentait prête à n'importe quoi pour faire taire sa mère dont elle s'approcha, hésitante.

— Ta-ta-ta, protesta Madeleine, trop d'enfants, c'est certain ! J'ai beau me donner du mal, je n'ai pas des yeux dans le dos, alors je ne peux pas surveiller tout ce petit monde. Moi, je regardais Paul, pas Philippe. Pas Philippe, non.

Deux larmes roulèrent sur ses joues, qu'elle essuya d'un revers de manche. Dans le silence consterné qui suivit, Alain déclara, d'un ton plein de dégoût :

— Quand je pense qu'elle est capable de répéter ça devant Chantal...

Il se leva et quitta le patio à grandes enjambées. Vincent esquissa un mouvement pour le suivre mais y renonça. Sur sa balancelle, Madeleine s'était remise à triturer l'écheveau, sourcils froncés.

À trois ans, Albane et Milan couraient partout, et le petit Charles s'efforçait de les suivre. Dûment chapitrée, la jeune fille au pair escortait les trois enfants comme leur ombre, sans jamais les perdre de vue.

Pour les jeunes, les journées s'organisaient autour de la piscine. Cyril passait des heures à crawler, acharné à récupérer une bonne condition physique, Lucas et Paul faisaient des concours de plongeon, Tiphaine et Léa apprenaient la nage sous-marine à Pierre.

La maison était presque pleine depuis l'arrivée de Gauthier, et les cinq cousins se trouvaient réunis avec le même plaisir qu'autrefois. Leur solidarité, qui avait résisté contre vents et marées, s'affirmait spontanément autour de Madeleine. L'idée d'une maison de retraite avait été évoquée puis repoussée par Gauthier. La pauvre femme possédait encore assez de lucidité, entre deux crises, pour être très perturbée par un changement radical d'existence. Si Marie et Vincent acceptaient de la garder avec eux, avenue de Malakoff, une employée pourrait être engagée à plein temps en tant que dame de compagnie ou aide-soignante, selon la fréquence des accès de démence. Les moyens de Madeleine permettaient ce genre de dépense, qui serait de toute façon inférieure au coût d'un établissement spécialisé.

Vincent donna tout de suite son accord. Même s'il l'estimait peu, sa tante faisait partie de son existence depuis toujours, et la perspective d'une solution qui ressemblerait à un internement le faisait frémir. Marie s'inclina, par sens du devoir, bien qu'elle se sente révulsée à l'idée de tous les déballages du passé que sa mère semblait désormais capable de leur infliger. La surprise éprouvée à l'entendre parler de la concupiscence d'Édouard, qu'elle avait donc bien remarquée à l'époque, leur laissait à tous une pénible impression de honte. Sous ses airs dolents, dociles, que savait

Madeleine, ou plutôt qu'avait-elle su jusque-là, puisque sa mémoire s'effaçait progressivement ? Était-il possible que, durant tant d'années, elle ait dissimulé ses rancœurs, ses désillusions, peut-être même sa complicité ? Avait-elle compris le rôle exact de son « pauvre » Édouard ?

Afin d'éviter les malentendus, Marie décida que l'heure était venue de parler. Mieux valait aborder la question une fois pour toutes, régler enfin ce qui avait été trop longtemps différé. Un soir, Vincent se chargea de réunir toute la famille dans la bibliothèque, à l'exception des enfants, qui dormaient déjà, et de Madeleine, à qui la jeune fille au pair avait monté une tisane. Sans trop entrer dans les détails, et en s'efforçant de rester neutre, Vincent raconta aux jeunes gens le drame qui, trente-trois ans plus tôt, avait abouti à la mort de Judith, de Beth, et finalement au meurtre d'Édouard. Deux victimes innocentes et un salaud abattu de sang-froid : trois crimes jamais jugés, jamais pardonnés.

Personne n'avait cherché à interrompre Vincent, pas même Alain qui était resté assis dans son fauteuil favori, le regard rivé sur les livres. Pour Cyril, Léa et Paul, la vérité était dure à admettre, leur grand-père tenant le rôle le plus abject dans l'histoire de la famille, mais Tiphaine et Lucas semblaient aussi choqués que leurs cousins.

— Nous n'avions pas envie de déterrer toute cette boue, conclut Vincent. Seulement, avec Madeleine qui perd un peu la tête, autant que vous connaissiez la vérité pour faire la part des choses à travers ce qu'elle pourra dire... Il existe un récit plus précis de ces événements, mais je ne vois pas l'utilité de vous en donner lecture. C'est le passé, nous l'avons surmonté, et ce sera encore plus facile pour vous. Comme vous le savez, on ne choisit pas sa famille !

Sur ces derniers mots, Alain leva enfin les yeux vers lui puis il ébaucha un sourire. Surmonter le passé ? Oui, ils l'avaient fait, mais pas aussi facilement que Vincent voulait le faire croire.

— Il y a une question que j'aimerais poser, hasarda Lucas.

Évitant de regarder sa sœur, il fut obligé de rassembler tout son courage pour achever :

— Puisque Virgile n'est pas avec nous, il faudra bien que quelqu'un lui parle de tout ça...

— Je l'ai déjà fait, répondit Alain. Mais tu as raison de te soucier de ton frère.

Un long silence suivit sa déclaration, jusqu'à ce que Daniel prenne la parole.

— Tant que nous sommes dans les sujets délicats, on pourrait peut-être en profiter ?

Sofia essaya de le retenir mais il quitta son fauteuil et rejoignit Cyril qui était assis sur le tapis, aux pieds de Tiphaine.

— Qu'est-ce que tu en penses ? lui demanda-t-il avec douceur.

— De quoi ? De Virgile ? Tu veux vraiment le savoir ?

— On aimerait tous le savoir, dit Alain qui n'avait pas bougé de sa place.

— J'éprouve encore beaucoup de... rancune. Moins qu'avant, c'est vrai, mais...

Il hésita et Alain acheva à sa place :

— ... mais tu n'es pas prêt à le rencontrer ?

— Non !

— Ni à le laisser s'excuser ?

— Lui ? S'excuser ? On croirait que tu ne le connais pas !

— Si, et mieux que toi. Il imagine bien que tu ne vas pas lui pardonner ou passer l'éponge. En fait, il voudrait juste, quand pour toi ce sera le moment, te dire à quel point il regrette.

À n'importe qui d'autre Cyril aurait répondu vertement, seulement il éprouvait pour Alain une tendresse particulière qui le fit taire. Après tout, la position de son oncle était délicate, voire courageuse, puisqu'il avait pris le parti de s'occuper de Virgile, de continuer à vivre et à travailler avec lui, alors que tout le reste de la famille l'évitait soigneusement, y compris Vincent.

— Je ne demande à personne de faire comme si Virgile n'existait pas, murmura-t-il enfin. Pour ma part, je ne veux pas le voir, c'est tout.

— Jusqu'à quand ? s'enquit Alain.

Cette fois, Cyril se leva, passa devant Daniel et traversa la bibliothèque pour venir s'arrêter face à Alain.

— Pourquoi me demandes-tu ça ?

En pleine lumière, son visage était éloquent. Les cicatrices resteraient indélébiles, l'œil droit aveugle, et une évidente dissymétrie dans les traits le rendait très différent du séduisant jeune homme qu'il avait été. Alain soutint pourtant son regard sans ciller, sans manifester la moindre compassion.

— Ce n'est qu'une question, Cyril. Tu n'es peut-être pas en mesure d'y répondre aujourd'hui, je te la reposerai plus tard.

— Laisse-le tranquille ! lança Tiphaine d'un ton sec.

Cyril eut un geste en direction de sa femme, comme s'il voulait l'apaiser, mais il continuait de fixer Alain.

— D'accord, acquiesça-t-il enfin.

Les autres ne comprirent pas ce qu'il acceptait exactement, toutefois Alain ébaucha un sourire. Il était vraiment le seul à bénéficier de la confiance de tous les jeunes, le seul à obtenir d'eux des choses que nul n'aurait songé à exiger. Vincent risqua un coup d'œil vers Tiphaine qui ne protestait plus, puis il reporta son attention sur Alain, éprouvant un brusque élan d'admiration.

12

Paris, août 1978

Vaincue, Béatrice s'était résignée à faire ses valises. Quinze jours de solitude, avenue de Malakoff, l'avaient persuadée de l'inutilité d'y rester. Vincent n'avait pas téléphoné une seule fois, à se demander s'il ne l'avait pas déjà oubliée. Gommée de sa vie, effacée. Pour tromper son ennui, elle avait appelé d'anciennes amies perdues de vue, toutes mariées à présent, et dont la plupart pouponnaient avec bonheur. Passer vingt-quatre heures à Angers, chez ses parents, ne lui avait été d'aucun secours. Son père l'exhortait à engager un bon avocat et à se défendre bec et ongles dans cet inadmissible divorce, mais elle savait que Vincent se montrerait arrangeant, qu'il était tout disposé à prendre les torts à sa charge. D'ailleurs, il semblait prêt à n'importe quoi plutôt qu'à la garder.

Dans l'hôtel particulier, elle avait erré d'une pièce à l'autre, ouvrant des tiroirs au hasard sans trop savoir ce qu'elle cherchait. Vincent n'avait probablement pas de maîtresse, quant aux secrets Morvan-Meyer, s'il en existait, ils devaient être bien cachés.

Un temps gris et une petite pluie tiède rendaient Paris sinistre. Magasins fermés pour congés, terrasses des cafés désertées, vieux films à l'affiche. La météo affirmait qu'il faisait beau et chaud dans le midi de la France, Vincent profitait-il de l'été pour revoir son ex-femme ou bien restait-il à bêtifier avec ce petit-fils dont il était fou ? Il pouvait très bien faire les deux en même temps, c'était pour lui l'occasion idéale. Le voir s'extasier devant le bébé avait été si douloureux qu'elle avait cessé de prendre la pilule, bien décidée à forcer le destin, hélas, c'était trop tard, il ne la touchait plus.

Le soir, elle se préparait un plateau-repas qu'elle allait manger dans le jardin s'il ne pleuvait pas, observant la façade d'un œil mélancolique. Avait-elle été heureuse ici ? Non, jamais. Dès le début, ce mariage s'était révélé catastrophique, les meilleurs moments demeuraient ceux d'avant, quand Vincent la rejoignait chez elle ou lui donnait rendez-vous dans un restaurant. Il était tellement attendrissant, lors de leurs premières rencontres ! Pourquoi lui avait-il tout offert et, presque aussitôt, tout enlevé ?

Remplir des valises de vêtements et d'objets personnels s'avérait si démoralisant qu'elle ne parvenait pas à envisager l'avenir. Chaque jour, elle achetait un quotidien pour parcourir les annonces immobilières à la recherche d'un appartement à louer, sans parvenir à se décider. Pourtant elle avait envie d'un endroit bien à elle, un lieu intime et chaleureux où rien ne lui rappellerait plus son échec cuisant.

Un matin, alors qu'elle sortait de sa douche, elle entendit retentir la sonnette de la porte d'entrée. Elle enfila en hâte un petit peignoir de soie rose, dégringola le grand escalier et eut la surprise, en ouvrant la porte, de se retrouver nez à nez avec Virgile. Ils se dévisagèrent en silence, aussi surpris l'un que l'autre, avant qu'elle ne retrouve la parole.

— Qu'est-ce que tu fais là ?

— Je passe quelques jours à Paris, je pensais qu'il n'y avait personne ici, que vous étiez tous à Vallongue.

— Oh, tu voulais faire des économies d'hôtel ? Entre donc, tu es chez toi ! En ce qui me concerne, je n'ai pas tout à fait fini mes valises, mais je ne devrais plus tarder à débarrasser le plancher...

Comme il restait sans réaction, elle le prit par l'épaule et le tira à l'intérieur.

— Allez viens, tu me tiendras compagnie ! Tu as pris ton petit déjeuner ? Je crois qu'il y a encore du café et des biscottes.

Ils allèrent s'installer à la cuisine, vite amusés par ce hasard qui les remettait l'un en face de l'autre, eux qui étaient désormais les deux exclus de la famille. D'abord, il lui raconta son séjour en Grèce, avec beaucoup de verve et d'humour, puis il voulut connaître les raisons de son départ.

— Si ça ne tenait qu'à moi, je ne m'en irais pas ! répliqua-t-elle. Non, c'est ton père qui l'a décidé, il en a marre...

— De toi ?

D'un coup d'œil insolent, il la détailla des pieds à la tête, ensuite il se mit à rire.

— Eh bien, il ne sait pas ce qu'il perd ! Il est idiot ou quoi ?

Les cheveux longs de Béatrice avaient mouillé la soie du peignoir qui se plaquait sur elle, presque transparent. Elle rit avec lui, réjouie par le compliment.

— J'étais sous la douche quand tu as sonné, s'excusa-t-elle. Je vais m'habiller.

— Dommage...

— Virgile ! Tu es toujours aussi dragueur, hein ?

— Non, avec toi c'est différent, tu es ma belle-mère.

— Plus pour longtemps, répliqua-t-elle du tac au tac.

Tandis qu'elle le toisait, provocante, il ébaucha un sourire avant de préciser :

— Peut-être, mais je ne veux pas d'ennuis avec mon père.

Redevenu sérieux, son regard vert se déroba quand il baissa la tête.

— Il te fait peur ? interrogea-t-elle d'un ton cinglant.

— Non, ce n'est pas ça.

Sans rien préciser d'autre, il se leva et alla jeter un coup d'œil par la fenêtre.

— Si tu veux, dit-il doucement, je t'invite à déjeuner. Allons ailleurs, tu me raconteras tes malheurs.

Les intonations de sa voix évoquaient un peu celles de Vincent. Il avait mûri, sa vie au grand air l'avait changé, et l'espace d'une seconde elle se demanda si elle n'aurait pas mieux fait de l'aimer, lui.

— J'accepte ton offre ! lança-t-elle avec une fausse désinvolture. Au moins, ça me changera les idées…

Il ne se retourna pas tandis qu'elle quittait la cuisine, continuant à contempler le petit jardin où il s'était si souvent battu avec Cyril.

— Si tu préfères, je ne commande que de l'eau, proposa Vincent.

— Non, c'est une idée ridicule. Prends du rosé. Tiens, un tavel par exemple, tu adores ça !

D'autorité, Magali fit signe à un serveur et choisit elle-même sur la carte des vins qu'on lui présenta.

— Il m'arrive même de boire une coupe de champagne pour les fêtes carillonnées, expliqua-t-elle. L'alcool ne me pose plus aucun problème, tu peux te saouler si tu veux, ça me laissera de marbre. Avec Jean-Rémi, on se fait souvent des gueuletons dans les grands restaurants, et crois-moi il ne se prive pas…

Elle prit une gorgée de son jus de tomate puis leva la tête vers Vincent qui reçut son regard vert comme un cadeau. La terrasse ombragée était accueillante, les nappes avaient de douces couleurs pastel, quelques vacanciers bronzés trinquaient avec du pastis.

— Que veux-tu manger ? demanda-t-il sans pouvoir détacher ses yeux des siens.

— Peut-être une bouillabaisse, ils la font très bien ici.

— Moi aussi, alors…

— Tu aimes ça, maintenant ? s'étonna-t-elle.

— Je ne sais pas. En fait, ça m'est égal.

— Mon Dieu que tu es bizarre, Vincent ! Et puis qu'est-ce que j'ai ? Un bouton sur le nez, le Rimmel qui a coulé ?

— Non, non… Tu es parfaite.

— Rien que ça ! J'ai quarante-quatre ans, mon chéri, avec plein de rides que je distingue parfaitement le matin dans ma glace, et le soir encore mieux. Sans parler du régime que je devrais faire pour perdre trois ou quatre kilos !

— Redis-le.

— Quoi, les kilos ? Oh, quand même, ce n'est pas si terrible… Tu me trouves grosse ?

— Pas du tout. Mais tu m'as appelé « chéri ».

Elle laissa échapper un petit rire très gai avant de lui tapoter gentiment la main.

— Tu es trop sentimental, *chéri.*

— Je t'ennuie ?

— Eh bien… tu me mets dans l'embarras, voilà.

— Pourquoi ? Je ne te demande rien, je t'ai invitée à déjeuner, pas à dîner, exprès pour que tu te sentes à l'aise. Je ne suis pas un obsédé, je n'ai pas que du désir pour toi, j'ai aussi envie de t'écouter, de te regarder. Au pire, ça peut même me suffire si tu ne veux rien d'autre.

— Tu aimerais que nous soyons amis ?

— Pas vraiment, mais à défaut d'autre chose !

Il souriait, heureux d'être assis en face d'elle, pour une fois en accord avec lui-même. Le chemin parcouru depuis leur jeunesse, ensemble ou séparément, avait été moins facile que prévu. Même aux pires moments, il aurait dû savoir qu'il ne parviendrait jamais à se détacher d'elle, que tout ce qu'il ferait sans elle n'aurait aucun sens.

— As-tu un amant ? demanda-t-il soudain. Existe-t-il quelqu'un que ça pourrait mettre en colère de te voir atta-blée avec moi ?

— Tu es bien indiscret... Or tu n'as plus le droit de poser ce genre de question.

— Soit, mais je ne peux pas m'empêcher d'y penser. Pourquoi n'as-tu pas répondu à ma lettre ?

— Parce que c'était celle d'un collégien ! Elle contenait beaucoup de bêtises, d'excès.

— Sincères !

— Mais pas réalistes.

Elle lui tenait tête facilement, elle était devenue une femme sûre d'elle, sereine, capable de ne pas céder aux émotions qu'il lui inspirait. Pourtant, quand elle le voyait ainsi, gentil comme lui seul pouvait l'être, tendre et attentif, plus séduisant que tous les hommes qu'elle connaissait, elle avait envie de lui dire que, oui, elle l'aimait encore. Il n'était pas quelqu'un d'inconstant ou d'infidèle, avec elle il avait été d'une patience d'ange, c'était tout de même grâce à lui qu'elle avait pu sortir de l'enfer, et quand elle l'avait rejeté il avait vraiment souffert.

— Il y a quelque chose que je ne t'ai pas pardonné, soupira-t-elle.

— La clinique ?

— Non... Je t'en ai voulu sur le coup mais j'étais descendue bien bas, tu n'avais sans doute plus le choix. Nos ennuis ne viennent pas de là, c'était avant ça, quand tu as accepté ce poste à Paris. J'ai eu l'impression que ton père gagnait la partie, c'était lui contre moi et je n'étais pas de taille, il m'a mise hors jeu comme il a voulu. À l'époque, une carrière ne signifiait pas grand-chose à mes yeux. Vous aviez déjà tout ce qu'on peut souhaiter dans la vie, mais tu courais quand même après les honneurs en me laissant au bord du chemin. Après l'enterrement de ton père, je t'ai dit quelque chose de maladroit, je ne sais plus ce que c'était, et tu es parti. Il a suffi d'une simple phrase, à croire que tu n'attendais qu'un prétexte pour me laisser, pour laisser les enfants derrière toi.

— Tu étais déjà sous l'emprise des médicaments.

— Oui, car je te perdais un peu plus chaque jour. En plus, il y avait Clara, Charles, je ne me sentais pas à la hauteur, j'avais peur tout le temps. Quand je pense à ce moment de ma vie, je me dégoûte, je me fais pitié tant j'étais dans le brouillard, sans volonté. Je suppose que tout ça n'a pas dû aider Virgile à grandir convenablement. J'aurais préféré que tu sois plus dur avec moi, pas uniquement consterné… et toujours parfait ! Tu me traitais comme une femme compliquée, fragile, alors que je suis très simple, et au fond assez solide.

Pourtant, en parlant, les larmes venaient de lui monter aux yeux et elle prit sa serviette pour s'essuyer furtivement, avec un geste d'excuse.

— Magali…, murmura-t-il, bouleversé.

Il faillit dire qu'il était désolé mais se reprit à temps. Ce n'était pas ce qu'elle attendait de lui, si toutefois elle attendait encore quelque chose.

— Si Alain voyait ça, plaisanta-t-elle, il me suggérerait de ne pas m'apitoyer sur moi-même ! Je ne sais pas ce que j'aurais fait sans lui, pendant toutes ces années.

— Il m'est arrivé d'en être jaloux, avoua-t-il d'un ton piteux.

— D'Alain ?

— De votre complicité. Il était comme ton rempart, c'est lui que tu appelais au secours, pas moi.

— Parce qu'il était là. Pas toi.

— Je me disais que tu finirais par te réfugier pour de bon dans ses bras.

— J'aurais pu. Mais il n'a pas essayé.

Un maître d'hôtel vint déposer devant eux une soupière fumante et leur souhaita bon appétit avant de s'éclipser discrètement. Une odeur de safran, d'ail et de fenouil s'éleva quand Magali servit Vincent.

— Je te donne de tout ? Même du congre ?

De nouveau elle était gaie, son accès de mélancolie déjà oublié.

— Et de la rouille aussi ? Bon, pas trop, tu n'as jamais apprécié le piment...

Lorsqu'elle lui tendit son assiette, leurs regards se croisèrent de nouveau.

— Laisse-moi te voir de temps en temps, demanda-t-il précipitamment.

Elle se pencha au-dessus de la table, saisit sa main qu'elle serra très fort.

— De temps en temps ? Oui ! Tu connais le chemin, tu sais où me trouver. Viens quand tu en auras assez d'être quelqu'un d'important, et quelqu'un de seul. Viens et amène-moi notre petit-fils, que je lui explique qu'il n'y a pas que des Morvan-Meyer de par le monde.

Figé, il baissa les yeux vers la main de Magali qui tenait toujours la sienne. Elle ne portait aucune bague, juste une jolie montre un peu lâche autour de son poignet.

— Pose les conditions que tu veux, je t'aime, capitula-t-il à voix basse.

C'était l'aveu le plus simple et le plus juste qu'il puisse faire, il avait mis des années à s'en apercevoir. Aujourd'hui, il était prêt à une totale reddition. Ce qu'elle lui accorderait, il allait le prendre sans hésiter.

Épuisée, de mauvaise humeur, Béatrice regagna l'avenue de Malakoff en fin d'après-midi. Son déjeuner avec Virgile n'avait pas été aussi amusant que prévu, et elle s'était consolée en allant faire du shopping dans les grands magasins. Elle en rapportait deux robes inutiles, des sandales et un maillot de bain achetés en solde, une valise de toile aux couleurs criardes. Il faudrait bientôt qu'elle apprenne à dépenser moins. Et surtout qu'elle s'occupe plus sérieusement de dénicher un appartement. Ensuite, elle devrait se mettre en quête d'un travail, postuler dans un cabinet de groupe ou s'installer à son compte.

L'hôtel particulier était silencieux, sinistre. Virgile avait préféré ne pas revenir avec elle, ne pas habiter sous le même toit, sans expliquer pourquoi, mais elle n'était pas stupide et avait très bien compris. Elle lui plaisait toujours, ça sautait aux yeux, mais aujourd'hui il était devenu assez mûr pour lui résister. Pourtant la jeune femme aurait été capable, dans l'état d'esprit où elle se trouvait, de s'offrir cette ultime vengeance sur Vincent. Puisqu'il ne voulait plus d'elle, elle se considérait libre, leur divorce n'était désormais qu'une formalité. Tromper le père avec le fils aurait été le comble de la dérision, le point d'orgue à son mariage-naufrage. Mais Virgile l'avait quittée très vite en sortant du restaurant, après l'avoir serrée un peu maladroitement contre lui et embrassée au coin des lèvres. Il avait de très beaux yeux verts, auxquels elle ne voulait pas être sensible, agacée d'avoir trop souvent entendu qu'il possédait exactement les yeux de sa mère. Qu'aurait pensé Vincent de ce déjeuner en tête à tête ? Voilà une carte qu'elle n'avait jamais songé à jouer : celle de la jalousie. Tandis que leur couple agonisait, elle s'était contentée de s'accrocher à lui, de le supplier ou de lui faire des scènes, au lieu de prendre un amant. Un amant qui soit plus jeune que lui, afin de lui rappeler qu'il avait de la chance et qu'il devait veiller sur sa jolie femme au lieu de la repousser.

Cette idée fit son chemin pendant qu'elle se préparait une salade de riz, seule dans l'immense cuisine. Elle regretta de n'avoir pas demandé à Virgile dans quel hôtel il comptait descendre. Quitte à agiter le spectre d'un rival, Virgile faisait mieux l'affaire qu'un autre car, même s'il était – ou se croyait – détaché d'elle, Vincent grincerait des dents à la perspective d'être trompé par son propre fils. Surtout après tout ce qui s'était passé avec lui.

Alors que la nuit tombait, Béatrice monta jusqu'au boudoir de Clara. Elle n'avait pas connu la vieille dame dont ils parlaient tous à longueur de temps, et cette pièce ne lui évoquait rien de particulier, elle la trouvait aussi sinistre que les autres, mais au moins on y était confortablement installé pour téléphoner.

Elle hésita un moment, la main au-dessus de l'appareil, puis décida qu'elle n'avait rien à perdre. À Vallongue, ce fut Alain qui décrocha et à qui elle dut demander Vincent. Tout en patientant, elle essaya de l'imaginer, sûrement bronzé par le soleil des vacances, avec son irrésistible regard gris pâle, toujours élégant même s'il ne portait qu'un jean et une chemise à col ouvert, très à l'aise dans son rôle de chef de tribu. Sa famille d'abord, surtout depuis qu'il était grand-père, mais aucune place pour elle. Heureux de dormir seul au milieu du grand lit, sans la trouver à côté de lui au réveil, pressé d'aller travailler dans le bureau du rez-de-chaussée ou d'arpenter les collines derrière son insupportable cousin.

Les doigts crispés sur le combiné, déjà presque en colère à l'idée qu'il soit si bien loin d'elle, elle entendit enfin sa voix grave.

— Béatrice ? Comment vas-tu ? Est-ce qu'il y a un problème particulier qui…

Il laissait sa phrase en suspens, poli mais distant, et elle se racla la gorge.

— Aucun, non, tout va bien ici, j'ai presque terminé, tu ne trouveras pas trace de moi en rentrant ! C'est ce que tu voulais ?

Malgré tout, elle lui offrait une dernière chance, une occasion de les sauver tous les deux.

— Je crois que c'est mieux, oui, répondit-il d'un ton léger. As-tu visité des appartements ? Il paraît qu'il pleut, à Paris ?

Mondain, affable, sans la moindre intonation de regret, il lui parlait avec indifférence en attendant de savoir ce qu'elle voulait. Elle se souvint brusquement de ce jour lointain où elle était venue l'attendre au Palais de justice, devant son bureau de juge, surveillée par l'huissier en grand uniforme. La façon dont il avait dit : « Je sais très bien qui vous êtes, mademoiselle Audier. » Et l'étrange déjeuner qui avait suivi, dans la brasserie de la place Dauphine, le quiproquo au sujet de Virgile – déjà ! –, puis le regard différent qu'il avait posé sur elle quand il avait compris qu'elle n'était là que pour lui. Elle s'aperçut qu'elle aurait volontiers donné dix ans de sa vie pour être dans ses bras, et cette constatation la mit hors d'elle, balayant d'un coup ses scrupules.

— J'ai déjeuné avec Virgile aujourd'hui, laissa-t-elle tomber.

Avec un décalage perceptible, il finit par répondre :

— Ah bon ? Il est rentré de Grèce ?

— Oui. Il va passer quelques jours ici.

— Avenue de Malakoff ?

— Eh bien… j'espère que ça ne te contrarie pas ? Il est vraiment adorable, je l'ai trouvé très changé… Sauf qu'il est toujours aussi charmeur !

Le silence de Vincent lui donna une bouffée d'espoir. Elle crut qu'il pensait au début de leur histoire, quand Virgile était tellement amoureux d'elle, mais elle ne pouvait pas savoir qu'en réalité il songeait à la conversation surprise la veille du mariage. Le cynisme dont elle avait fait preuve, le mépris de Virgile à son égard : il n'avait pas oublié un seul mot.

— Charmeur ? répéta-t-il. Sûrement…

— Au point où nous en sommes, toi et moi, je suppose que ça n'a plus beaucoup d'importance, mais je voulais te le dire, par honnêteté. C'est lui qui est venu me relancer ici, il devait savoir que tu m'avais laissée seule… Et finalement sa compagnie est plutôt agréable, entre autres il aime le cinéma, il y a tout un tas de vieux trucs qu'il veut voir à la cinémathèque… Nous irons peut-être aussi assister à un ballet dans la cour carrée du Louvre… Autant profiter du mois d'août ! Pour être franche, ça me change les idées de sortir avec quelqu'un de drôle, de jeune, bref il ne me déplaît pas.

Au bout de quelques instants, Vincent répondit, d'une voix qu'il s'efforça de garder neutre, presque conciliante :

— Oui, il est sûrement plus proche de toi que je n'ai pu l'être.

— Donc tu me donnes ton accord ? répliqua-t-elle, sidérée.

— Tu n'en as pas besoin, lui non plus. Y a-t-il autre chose dont tu souhaitais discuter avec moi ?

Il perçut le déclic sur la ligne quand elle coupa la communication, sans doute folle de rage. Il reposa le combiné, resta un moment immobile. Est-ce que son fils était assez amoral pour lui faire un coup pareil ? Oui, il était séduisant et charmeur, il pouvait avoir toutes les filles qu'il voulait et ne s'en privait pas, à en croire Alain, alors pourquoi éprouvait-il le besoin de s'en prendre à Béatrice qui n'était pas encore divorcée, qui portait toujours le nom de Mme Vincent Morvan-Meyer ? Éprouvait-il une réelle passion pour elle, qu'il n'avait jamais réussi à dominer, ou n'agissait-il ainsi que pour se venger de lui ? Mais se *venger* de quoi ? Vincent avait fait tout ce qui était en son pouvoir, y compris marcher sur son orgueil et mettre ses comptes en banque à sec, pour tirer Virgile des griffes de Marie. Protéger l'avenir de son fils avait été son seul objectif, et même s'il n'en espérait pas de reconnaissance, il ne s'attendait pas non plus à ce genre de mauvaise surprise.

Exaspéré, il traversa le hall et sortit sur le perron. Il n'avait pas envie de rejoindre les autres dans le patio, il préférait être seul. Il fit quelques pas le long de l'allée obscure, s'adossa à un platane et alluma une cigarette. Dans dix jours, les vacances prendraient fin. Il retrouverait la Cour de cassation, un métier qui le comblait, des responsabilités qui le stimulaient. Il était plutôt heureux depuis que Magali avait accepté de le revoir, il saurait trouver du temps pour essayer de la reconquérir peu à peu, tout comme il continuerait à veiller sur Tiphaine et Lucas. Mais Virgile demeurerait un échec, un désastre, à croire que son fils aîné était devenu son pire ennemi.

Que Béatrice le nargue importait peu, il ne se sentait pas jaloux d'elle. Bien sûr, il n'avait pas apprécié de s'entendre assener que Virgile était drôle et jeune, ce qu'il n'était pas, mais il n'éprouvait ni la rage ni la douleur d'un mari trompé. Juste une petite blessure d'orgueil insignifiante, dont il pouvait s'accommoder. En revanche, il ne voulait pas passer le reste de son existence en guerre avec l'un de ses enfants. Il fallait qu'il le voie, qu'il lui parle, il l'évitait depuis trop longtemps. Réparer les dégâts en signant des chèques n'était pas suffisant, il s'était montré lâche : Virgile le lui faisait payer à sa manière.

Les lanternes de la façade s'allumèrent et la silhouette d'Alain apparut sur le perron.

— Qu'est-ce que tu fais tout seul dans le noir ?

Vincent le regarda descendre les marches, venir vers lui, s'arrêter à un pas pour demander :

— Tu as eu de mauvaises nouvelles ?

— Pas vraiment. C'est juste que…

— Magali vient d'appeler, coupa Alain, elle a récupéré Virgile à l'aéroport, il a écourté ses vacances. Rassure-toi, il ne viendra pas ici, je pense qu'il restera chez sa mère ou qu'il ira chez des copains en attendant le départ de Cyril, mais peut-être que tu…

— Il est chez elle ? À Saint-Rémy ?

D'abord incrédule, Vincent éprouva soudain un tel soulagement qu'il se mit à rire.

— La garce ! s'exclama-t-il. Et moi, je suis le dernier des cons. Un peu plus et c'était reparti pour un tour, malentendu, rancune, on peut recommencer à l'infini...

— De qui parles-tu ?

— Rien. Je te raconterai plus tard. En attendant, tu sais quoi ? Je t'adore !

Spontanément, il passa son bras autour du cou d'Alain, l'attira contre lui.

— Si tu n'étais pas là, je ne sais pas ce que je deviendrais... Je vais me réconcilier avec mon fils, qu'il soit d'accord ou pas. Quelle heure est-il ? Tu crois que je peux y aller maintenant ?

— Attends donc demain matin, tu n'en es plus à un jour près. Qu'est-ce qui t'énerve à ce point-là ?

— Je ne suis pas énervé, je suis gai.

— Merci, mon Dieu, ça ne t'arrive pas si souvent !

Négligeant la réflexion, Vincent enchaîna :

— Oui mais là, tu viens de m'ôter un grand poids, je vais pouvoir divorcer sans remords.

Par jeu, il ébouriffa les cheveux d'Alain avant de le lâcher.

— La première fois que je t'ai parlé d'elle, je t'ai dit qu'elle s'appelait Béatrice et tu m'as répondu qu'elle pouvait aussi bien s'appeler Bécassine, c'était prémonitoire ! Je crois que tu es mon bon ange...

— Sûrement pas !

— Si, si, tu l'as toujours été, même quand tu me faisais la gueule.

— Et tu ne t'es jamais demandé pourquoi ?

La question prit Vincent au dépourvu et il essaya en vain d'y trouver une réponse, puis il secoua la tête.

— Il y a une raison précise ?

Alain haussa les épaules, eut un geste insouciant.

— N'en cherche pas, dit-il. Les liens du sang, peut-être ? Allez, va te coucher, demain est un grand jour...

Il s'éloigna de Vincent, lui tapant gentiment sur l'épaule au passage, et se dirigea vers le garage.

— N'oublie pas d'éteindre ! cria-t-il sans se retourner.

Quand Magali poussa les persiennes de la petite chambre d'amis, le soleil fit gémir Virgile qui mit son oreiller sur sa tête.

— Debout ! lui lança sa mère d'une voix retentissante.

— Je suis en vacances, grogna-t-il.

— Possible, mais ton père est en bas et c'est toi qu'il attend.

Le jeune homme se redressa d'un bond, la dévisagea pour s'assurer qu'elle ne plaisantait pas, puis protesta, d'une voix mal assurée :

— Tu lui as demandé de venir ?

— Absolument pas.

Elle lui adressa un sourire encourageant avant de quitter la pièce. Sur le palier, elle s'arrêta un instant devant la glace en pied, s'observa sans complaisance. Vincent était arrivé alors qu'elle se maquillait, ce qui ne lui avait pas laissé le temps de mettre du rouge à lèvres. Tant pis, elle ferait un petit raccord à la galerie, mais pas question d'ouvrir en retard, elle était toujours très ponctuelle. Elle s'élança dans l'escalier en colimaçon, qu'elle descendit en hâte sur ses hauts talons.

— Tu n'es jamais tombée ? interrogea Vincent d'un ton de reproche.

Il attendait sagement, assis dans l'un des fauteuils Knoll, mais quand elle passa devant lui il l'arrêta en tendant la main.

— Je te revois quand, Mag ?

Penchée vers lui, elle effleura sa joue du bout des doigts, suivit la ligne d'une ride jusqu'à sa bouche. Elle ne pouvait pas se souvenir de la dernière fois où il avait utilisé son diminutif.

— Appelle-moi à la galerie. Tu me raconteras…

Avant qu'il ait pu réagir, elle s'était déjà éloignée. Elle ramassa son sac sur la console de verre, saisit son trousseau de clefs et claqua la porte. Avec un soupir de frustration, il s'extirpa du fauteuil pour faire quelques pas sur le tapis. Il trouvait la décoration trop moderne mais néanmoins très réussie. Même si la maison était petite, on devait s'y sentir bien, hiver comme été. En tout cas, Magali avait choisi une atmosphère radicalement différente de celle de Vallongue, ici elle était vraiment chez elle. Jean-Rémi avait dû la conseiller, l'aider à trouver un style qui lui permette de se démarquer du passé, et elle était parvenue à un résultat remarquable.

— Papa ?

La voix hésitante de Virgile le fit se retourner. Son fils se tenait sur la dernière marche, pieds nus, vêtu d'un jean moulant et d'un tee-shirt blanc, les cheveux encore mouillés d'une douche hâtive. Tranchant sur le teint très bronzé, son regard vert évoquait irrésistiblement celui de sa mère. Vincent le considéra attentivement, étonné de découvrir à quel point il avait changé. Au moins un détail sur lequel Béatrice n'avait pas menti.

— Bonjour Virgile. Ta mère nous a préparé un petit déjeuner, je crois…

Ils gagnèrent la cuisine en silence, un peu gênés, et s'installèrent de part et d'autre du comptoir, sur les hauts tabourets d'ébène.

— Tu as écourté tes vacances ? commença prudemment Vincent.

— Je n'aime pas Paris, je n'avais aucune raison d'y rester. À propos, j'ai vu ta femme, hier.

De lui-même il l'avouait, comme pour s'en débarrasser.

— Je sais. Elle était très contente de me l'apprendre.

— Contente ? Pourquoi ?

D'un geste vague, Vincent éluda la question et se contenta de plaisanter :

— Quand tu connaîtras mieux les femmes…

Un silence contraint les sépara quelques instants, puis Virgile se lança le premier, mais trop vite et en butant sur les mots.

— Il faut que je te parle de Cyril, je suppose que tu es là pour ça !

— Pas uniquement… Parle-moi de toi aussi.

— Eh bien, les choses sont liées, cette bagarre ne m'a pas débarrassé de lui, au contraire, maintenant j'y pense tout le temps.

Nerveux, le jeune homme se passa la main dans les cheveux, baissa les yeux sur son tee-shirt froissé. En face de lui, son père était aussi élégant que de coutume, avec une chemise bleu ciel impeccable, une très légère odeur de vétiver autour de lui, une montre extra-plate au poignet.

— Je regrette infiniment d'avoir été aussi violent, dit-il d'une voix nette. Et surtout vis-à-vis de Tiphaine… Je l'aime beaucoup, et elle doit me haïr, c'est normal. Quant à toi, je t'ai mis dans une situation impossible, que tu as gérée parfaitement, comme d'habitude… Non, excuse-moi, je ne fais pas d'humour noir et bien sûr ce n'est pas une critique, je serais vraiment mal placé, mais je veux dire que tu es tellement… enfin, être ton fils n'est pas facile, tu mets la barre très haut. J'ai toujours eu l'impression de te décevoir, alors l'histoire avec Cyril a été ce que je pouvais faire de pire.

— Est-ce que tu le détestes toujours ?

— Comment veux-tu ? Bien sûr que non ! Je ne peux pas détester un type dont j'ai bousillé l'existence, je ne suis pas un monstre ! Je…

Il s'arrêta net, se mordit les lèvres. Vincent ne fit rien pour l'aider, se bornant à attendre qu'il ait recouvré son calme.

— J'ai tous les détails par Alain ou par maman, ils ne m'épargnent rien. Je sais que c'est grâce à toi si je n'ai pas de casier judiciaire, ni une saisie-arrêt sur mon salaire, que tu n'es plus rien dans le cabinet Morvan-Meyer mais que tu t'es débrouillé pour que Lucas ne soit pas trop lésé. Même lui, je n'ose pas l'appeler…

— Tu devrais.

— Non, c'est au-dessus de mes forces.

— Tu as tort. Je crois qu'il aimerait bien t'entendre. Tu es toujours son grand frère.

— Oh, tu parles ! Il vit avec Tiphaine, il voit Cyril tous les matins… C'est vrai qu'il est défiguré ?

— On peut dire ça comme ça.

Virgile mit sa tête entre ses mains et resta silencieux un moment.

— Je vais traîner ça jusqu'à la fin de ma vie, reprit-il avec effort. C'est dur de se sentir coupable en permanence, de devoir décamper dès que la famille arrive à Vallongue… La dernière fois que tu m'as téléphoné, et ça ne date pas d'hier, il n'a été question que d'argent…

— Ne me fais pas ce reproche-là, dit doucement Vincent. C'était le plus urgent, il fallait bien que quelqu'un s'en occupe.

— Mais tout l'argent du monde ne lui rendra pas ce qu'il a perdu ! explosa Virgile. Si le contraire s'était produit, si c'était moi qu'il avait amoché comme ça, je l'aurais tué en sortant de l'hôpital ! Je ne comprends pas qu'il ne me cherche pas avec un fusil ! À sa place…

— Ta sœur l'en empêcherait, mais de toute façon ce n'est pas dans sa nature. Tu es violent et il est très posé, il l'a toujours été.

— Posé au point de te ruiner et de continuer à vivre sous ton toit ? Ce n'est pas un petit saint, comment peut-il te regarder en face ?

— C'est Marie qui a voulu tout ça, pas lui. Elle a agi dans son intérêt, elle était pire qu'une lionne pour le défendre et elle avait raison, n'importe quelle mère en aurait fait autant. Quant à vivre avenue de Malakoff, c'est ta sœur qui y tient… Peut-être aurait-il préféré davantage d'intimité. Cyril est un gentil garçon, on ne peut pas lui enlever ça.

— Je sais, je sais…, soupira Virgile. J'ai failli lui écrire, mais Alain était contre.

— Pourquoi ?

— D'après lui, c'est un peu… lâche.

— Bien vu.

— Non, vous ne comprenez pas, ni l'un ni l'autre. Je n'ai pas peur de Cyril, et je peux aller me traîner à ses pieds sans état d'âme, ça me soulagerait plutôt.

— Alors, qu'est-ce qui te retient ?

— Tu crois que je devrais le faire ?

— Tu peux au moins essayer.

Virgile releva brusquement la tête, croisa le regard de son père. Celui-ci pensait à la manière dont Cyril s'était laissé acculer dans ses derniers retranchements par Alain, quelques jours plus tôt. À ce « D'accord » qu'il avait lâché du bout des lèvres, provoquant le sourire énigmatique d'Alain. Avec un tout petit peu de chance, la confrontation ne tournerait pas forcément au désastre, à condition d'éloigner Marie d'abord.

— Tu resteras avec moi ? demanda Virgile à voix basse.

Soudain, il semblait pathétique, son visage avait repris une expression d'adolescent inquiet, et c'était la toute première fois qu'il réclamait l'aide de son père.

— Bien sûr, affirma Vincent en affichant une assurance qu'il était loin de ressentir.

— On y va quand ? Aujourd'hui ?

Contrairement à ce qu'il venait de proclamer, toute son attitude trahissait l'angoisse, mais aussi une détermination farouche. Il était prêt à se retrouver devant Cyril, à assumer les conséquences d'une bagarre de jeunesse qui avait mal tourné, il ne voulait plus fuir.

— Très bien, accepta Vincent, je repasse te prendre vers onze heures.

Puisque son fils faisait preuve de courage, autant saisir l'occasion. D'ailleurs c'était exactement ce qu'il avait espéré, il ne pouvait que se réjouir, et aussi se dépêcher d'aplanir les difficultés.

D'une cabine téléphonique, Vincent appela Vallongue et réussit à convaincre Hervé d'emmener Marie passer la journée en Camargue. Rien qu'eux deux, en amoureux, et pas de retour avant le coucher du soleil. Ensuite, il joignit Alain, à la bergerie, pour lui faire part de ses intentions et obtenir son aide. Un peu tranquillisé, il flâna un moment dans les rues de Saint-Rémy, entra dans la boutique d'un fleuriste où il acheta un gros bouquet, puis se rendit chez Odette qu'il n'avait pas vue depuis très longtemps et qui fut stupéfaite de sa visite. La brave femme n'avait pas beaucoup changé, sa maison non plus, hormis quelques objets incongrus comme une cafetière électrique ou une machine à laver qui encombraient désormais sa cuisine. Elle s'empressa d'expliquer que Magali la gâtait beaucoup, qu'elles déjeunaient ensemble au moins une fois par semaine, qu'en conséquence elle était au courant de tout. Vraiment *tout*, précisa-t-elle d'un air malicieux.

— Ton remariage ridicule, et Dieu sait que ça l'a mise en colère, la pauvre, toutes les histoires de ta famille, qui sont à ne pas croire, sans parler du malheureux Virgile, que tu as traité en pestiféré, mais que moi j'ai toujours accueilli à bras ouverts !

Volubile, elle l'empêchait de protester ou de répondre, rappelant au passage qu'il aurait pu faire mieux que des cartes de vœux à Noël.

— On dirait que tu ne supportes pas les faux pas, Vincent ? Avec toi, personne n'a le droit de démériter, pourtant Magali t'a donné une leçon dont tu aurais dû faire ton profit. Remarque bien, à l'époque j'ai pris ta défense, je trouvais stupide qu'elle te quitte, mais finalement elle s'est bien débrouillée. La preuve, aujourd'hui elle épate tout le monde, toi le premier !

D'autorité, elle lui servit un café au lait très sucré qu'il se força à boire tandis qu'elle poursuivait, intarissable :

— Tu es quelqu'un de bien, de gentil, on ne me fera pas changer d'idée, je me rappelle à quel point ta grand-mère t'adorait, et il faut dire que tu as été correct avec Magali malgré tout, mais quelle idée t'a pris d'imaginer que tu serais heureux dans les bras d'une autre ? Tu étais l'homme d'une femme, Vincent ! Je te revois jeune homme, tu la buvais des yeux, tu avais même bravé ton père, fallait-il que tu tiennes à elle ! Alors il paraît que maintenant tu es devenu quelqu'un à Paris ? Un grand… magistrat, c'est comme ça qu'on dit ? Ah, de là-haut, Clara doit se rengorger… Mais je parle, je parle, et je ne sais toujours pas pourquoi tu m'as apporté des fleurs.

— Pour me faire pardonner de vous avoir négligée. J'avais de vos nouvelles par les enfants mais j'aurais dû en prendre moi-même.

— C'est la vie, tu n'y peux rien, ça va trop vite pour tout le monde. Bon, qu'est-ce que tu veux que je dise à Magali, comme ça, l'air de rien ? Parce que c'est la raison de ta visite, ne me raconte pas de blagues… Que tu l'aimes encore ? Mais elle le sait, va, et elle en est fière ! Seulement, si c'est un conseil que tu attends, eh bien, ne refais pas deux fois la même erreur, voilà, je te l'aurai dit. Ta vie est dans la capitale, la sienne est ici. C'était vrai il y a vingt ans, ça l'est toujours. Profitez donc des bons moments, ce sera déjà beau…

Quand il la quitta, une demi-heure plus tard, et qu'il se retrouva sur le trottoir ensoleillé, il se sentait tellement apaisé qu'il s'en voulut de ne pas être venu plus tôt. Odette lui avait rappelé une foule de souvenirs oubliés, des anecdotes enfouies dans sa mémoire et qui remontaient à la guerre, à cette enfance vécue à Vallongue par cinq cousins insouciants. Une époque qu'il se prenait à regretter, sans comprendre pourquoi.

À pas lents, il refit le chemin vers la maison de Magali. Le moment difficile approchait et il voulait conserver tout son calme, dont il allait avoir grand besoin. Pour se rassurer, il essaya de se persuader que sa propre famille ne pouvait pas être pire qu'un tribunal, mais il n'en était pas certain.

Une fois Hervé et Marie partis, Alain avait hésité un moment sur la conduite à tenir. Il y avait trop de gens dans la maison, impossible de tous les éloigner, aussi préféra-t-il aller annoncer à Gauthier et Daniel l'arrivée imminente de Virgile. Ce qui supposait d'isoler Cyril quelque part. Sofia s'occuperait de la jeune fille au pair et des petits, Chantal irait tenir compagnie à Madeleine tandis que Léa, Paul et Lucas entraîneraient Tiphaine ailleurs.

Il y eut ainsi une sorte de ballet qui dura un bon quart d'heure avant que Cyril ne se retrouve seul à sommeiller au bord de la piscine, Gauthier assis à côté de lui et lancé dans un interminable discours médical. De l'autre côté du grillage, à l'ombre des chênes, Alain et Daniel disputaient un match de ping-pong lamentable tant ils étaient distraits.

Quand Vincent et Virgile apparurent, au coin de la maison, ce fut pourtant Cyril qui les aperçut le premier. Très lentement, il se redressa, puis se mit debout pour les regarder approcher. Vincent batailla un peu avec la porte du grillage, trop nerveux pour l'ouvrir d'un coup, ensuite il contourna le bassin, toujours escorté de son fils.

Cyril jeta un coup d'œil vers Daniel et Alain qui ne faisaient même plus semblant de jouer avec leurs raquettes, puis il s'adressa à Gauthier.

— Quel genre de traquenard m'avez-vous réservé, tous les quatre ?

— C'est mon initiative, déclara Vincent d'un ton parfaitement calme.

— Alors s'il te plaît, tais-toi, ne parle à la place de personne ! répliqua Cyril.

Sa voix, très oppressée, contenait une violence sous-jacente qui n'augurait rien de bon, mais il fit face à Virgile. Il y eut un insupportable silence durant lequel Virgile se décomposa jusqu'à devenir livide sous son bronzage, après quoi il parvint juste à articuler :

— J'avais préparé des… des excuses, mais…

Les yeux rivés sur les cicatrices de Cyril, il secoua la tête, avala sa salive, renonça à poursuivre.

— Va-t'en, Vincent, dit Cyril d'un ton dur.

Ensemble, Vincent et Gauthier s'éloignèrent, franchirent la porte l'un derrière l'autre puis rejoignirent Alain et Daniel. Ce dernier proposa aussitôt, avec une nonchalance très artificielle :

— Une petite partie ? Comme ça, on ne s'éloigne pas, on n'écoute pas, et ça passe le temps…

Il expédia une balle vers Alain qui la renvoya machinalement tandis que les deux autres prenaient des raquettes. Là-bas, au bord de la piscine, les deux silhouettes étaient toujours immobiles, comme statufiées.

— Morvan contre Morvan-Meyer ? proposa Gauthier en se mettant à côté de son frère.

— Oh, tu as l'art des formules de circonstance ! ironisa Alain.

Daniel laissa échapper un rire qui n'avait rien d'étudié, cette fois, et même Vincent se détendit un peu. Ils mirent le service en jeu, sans conviction, jusqu'à ce que Gauthier exécute un smash imparable.

— Tu t'entraînes à l'hôpital ou quoi ? protesta Daniel. Vous êtes certains que les jeunes vont retenir Tiphaine assez longtemps et qu'elle ne viendra pas s'en mêler ?

— Lucas a promis qu'il faudrait qu'elle lui marche dessus pour s'enfuir, répondit Alain.

— Alerte ! s'exclama Gauthier. J'aperçois de gros nuages à l'horizon…

Les autres suivirent la direction de son regard et virent Marie qui se dirigeait vers eux, flanquée d'Hervé. À leur grande surprise, elle fit un détour afin de ne pas s'approcher de la piscine. Elle s'arrêta à deux pas de Vincent, croisa les bras.

— Qu'est-ce qui t'est passé par la tête, espèce de sale con ?

— Désolé, je ne sais pas mentir, marmonna Hervé qui semblait très gêné.

— Laisse-les s'expliquer, Marie, dit Vincent entre ses dents.

— Tu te fous de moi ! explosa-t-elle. En t'y prenant comme ça, tu es sûr du résultat, je ne mettrai plus les pieds ici !

C'était une menace ridicule, elle regretta de l'avoir proférée et se mordit les lèvres. Derrière elle, Hervé lui effleura l'épaule avant de s'éloigner discrètement. Alain en profita pour lancer à sa sœur :

— Si tu nous servais d'arbitre ? Compte les points, on aura moins l'air de tenir un conseil de famille…

— Oh, toi, boucle-la ! Qu'avez-vous fait des autres ?

— Tout le monde est occupé à quelque chose.

Elle se détourna, s'assura d'un rapide coup d'œil que Cyril et Virgile n'avaient toujours pas bougé depuis son arrivée. À cette distance, il était impossible d'entendre ce qu'ils disaient ni de discerner l'expression de leurs visages.

Elle perçut le bruit de la balle de celluloïd rebondissant sur la table, dans son dos, et elle maugréa :

— Vingt et un à zéro, fin du match.

Le bras de Vincent entoura aussitôt ses épaules puis elle se sentit tirée en arrière.

— C'est mon fils, Marie..., chuchota-t-il à son oreille. Je veux seulement l'aider.

Elle lutta un moment en silence avec lui pour repousser son étreinte, mais comme il refusait de la lâcher elle finit par abandonner, se laissant aller contre lui.

— Tu aurais dû m'en parler !

— Tu m'aurais envoyé au diable...

D'autorité, il l'entraîna vers l'ombre des chênes, la fit asseoir sur une souche.

— Ne bouge pas de là, donne-lui une chance, dit-il à voix basse.

Combien de temps allait-il la faire tenir tranquille, l'empêcher d'intervenir ? L'enjeu était de taille et il ajouta :

— Personne n'aurait pu réconcilier ton père et le mien, mais, en ce qui concerne ton fils et le mien, je refuse que l'Histoire se répète. Ce n'est pas une malédiction, on peut y échapper.

Elle le regarda avec une sorte de stupeur, choquée par ce qu'il venait d'énoncer et tout à fait incapable de lui répondre. À l'arrière-plan, Cyril et Virgile continuaient de parler, plus près d'eux Daniel et Gauthier s'étaient remis à jouer, Alain se tenait à l'écart, la tête levée vers les collines, et Vincent s'était assis à même la terre, juste à côté d'elle.

— Nous avons donc tellement vieilli ? lui demanda-t-elle de façon abrupte. Je ne peux pas croire que tu sois là, à me donner des leçons, alors qu'il n'y a pas si longtemps tu n'étais qu'un gamin qui ne savait pas reconnaître un radis d'une salade, quand cet endroit était encore un potager... Du plus loin que je me souvienne, il y a toujours eu Clara, et avec elle c'était facile de croire à la famille... Les cadavres cachés, on les a déterrés si tard que ça n'avait plus la même importance... Je n'aimais pas mon père, de toute façon, et j'adorais le tien !

Elle pouvait se permettre de le reconnaître, à présent qu'elle avait Hervé à ses côtés. Des cinq cousins, elle avait d'abord été l'aînée, qu'ils appelaient « la grande » par dérision, puis la marginale, refusant de ressembler à Madeleine, ne se risquant pas à imiter Clara. Elle n'était pas certaine d'être une avocate hors pair, mais en tant que mère elle avait fait ce qu'elle avait pu et elle allait continuer. Son regard lâcha son cousin pour se reporter vers les deux garçons qui venaient de bouger.

— Tu veux vraiment te charger de tout ça, Vincent ? Alors fais à ton idée, mais j'espère pour toi que celle-là était bonne...

Cyril avait esquissé un pas en avant, la main levée. Il toucha Virgile qui recula avant de basculer tout habillé dans la piscine, au milieu d'une gerbe d'eau. Vincent bondit sur ses pieds, prêt à se précipiter, mais la voix d'Alain le cloua sur place.

— Attends !

Penché au-dessus du bord, Cyril riait, et il plongea bien au-delà de Virgile pour ne pas le heurter. Des chaussures trempées atterrirent sur une dalle.

— Eh bien, souffla Marie, on dirait que tu y es arrivé quand même...

Ils restèrent longtemps immobiles tous les cinq, à regarder nager les jeunes gens, comme s'il n'y avait rien de plus essentiel que cette ultime réconciliation à laquelle ils assistaient en silence.

13

Paris, avril 2001

L'église Saint-Honoré-d'Eylau est archi-comble, il y a même des gens qui n'ont pas pu prendre place à l'intérieur et qui sont restés sur le trottoir de la place Victor-Hugo, attendant la fin de la cérémonie.

Les familles des mariés occupent les deux premiers rangs de prie-Dieu. Du côté Cohen, il n'y a que les parents et la sœur de Sarah, un peu éberlués d'être là à consacrer un culte qui n'est pas le leur, mais néanmoins très émus. En ce qui concerne Charles, les Morvan et les Morvan-Meyer sont rassemblés au grand complet, ce qui représente une bonne trentaine de personnes.

Cyril et Tiphaine ont voulu un très beau mariage pour leur fils Charles, qui vient de passer le concours d'avocat en obtenant des résultats époustouflants. Tradition oblige, bien entendu, avec quelque chose en plus qui est peut-être l'exceptionnel don d'orateur que possédait son arrière-grand-père.

Le patriarche du clan, Vincent, paraît assez bouleversé par l'union de son petit-fils avec cette ravissante jeune fille dont le sourire subjugue tout le monde. À soixante-huit ans, il a encore une allure folle, c'est lui le plus élégant de l'assemblée. Mais, pour un homme aussi maître de lui que ce célèbre magistrat, il est surprenant de constater que le regard gris se brouille de larmes contenues. Peut-être a-t-il l'étrange impression d'assister aux noces de ses propres parents, célébrées dans cette même église soixante-dix ans plus tôt ? Le consentement de Judith avait sûrement sonné aussi haut et clair que celui que vient de prononcer Sarah.

À côté de Vincent, Magali se tient droite, sereine, imposante. À la voir aujourd'hui, personne ne pourrait plus imaginer quelle petite sauvageonne elle a été, et par la suite quelle femme brisée. Marie serre très fort la main d'Hervé, Daniel celle de Sofia, tandis que Gauthier et Chantal échangent quelques mots à voix basse. Le clan compte de nouveaux membres, de nouveaux enfants, mais ne déplore aucun nouveau drame depuis plus de vingt ans, hormis le décès de Madeleine, survenu comme une délivrance.

Au troisième rang, appuyé contre un pilier, Alain a été sommé par les petits de prendre place parmi eux. Ses cheveux sont devenus blancs, il a l'air d'un vieux gitan mais les jeunes ne jurent que par lui. Pour l'instant, il observe le profil de Vincent et il affiche son sempiternel sourire énigmatique.

Albane et Milan, célibataires l'un comme l'autre, se chamaillent sans bruit en échangeant de discrets coups de pied, jusqu'à ce que Daniel se retourne, sourcils froncés.

À l'instant où éclatent les sonorités triomphantes des orgues, les jeunes mariés font face à l'assistance. Charles Morvan adresse un sourire radieux à son père, mais c'est de son grand-père qu'il cherche le regard, c'est à lui qu'il dédie une promesse muette.

Celle de reprendre le flambeau un jour ?

Vincent songe que rien ne remplace la famille. C'est ce que répétait Clara, et elle avait raison.

N° d'éditeur : 2059999
Dépôt légal : juillet 2020
Imprimé en Italie

Achevé d'imprimer par L.E.G.O. S.p.A.
en juillet 2020